BASTEI LÜBBE

SASKIA HOPE im BASTEI-LÜBBE-Programm:

13 577 No Lady

Saskia Hope

Outlaw Fantasy
Outlaw Lover

Zwei erotische Romane

Ins Deutsche bertragen
von Claudia Mundorf

BASTEI
LÜBBE

BASTEI LÜBBE TASCHENBUCH
Band 14608

1. Auflage: September 2001

Vollständige Taschenbuchausgabe

Bastei Lübbe Taschenbücher ist ein Imprint
der Verlagsgruppe Lübbe

Titel der englischen Originalausgaben:
Outlaw Fantasy / Outlaw Lover

Dieses Werk wurde vermittelt durch die
literarische Agentur Thomas Schlück GmbH, 30827 Garbsen
Titelillustration: Bavaria
Lektorat: Rolf Schmitz
Umschlaggestaltung: Quadro Grafik, Bensberg
Satz: KCS GmbH, Buchholz / Hamburg
Druck und Verarbeitung:
Brodard & Taupin, La Flèche, Frankreich
Printed in France

ISBN 3-404-14608-5

Sie finden uns im Internet unter
http: / / www.luebbe.de

Der Preis dieses Bandes versteht sich einschließlich
der gesetzlichen Mehrwertsteuer.

Outlaw Fantasy

PROLOG

IM JAHRE 2075

Sie stand ziemlich nahe, als er sie das erste Mal sah. Es war ein großes Feuer gewesen, aber die Flammen waren jetzt gelöscht, und er machte mit dem handlichen Hitzesuchgerät die Runde, um versteckte Glutnester aufzuspüren, die sich entzünden konnten, wenn die Feuerwehr abgerückt war.

Mit der Geschmeidigkeit einer Katze fand sie einen Weg zwischen Geröll und Unrat zu ihm. Eigentlich hätte kein Zivilist hier sein dürfen. Er war müde und schmutzig und wünschte, er könnte gehen. Er wandte sich wieder der Ruine zu und setzte seine Suche fort, aber vorher hatte er noch bemerkt, daß die Frau groß und schlank und biegsam war.

Und sie trug eine Maske.

Das bedeutete mit hoher Wahrscheinlichkeit, daß sie der Oberklasse angehörte, sie war eine der reichen Hexen, die die Mode bestimmten und die gerade das taten, was ihnen Spaß versprach.

Mit mir nicht, nahm er sich säuerlich vor.

Plötzlich drang ihm ihr Parfum in die Nase. Seine Sauerstoffmaske hatte er sich in den Nacken geschoben, und seit das Feuer unter Kontrolle war, hatte er den beißenden Brandgeruch eingeatmet. Die herbe Frische, die er jetzt roch, veränderte seine Stimmung mit einem Schlag, und er drehte sich zu ihr um. Es war Nacht, und das Feuer war gelöscht. Sie trug einen

Overall, der ihren Körper wie eine zweite Haut umhüllte, schwarzer Samt vor dem noch schwärzeren Hintergrund. Er konnte ihre scharfen Konturen sehen, die Rundungen von Brüsten und Hüften.

Ohne ein Wort zu sagen, ging sie vor ihm in dem ganzen Unrat auf die Knie und griff an seinen Schutzanzug, öffnete den Verschluß und langte dann in die Hose, die er darunter trug.

Das Hitzesuchgerät in seiner Hand sackte nach unten. Sein Herz schlug wie verrückt. Er hatte von solchen Eskapaden schon gehört, aber er hatte sie nie geglaubt. Und wenn, dann geschahen sie immer den anderen, nie einem selbst.

Ihre Hände begaben sich mit einem solchen Geschick an die Arbeit, das nur durch geübte Praxis erreicht werden kann. Als sie seinen Penis freigelegt hatte, wuchs er aus eigenem Antrieb. Sie legte den Kopf ein wenig schief. Er sah ihren entblößten weißen Hals und das schwarze Haar, das über die eine Schulter fiel.

Sie öffnete die Lippen, die im Zwielicht sanft schimmerten. Ihr feuchter Mund war eine Einladung, der er sich nicht verweigern konnte. Als sie seinen Penis zwischen ihre Lippen zog, fühlte er sich benommen. Er kannte das nicht. Seine Frau machte es nicht, und auch die Freundinnen nicht, die er vor der Ehe gehabt hatte. Die Hitze hüllte die Eichel ein, und der Schaft zuckte in ihrer Hand. Sie zog sich für einen Moment zurück und lachte kehlig, ein heiseres, sexy Geräusch. Dann fuhr sie mit einer Hand über die Hoden, während sie mit der anderen die Wurzel hielt und konzentriert zu saugen begann.

Die Welt um ihn herum schwand dahin, und ihm blieb nur, sich aufrechtzuhalten und dieses herrliche Gefühl auszukosten, das seinem Schwanz widerfuhr. Er spürte, wie er immer noch wuchs in dem Glutofen ihres Mundes, eingezwängt zwischen den Wangen, bedroht von ihren Zahnreihen, umschmeichelt von ihrer Zunge. Sein Schwanz pulsierte rhythmisch.

Das O ihrer Lippen umklammerte ihn fester, als sie den Kopf dicht gegen seinen Leib preßte und die Vorhaut mit der Zunge zurückschob und die Eichel in ihrem Speichel badete. Sie schrammte die Zähne über die empfindliche Haut, und er spürte sich anschwellen im Treibhaus ihres Mundes. Ihre Zunge wirbelte und drückte gegen das Muskelgewebe mit der agilen Geschwindigkeit einer Boa constrictor. Er hielt für einen Moment den Atem an, als sie seine Hoden umschmeichelte und die Schwanzwurzel preßte.

Er blickte nach unten und sah, daß ihr Gesicht schwarz war, aber die Rundung ihres Mundes leuchtete bei jedem Zug, als führte er ein eigenes Leben, abgehoben, sinnlich, verrucht.

Sie erhöhte die Geschwindigkeit noch einmal, und stöhnend spürte er, daß seine Knie nachgaben. Und dann brach plötzlich der Damm, und er überflutete ihren Mund. Seine Hüften zuckten hilflos, während sein Schwanz tief in ihren Mund stieß.

Sie gab seinen abschlaffenden Schwanz frei und umspielte ihn noch einmal mit der Zunge. Dann setzte sie sich auf die Fersen. Er griff nach seiner Hose.

»Hör mal«, sagte er mit heiserer Stimme, »ich muß

wissen, wer du bist. Wie kann ich mich mit dir in Verbindung setzen?«

»Warum willst du das wissen?« Ihre Stimme war kaum zu hören.

»Es war wunderbar«, sagte er rauh. »Ich muß dich wiedersehen und mich revanchieren ...«

»Du schuldest mir nichts.« In einer flüssigen Bewegung stand sie auf. Sie stand da wie eine schnurrende Katze. Zufrieden mit sich selbst, wandte sie sich von ihm ab.

»Wie heißt du?«

»Keine Namen.«

Sie bewegte sich leichtfüßig über das unebene Gelände, und bald hatte die Schwärze der Nacht sie verschluckt.

Der Feuerwehrmann knöpfte seine Hose zu wie im Traum. Er schaltete sein Hitzesuchgerät wieder ein und setzte die Suche fort, aber in seinen Gedanken erlebte er noch einmal den Sog ihres Mundes. Er wollte mehr als nur seine Erinnerungen ...

Die Stadt war einmal das Muster eines kraftvollen, strotzenden Lebens gewesen, aber das war lange her. Die Technologie war verkümmert, und diejenigen, die die Maschinen warteten und bedienten, waren heute genauso intelligent und gut ausgebildet wie jene Menschen, die sie vor langer Zeit ersonnen und produziert hatten. Einige wenige wurden reich, die meisten aber darben dahin. Die Stadt verfiel langsam, zurück blieben ausgebrannte Häuser, deren Mauern wie Skelette eines Menschen in den Himmel ragten. Die Reichen zogen sich in ihre eigene Welt zurück und bauten sie nach ihren Bedürfnissen. Nur wenige pendelten von einer Welt in die andere. Der Feuerwehrmann war einer der wenigen. Die Polizisten gehörten auch dazu. Und natürlich die Gesetzesbrecher.

Besonders die Piraten.

Wer nicht genug zum Leben hat, will mehr haben.

Was die armen Menschen nicht begriffen, war die Tatsache, daß Menschen, die alles haben, kein Ziel mehr vor Augen sehen. Insofern waren die Piraten, die verwahrlost in der Stadt darbten und vom Stehlen lebten, den Reichen, die sich in die Hügel zurückgezogen hatten, überlegen – ohne daß diese Tatsache der einen oder anderen Partei bewußt war.

Die Piraten lauerten auf Beute von den Reichen. Die Reichen hegten Phantasien über die Piraten, erzählten sich die verwegensten Geschichten über sie, meist hinter der vorgehaltenen Hand, Geschichten über ihr rauhes Leben, über ihre verdorbene Moral. Und manch ein Reicher sehnte sich nach einem solchen Leben.

Sex ist der große Gleichmacher.

Fee Cambridge fuhr mit ihren Fingern langsam an den Lippen ihrer Scheide entlang. Sie ließ sich Zeit, die Fingerspitzen ruhten in der feuchten Wärme zwischen ihren Beinen wie empfindliche Sensoren, bevor sie behutsam weiterglitten, hin zum kleinen Hügel, der ob der Aufmerksamkeit, die ihm bevorstand, zu zucken begann.

Fee lag auf der Seite in ihrem Bett und schaute sich dabei zu, wie sie mit sich selbst spielte.

Nach einer Weile spürte und sah sie, daß die äußeren Schamlippen dick und geschwollen hervorstanden, stolz und prall, durchblutet und bereit. Sie langte nach etwas, was neben dem Bett lag, und steckte es in ihre Öffnung. Sie preßte die kühle glatte Oberfläche gegen die Vulva und schob es kraftvoll hoch, bis es tief eingedrungen war.

Sie lag jetzt flach auf dem Rücken, die Beine angezogen, angewinkelt. Sie schloß die Augen und konzentrierte sich, ließ die inneren Muskeln spielen, bis sie schließlich ganz behutsam den Fremdkörper aus ihrem Leib herausholte und sich wieder entspannen konnte.

Sie öffnete die Augen und betrachtete den Gegenstand. Er besaß eine gläserne Oberfläche, kristallen und spiegelklar. Der Alkalisäuregehalt ihres äußeren Geschlechts, Maßstab der sexuellen Erregung, war auf der Skala genau festgehalten.

Immer noch nackt, stand sie aus dem Bett auf und ging mit dem Meßgerät zu ihrem Toilettentisch. Sie öffnete ein kleines Fläschchen und ließ mit einer Pipette zwei Tropfen einer Flüssigkeit auf die Oberfläche des Geräts fallen.

Allmählich verfärbte sich die Oberfläche blau. Je blauer die Färbung, desto intensiver das Verlangen. Nach einer Weile war der chemische Prozeß abgeschlossen. Fee hängte das Gerät mit der spiegelnden blauen Oberfläche an die Wand und betrachtete es ausgiebig.

Es glühte, als stahlte in seinem Inneren ein geheimnisvolles Licht. Die blassen Schatten bildeten Formen und Umrisse, die gleichzeitig beschwörend und quälend wirkten. Das innere Blau wurde von einer langen, asymmetrischen Doppellinie umgeben, als wollte sie das innere Gebilde schützen, das wie ein beredtes Schweigen an der Wand hing.

Sie würde es einpacken und ihrem Mann schicken. Die neueste Idee für den Valentinstag. Vielleicht würde er den Wink verstehen, und sie würde endlich noch einmal befriedigt werden. Ihr Körper sehnte sich verlangend nach Liebe.

Fee Cambridge war eine sehr intelligente Frau und wußte, daß es eine Reihe von Lösungen für ihr Problem gab. In letzter Zeit, so mußte sie sich eingestehen, bevorzugte sie eine bestimmte Lösung immer mehr. Es war die verrückteste, die gefährlichste aller Lösungen, aber nach Monaten der ehelichen Mißachtung steckte der sexuelle Hunger jetzt so tief in ihr drin, daß sie nicht mehr in der Lage war, sich rational mit ihrem Problem zu beschäftigen.

Sie fuhr sich mit der Zunge über ihre Lippen und erinnerte sich an den Geschmack des Mannes. Nein, nicht des Ehemanns. Es war eine gute Erfahrung gewesen. Aber nicht genug.

Sie wußte, was sie einem Mann geben konnte, und brauchte sich das nicht wieder zu beweisen. Jetzt wollte sie erfahren, was ein Mann ihr zu geben hatte. Und immer klarer setzte sich in ihrem Kopf das Bild des Mannes fest, von dem sie es haben wollte. Wenn es nicht ihr Ehemann tun wollte, der sie offenbar sexuell nicht mehr begehrte, dann mußte es ein anderer, ganz besonderer Mann sein.

Jemand mit Macht. Mit Einfluß. Mit Kraft.

Sie war zu diesem Zeitpunkt wütend auf ihr Leben, und ein schwacher Mann würde von der Gewalt ihres Verlangens erdrückt, erschlagen von der Kraft ihrer rasenden Persönlichkteit. Sie wollte sich selbst und die Gewalt ihres Verlangens in die Gewalt eines Mannes verlieren. Und sie glaubte zu wissen, wo sie ihn finden würde.

ERSTES KAPITEL

Es war einmal ... eine Phantasie gewesen, vielleicht auch eine Phantasterei, aber sie hatte sich so oft in ihren Gedanken wiederholt, daß sie nun verwirrt war und nicht mehr wußte, was Realität und was Phantasie war.

Sie stand in den schwarzen Schatten der Mauer, so gut wie unsichtbar, denn sie hatte sich ganz in Schwarz gekleidet, und nur der weiße Hals schimmerte in der Dunkelheit. Hätte jemand nahe bei ihr gestanden, hätte er die pulsierende Schlagader sehen können und wie ihre Brust sich hob und senkte, hob und senkte, rhythmisch, zu schnell. Es war der Rhythmus der Angst.

Sie bewegte sich mit eigenartig gleitenden Bewegungen und hielt sich dicht an der Mauer, so daß ihre Lederjacke die Mauer gelegentlich streifte, wodurch sie eine Staubspur von bröckelndem Mauerwerk hinter sich ließ, das von der säurehaltigen Luft in der verseuchten Stadt zerstört wurde. Ihre stecknadelkopfgroßen Absätze hämmerten in einem Takt auf den Boden, der ihrem hastigen Atem entsprach. Ihre Brüste drückten sich gegen das Material des Seidenshirts unter der Lederjacke.

Fee Cambridge befand sich auf der Grenze zwischen Realität und Phantasie, und sie hatte Angst. Aber nicht nur Angst erfüllte sie, auch eine intensive Erregung.

Ihre länglichen Augen glitzerten. Die Natriummischung, die sie sich in die Augen geträufelt hatte, entzog ihnen die natürliche eisgrüne Farbe. Sie waren geheimnisvolle Schlitze, was durch die Maske, die sie trug, noch verstärkt wurde. Die Maske bedeckte die obere Gesichtshälfte und verbarg die hervorstehenden Wangenknochen und die wohlgeformte Nase. Ihr hübscher, voller Mund blieb frei, und die Lippen, mit einem Stift nachgezogen, der gerade in Mode war und ›Ghost‹ hieß, schillerten illuminierend in der Dunkelheit.

Die Mauer zerbröckelte immer mehr und endete schließlich. Vor ihr ragten Gebäude hoch wie Stummelzähne im Mund eines alten Riesen. Sie warf einen Blick über die Schulter und hörte, wie ihre Jacke gegen die Mauer schabte. Sie konnte noch zurückgehen.

Ihre Augen verengten sich. Sie hatte Durst, und irgendwo dort hinten, so glaubte sie, befand sich die Quelle, an der sie ihren Durst stillen konnte. Sie fuhr sich mit der Zunge über die Lippen. Sie würde weitergehen. Vor ihr lag ein verkommener Wohnblock.

Ein Licht flackerte auf, dann sah sie eine Bewegung. Mehrere Leute umringten sie.

»Willst du was, Schwester?« fragte eine leise Stimme. »Was zum Lutschen, Rauchen, Schnupfen, Ficken? Wir können alles liefern.«

»Die Piraten«, sagte sie gehetzt. »Ich will die Piraten finden.«

Ein Lachen kam als Antwort. »Nimm die breite Straße, Schwester. Du kannst sie nicht verfehlen. Sie führt direkt in die Hölle, und da wirst du die Piraten finden.«

»Dann werde ich dich ja auch da treffen«, sagte sie, und sie wunderte sich über ihre eigene Courage.

»Ich bin schon da, Schwester.«

Sie hielt den Rücken durchgedrückt und holte mit langen, raschen Schritten aus. Dann erinnerte sie sich – niemand hier hatte ein Ziel. Sie mußte sich zwingen, ihre Schritte zu verlangsamen, es durfte nicht so aussehen, als müßte sie dringend irgendwo ankommen. Und so schlenderte sie durch die Schatten, vorüber an gelegentlich hellen Stellen. Sie würde keine Angst zeigen, auch wenn sie sie empfand. Sie mußten glauben, daß sie eine der ihren war, sonst würden sie zuschlagen.

Andere Stimmen in der Dunkelheit boten ihr die verschiedenen Dienste an, die dieser Teil dieser Stadt zu vermitteln hatte. Ein- oder zweimal war sie versucht, darauf einzugehen. Es mochten zwar derbe Dienste sein, aber diese Abenteuer würden einen Abend vor dem Bildschirm übertreffen, auf dem sie nur die Neurosen der Reichen über sich ergehen lassen mußte – Neurosen, von denen die hier in der Stadt nichts wußten.

Es war ihr vorher nicht bewußt gewesen, daß Ratten einen Genuß an Verworfenheit finden. In dem Zustand, in dem sie sich im Augenblick befand, war jedweder Genuß besser als nichts.

Aber sie hatte sich in den Kopf gesetzt, die Piraten zu finden, und es würde vielleicht keine zweite Chance geben. Wer wußte, ob sie je wieder den Mut aufbringen würde. Und ein ängstlicher Teil von ihr wußte, daß sie diese eine Chance vielleicht nicht überleben würde.

Der Highway auf seinen hohen Pfeilern lag jetzt vor ihr und zerschnitt den Himmel, und dahinter teilte er sich in viele Spuren, aber keine davon führte in die andere Welt, in ihre Welt, denn dort wollte niemand von den menschlichen Ratten angesteckt werden, die hier in den gefährlichen Schatten lungerten.

Fee warf den Kopf in den Nacken, eine Bewegung, die ihre langen schwarzen Locken mitmachten und die eine plötzliche Arroganz ausdrückte. Sie würde es schaffen. Sie würde hier überleben. Sie war nicht so eine empfindsame Seele wie die meisten der ihren.

Dann sah sie die Feuer.

Sie loderten unter dem Highway. Ihr Herz schlug schneller beim Anblick der hochschlagenden Flammen, in deren Schein die Gestalten rund um die Feuer rot gefärbt wurden. Altes Mobiliar wurde aus der Dunkelheit gerissen und simulierte ein ganz normales Wohnzimmer – dies hier unter freiem Himmel. Die Wirkung wurde noch verstärkt durch die vielen elektrischen Kabel, die wirr auf dem Boden lagen und durch mehrere ölstarrende Pfützen führten. Die Kabel gaben der Musik, die dröhnend aus den Lautsprechern krachte, die Energie. Sie war überrascht, daß sie den Sound kannte, aber noch nie hatte sie herausgehört, was die Musik verkünden wollte: Sie war wie ein roher sexueller Schrei, der genau in diese Umgebung paßte.

Über ihr donnerten Supercharge-Autos, teure Mikrowelten aus synthetischem Luxus für jene, die es sich erlauben konnten. Fee lächelte und stand mit gespreizten Beinen da. Diese Autos hatten sie immer schon erregt, und hier unten traf das noch mehr zu, wo sie so unnatürlich schienen und so herrlich überflüssig. Sie stemmte die Hände in die Hüften und trug ein Selbstbewußtsein zur Schau, das sie nicht hatte. An ihrem nackten Hals pulsierte immer noch die Ader.

Sie sah jetzt, daß sie tanzten. Einige tanzten wild im heißen Rhythmus der Musik, wanden ihre zuckenden Körper, stießen aneinander und gegeneinander wie Hermaphroditen, die sich gleichzeitig an beiden Enden vereinen. Einige tanzten auch für sich, und ihre komischen, ruckartigen Verrenkungen erinnerten an einen alten Ritus. Ihre Botschaft, die aus dem Tanz sprach, war klar zu entschlüsseln, und Fee beobachtete sie und las und deutete, sie leckte sich wieder die Lippen und spürte, wie die Hitze in ihrem eigenen Körper zu steigen begann, wie ihr Körper selbst sanft schwang.

»Hast du 'ne Einladung, Lady?«

Sie wollte herumfahren, aber dann spürte sie schon die Messerschneide an ihrem entblößten Hals. Sie hatte sich so sehr auf die Szene da unten konzentriert, daß sie nicht gehört hatte, wie er sich ihr genähert hatte. Ihr Körper spannte sich. Sie spürte ihn hinter sich, diesen Fremden. Aber sie fühlte ihn und spürte instinktiv, daß er stark und überlegen war.

»Ich will zu den Piraten«, brachte sie hervor.

»Und wenn du bei ihnen bist?«

Behutsam, um nicht zu riskieren, daß das Messer ihren Hals ritzte, ließ sie ihren Hintern gegen seinen Schoß kreisen. Furcht und Frohlocken setzten in ihrem Körper eine Chemie frei, die jeden Nerv reizte.

»Rate mal.«

Dabei ließ sie ihren Hintern noch ein bißchen intensiver kreisen.

Er lachte. Er ließ das Messer da, wo es war, und fuhr mit der andereren Hand über ihre linke Seite, als wollte er ihre Konturen abtasten. Dann fuhr er mit der Handfläche unter ihren Lederrock, bis er den Hügel ihres Geschlechts berührte. Sie stieß gegen seine Hand.

Seine Lippen nagten an ihrem Ohr. Sie spürte seinen Atem, und ihr Herz raste, ihre Brust hob und senkte sich.

»Du bist sehr hungrig, kleines Mädchen. Wieso? Hast du keinen Mann?«

Fee hob vorsichtig die Hand und schob sein Messer weg, um damit die unmittelbare Gefahr abzuwenden. Sie drehte sich in seinen Armen und sah ihn an. »Das habe ich nicht gesagt.«

Er war groß und breitschultrig, sein Brustkorb lud zum Verweilen ein, und sein breites Gesicht wurde von Locken eingerahmt, die so schwarz und verwegen wuchsen wie ihre eigenen. Er trug eine Augenklappe, und das Ohr auf dieser Seite glänzte von den goldenen Ringen, die er sich hatte einstecken lassen. Ihr war bewußt, daß ihr Atem stoßweise kam, während sie auf seine nackte Brust starrte, über der sich zwei lederne Riemen kreuzten, die von der Schulter bis zur Hüfte reichten.

Er roch nach Leder, Schweiß und der beißenden Nacht. Seine Schultern waren blau tätowiert, so daß es schien, als hätte die Nacht selbst verschlungene Muster auf seine blasse Haut gemalt. Harte, kantige Adern zeichneten sich auf seinen Armen ab, und die Oberarme bestanden aus dicken Muskelpaketen.

Fee zitterte und legte ihre Handflächen auf seine nackte, fremdartige rauhe Haut. Sie fuhr auf und ab, über die Lederriemen, hinauf in seinen Nacken. Er hielt sie in seinen Armen, ohne sie zu beengen, und er beobachtete sie, während sie seinen Oberkörper erkundete.

Schließlich schaute sie zu ihm hoch, und ihre Blicke trafen sich. Ganz langsam schlossen sich ihre Hände in seinem Nacken, zogen ihn behutsam nach unten. Er widersetzte sich ihr nur so lange, bis sie begriff, wie fruchtlos ihre Bemühungen gewesen wären, wenn er nicht gewollt hätte, aber dann senkte er den Kopf, und ihre Lippen trafen sich.

Sie sprach total auf ihn an. Sie preßte sich in ihn hinein und saugte sich an ihm fest. Er mußte das Messer weggelegt haben, denn er packte mit beiden Händen unter ihre Backen und hob sie geschickt an. Ihre Beine schlangen sich um seine Hüften, und immer noch verstrickten sich ihre Lippen in einen gierigen, verschlingenden Kuß, während er sie mit seiner Brust hielt. Sie griff mit ihren Händen in das rauhe, drahtige Haar und zog seinen Kopf zurück, damit sie noch tiefer in seinen Mund eindringen konnte, während sie auf seinen Händen ritt und keinen Versuch machte, ihr Verlangen ebenso zu maskieren wie ihr Gesicht.

Dann ließ sie ihn los und schaute in sein Gesicht, als wollte sie seine Gedanken lesen, um erkennen zu können, wie sie auf ihn wirkte. Ihre Brüste wogten nahe an seinem Mund, gingen schwer auf und ab, als hätte sie ein langes, angestrengtes Rennen hinter sich.

Sie griff mit einer Hand in den Ausschnitt und zog das T-Shirt nach unten, entblößte damit eine Brust und schob die Warze in seinen Mund.

Er biß zu. Sie zuckte vor Überraschung und Schmerz und wich zurück, aber er hielt sie fest in seinem Griff und saugte hart an ihrem geschundenen Fleisch. Sie stöhnte tief, als der Nippel sich in seinem Mund dehnte und wuchs und vor Verlangen hart wurde. Langsam ging er in die Knie, ohne den Griff um sie zu lösen, bis sie gespreizt auf seinem Schenkel saß und die muskulöse harte Kraft spürte, die sich gegen ihr Geschlecht drückte. Ihre Vagina pulsierte vor Lust.

Er entblößte ihre zweite Brust und sog kräftig daran. Sie rutschte auf seinem Schenkel herum und stöhnte verhalten, tiefe, kehlige Laute.

Er hob sie von seinem Schenkel und legte sie derb auf den Boden. Er begann, seine Lederhose auszuziehen.

»Hier?« fragte sie außer Atem.

»Du wolltest doch die Piraten finden, hast du gesagt.«

Für einen kurzen Moment blitzte die Zunge zwischen ihren Lippen auf. Ihre Augen waren weit aufgerissen, und die Pupillen hatten sich so sehr geweitet, daß sie schwarz aussahen. Eine winzige Flamme glomm tief in ihrer Mitte. »Ja«, hauchte sie.

»Nun, so tun's die Piraten.«

Ihr Atem beschleunigte sich, bis sie keuchte. Die Musik ging ihr ins Blut und pochte in ihrem Inneren.

Als er seinen schweren Körper über sie senkte, sah sie nur Flammen und Schwärze, während ihre Sinne wirbelten. Dann sah sie seinen Schaft, blaß und lang und dick, die behaarte Wurzel im Schatten. Sie hob die Knie an und öffnete sie, aber er schob sie zur Seite und kroch an ihr hoch, bis sie das Feuerlicht entlang seinem Schaft sah. Ihre Nasenflügel bebten, und ihre Augen funkelten, als sie seinen Geruch wahrnahm.

Er legte das Schaftende auf ihre Lippen, und sie öffnete den Mund, als wollte sie ihn willkommen heißen.

Über ihr bewegten sich die Sterne, als sie seine Männlichkeit schmeckte. Ihr Körper spannte sich vor Lust nach ihm, und hilflos krümmte sie den Rücken, um ihr eigenes Verlangen deutlich zu machen.

Allmählich zog er sich aus ihrem Mund zurück und rutschte an ihr entlang, bis er sich mit dem Mund über sie beugte und zwischen ihren geöffneten Lippen leckte. Sie spürte seine Hände heiß auf ihren Schenkeln und schüttelte sich. Im nächsten Augenblick stieß er zu, hart, heftig, in einem Zug.

Noch bevor sie sich auf seinen Rhythmus einstellen konnte, hatte er sich bereits wieder aus ihr hinausgezogen, und in ihr Wehklagen hinein fuhr er mit der Hand über den glatten Hügel, tauchte mit dem Daumen in die Grotte, sanft, wissend, behutsam. Sie warf sich ihm ächzend entgegen, als hätte sie darauf gewartet.

Er schob seine andere Hand unter ihren Hintern und hielt ihre Hüften hoch, so daß ihr Schoß wie in einem Schraubstock zwischen seinen Händen lag, verletzlich, hilflos. Sie hatte die Augen fest zusammengepreßt.

Ihre Vagina zuckte und pulste. Er rieb ihre Schamlippen, und sie spürte das heftige Pochen in ihrem Inneren. Ihr Fleisch schien zu vergehen.

Fee schluchzte. Sie konnte es nicht zurückhalten. Die Wände ihrer Vagina zogen sich zusammen, weiteten sich, flatterten. Ein Schauer erfaßte ihren ganzen Körper, wuchs und wuchs, bis sie durchgeschüttelt wurde. Sie schnalzte laut, als ihr Orgasmus hervorbrach. Sie hatte noch nicht kommen wollen.

Sie warf sich gegen seinen Mund, wild, ungestüm, und spürte seine Zähne. Ihr Leib ruckte unkontrolliert gegen ihn, immer wieder, angetrieben von einem inneren Motor, den sie nicht beherrschte.

Dann gab sein Mund sie frei. Sie öffnete die Augen und schaute zu ihm auf. Ihre Brüste wurden von seinem Brustkorb erdrückt, und sie spürte das rauhe Leder der beiden Riemen, die sich in ihre Haut gruben. Sie wünschte, seine Männlichkeit würde sich ähnlich in ihrem Inneren abdrucken. Sie wollte gezeichnet sein von ihm.

Er war längst noch nicht fertig mit ihr. Er griff ihre Hand und legte seinen Penis hinein. Sie umspannte ihn mit den Fingern, maß Umfang und Länge, spürte die pulsierende Kraft, die geschwollene Eichel. Behutsam begann sie ihn zu reiben, sie drückte die Wurzel, wog die Hoden sanft in ihrer Hand.

Endlich brachte er sich in die richtige Position. Sie führte seine Waffe zwischen ihre Beine und fuhr noch einmal die ganze Länge des Schaftes mit der Hand ab. Sie erschauerte. Er stieß zu.

Fee Cambridge schwelgte in dem Geheimnis der Menschheit, sie liebte den machtvollen Ausdruck von Männlichkeit, wenn das männliche Glied in ihren Körper geführt und dort zur Explosion gebracht wurde, sie liebte es seiner Kraft und Wirkung wegen, und natürlich wegen der Lust und der tiefen Befriedigung, die es bereitete.

Jetzt riß sie vor Schock und Triumph den Mund weit auf, es war ein Triumph für sie, den Piraten in sich zu haben.

Er zog sich zurück, bis er fast aus ihr hinausglitt und sie ein leises Jammern begann, aber dann kam er wieder herein in einem einzigen mächtigen Schub.

Sie hatte den Kopf weit zurückgeworfen, und ihr Mund öffnete sich zu einem stummen Schrei der Lust. Von irgendwo hörte sie ein Auto, das über den Highway düste. Es war unbezahlbar und unbeschreiblich, diese Synthese aus Kraft und Schönheit, die über ihr in die Nacht hineinraste und auch zwischen ihren Schenkeln in sie eindrang, eine orgiastische Synthese gewaltiger Schönheit, die einzufangen und zu behalten sie sich sehnlicher wünschte als alles andere. Er wurde schneller in seinen Bewegungen, und sie spürte sich pochen und pulsieren.

Jetzt stieß er mit den Knochen seines Schoßes gegen sie, wenn er kraftvoll in sie eindrang. Sie spürte ihn anschwellen, spürte ihre eigenen dicken feuchten Lippen sich öffnen, als sie einen weiteren Höhepunkt erlebte. Gewaltig pumpte ihr Brustkorb. Sie packte ihn mit ihren Muskeln, und endlich stieß er einen Schrei aus, sein Schaft ruckte und zuckte und bäumte sich auf, und heiße Flüssigkeit sprühte aus ihm in sie hinein. Sie spürte in sich rasende Lust. Ihr Inneres brannte, das Feuer entfachte ihren ganzen Körper.

Dann ebbte das Feuer ab. Sie begann sich zu entspannen. Die Hitze ließ nach, und wie eine heilende Welle wurde sie von Befriedigung überflutet.

Sie sah die Sterne wieder hoch über der Stadt. Er zog sich behutsam aus ihr zurück und setzte sich neben sie. Er griff in seine Tasche und holte eine Taschenlampe heraus. Er hielt den Strahl direkt in ihr Gesicht, so daß ihre vergrößerten Pupillen zu Stecknadelköpfen wurden.

»Wer bist du?« fragte er. Ein dünner Schweißfilm lag über seinem Gesicht.

Sie fühlte sich gesättigt und wild, der Triumph hatte ihr Kraft verliehen. »Ich bin das, was du siehst«, sagte sie.

Er setzte sich zurück und betrachtete sie. Ihre langen Beine lagen noch gespreizt da. Es kam ihm fremdartig vor, daß sie keinen Haarkranz an den Genitalien hatte, und wie, um sich zu vergewissern, griff er hin und streichelte sanft die ganze Umgebung.

»Warum hast du uns gesucht?«

»Ich will bei euch mitmachen. Ich will Piratin sein.«

Sein Lachen kam kurz und klang brutal. »Wo kommst du denn her, Lady? Piraten sind Männer. Wir haben unsere Frauen, aber sie sind keine Piraten.«

»Ich werde Piratin«, zischte Fee ihn an. Sie hatte kein Verlangen, sich selbst zu erniedrigen, und sie war den Umgang mit Männern gewohnt, die nach dem Sex gefügiger sind als vorher. »Wenn du mir nicht hilfst, schaffe ich es allein.«

Jetzt kam sein Lachen aus voller Kehle. »Einfach so?« Er schien wirklich amüsiert zu sein.

Sie wurde wütend. »Ich bin genauso gut wie du.«

»In manchen Dingen vielleicht. Aber nicht in anderen, mein kleines Mädchen.«

»Ich bin genauso klug.«

»Es gehört mehr dazu.«

»Gib mir eine Chance«, lockte sie mit Seidenstimme.

Er hörte ihr Locken und grinste in sich hinein. Nur die Reichen konnten diese Stimme auflegen, wenn sie etwas durchsetzen wollten.

»Nein.«

»Hast du Angst?«

In dem Schweigen, das ihrer leichthin geäußerten Herausforderung folgte, hatte Fee genug Zeit, jene Angst zu empfinden, die sie ihm unterstellte. Nervös erinnerte sie sich daran, daß sie diese Leute nicht verstand. Sie waren nicht berechenbar und gehorchten entweder anderen Regeln oder überhaupt keinen Regeln.

Ihr Herz begann wild zu hämmern.

Er richtete seine Hose und legte sich dann neben sie in den Schmutz, stützte sich auf einen Ellenbogen und betrachtete sie aus der Nähe.

»Du gefällst mir«, murmelte er. »Du bist Klasse beim Sex. Und mir gefällt auch deine Vorliebe für kleine Geheimnisse. Deine Maske. Ein hübscher Einfall. Aber wenn du noch einmal sagst, daß ich Angst hätte, dann nagele ich dich oben auf dem Highway fest, und wenn die Autos deine Knochen zersplittert haben, kommen die Krähen und nagen sie sauber. Kapiert?«

Ihre Haut kräuselte sich vor Angst. Instinktiv wollte sie nicken und zustimmen und ihn um Verzeihung bitten, denn sie wußte, daß er es ernst meinte und daß er in der Lage war, die Drohung wahrzumachen. Aber irgendwas kroch ihr Rückgrat hoch, irgendwas verdammt Waghalsiges, das sie zwang, nicht vor ihm zu kuschen, ganz egal, was die Folgen sein würden.

»Fick dich doch selbst.«

Er schlug sie ins Gesicht, und sie lachte. Im nächsten Augenblick trafen sich ihre Lippen, und er preßte seinen Mund heftig auf ihren, und der Kuß geriet zu einem beißenden Akt beidseitiger Wut.

Er ließ sich zurückfallen, aber sie folgte ihm, warf sich über ihn und setzte den Kuß fort, nicht minder heftig, nicht minder wütend. Jetzt saß sie über ihm, sie zerrte an seiner Hose, um sein Geschlecht zu befreien, das sich unter ihren hektischen Bewegungen wieder erhoben hatte.

Sie hob sich kurz an und stieß einen lauten, ungebändigten Schrei aus, als sie sich auf ihn setzte.

ZWEITES KAPITEL

Fee glaubte, daß ihr jemand den Kopf abreißen wollte.

Die Kopfhaut brannte wie verrückt. Jemand zerrte an ihren Haaren, als wollte er sie mit den Wurzeln rupfen. Der Penis des Piraten steckte noch in ihr, aber Fee hatte sich leicht angehoben, um dem Druck ihrer Kopfhaut nachzugeben. Der Mann zwischen ihren Beinen begann sich zu schütteln, und sie öffnete ihre tränenden Augen und blickte hinunter und sah, daß er lachte.

Tatsächlich, jemand stand hinter ihr und versuchte, sie an den Haaren von ihm wegzuziehen. Jetzt trat jemand hart in ihren Rücken, und der Pirat lachte noch wilder.

»Er gehört mir!« zischte eine Stimme, scharf wie ein Rasiermesser. »Hau gefälligst ab, und laß seinen Schwanz in Ruhe, sonst kratz' ich dir die Augen aus, du Schmarotzerin!«

Fee gab dem Druck nach und kam schwankend auf die Füße. Sie drehte sich um und rannte blindlings in ihre Gegnerin hinein. Der Mann auf dem Boden packte sie am Knöchel, und endlich ließ diese Furie ihre Haare los. Die Frau wich zurück, wollte Fees Reichweite entkommen. Sie hatte glänzende weiße Haare, die wie Spikes von ihrem Kopf abstanden, und ein Gesicht, aus dem ihr Zorn noch nicht gewichen war.

»Du Kuh!« tobte Fee. »Wie kannst du es wagen?«

Ungerührt erhob sich der Pirat, hielt Fee aber immer noch fest. Mit einer Hand zog er seine Hose zu. Die beiden Frauen gifteten sich an. Der Pirat hielt Fees Hände jetzt an den Gelenken fest. Ihr Rock hing noch um ihre Hüften, ihr Geschlecht blieb entblößt. Plötzlich trat die andere Frau nach ihr.

Der Pirat riß sie zurück, so daß der Schuh Fees Haut nur ritzte.

»Soll das ein Kampf werden?« fragte er, ziemlich uninteressiert.

»Schick den Virus dahin zurück, wo er hergekommen ist«, zischte die Frau. »Ich bin genug für dich.«

»Genug für jeden Mann«, stimmte der Pirat herzlich zu. »Aber ich habe mich vergnügt, und das hast du mir verdorben.«

»Wenn sie dich haben will, muß sie um dich kämpfen.«

»Was?« fragte Fee. Aber sie glaubte, begriffen zu haben.

»Du weißt nicht viel über unser Leben, was?« sagte der Pirat. »Sie hat das Recht an mir. Sie hat mal um mich gekämpft und gewonnen. Jetzt hat sie das Recht, mich daran zu hindern, mich mit einer anderen abzugeben – es sei denn, sie erlaubt es mir.« Er schüttelte Fee leicht. »Ich glaube, sie mag dich nicht besonders, Lady mit der Maske.«

Fee fand ihre Stimme wieder. »Du meinst also, wenn ich deinen Körper haben will, muß ich mit dieser Wildkatze kämpfen.«

»Und gewinnen«, fügte er freundlich hinzu.

»Un du hast dabei gar nichts zu sagen?«

»Nun, es hat natürlich keinen Zweck, um mich zu kämpfen, wenn ich dich gar nicht will«, sagte er entschuldigend. »Eine Frau kann mich nicht zwingen, sie zu nehmen. Und wenn sie sich trotzdem mit meiner Frau anlegt, kann ich sie selbst davonjagen, wenn ich nicht will, daß mein Besitz beschädigt wird. Du siehst also, ich habe schon etwas in dieser Angelegenheit zu sagen.« Er konnte sein Vergnügen nicht unterdrücken.

»Du kannst das doch nicht im Ernst meinen?« fauchte die Frau. »Du hast sie doch gerade erst getroffen. Ich zerfetze ihre schöne Haut, wenn du willst, aber ich verstehe nicht, wieso sie dir etwas bedeuten kann. Laß sie laufen, Will. Du wirst heute abend deinen Spaß mit mir haben.«

»Nun?« fragte Will.

Es dauerte einen Moment, bis Fee begriff, daß er mit ihr gesprochen hatte. »Du willst mich also um dich kämpfen lassen?« fragte sie.

Diese Menschen waren Tiere.

»Hast du vergessen, daß du eine Piratin werden willst?« fragte Will.

»Und wenn ich gewinne?«

»Dann bin ich dein Territorium, auf dem du dich austoben kannst.«

Er ließ sie schließlich los und ging einen Schritt zurück. Inzwischen hatte sich während der Auseinandersetzung eine Menge Neugieriger angesammelt. Die Leute standen herum, begierig zu sehen, wie sich alles entwickelte. Fee konnte die Erregung riechen, die sie sich von einem Kampf versprachen.

Sie war Fiona Cambridge. War sie von Sinnen? Aber

der Gedanke, jetzt nachzugeben und still davonzuschleichen, war ihr auch unerträglich.

Ihre Augen verengten sich, als sie den Piraten eingehend betrachtete. Er war superb. Er war die Erfüllung ihrer verwegensten Träume. Sie wandte den Blick und schaute jetzt ihre Gegnerin an.

Sie war jünger und kleiner als Fee, zierlich, wobei drahtig wohl die bessere Bezeichnung gewesen wäre, und sie schien immer noch vor Wut zu kochen. Fiona konnte sich gut vorstellen, daß sie diese Leidenschaft auch bei der Liebe zeigte, und plötzlich wurde sie von Eifersucht erfaßt, als sie daran dachte, wie Will sich mit diesem schlanken, agilen Körper vergnügte.

»Wie heißt du?« fragte sie und richtete das erste Mal das Wort an die Nebenbuhlerin. Die Wurzeln ihrer Haare schmerzten immer noch.

»Mammet.«

»Und wir sollen jetzt kämpfen?«

In die Menge kam Bewegung, und Fee meinte, ein Zeichen von Will gesehen zu haben. Wollte er, daß sie gewann? Ihr Blut begann zu singen. Vielleicht hatte er ja genug von seiner Gifthexe.

Sie erinnerte sich wieder an den Sex mit ihm, an die Wirkung, die er auf sie und ihren Körper gehabt hatte. Es gab noch tausend Dinge, die sie von Will wollte. Und es schien, daß es nur einen Weg gab, sie zu bekommen.

»Jetzt«, sagte Will.

Sie bewegten sich näher auf die Feuer zu, damit sie mehr Licht hatten. Jemand säuberte den Boden von Steinen und Unrat. Die Menge der Schaulustigen wurde noch größer, ihre Erregung wuchs, der

Geräuschpegel schwoll an. Zwei Frauen traten zu Fee, und Will verschwand in der Menge.

»Zieh deine Kleider aus«, sagten sie ihr.

»Alle? Vor diesen Leuten?«

»Ja. Du kannst deinen Slip anbehalten, aber es ist nicht ratsam. Mammet wird ihn dir in Fetzen reißen.«

Fee wußte, daß sie sowieso keinen Slip trug, und begann sich auszuziehen.

Die Menge hatte zu singen, zu klatschen und zu pfeifen begonnen, während sich die Frauen für den Kampf entblößten.

»Ich stelle eine Bedingung«, rief Fee plötzlich mit kräftiger Stimme.

»Keine Bedingungen«, rief Mammet zurück. »Außer, daß wir nur mit unseren Körpern kämpfen. Keine Waffen.«

»Ich behalte meine Maske an«, rief Fee.

»Schon gut«, sagte Will, und dann sah Fee ihn, er saß gelassen da, mit sich und der Welt im Einklang. Fee hatte ihre Sachen abgelegt und schritt stolz durch den Kreis, der zur Arena werden sollte, und blieb vor Will stehen.

Sie hatte allen Grund, stolz zu sein. Ihr Körper war groß und schlank, herrliche Kurven von den Brüsten zu den Hüften und dann wieder ausladend zu den Pobacken. Sie spreizte die Beine und stemmte die Hände in die Hüften. Die gierigen Augen der Zuschauer störten sie nicht mehr. Die beiden Frauen banden ihre Haare im Nacken zusammen.

»Bist du das wert, Pirat?« fragte sie so laut, daß alle es hören konnten.

»Das ist deine Entscheidung.« Seine Blicke sogen das Bild ihres Körpers auf.

Sie wollte das Haar auf seiner Brust küssen und mit den Fingerspitzen über seine Tätowierungen streicheln. Ihr Verlangen nach ihm schwächte sie, deshalb verdrängte sie diese Gedanken.

»Ich werde mit deiner kleinen Lady kämpfen, um ihr eine Lektion zu erteilen, damit sie weiß, daß sie nicht ungestraft Hand an mich legen kann und daß ich tue, was ich will, ohne sie um Erlaubnis zu fragen. Mal sehen, ob ich dich danach haben will.«

Die Menge brüllte vor Vergnügen. Obwohl im Rund zahlreiche Männer standen, die so gekleidet waren wie Will, einige auch mit den überkreuzten Lederriemen, andere mit klirrenden Ketten, kam es Fee so vor, als ob Will sie an Größe und Persönlichkeit überragte. War er ihr Anführer? Das würde diesem verrückten Wettbewerb eine weitere Dimension verleihen. Und es würde auch erklären, warum die Menge so gejohlt hatte, als sie eben so rüde mit ihm gesprochen hatte. Sie empfand keine Scheu vor der Menge, aber sie wußte, daß Mammet mit den Spielregeln besser vertraut war als sie.

Mammet trat vor. Sie hatte kleine, spitze Brüste und einen hellen Flaum zwischen den Beinen. Jetzt sah sie Fionas nackten Schoß.

»Was ist dir denn widerfahren, Schwester?« rief sie in beleidigendem Tonfall. »Ringwurm?«

Fiona wußte nicht, was ein Ringwurm war, aber es sollte wohl eine häßliche Bemerkung sein. Sie ballte ihre Hand und holte aus.

Mammet tänzelte zurück, die Augen zu Schlitzen verengt, der geschmeidige kleine Körper in höchster Anspannung. Fiona folgte ihr sofort, wobei ihre schweren Brüste pendelten. Sie fintete mit einer Hand, während sie mit dem Fuß Mammets Knie erwischte.

Ihr Fuß schmerzte von dem Anprall, aber sie hatte die Befriedigung, daß Mammet sich auf das unversehrte Knie fallenließ, um das getroffene Knie zu entlasten. Fee wollte gleich noch einmal einen Treffer anbringen, aber Mammet tauchte weg und traf Fees entblößten Schamhügel. Fiona schlug der jungen Frau ins Gesicht. Mammet sprang auf und verbiß sich mit ihren kleinen gelben Zähnen in Fionas rechten Arm.

Fee spürte keinen Schmerz. Es war eine Infektion, die sie fürchtete, hier in dieser Gegend. Sie packte Mammet an den Haaren. Sie trommelte mit den kleinen Fäusten gegen Fees Körper, aber Fee schlug so lange in ihr Gesicht, bis die Zähne sich endlich lösten. Fee warf die junge Frau von sich. Aber Mammets Wildheit hatte kein Ende, sie stürzte sich auf die größere Frau und riß sie beide zu Boden.

Sie wälzten sich über den harten, dreckigen Boden, während die Menge johlte und anfeuerte. Sie traten und schlugen aufeinander ein. Fee schnappte nach Luft, als sie plötzlich mit etwas Warmem, Nassem, Schleimigen überschüttet wurden.

Zuschauer hatten einen Eimer mit irgendeiner Flüssigkeit über sie ausgekippt. Es war jetzt schwer, aneinander Halt zu finden, da ihre Hände immer wieder abrutschten.

Mammet schien von Fees Geschlecht fasziniert zu sein. Sie zielte immer wieder darauf und achtete dann auch nicht auf Fees Schläge und Tritte. Allmählich begann sich Fees körperliche Überlegenheit bemerkbar zu machen; sie war besser genährt, stärker und größer als die jüngere Frau. Gesundheit und Kraft waren immer ein Privileg der Reichen gewesen. Ihr Wille zu gewinnen war so stark wie ihr Körper, und schließlich schaffte sie es, sich rittlings auf Mammet zu setzen und sie am Boden festzuhalten.

Die zierliche Frau wälzte sich unter Fee herum, und Fees Augen begannen zu glänzen. Ihr Blut war zu sehr im Aufruhr, um die Schmerzen zu spüren, die der Kampf ihr bereitet hatte. Sie ignorierte die wild um sich schlagenden Arme und hielt Mammet an der Kehle gepackt. Ihre schweren Brüste schwangen hin und her und berührten die kleinen dunklen Spitzen von Mammets Brüsten. Fees Atem kam stockend, und ihr Herz pochte, aber sie war erfüllt vom berauschenden Gefühl des Sieges. Sie hatte verdient gewonnen. Sie war eben überlegen.

Beide Frauen glänzten von dem Zeug, das man über sie geschüttet hatte. Der Schein der Feuer spiegelte sich rot auf ihren nackten Körpern, auf denen sich manche Stellen dunkel färbten.

Ein junger Mann trat an sie heran. Er war schlanker als die älteren Männer, und seine Haut war auch glatter. Er sah gut aus und hätte früher durchaus ein Adliger sein können.

»Ich nehme Mammet, wenn sie Captain Will an die neue Frau übergibt.«

Seufzer des Bedauerns liefen durch die Versammelten. Sie wußten, daß der Spaß vorbei war.

Fee wartete auf Mammets Antwort.

»Ich würde jeden Tag um dich kämpfen!« rief eine Stimme aus der Menge, und alle röhrten vor Lachen. Mammet bedeckte ihre Augen mit einer Hand und bleckte die Zähne.

»Du hast gewonnen«, sagte sie verbittert.

»Du hast dich gut gehalten«, murmelte Fee, was Mammet mit dem Anflug eines Grinsens quittierte.

Fees normale Sinne gewannen allmählich wieder die Oberhand, und mit Entsetzen stellte sie fest, daß sie Mammets Wangenknochen geschrammt hatte.

»Du wirst Will nicht halten können«, raunte Mammet. »Er ist wild und liebt sie jung. Du hast nur gewonnen, weil er es so wollte. Laß mich jetzt aufstehen.«

Fee erhob sich und stellte überrascht fest, daß sie auf schwankenden Füßen stand. Viele Stellen ihres Körpers taten weh. Sie ignorierte Will und ging zu ihren Kleidern, zog sich an und verhüllte ihren magnolienblassen Körper vor den gierigen Augen. Sie stand mit dem Rücken zur Arena und war verdutzt, als sich ein starker Arm um ihren Hals legte und ihren Kopf zur Seite drehte.

»Jetzt, da du gewonnen hast, meine Schöne«, sagte Will, »mußt du dir deine Belohnung abholen.«

»Meine Belohnung?« Fee fühlte sich erschöpft, alt und müde.

Will wirbelte sie herum. »Ich werde es dir erklären, da du keine Ahnung von unseren Regeln hast.« Seine

Stimme klang leise und intim, aber der Ton klang hart. »Ein Mann kann nicht einfach nur Zoff zwischen Frauen verursachen und sie zu einem Kampf verleiten. Er muß demonstrieren, daß es sich lohnt, um ihn zu kämpfen.« Seine Stimme hatte jetzt einen seidigen Klang angenommen, und er wartete darauf, daß Fee begriffen hatte, was er angedeutet hatte.

»Daß es sich lohnt? Wie muß er das denn demonstrieren?«

»Um was hast du denn gekämpft?«

»Um deinen Körper!« sagte sie.

Er hob die Hände und zog die Klammern aus ihrem Haar, so daß es ihr bis auf die Schultern fiel.

»Wenn ich nicht beweise, daß ich es wert bin, wird niemals eine andere Frau dich herausfordern, um mich zu kämpfen. Und wenn du einen anderen Mann haben willst ...«

Sie versuchte, sich von ihm zu lösen. »Nein«, murmelte sie schwach.

»So geht es bei uns zu«, sagte er.

Sie schaute zu ihm hoch. »Und du willst das?«

»Du und ich«, murmelte er so leise, daß niemand sonst es hören konnte, »wir wissen, woher du stammst. Aber die anderen um uns herum wissen das nicht. Sie würden dich in Stücke reißen, wenn sie es wüßten. Sie tolerieren keine Spielchen, die auf ihrem Territorium gespielt werden, und du wirst herausfinden, daß es bei uns keine Polizei gibt, die dich beschützt. Keine Streife, die dich hier herausholt.«

»Du weißt, wo ich herkomme?«

»Ja. Und warum«, sagte Will, und dann beugte er sich zu ihr und küßte sie.

Sie hatte schon vergessen, wie wild seine Küsse waren, und nun, da sie erfahren hatte, daß eine Seele in diesem rauhen, narbenübersäten, tätowierten Körper existierte, kam ein anderes Gefühl in ihr hoch, es ging ihr nicht mehr um den groben, deftigen Sex, dessen Befriedigung sie hier hatte finden wollen.

»Ich werde dich jetzt ficken«, murmelte er leise.

Sie spürte Blut pochen. »Ich möchte es nicht«, sagte sie leise. »Nicht vor all diesen Leuten.«

»Dann hast du unter falschem Vorwand gekämpft und den Kampf selbst verloren. Ich lasse dir einen Vorsprung von zehn Minuten, dann sage ich diesen Leuten, woher du kommst. Ich kann es in deinen Haaren riechen, verwöhnte Ziege«, sagte er. Plötzlich begann er zu lachen und mußte sich dabei schütteln. »Du hast gekämpft, du bösartiges Weib, weil du es nicht ertragen kannst zu verlieren. Aber jetzt zierst du dich, deinen hübschen Körper zu zeigen, nachdem dich alle schon in deiner ganzen Nacktheit bewundern konnten.«

»Du bist ein elender Typ«, sagte sie.

»Ich weiß, ich lebe im Elend«, sagte er grinsend.

Im nächsten Augenblick zerriß er ihr T-Shirt. Dann führte er Fee zurück in die Arena. Er drehte sich um und drückte sie zu Boden. Bevor sie sich wehren konnte, hatte er ihren Rock über die Hüften geschoben. Mit einer Hand hielt er sie im Nacken fest. Sie spürte seine Erektion, als er sie von hinten nahm.

Diese Menschen lebten nach Regeln, von denen sie

noch nie gehört hatte. Sie lebten, wie Männer und Frauen in der Steinzeit gelebt haben mochten. Aber sie, Fiona Cambridge, war gegen sie angetreten und hatte gewonnen, hatte sie bei ihrem eigenen Spiel geschlagen, und jetzt würde sie die sogenannte Belohnung erhalten. Sie hatte um ihn gekämpft und gewonnen, und er mußte der Öffentlichkeit beweisen, daß es sich lohnte, um ihn zu kämpfen. Die Menge feuerte ihn an. Für sie schien es *die* Unterhaltung des Abends zu sein.

Die harten, rhythmischen Stöße trieben die Zweifel aus ihren Gedanken. Es war, als ob sich trotz allem ein Schwall Freude in ihr löste, und Fee wußte, daß sie einem unglaublichen Höhepunkt entgegentrieb.

Wills Orgasmus kam schnell. Er löste sich von ihr, und das Lärmen der Menge drang in ihre Ohren. Sie öffnete weit den Mund und stieß einen schrillen, langanhaltenden Schrei in die Nacht.

Will packte sie, küßte sie auf den Mund und führte sie hinüber zu dem Sitz, den er vorher eingenommen hatte, um den Kampf zu verfolgen. Er half ihr, sich neben ihn zu setzen.

»Jetzt«, sagte er, »sind Mammet und John an der Reihe.«

Fee sah die beiden schlanken Körper kaum, die sich in dem uralten Spiel der Lust und Befriedigung im Dreck wälzten. Ihre Augen schmerzten, und sie war hundemüde. Will legte einen Arm um sie, und das fühlte sich gut an.

»Dein Name«, sagte er, während er das Paar vor ihm mit einem Stirnrunzeln beobachtete.

»Dich nennen sie Will.«

»Sie nennen mich Captain Kid.«

»Ist das nicht ein bißchen großspurig?«

»Du kannst mich ja Will nennen.«

»Billy the Kid, war er nicht ein Cowboy?« Ihre Gedanken kamen langsam, sie konnte sich im Augenblick nicht vorstellen, daß all das wirklich ihr widerfuhr. Oder würde sie bald in ihrem Bett aufwachen und feststellen, daß dies nur ein Traum war? Sicher in ihrem Bett. Sicher und gelangweilt?

»Captain William Kid war ein Pirat, als es noch Schiffe gab, Lady. Das war vor dreihundert Jahren. Ich habe dich nach deinem Namen gefragt.«

Sie zögerte einen Moment. »Skelton.«

»Skelton?«

»Ja.«

»Und du willst dich bei uns ein bißchen umsehen?«

Er war nicht auf den Kopf gefallen, das stand fest. »Nun, nicht die ganze Zeit.«

Es entstand ein Schweigen zwischen ihnen. Er fragte sie nicht, wohin sie ging, wenn sie nicht hier bei ihm war.

»Finde ich dich immer hier?« fragte sie.

»Manchmal.«

Sie legte den Kopf schief und schaute hinüber zu den Feuern, wo sie die Leute hatte tanzen sehen.

»Lebst du da?«

Er ließ sich Zeit mit seiner Antwort. »Das ist vielleicht eine dumme Frage«, sagte er schließlich. »Laß bloß niemanden hören, daß du sie gestellt hast. Sie könnten dich sonst fragen, wo du denn lebst, und das könnte peinlich für dich werden, wie ich dir schon gesagt habe.«

Er wandte den Kopf und sah sie an. Kalt war sein Blick, fand sie. Seine schwarze Augenklappe rief ihr deutlich in Erinnerung zurück, daß er einer anderen Welt angehörte und noch nicht gezähmt war.

»Du bist ein Prinz unter den Männern«, sagte sie plötzlich, ohne daß sie es als Kompliment gemeint hatte. Die Worte waren aus ihr heraus, bevor sie eine Chance gehabt hatte, über den Sinn nachzudenken. »Captain William Kid, es ist eine Lust, mit dir zu schlafen.« Ja, das meinte sie ernst.

Seine Hand schlüpfte unter ihren Rock, und er faßte an ihren Schoß.

Die Menge verlief sich, Mammet und John verschwanden Arm in Arm in der Dunkelheit. Sie wollten sich jetzt ganz für sich haben. Die Feuer waren niedergebrannt, und sie und Will waren beinahe allein in den Schatten.

»Ich muß gehen«, sagte sie und hatte Mühe, die Unsicherheit aus ihrer Stimme zu verbannen. Er könnte sie mit Gewalt aufhalten, wenn er wollte.

Aber das tat er nicht. Sie stand auf und war nun deutlich größer als er, denn er saß noch immer da. Außerdem hatten ihre Halbstiefel sechs Zentimeter hohe Absätze. Sie wandte sich um und schritt rasch davon.

Es war sehr spät, tief in der Nacht. Ihre Gedanken waren erfüllt von dem Geschehen in dieser Nacht, von dem Wissen, zu was sie fähig war, wenn sich die Notwendigkeit ergab.

Will war ein Mann, der eine Frau befriedigen konnte, auch die forderndste Frau. Irgendwie mußte sie den Weg wieder zu ihm finden. Sie hatte jetzt ein Recht auf ihn.

Was für eine Nacht.

DRITTES KAPITEL

Sonnenlicht strömte durch die hohen Glaskuppeln und badeten den Mann am Frühstückstisch in einem gelbgoldenen Schein. Er trug ein mitternachtsblaues Blusenhemd, das in der Taille von einem Gurt gerafft wurde, sowie eine blaue Hose, die kurz unterhalb der Knie endete. Das offene Hemd zeigte einen gebräunten Hals, auf dem ein attraktiver Kopf saß, das Kinn kantig und ausrasiert, die Augen intelligent und strahlendblau.

Rollo Cambridge sah gut aus und wußte es.

»Fee!« rief er. Er hörte seine Frau irgendwo in der Wohnung und wunderte sich, daß sie zu spät zum Frühstück kam. Er mußte in zehn Minuten an der Konferenz teilnehmen, und sie hatten sich für den Tag noch nicht abgestimmt.

Dümmliche Musik erfüllte das Zimmer, sie drang aus allen Ecken. Eine helle, elektronische Stimme schwafelte über seine Pussy-Liebe, so süß und sanft und zum Knutschen.

»Fee!« rief er wieder und blickte irritiert auf, als sie endlich das sonnendurchflutete Zimmer betrat. Sie bewegte sich schläfrig.

Er beobachtete sie verdutzt. Sonst sah sie morgens knackig frisch aus und wie aus dem Ei gepellt. Jetzt trat sie ihm völlig nackt entgegen.

Obwohl er sich ein wenig über sie ärgerte, konnte er

seine Blicke nicht von diesem herrlichen Körper wenden. Sie hatte das Haar hochgebunden, denn sie war unter der Dusche gewesen, und auch ihr exotisches Gesicht war nackt; keine Spur von Make-up. Er konnte sich an diesen grünen Mandelaugen nicht sattsehen. Ihr voller Mund bebte leicht, als sie seinen Blick spürte.

Er liebte ihren langen, schlanken Hals, die vollen, schweren Brüste mit den rubinroten Warzen und den noch dunkleren Warzenhöfen. Ihre schmale Taille saß hoch, die Hüften hatten einen wunderbar fraulichen Schwung. Bevor er seinen Blick zu den wohlgeformten Schenkeln senkte, sog er sich an dem haarlosen Hügel ihres Schoßes fest. Der deutlich sichtbare Schlitz schien ihn einladen zu wollen.

Sie lehnte sich gegen den Rahmen der Küchentür und hob einen Arm, um sich hinter einem Ohr zu kratzen. Er sah das kurze Gewirr der dunklen Haare ihrer Achselhöhle.

»Fiona«, sagte er leicht verunsichert.

»Komm zurück ins Bett, Rollo.« Ihre Stimme klang verlockend. Die Spannung der Nacht hatte ihre sexuelle Hitze angestachelt. Die Wunden, die Mammet ihr zugefügt hatte, waren dank der aufgesprühten antiseptischen New-Skin nicht mehr zu sehen. Das Spray hatte auch eine leicht betäubende Wirkung, aber trotzdem fühlte sie sich an bestimmten Stellen wach und verletzlich. Sie betrachtete ihren attraktiven Mann und erinnerte sich, was er mit seiner Kleidung verhüllte und wie gern sie ein bestimmtes Teil von ihm tief in sich gespürt hätte.

»Ich habe in sieben Minuten eine Konferenz, Fee.«

»Sag sie ab. Sag ihnen, daß du krank bist. Wir haben so lange keinen Körper-Synch mehr gemacht, Rollo.«

»Was ist los mit dir? Hast du Pillen genommen?«

Sie schritt durch das Zimmer, und dabei schwangen ihre Brüste, bewegt vom eigenen Gewicht. Sie blieb neben ihm stehen und hob einen Arm, um ihr Haar aufzumachen. Es hatte eine Zeit gegeben, da hatte ihn der Anblick ihrer Achselhöhle wildgemacht, obwohl das heute schwer zu glauben war.

Sie legte eine Hand unter eine Brust und hob sie an, bis der Nippel fast sein Gesicht berührte.

»Nimm mich, Baby«, flüsterte sie.

Er wich zurück, als wäre er entsetzt. Ihre Augen verengten sich zu noch schmaleren Schlitzen und wurden wässrig. Plötzlich strahlte sie etwas Gefährliches aus, wie eine gereizte Katze. Gerade so, als sollte das unterstrichen werden, schlenderte draußen vor der Glaswand der Küche ein Tiger vorbei. Der gestreifte Schwanz zuckte, als er die Menschen sah, so nahe und doch außerhalb seiner Reichweite.

»Zieh dir was an.« Rollo warf einen raschen Blick auf den Vidicom, der eingeschaltet war. Wenn er jetzt summte, würden weniger gleichgültige Raubtiere gierig auf Fiona und ihren nackten Körper starren können.

Er betrachtete sie vor dem Hintergrund des Dschungels, der ihr Haus umgab, und plötzlich erregte ihr blasser Körper ihn doch. Er schaute auf seine Uhr.

»Honey, meine Gedanken sind bei der Konferenz,

ich kann so schnell nicht umschalten. Können wir diese Szene nicht in ein paar Stunden wiederholen?«

Fiona setzte sich auf einen Stuhl und hob ihre Beine auf die Sprosse eines anderes Stuhls. Sie ließ die Knie auseinander fallen, und Rollo bemerkte in ihrem Schritt ein feuchtes Glitzern. Er mußte schlucken.

»Das glaube ich nicht, Liebling«, sagte sie langgezogen. »Ich kann dir jetzt nicht sagen, ob ich es dann noch will.«

Er stand auf und wischte sich ein paar Krümel von seinen Kleidern. »Ich werde dich dazu bringen, daß du es willst«, versprach er. Er trank den letzten Schluck Kaffee. »Wünsch mir Glück, Baby. Heute geht es um viel.«

»Bleib dran, auch wenn's hart wird«, sagte sie mehrdeutig. Rollo hatte keine Zeit, ihre Bemerkung zu analysieren, so bedankte er sich artig. »Du bist lieb. Wir sehen uns.«

Dann war er weg.

Fee stand auf und ging hinüber zu der Glaswand, lehnte sich eine Zeitlang gegen das kühle Material und starrte hinaus in den künstlich angelegten Dschungel. Den Tiger sah sie nicht mehr. In den Bäumen kreischten die Papageien. Wenn sie ihre Flügel ausbreiteten, bildeten ihre strahlenden Farben einen sensationellen Kontrast zu dem üppigen Grün um sie herum. Ein kleiner, orangefarbener Affe schwang sich brabbelnd durch die Bäume.

Ihr Haus hatte die Form eines Iglu, es war eine Luxusbleibe im Kuppelstil mit allem elektronischen Komfort nach der neuesten Technologie. Die Verbindung zur Außenwelt schufen die Tunnels zu den geschützten Wegen und zu anderen Kuppelhäusern, von denen keins dem anderen zu nahe stand und die alle von dieser üppigen Vegetation umgeben waren, denn die Menschheit hatte wenigstens gelernt, das zu ersetzen, was sie seit der Erfindung der Axt systematisch zerstört hatte. Die Städte verkamen, aber der Welt-Zoo dehnte sich aus und gedieh, bewohnt von eingeschlossenen Menschen, die Natur sehen, aber nicht berühren durften. Es war verboten, den Dschungel zu betreten, und jedes Jahr wurden mehr Bäume angepflanzt.

Es war müßig, festlegen zu wollen, wer im Käfig lebte und hinausschaute und wer von draußen hineinschauen konnte. Die Antwort hatte der Tiger, und den fragte niemand.

Fee lachte bei diesem Gedanken und ging hinüber zum Vidicom. Sie stellte sich so, daß der größte Teil ihrer Nacktheit nicht im Bild sein würde, dann wählte sie Diana an.

Die große Blondine meldete sich rasch.

»Hallo. Was kann ich für Sie tun? Ach, du bist es, Fee. Wie läuft es? Immer noch gelangweilt?«

»Kurze Antwort – nein. Kann ich zum Frühstück zu dir kommen, Diana?«

»Hast du was an, meine Liebe?«

»Keinen Fetzen.«

»Ist das der Grund, warum du dich nicht mehr langweilst? Besorgst du dir so deine Kicks? Stellst dich vor den Com und rufst völlig nackig wildfremde Menschen an? Komm, Fee, das ist nicht unser Stil.«

»Na gut, ich zieh' mir was über, bevor ich zu dir komme«, versprach Fiona.

»Auf mich brauchst du keine Rücksicht zu nehmen. Ich stehe auf der Schönheit des Körpers. Aber die Patrouillen werden verdutzt schauen. Ich wette, den Tag würden sie nicht so schnell vergessen.«

»Ich bin in zwanzig Minuten bei dir«, sagte Fee. Sie hatte es nicht nötig, sich den Wächtern, die im Zoo patrouillierten, nackt zu zeigen. Noch nicht.

In ihrem Schlafzimmer drückte sie auf den Summer, um ihr Dienstmädchen zu rufen, Janine. Es dauerte nicht einmal eine Minute, da stand Janine vor ihr und fragte, was die Herrin wünschte.

»Ich muß mich anziehen, Janine. Und du mußt auch nach meinen Haaren sehen.«

Janines Augen huschten über Fionas Körper. Fiona hatte vor ihr keine Geheimnisse, was ihren Körper betraf. »Was möchten Sie anziehen?«

»Das Mandarin, glaube ich.«

Janine holte das schwere, reich bestickte Kleid mit dem steif aufgerichteten Kragen und hielt es hoch, damit Fiona die endgültige Entscheidung treffen konnte. Es war schwarz mit eisgrünen eingestickten Drachen, deren Farbe genau mit Fionas Augen übereinstimmten.

»Ja.«

»Die aprikosenfarbene Unterwäsche, Ma'am?«

»Keine Unterwäsche.«

»Keine?« Janine konnte ihre Verblüffung nicht unterdrücken und errötete sanft. Sie hatte hüftlange blaßblonde Haare, die jede ihrer Bewegungen mitschwangen. Sie brauchte keine Uniform zu tragen wie die meisten privaten Dienstmädchen, so war sie in einen eng anliegenden einteiligen Body gehüllt, der ihre jugendlichen Konturen unterstrich. Sie war gerade erst sechzehn, das legendäre Mindestalter für Dienstmädchen. Ihre großen, runden Augen waren von einem tiefen Kornblumenblau, und ihre pfirsichfarbene Haut verlieh ihr einen Hauch von verletzlicher Unschuld.

Sie hielt das Kleid, aber Fiona sagte: »Zuerst das Parfum, Janine.«

Das Mädchen hängte das Kleid behutsam zurück und holte den Zerstäuber, auf den ihre Herrin zeigte. Fiona hob die Arme und hielt ihre Haare hoch, die Augen geschlossen.

Janine ging leichtfüßig um ihre Herrin herum und belegte die perlige nackte Haut mit einem feinen Spray. Fiona spürte sofort die kühlende Wirkung an Brüsten, Po und Schenkeln. Einige Stellen brannten leicht. Fiona genoß den Dienst des Mädchens, und Janine wandte den Blick von den atemberaubenden Kurven, aber er kehrte immer wieder zu diesem haarlosen Schamhügel zurück, denn er faszinierte sie.

Fiona lächelte. Jetzt hielt Janine das gewünschte Kleid, und Fiona schlüpfte hinein. Janine kniete vor ihr, um die winzigen Haken zu schließen. Als Janine Fionas Brüste erreichte, wo sich der Stoff wölbte, und Mühe hatte, die Fülle zu bedecken, übernahm Fiona das Schließen der Häkchen.

»Meine Haare«, sagte sie dann und setzte sich an den Toilettentisch.

Während das Mädchen die Haare bürstete und geschickt zu einem Knoten formte, der in letzter Zeit in Mode gekommen war, spürte Fiona das sanfte Reiben des Kleiderstoffs auf ihrer Haut.

Gestern abend hatte sie in Schlamm und Schleim gebadet. Sie hatte noch nie Schmutz gesehen. Ihr Haus war von einer aseptischen Reinheit, und sie badete mindestens einmal am Tag, häufig mehrmals, und das schon so lange sie denken konnte.

Den Schmutz zu spüren war eine Offenbarung für sie gewesen. Zu sehen, wie ihre Haut beschmiert war, wie ihre Haare fettig wurden von dem Zeug, das man über sie geschüttet hatte, das war jenseits ihrer Vorstellung gewesen. Und doch hatte sie gestern abend mit dieser kleinen Wildkatze in der Gosse gelegen und hatte sich mit ihr geschlagen, getreten und gekratzt – um die Gunst eines Mannes.

Sie hatte wie ein Hund im Dreck gewühlt. Sie hatte einen Fremden an ihr Geschlecht gelassen und sich an seinen Umarmungen und an seiner Brutalität gelabt. Sie hatte vor einer johlenden Menge Sex gehabt, wie eine Hure bei einer Sexparty. Aber sie hatte keine Scham empfunden, keine Scheu, keine Hemmungen.

Fiona atmete tief ein und spürte, wie sich ihre Brüste gegen den Stoff drängten. Rollo hatte ihren Körper zurückgewiesen. Nicht das erste Mal. Nun, es war ihr Körper, und sie empfand ihrem Mann gegenüber keine Verpflichtungen mehr, auch wenn er ihr Ehemann war, wenn er nicht annahm, was sie ihm immer wieder angeboten hatte. Wenn Rollo ihr nicht das gab, was sie brauchte, würde sie andere finden, die es taten.

Bisher war sie ihm auf ihre Weise treu geblieben. Ja, sie hatte nächtliche Ausflüge unternommen und dabei sexbesessene Männer angetroffen, aber sie hatte ihren Körper uneinnehmbar gehalten und ihr Vergnügen darauf konzentriert, den Männern zu zeigen, was sie mit Händen und Lippen erreichen konnte. Ihren eigenen Orgasmus hatte sie später in der Erinnerung des Erlebnisses zu Hause ausgekostet.

Die letzte Nacht stand für einen Abschied von ihrem bisherigen Verhalten. Sie hatte diese Exzesse gebraucht, Rollos Zurückweisung hatte sie in die Gossen der Gesellschaft geschickt.

Und es hatte ihr gefallen. Sie lachte laut auf, und Janine zuckte nervös zusammen.

»Das reicht«, sagte Fee entschlossen. »Ich brauche dich nicht mehr bis – nun, sagen wir bis vier diesen Nachmittag. Wenn du deinen Herrn siehst, sage ihm, daß ich bei Diana zum Frühstück bin. Vielleicht gehen wir anschließend zur Massage. Ich weiß es noch nicht. Ich nehme an, er wird sowieso noch Stunden in dieser Konferenz sein.«

Sie beugte sich vor und tupfte ein wenig Make-up auf. Der nackte Look war gegenwärtig in. Trotzdem träufelte sie ein paar Tropfen in jedes Auge, wodurch ihre Pupillen anschwollen. Dann zog sie ihre Lippen nach. Kein Ghost-Make-up. Das war nur für die Nacht.

»Welche Schuhe, Ma'am?«

»Die schwarzen Sandalen.«

Janine bückte sich, um Fionas seidenbestrumpfte Füße in die Sandalen mit den hohen Absätzen zu stecken, und schloß dann die Schnallen. Fiona schaute hinunter auf das weizenblonde Haar und fragte sich, ob Rollo das Mädchen gesyncht hatte. Bis gestern abend hätte sie Janine davongejagt und Rollo ihre ganze Rage spüren lassen, aber jetzt überlegte sie, ob sie nicht eher erleichtert wäre, weil das doch der Beweis dafür wäre, das Rollo noch zur Liebe bereit war. Janine war schließlich ein hübsches Ding.

Fiona stand in ihren Sandalen, und Janine kam hoch und betrachtete ihre Herrin. »Sie sehen wunderbar aus, Ma'am«, sagte sie ernst.

Fiona wußte, daß das stimmte. Nicht, daß sie etwas dafür getan hätte. Sie war schon als Baby schön gewesen, und sie hatte das Geld und die Zeit, um sich, solange es ging, schön zu halten.

»Hast du schon mal mit meinem Mann geschlafen?« fragte sie wie nebenbei.

Janine wurde weiß vor Schreck bei dieser Vorstellung, dann färbte sich ihr Gesicht dunkelrot. »Oh, Ma'am«, rief sie heiser aus.

»Nun, er sieht doch gut aus.«

»Aber, ich meine ...«, stotterte das Mädchen.

»Dummes Kind«, sagte Fiona. »Wenn es passiert ist, weiß ich doch, wer den ersten Schritt dazu getan hat.«

»Nein, das würde ich nie, bitte ...«

»Und wenn doch, ist das Schlimmste, was dir passieren kann, daß ich dir eine Abfindung gebe und dich mit einer Empfehlung für einen anderen Haushalt davonschicke. Es wäre nicht dein Fehler, Mädchen. Das weiß ich. Rollo kann einen ganz schön anmachen, wenn er synchen will, und er mag es nicht, wenn man sich seinem Willen widersetzt.« Mich jedenfalls hat er früher wahnsinnig anmachen können, fügte sie verbittert in Gedanken hinzu.

»Ich meine, er ist nicht ... also, ich habe nicht ...«

»Er macht auch nicht mehr viel mit mir«, sagte Fiona ruhig. »Ich dachte nur, das könnte daran liegen, daß er mit einer anderen on-line ist. Sonst muß ich ja glauben, daß er sich ganz abgeschaltet hat.«

Janine hatte ihren Schock überwunden. »Aber er sieht so sexy aus«, platzte sie heraus.

Fiona dachte einen Augenblick darüber nach, welche Wirkung Rollos Aussehen, Persönlichkeit und Geld auf ein Mädchen wie Janine haben mußte.

»Ja, das stimmt«, antwortete sie dann. »Aber daran sieht man eben, wie irreführend das Äußere sein kann.«

Janine wurde wieder rot, aber ihre Neugier behielt die Oberhand. Fiona hatte noch nie mit ihr über solche Dinge gesprochen.

»Können Sie ihm nicht was geben? Ich meine, zum Aufpeppen?« fragte sie.

»Ja, sicher. Aber das wäre das Eingeständnis des Versagens, findest du nicht auch? Und es wäre langweilig. Ich finde, mir steht ein bißchen Spaß zu, wenn ich ihn wecke, und dann will ich, daß es meine Chemie ist, die ihn einsatzbereit macht, und nicht etwas, was wir im Teleshop gekauft haben.«

Fiona sprach eher für sich, aber sie sah Janines Interesse an dem Thema, und plötzlich, noch während sie redete, formte sich ein Gedanke in ihrem Kopf, der ihr bisher nie gekommen war.

»Das verstehe ich nicht«, sagte Janine.

»Hast du einen Freund, Janine? Du brauchst mir nicht zu antworten. Ich zahle dich als Dienstmädchen und nicht dafür, daß ich in deine Privatangelegenheiten eindringe. Aber ich möchte es gern wissen.«

Janine wurde puterrot. »Nein, Ma'am. Ich bin schüchtern, was Männer angeht. Und ich habe auch ein bißchen Angst.«

»Was sagst du mir da, Kind? Sicherlich wirst du nicht noch Jungfrau sein!«

»Doch, das bin ich. Und es ist schrecklich lästig.« Janine blieb ganz ernst, und Fiona mußte ein Lachen unterdrücken.

»Lästig! Wenn ich das höre, komme ich mir altmodisch vor. Ich dachte, Jungfrauenschaft sei was Kostbares. Jedenfalls erinnere ich mich daran, daß es früher immer so geheißen hat.«

»Ich wette, Sie erinnern sich noch daran, wie Sie sie losgeworden sind, und ich wette auch, daß Sie sie ganz schnell loswerden wollten. Auch ich will einen Mann genießen. Aber ich weiß, daß es hoffnungslos ist, so schüchtern, wie ich bin. Und dann habe ich Angst, daß er mir weh tun wird und daß er mich auslacht. Ganz egal, wieviel einem gesagt wird, man kann sich einfach nicht vorstellen, wie es sein wird.«

Fiona lachte. »Okay, okay, ich höre mit dem Quatsch auf. Ich habe meine Unschuld so rasch es ging verloren. Er war Schwimmeister an einem Surferstrand, und wir haben es zwischen den Brettern getan. Ich bin sicher, daß er es in diesem Sommer mit einem Dutzend anderer Mädchen auch gemacht hat. Sie nannten ihn Dünnbrett, und ich begriff den Witz erst ein Jahr später.« Fiona lächelte in der Erinnerung.

Schließlich wurde ihr bewußt, mit wem sie sprach, und sie schaute Janine nachdenklich an. Das Mädchen schien verwirrt, verlegen und neugierig zugleich zu sein.

»Honey, ich muß gehen. Diana erwartet mich. Vielleicht fällt mir zu deinem Problem etwas ein.«

Janine sah an ihrer Herrin vorbei, und sie wurde erneut flammendrot, noch bevor sie gesprochen hatte. »Sie ... Sie werden doch Mr. Cambridge nichts darüber sagen? Ich glaube, das könnte ich nicht ertragen.«

»Natürlich nicht.«

So lief also der Hase. Eigentlich war es kaum überraschend. Rollo in seiner Souveränität, seiner ganzen Ausstrahlung, und dieses kleine hübsche Ding an der Schwelle zur Sexualität. Dabei war ihr bestimmt nicht einmal klar geworden, daß sie eben enthüllt hatte, in Rollo verliebt zu sein.

Fiona lächelte still in sich hinein. Irgend etwas Gutes würde aus dieser Situation herauskommen, dessen war sie sich sicher.

»Mir gefällt deine Ehrlichkeit, und natürlich werde ich dein Vertrauen nicht mißbrauchen. Wir sehen uns später, meine Liebe.«

VIERTES KAPITEL

Nachdenklich stand Fiona auf dem unterirdischen Laufband, das sie zu Dianas Haus bringen würde. Sie lebten an einem Ort, der offiziell der Dschungel hieß, aber die meisten sprachen vom Zoo. Es gehörte zu den Eigenheiten des Zoos, daß niemand herausgelangen konnte. Draußen befand sich kein Naturpark, sondern nackte Natur. Die Menschen blieben in ihren Häusern oder besuchten sich gegenseitig, oder sie hielten sich in öffentlichen Kuppelbauten auf. Zu jedem Haus führte ein Tunnel, angefüllt mit sanfter Musik und Patrouillen.

Die Patrouillen hatten die Aufgabe, die Zoo-Bewohner vor dem gewöhnlichen Volk zu beschützen, das sich diesen Luxus nicht erlauben konnte und in dieser Gegend nichts zu suchen hatte, denn hier wohnten die Wohlhabendsten des Landes. Aufgabe der Patrouillen war es auch, die Zoo-Bewohner daran zu hindern, in den Dschungel auszubrechen. In den Dschungel da draußen, hieß das.

Was Fiona draußen in der Stadt unternommen hatte, war zwar nicht verboten, aber wenn es bekanntgeworden wäre, hätte es unter ihresgleichen Entsetzen und Abscheu ausgelöst. Die Bewohner des Zoos mochten zwar neben Tigern und Affen leben, aber man ging nicht das Risiko ein, sich am Abschaum menschlicher Versager anzustecken.

Sich im Dreck zu wälzen und zu suhlen war kein anerkanntes Gesellschaftsspiel. Vielleicht hatte Fiona es deshalb so sehr genossen.

Dianas Haus befand sich in zehn Minuten Entfernung, für die Verhältnisse im Zoo eine nahe Nachbarin. Die stämmige Skandinavierin ließ Fiona eintreten und ging gleich in die Küche, um Kaffee zuzubereiten.

»Ich habe schon gegessen. Was möchtest du?«

»Eine Scheibe Crisp genügt.«

»Erzähl mir nicht, daß Rollo heute morgen seine Pflichten erfüllt hat.«

»Ich bin heute morgen splitternackt in die Küche gegangen und habe ihn zu reizen versucht, aber er hat sich nur entsetzt umgedreht.«

Diana sah ihre Freundin scharf an. »Und jetzt sinnst du auf Rache.«

»Darauf kannst du Gift nehmen, Schwester.«

Diana trug enge pinkfarbene Shorts über Harlekinstrümpfen.

Ihr draller Busen wurde von einer Lederweste festgehalten, die eng geknöpft war. Was aber das Auge anzog, waren nicht die Lederweste und die pinkfarbenen Shorts, die den strammen Hintern umspannten, sondern die Löcher, die in das Leder geschnitten waren und durch die ihre großen rosigen Brustwarzen lugten, keck und vorwitzig.

»Willst du heute einkaufen?« fragte Diana.

»Mir ist nach einer Massage.«

Diana lachte. »Normal oder intim?«

»Intim, meine Freundin. Hast du Lust mitzukommen?«

»Darauf kannst du dich verlassen. Hier, schau dir das an.« Diana hob die Arme und brachte die Hände hinter dem Kopf zusammen. Sie hatte dichtes, flachsfarbenes Achselhaar, in das kleine Schleifchen geflochten waren – Stoff und Farbe waren mit den Shorts abgestimmt.

»Hübsch. Das gefällt mir. Ich selbst habe da nur wenige Haare.«

»Dieser Coiffeur frisiert dich auch an jeder anderen Stelle, und da unten hast du doch genug Haare, Fee.«

Fee begann ein leichtes Lächeln, das sich immer mehr vertiefte. Sie schüttelte langsam den Kopf.

»Du hast was …?«

Fee sagte nichts, nur ihr Lächeln war beredt.

»Fee Cambridge, gibt es da etwas, was du mir noch nicht gesagt hast?«

Diana musterte ihre Freundin von Kopf bis Fuß. Ihr Blick blieb an Fees Schoß hängen, als könnte sie durch das Kleid die Wahrheit erkennen. »He, zeig mal«, verlangte sie dann.

»Willst du's sehen?«

»Ja, sicher.«

Fiona langte nach unten und griff nach dem Saum ihres Kleides. Sie überkreuzte die Arme und ließ die Hüften rotieren, damit der Rock in die Höhe rutschte. Ihre Strümpfe endeten. Noch ein kleines Stück.

Da sie kein Höschen trug, sah ihre Freundin sofort, was Fee zu zeigen hatte. Kein Härchen trübte den Anblick der weißen Haut, die sich in Dianas sonnendurchfluteter Küche spiegelte. Fee stellte die Beine auseinander, um das Gleichgewicht zu halten, und zog den Rock bis zur Taille.

Diana hielt geräuschvoll die Luft an und bückte sich, um genauer hinsehen zu können.

»Liebling, du hast doch einen herrlich schwarzen Busch da gehabt, und jetzt ist alles weg.«

»Ich fand, er hat die Sicht verstellt«, sagte Fiona heiser. Es machte ihr Spaß, sich vor Diana zu zeigen, aber sie begriff es nicht. Was war über sie gekommen, daß sie jetzt auch noch am Exhibitionismus Spaß hatte?

»Die Aussicht ist atemberaubend«, stellte Diana fest. »Fabelhaft. Das würde Teddy umwerfen.« Ihr Ehemann hieß Theodore. »Kann ich mal genauer hinschauen?«

»Sicher.«

Diana kniete sich vor ihr auf den Boden und inspizierte Fees Unterkörper aus der Nähe. Fionas Schoß sah wie eine exotische Frucht aus. In der Kerbe der Frucht lag das Geheimnis einer Frau, ihre Verlockung. Es kam Diana so vor, als ob die Frucht sie anflehen würde, sie anzurühren.

»Darf ich mal anfassen?«

»Bitte.«

Zögernd hob sie die Hand. Sie berührte Fiona und fühlte die satinweiche, glatte Haut, die doch gleichzeitig so fest und elastisch war. Sie streichelte darüber und vergaß alles um sich herum, so faszinierend fühlte es sich an. Sie glitt jetzt mit der ganzen Hand darüber, beschrieb immer kleinere Kreise mit der Hand.

Ohne es eigentlich zu wollen und auch ganz ohne Absicht glitten ihre Finger in die Kerbe der Frucht, und mit den Spitzen fühlte sie Fionas Feuchtigkeit, als sie sanft über die Klitoris strich. Die Finger krümmten sich und tauchten tiefer ein, teilten die Labien, die scheu zusammenhingen, um den Eingang zu Fionas Körper zu schützen.

Es war die Wärme, die Diana anzog. Ihre Fingerspitzen drangen ein, forschten, suchten, tasteten. Dianas Atem rasselte. Langsam hob sie den Blick, der sich mit Fionas eisigen Augen traf.

»Es tut mir leid«, flüsterte sie.

Die Spannung wich aus Fionas Gesicht, und die Intensität der blitzenden grünen Augen ließ nach. Es braucht dir nicht leid zu tun«, sagte sie. »Ich liebe dich, Darling.«

Sie ließ sich auf die Knie nieder und fing Dianas zitternde Hand auf. Dann bückte sie sich und küßte Diana auf die beiden Nippel.

Sie setzte sich auf die Fersen und lächelte.

»Was für ein samtenes Gefühl, Fee. Ich muß mir das auch machen lassen. Himmel, es ist so sinnlich! Der Spalt saugt einen richtig an, ob man will oder nicht. Ich könnte den ganzen Tag darüber streicheln.«

Sie erhoben sich und lachten sich an. »Es heißt, die nächste Mode wird sein, da unten ein Loch in der Kleidung zu lassen, damit jeder sehen kann, was für ein hübsches Ding wir bisher versteckt haben. Wie würdest du dich dann fühlen, Fee? Die Männer würden verrückt werden.«

»Wenn sie nicht alle so sind wie Rollo«, sagte Fiona mißgelaunt. »Er muß die Libido eines Holzstücks haben.«

»Kein Ehemann sieht besser aus als er«, meinte Diana. »Er sieht jedenfalls erheblich besser aus als der häßliche Hornochse, den ich geheiratet habe.«

»Der sexy häßliche Hornochse«, berichtigte Fiona.

»Ja, sexy ist er«, stimmte Diana zu. »Und er treibt's mit mir, als würde es morgen verboten. Aber er arbeitet auch nicht so wie dein Rollo, und wir verdienen nicht dieses Geld.«

»Bescheidenheit auf allen Gebieten«, maulte Fiona. »Nur nicht beim Sex. Komm, gehen wir zur Massage, und je intimer, desto besser.«

FÜNFTES KAPITEL

Sie nahmen den Tunnelweg zurück zu Fionas Haus, um ihr Auto zu holen. Der Massagesalon befand sich in einer beträchtlichen Entfernung vom Zoo, und so mußten sie die in großer Höhe schwebenden Highways benutzen, die über die Stadt gezogen waren.

Diana besaß kein Auto. Obwohl ihr Haus fast so großzügig eingerichtet war wie das von Fiona und sie sich stets nach der neuesten Mode im Zoo kleidete, die teuer und extrem war und rasch wechselte, gab es doch Gebiete, auf denen sich der niedrige Standard bemerkbar machte. Sie konnte sich auch kein Dienstmädchen erlauben.

Fionas Auto war kein gewöhnlicher Schlitten. Viele Drohnen verfügten über ein Auto, aber das waren lediglich die computerassistierten Fahrzeuge. Im Zoo-Jargon waren die Drohnen die Angehörigen der Mittelklasse, die unter sich blieb – mit denen in der Stadt wollten sie nichts zu tun haben, und zu den Reichen im Zoo fanden sie keinen Zugang. Die Drohnen haßten die Zoobewohner wegen deren exhibitionistisch zur Schau getragenen Wohlstand, und die Zoo-Leute haßten die Drohnen wegen ihrer spießbürgerlichen Mentalität.

Nein, Fionas Auto war eines dieser neuen turbogetriebenen Maschinenmonster, ein Exemplar von exklusiver Schönheit, elegantem Design und einer Technologie, in der das ganze Wissen der Welt eingeflossen war. Es war geformt wie eine Rakete und lief hinten flach zu, und die Karosserie bestand aus korosionssicherem Titanium, mit einer dünnen Schicht aus bruchsicherem Glas überzogen.

Fionas Auto hatte eine tiefrauchbraune Farbe, es machte mehr als fünfhundert Kilometer in der Stunde in erlesenem Komfort und war absolut unfallsicher. Man konnte auch relativ sicher vor den Highway-Piraten sein. Wegen denen waren die Highways so hoch gelegt, daß sie für die Hoffnungslosen in den verfallenen Städten unerreichbar blieben.

Zu einer früheren Zeit hatten die Highway-Cops die Straßen mit Hubschraubern kontrolliert. Aber die Piraten machten sich einen Spaß daraus, die Hubschrauber abzuschießen, und wenn es Überlebende gab, ließ man sie erst gegen die Zahlung eines hohen Lösegeldes frei. Nur so profitierten die Ausgestoßenen doch noch am Staatshaushalt.

Die Maschinenmonster auf den Highways waren heute sicherer, aber auch sie waren nicht hundertprozentig piratensicher. Die Ganoven hatten gewiefte Computer-Hacker unter sich, die alles daran setzten, den Code zu knacken, der zu jedem individuellen Turbo gehörte.

Solche Attacken waren selten, beziehungweise selten erfolgreich. Wenn der Code geknackt war, konnte man sich der Autos bemächtigen und sie samt Insassen gegen ein Lösegeld zurückgeben. Die Strafe für solche Taten bestand aus lebenslanger Haft, was für die Städter aber nur bedeutete, daß sie für ihr Essen nicht mehr zu kämpfen brauchten. Die Computer-Industrie arbeitete fieberhaft daran, die Codes hack-sicher zu machen, aber bisher war das nicht gelungen.

Nachdem Fiona ihr Auto aus dem Hangar geholt hatte und die nächste Rampe ansteuerte, beobachtete sie den Bildschirm – es gab keine Windschutzscheibe – und gab ihr Ziel und die gewünschte Ankunftszeit ein. Das Auto würde alles andere von selbst erledigen, es würde sich dem Verkehr anpassen und wurde mit jeder lange vorher simulierten Situation fertig. Jedenfalls war es den Insassen bei weitem überlegen, was Fahrtüchtigkeit und Intelligenz anging.

Die kraftvolle Beschleunigung verfehlte auch diesmal ihre Wirkung auf Fiona nicht, sie konnte sich am Gefühl der Geschwindigkeit berauschen. Fast geräuschlos schnurrten sie durch die Dreckdunstglocke, die über dem Stadtsumpf hing. Einzelheiten entlang des Highways konnten sie nicht erkennen. Wenn sie etwas sehen wollten, mußten sie ein Videoband mitlaufen lassen, das sie anschließend in Zeitlupe abspielen konnten. Aber auf diese Idee wäre kaum jemand gekommen – die Geschwindigkeit des Autos hüllte einen vor der Häßlichkeit der Realität ein.

»Es heißt, daß die Stadt abends ziemlich lebendig wird«, sagte Diana, die sich auf der Couch ausgestreckt hatte.

»Ja. So heißt es«, antwortete Fiona mit einem süffisanten Lächeln.

»Denkst du schon mal über die Piraten nach?« fragte Diana.

»Manchmal. Aber so schlimm ist das doch nicht. Noch immer sind die Menschen zurück nach Hause gekommen, nachdem das Lösegeld bezahlt wurde.«

»Hast du dir schon mal Gedanken darüber gemacht, was zwischen der Gefangennahme und der Lösegeldzahlung geschieht?« fragte Diana, den Mund leicht geöffnet.

»Sie sagen, daß die Piraten wundervolle Männer sind«, murmelte Fiona. »Vielleicht wäre es gar nicht so schlecht ...«

»Du mußt ja wirklich schlecht dran sein«, meinte Diana, »wenn du mehrfache Vergewaltigungen nicht für so schlecht hältst.«

»Wenn es mich trotzdem reizt, dann ist das Rollos Schuld. Noch vor einem Jahr hätte ich meine Lippen geschürzt wie eine Drohne und ›ts, ts‹ gemacht.«

»Das glaube ich dir nicht«, neckte Diana. »Aber es ist mir lieber, wenn du deine Phantasien auf die Stadt beziehst und nicht auf den Dschungel.« Sie lachte. »Niemand würde dir einen Vorwurf machen, wenn du in deiner Gefangenschaft einen Piraten ranläßt, aber reite nicht den Tiger. Es ist illegal, das weißt du.«

»Es gibt Tiger und Tiger«, sagte Fiona kurz. »Wir sind jeden Moment da.«

Fee und Diana trugen sich im Massagesalon ein, ließen ihre Körper scannen und wurden als gesund diagnostiziert. »Möchten Sie Einzelkabinen haben, oder wollen Sie zusammenbleiben und ein Doppel buchen?« fragte die schwarze Frau im weißen Kittel hinter dem Empfangstresen.

»Doppel«, sagte Diana entschieden. »Es ist schon die halbe Miete, wenn ich sehe, wie du auf hundert gehst, Fee.«

Sie wurden in einen kleinen Raum mit zwei Codes geführt, und vor jeder stand ein junger Masseur. Die Männer zeigten entblößte Oberkörper, braun und stählern, breite Schultern und kraftvolle Muskeln. Sie trugen einen breiten Ledergürtel über der hautengen Flexihose, die bis unter die Knie reichte und die geschwungenen Waden freiließ. Die Hosen umschmiegten die Hinterbacken und verrieten Form und Umfang der Schwellung zwischen den Leisten.

Die jungen Männer lächelten freundlich, als die Frauen hereingeführt wurden. »Meine Damen«, sagte einer von ihnen, »dürfen wir beim Ausziehen behilflich sein?«

»Ich bestehe sogar darauf«, sagte Diana burschikos, »ich bin schließlich zu meinem Vergnügen hier.«

Sie traten vor die Frauen hin. Dianas Masseur löste ihre Haare und berührte die Nippel. »Sehr hübsch«, sagte er. »Man sieht sofort, daß Sie eine Lady zum Synchen sind.«

»Ich bin froh, daß es dir gefällt.« Diana sah zu, wie er die Weste aufzuknöpfen begann und eifrig darauf wartete, daß er den Busen freilegen konnte. Fee und ihr Masseur schauten zu. Der Sinn dieses Ausflugs bestand schließlich darin, sich anzutörnen. Fee genügte das Schauen in diesem Moment, und sie bewunderte den Körper ihrer Freundin, der gerade enthüllt wurde.

Sie hatte schwere, mit Sommersprossen übersäte Brüste, die unter ihrem Gewicht sackten, aber es war trotzdem ein erotisches Bild. Der Mann arbeitete körpernah an Diana, und wenn er sie berührte, geschah das wie unbeabsichtigt, ganz leicht und erregend, bis Dianas Haut zu kribbeln anfing. Sie hob leicht die Arme, der Masseur sah die Schleifchen in Dianas Achselhöhlen und geriet in Entzücken.

Jetzt kniete er sich vor sie und öffnete den Reißverschluß ihrer Shorts. Behutsam zog er sie den Bauch und die festen Pobacken hinunter, bis sie heraustreten konnte. Durch das dünne Material der Strumpfhose konnte man den plattgedrückten Busch ihrer Schamhaare sehen. Der Masseur begann die Strumpfhose an der Taille aufzurollen, langsam, als wollte er jeden Zentimeter freigelegter Haut genießen, erst den Bauch, dann den Schoß.

Als er bei den Füßen angekommen war, streifte sie die Strumpfhose mit den Zehen ab. Der Mann schaute zu Diana hoch, sein Gesicht genau auf der Höhe ihrer Scham. Er hob eine Hand und fuhr ihr damit durch die Behaarung, als wollte er die einzelnen plattgedrückten Härchen aufrichten. Diana lächelte. Sie spürte gern die kraftvollen Hände eines Mannes auf ihrem Körper.

Sie stieg auf einen der gepolsterten Massagetische und legte sich hin, mit sich und der Welt in Frieden.

Jetzt war Fiona an der Reihe.

Ihr junger Mann ließ sich Zeit mit ihren vielen

Haken und schlüpfte mit einer Hand unter das Kleid, um die Haken leichter öffnen zu können. Er begann bei ihrem Busen und stellte natürlich sofort fest, daß sie keinen BH trug. Nachdem er einige Haken geöffnet hatte, sah er Fiona in die Augen und hob ihre Brüste an, befreite sie vom Stoff. Es war ein einprägsames Bild, die magnolienfarbenen Brüste auf dem schwarzen Stoff des Kleides. Sie spürte seinen warmen Atem, als er fortfuhr, ihr Kleid zu öffnen, bis er es in zwei Teile aufklappen konnte.

Alle im Raum sahen, daß Fee auch kein Höschen trug. Und sie sahen auch den nackten Venusberg. Was für ein Kontrast zu Dianas ungezügeltem Wuchs. Der Masseur stieß zischend den Atem aus, berührte sie aber nicht.

Jetzt, beim zweiten Anblick, hielt Diana die unbehaarte Stelle für noch ungewöhnlicher, schöner, atemberaubender. Und sexy. Sie erinnerte sich wieder, wie weich und seidig sich Fee angefühlt hatte. Plötzlich fiel ihr auch ein, woran sie sich ganz spontan erinnert fühlte. Obwohl die Form wirklich so verschieden war, hatte Fees Schoß mit seiner seidigen Oberfläche viel Ähnlichkeit, was das Anfühlen anging, mit dem federnden, zuckenden, festen, elastischen Glied eines Mannes. Oh, es müßte wunderbar sein, ein geschwollenes Männerglied neben oder vor – oder in – dieser nackten Region ihrer Freundin zu sehen.

Fees Masseur rollte ihre Strümpfe hinunter und zog sie ihr zusammen mit den Sandalen aus. Jetzt war Fee so nackt wie ihre Freundin, und beiden war so, als handelte es sich um das Selbstverständlichste in ihrem

Leben. Auch sie stieg auf ihren Massagetisch, und wie Diana legte sie sich auf den Bauch.

»Mein Name ist Derek«, sagte der Masseur, der sich um Diana kümmerte. Er stellte zuckersüße Musik ein, die sie in der nächsten Stunde berieseln sollte.

Fee mußte an den harten, fetzigen Rhythmus denken, den sie bei den Piraten rund um die Feuer unter dem Highway gehört hatte. Ihr war bewußt, auch in dieser Situation auf dem Massagetisch, daß ihr Leben zu öde war – und welche Gefahren so ein Leben barg.

Sie fühlte sich gefangen im goldenen Käfig, aber der Geruch von Freiheit stach in ihren Nüstern.

Einer der Männer machte sich am Licht zu schaffen, bis die Ecken des Raums im Schatten lagen und die Körper der beiden Frauen wie im Scheinwerferlicht lagen. Dann schienen die Männer zu zögern.

»Was ist los?« fragte Diana schläfrig.

»Für einen kleinen Extra-Betrag«, sagte einer der Männer, »ziehen wir unsere Kleider aus, bevor wir uns der Damen annehmen. Ich meine, falls Sie das interessiert.«

»Ja«, sagte Fee rasch, bevor Diana antworten konnte. »Alles runter. Wir wollen doch von den Jungs was haben, oder?« Daß sie sich vor den fremden Männern nackt zeigte, hatte eine neue Art der Erregung in ihr ausgelöst.

Die Männer grinsten sich an und streiften sich behutsam die hautengen Hosen ab. Dann waren sie so nackt wie ihre Kundinnen, goldbraun von Kopf bis Fuß, und zwischen ihren Beinen baumelte ein schlanker, langer Penis.

Jetzt endlich begannen sie damit, die Frauen zu massieren. Sie fingen am Kopf an, gruben mit den Fingerspitzen tief in die Kopfhaut hinein und ölten danach erst die Hände ein, als sie sich die Haut der Frauen vornahmen.

Fee seufzte und entspannte sich total. Sie spürte, wie sich Knoten unter den kundigen Griffen des Masseurs lösten. Ab und an spürte sie, wie seine Haut ihre berührte und wenn sie die Augen geöffnet hätte, könnte sie sehen, wie sein Glied sanft schwang und die Bewegungen seines Oberkörpers mitmachte. Ein hübscher Anblick. Einmal, als es ganz nah bei ihrer Hand war, griff sie zu und streichelte es sanft und lächelte dabei.

Sie hörte Diana gelegentlich stöhnen vor sinnlichem Vergnügen. Es war eine gute Idee herzukommen, dachte sie. Sie spürte, wie eine Woge der Ruhe sie erfaßte.

Ihr Masseur nahm sich ihre Hinterbacken gründlich vor. Er teilte die beiden Backen und fuhr abwechselnd mit beiden Handflächen über die Rundung und in die Kerbe hinein. Paul, so hieß der Mann, der sie bearbeitete, ließ seine Daumen leicht rotieren. Fiona stieß ein tiefes, kehliges Stöhnen aus, ohne daß es ihr bewußt wurde. Am liebsten hätte sie sich angehoben, den neugierigen Händen entgegen.

Paul ließ nicht nach. Er verstärkte den Druck, und sie spüre die kreisenden Bewegungen der Daumen immer heftiger. Jetzt begann ihre Vagina zu kribbeln, und ihre Gedanken kehrten wieder zur vergangenen Nacht zurück.

»Drehen Sie sich auf den Rücken, Ma'am«, sagte Paul. Wie benommen gehorchte Fiona.

Er massierte ihr Gesicht, den Hals, die Hände und schenkte besonders den Schultern viel Aufmerksamkeit. Dann nahm er eine Brust, umfaßte sie mit beiden Händen, drückte, streichelte und koste sie. Während er sie mit einer Hand hielt, klatschte er mit der anderen gegen die empfindliche Haut, unter der Fee es schon bald pulsieren spürte, als hätten die Brüste ein eigenes Leben. Sie wurde heiß unter seinen Händen, die blauen Äderchen schwollen dunkelblau an und hoben sich gegen die gerötete Haut deutlich ab.

Als beide Brüste gleichermaßen behandelt worden waren, fühlte sie sich fest und heiß und glühend an.

Er massierte ihren Bauch, die Hüften, Schenkel, Fußgelenke und Füße. Um ihre Fesseln zu massieren, stellte er ihren Fuß gegen seinen Schoß, so daß sie den warmen Flaum seiner Haare und die weiche Haut seines Gliedes unter der Fußsohle spürte, während er an ihr arbeitete.

Er wandte sich wieder ihren Oberschenkeln zu, spreizte sie und ließ die Beine über den Tisch hängen, während er sich immer mehr ihrer Körpermitte widmete.

Sie lag mit geschlossenen Augen da und spürte, wenn sein halbsteifer Penis hier und da ihre Haut berührte. Im nächsten Augenblick stieg er auf den Tisch, setzte sich breitbeinig über sie, die Knie gegen ihre Oberschenkel gedrückt, bis sein Penis sanft gegen ihren haarlosen Hügel stieß, eine liebevolle, intime Liebkosung.

Seine Daumen tauchten in sie hinein, glitten zurück,

tauchten wieder ein. Seine Finger strichen die Labien entlang, berührten unendlich sanft ihre Klitoris, und immer wieder tauchten seine Daumen auf.

Fiona begann sich unter ihm zu winden, und ihre Lippen öffneten sich in einem lautlosen Schrei sexueller Ekstase.

Diana gab ihrem Masseur zu verstehen, mit der Arbeit aufzuhören, sie wollte zuschauen. Sie gelangte nur durch die volle Penetration eines Mannes zum Höhepunkt. Sie wußte, daß Fee vom Masturbieren einen Orgasmus erleben konnte, und es faszinierte Diana zu sehen, wie sich ihre Freundin der Lust hingab und wie ihr ganzer Körper von Zuckungen durchrüttelt wurde, sichtbare Beweise des Tumultes in ihr.

Fee warf den Kopf von einer Seite zur anderen. Sie bemerkte weder Dianas neugieriges Starren noch die Augen der beiden Männer. Für sie spielte sich die Welt in dieser einen nassen Stelle ab, die der Masseur rieb. Sie hatte die Knie angezogen und weit gespreizt.

Paul arbeitete mit beiden Händen, die eine Hand strich über ihren Kitzler, die andere massierte die Labien.

Fee spürte den nahenden Orgasmus. Sie war nur noch Körper. Ihre Lippen formten die Worte *bitte, bitte,* aber hörbar war nur ein langgezogener Schrei. Ihr Geschlecht umklammerte die Finger, sie trieb ihre Hüften gegen Pauls Hände, hart, unbändig, stoßend.

Die inneren Vibrationen ließen nach. Fees Gesicht entspannte sich, ihr Körper sackte zurück auf den Tisch. In ihr pochte es noch, aber sie spürte, wie es allmählich abebbte.

Fees Körper lag da wie vom Wind hingeweht. Sie hatte die Augen geschlossen, und ein sanftes Lächeln entspannte das Gesicht, zufrieden wie eine schnurrende Katze. Ihre Haut glühte vom Sex. Der blonde Junge kniete noch zwischen ihren Beinen.

»Ihr letzter Liebhaber muß brutal gewesen sein«, sagte er mit weicher Stimme. Diana spitzte die Ohren. »Er hat Spuren hinterlassen.«

»Ja, er war wild«, sagte Fee, und plötzlich lief ein Schauer über ihren glühenden Körper.

»Fiona?« fragte Diana.

»Ich erzähl's dir später«, sagte Fiona verträumt.

Jetzt widmete Derek sich seiner Kundin, bearbeitete Dianas Schamberg mit der ganzen Hand, rieb, drückte, strich neckend über den Kitzler. Aber obwohl Diana sich herumwälzte und seufzte und stöhnte, wußte sie, daß es ihr nicht kommen würde.

Fee schaute zu, auf einen Ellenbogen gestützt, noch halb in ihre eigene Phantasie verstrickt. Dianas Hüften hoben sich, die langen Schenkel bebten, aber das war auch schon alles.

Sie hatte nichts dagegen, daß Fee ihr zuschaute. Sie wußte, daß Fee Lust gewann, wenn sie einen erregten weiblichen Körper sah. Ihr ging es nicht anders, besonders, wenn es sich um Fees Körper handelte. Man konnte Fee anmerken, daß sie wie auf glühenden Kohlen saß – wußte Rollo eigentlich, daß er mit dem Feuer spielte? Fiona würde sie sich nicht zur Feindin wünschen.

»Das war großartig«, sagte sie. »Ist es nicht entzückend, die Dongos der Jungs hin- und herschwingen zu sehen?« Sie berührte Dereks Schwanz, hob ihn an und stieß einen gutturalen Laut aus.

»Ladies«, sagte Paul, »in diesem Etablissement gibt es noch einen weiteren Service, den wir anbieten.«

»Und um welchen Service handelt es sich?« fragte Fee.

Die beiden Männer stellten sich nebeneinander. Sie sahen einander bemerkenswert ähnlich. Jetzt faßten sie sich an den Schultern an.

»Derek und ich«, sagte Paul, »gestalten ein kurzweiliges Unterhaltungsprogramm, wenn den Damen der Sinn danach steht.«

Es gab keinen Zweifel, wovon sie sprachen, als jeder die Genitalien des anderen umschloß.

»Puh!« sagte Diana gepreßt. »Was für ein Anblick!«

»Bist du froh, daß wir noch bleiben?« flüsterte Fiona.

SECHSTES KAPITEL

Auf dem Weg zurück in den Zoo saßen sie entspannt im Auto, als Diana ihre Freundin ins Verhör nahm.

»Komm schon, Baby«, sagte sie. »Mit wem hast du gesyncht, da es Rollo ja nicht gewesen sein kann? Wer war der brutale Liebhaber?«

Fiona, die zuerst die Absicht gehabt hatte, ihrer Freundin die Geschichte mit den Piraten anzuvertrauen, konnte sich jetzt nicht dazu überwinden. Wirre Ideen schwirrten in ihrem Kopf herum, große Ideen, über die sie sich erst klar werden mußte. Es waren illegale Ideen.

Wie gut und fest ihre Freundschaft mit Diana auch sein mochte, sie mußte vorsichtig sein und konnte Diana zu diesem Zeitpunkt noch nicht mit ihren Gedanken konfrontieren. Gerade weil sie die kräftige Skandinavierin so sehr mochte, durfte Fiona nichts tun, was ihr hätte schaden können.

Oder waren ihre Ideen blanker Unsinn? Flirtete sie nur mit der Gefahr? Wie auch immer, sie mußte sich erst über ihre Pläne klar werden. Und bis dahin war es nur klug, ihre geheimsten Gedanken für sich zu behalten.

Der Pirat.

Will und sein aggressiver Sex gingen ihr nicht aus dem Kopf. Will, der keine Manieren hatte und keine Hemmungen kannte.

Nein, es war besser, Stillschweigen zu bewahren. Sie würde ihre Gossensex-Erlebnisse in ihren Phantasien aufleben lassen.

»Ich habe ein zu großes Geheimnis daraus gemacht«, sagte Fiona reumütig. »Es ist nur, daß ich einen neuen Vibrator habe, mit dem ich es zu toll getrieben habe. Ich bin es einfach satt, daß Rollo mich so einfach vertrocknen läßt. Der Mann nimmt jeden Abend eine Tablette und schläft wie tot.« Sie kicherte.

Diana war enttäuscht, aber sie insistierte nicht weiter. »Willst du zum Essen bleiben?« fragte sie. »Danach könnten wir einkaufen gehen, wenn dir danach zumute ist.«

»Ich glaube, ich gehe lieber nach Hause«, antwortete Fiona. Ihre Augen blickten hart. »Ich bin müde, und ich schätze, ich sollte mich mit Rollo zum Essen treffen. Heute morgen haben wir unsere Pläne nicht abstimmen können.«

»Dieser Plan, an dem er arbeitet«, warf Diana ein, »wird einigen Staub aufwirbeln, wenn er ihn realisieren kann.« In ihrer Stimme klang ein wenig Neid durch.

»Kann schon sein«, sagte Fiona. »Wenn er damit Erfolg hat, werde ich mich mit um die Organisation kümmern müssen. Dann habe ich weniger freie Zeit.«

»Aber das würde dir doch gefallen, oder?«

»Ja, ich arbeite gern. Ich habe nur was dagegen, wenn die Arbeit mit meinem Sexualleben kollidiert. Ich meine, Rollo wird von seiner Arbeit aufgefressen, und so etwas würde ich nie mitmachen.«

»Würdest du fremdgehen?«

»Würde ich es dir erzählen, wenn? Sei doch realistisch. Wir kennen dieselben Leute. Nein, wenn, dann müßte ich sehr diskret vorgehen.«

Im Zoo gab es eine Menge Flirts und noch mehr Geschichten, die man sich hinter der vorgehaltenen Hand erzählte. Obwohl es kaum jemand zugeben würde, unterschieden sie sich kaum von den Drohnen, was Sex anging. Sie redeten nur offener darüber, das war der einzige Unterschied. Das menschliche sexuelle Verhalten ist zeitlebens fast gleich geblieben. Was sich ändert, ist die Art und Weise der Präsentation.

»Bleib bloß von Teddy weg«, sagte Diana. Ihre Stimme klang leichthin, aber Fiona wußte, wie ernst es ihr war.

Fiona starrte die blonde Frau kalt an. »Vielleicht schätze ich deine Freundschaft höher, als du ahnst, weißt du.«

Diana leckte sich die Lippen. Sie erinnerte sich an das Gefühl, als ihre Finger Fionas Geschlecht gestreichelt hatten.

»Ich weiß«, sagte sie zitternd.

Fee war zu Hause, als Rollo von seiner Arbeitsstation kam. Ein Zimmer ihres Hauses war ausschließlich für die Telekommunikation da, und dort ging Rollo seinen geschäftlichen Dingen nach. Er traf seine Geschäftspartner selten persönlich, sah sie nur am Bildschirm. Er konnte gleichzeitig mit zwölf verschiedenen Menschen am Bildschirm konferieren, und wenn er mal für eine noch größere Konferenz Bedarf haben sollte, konnte er einen größeren Anteil am Satelliten mieten. Nein, er verlor keine Zeit und verschwendete keine Kraft; er mied Geschäftsreisen wie der Teufel das Weihwasser.

Der Plan, von dem Diana gesprochen hatte, bestand darin, eine Firma ins Leben zu rufen, die in der Lage war, Wasser aus dem feuchten Nordwesten des Landes in den trockenen Südosten zu bringen. Das Projekt war mindestens fünfzig Jahre alt, seit Dürrezeiten zu den Sommern im Südosten gehörten. Aber bisher hatte es niemand geschafft, die technischen und finanziellen Voraussetzungen zu schaffen. Rollo stand kurz vor der Lösung der letzten Probleme.

Er entwickelte ein Konsortium, das sich Geld auf dem freien Mark beschaffte. Er selbst hatte sich als Geschäftsführer vorgesehen und Fiona als eine der Direktoren. Wenn der Plan gelang, würde sie einen Vollzeitjob ausfüllen müssen. Sie war großartig auf dem Gebiet der Organisation und deshalb die ideale Partnerin für ihn, wacher Verstand und Durchsetzungsvermögen. Und wenn er nicht vergessen hätte, daß sie eine sexuell aktive und bedürftige Frau war, wäre ihre Beziehung perfekt gewesen.

So, wie die Dinge standen, sann Fiona auf Rache.

Rollo hatte das Erlebnis vom Morgen völlig vergessen und war in Gedanken noch bei den Ereignissen seines Geschäftstages. Er aß einen Salat, ohne zu wissen, was er tat, und sah im Geiste die Persönlichkeiten der Männer und Frauen, mit denen er zu tun hatte. Die Vorbereitungen waren so weit gediehen, daß er sich Gedanken machte über den geeigneten Starttermin für die neue Firma.

»Du mußt dir einen Namen einfallen lassen, Fee«, sagte er. »Etwas Starkes, Kräftiges. Es kann auch sexy klingen. Wer den Namen hört, soll sofort wissen, daß hinter diesem Firmennamen Kraft und Einfluß und Wissen stehen. Selbstsicherheit, Zuverlässigkeit.«

Sie starrte ihn verblüfft an. Der Mann hatte keine Ahnung, was ihr in diesen Tagen durch den Kopf ging.

»Fließkraft«, schlug sie vor. »Saugkraft. Stromlinie. Saftlinie. Feucht und Naß ...«

»Okay, okay, druck sie alle aus. Aber nichts, was zu frivol klingt. Man darf nicht wissen, daß der Name aus dem Zoo kommt. Wir wollen alle ansprechen, deshalb nichts Ironisches, nichts Überkandideltes.«

Alle ansprechen? Ich habe nichts dagegen, dachte Fiona. Ich schrecke vor nichts zurück ...

Reichlich spät erinnerte sich Rollo seiner guten Manieren. »Was machst du heute nachmittag?« fragte er sie. In den meisten Ehen, in denen ein Partner genug für beide verdiente, verbrachte der andere Partner die Zeit damit, vor dem Schirm zu sitzen, bevor der Termin für die Gymnastik anstand oder ein Besuch bei Nachbarn. Aufrechte Mitglieder der Gesellschaft gaben sich Wohltätigkeitsdingen hin oder unterstützten die Kommunalverwaltung.

Fiona war nicht sehr aufrecht. »Ich bin geil«, sagte sie. »Mein Liebhaber kommt vorbei.«

»Mit solchen Dingen scherzt man nicht«, mahnte Rollo sie. »Ich muß jetzt wieder an die Arbeit.«

Fiona hatte eine anstrengende Nacht hinter sich. Sie ging zu Bett und schlief sofort ein.

Nach dem Aufwachen stellte sie sich unter die Dusche, schlüpfte in ihren Hausmantel und setzte sich an den Computer. Sie war entschlossen, Piratin zu werden. Sie hatte vergangene Nacht nicht bloß so dahergeredet, und sie war jetzt noch wütend darüber, daß man sie nicht sofort aufgenommen und zu dem einen oder anderen Coup eingeteilt hatte. Also würde sie es allein schaffen. Die Piraten hackten Autos. Sie konnten nur gelegentlich einen Erfolg verbuchen – Hacken war eine schwierige Angelegenheit. Aber Fiona verfügte über einige Vorteile, die ihnen fehlten.

Ihr größter Vorteil lag darin, daß sie ein Auto besaß. Die Piraten hatten nie ein Auto besessen, so konnten sie auch keins auseinandernehmen und lernen, wie der Connet, das Kontroll-Netz des Autos, funktionierte. Autos, die über ein Connet verfügten, hatten einen eingebauten Schutz gegen Manipulationen von außen. Wenn der interne Führungscomputer, der Connet selbst, von externen Anweisungen gesteuert wurde, wie die Hacker es betrieben, schmolz er dahin – er zerstörte sich selbst.

Der Connet war mehr wert als das Auto. Deshalb war diese Selbstzerstörung etwas sehr Kostspieliges.

Trotzdem fanden Hersteller und Fahrer, daß der Connet sein Geld wert war, denn selbst wenn die Piraten es schafften, in den Connet einzudringen und das Auto zum Stehen zu bringen, konnten sie nichts mit ihm anfangen. Ohne Connet war das Auto nicht steuerbar. Erst ein neuer Connet würde aus dem Auto wieder ein Fortbewegungsmittel machen.

Den Piraten blieb also nichts anderes übrig, als sich

an dem Fahrer oder Besitzer schadlos zu halten: Sie brachen die Tür auf und nahmen den Fahrer als Geisel: Wer ein solches Auto fuhr, mußte reich sein, denn nur die Reichen konnten sich einen Connet erlauben. Nach der Lösegeldzahlung wurde die Geisel freigelassen und das Auto abgeschleppt. Wenn der Besitzer es sich erlauben konnte – oder wenn die Versicherung zahlte –, erneuerte er den Connet.

Die SkyPolice konnte auch in den Connet hacken und das Auto anhalten, wenn vermutet wurde, daß es einen Kriminellen transportierte, aber auch dieser Vorgang hatte das Schmelzen des Computers zur Folge. Aber um keine falschen Schlüsse aufkommen zu lassen – wer einen Connet in seinem Auto hatte, war selten ein Verbrecher, und wenn doch, würde er nicht in seinem Auto fliehen wollen. Es war einfach zu kostspielig.

Die Autos waren mit einer Vorrichtung ausgestattet, die es ermöglichte, den Connet auszuschalten und den Wagen manuell zu steuern, aber das konnte man nur tun, wenn man einen Notschalter betätigt hatte, der ein automatisches SOS-Signal ausstrahlte und innerhalb von fünf Minuten SkyPolice, Luft-Ambulanz und Feuerwehr-Hubschrauber auf den Plan rief. Und es dauerte zehn Minuten, ehe man nach dem Drücken des Notschalters zur manuellen Steuerung des Autos übergehen konnte. Diese Sicherheit war eingebaut, um gegen Spritztouren-Fans gerüstet zu sein. Das Zielprogramm konnte jeder eingeben, aber nur diejenigen, deren genetischer Fingerabdruck ihn oder sie als legitime Benutzer auswiesen, konnten den Connet bedienen und in dessen Programm einsteigen.

Rollo und Fiona und sonst niemand in der Welt konnte ihren Wagen fahren, weil nur ihre genetischen Fingerabdrücke in den Connet eingegeben waren, und sie dachten nicht daran, diesen Kreis zu erweitern.

Connet-Autos hatten also ihre internen Geheimnisse. Aber Fiona hatte noch einen zweiten Vorteil den Piraten gegenüber. Sie war nicht nur eine kompetente Hackerin, sondern früher hatte sie einmal für die Autohersteller gearbeitet.

Ihr Plan, war, ein Auto zu hacken. Sie würde soviel wie möglich von ihrem eigenen Auto lernen, aber sie hatte nicht vor, den Connet schmelzen zu lassen. Das würde sie sich aufsparen für das Auto, das sie hacken würde.

Die Polizei würde keine Chance haben, sie zu überführen. Sie würde auch gar nicht auf die Idee kommen, daß eine Frau wie sie etwas mit einem solchen Akt zu tun haben könnte.

Rollo hatte das Auto gekauft, aber er benutzte es kaum. Er verließ ja kaum das Haus, und wenn, dann nur, wenn es um sportliche Veranstaltungen oder um gesellschaftliche Verpflichtungen ging. Es war Fiona, die das Auto als Transportmittel einsetzte.

Sie saß ein paar Stunden am Computer und war zufrieden mit ihren Fortschritten.

Dann, als sie spürte, daß sie für heute genug herausgefunden hatte, rief sie Janine. Das junge Mädchen half der Herrin, die geeignete Kleidung auszusuchen. Sie entschieden sich für einen engen schwarzen Rock mit schmalen Bändern, die wie Hosenträger aussahen und gerade die Brustwarzen bedeckten.

»Ein wunderschönes Kleid, Ma'am«, sagte Janine, »aber man sieht ihm an, daß es nicht das neueste Modell ist. Man zeigt jetzt die Nippel.«

»Ja, richtig. Ich war heute bei Diana. Sie trug eine großartige Weste, die alles bedeckte und nur die Nippel freiließ.«

Janine trat zurück und betrachtete das Kleid. Dann faßte sie den Stoff an, rieb ihn zwischen den Fingern. Dabei berührte sie Fionas Nippel mit dem Handrücken.

»Wenn Sie zwanzig Minuten Zeit haben, könnte ich die neue Mode in die Bänder bringen«, sagte Janine. »Sie sind breit genug und auch fest genug.«

»Ja, fein.«

Fee trat aus dem Kleid, und Janine setzte sich in eine Ecke, um das Kleid auf die neueste Mode zu trimmen. Fiona, nur mit Strapsen, fleischfarbenen Strümpfen und Schuhen mit zehn Zentimeter hohen Absätzen bekleidet, ließ sich vor dem Toilettentisch nieder und begann, ihr Gesicht zurechtzumachen.

Rollo kam herein. Er sah die Beinahe-Nacktheit seiner Frau, und seine Augen blinkten nicht wenig erstaunt, er schaute auf die nackte Stelle an Fionas Unterbauch und von dort zu Janine, die demütig über ihrer Arbeit gebückt saß.

Rollo stellte sich hinter seine Frau und begann, ihre Schultern zu massieren. Sie lehnte sich zurück, schmiegte sich gegen ihn. Dadurch reckten sich ihre festen Brüste, die beiden Nippel waren auf den Spiegel gerichtet, wurden dort reflektiert und zeigten zurück.

Ihr Blick ging hoch, wandte sich vom eigenen Körper ab und dem Spiegelbild ihres Mannes zu. Sein hageres Gesicht war schön, es gab keine andere Bezeichnung dafür. Die Augen strahlten so klar wie das Gefieder eines Kolibris. Er hatte lange, seidenweiche Haare, die er streng zurückbürstete, damit sie sein Gesichtsfeld nicht störten. Sie sehnte sich danach, mit ihren Händen in diesen Haaren zu wühlen.

Er war ganz in Schwarz gekleidet, das Oberhemd mit matten silbernen Medaillons behängt, und Fiona sah unter seiner Kleidung das Spiel seiner Muskeln. Er war ein schwarzer Panther von einem Mann, aber wenn es danach ging, was sie von ihm hatte, hätte er auch kastriert sein können.

Er bückte sich und küßte sie auf die Schultern. »Hältst du nichts mehr von Unterwäsche?«

»Hin und wieder. Janine ändert mein Kleid.«

Seine Hand griff über ihre Schulter und umfaßte eine Brust. Sie sah, daß er die Szene im Spiegel beobachtete.

»Rollo«, sagte sie sanft und leise.

Er ließ sie los. »Ich bin müde, Baby. Ich sehne mich nach einem entspannenden Abend. Es ist schon spät. Ich muß noch ein paar Dinge durchdenken.« Ihre grünen Augen blickten diamanthart. »Wir könnten zusammen entspannen«, sagte sie lauernd.

»Laß uns essen, Fee.«

Die Spannung fiel von ihr ab, und sie stand auf und bewegte sich mit träger Grazie, irgendwie beleidigend in ihrer zur Schau gestellten Gleichmütigkeit, auf das Dienstmädchen zu. Durch die hohen Absätze spannten sich die Muskeln ihrer Waden, und die Hinterbacken hüpften verführerisch in beunruhigender Ungleichmäßigkeit auf und ab. Im Stehen und Gehen wurde ihre Nacktheit offenkundiger, Schoß und Gesäß wurden durch Strapse und Strümpfe noch betont.

»Bist du fertig?« fragte sie. Ein Bein knickte am Knie ein, das andere streckte sich, und Rollo sah ein leichtes Zucken in der Backe über dem Standbein.

»Jetzt gerade«, sagte Janine und hitzeversiegelte den letzten Saum. Ihre Augen, auf der Höhe von Fionas Bauch, blickten zu ihrer Herrin hoch.

Fiona trat einen Schritt zurück, und Janine stand auf und hielt das Kleid hoch, um es begutachten zu können.

Vorsichtig trat Fiona in das Kleid, Janine befestigte den engen kurzen Rock und strich ihn über Fionas Hüften glatt. Dann brachte sie die beiden Bänder in Position und neckte solange an den Nippeln herum, bis sie durch die Löcher paßten, die Janine gerade umsäumt hatte.

»Reib sie ein bißchen«, sagte Fiona mit belegter Stimme. »Dann werden sie steifer, und du kannst sie leichter durch das Loch zwängen.«

Auf der anderen Seite des Zimmers fuhr sich Rollo über die Lippen. Janine nahm die Nippel seiner Frau zwischen Daumen und Zeigefinger, bis sie sich stolz, dunkel und fest durch das Kleid drängten.

»Das sieht großartig aus, Baby«, sagte Fiona. »Machst du mir jetzt die Haare? Und ich brauche die pflaumenfarbigen Ohrringe.«

Janines Augen flatterten. Verstohlen warf sie einen

Blick auf Rollo, und Fiona sah, daß sich ihre Wangen röteten, sobald sie Rollo ansah.

»Die Nippel brauchen Ghost Creme«, sagte Janine leise. »Dann leuchten sie im Dunkeln.«

Fiona ging hinüber zu Rollo und setzte sich vor den Spiegel. »Mach du das«, sagte sie zu Janine.

Rollo hatte sich mit einer Pobacke auf den Toilettentisch gesetzt. Janine trat an die andere Seite und nahm die Tube, die Fiona sonst benutzte, um ihre Lippen abends zu schminken. Sie beugte sich um Fiona herum, und ihre langen Haare breiteten sich aus wie ein Vorhang und berührten Fionas Knie. Fiona bemerkte zwei Dinge. Das eine war, wie sehr Janine ihren Mann Rollo anbetete und wie sehr das Mädchen diese Art Spiel genoß, obwohl ihm sicherlich nicht klar war, was es im einzelnen zu bedeuten hatte. Das zweite, was ihr auffiel, war, daß das weizenblonde Haar unter dem künstlichen Licht einen tizianroten Schimmer annahm.

Janines Zunge blitzte zwischen ihren Lippen auf und nahm sie in die Zange ihrer Zähne, als sie sich auf ihre Arbeit konzentrierte. Behutsam und langsam ließ sie die Tube um die dunklen Aureolen von Fionas Brüsten gleiten. Sie trug die Creme dick auf. Dann setzte sie die Tube ab und begann, die transparente Masse in die Vorhöfe und um die Nippel einzumassieren.

»Mach du's bei dem anderen«, sagte Fee zu Rollo.

Seine blauen Augen strahlten tiefblau, als er sich dicht zu seiner Frau beugte. Sein Arm berührte Janines Haare. Er rieb die Creme in Fionas Nippel, bis er mit einem dicken Film belegt war. Fiona sah, wie eine Ader an seiner linken Schläfe pulsierte.

Während sie da saß, ihr Mann zur einen Brust gebeugt, ihr Dienstmädchen zur anderen, und nichts als ein tiefes Schweigen zwischen ihnen, formte sich der Plan in Fionas Kopf, der schon ein paar Tage im Unterbewußtsein geschlummert hatte. Fast hätte sie laut aufgelacht.

Janine hörte auf und zog sich zurück. Ihr Gesicht glänzte in einem delikaten Rosa, und Fiona glaubte nicht, daß diese Farbe etwas mit ihrem Körper zu tun hatte, sondern mit der Nähe von Rollo, dem Löwenmann, dem Herrn und Meister.

Fiona streckte einen Arm aus und faßte Janine an der Schulter, zog sie zu sich nach unten.

Sie berührte das junge Mädchen sanft mit den Lippen, gab ihm einen Kuß. »Danke«, sagte Fiona, »du bist ein Schatz. Ich wollte nicht mehr ohne dich sein.«

Rollos Blicke irrten von seiner Frau zu Janine. Fiona schnurrte vor Zufriedenheit.

Sie gewährte Rollo eine letzte Chance.

Später an diesem Abend trat sie vor ihn, bevor er seine Schlaftablette genommen hatte.

»Ich will dich verwöhnen«, flüsterte sie. Er lag nackt und atemberaubend gut aussehend auf dem Satin.

Sein Körper war reif und fest, das Spiel seiner Muskeln faszinierte sie immer wieder neu. Er war ein gut gebauter Mann, breit in den Schultern, schmal in den Hüften. Sein Glied lag faul über einem Schenkel.

»Ich schlafe fast schon, Fee.« Sie ignorierte das, drehte sich auf ihrem Bett um und nahm sein Glied in den Mund. Für einen Moment schmeckte sie den Himmel, als es sich zwischen ihren Lippen versteifte, und zärtlich begann sie ihn zu einer vollen Erektion zu bringen.

»Fee«, sagte Rollo schwach. Sie spürte, wie er in ihrem Mund wieder weich wurde. »Laß mir noch ein paar Tage Zeit. Wenn der Druck nachläßt, geht's wieder.«

Er schluckte eine Tablette. Ein paar Minuten später schlief er fest.

Fiona saß da und dachte eine Weile nach. Dann stand sie auf und ging den Flur hinunter zu den Zimmern des Mädchens. Sie klopfte leise an die Tür.

Eine schläfrige Stimme antwortete, und Fiona betrat das Zimmer und ging durch und ins Schlafzimmer.

Janine las im Bett.

Fiona trat ans Bett und nahm Janines Hand in ihre. »Es tut mir leid, daß ich dich störe. Aber ich möchte dir gern etwas zeigen.«

»Jetzt?« Janine war verdutzt und verängstigt zugleich.

»Komm mit in mein Schlafzimmer. Da ist etwas, was ich dir zeigen will.«

Sie stand auf, und gehorsam stieg Janine aus ihrem Bett. Sie trug ein kurzes Gewand, das etwa bis zur Mitte ihrer Oberschenkel reichte, es mochte aus Kunstseide sein und hatte lauter Rüschen um den braven Ausschnitt. Das dichte lange Haar hatte Janine zu einem dicken Zopf geflochten.

Fiona nahm sie bei der Hand und führte sie den Flur entlang zum Schlafzimmer. Sie ging voraus und brachte sie ganz nah ans Bett heran.

Das junge Mädchen hielt die Luft an, als es auf den schlafenden Mann blickte.

»Janine, du hast mir heute gesagt, daß du eine Jungfrau bist«, sagte Fiona.

»Ja, das stimmt, das ist die Wahrheit.« Janines Stimme klang verwirrt und quietschig hoch, und ihre Augen waren rund wie Untertassen.

»Hast du schon mal einen Mann gefühlt?«

Sie gab nicht vor, ihre Herrin zu verstehen. »Nein«, flüsterte sie.

»Berühr Roll. Ja, mach schon. Er wird bestimmt nicht aufwachen.«

Sie hielt immer noch Janines Hand und führte sie jetzt hinunter zum Geschlecht ihres Mannes. Dann hob Fiona selbst den weichen, seidigen Penis an, der in seinem warmen Haarpelz geruht hatte, und legte ihn sanft in Janines Hand.

»Ich weiß, daß du scharf auf ihn bist«, sagte Fiona leise. »Das stört mich nicht, überhaupt nicht. Ich sehe schon, wie ich zurechtkomme. Aber Dornröschen hier möchte geweckt werden. Sexuell geweckt, meine ich. Und wenn du mir hilfst, diesen Burschen wieder zu sexuellem Leben zu erwecken, verdoppele ich dein Gehalt, und du kannst auch ein Stück vom Apfel haben, verstehst du?«

»Ich … ich weiß nicht.« Janine hielt Rollos Schwanz gepackt, als wäre er eine giftige Natter, aber sie war zu fasziniert, um ihn loszulassen.

»Dann drück' ich mich deutlicher aus. Du bist eine Jungfrau.«

»Ja.«

»Und du willst keine sein.«

»Stimmt.«

»Du bist scharf auf Rollo.«

»Ich … ich bewundere ihn, ich kann nichts dafür, Mrs. Cambridge. Er ist so ein wunderbarer Mann.«

»Ja, ist er, nicht wahr?« sagte Fiona trocken. »Wenn du eine richtige Frau werden willst, brauchst du dazu einen erfahrenen Mann, ja?«

»Oh, ja, ja«, sagte Janine eifrig.

»Nun, trotz seines gegenwärtigen trägen Zustandes ist Rollo ein erfahrener Mann. Und er fühlt sich zu dir hingezogen.«

»Ist er das wirklich?« Janines Augen strahlten Fiona an. »O nein, das kann ich nicht glauben. Das kann gar nicht sein. Niemals.« Ihr Gesicht war so pink wie ihr Nachtgewand.

»Ich habe es heute abend bemerkt. Und du hast es auch bemerkt.«

Janine senkte den Kopf. Aber sie hielt Rollos Glied fest, als wollte sie es nie wieder hergeben.

»Es macht ihn an, wie du dich an meinem Körper zu schaffen gemacht hast«, fuhr Fiona fort. »Das hat dir doch nichts ausgemacht, oder? Ich meine, daß du mich berührt hast?«

Janines Blick richtete sich auf Rollos Hoden, die schwer und entspannt zwischen den Schenkeln ruhten.

»Es hat mir Spaß gemacht«, murmelte sie. »Ich finde, Sie haben einen phantastischen Körper. Ich wünschte, ich hätte auch so einen. Mir wird ganz anders, wenn ich Sie auf diese Weise berühre.«

»Das habe ich mir gedacht.« Fionas Stimme blieb ruhig, sie kaschierte das Aufwallen des Triumphgefühls, das sie in sich verspürte. »Hättest du was dagegen, wenn ich dich auf diese Weise berühre?«

»Ich weiß nicht. Ich habe nie darüber nachgedacht ...«

»Zieh dein Nachthemd aus.«

Steif ließ Janine Rollo los und streifte sich das Hemdchen über den Kopf. Sie mied es, Fiona in die Augen zu schauen. Sie stand da, elend vor Verlegenheit, die Arme kraftlos an den Seiten.

Ihr Körper hatte eine warme Pfirsichfarbe, und einige Kurven waren zusätzlich gerundet vom Babyspeck. Sie hatte niedliche Brüste und einen vollkommenen, gerundeten Bauch. Krauses Haar bedeckte ihr Geschlecht. Sie war unbeschreiblich süß.

»Streichle mit deinen Händen über Roll«, sagte Fiona nach einer Weile. »Er wird bestimmt nicht aufwachen. Setz dich aufs Bett.«

Janine gehorchte wie in Trance. Mit bebenden Fingern begann sie, den Mann zu streicheln, und als sie bemerkte, daß er nicht aufwachte, wurden ihre Hände vorwitziger, forscher. Sie fuhr über seine Schultern, über den Brustkorb, und kehrte dann wieder zu seiner Körpermitte zurück. Sie war fasziniert von diesem schlafenden, schlaffen Glied, von der Schwere der Hoden und der Sanftheit der Haut. Sie beugte sich über ihn, um ihn besser sehen zu können, und ihr Haarschopf fiel auf eine Seite und strich leicht über seine Schenkel.

Fiona nahm den Zopf in die Hände und begann ihn zu entflechten, schüttelte ihn lose und spreizte die Haare über Janines Rücken.

Janine hatte sich wieder dem Geschlecht Rollos zugewandt und befingerte es scheu. Fiona streichelte mit beiden Händen über Janines Rücken. »Küß ihn, wenn du willst«, sagte sie leise.

Janine beugte sich noch mehr hinunter und berührte Rollos Brust mit trockenen Lippen.

»Küß sein Glied«, flüsterte Fiona.

Sie spürte, wie ein Schauer über den Rücken des jungen Mädchens lief. Dann senkte sich ihr Kopf, und während das goldblonde Haar über eine Schulter fiel und Rollos Haut berührte, strichen ihre Lippen über das seidenweiche Gewebe.

Rollo seufzte und bewegte sich leicht im Schlaf.

Janine versteifte sich. Sie verharrte in der gebückten Bewegung über ihm, den Po leicht angehoben, leise bebend. Fiona schob ihre Hände über die süße Rundung von Janines Gesäß.

»Küß ihn«, murmelte sie.

Janine entwich ein heiserer Laut aus der Kehle, sie öffnete den Mund und küßte Rollo, schmeckte ihn mit der Zunge. Sie spürte, wie Fionas Finger sich delikat bewegten.

»Da brennt ein Feuer in dir, Liebling«, raunte Fiona. »Ich werde dir helfen, es zu löschen.«

Janine gab Rollo frei und legte ihre brennende Stirn behutsam auf seine kühle Brust. Sie gab ein gedämpftes, leises Schluchzen von sich.

»Lege dich neben ihn aufs Bett.«

Sie wandte den Kopf. »Darf ich?« fragte sie, Flehen in der Stimme.

»Komm schon. Auf den Rücken.«

Janines Gesicht glühte, als sie um das Bett herumging und sich neben Rollo legte. Sie ließ keine Gelegenheit aus, seinen Körper zu berühren. Der Ausdruck ihres Gesichts war unverfälschte Schönheit und Lust. Und Neugier.

»Entspanne dich und spreize deine Beine.«

»Oh, bitte, ich meine …«

»Hab keine Angst. Ich will nur sehen, ob du wirklich eine Jungfrau bist oder ob du mich die ganze Zeit auf den Arm genommen hast.«

Mit nervösem Eifer spreizte Janine die Beine, und vorsichtig führte Fiona einen Finger ein, sanft, behutsam, langsam vorwärts dringend. Das Mädchen wurde steif und atmete kaum noch, hatte die Augen fest geschlossen. Fiona drang nicht weit ein in die enge Öffnung, bald schon lächelte sie und zog ihren Finger zurück. Sie hatte das Hindernis ertastet. Sie beugte sich über Janine und küßte sie auf den Mund. »Du bist ein Engel. Nichts als die Wahrheit. Deine kleine Pussy ist ein wahrer Schatz. Ich beneide Rollo um das Vergnügen, das vor ihm liegt.«

Janine errötete. »Was … was meinen Sie?«

»Ha! Was meinst du denn, was ich meine? Rollo wird deinen süßen Körper haben – wenn du es möchtest.«

»Wenn ich es möchte? Oh, Mrs. Cambridge, das wäre die Erfüllung meines Traums. Aber er mag niemanden wie mich. Er hat doch Sie.«

»Du unterschätzt dich und was du anzubieten hast, meine Süße. Du hast etwas sehr Seltenes und Kostbares. Was du das erste Mal einem Mann geben kannst, zählt ganz besonders. Und für dich ist es wichtig, daß es dir gefällt. Ich bin sicher, daß Rollo es dir gut macht. Und daß du gut für Rollo sein wirst. Du bist jung und schön, du betest Rollo an, und du willst es ihm geben. Was sonst kann ein Mann noch haben wollen?«

Während sie sprach, streichelte Fiona geistesabwesend über Janines Brüste.

Das Mädchen wandte sich wieder dem schlafenden Mann zu, und für eine lange Zeit blieb sie unbewegt liegen, betete ihn nur mit den Augen an. Dann berührte sie ihn vorsichtig mit den Händen, um bald wieder zu seinem Geschlecht vorzustoßen. Die Fingerspitzen zeichneten die Konturen des Penis nach, dann hob sie ihn an, während sie mit der anderen Hand die Hoden aufnahm, als wollte sie sie in der Hand wiegen.

Während sie derart beschäftigt war, erregte Fiona die Brüste des Mädchens, umspielte die Nippel und beugte sich immer weiter über Janines Rücken, bis ihre eigenen Nippel sanft über die Haut des Mädchens strichen.

Es wäre vielleicht gut, dachte sie dabei, wenn wir es heute dabei beließen. Sie gab Janine einen leichten Kuß auf die Schulter.

»Das reicht für heute, Janine. Denk doch einmal darüber nach, ob du es auch wirklich willst. Und morgen nimmst du dir frei, damit du deinen Schlaf nachholen kannst.«

Janine drehte sich um, und ihre jungen Brüste

schwangen und berührten Fionas. »Danke«, flüsterte sie, und ihre Augen glänzten. »Es war phantastisch. Ich hoffe, daß Sie nicht Ihre Meinung ändern.«

Fiona schüttelte den Kopf. »Aber du könntest deine Meinung ändern«, sagte sie.

»Nein.« Janine schien wild entschlossen zu sein. Sie streckte den Hals und küßte Fiona fest auf die Lippen. Fiona war so überrascht, daß sie nicht sofort reagieren konnte. Dann aber öffnete sie den Mund, und sie spürte, wie Janines Zunge eindrang. Sie hob ihre Hände und umfaßte die Schultern des Mädchens, und für einen langen Augenblick standen die beiden Frauen eng aneinander geschmiegt und küßten sich mit sinnlicher Hingabe.

Janine hob ihr Nachtgewand auf und lief aus dem Zimmer.

Lange nachdem Janine gegangen war, stand Fiona noch auf der Stelle und starrte hinunter auf ihren schlafenden Mann. Sie erinnerte sich an den Anblick der eifrigen kleinen Hände und der Lippen. Sie dachte an Janines Unbekümmertheit und Neugier, an ihre erfrischende Schlichtheit.

Er hat es nicht verdient, dachte sie. Aber ich muß irgend etwas tun, damit Sex wieder interessant wird für ihn.

SIEBTES KAPITEL

Sie brauchte einen Revolver.

Am liebsten hätte sie ein Simulacrum gehabt, aber ihr fehlten sowohl Materialien wie Geschick. Schließlich blieb ihr nichts anderes übrig, als sich einem Waffenclub anzuschließen und dort etwas Passendes zu erwerben.

Es war ein altmodisches Modell, denn Handfeuerwaffen wurden nicht mehr hergestellt, und die einzige erlaubte Beschäftigung damit fand in den Waffenclubs statt, wo Liebhaber sich in uralten Geschicklichkeiten übten und auf Zielscheiben schossen.

Die Waffe war schwer, ein Smith and Wesson Revolver, dessen Handhabung Fiona zunächst viel Mühe bereitete. Der Hahn ließ sich schwer bewegen, aber wenn er zurückgelegt war, bedurfte es nur eines Hauchs, und schon flog die Kugel. Sie lernte, rasch hintereinander abzudrücken, indem sie den Hahn mit der linken Hand zurückschob und beinahe gleichzeitig den rechten Zeigefinger krümmte. So etwa mußten die Menschen damals ums Überleben gekämpft haben, vor zweihundert Jahren, als der Westen so wild war. Heute benutzte die Polizei Kryogenspray, so fein wie Laser, das seine Opfer im wahrsten Sinne des Wortes ›erstarren‹ ließ, vor Kälte erstarren ließ, wenn auch nur vorübergehend.

Aber wenn Fiona eine Piratin sein wollte, brauchte sie eine Waffe.

Captain Will Kid hatte ihr ins Gesicht gelacht und ihren Plan, Piratin zu werden, als absurd abgetan. Auch deshalb verfolgte sie ihren Plan mit wilder Entschlossenheit. Was als halb sexuelles Verlangen begonnen hatte, nämlich mal bei einem Überfall der Piraten dabei zu sein, war jetzt eine Frage des Ehrgeizes geworden. Sie würde ein Auto hacken. Sie würde zur Piratin werden.

Ihre Entscheidung schien sie irgendwie von den Giften in ihrem Blut zu befreien; Giften, die sich in den Jahren des müßigen Lebens gebildet hatten, das aus Langeweile, Einkaufen und Bildschirmgucken bestanden hatte. Auf seltsame Weise fühlte sie sich durch ihren Entschluß in ihrer neuen sexuellen Befreiung bestätigt.

Sie gehörten zusammen, auf der einen Seite die Manipulation von Ehemann und Jungfrau, auf der anderen Seite die Manipulation, der sie sich selbst unterwarf – Fee und Gefahr. Sie riskierte alles, was ihr etwas bedeutete, und sie fand es wunderbar.

Sie wußte, daß sie zurückgehen und Will finden würde. Sie wollte ihm eine Trophäe bringen. Ein gehacktes Auto.

Sie kaufte sich ein größeres Messer und ein Paar enge, unzerreißbare Handschuhe. Dann erwarb sie spezielle Hardware. Und natürlich den Revolver. Eines Abends war sie bereit. Sie wartete, bis sich Rollo mit seiner Tablette ausgeschaltet hatte, dann schlüpfte sie in enge Männerhosen und streifte sich einen schwarzen Pullover über. Sie trug weiche schwarze Schuhe und eine schwarze sackartige Jacke, die ihre Körperkurven verdeckte. Sie packte ihren Computer in einen kleinen Rucksack und hängte ihn sich über den Rücken. Sie trug eine Maske, die ihre Haare und die obere Gesichtshälfte bedeckte. Nur Nase und Mund lagen frei, und wenn es erforderlich war, konnte sie diese Partie noch mit einer Art Mütze überziehen, die auf der Maske befestigt war.

Sie sah aus wie ein schlanker, nicht sehr großer Mann.

Sie schlüpfte aus dem Haus und betrat den Hangar. Im Vorbeigehen küßte sie die rauchigbraun glänzende Maschine, dann ließ sie sich auf die Rampe hinaus. Sie konnte die beleuchteten Laufbänder nicht benutzen, sie wurden nicht nur von der Polizei kontrolliert, die immer mehr Streifen zur Kontrolle einsetzte, sondern auch von einem Scanner, der unentwegt auf sie gerichtet war. Aber sie hatte sich eine Route ausgedacht, auf der sie unbeobachtet entkommen konnte.

Sie kletterte über den Rand der Rampe hinaus, ging so weit, bis sie auf das Stahlnetz über dem Zoo springen konnte. Darunter wuchsen hohe Bäume. Sie spürte die Wärme, die vom Dschungel aufstieg, und irgendein Nachttier kreischte im Laubwerk, als sie vorbeiging.

Gut zwei Meilen lang wanderte sie möglichst geräuschlos über das stählerne Netz. Da die Wohnungen, in denen sie und ihre Freunde lebten, hundertprozentig einbruchsicher waren, abgestimmt auf den DNA des jeweiligen Bewohners, wurde diese Gegend nicht bewacht.

Wenn sie gelegentlich an einer Lichtkuppel vorbeikam, die noch beleuchtet war, schlug sie einen Bogen, damit sie im Lichtschein nicht entdeckt werden konnte, denn der drang bis in die Krone der Bäume hinein. Das Glas der Kuppel war polarisiert, so daß sie nicht hineinschauen konnte, aber die Menschen konnten in den Dschungel sehen.

Am Rand des Zoos ließ sie sich auf den Boden fallen. Links standen die düsteren Reihen der Hydroponikhäuser, umgeben von den Feldern, wo sie alles zogen, was ihnen als Nahrung diente, streng überwacht, damit niemand mit verbotenem Dünger arbeiten konnte. Es war streng verboten, pflanzliche oder tierische Nahrung aus der Wildnis hereinzubringen.

Sie befand sich jetzt im Nirgendwo-Land. Vor ihr erstreckte sich ein abschüssiges Gelände bis hinunter in die Stadt, eine alte offene Wunde, die aus einer früheren Zeit übriggeblieben war, noch nicht verblichen. Schäbigkeit und Fäulnis gehörten zur Stadt, das einzige, was hell erleuchtet und sauber war, gehörte zum Zoo – die angestrahlten Bänder der Highways, die den Himmel wie Laser durchbohrten. Und auf ihnen diese Superautos, die Beweise für die überlegene Technologie der Menschheit.

Sie würde eines dieser Superautos knacken. Wenn es ihr heute abend nicht gelang, dann würde sie es wieder versuchen, immer wieder. Sie würde erst aufhören, wenn es ihr einmal gelungen war.

Fee begann den Abstieg in die Stadt.

Sie ging nicht zu der Stelle, an der sie das letzte Mal die Piraten gefunden hatte. Sie blieb an einem der Chemobetonpfeiler stehen, auf denen die mächtigen Highways ruhten. Hier in den Schatten wirkte sie neben dem breiten, unzerstörbaren Pfeiler wie nicht vorhanden.

Ihre Meinung von den Piraten, ohnehin schon groß, wuchs noch mehr. Sie mußte diese Pfeiler hochklettern. Aus ihrem Rucksack nahm sie Steigklötze. Tief im Innern des Chemobetons befanden sich Eisenverstärker, und ihre Steigklötze waren nichts anderes als Elektromagnete. Mit ihnen konnte sie den Pfeiler hinaufgehen.

Sie drückte den ersten Klotz gegen die Wand. Die Gummiumrandung saugte sich fest. Sie hielt die Stange an der Wand und drückte auf den eingebauten Knopf. Der Elektromagnet begann zu summen und preßte sich fest gegen die Wand. Eher würde die Wand zerbröseln, als der Klotz selbst bei stärkster Belastung abfallen würde.

Sie drückte den zweiten Klotz über den ersten und drückte auf den Knopf. Sie blieb mit den Füßen dicht an der Wand, aber trotzdem wurde es nicht leicht, den ersten Klotz zu lösen und in Hüfthöhe wieder anzusetzen.

Drücken, lösen, einen Schritt nach oben, drücken, lösen, einen Schritt nach oben – nach ein paar Minuten glaubte sie bereits, es nie zu schaffen. Und das Ende der Pfeilers war nicht zu sehen. Captain Kid hatte gesagt, man müßte stark sein, und sie hatte ihn ausgelacht.

Sie hatte bestenfalls ein Drittel hinter sich. Sie begann zu zittern, wenn sie nach unten schaute, obwohl sie gar nicht bis auf den Boden sehen konnte. Ihre Muskeln schmerzten, jeder einzelne Knochen brannte. Sie hielt sich mit einer Hand fest und holte mit der anderen die Gurte heraus, die sie in ihre Jackentasche gepackt hatte. Sie schluchzte vor Kraftlosigkeit, als sie die Gurte an den Klötzen befestigte, dann ließ sie ihren erschöpften Körper in die Sicherheit der Gurte fallen. Da hing sie nun, von den breiten Bändern gegen die alte Mauer gedrückt. Aber sie konnte entspannen, sie brauchte sich nicht mehr mit den Armen abzusichern. Sie ruhte sich aus.

Sie blieb eine lange Zeit so hängen und rang mit sich, ob sie weiter aufsteigen oder absteigen sollte. Schließlich kletterte sie weiter, eher aus einer dümmlichen, erschöpften Starrköpfigkeit als aus einem Vernunftsgrund. Es gab keine vernünftigen Gründe für das, was sie tat, und sie wußte es.

Wieder ruhte sie sich aus. Und machte sich weiter auf den Weg nach oben. Sie brauchte zwei Stunden, um oben anzukommen, und sie hatte noch nicht einmal mit dem angefangen, was sie eigentlich tun wollte. Sie hatte sich bisher lediglich in Position gebracht. Sie war in Schweiß gebadet und zitterte vor Erschöpfung. Über ihr ragte der Zaun in die Nacht. Sie hockte in ihren Gurten und warf die Greifklaue über den Zaun. Sie zählte, wie oft sie werfen mußte. Erst beim fünfundzwanzigsten Wurf griffen die metallenen Finger, und sie konnte an dem Seil zerren. Sie wollte die Gurte und die Steigklötze nicht zurücklassen, sie hatte sich an diese Gegenstände gewöhnt, sie hatten ihr Sicherheit gegeben.

Aber sie hatte keine andere Wahl, sie ließ sie zurück

und schwang sich an dem Seil hoch. Es war auch diesmal ein hartes Stück Arbeit, und wenn sie nur ein bißchen weniger Entschlossenheit empfunden hätte, wäre sie zurückgeglitten.

Sie erreichte das obere Ende des Zauns und kletterte darüber. Plötzlich war sie sicher, sie hatte es geschafft, und mit tiefer Genugtuung sprang sie nach unten, bis sie auf dem Highway stand. Ein Auto jagte vorbei und versetzte sie in Angst und Schrecken.

Sie kauerte sich gegen den Zaun, nachdem sie sich vergewissert hatte, sich nicht zufällig neben einer Überwachungskamera zu befinden. Diese Kameras hatten ihren ursprünglichen Plan vereitelt, einfach entlang des Highways zu gehen.

Sie holte ihren kleinen Computer heraus und schaltete ihn ein. Die Infrarotzellen würden ihr nur zwei oder drei Versuche gestatten, bevor sie sie aufladen müßte, und hier oben hatte sie keine Möglichkeit dazu.

Es war kalt, als der Schweißfilm auf ihrem Körper getrocknet war. Hier oben wurde der Wind zum Feind.

Wieder zischte ein Auto vorbei, zerschnitt die Nacht mit seiner Kraft, stolz und arrogant ob seiner Unverwundbarkeit.

Von wegen Unverwundbarkeit, dachte sie grimmig. Ich würde es euch ja zeigen, wenn ich könnte.

Fiona vergaß den eisigen Wind und die Gefahr. Sie hockte sich auf den Boden, deckte mit ihrem Körper den Computer ab und fütterte ihn mit ihrem Programm. Ihre Finger huschten geschickt über die Tasten. Das Programm hatte sie selbst gebastelt, und sie war sicher, daß sie eine erheblich höhere Chance besaß als die Piraten. Sie hatte ihr Wissen in das Programm einfließen lassen, das sie damals beim Autohersteller erworben hatte.

Ein Auto näherte sich. Wenn Fiona aufgesehen hätte, hätte sie es schon meilenweit entfernt sehen können. Aber sie konzentrierte sich auf ihren Computer, um in das Kontrollnetz des Auto-Connets einzudringen.

Es kam näher und näher. Sie schaute immer noch nicht auf. Daten flitzen über den Schirm, und sie las so schnell sie konnte. Während sie die Nachrichten verarbeitete, huschten ihre Finger wieder über die Tasten, weil die Feinabstimmung noch nicht in Ordnung war.

Für einen Sekundenbruchteil zeigte ihr Schirm die diagrammatische Darstellung des Connets, aber dann war sie sofort wieder verschwunden, ihr Schirm zeigte gar nichts mehr, die Fülle der Daten hatte er nicht gepackt.

Sie hörte das schwächer werdende Signal des vorbeijagenden Autos, und nun lebte auch ihr Schirm wieder auf und wiederholte ihr Programm.

Sie brauchte mehr Power, mehr Zeit. Sonst stand sie vor einer unmöglichen Aufgabe.

Sie schüttelte wütend den Kopf. Connets waren nicht abgeschirmt; sie würden nicht funktionieren, wenn man sie abschirmte. Deshalb strahlten sie ihr präzises elektromagnetisches Signal aus. Fiona hatte bereits die Frequenzenbreite ausgemacht, auf der alle Connets sendeten. Jedes Auto hatte natürlich eine individuelle Frequenz, aber sie mußte innerhalb bestimmter Parameter liegen.

Sie mußte das Signal entschlüsseln, während das

Auto vorbeiraste, und dann ihren eigenen Computer feinabstimmen, damit er genau mit dem Connet übereinstimmte, und in diesem Moment konnte sie dem Auto den Befehl erteilen, anzuhalten. Der Connet würde nicht einmal erkennen können, ob der Befehl von draußen kam. Er wußte nur, daß er zwei widersprüchliche Befehle erhielt, und damit wurde er nicht fertig – er zerschmolz.

Es war, als ob plötzlich ein Lichtstrahl Fionas Gedanken erhellt hätte. Sie wußte, wie man ein Auto hackte. Sie hatte es die ganze Zeit gewußt, aber sie hatte den Gedanken nicht konsequent weiterverfolgt.

Es war gar nicht erforderlich, daß sie den Befehl zum Anhalten gab. Sie würde irgendeinen Befehl geben, ohne überhaupt wissen zu müssen, welcher Befehl das war. Zwei unterschiedliche Instruktionen würden den Schmelzprozeß unaufschiebbar in Gang setzen, und das Auto würde anhalten.

Auf ihrem Bildschirm flackerte es, dann brach das Bild zusammen. Ein Auto näherte sich, und sein Signal überlagerte ihr Programm und verzerrte es. Wieder glitten ihre Finger über die Tastatur, um Muster zu finden, die zueinander paßten. Allmählich ergab sich ein Bild. Sie dekodierte Teil für Teil des Signals, und das Bild wurde stabiler und hörte auf zu flackern.

Sie schwitzte unter ihrer Maske, als ein neues Geräusch an ihre Ohren drang. Sie blieb auf den Computer konzentriert, aber das Geräusch dröhnte in sie ein. Plötzlich begriff sie, was es war. Ein Helikopter. Die SkyPolice.

Sie drückte hastig auf den Aus-Knopf und verlor

alle Ergebnisse, die sie bisher zusammengetragen hatte, dann kauerte sie sich noch dichter an den Zaun, krümmte den Rücken und verbarg ihr Gesicht. Die SkyPolice verwendete auch Infrarot- und Ultraviolett-Sucher, und es war gut möglich, daß sie sie hier unten entdeckten.

Das Auto, das sie zu stoppen versucht hatte, pfiff vorbei. Der Lärm des Helikopters nahm noch zu, aber dann hörte Fiona, daß er eine andere Richtung einschlug.

Es dauerte eine lange Zeit, ehe sich Fiona wieder aufrichtete. Ihr Herz klopfte immer noch heftig. Sie wußte, daß sie verschwinden sollte, solange sie noch eine Chance hatte. Sie wußte auch, daß ihr Gefängnis sicher war, wenn man sie hier erwischte. Und zwar Gefängnis für den Rest ihres Lebens.

Mehrere Autos huschten vorbei, während sie hockenblieb und darauf wartete, daß sie sich wieder unter Kontrolle hatte. Dann traf sie eine Entscheidung. Sie würde es noch einmal versuchen. Nach den Schrecken dieser Nacht würde sie nie mehr die Kraft haben, all das durchzustehen. Noch ein einziges Mal, dann würde sie das Gefühl haben, es wirklich ernsthaft versucht zu haben, und danach würde sie aufgeben und nach Hause gehen.

Wieder flogen ihre Finger über die Tasten, sofort vertieft in ihre Aufgabe. Alles andere um sie herum war vergessen. Das Muster begann sich abzuzeichnen, sie wurde schneller, wußte die nächsten Schritte im voraus. Sie hätte am liebsten aufgelacht, als ihr klar wurde, wie nahe sie am Ziel war.

Und dann, sie konnte es kaum glauben, hielt ein Auto an. Sie starrte auf den Schirm, der sich endlich nicht mehr bewegte, sondern ein starres Bild zeigte, ein einzigartiges, klares Diagramm. Fiona schaute hoch und sah, wie das wunderschöne, schnittige blaue Ding anhielt und sich auf seine Luftkissen niederließ.

Fiona stand auf und stellte den kleinen Computer ab. Kurz vorher sah sie noch, wie das Diagramm auf dem Schirm zu wackeln begann, wie es tropfte und sich auflöste. Den Connet in diesem Auto gab es nicht mehr, er war zu einem sinnlosen Klumpen elektronischer Fragmente geschmolzen.

Fiona packte den Computer in ihren Rucksack und nahm einen Laserstift heraus. Sie ging hinüber zum Auto und brach das Schloß auf. Sie konnte den Reisenden nicht gefangennehmen, aber sie konnte sich irgendeiner Trophäe bedienen. Sie mußte etwas aus dem Auto an sich nehmen, irgend etwas, was sie Will zeigen konnte, damit sie einen Beweis für das hatte, was sie geschafft hatte.

Wieder zischte ein Auto vorbei, das sich sofort eine andere Bahn suchte, da die eine, auf der sie glitt, gestört war. Die Insassen würden nicht einmal bemerken, daß sie an einem gehackten Auto vorbeigefahren waren.

Aber der Insasse ›ihres‹ Autos wußte das sehr wohl. Sie war bemüht, nicht zu lachen, als sie mit der einen Hand die Tür öffnen wollte und mit der anderen nach dem Revolver griff. Sie hatte natürlich keine Munition. Und dann erlebte sie einen Schock.

Auf der anderen Seite des gewölbten Autodachs sah

sie eine andere Feuerwaffe, deren bösartiges schwarzes Auge genau auf sie gerichtet war.

Sie konnte nur die Hände sehen, die die Waffe hielten, dahinter ein klobiger, dunkler Kopf, von dessen Gesicht sie nicht einmal die Umrisse erkennen konnte. Sie schluckte. Ihr Mund fühlte sich trocken an.

»Der gehört mir«, sagte sie und gab sich Mühe, unerschrocken zu klingen, die Stimme tiefer als normal. Aber sie selbst hörte die Angst, die in dieser Stimme mitschwang.

»Zurück«, befahl eine Männerstimme.

Sie wich zurück, bis sie gegen den Zaun stieß. Sofort tauchten zwei Gestalten auf, die sie gepackt hielten. Sie nahmen ihr die Waffe und den Rucksack ab. Der Mann, der sie bedroht hatte, zerrte gerade den Insassen aus dem Auto.

Es waren noch mehr Piraten da. Sie zwangen den entsetzten Autoreisenden in einen großen Sack und schleppten ihn darin zum Zaun. Plötzlich hörten sie alle, wie der Helikopter zurückkehrte. Mit heftiger Gewalt wurde der Sack, in dem der Entführte steckte, zu Boden geworfen, dann schulterte ihn jemand, der mit seiner Last über den Zaun stieg, um ihn auf der anderen Seite abzuwerfen. Zwei weitere Piraten folgten ihm über den Zaun und seilten sich dann rasch ab.

Jetzt wurde auch Fiona über den Zaun gehievt. Sie hangelte sich am Seil hoch, einen Revolver dicht vor ihrem Gesicht. Auf der anderen Seite des Zauns ließ sie sich rasch hinab, den anderen nach. Die Muskeln ihrer Blase drohten vor lauter Angst ihren Dienst zu versagen.

Wenn die Polizei sie schnappte oder geschnappt hätte, wären ihr viele Jahre im Gefängnis sicher gewesen, wenn ein gewiefter Anwalt es nicht geschafft hätte, ihr eine vorübergehende geistige Umnachtung zu attestieren. Aber bei diesen Männern drohte ihr der Tod. In jedem Fall würden sie sie vergewaltigen. Witze, die sie Diana gegenüber machte, waren eine Sache – eine brutale Vergewaltigung eine ganz andere.

Wie weit erstreckte sich Wills Revier? Konnte sie ihn irgendwie erreichen?

Sie erinnerte sich kaum daran, wie sie sich an dem Seil nach unten gehangelt hatte, so sehr fraß die Angst in ihr. Welche Verrücktheit hatte sie in diese Lage gebracht? War sie so sehr gelangweilt, daß sie alles dafür wegwerfen wollte – ihr Leben, Rollo?

Skelton. Sie hatte sich Skelton genannt. Nach der verruchten Barbara Skelton.

Die verrückte Barbara Skelton war zu einer Highway-Frau geworden und an einer Kugel gestorben, die der Mann abgefeuert hatte, den sie liebte.

Als ihre Füße wieder festen Boden spürten, wurde sie vom Seil gerissen, ihre Hände wurden auf den Rücken gezerrt und in Handschellen gelegt. Sie wußten immer noch nicht, daß sie eine Frau war, obwohl sie das früh genug herausfinden würden.

Jemand löste eine Platte vom Boden, und dann verschwanden sie alle in dem Loch. Zum Schluß wurde der Sack mit dem unglücklichen Entführungsopfer hineingestoßen, und nachdem der Deckel wieder zurückgeschoben war, trugen zwei der Piraten das

Opfer voran in einen schlecht beleuchteten stinkenden Tunnel.

Eine Waffenmündung drückte sich Fiona in den Rücken, und sie stolperte vorwärts. Es waren insgesamt sechs Männer, alle kräftig gebaut und in Leder gekleidet, die gekreuzten Ledergurte über den muskulösen nackten Oberkörpern, offenbar die Uniform der männlichen Piraten. Einige waren tätowiert, wilde Drachen und die unvermeidlichen Totenköpfe mit den überkreuzten Knochen verschönerten die kraftstrotzenden Arme. Und sie alle hatten zerzauste Haare und wilde, dunkle Gesichter.

Trotz ihrer Lage redete sich Fiona wieder Mut zu. Auf ihre rauhe, derbe Weise waren diese Männer attraktiv. Sie sahen zwar wild aus, aber sie schienen sich an eine bestimmte Disziplin zu halten. Vielleicht würde man sie gegen ein Lösegeld austauschen, so wie es dem armen Kerl in dem Sack ergehen würde. Jetzt, da sie wußten, daß sie unbewaffnet war, würden sie sie bestimmt nicht gleich exekutieren.

Aber wenn Rollo ein Lösegeld für sie zahlte, wie würde sie dann erklären können, warum man sie geschnappt hätte? Was hatte sie auf dem Highway zu suchen gehabt?

Mehrere Seitenwege führten von dem Tunnel in eine verzweigte Welt hinein. Die Bande hielt an, und zwei andere Männer trugen den Sack mit dem Opfer. Einen Augenblick lang waren alle abgelenkt, und Fiona nutzte die Chance und lief in einen Seitenweg hinein, sprang ein paar Stufen hinunter. Sie stolperte, richtete sich wieder auf, duckte sich und rannte. Sie war eine gute, ausdauernde Läuferin. Sie drehte nach rechts ab, in einen anderen Tunnel hinein. Sie hörte, wie unmittelbar neben ihr eine Kugel einschlug. Aber es war dunkel, und sie konnten nur einen Glücksschuß anbringen; ein genaues Zielen war unmöglich.

Sie verfluchte ihre Eingeengtheit durch die Handschellen und schlug ein Tempo an, von dem sie wußte, daß sie es eine lange Zeit würde durchhalten können.

Mörtelstücke flogen ihr um die Ohren, als eine weitere Kugel knapp neben ihr in die Mauer schlug. Es gab immer wieder Seitengänge, in die sie rannte, erfüllt von der Hoffnung, daß sie ihre Verfolger würde abschütteln können.

Sie spürte, daß sie müde wurde. Ihre Muskeln waren in dieser Nacht schon arg strapaziert worden. Ab und zu stolperte sie und geriet ins Straucheln, denn das jahrhundertealte Gemäuer war brüchig, und Steinbrocken lagen ihr nun im Weg, überzogen mit einem glitschigen Schleim, auf dem sie oft ausrutschte.

Sie nahm einen neuen Seitenweg und sah Ratten.

Ihre kleinen glänzenden Augen waren wie Lichtpunkte, die geschmeidigen Körper konnten sich dieser Umgebung besser anpassen als sie. Sie spürte, wie Panik in ihr aufstieg. Sie waren Geschöpfe wie sie selbst, intelligent und anpassungsfähig. Es war nur, daß sie sich daran gewöhnt hatten, im Dreck zu leben, und daß es ganz natürlich war für einen Menschen, diese anderen Geschöpfe zu fürchten.

Sie wichen nur zögernd zurück, als sie einen Fuß vor den anderen setzte. In der schlechten alten Zeit hieß es, daß Menschen an Rattenbissen gestorben waren. Ob das immer noch stimmte? Sie wußte es nicht.

Fiona hörte niemanden hinter sich, und dann sah sie die Metallringe in der Mauer, Metallringe, die nach oben führten. Mochten sie auch rostig aussehen und wenig vertrauenswürdig, ihr blieb keine Wahl. Da oben mußte ein anderer Ausstieg sein, und nach den vielen Risiken, die sie in dieser Nacht eingegangen war, schien eine durchgerostete Sprosse kaum noch der Rede wert zu sein.

Sie benötigte ihre Arme. Fiona setzte sich, brachte ihre gefesselten Hände hinter ihre Kniekehlen. Sie mußte versuchen, die Beine durch die Kette zu stecken und machte gerade ungelenke Verrenkungen, als sie ein Geräusch hörte, und im nächsten Moment explodierte Schmerz in ihrem Gesicht.

Sie krachte zurück gegen die Mauer. Sie hatte instinktiv die Augen geschlossen, jetzt blinzelte sie, um sich überzeugen zu können, ob sie überhaupt noch sehen konnte. Dann bewegte sie die Lippen. Sie schmerzten, aber ihre Zunge war noch an der vorgesehenen Stelle, und Blut konnte sie auch nicht schmecken. Es war die Wange. Eine Kugel hatte ihr Gesicht geschrammt. Jetzt spürte sie es brennen und beißen, und unter ihrer Maske floß Blut.

Die Männer kamen auf sie zu. Sie schaffte es, die Hände nach vorn zu bringen, und raffte sich auf. Aber dann war der erste Mann auch schon wieder da. Er schlug sie, und sie kippte wieder gegen die Mauer. Jemand packte sie an der Schulter, hielt sie aufrecht und versenkte seine Faust in ihrem Bauch.

Sie klappte zusammen, keuchend und nach Luft ringend. Dann riß ihr jemand Kopfbekleidung und Maske ab, und ein Schwall schwarzer Haare ergoß sich über ihr Gesicht.

»Verdammt!« rief einer der Männer. »Es ist eine Frau!«

Unwillkürlich wichen sie einen Schritt zurück und beobachteten sie neugierig, wie sie gegen die Tränen ankämpfte und sich allmählich aufrichtete, als der Schmerz in ihren Eingeweiden nachließ. Fiona spürte, wie das Erstaunen der Männer ganz bestimmten Erwägungen wich.

Jeder Metallstift auf den Lederriemen, die sich über ihren Oberkörpern kreuzten, hatte eine leuchtende Spitze, und Fee wurde an die glänzenden Rattenaugen erinnert. Es waren zwei Männer, rohe, wilde Männer, denen jede Furcht fremd zu sein schien.

Fionas Zunge tastete sich zwischen den Lippen vor und fing das Blut auf, das auf der einen Seite ihres Gesichts hinunterlief. Ohne daß sie es zunächst bemerkte, war der Schmerz vom Schlag in den Magen einer panischen Angst gewichen. Sie ahnte, daß ihr Schlimmes bevorstand.

Jeder Muskel ihres Körpers verkrampfte sich. Sie stand regungslos da. Ihr Herz schlug unregelmäßig. Der Schmerz in ihrem Gesicht wurde wieder stärker, es war, als würde man ein Messer in einer Wunde drehen.

Ihr Atem rasselte.

Der größere der Männer grinste und trat einen Schritt auf sie zu. Sie zuckte zurück, und er lachte laut auf und packte sie an dem weiten Mantel, riß ihn entzwei. Er ratschte den Stoff, als wäre es Papier. Er zog an ihrem Pullover. Sie mußte ihre immer noch gefesselten Hände heben, als der Kerl ihr den Pullover über den Kopf zog.

Die beiden Männer starrten lechzend auf ihre nackten Brüste. Fiona wußte, welche Erniedrigung sie erwartete, und ein Schluchzer brach sich frei, drang über ihre Lippen.

Der größere Mann packte sie an den Hüften und zerrte an ihrer Hose, zog sie rauh nach unten. Sie schrie, und er schlug sie, vielleicht etwas weniger brutal als zuvor. Dann drückte er ihren Kopf nach unten. Der andere Mann trat hinter Fiona. Wort- und gefühllos, nur seinem Trieb folgend, tat er ihr Gewalt an.

Fiona begann zu zittern. Sie spürte das brutale Eindringen. Ich kann es nicht glauben, dachte sie. Das hier ist nur ein Traum. Es passiert nicht wirklich. Ihr ganzer Körper wurde geschüttelt, und sie wäre gefallen, wenn der große, kräftige Mann sie nicht festgehalten hätte.

Der Mann hinter ihr ergoß sich in ihr und glitt aus ihr. Er brachte seine Kleidung in Ordnung, als wäre nichts geschehen.

Fionas Haare waren so wild und zerzaust wie die der Piraten. Ihr Gesicht glänzte auf der einen Seite rotschwarz vom Blut. Ihre Hände waren immer noch gefesselt, die Arme drückten gegen die Brüste.

Sie stand ein wenig gespreizt da, um das Gleichgewicht besser halten zu können, die Hose hing auf Kniehöhe, und zum erstenmal sahen die Männer die bleiche Stelle ihrer Schoßes, die schwarz behaart hätte sein sollen.

Der große Mann fuhr mit einer schwieligen Hand ihren Schenkel hoch. Ihre Blicke trafen sich.

»Laß mich gehen«, sagte Fiona heiser.

»Ich kann dich nicht gehen lassen, Schwester«, sagte er ohne Bedauern in der Stimme. »Ich kann dich einfach nicht gehen lassen.«

Im nächsten Moment drückte er sie wieder zu Boden, und Fiona wußte, daß alle Erniedrigung noch einmal beginnen würde.

ACHTES KAPITEL

Der Raum war warm und gut beleuchtet, spärlich möbliert mit einem großen Tisch in der Mitte. Eß- und Trinkbares standen auf dem Tisch, dazu noch andere Dinge, die Fiona so schnell nicht erkennen konnte. Leute saßen herum oder standen in den Ecken, alles Piraten, auch einige Frauen.

Am Kopf des Tisches, den Raum dominierend, saß Will, Captain Kid.

»He, Will, wir haben uns einen Wilddieb eingefangen«, sagte einer von den Männern, die Fiona hereinbrachten.

»Das hab' ich schon gehört.« Wills Stimme hörte sich gelangweilt an.

»He, schau sie dir mal genau an.« Er trat zur Seite, und der andere Mann schob Fiona in den Raum hinein, zwischen die Menschen. Sie hörte, wie sie zischend die Luft ausstießen, es gab sogar ein bewunderndes oder auch nur überraschtes Pfeifen. Fiona warf stolz den Kopf zurück, und ihre Haare flogen. Ihr Blick traf sich mit Wills. Sie sah, wie sich seine Augen verdunkelten, und die Pupillen wurden feucht, so entsetzt schien er über ihre Situation zu sein.

Sie trat zwei Schritte auf ihn zu, und niemand hinderte sie daran. Sie hielt ihren Körper so aufrecht und selbstbewußt, wie sie nur konnte. Sie lächelte.

Will betrachtete ihre Männerkleidung, das wilde,

zerzauste Haar und ihre blutige Wange. Sein Blick maß sie langsam von oben bis unten.

»Wer hätte das gedacht?« murmelte er.

»Ich habe gesagt, daß ich es schaffen würde.«

»Du hast das Auto damit angehalten?« fragte er und wies auf den Computer, den sie jetzt auf dem Tisch sah.

Sie nickte, noch immer lächelnd. Sie spürte noch den Schweiß an ihrem Körper und in der Kleidung, und sie hätte gern gewußt, was Will wohl sagen würde, wenn er von der Vergewaltigung wüßte.

Will stieß einen Seufzer aus und schlug mit der flachen Hand auf den Tisch. »Du warst auf meinem Gebiet«, sagte er.

»Ich bin eine Diebin. Ich brauche nicht erst um Erlaubnis zu fragen, wo ich stehlen darf.«

»Da irrst du dich gewaltig. Du hast einen verdammt großen Fehler gemacht.«

»Ich verstehe nichts«, sagte sie und versuchte, Verachtung in ihre Stimme zu legen.

»War das eine Kugel?« Er wies auf ihr Gesicht.

»Ja.«

»Noch eine wäre die richtige Bezahlung für deine Unverschämtheit gewesen, auf meinem Territorium zu wildern.«

Die Gleichgültigkeit in seiner Stimme brachte sie zum Kochen. »Dann hol's doch nach!« schleuderte sie ihm entgegen.

Die Spannung im Raum elektrisierte. Will stand auf und bewegte sich mit der Geschmeidigkeit einer Katze, er stellte sich vor sie, überragte sie um mehr als einen Kopf, schaute aus geschlitzten Augen auf sie hinab, lachte über ihre Widerspenstigkeit, als wäre sie nicht lästiger als eine Fliege.

»Das wäre Verschwendung«, sagte er.

Sie lächelte, weil sie glaubte, gewonnen zu haben. Er würde nicht zulassen, daß man sie tötete.

»Aber ich liebe die Verschwendung«, fügte er dann hinzu.

»Vergiß nicht, daß ich ein Pirat bin.« Auch er lächelte, aber in seinem Lächeln fehlte die Wärme.

»Und ich bin eine Piratin«, hielt sie ihm entgegen. »Jetzt, nachdem ich ein Auto angehalten habe.« Sie hoffte, daß man ihrer Stimme nicht die Furcht anmerkte, die sie empfand. Sie fühlte sich erschöpft, sie war zu müde, um dieses hier noch lange durchzustehen.

Will schaute die Leute im Raum an. »Wir haben uns schon mal getroffen«, sagte er. »Wir haben noch etwas Unerledigtes zwischen uns.«

Aus den Augenwinkeln sah er, daß Fee sich bewegte. Er warf ihr einen drohenden Blick zu, und dann sah er die beiden Männer fragend an, die Fiona gebracht hatten.

Es entstand ein kurzes Schweigen. Dann sagte der eine von ihnen: »Wir haben nicht gewußt, daß du sie kennst.«

»Sie ist die fremde Hexe!«

Es war ein schriller Ruf. Mammet hatte sie jetzt erst erkannt. Sie stürmte vor, wurde aber von dem Mann an ihrer Seite zurückgehalten. Fiona erkannte, daß es ihr neuer Freund war, mit dem sie sich am Abend vor dem Lagerfeuer getröstet hatte, nachdem Fiona sie besiegt hatte.

»Sie hat gegen die Regeln verstoßen«, sagte Will ruhig. »Ich werde mich um sie kümmern.«

Er schob sie ein bißchen rauh durch einen anderen Raum und dann in ein Schlafzimmer. Sie waren allein, und Fiona spürte, wie die Müdigkeit sie überwältigte. Sie ging voraus und setzte sich aufs Bett. Sie versuchte, sich auf das zu konzentrieren, was jetzt kommen würde, aber sie schaffte es nicht. Will setzte sich neben sie. Er legte einen Finger unter ihr Kinn und hob ihr Gesicht, bis sich ihre Blicke trafen. Sie beherrschte sich mühsam und wich seinem Blick nicht aus.

»Wo kommst du her?«

»Nimm mir diese Fesseln ab.«

»Ich stelle die Fragen, du gibst die Antworten. Woher kommst du?«

Sie schwieg.

»Muß ich dich zwingen? Es wird dir weh tun.«

»Nein.«

»Woher weißt du, wie man ein Auto anhält?«

»Ich bin ein guter Hacker.«

»Das ist mir klar«, sagte er geduldig. Ihr wurde erst allmählich bewußt, daß seine mentale Kraft der seines Körpers ebenbürtig war. »Aber es gehört nicht nur Glück dazu, man muß auch die richtige Ausrüstung haben. Dein Computer ist das Beste, was es gibt. Brandneu. Du hast Geld. Du hast Klasse. Wo kommst du her?«

Sie antwortete immer noch nicht.

Er spreizte sich über sie, und sie fiel rücklings aufs Bett. Er packte ihre Haare mit einer Hand. Das Glitzern in ihren harten Augen wich einem sanften Glimmen, und gleichzeitig gestand sie sich ein, wie sehr sie sich in den letzten Tagen nach ihm gesehnt hatte.

Es bereitete ihr Lust, unter ihm zu liegen, und daß sie beschmutzt und verschwitzt war und hier auf einem Bett in einem früheren Abwasserkanal lag, störte sie überhaupt nicht. Der Mann über ihr hatte gedroht, sie zu töten. Ihre Hände waren gefesselt, und sie hatte keine Chance, sich zu wehren. Weder ihr Mann noch ihre Freunde wußten, wo sie war.

Und doch gab sie sich ihm hin. Ihr überwältigender Körper, geschunden und erschöpft unter seinem, bedeutete ihm mehr als seine Drohungen, mehr als alles andere. Auf ihre Weise gewann *sie* diese Begegnung. Sie spürte, wie neugewonnene Kraft sie durchströmte.

Er zog ihr ein Kleidungsstück nach dem anderen aus, den Pullover, die Hose, die Schuhe, den Slip.

Sie hoffte, daß er die Männer dafür bestrafen würde, daß sie sie erniedrigt hatten. Sie gehörte ihm. Eine flackernde Flamme brannte in ihr. Sie war verrückt danach, ihn in sich zu spüren. Ihre Lippen teilten sich erwartungsvoll.

Aber Will stand auf, ging um sie herum und lachte. »Sehr attraktiv«, sagte er. Dann nur noch Schweigen. Das Schweigen dehnte sich aus im Raum, wurde länger und länger.

Nach einer Weile sagte Will: »Du bist eine reiche Tussi, was? Willst mal einen Abend die Sau rauslassen. Bist du dazu in die Stadt gekommen, um ein bißchen im Dreck zu wühlen. Geile Kicks im Schlamm.«

Fee antwortete nicht. Sie hatte Angst. Die Verachtung in seiner Stimme brannte mehr als die Wunde an der Wange.

»Bist du das letzte Mal zurückgekehrt und hast deinen Freundinnen von dem Piratenliebhaber erzählt?«

Fee leckte sich die Lippen. »Nein«, brachte sie heiser hervor.

Das Wort stand lange in der Luft. Fee verstand jetzt, was sie ihm bedeutete, aber sie empfand kein Triumphgefühl. Er hatte sich selbst in der Gewalt, auch die Gefühle, die er für sie empfand. Sie konnte das nicht. Er war stärker als sie.

Endlich kam er wieder auf sie zu. Er hockte sich neben sie, und mit beiden Händen umfaßte er einen ihrer Oberschenkel. Sie spürte seine Wärme, die bis in ihre Mitte aufstieg und sich von dort wohlig ausbreitete. Nein, sie war nicht in der Lage, ihre Lust zu verbergen. Langsam fuhr er mit den Handrücken ihren Schenkel auf und ab.

»Du hast so eine schöne weiche Haut«, murmelte er und küßte sie. Dabei sah er ihr in die Augen. Fee wußte, daß er die Tränen sah, die ihr Gesicht hinunterliefen. Er beugte den Kopf und nahm einen Nippel in den Mund, rollte ihn mit der Zunge.

»Will«, schluchzte sie.

Er schaute ihr ins Gesicht und lächelte. »Das bringst du doch noch besser, Skelton«, sagte er mit sanftem Spott. »Du läßt dich doch nicht so schnell unterwerfen, oder?«

Er schloß die Handschellen auf und küßte ihre Handgelenke, wo das Metall ihre Haut abgeschürft hatte.

Sein Körper war phantastisch, eine Kraftstation aus rohen Muskeln, deren Spiel sie fasziniert verfolgte, bis sein Mund sich über ihren senkte. Seine Bartstoppeln rieben sich an ihrer Wangenwunde, und sie fing wieder zu bluten an.

Ihr Körper wand und krümmte sich unter seinem. Die Lust strömte durch sie, erfaßte jeden Nerv, beherrschte ihr ganzes Denken und Tun. Sie war glücklich, sie lachte.

»Du bist verrückt«, sagte er. Sein Penis glitt in sie hinein. Ihre Muskeln erfaßten ihn, umklammerten ihn.

Sie war außer sich, sie glaubte, ihr ganzer Leib müßte schmelzen. Sie hatte beide Hände in seine Haare vergraben und streichelte und drückte und zerrte und streichelte wieder. Und ohne einen Einfluß darauf zu haben, erfaßte ein gewaltiger Orgasmus sie, ansatzlos, ohne jede Ankündigung, er war einfach da und überschwemmte sie.

Er spürte, wie sie sich verkrampfte und dann wieder entspannte, spürte den Anstieg ihrer Temperatur, die erhöhte Nässe in ihrem Inneren.

»Du bist einmalig«, sagte er heiser. Sie biß sich auf die Zähne und versuchte, wieder die Kontrolle über sich zu gewinnen. Aber sie schrie. Sie konnte nicht aufhören zu schreien. Sie spürte, wie er sich dem Höhepunkt näherte, und er wußte, daß sie es spürte, er wußte, daß ihr Gewebe sich veränderte, daß es weich und flüssig und fließend wurde, bereit, seinen Erguß aufzunehmen.

Der Raum war erfüllt von ihrer Vereinigung. Sie konnte das hechelnde Atmen von ihnen beiden hören.

Er zog sich langsam aus ihr heraus, streckte sich ermattet.

Sie ließ sich seitwärts aufs Bett fallen und wandte ihm ein Gesicht zu, benommen von Leidenschaft. Sie beugte sich über seinen Schoß und legte ihren Kopf auf seinen muskulösen Schenkel. Ihre eisgrünen Augen waren vor Lust smaragdfarbene tiefe Seen geworden.

Er wuschelte in ihren schwarzen Locken.

»Was fange ich nur mit dir an?« murmelte er.

»Soll ich es dir zeigen?«

Er zog sie hoch zu sich und küßte sie auf den Mund, küßte ihre Stirn und die Augen.

»Du hast die Regeln gebrochen, das kann ich nicht einfach ignorieren.«

»Und was tust du gewöhnlich mit den Regelbrechern? Das, was du mit mir gemacht hast.«

Er lachte. »Gewöhnlich sind es Männer.«

»Regeln werden aufgestellt, damit man sie brechen kann«, sagte sie.

»Auf meine Regeln trifft das nicht zu.«

Sie schmiegte sich an ihn. Sie leckte seine Lippen und drang mit der Zunge in seinen Mund ein, fuhr mit der Zunge über seine ebenmäßigen Zähne. Sie konnte die Drohung in dem, was er sagte, nicht ernstnehmen, sie konnte ihre eigene Zukunft nicht ernstnehmen.

Für sie zählte nur, daß sie frei war, freier als sie je gewesen war. Ihr früheres Leben schien vergessen, war von ihr abgefallen. Sie war hier, und neben ihr auf diesem Bett lag der Pirat. Ihr Körper sehnte sich nach nichts mehr, nur noch nach ihm. Der Kontrast zwischen ihrem eigenen, sanften Körper vollkommener Schönheit und seiner narbenübersäten Pracht erregte sie. Die Welt bestand aus vier Wänden. Ihr Platz befand sich in diesem Bett. Ihre Zukunft und der Sinn ihres Lebens lagen in der Vereinigung mit ihm.

Sie lag wie benommen neben ihm, den Blick ohne Fokus, die Luft voller Schweiß und Sex. Ihre Haare waren so schweißnaß wie seine.

Sie schlief ein, sein geöffneter Mund auf ihrer unverletzten Wange, und sie spürte seinen Atem warm und anheimelnd, und es war gut so.

Sie wachte auf, weil sie Stimmen hörte.

Sie hatte so tief geschlafen, daß sie zuerst nicht wußte, wo sie sich befand; ihre innere Uhr funktionierte nicht, sie wußte weder, wo sie war, noch welche Tageszeit es war. Verdutzt hob sie den Kopf.

Will hatte sich aufgerichtet, rauchte und sah jemanden im Raum an, mit dem er sich unterhielt. Er war noch nackt, und auch sie lag in bloßer Hingabe neben ihm.

Will gab ihr einen Klaps auf den Po. »Schlaf weiter. Das ist ein Männergespräch.«

Sie rollte sich auf die andere Seite, um zu sehen, wer sonst noch im Raum war. Sie blinzelte vor Überraschung. Es war der größere der beiden Männer, die sie gefangen und vergewaltigt hatten. Vielleicht war er es, der auf sie geschossen hatte.

Er stand hoch aufgerichtet da in seiner Lederkluft, und seine Blicke griffen ihre Nacktheit ab, ihren sexgetränkten Körper. Instinktiv spürte Fiona, daß von diesem Mann eine Gefahr ausging.

»Das ist Chain«, sagte Will.

»Hallo, Chain«, sagte sie. Ihr Mund wölbte sich zum Anflug von Überlegenheit. Ihre Hand kroch zu Wills schlaffem Penis, als ob sie Chain zu verstehen geben wollte, daß sie zu ihm gehörte und zu sonst keinem.

»Sie ist ein geiles Stück«, sagte Will zu Chain.

»Was stellen wir mit ihr an?«

»Was tun wir denn gewöhnlich mit den Wilderern, die wir schnappen?«

»Das nicht«, sagte Chain und grinste breit.

»Was tut ihr denn gewöhnlich mit den Wilderern?« fragte sie.

»Wir hängen sie mit dem Kopf nach unten auf und schlitzen ihre Bäuche für die Krähen«, erklärte Chain. Er starrte jetzt noch begieriger auf ihren Körper. »Aber das wäre in diesem Fall wirklich zu schade.«

»Es gibt andere Frauen«, sagte Will, scheinbar gelangweilt.

Sie wand sich wie eine Schlange und war aufgesprungen, bevor er reagieren konnte. Sie schlug ihm wild ins Gesicht, und ihre Augen blitzten vor Zorn. Will packte ihre Handgelenke, und Chain hielt sich den Bauch vor Lachen.

Will überwältigte sie, und mit eiserner Stärke brach er ihren Widerstand. Er hielt ihre Handgelenke nun mit einer Hand und holte mit der anderen aus.

Sie lachte ihn herausfordernd an. »Los! Welche Wange willst du schlagen?« höhnte sie.

Chain stieß einen Entsetzenslaut aus. Will zögerte,

ein Schatten des Zweifels verdunkelte sein Gesicht. Fiona reckte den Kopf, bot ihm geradezu einladend die verletzte Wange dar und wartete, ob er sie wirklich schlagen würde.

»Diese«, sagte er, zog sie über sich und klatschte seine flache Hand in ihr Gesicht.

»Jedesmal wenn du mich schlägst«, sagte Will mit klarer Stimme, »werde ich zurückschlagen.«

Sie wollte etwas Scharfes erwidern, aber auch dazu hatte sie keine Kraft mehr.

Chain sagte: »Sie weint.«

Will zuckte die Achseln.

Chain grinste verlegen. »Ich glaube, es ist besser, wenn ich jetzt gehe.«

»Achte darauf, daß ich für eine Weile nicht gestört werde«, sagte Will.

Es bedurfte nur eines sanften leisen Kusses von Will, daß Fiona noch lauter weinte und hilflos gegen Will sackte.

»Das hättest du nicht tun dürfen«, schluchzte sie.

Er küßte sie und hielt sie an sich gedrückt. Sie hörte das stete Pochen seines Herzens.

»Du bringst mich noch um«, raunte sie. »Du willst wieder mit mir synchen, und dann willst du mich umbringen.«

Er hielt ihr Gesicht in beiden Händen, rückte es ganz nahe an sein Gesicht. Er küßte sie behutsam auf Nase und Augenlider. »Wäre es das nicht wert?« fragte er.

»Was? Zu sterben?«

»Du hast doch bekommen, was du haben wolltest. Was zählt da noch das Morgen?« Sie gab einen leisen Wimmerlaut von sich.

Er lachte und küßte sie wieder. »Siehst du, Skelton, du kannst kein Pirat sein. Wir alle wissen, daß am Ende die Cops doch siegen werden. Sie haben zu viele Vorteile auf ihrer Seite, und sie werden besser und besser. Es wird immer schwieriger, die Connets zu knacken. Die einen von uns werden vom Highway runterfallen, andere werden erschossen, wieder andere werden von einem Auto überfahren. Wir leben mit dem Tod, und das bedeutet, daß wir nur fürs Heute leben. Morgen interessiert uns nicht. Und du, Liebling, kannst das nicht verstehen, weil du ein Zoo-Baby bist. Meine Schönheit im Käfig.«

Fiona hörte ihm zu und wußte, daß er recht hatte. Sie wollte nicht sterben. Sie hatte ihr Leben ein bißchen aufpeppen wollen, aber sie wollte nicht mit der ständigen Erwartung des Todes leben. Für sie gab es ein Morgen.

»Wo du herkommst«, fuhr Will fort, »sitzen die Menschen in Büros und sprechen den ganzen Tag in Maschinen hinein. Sie verschieben Geld von einer Computerstation zur nächsten und nennen das Arbeit. Und du sitzt in deinem Kuppelhaus, das nichts weiter ist als eine Seifenblase im Zoo, du sitzt da, zu Tode gelangweilt, schaust auf den großen Schirm, erledigst deine Einkäufe, nimmst einen Drink mit deinen Freunden. Deine gefährlichste Unternehmung wäre, daß du mit dem Mann deiner Freundin schläfst. Du bist intelligent genug, um zu wissen, daß das nicht das wahre

Leben ist. Deshalb bist du bei uns, deshalb hältst du dich unter uns auf. Du willst wissen, welches Gefühl es ist, wenn man wirklich lebt, welchen Geschmack das Abenteuer hat, wie Angst riecht, wie sich Gefahr anfühlt. Du begreifst nicht, daß das Leben seine Würze erst durch die Nähe des Todes erfährt. In deiner Welt, Skelton, ist Leben ein Spiel, und in meiner Welt ist Leben ein Triumph. Ein vorübergehender Triumph über den Tod.«

Er ließ ihr Gesicht los und hielt sie in seinen Armen und begann sie zärtlich zu lieben. Zuerst küßte er sie am ganzen Körper, bis sie spürte, wie ihre Erregung stieg. Er legte sich auf sie und vereinigte sich mit ihr, behutsam, liebevoll und beinahe streichelnd.

Sie hatte ihn so sanft noch nicht erlebt, diese Eigenschaft in ihm auch nicht gesucht, und nun fühlte sie sich verwirrt. Wollte er ihr zeigen, daß er viele Seiten hatte? Daß er viel mehr war als das, was sie in ihm sah?

Ihr Körper brauchte eine lange Zeit zum Höhepunkt, aber er wartete mit unendlicher Geduld auf sie, mit einer Geduld und Beherrschung, die sie nicht für möglich gehalten hatte. Sie befand sich in einer Art Trance, hypnotisiert vom sanften Streicheln des samtenen Schaftes, der sie ausfüllte. So hatte sie sich immer die Liebe ihres Mannes gewünscht.

Er flüsterte ihr zu, während er sie unermüdlich streichelte: »Meine süße Lady ist in die Wildnis gekommen, um einen richtigen Mann zu schmecken, denn bisher hat niemand ihren vernachlässigten Körper richtig befriedigen können. Jetzt gehörst du mir, Lady, und ich werde dich behalten, denn du brauchst mich, du brauchst mich, damit du dich als ganze Frau fühlst.«

Sie murmelte und streckte die Arme nach ihm aus. Sie wußte, daß es ihr bald wieder kommen würde, sie spürte ihre müden Muskeln zittern, Vorboten der Agonie des süßen Orgasmus, der kurz darauf ihren ganzen Körper erfüllte und zum Pochen brachte, sie schüttelte sich und blinkte und blinzelte und sah Sterne in allen Farben vor ihren Augen.

Sie lagen dicht beisammen, umfangen von einer Art Frieden. Dann fragte Will, ob sie das Bad benutzen wollte, und Fiona dachte, nicht wenig überrascht, daß sie ja doch nicht ganz wie die Tiere hausten.

Sie kam nur schwer vom Bett hoch, ihre Glieder fühlten sich wie Blei, aber der Gedanke, sich endlich wieder waschen zu können, spornte sie an. Es war ein derbes, primitives Bad, aber die Installation funktionierte, das Wasser war heiß. Sie fand ein Stück Seife und verbrachte eine lange Zeit damit, sich einzuschäumen, und dann wusch sie die Spuren der letzten Stunden und die Angst von ihrem Körper ab. Zum erstenmal sah sie auch nach ihrer Wunde. Sie müßte versorgt werden. Als Will zu ihr kam, fragte sie ihn nach Newskin.

»Newskin?«

»Du mußt doch so was haben, oder?«

»Oh, jetzt weiß ich, was du meinst. Dieses Zeug, das man aufsprüht und das Wunden zusammenwachsen läßt. Nein, so was haben wir nicht.

»Warum nicht? Es ist phantastisch.«

»Schwester.« Will hörte sich amüsiert an. »Du

sprichst von einem biotechnischen Katalysator, von einem Enzym, das das Wachstumshormon fördert, so daß die Hautzellen in der besprühten Fläche für eine begrenzte Zeit wie im Zeitraffer wachsen. Deshalb heilen die Wunden, und außerdem hat es auch noch eine betäubende Wirkung, und ich schätze, es bleiben keine Narben zurück.«

»Ja, klar«, sagte Fiona ungeduldig. »Das weiß ich alles. Und warum habt ihr so was nicht hier?«

»Es kostet ein Vermögen.«

»Ich habe heute nacht ein Auto gehackt. Ich kenne die Summen, die ihr als Lösegeld verlangt.«

»Wir schaffen es nicht oft, ein Auto zu hacken. Und wir haben viele von uns zu unterstützen. Ein paar Narben stören uns nicht.«

Fee wandte sich wieder dem Spiegel zu und betrachtete ihre aufgerissene Wange, roh und rot. Sie hatte nie daran gedacht, daß sie eine Narbe behalten könnte. Sie wußte nicht, wie rasch man Newskin aufsprühen mußte, um die Narbenbildung zu verhindern. Bei den wenigen Gelegenheiten, bei denen sie sich geringe Verletzungen zugezogen hatte, war das nie ein Problem gewesen. Sie hatte Newskin sofort sprühen können.

Sie verdrängte das Problem und begann, Will zu waschen, sie wusch und rubbelte seinen ganzen Körper, prägte sich jeden Muskel ein, als wollte sie das Bild von ihm nie wieder aus dem Gedächtnis streichen, sie wollte ihn programmieren und die Erinnerung an ihn zu jeder Zeit abrufen können.

Sie genoß den Kontrast zwischen Will und Rollo,

jetzt, da sie nach langer Zeit wieder vollkommen befriedigt war und ihre Gedanken frei für andere Dinge waren. Rollo war geschmeidig und hatte eine bronzefarbene Haut, er bewegte sich beinahe katzenhaft. Will war grob, rauh und wild, seine Muskeln ballten sich zu Knoten, und sein knorriger Körper war über und über mit Narben bedeckt. Er war sehr groß, fast einsneunzig, schätzte sie, und wenn sie neben ihm stand, klein und federleicht in ihrer geschmeidigen Weiblichkeit, kam sie sich verwundbar vor und suchte seinen Schutz.

Sie trocknete ihn behutsam ab und rieb ihn mit einem Puder ein, rubbelte seine Haare trocken, ja, sie war bereit, ihm jeden Wunsch von den Augen abzulesen. Sie kniete auf dem Bett, nachdem sie ihn getrocknet hatte und fuhr mit gespreizten Fingern durch seine strähnignassen Haare. Dann berührte sie wie ein Hauch die Klappe über seinem Auge.

»Hast du das Auge verloren?« fragte sie flüsternd.

»Es ist noch da«, sagte er. »Es ist blind. Ein Metallsplitter, als die Heli-Police zu nahe kam.«

»Hast du es nicht operieren lassen?« Sie wußte, daß es eine alberne Frage war, kaum, daß die Worte ausgesprochen waren.

Er lachte nicht. »Für Leute wie uns gibt es keine Krankenhäuser«, sagte er. »Wir haben einige Buschärzte, und von denen habe ich niemanden an mein Auge gelassen. Irgendwie lernen wir, ohne Ärzte auszukommen.«

Sie saß auf ihren Fersen, und ihre Gedanken überschlugen sich. Sie begriff plötzlich, daß sie mit einem

Problem konfrontiert war, das weniger mit der unterschiedlichen Kultur zu tun hatte, sondern mehr mit Organisation.

»Vielleicht könnte ich dich in ein Krankenhaus bringen«, sagte sie. »Es hapert nur an den erforderlichen Dokumenten.«

»Dokumente sind für Geld zu haben«, sagte Will. »Es ist das Geld, Lady. Wir hacken nicht oft ein Auto. Da fällt mir wieder ein – wieso hast du gleich bei deinem ersten Versuch diesen Erfolg gehabt? Ich meine, wenn dies dein erster Versuch war.«

»Es war mein erster Versuch«, antwortete Fiona. »Ich glaube nicht, daß ich es je noch einmal schaffen würde, diesen verdammten Pfeiler hochzuklettern.«

»Also, wie hast du es geschafft?« Er klang ganz so, als wäre er kaum interessiert, aber Fiona spürte die Kälte, als sie sich in die Augen schauten. Sie leckte sich über die Lippen. »Ich habe ein Talent für Computer. Wir sprechen die gleiche Sprache.«

»Und?«

»Ich habe viel Zeit mit der Vorbereitung zugebracht.«

»Glaubst du, das tun wir nicht? Was sonst noch, Skelton?

Zögernd sagte sie: »Ich habe früher für einen Autohersteller gearbeitet. Da habe ich auch meinen Mann kennengelernt.«

Sie hätte sich selbst ohrfeigen können. Sie hätte das nie sagen dürfen. Es wurde zu gefährlich hier bei Captain Will. Er war unberechenbar und gefährlich und setzte ihren eigenen Körper gegen sie ein. Er konnte brutal und sanft sein, wie er gerade wollte, aber alles war geschickte Planung, eine hinterlistige Manipulation. Er hatte keinen einzigen spontanen, unkontrollierten Knochen im Körper.

Er hielt ihrem Blick einen Moment stand, dann hob er ihre linke Hand und betrachtete den Ring. Er bestand aus zwei Goldringen, die von einer Weinranke aus Platin zusammengehalten wurden, und die Trauben wurden von winzigen Rubinen dargestellt. Es war ein wunderschöner Ring, ein edler Schmuck, das Geschenk eines reichen Mannes.

Während Will dieses Symbol ihres anderen Lebens betrachtete, spürte Fiona, wie Furcht in ihr hochkroch.

»Hast du«, fragte er leise, »ein Auto?«

»Ja.«

»Wirklich?«

In einem Augenblick glasklarer Erkenntnis wußte Fiona, was sie angerichtet hatte, welcher Gefahr sie sich ausgesetzt hatte. Wills Leben wurde von den Monstermaschinen geprägt, den großartigen Raketen, die über die ihm verbotenen Highways huschten, den ultimativen Symbolen des Erfolgs.

Er sah sie jetzt in einem neuen Licht. Sie war nicht nur eine gelangweilte Hausfrau, die auf der Jagd nach wildem Sex in diese Niederungen kam, um Männer wahnsinnig vor Lust zu machen.

Sie war die Besitzerin eines Connets. Sie hatte eine Maschine im Wert von einer Million, die für Luxus und Reichtum stand, die einem zu neuem Ego verhalf, der sichtbare Beweis für die Macht eines Menschen in einer apolitischen Zeit.

Der ultimative Penis. Ein Geschoß, das fünfhundert Kilometer in der Stunde zurücklegte, ein gleißender Titanschaft, eine Synthese aus Kraft, Technologie und Gier. Und er, Will, hatte gerade eine Frau gesyncht, die über einen Millionen-Vibrator verfügte.

Fiona spürte, in welche Richtung seine Gedanken gingen. Wie würde er reagieren? Sie fühlte einen Krampf der Erregung durch ihren Körper zucken. Sie lebte ständig auf dem Grat.

»Bleib bei mir«, sagte er leise.

Heiße Lust trieb ihr Blut an, jagte Schauer durch ihren Leib. Er hatte sich für die Frau entschieden, nicht für das Auto.

»Nein.«

»Ich kann dich zwingen.«

»Davon hättest du nichts.«

»Ich kann dich dazu bringen, daß du mich begehrst, wann immer mir danach zumute ist.«

»Aber ich begehre dich ohnehin die ganze Zeit.«

»Dann bleib.«

»Wenn ich bliebe«, sagte sie, »würde ich dir bald nur eine deiner vielen Frauen sein.«

»Hältst du so wenig von dir selbst?«

»Ich habe eine Schwäche für dich.«

»Ach?«

Sie seufzte. »Ich habe einen lieben, reichen Mann, mit dem ich gut leben kann. Ich habe Geld genug, um jeweils die neueste Mode zu tragen. Und ich habe ein Auto.«

»Ist das das Bild, das du von dir selbst hast?«

Sie hörte die Verachtung in seiner Stimme. »Ich kann

einen Mann wie dich nicht mit meinem Aussehen und ein paar sexuellen Tricks halten.« Ihre Stimme klang weich und sexy. »Und ich möchte dich halten. Wenn ich gehe und dann wiederkomme, weißt du, daß ich mich dir hingebe. Ich komme zurück und dufte nach diesem anderen Leben, nach dem, das du nicht haben kannst. Du magst zwar ein wilder Geselle sein, mein Tiger, aber ich kenne beide Welten, habe Zoo-Blut in mir. Wenn du ein Tiger bist, bin ich eine Leopardin. Und von Zeit zu Zeit möchte ich hierhin kommen, und dann werde ich immer wieder dich wählen. Du weißt, daß ich nicht von dir wegbleiben kann, auch nach all dem, was du mir angetan und womit du mich erniedrigt hast.«

Will lag auf dem Bett, abgestützt auf einen Ellenbogen, das eine Auge fast geschlossen. Er beobachtete sie, dachte über das nach, was sie gesagt hatte. Jetzt lächelte er. »Das alles hat dir gut getan. Du wolltest es so haben.«

Sie beließ es dabei. »Du hast dein Leben«, flüsterte sie, »und ich habe meins. Besteht nicht ein Teil des Kicks im Kontrast zwischen uns?« Sie beugte sich über ihn und legte einen Finger spielerisch über seine Lippen. »Du und ich. Ja? Wir müssen ehrlich zueinander sein.«

»Wenn du meinst.«

Sie wußte, daß er ihr gegenüber nie ehrlich sein würde. Sie konnte sich nie sicher bei ihm fühlen. Aber sie wollte ihn nicht anders haben.

»Nur eins ...«

»Bedingungen, Skelton? Ich glaube, ich kann keine Bedingungen akzeptieren.«

»Wenn du mich je wieder schlägst ...«

Seine kräftigen Hände packten ihre Handgelenke, und dann sagte er rauh: »Ich bin nicht dein Mann. Du hast zuerst zugeschlagen! Keine Frau, ganz egal, wie schön sie ist, wie sexy, kann mich in ihrer Rage schlagen, ohne dafür zahlen zu müssen.«

»Chain hat heute abend auf mich geschossen. Er und sein Kumpel haben mich zusammengeschlagen, bevor sie wußten, daß ich eine Frau bin, und als sie es wußten, haben sie mich vergewaltigt, einer nach dem anderen, als ob ich ein Nichts wäre, ein Loch auf Beinen. Und du hast sie nicht einmal bestraft. Dafür schuldest du mir was, Captain Will.«

»Du hast gewildert in unserem Revier. Ich habe dir dein Leben geschenkt.«

»Ihr habt den Fahrer des Autos, das ich angehalten habe.«

»Ich schulde niemandem was.«

Sie starrten sich feindselig an. Fiona dachte an den langen Weg nach Hause. Sie war entsetzlich müde.

»Wie heißt du wirklich?« fragte er.

»Du weißt alles, was du über mich wissen mußt. Und dann noch ein bißchen mehr.«

»Ich weiß nur, daß ein Zauber von deinem Körper ausgeht und daß irgendwas Magisches an dir ist, dem ich nicht widerstehen kann, ganz egal, wie sehr ich es versuche. Ich würde dich eher töten als verlieren wollen, Skelton.« Sie konnte nicht anders, sie sprang auf den Köder an, ein bereitwilliges Opfer.

»Komm in mich«, raunte sie zwischen zusammengebissenen Zähnen.

Er nahm sie schnell. Auch er mußte müde und erschöpft sein, aber schon bald spürte sie, wie er anschwoll, dann stieß er noch einmal tief in sie hinein und löschte ihr brennendes Innere.

Als er aus ihr hinausglitt, sah er sie an. »Mir gefällt dieser ehrfürchtige Blick in deinen Augen«, sagte er.

»Ach?«

»Ja, und überhaupt gefällst du mir, Zoo-Baby.«

»Will«, sagte sie stöhnend.

»Sag's nicht. Geh jetzt. Sonst kann es passieren, daß ich dich nicht gehen lasse.«

»Du mußt mir was zum Anziehen besorgen.« Sie lachte verlegen.

Sie war nahe daran, zusammenzusinken, liegenzubleiben und in einen tiefen Schlaf zu fallen. Ihr Blick fand keinen Zielpunkt mehr, die Umrisse tanzten vor ihren Augen. Ihre Gedanken waren voll von dem, was sie erlebt hatte.

»Ich gehe mal davon aus, daß du dir ein paar Kleider verdient hast«, sagte er. »Schließlich haben wir den Computer und all die kleinen Spielzeuge, die du mitgebracht hast. Und den Autofahrer.«

»Und meine Seele, Pirat.«

Er lachte. »Ja, die auch noch.«

NEUNTES KAPITEL

Fiona blieb zwei Tage im Bett und gab vor, sich nicht wohl zu fühlen, aber sie gestattete nicht, daß Rollo den Arzt kommen ließ. Sie war erschöpft und wund und brauchte Zeit, um sich mental und körperlich von den Strapazen dieser einen Nacht gründlich zu erholen.

Immer und immer wieder sah sie in diesen beiden Tagen den kraftvollen Körper ihres Piratengeliebten vor sich. Ihre Gedanken beschäftigten sich unentwegt mit den Einzelheiten dieser Nacht. Es war ein ständiger Wechsel von Zorn und Besänftigung gewesen, was sie in den langen Stunden auf der anderen Seite des Lebens durchgemacht hatte. Sie wußte, daß sie eine fundamentale Schwäche für Will hatte. Obwohl sie sich in der Tatsache sonnte, daß sie geschafft hatte, was alle für unmöglich gehalten hatten, und obwohl sie stolz darauf war, einen so zähen Charakter zu haben, war es auch eine Erfüllung für sie gewesen, sich mit diesem Piraten einzulassen.

Sie labte sich am Luxus ihres Lebens und empfand ihn eindringlicher und intensiver als je zuvor. Sie, die in der Nacht mit den Ausgestoßenen der Gesellschaft in einem Rausch sexuellen Wahnsinns herumgesuhlt hatte, war jetzt vom größtmöglichen Komfort umgeben, von hübschen Accessoires und seidener Bettwäsche, sie wurde umhegt und verwöhnt von einem dafür bezahlten Dienstmädchen.

Das Wissen, daß die Kugel auch einen Knochen zerschmettert haben könnte, statt sie nur leicht anzukratzen, das Wissen, daß sie dem Tod so nahe gewesen war, trug nur noch zu ihrer Zufriedenheit bei.

Als sie sich endlich um die Wunde in ihrem Gesicht kümmern konnte, war es zu spät, um eine Narbenbildung zu verhindern. Sie erklärte die Verletzung damit, daß sie sich zu rasch umgedreht hätte und gegen einen spitzen Gegenstand gelaufen wäre. Es war eine dünne Ausrede, aber niemand hatte Anlaß, ihr nicht zu glauben.

Sie verfolgte die Nachrichten und sah schließlich die Meldung, auf die sie gewartet hatte: Wieder war von einem Autofahrer ein Lösegeld erpreßt worden. Das hieß, ihr Opfer war sicher in seinem Heim, ein bißchen ärmer, aber sonst ohne Schaden. Und vielleicht hatte er sich, was immer mehr Menschen beantragten, gegen Piraterie versichert. Fees Gedanken gingen mit dem Geschehen auf dem Highway eher so um, als bestünde es nur in ihrer Phantasie, aber das hinderte sie nicht daran, sich einzelne Bruchstücke immer wieder in Erinnerung zu rufen.

So wie sie sich in den Sex gestürzt hatte, stürzte sich Rollo in Arbeit. Er brauchte sie jetzt. Die Dinge liefen günstig für ihn, und er brauchte ihre Computererfahrungen, um ein Organisationsschema zu erstellen, das ihm die Kontrolle über das wachsende Konsortium ermöglichte. Sie würde das für ihn tun, für ihn und für sich. Aber erst mußte sie wieder zu Verstand kommen.

Diana besuchte sie.

»Was ist denn los mit dir? Gewöhnlich trifft man dich nicht im Bett an.«

»Ich bin wie gerädert. Eine vorübergehende Erschöpfung, nehme ich an. Aber bitte kein Mitleid und keine Ratschläge, Diana. Ich amüsiere mich gut.«

Diana setzte sich. »Du siehst irgendwie verändert aus, Fee. Ist es dieser Liebhaber?«

»Ich habe nie gesagt, daß ich einen Liebhaber habe.«

»Deine Körpersprache sagt es. Du siehst so sexy aus. Was muß das für ein Mann sein, daß du dich nach einem Erlebnis mit ihm ins Bett legen mußt?«

»Er ist ... er ist ...« Fiona konnte es nicht sagen.

»Wirst du Rollo verlassen?«

»Nein.«

»Ist der Knabe verheiratet?«

Fiona lachte laut auf. »Ich habe keine Ahnung. Aber ich glaube nicht.«

»Wo hast du ihn kennengelernt? Kenne ich ihn?«

»Du kennst ihn nicht.«

»Wieso weißt du das mit absoluter Sicherheit? Warum kenne ich ihn nicht? Und wenn ich ihn nicht kenne, warum dann diese Geheimniskrämerei? Wer ist er, dieser geheimnisvolle Liebhaber von dir?«

»Er gehört nicht in unsere Kreise«, sagte Fiona nach einigem Zögern. »Ich habe ihn an einem ziemlich entfernten Ort kennengelernt.«

»Außerhalb des Zoos?« Diana sah ihre Freundin zweifelnd an.

Plötzlich wußte Fiona diesen wissenden Blick zu

deuten. »Du dumme Kuh«, sagte sie. »Ich weiß genau, was dir gerade durch den Kopf geht.«

Diana senkte den Blick, als wollte sie sich nicht noch weiter verraten. »Wirklich?« fragte sie verunsichert.

»Du bist meine Freundin«, sagte Fiona, »ich könnte deinen Mann nicht nehmen, selbst wenn ich wollte. Und ich würde nichts tun, was unsere Freundschaft bedrohen könnte. Außerdem glaube ich nicht einmal, daß dein Mann mir eine Chance gäbe. Nein, Teddy ist nicht mein Liebhaber, Diana. Verzeih mir, aber dein Ehemann ist nicht der einzige Mann, der eine Frau betören kann mit seiner Qualität des Synchens. Ich habe einen anderen gefunden.«

»Ich weiß, daß er nicht so gut aussieht. Aber du warst so verzweifelt, da habe ich eben gedacht ...«

Fiona schüttelte den Kopf. Dann sagte sie: »Ich habe immer noch das Ziel, Rollo wieder für Sex zu gewinnen.«

»Und wie?«

»Nun, ich habe einen kleinen listigen Plan entwickelt, der vielleicht funktioniert.«

»Erzählst du ihn mir?«

»Ich glaube, du wirst schockiert sein.«

»Dann schockiere mich.«

»Ich werde Janine benutzen.«

»Wen?«

»Unser Dienstmädchen.«

»Das Dienstmädchen? Um Himmels willen!«

»Ich habe ja gesagt, daß du schockiert sein würdest.«

Diana dachte ein paar Sekunden darüber nach, dann fragte sie: »Wie?«

»Hast du jemals gewünscht, du könntest es mit einer Frau machen, Diana?«

Diana legte den Kopf ein wenig schief und schaute verwirrt auf ihre Freundin hinunter.

»Ich habe nie darüber nachgedacht.«

»Es ist sexy, anderen Leuten beim Sex zuzusehen, nicht wahr?« fragte Fiona.

»Man sieht es doch die ganze Zeit auf dem Schirm, aber das gibt mir nichts.«

»In natura, Diana. Mit richtigen Menschen. Mit Menschen, die du sehen und schmecken und riechen kannst. Und die du berühren kannst.«

»Ja, kann schon sein. Ich bin mir da nicht so sicher. Ich glaube, ich hätte keinen Spaß dabei, wenn ich es vor Zuschauern treiben sollte.«

»Janine ist in Rollo verknallt. Ich will es so arrangieren, daß Rollo sie mit einem anderen im Bett sieht. Und ein paar Tage später wird sie versuchen, Rollo zu verführen.«

»Das ist verdammt gefährlich, Fee. Ich meine, dem gut aussehenden Rollo eine andere Frau quasi auf den Leib zu binden. Und Janine ist doch noch ein Kind.«

»Sie ist sechzehn, und sie ist wahnsinnig verliebt in Rollo. Ich kann ihn nicht mehr erregen. Wenn sie es schafft, profitieren wir beide davon.«

»Du bist bereit, ihn zu teilen?«

»Das wäre eine Menge mehr, als ich jetzt habe. Wenn du Hunger hast, Diana, ist ein halbes Brot verdammt viel.«

»Du verblüffst mich immer wieder. Ich begreife deinen Plan nicht. Wer soll denn der Mann sein, der es mit Janine treibt, so daß Rollo die beiden sieht und sich vielleicht daran berauschen kann?«

»Das ist mein Geheimnis.«

»Dein Geliebter?«

»Ich habe dir doch gesagt, daß es mein Geheimnis ist, genau wie mein Liebhaber ein Geheimnis ist. Und glaube mir, ich habe ihn in einer völlig anderen Welt kennengelernt. Und er würde nie im Leben dafür zu haben sein, meine kleinen Strategiespielchen mitzumachen. Er würde sich nicht von mir herumkommandieren lassen.«

»Warum nicht?«

»Er ist nicht berechenbar. Das ist es ja gerade, was ich an ihm so liebe.«

»Mit deinem Auto kannst du weite Entfernungen zurücklegen«, sagte Diana eifersüchtig.

Fiona war es recht, daß Diana glaubte, ihr Geliebter befände sich geographisch weit entfernt. Sie schloß das wohl aus der Bemerkung Fionas, daß sie ihn in einer völlig anderen Welt kennengelernt hätte. Aber es waren nicht Meilen, die die Distanz ausmachten. Sie könnte sogar zu Fuß zu Wills Welt gehen, aber trotzdem war es eine völlig andere Welt.

Nachdem sie wieder genesen war, begann Fiona, eine Weile hart mit Rollo zu arbeiten. Sie bastelte an Programmen für *TransFlow,* wie die neue Firma heißen würde, und machte sich auch sonst bei der Pionierarbeit nützlich.

Sie stellte Verbindungen via Computer mit anderen Ingenieuren her, speicherte die von ihnen errechneten Daten und verglich sie mit denen, die Rollo eingegeben hatte. Wichtig war auch, die Angebote der verschiedenen Konstruktionsfirmen gegeneinander abzuwägen. Am schwierigsten waren die Grundbesitzfragen. Wo immer es möglich war, benutzten sie die alten ruinierten Wasserwege, die sich im Besitz der etablierten Gesellschaften befanden und die auf ihrer Trasse alles transportieren würden, was *TransFlow* anzubieten hatte – gegen ein entsprechendes Entgelt natürlich. Dafür gaben sie die Erlaubnis, ihre ausgetrockneten Wasserwege für die Pipelines zur Verfügung zu stellen.

Rollo war auch nicht auf den Kopf gefallen. Nebenbei und unbemerkt von den anderen Mitgliedern des Konsortiums hatte er Geld in eine kleine Firma investiert, die an einem erfolgreichen Projekt arbeitete – es ermöglichte, Meerwasser in frisches Wasser zu verwandeln.

Die Technik des Entsalzens war schon seit einem halben Jahrhundert bekannt, aber bisher war sie zu teuer. Die neue Filteranlage entfernte nicht nur das Salz aus dem Meerwasser, sondern auch die Spuren von Magnesium, Silber, Jod, Uran, Gold, Nickel, Kupfer, Kobalt und so weiter, sammelte sie in wirtschaftlichen Auffangbehältern und trug erheblich zur Finanzierung des gesamten Projekts bei.

Rollo liebte es, in einem Rennen auf mehr als ein Pferd zu setzen, und wenn man sich seine persönlichen Finanzen ansah, dann mußte man davon überzeugt sein, daß seine Strategie sich auszahlte.

»Ich muß das Patent der Filteranlage kaufen«, sagte er zu Fiona. »Wenn mit der Pipeline mal etwas schiefläuft, sei es durch mangelnde Technik oder durch einen Coup der anderen Mitglieder des Konsortiums, oder wenn unsere Kosten in die Höhe getrieben werden und die Wassergesellschaften sich nach einem anderen Lieferanten umsehen, der preiswerter anbieten kann, muß ich das Patent für die Filteranlage besitzen. Du und ich, wir werden nicht persönlich bluten müssen. Ich habe die erste Option auf das Patent, aber ich muß verdammt schnell die Summe auf den Tisch legen, sonst werden sie es auf dem offenen Markt anbieten.

»Wie teuer ist das Patent?«

Rollo sagte es ihr, und Fionas Augen verzogen sich zu kleinen Schlitzen. »Aber wir haben doch nicht so viel Geld auf der hohen Kante, oder?«

»Nein. Meine Ersparnisse und ein Kredit stecken in *TransFlow*. Das mußte sein, sonst hätten potentielle andere Investoren kein Vertrauen in das Projekt gehabt.«

Sie sahen sich an. »Das Auto«, sagte Fiona nach einer langen Weile des Schweigens.

»Es würde höchstens für ein Jahr sein, Fee, aber das kann eine lange Zeit sein, um ohne Auto auszukommen, Baby. Natürlich erhalten wir es zurück, wenn *TransFlow* floriert. Ist es sehr schlimm für dich, Fee?«

»Gib mir ein paar Tage Zeit, Rollo.«

»Aber nicht länger, Fee. Ich kann diese Chance nicht verpassen. Das Patent ist unsere Versicherung.«

Der Plan drängte sich ihr auf, komplett von Idee bis Ausführung. Rollo selbst hatte sie mit einem einzigen Wort auf die Idee gebracht.

Ihre Bitte um Aufschub hatte lediglich den Sinn gehabt, sich an den Gedanken zu gewöhnen, autolos zu sein. Ein heftiger Schock für sie. Aber dann war ihr die Idee zugeflogen, wie sie vielleicht zwei Fliegen mit einer Klappe schlagen konnte. *Versicherung* war das Wort gewesen, daß ihre Gehirnzellen aktiviert hatte. Wenn sie es schaffte, ihr Auto zu einem Versicherungsfall zu machen, würde Rollo genug Geld für das Patent haben, und sie könnte das Auto behalten.

Sie ging nach einem ausgeklügelten Plan vor. Noch an diesem Abend nahm sie sich Stufe eins vor. Es galt, keine Zeit zu verlieren.

Sie mußte ein Connet in die Hände bekommen, ein Computer-Kontroll-System, das Hack-Opfer geworden war, geschmolzen, nutzlos. Sie spielte mit dem Gedanken, Captain Kid um Hilfe zu bitten, verwarf ihn aber rasch. Er war zu unsicher, zu gefährlich.

Sie suchte über Vidicom Kontakt mit einem alten Bekannten aus den Tagen, als sie bei dem Automobilhersteller arbeitete, wo sie ihre Computerfähigkeiten erlernt hatte. Sie wählte einen Mann im mittleren Management aus, der ein Versager war, was seine Karriere anging. Er wußte, daß er nichts mehr erreichen würde. Ein Mann, der nie in der Lage sein würde, selbst eine dieser wunderbaren Maschinen zu besitzen, an deren Herstellung er beteiligt war.

Dieser Mann hatte versucht, bei ihr zu landen, aber Rollo hatte sie vor seiner Nase weggeschnappt. Wenn er das Gefühl hatte, es dem arroganten, erfolgreichen Rollo Cambridge heimzahlen zu können, würde er vielleicht seinen Firmeneid brechen und sie mit dem versorgen, was sie brauchte.

Fiona bereitete sich auf den Anruf vor, indem sie sich so verführerisch gab, wie sie nur konnte. Dann wählte sie seine Nummer. Er hieß Jamie Andersen.

»Hey, Jamie«, sagte sie, als die Verbindung hergestellt war. Er war ein gut aussehender Mann, was das, was sie plante, vereinfachte. Aber sie gestand sich selbst gegenüber ein, daß sie es auch sonst getan hätte.

Seine Augen wurden groß, als er sie erkannte. »Fee«, sagte er. »Fee Bronson.«

»Fee Cambridge«, stellte sie richtig.

Sein Gesicht verlor das Strahlen. »Ja. Was macht Rollo denn in diesen Tagen?«

»Ach, er hat zu tun.«

»Kümmert er sich zu wenig um dich?«

»Er stürzt sich in seine Geschäfte. Aber ich will nicht über Rollo reden. Ich wollte wissen, wie es dir geht.«

»Mir? Mir geht es gut. Immer dasselbe. Das weißt du doch.«

»Du bist ein netter Kerl, Jamie. Wir waren mal gute Freunde. Ich langweile mich entsetzlich. Rollo ist immer beschäftigt. Warum treffen wir uns nicht, um über die alten Zeiten in der Fabrik zu plaudern? Wir hatten doch früher eine Menge Spaß miteinander.«

»Und wie«, bestätigte er. Er schluckte. »Ja, treffen wir uns, Fee. Wann?«

»Heute abend.«

»Heute abend?« wiederholte er und schluckte ein paarmal hintereinander.

»Wenn du es nicht schaffst, ist es auch nicht schlimm. Ich habe Verständnis dafür. Alle haben immer so schrecklich viel zu tun.«

»Kein Problem, Fee.«

»Ich komme mit meinem Auto. Vielleicht machen wir eine kleine Spritztour.« Sie sprach das Wort dunkel und kehlig aus, und Fiona sah, wie Jamie dunkelrot wurde.

»Du hast ein Auto? Eines von uns natürlich. Klar, du hast ein Auto ...«

»Also, Jamie, wir hauen einen drauf und erzählen uns von den alten Zeiten. Ich komme bei dir vorbei, ja?«

»Ja, klar. Ich warte auf dich. Und, Fee?«

»Ja?«

»Ich bin ja so froh, daß du angerufen hast.«

»Ich auch, Jamie, ich auch.«

Sie warf sich in Schale. Sie zog das enge schwarze Ding an, das Löcher für die Nippel freiließ, trug sich Ghost-Make-up auf, und Janine frisierte und parfümierte ihr die Haare.

Janine schmollte ein wenig, da sie in letzter Zeit vernachlässigt worden war. Fiona hauchte ihr einen Kuß auf die Wange.

»Liebling«, sagte sie, »das Geschäft befindet sich in einer kritischen Phase, und wenn Rollo sich dir zuwendet, möchte ich, daß du ihm deine ganze Aufmerksamkeit zukommen läßt. Ich bin sicher, daß wir in der nächsten Woche den entscheidenden Schritt tun können.«

»Ich dachte schon, daß Sie mich nicht mehr mögen«, murmelte Janine.

»Ich? Oh, Baby, mir war gar nicht bewußt, daß du mich so sehr magst. Ich meine, bisher bin ich davon ausgegangen, daß du in Rollo verliebt bist.«

»Das bin ich auch. Aber ich begreife immer noch nicht, warum es Ihnen nichts ausmacht. Ich meine ... also, ich bin froh über das, was wir zusammen ... nun, Mrs. Cambridge, wenn ich daran denke, bin ich jedenfalls immer sehr erregt.«

»Ich auch, Liebling, ich auch. Ich wollte dich nur nicht erschrecken. Ich kann nämlich eine ziemlich unersättliche Frau sein, weißt du.«

Janines Augen strahlten. »Das ist wunderbar«, sagte sie und sah Fiona voll in die Augen.

»Aber jetzt muß ich mich beeilen«, sagte Fiona. »Ich treffe einen alten Arbeitskollegen, und ich will Eindruck bei ihm schinden. Ich will ihm zeigen, daß ich noch keine alte Matrone bin und Fett angesetzt habe, daß noch nichts sackt und daß mein Gesicht noch faltenlos ist.«

Janine öffnete weit den Mund. »Sie«, sagte sie und stieß einen keuchenden Laut aus. »Sie sind fabelhaft, Mrs. Cambridge. Wunderbar sexy.«

»Du bist ein liebes Kind. Sagst genau die Dinge, die ich so gern höre.«

Fiona küßte Janine auf den Mund, lange und mit sinnlich agierender Zunge.

Die kurze Begegnung mit Janine hatte sie in die rechte Stimmung gebracht für die weiteren Abenteuer des Abends. Sie holte das Auto aus dem Hangar und wußte, daß sie Jamie innerhalb der nächsten zwei Stunden verführen würde. Kaum eine schwierige Aufgabe. Sie brauchte seine Bereitschaft, ihr zu helfen. Er mußte stehlen für sie.

Jamie öffnete ihr die Tür und führte sie mit eifrigem Ungeschick ins Wohnzimmer. Die Lichter waren gedämpft, aber Fee sah auf den ersten Blick, daß es sich um die klassische spießbürgerliche Einrichtung einer Junggesellenwohnung handelte. Jamie wohnte nicht im Zoo, das konnte er sich natürlich nicht leisten, aber die Gegend gehörte auch noch nicht zu den Slumbezirken. Die Fenster waren getönt, so daß niemand hereinschauen konnte.

Eine Wand des Wohnzimmers wurde von dem großen Schirm eingenommen, der nun, in Erwartung von Fees Besuch, ausgeschaltet war. Fee unterstellte, daß Jamie sich vor ihrer Ankunft einen der Sex-Kanäle hereingeholt hatte.

Es herrschte eine seltsame Atmosphäre zwischen ihnen, eine Mischung aus Erwartungsfreude und Schamhaftigkeit. Sie hätte es lieber gehabt, wenn er das Programm eingeschaltet gelassen hätte. Während sie sich unterhielten, hätte man dann hinten an der Wand die zuckenden Leiber sehen können. Das wäre ehrlicher Voyeurismus gewesen, den sie seiner lauernden Gier, die er jetzt erfolglos zu unterdrücken suchte, vorgezogen hätte.

Er trug eine enge beigefarbene Hose, deren Länge

unterhalb der Knie nicht gerade die letzte Mode war, und darüber ein steifes, üppig besticktes Oberhemd. Vor ein paar Jahren hätte man damit Aufsehen erregen können. Rollo hatte noch ein paar davon in die hinterste Ecke des Kleiderschranks gedrückt.

Er bot ihr einen Drink an, einen guten Malzwhisky, was ihm einen Sonderpunkt einbrachte, denn Fiona wußte, daß das Zeug sündhaft teuer war. Synthetischer Alkohol war viel billiger, aber es ging nichts über die echten Drinks.

Jamie konnte seine Blicke nicht von ihren Kleidern lassen. Entblößte Nippel waren die neue Mode im Zoo. Hier in diesem Kaff der Langeweile würde sich diese Mode frühestens in einem Jahr durchsetzen, und dann auch nur in bescheidenem Umfang. Jamie mochte schon mal eine Schauspielerin auf dem Schirm so freizügig gesehen haben, aber Fiona hätte wetten wollen, daß ihre Nippel die ersten waren, die Jamie auf diese Weise dargeboten sah. Sicher hatte er im Laufe der Jahre eine Reihe von Freundinnen gehabt, die sich im geeigneten Moment ausgezogen hatten, aber das war etwas ganz anderes, als eine schöne, reiche Frau zu sehen, die ihre Nippel modisch zur Schau stellte.

Das gedämpfte Licht gestattete ihr, sich so hinzusetzen, daß die Nippel gespenstisch leuchteten. Er sollte ruhig was davon haben. Schließlich sollte er sich erkenntlich zeigen.

Daß sie ihr Auto vor seinem Haus geparkt hatte, würde seinem Ruf nur helfen; die Nachbarn würden Jamie mit neuen Blicken betrachten. Niemand hier draußen war je in einer dieser Raketen gefahren. Sie mochten höchstens schon mal in einem dieser altmodischen computer-unterstützten Karren gesessen haben, die nicht auf den Highways fahren durften.

»Es gefällt mir bei dir, Jamie«, sagte sie fröhlich. »Wie ist es dir ergangen?«

»Es hat sich nicht viel geändert, Fee. Aber du siehst großartig aus.«

»Gefällt dir mein Outfit?«

»Ich liebe es.«

»Ist es nicht zu extrem?«

Viele Frauen«, sagte Jamie und hüstelte, um seine Kehle freizubekommen, »könnten sich nicht so zeigen. Aber du kannst es, Fee, glaub mir.«

»Weißt du, oft sehne ich mich in die gute alte Zeit zurück«, sagte sie seufzend.

»So siehst du aber nicht aus.«

Er ist kein Dummkopf, dachte sie. »Ich habe dich damals verdammt zappeln lassen, was, Jamie? Soll ich dir sagen warum?«

»Ich weiß nicht. Es kann kaum ein schmeichelhafter Grund gewesen sein.«

»Ich bin ein Überflieger, Jamie. Ich wußte, welches Leben ich wollte, und Rollo hat es mir gegeben. Rollo hat mir alles gegeben, alles bis auf ...«

»Bis auf was?«

»Was du mir gegeben hättest, Jamie.«

»Was ist das, Fee?«

»Treue.«

Sie konnte es nicht über die Lippen bringen. Sie konnte Rollo und ihre geschlechtslose Beziehung nicht verraten. Sie konnte nicht zugeben, daß Rollo nicht mehr mit ihr schlief. Es paßte ihrem Ego besser, wenn sie vorgab, daß Rollo sie betrog.

»Das ist immer so bei den gut aussehenden Burschen«, murmelte Jamie. »Bei ihnen mußt du damit rechnen, daß sie durch die Gegend synchen.«

»Komm mit mir ins Auto, Jamie. Ich langweile mich. Laß uns irgendwohin fahren, wo wir Spaß haben können. In Erinnerung an alte Zeiten.«

»Ja, gern. Alles, was du willst.«

Er erkannte das Auto sofort. Es gab nicht so viel Connets, die in den einzelnen Automobilfabriken hergestellt wurden, und jemand, der sich wirklich für die technischen Wunderkinder interessierte, konnte die einzelnen Exemplare voneinander unterscheiden. Er streichelte über das rauchbraune Äußere. Das Chassis aus Titan war mit einer bruchsicheren Obsidianverglasung überzogen und verlieh dem Auto einen geheimnisvollen, undurchsichtigen Glanz.

Fiona berührte das Schloß, und automatisch glitt ein Teil des Chassis zurück. Sie sah einige Nachbarn, die neugierig dem Vorgang zuschauten, und sie belohnte die Gaffer mit einem freizügigen Blick auf ihre Beine, als sie einstieg.

Drinnen schenkte sie zwei Drinks ein, dann fragte sie Jamie, ob er ein bestimmtes Ziel bevorzuge.

»Die Küste?« fragte er.

Sie programmierte den Computer, und sie fuhren los. Der Gasturbinenmotor summte, während sich das Auto auf seinen Luftkissen erhob. In dieser Gegend fuhren sie langsam, bis sie die Rampen zum Highway erreichten. Die Rampen waren alle vor den Häusern im

Zoo gebaut, weil nur dort die Menschen wohnten, die sich einen Connet leisten konnten.

Sie zockelten gemütlich dahin, und Fiona bemühte sich, Jamies Ego aufzubauen. Sie wußte, daß sie die ersten Schritte gehen mußte, er würde sich nicht trauen. Sie wußte auch, daß manche Männer es nicht mochten, wenn die Frau die Initiative übernahm, aber sie war davon überzeugt, daß Jamie sich nicht verweigern würde, ganz egal, ob er bisher lieber die zurückhaltenden Frauen bevorzugt hatte.

Auf dem Schirm sahen sie die Anzeige, daß sie die Rampe erreicht hatten.

»Hilf mir, den Bock zu füttern«, sagte Fee.

Das Auto war auf ihre DNA geschlüsselt. Jamie nahm ihre Hände in seine und hielt sie locker, tippte mit ihren Fingerspitzen auf die einzelnen Tasten und schmiegte dabei seinen Körper dicht an ihren.

Der Motor dröhnte auf, wurde dann ganz leise, und im nächsten Moment schoß der Wagen raketengleich vorwärts, sie wurden zurück in die Sitze gedrückt, als sie die Rampe verließen und sich auf den Highway einordneten.

Jetzt waren sie oben bei den Sternen.

Fiona schaute auf die Uhr. Viel Zeit blieb ihnen nicht.

ZEHNTES KAPITEL

»Jamie«, sagte Fiona. Sie nahm seine Hand und drückte sie gegen ihre Brust. Der nackte Nippel schmiegte sich in seine Handfläche.

»Fee«, krächzte er. Er preßte seine Lippen auf ihre, und sie ließ sich in seine Arme gleiten.

»Ich habe dich immer begehrt«, murmelte sie. »Ich hatte nur Angst, daß ich das Leben der Reichen verpasse, wenn ich mich emotional zu sehr an dich binde. Und für mich zählte nur das Leben der Reichen. War das sehr schlecht von mir, Jamie?«

»Ich weiß es nicht«, sagte er, außer Atem. »Du warst immer ein bißchen verrucht, Fee. Ich glaube, deshalb wollte ich dich unbedingt haben. Aber dann hat dich dieser schnieke Bastard weggeschnappt.«

»Du hast mich jetzt«, sagte Fee. Ihre Arme umschlangen seinen Hals.

Er war nicht übel. Nein, er war ganz und gar nicht übel. Zu ihrer Überraschung mußte sich Fiona eingestehen, daß er seine Sache sogar ausgesprochen gut machte. Ich bin ein Snob, dachte sie. Nur weil ein Mann keine Karriere in seiner Firma machte, hieß das noch lange nicht, daß er auch in der Liebe ein Versager war.

Er küßte sie und zog die Bänder nach unten, womit er ihre ganze Brust entblößte. Er hielt eine Rundung in beiden Händen und küßte die Warze, umspielte sie mit

Zunge und Lippen, bis sie stolz und hart erigierte. Er nahm sie zwischen die Finger und drückte sie, während er sich mit dem Mund den anderen Nippel vornahm.

Das Auto zischte mit knapp fünfhundert Stundenkilometern. Jamie schob eine Hand unter ihren Rock und stellte fest, daß sie kein Höschen trug.

»Oh, Fee, Himmel! Du kannst einen Mann in den Wahnsinn treiben.«

»Nimm mich, Jamie! Mach, daß ich dich nie vergesse!«

Er hatte ihren Rock hochgeschoben und drückte ihre Schenkel auseinander. Dann verharrte er in der Bewegung und starrte auf das Bild, das sich ihm bot.

»Alles in Ordnung?« fragte sie.

Sein Blick verriet die Trance, in der er sich befand. Er hatte ihre Frage nicht gehört. Er begann zu hecheln. Er fiel vor ihr auf die Knie, und ein seltsamer Ausdruck, eine Mischung aus Furcht und Verwunderung und Wildheit grub sich in sein Gesicht. Ganz, ganz langsam hob er eine Hand. Fiona sah, daß die Hand ein wenig zitterte. Er berührte sie mit der Sanftheit eines Schmetterlingsflügels am kahlen Schamhügel. Er hob den Kopf und sah sie mit so etwas wie Schmerz in seinem Blick an.

»Fee«, sagte er heiser.

»Ja, Jamie?«

»Ich habe nie gedacht, daß ich das einmal sehen würde. Ich habe nie gedacht, daß es so gut aussehen würde, so fremdartig. So direkt. Das ist der süßeste Schlitz, den ich je gesehen habe. Fee Bronson, du bist der Stoff, aus dem die feuchten Träume sind.«

Es schien nicht der geeignete Moment zu sein, ihm ihren richtigen Namen in Erinnerung zu rufen.

Seine Lippen bewegten sich, aber kein Laut kam heraus. Er kniete einfach da, schaute, fühlte.

Sie empfand die intensiven, bewundernden Blicke als höchst schmeichelhaft.

Er bückte sich tiefer, um noch besser sehen zu können. Fee ließ die Muskeln spielen.

»Du bist eine Frucht«, murmelte er, andächtig. »Weich, gespalten, dunkel, saftig, man möchte wirklich darin versinken.«

»Dann tu es.«

Aber noch tat er es nicht. Erst zog er ihr den Rock aus und legte ihn behutsam auf die Seite. Jetzt trug sie nichts mehr außer den langen, schimmernden Strümpfen und dem Gürtel. Um den Hals trug sie ein Band aus schwarzem Samt, und auch die Haare wurden von einem solchen Band gehalten; Janine hatte es kunstvoll geknüpft.

Jamie begann, sich auszuziehen. Dabei machte er keine schlechte Figur. Wahrscheinlich geht er regelmäßig zum Training, dachte Fiona. Sie konnte sich nicht mehr daran erinnern, ob er auch damals, als sie noch in der Fabrik gearbeitet hatte, eine so durchtrainierte Figur gehabt hatte. Damals war sie an ihm nicht interessiert gewesen.

Er hatte helles Haar, und sein Schwanz erhob sich federnd aus einem blond gelockten Knäuel. Sie war überrascht, daß er nicht sofort zur Sache ging. Sie hätte nichts dagegen gehabt.

»Fee«, sagte er.

»Ja?«

»Ich möchte, daß du meinen Schwanz in den Mund nimmst.

»Hast du davon immer geträumt?«

Er rutschte näher an sie heran, kniend, bot sich ihrem Mund dar.

»Geh an mir runter, Fee. Fee Cambridge.« Daß er sie mit ihrem richtigen Namen ansprach, verriet ihr, welche Absicht dahinter steckte. Er wollte sie erniedrigen. Er wollte, nach all diesen Jahren des frustrierten Schmachtens, seine Dominanz genießen.

Er wollte es auch Rollo Cambridge zeigen, was er alles mit seiner Frau anstellen konnte, wenn er nur wollte.

Er war schwach parfümiert. Das war eine übliche Gewohnheit von immer mehr Männern, wie Fee wußte, aber es war eine Gewohnheit, die ihr überhaupt nicht behagte. Der Geruch, der sie antörnte, war der pure männliche Geruch, der Geruch des Verlangens.

Mit einer Hand koste sie den Hodensack, drückte ihn, umfing den Beutel. Dann nahm sie die Eichel in den Mund.

Er war übererregt. Das Auto, sie selbst und die heimliche Natur ihres Tuns, all das war zuviel für ihn. Wenn er seinen Höhepunkt erlebte, würde er die Kontrolle verlieren.

Jamie begann zu stöhnen und zu keuchen. Er schüttelte sich vor der wachsenden Lust.

Sie spürte seinen Orgasmus zuerst in den Fingerspitzen, dann öffnete sie weit den Mund, um aufzunehmen, was er zu geben hatte. Als sie wußte, daß alles vorbei war, zog sie sich zurück und ließ sich auf den Rücken fallen, die Lippen leicht geöffnet.

Er starrte sie an, Angst im Gesicht. Jetzt, da er erlebt hatte, was er sich gewünscht hatte, empfand er Scham.

»Küß mich, du Bastard«, sagte sie grinsend.

Sein Mund bewegte sich zögernd. Vielleicht hatte er eine solche Szene noch nie erlebt. Fee hatte wenig Ahnung von dem, was andere Frauen mochten oder zu was sie ihre Männer antrieben. Sie selbst hatte nie genug kriegen können, sie wollte immer mehr, als sie erhielt. Mehr intensive Erlebnisse, aufregende Abenteuer, mehr Abwechslung, mehr Tricks und mehr Varianten in ihrem Sexualleben.

Sie stützte sich auf die Ellenbogen und drückte ihren Mund fest auf seinen, und dann verknoteten sich ihre Finger in seinen Haaren, ihre Zunge drang tief in seinen Mund ein. Er hatte sich allmählich wieder gefangen und begann zurückzuküssen, schob seinen Mund in ihren Mund und fing den Geschmack auf, der seiner war.

Ihre Augen waren wie kleine Eisbrocken, als sie sich voneinander lösten.

»Dreh dich um«, befahl sie. In ihrer Stimme lag die Erwartung unbedingten Gehorsams. Er zögerte aber nur einen Moment, dann drehte er sich um.

Als sie seine Rückseite vor sich sah, überlegte sie kurz. Fiona klatschte auf seinen Hintern.

»He!« protestierte er.

»Halt den Mund!« sagte sie und fuhr mit den Fingernägeln über eine Hinterbacke. Drei tiefrote Striemen bildeten sich. Fiona klatschte noch einmal.

Er schrie auf und versenkte den Kopf in seinen Armen. Sie schlug erneut zu und widerstand dem Impuls, härter auszuholen. Sein Penis stand jetzt hart und erigiert da.

»Dreh dich wieder um«, sagte sie.

Umständlich beschrieb sein Körper eine Drehung, bis er vor ihr auf dem Rücken lag. Sein Gesicht war mit dunkler Röte übergossen.

»Das war ziemlich schlimm, was?« murmelte Fiona.

»Ich kann nicht mehr ...«

»Und wie wirst du mich jetzt bestrafen? Ich meine, ich bin doch ein ziemlich ungezogenes Mädchen gewesen, nicht wahr?«

Fee kauerte sich in eine Ecke und hielt schützend die Arme vor ihren Körper.

Jamie setzte sich auf. Er zitterte immer noch ein wenig. »Du Hexe«, zischte er. »Jetzt wirst du sehen, was es heißt, solche Schläge einzustecken.«

Er fiel über sie her und schob seinen Penis in ihre Scheide.

Er stieß tief und aggressiv zu, tobte seinen Zorn und seine Demütigung in ihr aus. Dann empfand Fiona etwas sehr Eigenartiges, für das sie keine Erklärung hatte.

Sie war heiß, naß und hochgradig erregt. Jamie besorgte es ihr gekonnt. Aber es gab keinen Höhepunkt für sie. Sie spürte, wie es Jamie kam, hörte ihn stöhnen und aufschreien, sie spürte, wie er sich heiß in ihr verströmte, aber abgesehen von ein paar Muskelzuckungen tat sich in ihrem Inneren nichts.

Sie hatte Sex immer nur der Lust wegen gemacht.

Dies war das erste Mal, daß sie mit einem Mann aus Berechnung geschlafen hatte. Vielleicht war das der Grund für die seltsame Reaktion ihres Körpers.

Jamie legte sie sanft auf die Seite und streichelte ihr Haar, schob es aus der Stirn und küßte behutsam ihre Brauen, pflanzte leichte Küsse auf ihr ganzes Gesicht.

»Fee, oh, mein Liebling, du wunderbare Frau«, murmelte er.

Sie empfand beinahe so etwas wie Reue und war überrascht, daß sich mütterliche Gefühle in ihr regten, als wollte sie Jamie beschützen. Der arme Jamie. Ein süßer Junge, nicht untalentiert.

Sie schenkte ihnen beiden einen Drink ein und schaffte ein wenig Ordnung im Auto. »Du bist eine Frau, für die ein Mann sterben würde«, flüsterte er romantisch.

Ich will nur, daß du für mich stiehlst, dachte sie. »Jamie, ich bin eine gelangweilte Frau. Du hast mir heute eine neue Welt eröffnet.«

»Wenn du eine Wiederholung wünschst, stehe ich zur Verfügung, Fee«, sagte er steif.

»In letzter Zeit habe ich wieder damit begonnen, mit Computern herumzuspielen«, sagte sie.

»Ach? Du warst nicht schlecht, damals.«

Du herablassender Bastard, dachte sie kühl. Ich war die Beste überhaupt.

»Setzt Rollo dich in seinen Unternehmungen ein?«

»Laß uns nicht über Rollo reden. Kannst du mir einen Gefallen tun?«

»Rück raus damit, Liebling.«

»Besorg mir einen alten Connet. Einen geschmolzenen, wertlosen.«

»He, das ist alles andere als einfach.«

»Das kann ich mir denken.« Fiona fuhr mit einem kosenden Finger über seine Brust, durch die kleine Matte drahtiger Härchen. »Für mich ist es auch alles andere als einfach, mich so von zu Hause zu verdrücken. Ich möchte gern mit einem zerschmolzenen Connet spielen, weil ich wissen will, ob ich ihn wieder richten kann.«

»Du kannst keinen Computer wieder richten, nachdem er geschmolzen ist«, sagte Jamie felsenfest. Er war auch Elektronikfachmann, wenn er auch nicht an Fionas Standard heranreichte.

»Sollen wir wetten?«

»Es ist verrückt, Fee. Du kannst dir einen kaufen. Du hast doch das Geld dazu.«

»Ich könnte einen neuen kaufen«, bestätigte sie, »aber ich brauche einen geschmolzenen.«

»Die Fabrik vernichtet sie, das weißt du. Und für die Vernichtung jedes einzelnen Gerätes wird eine eigene Kartei angelegt.«

»Ja.«

»Ich meine, das bedeutet, ich müßte in das Programm einsteigen und die Kartei fälschen. Und für was?«

»Für mich.«

»Aber du könntest nichts damit anfangen.«

»Das glaubst du. Und vielleicht hast du sogar recht. Ich will den in diesem Auto nicht einfach zum Schmelzen bringen. Selbst Rollos Finanzen sind Grenzen gesetzt, und er würde es nicht gerne sehen, wenn ich Hunterttausende vergeude, nur weil ich einer fixen Idee hinterherlaufe.«

»Verzeih mir, Fee, aber das ist die genaue Beschreibung für das, was es ist – eine fixe Idee. Ich dachte, du hättest mehr Verstand. Mit einem geschmolzenenen Computer kannst du absolut nichts mehr anfangen.«

»Ich glaube doch. Richtig ist, daß der geschmolzene Computer in der Fabrik völlig nutzlos ist und nur darauf wartet, vernichtet und recycelt zu werden. Ich nehme also niemandem was weg. Und für mich wäre es eine Herausforderung, eine Aufgabe, die mich aus meiner Langeweile reißt.«

Sie warf Jamie einen aufreizenden Blick zu und fuhr sich mit der Zungenspitze über die Lippen. »Es tut mir leid«, sagte sie listig. »Aber ich liebe es, ein bißchen verrückt zu leben, und ich erwarte das auch von meinen Männern.«

»Du bist eine Hexe«, sagte er hilflos. »Du weißt genau, daß ich es für dich tun werde.«

Sie lachte triumphierend.

Fiona wußte, daß er alles für sie tun würde.

An der Küste verließen sie das Auto nicht. Mit beträchtlicher Phantasie gelang es Fiona, Jamie bis zur Rückkehr in sein Kaff der Langeweile angespannt zu unterhalten. Sie war erschöpft, als sie wieder in seiner Wohnung waren, aber lange nicht so erschöpft wie Jamie, der kaum noch gehen konnte.

Sie verabredeten, daß sie am anderen Tag den Computer abholen konnte. Sie hatte einen engen Zeitplan, und sie konnte sich keine Verzögerung erlauben.

Eine der guten Eigenschaften Rollos war die, daß er nicht auf einer Sache herumhackte, wenn er einmal einer Entscheidung zugestimmt hatte. Und er hatte Fiona Bedenkzeit eingeräumt, also drängte er sie nicht. Am Abend war der Verkauf des Autos kein Gesprächsthema.

Am frühen Nachmittag des folgenden Tages fuhr Fiona zu Jamie und holte bei ihm den ruinierten Connet ab. Er hatte ihn in der Mittagspause rasch nach Hause gebracht. Glücklicherweise mußte er wieder zurück an seinen Arbeitsplatz, deshalb kam es nur zu einer kurzen sexuellen Begegnung zwischen ihnen.

Ihre Gedanken waren weit weg vom Sex. Ihr Gehirn arbeitete in Elektronik.

Aber sie hatte auch einen Plan zu verfolgen. Nachdem sie vor Jamies Wohnung wieder in ihrem Auto saß, nahm sie eine Spritze, schob sie in die Scheide und zog einige Tropfen von Jamies Sperma auf. Auch einige Schamhaare von ihm fand sie an ihren Oberschenkeln.

Sie steckte sie in einen Plastikumschlag und verschloß alles in einem Fach ihres Autos.

Sie fuhr nach Hause, und ohne sich zu waschen, schlüpfte sie in ein Kleid, das sie am Morgen gekauft hatte. Es war das offenherzigste, das sie auf die Schnelle finden konnte. Wenn sie still stand, sah es schwarzsilbern aus. Wenn sie sich bewegte, funkelte es in einem holographischen Regenbogen aus puren Farben. Die untere Kleidhälfte klebte an ihrem Körper, als wäre sie aufgemalt. Über den Brüsten war ein Teil eingearbeitet, der bei einem bestimmten Blickwinkel durchsichtig war. Es war ein Kleid, dessen Trägerin ganz offen heimliche Vergnügungen versprach.

Fiona betrachtete sich im Spiegel, bevor sie noch einmal das Haus verließ, um ihren Plan fortzusetzen. Sie war zufrieden mit ihrem Äußeren, und es erregte sie, wenn sie sich vor dem Spiegel bewegte und den atemraubenden Wechsel in den Farben erlebte. Ihr Herz pochte, ihre Nerven rumorten. Aber all das gehörte zu dem Plan, der jetzt in seine entscheidende Phase trat.

ELFTES KAPITEL

Als Fee langsam über die hauseigene Rampe fuhr, überprüfte sie ihre Ausrüstung. Ihr Gesicht schimmerte fahl im Zwielicht des Wageninneren. Neben ihr stand ein Kasten mit buntem Einwickelpapier, wie man es für ein Kinderspielzeug benutzen würde. Außerdem lagen noch mehrere feinmechanische Instrumente auf dem Sitz, winzige Schraubendreher, einige Nadeln mit Gold- oder Platinspitzen.

Und der geschmolzene Computer stand da.

Sie programmierte das Auto mit ihrem Ziel, und wie es dem Connet aufgetragen war, hinterfragte er die seltsame Zielsetzung. Sie programmierte die Bestätigung, und diesmal widersprach der Connet nicht.

Bald nachdem sie den Highway erreicht hatte, hielt das Auto an – alles lief bisher programmgemäß. Fiona begann mit hastigen Aktivitäten. Sie trug Handschuhe, als sie die Tür öffnete, die dem hohen Zaun am nächsten war, dann knallte sie die Tür wieder zu. Sie hatte sich ausgeschlossen, aber das bedeutete nicht viel, denn sie brach das Schloß mit einem dünnen Laserstift.

Sie legte sich im Wageninneren flach auf den Bauch und begann, den Connet auszubauen. Fünf Minuten konzentrierter Arbeit genügten, und sie konnte die Platte mit den Keramik-Chips und dem Neuronennetz aus der Verankerung lösen. Jetzt unterbrach sie noch den Hackeralarm, dann konnte sie den Connet vorsichtig in den vorbereiteten Kasten mit dem bunten Einwickelpapier verstauen.

Nun nahm sie den geschmolzenen Connet, dessen Einzelteile wie verbrannter Zucker aussahen, eine milchkaffeebraune, undefinierbare Masse, und schob ihn in die leere Verankerung. Sie verband, was von dem geschmolzenen Ding übriggeblieben war.

Die Minuten tickten.

Sie löste den Hackeralarm aus. Sein Signal konnte dem ausgebauten Connet nichts anhaben, weil er nicht mehr mit dem Alarm verbunden war. Systematisch warf sie Handschuhe und Werkzeug in den Kasten, versiegelte ihn und befestigte ihn im Gepäckfach.

Ihre Blicke überprüften das Wageninnere. Sie war zufrieden. Alles sah überzeugend aus. Durch die offene Tür konnte sie das Sirren des Helikopters der Sky-Police hören. Sie langte in das Fach, wo sie das Sperma versteckt hatte, und spritzte es sich in die Scheide. Die drei einzelnen Schamhaare plazierte sie wieder an ihre Oberschenkel.

Sie warf die Spritze über den Zaun, hob den Rock hoch, riß den tiefen Ausschnitt ihres Kleides noch ein wenig weiter auf und klatschte sich ein paarmal ins Gesicht. Zum Schluß traktierte sie ihren Schoß mit ein paar Faustschlägen. Es würden sich bestimmt rotblaue Flecken bilden. Als die Polizei sie fand, lag sie weinend im Fond des Wagens, schluchzend, das Geschlecht entblößt.

Sie hörte, wie der erste Mann an den Wagen trat und durch die offene Tür schaute.

»He«, rief er. »Das Opfer ist noch hier.« Er schluckte

hörbar, als er einen vollen Blick auf Fionas Körper warf, und seine Augen wurden deutlich größer. Dann erinnerte er sich daran, daß er Polizist war. »Lady«, sagte er, »sind Sie okay?«

»Der Bastard, dieser Bastard«, brach Fiona schluchzend hervor. Sie rutschte ein bißchen auf dem Sitz herum, damit dem Polizisten auch nichts entgehen konnte.

»Was ist denn hier los?« Der zweite Polizist kam heran. Er sah Fiona und machte ein Geräusch, als wollte ihm jemand die Luft abdrehen.

»Sie haben mich vergewaltigt«, schluchzte Fiona und versuchte erfolglos, ihren Rock über ihre Blöße zu ziehen.

»Hier? Sie haben Sie nicht mitgenommen?«

Sie raffte sich in eine mehr sitzende Position auf, und der erste Polizist streckte einen Arm aus, um ihr behilflich zu sein. Sie warf beide Arme um seinen Hals und preßte ihr tränennasses Gesicht an seins.

»Ich bin ja so froh, daß Sie hier sind. Warum konnten Sie nicht eher kommen? Sie hätten mich retten können.«

»Okay, Lady. Wir besorgen Ihnen einen Arzt. Wir verstehen nicht, warum man Sie nicht mitgenommen hat.«

Fiona ließ von ihm ab, zog sich das Kleid nach unten und wischte sich das Gesicht ab. Baumelnde schwarze Locken rahmten ihr weißes Gesicht ein und unterstrichen das Grün ihrer länglichen Augen.

»Ich weiß es nicht«, sagte sie apathisch. »Es waren Schweine. Ich hatte eine Waffe, aber der Pirat lachte nur, nahm sie mir weg und warf sich einfach über mich. Er hat schreckliche Dinge mit mir gemacht«, fügte sie in einem heiseren Flüstern hinzu. Sie schlug die Lider nieder, und ihre langen Wimpern bebten und wischten die Tränen weg, die aus den Augenwinkeln rannen. Sie mußte die Gedanken der beiden Männer beim Sex halten, nicht beim Verbrechen. Mißtrauen konnte sie nun wirklich nicht gebrauchen.

Sie begann wieder zu schluchzen. »Ich hörte einen Helikopter, und dann sind sie weggerannt.«

Die Polizisten hatten keine Schwierigkeiten, den Ablauf der Ereignisse nachzuvollziehen. Schwierig war es nur, sich von den Gedanken zu trennen, die mit der eigentlichen Tat sehr eng zusammenhingen.

»Eine Waffe«, sagte einer der Polizisten. »Was für eine Waffe?«

»Ein Revolver.«

»Ein Revolver? Wieso das denn?«

Und der andere warf ein: »War er geladen?«

»Natürlich nicht. Ich versuchte zu bluffen. Ich gehöre dem Glades Waffenclub an. Der Revolver lag im Auto, aber ich hatte natürlich keine Munition dazu. Man bekommt ja nur die Patronen ersetzt, die man benutzt hat.«

»Wo ist der Revolver jetzt?«

»Der Pirat hat ihn mitgenommen. Oh, oh, sie haben den Connet geschmolzen. Was mache ich jetzt nur?«

»Man hat Sie nicht als Geisel genommen. Tut mir leid, Lady, aber Sie haben Glück im Unglück gehabt. Ihre Versicherung wird den Schaden beheben.«

»Was mir widerfahren ist, ist viel schlimmer als die

Zahlung eines Lösegeldes«, flüsterte Fiona, und wieder begann sie zu schluchzen. »Holen Sie mich hier raus.«

Die Polizisten forderten über Funk einen Abschleppwagen an, da das Auto nicht mehr fahrbereit war. In der Werkstatt wurden die Computer immer erst dann ersetzt, wenn die Versicherungen grünes Licht gegeben hatten.

Fiona wurde mit dem Helikopter zur Polizeistation gebracht. Die Polizisten überschlugen sich fast, der so übel behandelten Frau zu helfen.

»Sollen wir Ihren Mann benachrichtigen?«

»Nein, nein. Noch nicht. Ich will, daß er bei mir ist, wenn ich es ihm sage. Er soll die Gewißheit haben, daß ich in Ordnung bin.«

Auf der Station wurde Fiona von einem Arzt untersucht. Sie lag bequem auf einer Liege, während er Instrumente in ihre Scheide schob und dort die Beweise der Vergewaltigung fand. Fiona konnte nur hoffen, daß Jamie so ehrlich war, wie er sich gab. Wenn er vorbestraft war, würde sein DNA registriert sein, dann würde man sein Sperma identifizieren können. Aber Fiona verließ sich auf Jamies Rechtschaffenheit.

Sie trug ein sauberes Polizeihemd, um ihre Blöße zu bedecken, als Fiona zum Captain der Polizei geführt wurde, der die Ermittlung aufnahm.

Wie die beiden Polizisten der SkyPolice war auch er ein Baum von einem Mann, auf seine derbe Weise gut aussehend, die blauen Augen standen eng zusammen, und die Gesichtshaut zeigte einige Pockennarben. Er ging rücksichtsvoll an die Vernehmung heran, testete zuerst einmal, ob sie nach dem Erlebten vielleicht unter Schock stand. »Ihre Aussage wird aufgezeichnet«, begann er. »Möchten Sie, daß eine Person Ihrer Wahl bei dem Gespräch zugegen ist?«

»Nein, danke«, hauchte sie. »Ich fühle mich in Ihrer Gegenwart recht sicher.«

»Ihr Name?«

»Fiona Jasmine Bronson Cambridge.«

Schweigen.

Die exklusive Clique, die sich die schnittigen Monstermaschinen leisten konnte, war nicht sehr groß, und die meisten kannten sich untereinander, denn die Angehörigen dieser Clique besetzten auch die wichtigsten Posten in der Gesellschaft.

»Sind Sie Mrs. Rollo Cambridge?« fragte er schließlich, nachdem er für sich bereits zu dem Schluß gekommen war, daß es so sein mußte.

»Ja.« Fiona bewegte sich leicht. Ihr Kleid explodierte in Farben. Die Augen des Captains funkelten.

»Wollen Sie mir sagen, was geschehen ist, Mrs. Cambridge? Wir können auch Ihren Mann dazu bitten. Oder eine Freundin, wenn Ihnen das lieber ist.«

»Mir ist es am liebsten, dies rasch hinter mich zu bringen«, sagte sie und hob den Blick, sah ihn mit traurigen Augen an. »Ich fuhr einfach durch die Gegend und hing meinen Gedanken nach, wenn Sie wissen, was ich meine.«

Wenn der Captain unterwegs war, dann mit einem alten computergestützten Modell aus der Vor-Connet-Technologie, und er mußte die Landstraßen benutzen und sich auf den Verkehr konzentrieren. Für ihn gab es kein Dahinschweben auf den Höhen der Highways.

»Ich weiß.«

»Das Auto hielt plötzlich an. Ich wußte sofort, daß es die Piraten sein mußten. Wir haben oft Witze über sie gemacht, ich meine, wenn wir Frauen unter uns waren. Niemand glaubte, daß es uns einmal selbst widerfahren könnte.«

Sie schaffte tatsächlich ein paar Tränen in diesem Augenblick.

»Aber ich wollte alles versuchen, um ihnen zu entkommen. Ich wollte mich nicht als Geisel nehmen lassen. Ich hatte einen Revolver im Wagen, und als sie die Tür aufbrachen, hielt ich ihn auf den Dieb gerichtet.«

Das war ein Detail, auf das sie stolz war. Sie hatte den Revolver an dem Abend, als die Piraten sie gefangengenommen hatten, verloren, und jetzt konnte sie für den Verlust eine plausible Erklärung angeben. Revolver wurden streng kontrolliert, und auch wenn sie nie wieder in den Club gegangen wäre, hätte irgend jemand kontrolliert, ob sie nicht im Besitz der Waffe war. Seit es den Bürgern verboten war, Waffen zu tragen, hatten sich die gewaltsamen Todesfälle drastisch reduziert. Und auch die Piraten hatten keines ihrer Opfer mehr getötet.

»Und was passierte dann?«

Fiona ließ den Kopf sinken.

»Ein bulliger Typ von einem Mann trat ins Wageninnere. Er lachte nur, als er den Revolver sah, griff danach und riß ihn mir aus der Hand. Er sagte etwas sehr Schmutziges zu mir. Ich kann es nicht wiederholen, es war so demütigend. Ich schlug ihm ins Gesicht.«

»Was haben Sie getan?«

»Ich schlug ihm ins Gesicht. Darauf tobte er wie ein Berserker.«

»Wie sah er aus?«

Fiona ließ sich Zeit. Sie durfte nicht zu genau beschreiben. »Er war etwa so groß wie Sie«, begann sie. »Breite Schultern. Ich hatte das Gefühl, daß er kaum ins Wageninnere paßte, deshalb hatte ich so große Angst.« Sie begann heftig zu atmen, als erlebte sie das Geschehen noch einmal. »Er trug schwarzes Lederzeug, das vom Schweiß glänzte. Sein Brustkorb war fast nackt, und er hatte überall Tätowierungen. Und er war stark behaart.«

Die letzten Sätze hatte sie mit gehobener Stimme vorgetragen, und jetzt brach sie in Tränen aus. Sie hatte das Bild des ungeheuren Gorillas vor sich, der die zierliche hilflose Fiona in der Enge des Wagens bedrohte.

Der Captain rutschte näher heran, als wollte er ihr verdeutlichen, daß er bei ihr war und sie beschützen würde, und Fiona bewegte sich ein paar Zentimeter näher zu ihm.

»Er war dunkel«, sagte sie, und während sie das sagte, wurde ihr die ganze Fragwürdigkeit ihrer Geschichte bewußt. Es hatte wenig Sinn, den schwarzhaarigen Will zu beschreiben, wenn man an ihren Beinen drei blonde Schamhaare gefunden hatte. Sie durfte auch nicht zu sehr ins Detail gehen. Die Polizei hatte bestimmt die DNAs mehrerer Piraten gespeichert.

»Er erhob sich wie ein Turm über mir und blockierte alles Licht. Vielleicht war er auch nicht dunkel, es war schwer zu entscheiden.«

»Trug er eine Augenklappe?«

»Eine Augenklappe?« fragte sie wie erstaunt. »Nein, das glaube ich nicht. Er trug eine Bandanna um die Stirn, und sie war bis zu den Augenbrauen gezogen, aber ich bin sicher, daß ich zwei Augen gesehen habe. Meinen Sie, daß Sie diese Leute kennen?«

»Wir kennen ihren Anführer. Er trägt eine Augenklappe. Sie nennen ihn Will Kid.«

»Wie?«

»Will Kid. Er ist ein sehr gefährlicher Mann und in seinem Bereich auch ziemlich mächtig. Durch und durch schlecht. Er führt die größte Piratenbande in diesem Teil der Stadt an. Andere Banden dürfen dort nur zuschlagen, wenn er es genehmigt hat. Wir würden einiges darum geben, ihn in unsere Finger zu bekommen. Sie hatten Glück, daß Sie ihm nicht begegnet sind.«

»Will Kid«, sagte Fiona, als wollte sie diesen Namen auf der Zunge zergehen lassen.

»Das ist nicht sein richtiger Name. Er hat ihn angenommen. Will Kid muß einer der großen Piraten aus dem siebzehnten Jahrhundert gewesen sein.«

»Wie heißt er denn richtig?«

»Henson Carne. Ein blutdürstiger Verbrecher. Und doch habe ich gehört, daß er auf Frauen eine gewisse Faszination ausübt. Womit ich Sie natürlich nicht beleidigen will.«

»Captain, ich will Ihnen sagen, was wirklich geschehen ist.« Fiona sprach mit leiser Stimme. Ihre

Unterlippe bebte. »Deshalb wollte ich auch nicht, daß Rollo zugegen ist. Ich will nicht, daß er erkennt, wie schlecht ich bin.«

Sie legte eine Hand auf den Brustkorb des Captains, lehnte sich vor und nahm in Kauf, daß sich das Männerhemd über ihrer Brust öffnete. Sie sah, wie der Captain die Sicht genoß, bevor er ihr wieder ins Gesicht schaute. Er sagte nichts.

»Als der Pirat im Auto stand«, sagte sie mit schwankender Stimme, »erkannte ich sofort, daß er eine ungeheure Ausstrahlung hatte. Ich weiß nicht, ob er wußte, daß mein Revolver nicht geladen war. Ich glaube, er wollte das Risiko. Ich schlug ihn, und er packte meinen Arm und drehte ihn auf den Rücken und zerriß mein Kleid. Kein Mann hat mich je so behandelt. Mir wurde ganz komisch zumute. Dann küßte er mich. Bitte, Sie müssen das verstehen. Irgend jemand muß mich doch verstehen! Diese Leute sind mythische Gestalten. Man sieht sie die ganze Zeit in den großen Abenteuerschinken auf dem Schirm, romantisch und sexy. Und da lag ich hilflos im Auto, und er küßte mich. Ich wurde von diesem unglaublichen Mann geküßt. Ich wußte nicht mehr, ob er ein Schauspieler war oder echt. Ich war völlig verwirrt. Und ich merkte, wie ich auf ihn reagierte. Ja, ich gebe zu. Seine heißen Lippen erregten mich.«

Der Captain streckte eine Hand aus und wischte eine Träne von ihrer Wange. »Sie haben dort eine Narbe«, sagte er. »Wie sind Sie verletzt worden?«

»Das war ein dummer Unfall zu Hause.« Fiona hatte sich an die dünne weiße Linie auf ihrer Wange gewöhnt, die Erinnerung an den Streifschuß. Sie mochte sie nicht mehr missen. Sie hätte die Narbe behandeln lassen können, aber sie fand, daß sie sexy aussah.

»Bis zu welchem Punkt haben Sie mitgemacht?« fragte der Captain. Seine Stimme klang tief und sonor, sie war fast wie ein Streicheln.

»Ich habe ihm meine Brüste hingehalten.« Fiona nahm ihre Brüste in beide Hände und hielt sie dem Captain hin, dicht vor sein Gesicht.

»Er bückte sich und raffte meinen Rock hoch«, fuhr sie fort. Ihre Stimme war ein leises Flüstern. »Ich öffnete mich ihm. Sein Kumpan rief ihm zu, er sollte sich beeilen, aber er lachte nur. Ich kam mir verrückt vor. Verrückt vor Lust. Ich dachte, ich könnte ihn aufhalten, ich wollte sehen, ob ich Macht über ihn haben würde.«

Ihr Blick traf den des Captains.

»Sie sind dem Piraten ziemlich ähnlich«, flüsterte sie. »Groß und stark und sehr männlich. Erst als er sein Geschlecht herausnahm und zuzustoßen begann, wurde mir bewußt, auf was ich mich eingelassen hatte. Ich hatte ihn praktisch in meinen Körper eingeladen. Das hatte ich nicht gewollt. Ich hatte doch nur eine Phantasie ausleben wollen, aber plötzlich wurde ein Alptraum daraus.«

»Ich verstehe«, sagte der Captain. »Wir haben alle unsere Phantasien, und drüben im Zoo leben Sie ein sehr beschütztes Leben. Kein Wunder, daß Sie die Kontrolle über sich verloren haben.«

»Ja, ich konnte mich nicht mehr beherrschen, ich muß es zugeben. Ich schäme mich ja so. Ich wollte mit diesem wilden Mann synchen, obwohl ich wußte, daß er außerhalb der Gesetze lebt. Es ist so schrecklich, ich bin so verdorben.«

Der Captain schluckte.

»Und mir ist es gekommen, ich habe einen sagenhaften Orgasmus erlebt. Ich habe zwar gesagt, daß ich vergewaltigt worden bin, aber als der Pirat mich genommen hat, wollte ich es so.«

Die Regenbogenfarben ihres Kleides verwirrten die überforderten Sinne des Polizeichefs immer mehr.

»Er wandte sich an seinen Kumpan, als er mit mir fertig war«, fuhr Fiona fort. »Willst du sie haben!« rief er. Ich begann zu schreien, aber der andere stieg in den Wagen. Ich rief: »Nein, nein, nein!«, und dann hörte ich den Helikopter, und als ich die Augen wieder aufschlug, waren die beiden Piraten weg. Ich nehme an, ich muß ohnmächtig geworden sein.«

»Ich glaube, Sie haben Ihr Leben gerettet, weil Sie keinen Widerstand geleistet haben. Und vergewaltigt hätte er Sie sowieso. Weil Sie ihn aber ermutigt haben, hat sich die ganze Szene etwas in die Länge gezogen, und dadurch ist das Kidnapping vereitelt worden. Ihre Handlungsweise ist sehr verständlich, Mrs. Cambridge.«

»Glauben Sie?« hauchte Fiona. »Ich lebte in einer Phantasie, und plötzlich wachte ich in einem Alptraum auf.«

»Manchmal«, sagte der Captain, »kann man einfach der Versuchung nicht widerstehen, seine Phantasien auszuleben.«

Fiona ließ sich rückwärts auf die Couch fallen und schaute den Captain erleichtert an.

»Ich werde das verdammte Band löschen«, sagte er. »Keiner kann Ihnen widerstehen. Sie sind die schönste, die bezauberndste Frau, die ich je gesehen habe. Ich wette, selbst Kid hätte auf eine halbe Million Lösegeld verzichtet, um Sie besitzen zu können.«

Er kam auf sie zu und gab ihr die Hand.

›Das wäre geschafft‹, registrierte Fiona mit aufkommendem Stolz. Auch was der Captain ihr über Will erzählt hatte, trug zu ihrer guten Stimmung bei. Sie hatte vom ersten Augenblick an gewußt, daß ihr Will etwas Besonderes war. Und der Captain erinnerte sie ein wenig an den Chefpiraten. Jäger und Gejagter hatten viele Gemeinsamkeiten.

Sie selbst hatte Piratin gespielt, und wenn der Captain das gewußt hätte, wäre er in der Lage gewesen, sie für zehn Jahre ins Gefängnis zu schicken, Rollo zu brechen und sein Leben zu ruinieren.

Doch Fiona war gefangen in ihrer eigenen Phantasie. Beinahe glaubte sie die Geschichte, die sie dem Polizeichef aufgetischt hatte.

Viel später wurde sie nach Hause gebracht. Sie bat, allein bleiben zu dürfen, nachdem die Polizisten angeboten hatten, die Situation erklären zu helfen. Aber sie sagte, sie würde es auch allein schaffen.

Sie ging zuerst unter die Dusche, dann schlüpfte sie in ein langes, weites Kleid. Mit ihren nassen Haaren, ohne Make-up und ohne raffinierte Kleidung sah sie überraschend kindhaft aus, als sie sich zu Rollo ins Wohnzimmer setzte. Sie wußte bereits, daß schlechtes

Verhalten sie vorübergehend zu reinigen schien. Sie wirkte am unschuldigsten, nachdem sie die verruchtesten Dinge getan hatte.

Rollo saß in seinem Sessel, ein Glas in der Hand, halb schläfrig. Neben ihm auf dem Boden lagen mehrere Seiten mit graphischen Darstellungen.

Fiona ging zu ihm, kniete sich vor ihn und legte ihren Kopf auf sein Knie.

»Ich habe dich vermißt«, sagte er. Es lag kein Vorwurf in seiner Stimme. Er fuhr mit einer Hand über ihre nassen Haare.

»Ich bin sehr müde, Rollo.«

»Bist du in Ordnung?«

»Ja.«

Sie sah, wie sich seine blauen Augen verkleinerten, wie sich um sie herum kleine Falten bildeten. Sie konnte genau sehen, was er dachte.

»Ich nehme eine Pille und gehe ins Bett. Ich erzähl's dir morgen früh.«

»Sollte ich es jetzt wissen?«

»Es ist schon gut, Rollo. Ich verspreche es dir.«

»Ich bin morgen ab acht Uhr auf dem Satelliten.«

»Kannst du dir den Abend freinehmen? Ich mache was Besonderes zum Abendessen. Ich habe Neuigkeiten, und ich glaube, sie werden dir gefallen, aber jetzt bin ich so müde, daß ich kaum die Augen offenhalten kann.«

Er glaubte, sie hätte einen Liebhaber. »Du weißt, daß ich dir vertraue, Fee.«

»Ich weiß es.«

»Ich könnte dich nicht mit einem anderen teilen.«

Ihre Sinne bebten vor Glück. Er liebte sie immer noch über alle Maßen. Er besaß sie, und er wollte nicht, daß andere sich da einmischten. Das Problem war nur, daß sein sexueller Motor eine Generalüberholung brauchte. Aber Fiona hatte großes Vertrauen in sich – als Chefmechanikerin.

»Ich freue mich schon auf morgen abend«, sagte sie. »Halt dir den Abend frei, Liebling. Wir werden uns amüsieren.«

Sie stand auf und hauchte ihm einen Kuß zu.

An anderen Tag schlief sie lange, und als sie aufwachte, fühlte sie sich bestens. Erfolgreiche Eskapaden hatten ihr immer schon mehr inneren und äußeren Glanz verliehen als langweilige Wohlanständigkeit.

Sie läutete nach Janine und lud das Mädchen in ihr Bett ein. Sie kuschelten eine Weile miteinander, dann, eher widerwillig, zog Fiona sich zurück. »Hör zu«, sagte sie. »Ich muß mich jetzt anziehen. Ich muß einige Leute anrufen, und danach gehe ich einkaufen. Ich brauche ein Kleid und ein paar ausgefallene Spezialitäten, die ich Rollo zum Abendessen anbieten will. Ich muß ihn verwöhnen, denn ich habe ihm etwas zu sagen, was für uns alle sehr wichtig ist. Ich weiß, daß ich dich in letzter Zeit ein wenig vernachlässigt habe, aber das darfst du dir nicht zu Herzen nehmen, Baby. Ich liebe dich.«

»Ich helfe Ihnen gern, daß Sie wunderbar aussehen heute abend«, sagte Janine. »Was ist denn mit dem Kleid, das Sie gestern gekauft haben? Hat Mr. Cambridge es schon gesehen? Es ist so schön.«

Fee lächelte. Es war eine verruchte Idee, das Kleid zu tragen, in dem sie ihre verschiedenen Untaten begangen hatte. Das erhöhte noch die Pikanterie der ganzen Sache. Zu schade, daß nur sie davon wußte.

»Es liegt im Leinenkorb«, sagte sie. »Es ist eingerissen. Kannst du mal sehen, ob es zu reparieren ist? Ich glaube, es muß auch gewaschen werden. Wenn du das Kleid wieder hinkriegst, trage ich es.«

Sie verbrachte einen angenehmen Tag. Sie informierte die Versicherung wegen des Autos, und die Schadensabteilung überprüfte die Angaben sofort bei der Polizei. Dort wurde bestätigt, daß das Auto tatsächlich gehackt und wegen Fahruntüchtigkeit vom Highway abgeschleppt worden war. Ergänzt wurde, daß Mrs. Cambridge überfallen, aber nicht entführt worden war.

Fionas Plan war aufgegangen.

Die Versicherung hatte sich umgehend bereit erklärt, die Summe auf Fionas Konto zu überweisen, damit sie sich einen neuen Connet kaufen konnte.

Danach setzte sich Fiona mit der Autoreparatur in Verbindung und ließ sich mit Sonderkurier das Gepäck aus dem Wagen bringen. Sie erklärte, es handelte sich um einen Kindercomputer, der anfällig sei und deshalb mit Vorsicht transportiert werden müßte.

Die Bank informierte sie, als das Geld auf ihrem Konto eingegangen war, und sie ließ es sofort auf eines von Rollos Konten transferieren.

Sie nahm die Lieferung des Sonderkuriers in Empfang, packte den unversehrten Connet aus und hievte ihn in den Kasten des Autoherstellers, in dem Jamie ihr den geschmolzenen Computer überreicht hatte. Jetzt konnte sie ihren Connet – mit einem anderen Kurierdienst – in der Originalverpackung zurück in die Werkstatt schicken. Dort wurde der Connet installiert, und noch an diesem Abend stand das Auto wieder funktionstüchtig in seinem Hangar.

So weit, so gut.

Sie stellte das Abendessen mit Shrimps, umlegt mit halbgefrorenen Ananasstücken, zusammen, gesalzene Morcheln in einem Walnußsalat, Spargelspitzen in Zitronenbutter und Honigameisen. Dann badete sie und ließ sich von Janine zärtlich überall mit dem Schwamm einseifen. Sie genoß den parfümierten Schaum und hatte die Augen halb geschlossen, während Janine sie pflegte und koste in einem. Fiona verzog die Lippen zu einem leichten Lächeln, als ihr der Gedanke kam, wie anregend es sein müßte, später einmal einen Mann als Hausangestellten zu haben. Irgendwann würde sie Janines überdrüssig sein – oder Janine würde ihrerseits kündigen, und dann würde sie sie durch einen Mann ersetzen.

Janine wusch und trocknete sie, legte ihr das Haar in eine kunstvolle Verwirrung, seidige Locken, die einladend auf die wühlende Hand warteten. Dann rieb Janine sie mit einem duftenden Öl ein, bis ihre Haut einen perligen Glanz angenommen hatte, der sich je nach Beleuchtung noch verstärkte.

Das Regenbogenkleid paßte vollkommen dazu. Fee schlüpfte nackt hinein.

Rollo kam spät, aber er kam.

Sie saß still im Zimmer, als er eintrat. Im ersten Augenblick sah er sie nicht, denn wenn sie still saß, war ihr Kleid von einem dumpfen Schwarz-Silber. Der Tisch war verführerisch gedeckt, und im Kübel standen eine Flasche grünlich-weißer Portugieser sowie ein schwerer rubinroter Burgunder.

Rollo war müde. Er stand einen Moment mitten im Zimmer und streckte sich. Er rieb sich die Schultermuskulatur. Fiona wußte, daß sie das besser konnte.

»Hallo«, sagte sie mit tiefer, sanfter Stimme.

»Oh, ich habe dich nicht gesehen. Du siehst sehr hübsch aus.« Er trat zwei Schritte auf sie zu, und sie stand auf, eine Kaskade aus brillanten Farben und Licht. Sie hörte, wie er zischend die Luft ausstieß.

»Möchtest du baden, bevor wir essen? Es kann nichts verderben.«

Er nickte dankbar. Sie folgte ihm in sein Bad und nahm seine abgelegten Kleider. Sie ließ Wasser für ihn in die Wanne laufen und gab Kräuter, Mineralien und Öl dazu. Er setzte sich in die Wanne, legte sich zurück und ließ sie gewähren, das mit ihm zu tun, was vorher Janine mit ihr getan hatte.

Sie schäumte seinen Körper mit dem Schwamm ein, während er in der streichelnden Umarmung des warmen Wassers fast einschlief. Sie hob seinen Penis und wusch drumherum, fuhr leicht über den Hodensack, zwischen seine Beine, in die Pokerbe.

Allmählich wandelte sich seine Abgespanntheit in eine angenehme erotische Benommenheit, während sie mit dem Schwamm weich seinen Schoß streichelte. Er wurde in Sinnlichkeit gebadet, niemand stellte Forderungen an ihn, er sollte nur daliegen und genießen und entspannen. Schließlich stieg er aus der Wanne, Fee trocknete ihn ab und bat ihn, sich hinzulegen. Sie ölte ihn ein, massierte das Öl tief in die Haut, sie ließ keine Falte, keine Öffnung aus. Sie massierte ihn und befreite ihn von der Verkrampfung in den Muskeln. Plötzlich wurde ihr bewußt, daß er sie beobachtete. Der Blick aus diesen blauen Augen wich nicht von ihr.

Sie war ein Schimmer aus dreidimensionaler Farbe, als sie sich hinunter zu seiner Männlichkeit bewegte. Sie massierte seinen Penis, bis er sich härtete, und strich dann rhythmisch den immer noch wachsenden Schaft.

Behutsam strich sie über seine Hoden, wog und wiegte sie in der Hand, drückte sie vorsichtig gegeneinander. Sein Penis beschrieb einen leichten Bogen. Wenn sie ihn noch ein wenig länger massiert hätte, würde er fit zum Beischlaf sein. Aber Fiona ignorierte die unausgesprochene Einladung und beendete die Massage.

Er schlüpfte in einen kurzen, schwarzen Umhang, den er mit einem strickähnlichen Gürtel schloß. Dann gingen sie gemeinsam hinüber zum Eßtisch.

»Ich liebe dein Kleid«, sagte er. »Es ist wie geschaffen für dich.«

Sie lächelte und reichte ihm den Bankauszug über das Geld auf seinem Geschäftskonto.

Er sah auf das Formular, verwirrt. Er verstand mit Geld umzugehen und hatte auch einen ziemlich genauen Überblick über den Stand seiner Konten, aber dies war eine gewaltige Summe, von der er nichts wußte.

»Ich verstehe nicht«, sagte er.

»Das Geld für das Patent«, sagte sie. »Ist es genug?«

»Hast du das Auto verkauft? Es ist mehr wert als das, Fee.«

»Das Auto steht im Hangar. Ist es genug Geld?«

»Ja, mehr als genug, wenn ich es als Anzahlung anbiete. Wo kommt das Geld her, Fiona?«

Sie lächelte, es war ein Mona-Lisa-Lächeln.

»Deine Juwelen?« fragte er. »Das würde mir nicht gefallen.«

»Nein, ich glaube auch nicht, daß sie einen solchen Wert haben.«

»Was denn?«

»Ich sag's dir nach dem Essen.«

Sein Blick ging zur Wand. Wo Jamie seinen Riesenbildschirm hatte, bewahrten die Cambridges ihre Sammlung originaler Kunstwerke auf. Picasso, Poussin, Jackson Pollock.

»Fiona«, sagte er. »Du gehst viel aus, du ziehst dich stets hervorragend an, und wenn du nach Hause kommst, bist du hundemüde. Was hast du gemacht?«

»Ich habe mir das Geld nicht erhurt, Rollo.« Sie war amüsiert. Es war ja nur die halbe Wahrheit.

Seine Hand zitterte, als er nach dem Glas griff. »Ich habe dir gesagt, daß ich dich nicht teilen könnte, Fiona. Ich weiß, daß du wild bist. Diese Narbe. Du bist so schön, daß es mich in den Wahnsinn treibt. Manchmal frage ich mich, warum nicht ein anderer Mann dich wegschnappt.«

»Was würdest du tun?«

»Ich würde ihn töten. Oder dich.«

»Dann ist es ja eine gute Sache, daß ich nicht weggehe, Rollo. Fang mit dem Essen an.«

Als sie beim Nachtisch angelangt waren und den köstlichen Wein tranken, schaute Rollo sie fragend an. Fiona stand auf und führte ihn hinüber zur Couch. Dort sagte sie ihm, was sie getan hatte.

»Ich habe einen Versicherungsbetrug eingefädelt.«

»Was?«

»Ich habe mir einen geschmolzenen Connet beschafft. Ich bin mit dem Auto auf den Highway gefahren, habe unseren Connet ausgebaut und den gehackten eingebaut. Dann habe ich Alarm ausgelöst, und als die Polizei da war, habe ich behauptet, die Piraten hätten mich überfallen.«

»Nimm mich nicht auf den Arm, Fiona, dazu bin ich nicht in Stimmung.«

»Ich war gestern abend auf der Polizeistation. Heute haben sie der Versicherung bestätigt, daß ich überfallen worden bin. Daraufhin hat sie das Geld überwiesen, das ich dann auf dein Konto transferiert habe. Die Werkstatt hat den Original-Connet installiert, obwohl sie das natürlich nicht weiß. Wir haben das Auto zurück, und wir haben das Geld.«

»Es ist illegal.«

»Ja, und wie.«

Er begann zu lachen. »Du verrückte Hexe! Ich glaube dir beinahe. Was wäre denn passiert, wenn man dich bei deinem Betrug erwischt hätte?«

»Dann hättest du mich in der Zelle besuchen dürfen.«

»Du hast das alles für mich geplant?«

»Für uns.«

Sie beobachtete ihn. Er war nicht dumm, und sie konnte sehen, wie seine Gehirnzellen arbeiteten, wie sie analysierten, was sie erzählt hatte.

»Wie hast du der Polizei erklärt, daß du nicht entführt worden bist?«

»Ich habe gesagt, daß ich vergewaltigt worden sei. Die Piraten wären durch das Herannahen des Helikopters der SkyPolice vertrieben worden.«

»Bist du vergewaltigt worden?«

»Es waren keine Piraten da.«

»Bist du nicht auf der Polizeistation untersucht worden? Warum bin ich nicht gerufen worden?«

»Ich habe sie gebeten, dich nicht zu rufen. Natürlich bin ich untersucht worden.«

»Dann ist doch festgestellt worden, daß du nicht vergewaltigt worden bist.«

»Ich hatte Samen in mir.«

Rollos Gesicht wurde dunkelrot. Er packte ihr Haar mit einer Hand und beugte ihren Kopf zurück. »Wessen?« quetschte er hervor.

Sie antwortete nicht. Sie empfand eine steigende Erregung. Sie war ihm also doch nicht gleichgültig. Seine Hand glitt um sie herum, drückte ihren Hals. Ihr Puls schlug wie verrückt und flatterte unter seiner Hand wie ein gefangenes, wildes Ding.

Wessen?« fragte er wieder, die Stimme verbittert und schneidend und kalt wie ein Gletscher.

»Ich habe dich zum Orgasmus gebracht, während du geschlafen hast.«

Er starrte sie an, überlegte, ob er ihr glauben sollte, dann ließ allmählich der Druck seiner Hand nach.

»Du gerissenes, schönes, durchtriebenes, verhextes Luder«, flüsterte er. »Du Teufelin.«

Er küßte sie hungrig, und sie gab sich ihm ungehemmt hin. Er hob sie auf, schob ihr Kleid über ihre nackten Hüften. Sein Umhang glitt auseinander und gab den erigierten Penis frei. Er senkte sie darauf hinab, behutsam, daß ihr Geschlecht sich öffnete wie eine Blume, die sein Glied langsam aufsog, umhüllte und schluckte.

Er setzte sie auf seinen Schoß und stieß tiefer hinein, bis er sich in ganzer Länge von ihr umklammert fühlte.

Er küßte sie gierig. »Du Vampir«, sagte er. »Diebin. Kriminelle.«

Fiona zog ihre inneren Muskeln zusammen, und er lachte, seine Augen so glänzend in den Farben wie ihr Kleid. Sie flößte etwas Wein aus ihrem Glas in seinen Mund, und dann leckte sie auf, was danebengegangen war. Er fiel mit ihr auf den Boden, sie auf Rollo, und er spürte, wie sie seinen Umhang zerriß und seine Brust küßte. Sie ließ Wein in die Vertiefung am Ende der Kehle fallen und schlürfte die berauschende Flüssigkeit von seiner Haut.

Er suchte und fand den Verschluß ihres Kleides, das Oberteil sprang auseinander, und ihre schönen Brüste pendelten frei, die Nippel dunkel und stolz und erigiert, knospendes Verlangen.

Rollo fing eine Brust mit dem Mund ein und fühlte ihr weiches Gewicht auf seinem Gesicht, während er sanft hineinbiß. Er fand den Nippel und zog daran, sog ihn in den Mund, spürte, wie er hart und lang wurde, schmeckte ihn mit der Zunge.

Fiona stöhnte, als er erneut in sie eindrang, und er spürte, wie sie ihre Muskeln anzog und entspannte, anzog und entspannte. Rollo rang nach Atem. Er machte eine Seitwärtsdrehung, und im nächsten Moment lag sie auf dem Rücken, und er war über ihr. Er rutschte an ihr hoch und legte den Penis ins Tal ihrer Brüste, ein weiches, kühles Kissen nach der Hitze ihres vulkanglühenden Inneren.

Wieder drehte er sich um, schwang sich mit dem Kopf nach unten, spreizte ihre Beine auseinander und tauchte sein Gesicht hinein in die schmale Öffnung. Fiona wurde von einem wilden Orgasmus geschüttelt, der sie urplötzlich überkam. Er hörte ihr Schluchzen und Schreien, und es klang wie Musik in seinen Ohren. Rollo hatte an seiner Frau immer ihre Hemmungslosigkeit geliebt. Er wischte sich übers Gesicht und schaute hinunter auf den sich windenden Körper seiner Frau.

Er erinnerte sich daran, daß sie von Vergewaltigung gesprochen hatte, und seine Haut nahm bei dem bloßen Gedanken eine dunkelrote Färbung an. »Ich würde den Mann umbringen, der dich gegen deinen Willen nimmt«, stieß er rauh hervor.

»Nimm mich«, sagte sie heiser.

Er fuhr hinein und hinein und hinein, und er sah, daß ihre Augen keinen Fokus mehr fanden. Für ihn war das ein Zeichen, daß er ihren Körper gewonnen hatte, und er spürte, daß sie die Beherrschung mehr und mehr verlor. Sie zitterte vor Lust, und dann setzte ein neuer Orgasmus ein, sie hielt ihn so heftig umklammert, daß er fast fürchtete, sie würde ihn spalten. Er stieß einen gewaltigen Schrei aus, als er in ihr explodierte.

Fiona fiel in seine Zuckungen ein, und allmählich kam sie wieder zu sich. Sie war weich und locker und zitterte, als sie sein schlaff werdendes Glied streichelte.

»Du sensationelle Hexe«, sagte er keuchend. »Du hättest selbst eine Piratin sein können.«

Dann schlief er ein.

ZWÖLFTES KAPITEL

TransFlow lud zur Eröffnungsparty ein.

Es war eine Gelegenheit, jeden einzuladen und zu bewirten, der irgendwann einmal auf irgendeine Weise für die Firma von Bedeutung werden könnte. So fanden sich Politiker ein, Bankleute, Konstrukteure, Rechtsanwälte, der Verwaltungsleiter – kurz, alles, was der jungen Firma auf die Beine helfen und sie am Laufen halten konnte. Die Party wurde ergänzt durch Medienleute und einen Haufen Prominente, die als hübsche Dekoration dienten. Es war wichtig, daß *TransFlow* das Image einer bedeutenden Unternehmung ausstrahlte. Zu diesem Zeitpunkt mußte alles nach Erfolg aussehen. Die Meinungsmacher mußten Vertrauen fassen. Man brauchte nur genug Unterstützung, dann wurde der Traum Wirklichkeit.

Sie mieteten ein Hotel oben in der Schneezone, wo die Luft dünn war. Die Gäste trafen mit Microlight, Helibuzz, Helikopter oder Privatflugzeug ein.

Fee war von den Medien schon zu Hause über *TransFlow* interviewt worden, denn sie spielte in dem Unternehmen eine immer größere Rolle. Die Kombination aus Intellekt und hitziger Sinnlichkeit nahm ihre Zuhörer gefangen, und ihre exotische Schönheit erhöhte noch ihre Wirkung auf die Umwelt. Fee Cambridge schlug bei den Medienleuten wie eine Bombe ein.

Der Abend begann damit, daß die Direktoren, darunter Rollo und Fee, die Gäste begrüßten – alle zweihundert Gäste wurden einzeln begrüßt. Danach setzte man sich zum Abendessen. Fee war bewußt, daß jede Frau versuchen würde, ihre Nachbarin auszustechen, deshalb hatte sie das modische Überbieten gar nicht erst mitgemacht.

Alle Männer trugen sehr uniformierte Anzüge in Schwarz und Weiß. Rollo sah unverschämt gut aus in dieser formellen Kleidung.

Fee hatte sich zu einem Kleid absoluter Schlichtheit entschieden, knochenweiß, eine blasse Hülle vom Brustansatz bis zu den Schenkeln, ohne jedes Dekor. Die einzige Ablenkung boten die Kurven in der Hülle. Um den Hals trug sie ein dünnes Samtbändchen, schwarz. Es waren die Farben, die auch die Männer trugen, aber wie anders kamen sie bei ihr zur Geltung!

Ihr schwarzes Haar war streng zurückgekämmt und ließ deutlich die Form ihres Schädels erkennen. Sie trug keinen Schmuck – die einzige Frau am Tisch, die ganz darauf verzichtet hatte. Eine sinnlich vollendete Komposition von Weiß und Schwarz, und der einzige Farbtupfer waren Fionas grüne Augen. Sie erinnerten an die Rhône, wo sie sprudelnd aus dem Gletscher entspringt.

Sie zog die Blicke aller Männer an, auch die Blicke ihres eigenen Mannes. Nach dem Essen und nach Rollos kurzer Rede wurde den Gästen ein Unterhaltungsprogramm geboten, während sie Nüsse knackten, Witze erzählten und Schnaps tranken.

Dann aber wurden die Lichter gedämpft, und der

Geräuschpegel sank gegen Null, als die Spieler herauskamen. Es gab einige Überraschungs- und Entzückungsrufe, dann setzte spontaner Applaus ein. Der Mann und die beiden Frauen trugen nichts außer einem winzigen schwarzen *cache-sexe* aus schwarzer Seide, ihre Körper glänzten vom Öl und wirbelten in einem Kaleidoskop von Farben. Alle drei Körper waren wild angemalt, jede noch so kleine Hautstelle.

Der Mann war ein Tier, ein schwarzes Tier mit goldenen Punkten auf seinen Flanken. Seine Beine und Arme waren golden und kastanienbraun gestreift. Er trug auch einen Schwanz, einen langen, festen, schwarz-orangefarben gestreiften Schwanz. Fiona fühlte sich an die Tiger rund um den Zoo erinnert.

Die neugebildete Abteilung für Öffentlichkeitsarbeit und Publicity bei *TransFlow* hatte gute Arbeit geleistet. Fiona ahnte, daß die Show Stil haben würde, und Stil war es, was die junge Firma jetzt brauchte.

Die beiden Frauen waren angemalt mit Dschungelmotiven. Üppiges Dunkelgrün explodierte auf Schultern und Brüsten, und über den Nippeln flatterten Schmetterlinge. Auf ihren Bäuchen schimmerten Libellen, deren Hinterteile im schwarzen Tuch verschwanden.

Jede Frau hatte einen Gorilla auf dem Rücken, und an ihren Beinen wanden sich Schlangen hoch. Das Grün wuchs auch zu ihren Füßen.

Von irgendwoher klangen Trommeln.

Die drei begannen, miteinander zu tanzen, ihre Körper verschmolzen in einer ekstatischen Vereinigung schöpferischen Lebens. Sie wanden sich, duckten sich, gingen in die Hocke, und immer wieder zeigten sich neue Farbschattierungen.

Als der Beat der Trommel eindringlicher wurde, hartnäckiger, wurde auch der Tanz herausfordernder, sinnlicher, erregender.

Die Gesellschaft wurde unruhig.

Schließlich sprangen die drei Darsteller in einem Wahnsinnstempo über die kleine Bühne, warfen ihre Oberkörper in scheinbar hemmungsloser Hingabe vor und zurück, ohne sich dabei zu berühren, und nicht ein einziges Mal verloren sie ihren Rhythmus oder den Takt der Musik.

Sie tanzten bis zu einem frenetischen und obszönen Höhepunkt, dann stoppte die Musik, die Lichter wurden voll aufgedreht. Die drei Spieler faßten einander bei den Händen, verbeugten sich und liefen davon.

Die Zuschauer schrien vor Begeisterung und klatschten und tobten. Jetzt war es an der Zeit, sich unter die Gesellschaft zu mischen, zu tanzen, sich bekanntzumachen, Belangloses auszutauschen. Der Hotelservice räumte die Reste des Essens von den Tischen und bot Getränke an. Fiona und Rollo drückten flüchtig die Lippen aufeinander und trennten sich dann, um ihren unterschiedlichen Pflichten nachzugehen.

Zehn Minuten später stand sie bei einem der Verwaltungschefs, der mehr Macht im Lande hatte als die meisten Politiker, und Fee fiel ein, daß sie noch vor gar nicht langer Zeit nackt auf dem Körper eines Outlaw gelegen hatte.

Wie konnte man sich in so kurzer Zeit in so verschiedenen Welten wohl fühlen? Sie fand Spaß an der Unterhaltung mit diesem Verwaltungshengst, und sie erkannte auch, daß er Interesse an ihr fand. Aber wenn sie ihn mit Will verglich … Und würde er überhaupt noch mit ihr reden, wenn er gewußt hätte, daß sie vor kurzem das Leben in der Gosse genossen hatte?

Selbst der Rivalinnenkampf mit Mammet hatte mehr mit der Wirklichkeit zu tun als die Gesellschaft, in der sie sich gerade befand. Dies hier war blasiert, aufgesetzt. Die Gäste wurden nicht um ihrer selbst willen eingeladen und hofiert, sondern wegen des Einflusses, den ihre Ämter mitbrachten. Sie selbst waren ein Nichts.

Nach einer Weile arbeitete sie sich zu Jamie durch. Er sah ein wenig verloren aus, aber er hielt sich gut, was auch von der jungen Frau zu sagen war, die er mitgebracht hatte, eine hübsche *bourgeoise.*

»Jamie«, rief Fee schon aus einiger Entfernung. »Ich bin so froh, daß du kommen konntest.«

»Ich war von der Einladung überrascht«, gab er zu. Er fraß sie mit den Blicken auf.

»Jacomo hat heute das Sagen. Er ist der Chef der Öffentlichkeitsabteilung. Aber Rollo und ich haben die Einladungsliste mit ihm abgesprochen. Ich wollte, daß du dabei bist, Jamie. Stellst du mich jetzt deiner Freundin vor?«

»Sonya, das ist Fee Cambridge. Sonya Marston.«

»Hallo, Mrs. Cambridge. Es ist ein wunderschöner Abend.«

»Ja, nicht wahr? Und alles nur, um die Leute mit den vollen Taschen zu beeindrucken, wir brauchen sie gerade jetzt. Aber nennen Sie mich Fee. Sonya. Jamie und ich kennen uns schon seit Urzeiten. Ich habe mal in der Automobilfabrik gearbeitet.«

»Das hat Jamie gesagt.« Es war deutlich herauszuhören, daß Sonya ihm nicht geglaubt hatte.

»Darf ich ihn mal ausleihen, Sonya? Ich möchte gern mit ihm tanzen, wenn du erlaubst.«

»Ja, sicher«, sagte das Mädchen und lachte. Was hätte sie auch sonst tun sollen? dachte Fee.

Während sie sich in der Menge verloren und herumwirbelten, schmiegte sich Fiona an Jamie. »Es ist fein, dich wiederzusehen«, raunte sie ihm ins Ohr.

»Du hast mich nicht wieder besucht«, sagte er.

»Nein, aber ich war entsetzlich beschäftigt mit dem Start der neuen Firma. Und Rollo ist auch ein bißchen mißtrauisch geworden. Wie alle Kerle, die sich durch die Gegend bumsen, ist er sehr besitzergreifend. Ich kann mir nicht erlauben, ihn zu verlieren. Bitte, das mußt du verstehen, Jamie.«

»Es ist deine brutale Ehrlichkeit, gepaart mit einem ungeheuren Egoismus, die mich auf dich abfahren läßt, du Hexe.«

»Ja, bei dir kann ich wirklich ganz ich selbst sein, Jamie. Ich muß mich nicht als nettes Mädchen verstellen.« Sie lachte kehlig und schmiegte sich enger an ihn. Jamie stöhnte und begann zu schwitzen.

»Um aufs Geschäft zu kommen. Warum ich dich heute abend eingeladen habe, Jamie? Nun, ich habe eine neue Software für *TransFlow* entwickelt. Ich habe das Patent angemeldet und eine Computerabteilung eingerichtet. Ich brauche einen verläßlichen Manager dafür. Einer, der mit den Leuten umgehen kann und das Beste aus ihnen herausholt. Einer, der was vom Heuern und Feuern versteht, und einer, dem ich absolut vertrauen kann. Der Loyalität mitbringt. Loyal zur Firma, loyal zu mir.«

»Bietest du mir einen Job an?«

»Ja. Und du würdest etwa das Doppelte verdienen. Aber es gibt einen Haken.«

»Welchen?«

»Wenn *TransFlow* nicht überlebt, hast du keinen Job mehr. Es gibt keine Sicherheit.«

»Und wenn *TransFlow* funktioniert?«

»Dann kannst du dir in ein paar Jahren vielleicht ein Auto leisten.«

»Das ist ein verlockendes Angebot.«

»Du hast eine Woche Bedenkzeit. Ruf mich an, und sag mir Bescheid. Ich brauche jemanden, denn wir wachsen mit jedem Tag. Unsere Rechtsabteilung wird dir einen Mustervertrag zuschicken. Hohes Risiko, das hoch bezahlt wird. Entweder du schaffst es, oder du fliegst. Wir haben keine Zeit für die Einarbeitung, und Fehler werden nicht geduldet. Verstehst du?«

»Ich verstehe.«

»Aber das Risiko wird durch das Patent gemildert.«

»Wieso?«

»Selbst wenn es mit *TransFlow* wacklig stehen sollte, kann ich die Software verkaufen. Ich könnte eine Marketingfirma gründen, die unabhängig von *TransFlow* sein wird. Wenn du persönlich nichts mit dem eventuellen Scheitern von *TransFlow* zu tun hättest, könnte ich dir eine Übernahme in meine Firma garantieren. Es heißt, es müßten schon zwei Firmen den Bach runtergehen, bevor du ohne Job dastehst. Und du hättest in der Zwischenzeit eine Menge mehr gelernt, was dich zu einem begehrten Fachmann machen sollte.«

»Es hört sich gut an, Fee. Ich meine, so wie du es schilderst.«

»Wenn du dich dafür entscheiden solltest, uns zu verlassen, um einer anderen Firma unser Wissen zu verkaufen, würden wir dich in Grund und Boden stampfen, Jamie. Wir können es uns nicht erlauben, daß andere von unserer Intelligenz profitieren. Wir erwarten Loyalität, und wenn wir sie nicht erhalten, unternehmen wir alles, um uns zu rächen.«

»Das glaube ich dir aufs Wort, du kaltherzige Hexe. Am liebsten möchte ich dir dein unanständiges Kleid vom Leib reißen und hier vor allen Leuten mit dir synchen. Ich will sehen, wie sich deine eisklaren Augen wieder verdunkeln.«

Fiona grinste. Es gab keinen Zweifel, daß Jamie sich in den letzten Jahren sehr zu seinem Vorteil entwickelt hatte. Der Junge hatte Rückgrat. Aber sie wollte trotzdem Klarheit zwischen ihnen haben. »Sex ist nicht Teil unseres Vertrages, Jamie.«

»Ich weiß. Du hast einen Vertrag geschlossen, und das mit Rollo. Der Rest von uns erhält, was übrigbleibt. Ich weiß nicht, warum wir uns überhaupt noch Hoffnungen machen. Aber du hast einen Zauber, Fiona. In dir ist irgendein schwarzer Zauber.«

Sie lachte.

»Wie bist du eigentlich mit dem Computer zurechtgekommen, den ich dir besorgt habe?«

»Was?«

»Der geschmolzene Connet, den ich für dich gestohlen und aus der Firma geschmuggelt habe, verdammt.«

»Ach, der. Ich hatte zuviel zu tun. Ich habe ihn einfach weggeworfen.«

DREIZEHNTES KAPITEL

Die Dinge hatten sich wieder zum Schlechteren gewendet. Mit der Arbeit ging es gut voran, aber Rollo schien seine sexuelle Wiedererweckung vergessen zu haben. Nun war aber Fionas Appetit auf ihn größer denn je, und ausgerechnet jetzt hatte er sein mönchisches Leben wieder aufgenommen.

Aber da gab es ja noch den schon halb begonnenen Plan, in dem Janine eine bedeutende Rolle spielte.

Janines sexuelles Erwachen hatte das Mädchen verändert, selbst ihr Gang war anders geworden. Sie hielt ihren Körper auf eine stolze, selbstbewußte Weise, und dadurch wirkte sie noch verführerischer.

»Darling«, sagte Fiona ein paar Tage nach dem Fest, »komm heute abend in mein Schlafzimmer.«

»Heute?«

»Ja.« Fiona nannte die Zeit. »Du brauchst keine Angst zu haben.«

»Ich habe keine Angst. Ich freue mich«, sagte Janine und lächelte.

Fiona hatte Schlaftabletten gekauft, die nur halb so stark waren wie die Tabletten, die Rollo gewöhnlich vor dem Schlafengehen einnahm. Sie ersetzte sie durch die schwächeren. Er war sehr müde und schlief auch gleich ein, aber er war nur halb so betäubt wie sonst.

Zur verabredeten Zeit trat Janine in Rollos Schlafzimmer ein. Sie konnte ihre Erregung nicht verbergen.

»Jetzt«, flüsterte Fiona. »Zieh deinen Mantel aus, Liebling.«

Janine gehorchte. Ihre weiche Haut nahm eine pfirsichfarbene Tönung an.

»Komm ins Bett«, sagte Fiona.

»Wird er nicht aufwachen?«

»Ich glaube nicht. Hier, komm zwischen uns.«

Janine streckte sich zwischen Fiona und Rollo aus. Fiona beugte sich über Janine und begann, Rollo zu streicheln. Geschickt erregte sie ihn ein wenig.

Abgesehen von der ersten Nacht bei Rollo, hatte Janine noch keinen Mann berührt. Sie schaute atemlos zu, wie Fiona ihren Mann verwöhnte. »Steichle du ihn jetzt.« Fiona nahm Janines Hand, und zitternd berührte das Mädchen die Haut des Mannes.

Rollo bewegte sich unruhig.

Fiona ermutigte Janine, den Hodensack zu berühren, ihn genau anzusehen, sich damit vertraut zu machen. Sie brachte dem Mädchen bei, wie man mit einem Mann spielte, ohne ihm weh zu tun.

Janine war eine geschickte Schülerin.

Rollo bewegte sich im Schlaf und murmelte etwas.

»Drück ruhig deine Brüste gegen ihn«, flüsterte Fee.

Janine gehorchte. Rollo bewegte sich wieder, und seine Lippen berührten Janines Brüste. »Fee«, murmelte Rollo.

»Faß seinen Schwanz an«, riet Fiona. Ihre Augen glänzten. Es erregte sie zuzusehen, wie Janine die empfindlichen Teile des schlafenden Mannes berührte und mit ihnen spielte. Es erregte sie, weil Janine ihr gehorchte und weil Rollo nichts von dem wußte, was mit ihm geschah.

»Benutz deine Lippen«, wies sie das Mädchen an.

Janine nahm Rollos schlaffes Glied in den Mund und umspielte es mit der Zunge.

»Ist dir eigentlich bewußt, daß Rollos Penis sich von denen anderer Männer unterscheidet?« fragte Fiona leise.

»Er ist wunderbar«, hauchte Janine.

»Ich meine, er ist beschnitten, Liebling. Ist dir das aufgefallen?«

»Ich dachte, daß er ein wenig anders aussieht als die meisten, die ich auf dem Schirm gesehen habe, aber man kann ja niemanden nach einer solchen Sache fragen. Man kommt sich dann so dumm vor.«

Fee langte über Janine hinweg und hob Rollos Glied hoch. Er murmelte wieder etwas im Schlaf, und die beiden Frauen schauten sich lächelnd an.

»Siehst du, hier«, sagte Fiona. »Das ist die Eichel, die ständig entblößt ist, weil seine Vorhaut abgeschnitten wurde. Du kennst ja schon die kleine Öffnung, aus der das Sperma herauskommt.«

»Ich sehne mich nach diesem Tag.«

»*Moi aussi, Chérie.* Man sagt, daß man die Jungen aus Reinlichkeitsgründen beschneidet. Manche Männer lassen sich auch beschneiden, weil sie meinen, daß es die Spitze unempfindlicher macht, und dann können sie den Beischlaf länger ausführen als andere, unbeschnittene Männer.« Janine errötete und starrte auf Rollos Schoß. Dann, vor den Augen der beiden Frauen, erigierte das Glied. Rollo murmelte in seinem Schlaf, und seine Hand zuckte. Seine Lippen bewegten sich noch immer.

Fiona spürte, wie Janine vor Erregung zitterte. Sie preßte ihren Körper gegen die Nacktheit des Mädchens und umfaßte behutsam seine Brüste.

Rollo ejakulierte. Janine zuckte zurück, als der perligweiße Strahl herausschoß. Rollo stieß einen Seufzer aus, rollte sich auf die Seite und fiel in einen tieferen Schlaf als zuvor.

Fee zog Janine auf ihre andere Seite und drückte sie noch fester an sich. Sie hoffte, daß das Mädchen nicht allzusehr verschreckt war.

Dann legte sie sich zurück und sah Janine an. »Die Lektion ist für heute beendet«, sagte sie leise.

»Ich freue mich schon auf die nächste«, antwortete Janine.

Nachdem das Mädchen gegangen war, betrachtete Fiona ihren Mann mit einer Mischung aus Bewunderung und Verzweiflung. Sie liebte ihn, aber sie hatte zu wenig von ihm.

Ihre Gedanken kehrten immer wieder zu Will Kid zurück, und dann härtete sich ihr Blick, die Augen begannen zu glänzen und nahmen eine kalte grüne Farbe an. Will Kid da unten in der Stadt und sie bei ihm, trotz des Risikos. Sein rauher Körper, sein rohes, unvorhersehbares Verhalten, seine Fähigkeit, ihr sexuelle Glückseligkeit zu geben.

Sie wollte zu ihm zurück. Sie wollte mehr von ihm. Sie hungerte nach ihm. Sie hatte sich mit einem langweilig respektablen Leben noch nicht abgefunden.

Sie hatte eine Idee. Sie hatte sich bei Will den Namen Skelton gegeben, weil sie die Geschichte der Barbara Skelton im Kopf hatte, jener lieblichen gelangweilten und verruchten Frau, die nachts ihr Heim verlassen hatte und auf den Highways ihr Unwesen trieb. Barbara hatte die Gefahren eines kriminellen Lebens schätzengelernt, sie hatte Busse mit vorgehaltener Waffe angehalten und ihre Freunde und Nachbarn ausgeraubt. Danach fand sie Liebe in den Armen eines Mannes von der Straße, so daß jeder Raub anschließend seinen Abschluß in einer Mulde neben der Straße fand, in der Umarmung ihres Geliebten. Barbara war mit einem guten und wohlhabenden Mann verheiratet, aber er war ihr nicht genug gewesen.

Sie starb durch eine Kugel. Fiona war ihrem Vorbild schon nähergekommen, als ihr lieb sein konnte. Sie wußte, daß sie bisher Glück gehabt hatte, und wenn sie vernünftig war, würde sie es dabei bewenden lassen. Will wußte, daß sie aus dem Zoo kam und könnte irgendwann auf den Gedanken kommen, sie als Geisel zu nehmen, um Lösegeld zu erpressen. Oder er könnte ihr bei ihren Ausflügen mal folgen, um dann Geld von ihr zu erpressen. Auch er benutzte einen falschen Namen, aber jetzt kannte sie seinen richtigen. Der Captain der Polizei hatte ihn ihr genannt. Henson Carne. Und warum nannte er sich Will Kid? Hatte er den Namen des berüchtigten Piraten zufällig aufgegriffen, oder steckte mehr dahinter? Hatte er – wie sie – einen bestimmten Grund gehabt, sich für diesen Namen zu entscheiden?

Jeder Hinweis, der diesen Mann enträtseln konnte, würde wichtig für sie sein, wenn sie plante, weitere Begegnungen mit ihm zu haben. Fiona schaltete sich in die Datenbank der lokalen Bibliothek ein und rief alle Informationen über den berüchtigten Piraten ab.

Sie war überrascht. Die Geschichte, die auf ihrem Schirm flimmerte, war erheblich vielschichtiger, als sie erwartet hatte. Es handelte sich nicht um einen wilden, habgierigen Mann, der ein schwelgerisches Leben führte, das er der Piraterie, Plünderung und Vergewaltigung gewidmet hatte. Sie las von einem energiegeladenen, fähigen und intelligenten Captain, der im Auftrag von König William III von England Piraten jagte und sie mit seinem Schiff *Adventure* aufbrachte.

Fiona las sogar die Urkunde des Auftrags, die im Januar 1695 ausgestellt worden war.

Die Urkunde enthielt auch den Auftrag, französische Handelsschiffe anzugreifen, da sich England zu dieser Zeit mit Frankreich im Krieg befand. Diese Überfälle galten nicht als Piraterie, weil eben Krieg war.

Kid segelte im Mai 1696 mit seiner *Adventure* von Plymouth los; er hatte achtzig Mann und dreißig Kanonen an Bord.

Er segelte nach New York und heuerte dort noch einmal fünfundsiebzig Mann an, dann machte er sich auf den Weg nach Madagaskar, um dort Piraten aufzubringen.

Captain William Kid war ein Jäger, kein Gejagter. Er war Polizist, nicht Pirat.

Völlig verwundert las Fiona weiter.

Wegen einiger schmutziger Machenschaften in der Karibik wurden die dortigen Piraten von Menschen, die eigentlich auf der Seite von Recht und Ordnung hätten stehen müssen, vor Kids Ankunft gewarnt. Deshalb fand er über ein Jahr lang keine Piraten – und auch keine Beute, die er unter seinen Leuten hätte verteilen können. Auf seinem Schiff war die Hölle los, und bevor eine Meuterei ausbrechen konnte, entschied sich Kid, selbst Pirat zu werden.

1699 gewährte der König eine Amnestie für alle Piraten, die sich selbst stellten. Kid, der nicht wußte, daß er ausdrücklich von der Amnestie ausgenommen war, gab auf. Er hatte sich schon lange nach der Rückkehr zu einem anständigen Leben gesehnt.

Das half ihm nicht. 1701 wurde er am Execution Dock in London hingerichtet. Es schien eine seltsame Wahl des Henson Carne zu sein, den Namen Kids anzunehmen. Kid war ein ehrbarer Mann gewesen, den Umstände und Verrat gezwungen hatten, zum Piraten zu werden. Dafür war er gestorben.

Fiona mußte lange darüber nachdenken. Ihr fiel ein, daß der Captain der Polizei sehr verbittert über Kid gewesen war, daß er aber auch eine Menge über den Mann wußte. Ob Kid früher ein Polizist gewesen war?

Fiona wußte, daß sie vielleicht Dinge in etwas hineinlas, die lediglich durch Zufall zustandegekommen waren. Und doch ließ dieses Thema sie nicht los und verstärkte noch den Wunsch, Kid wiederzusehen und das Geheimnis um diesen Mann zu erforschen.

Sie wußte aber auch, daß sie den Hang zu Abenteuern dieser Art eines Tages aufgeben mußte. Sie durfte nicht immer wieder das Risiko eingehen, das mit dem Abstieg in die Stadt verbunden war – das Risiko für ihr Leben, für ihren und Rollos Ruf. Sie mußte wieder etwas aus ihrem Leben mit Rollo machen, damit die Gier nach dem rauhen Leben in der Stadt verschwand. Sie war vielleicht jetzt noch nicht bereit, ihren Piratenliebhaber aufzugeben, aber sie sah den Tag kommen, an dem sie das mußte.

Das Schlafzimmer hatte direkten Zugang zu zwei Bädern, das eine benutzte sie selbst, das andere war Rollos Reich. Rollo ging jeden Abend vor dem Schlafen unter die Dusche und rasierte sich. Es war Höflichkeit seiner Frau gegenüber, daß er sich auch abends rasierte, weil sein Tagesbart ihre sanfte Haut aufrieb. Viele Männer benutzten Enthaarungscreme, aber das gefiel Fiona nicht. Sie liebte die Andeutung von Stoppeln in seinem Gesicht, gerade genug, um zu erregen, aber nicht so viel, um die Haut zu schürfen. Er hatte diese Gewohnheit beibehalten, obwohl ihr Sexualleben abgestorben schien.

Aus der langen Erfahrung wußte Fiona ungefähr, wie lange er im Bad verweilte. Außerdem ließ er meistens die Tür halb auf. Darauf basierte ihr Plan, den sie mit Janine bis ins letzte Detail abgesprochen hatte.

An dem verabredeten Abend trat Janine an die

Schlafzimmertür und schaute scheu herein. Fiona nickte dem Mädchen zu, und Janine kam näher. Rollo war noch in seinem Bad und trocknete sich ab, nachdem er aus der Dusche gestiegen war. Fiona lag lässig auf dem Bett, in ein durchsichtiges Negligé gehüllt.

»Oh, Mrs. Cambridge«, piepste Janine. »Darf ich Sie mal sprechen?«

»Ja, sicher. Was ist denn los, Janine? Komm doch herein. Du siehst verwirrt aus.«

»Ich weiß, daß ich nicht stören sollte. Ist Mr. Cambridge da?«

»Mach dir wegen ihm keine Sorgen. Er ist gerade beschäftigt. Was ist denn los?« Bisher klappte es genauso, wie Fiona es sich ausgemalt hatte.

»Es ist … also, ich bin völlig durcheinander.« Die Stimme des Mädchens zitterte, sie schien den Tränen nahe zu sein. Eine überzeugende kleine Schauspielerin, unsere Janine, dachte Fiona.

»Weine nicht, Janine. Hast du Kummer mit deinem Freund?«

»Ich wünschte, das wäre es. Ich glaube, ich werde verrückt.«

»Aber, aber, so schlimm kann es doch nicht sein.«

»Es ist … es ist … Darf ich Ihnen was sehr Persönliches sagen, Mrs. Cambridge? Werden Sie mich auch nicht auslachen?« Janines Stimme schwankte kunstvoll. »Und Sie werden es nicht Mr. Cambridge sagen? Ich könnte es nicht ertragen, wenn er darüber Bescheid wüßte. Oh, ich schäme mich ja so.«

Das war der kritische Augenblick. Entweder würde Rollo im Bad bleiben und sich dort zu schaffen machen, bis Janine gegangen war, weil ihm deutlich wurde, daß Fiona mit ›Dienstmädchenproblemen‹ zu tun hatte, oder er würde herauskommen.

Fiona schätzte, daß er den einfacheren Weg wählte und blieb, wo er war. Außerdem hoffte sie, daß er neugierig genug war, um wissen zu wollen, was Janine quälte. Fiona war sicher, daß Rollo spürte, wie sexuell angespannt das junge Mädchen war. Rollo war älter als sie, Ende Dreißig, befand sich also in einem Alter, in dem Männer an ihrer sexuellen Ausstrahlungskraft zu zweifeln beginnen, und die Zuneigung eines jungen Mädchens mochte sie da wieder aufrichten. Fiona wußte auch, daß diese Zweifel albern waren, denn bis zu einem gewissen Alter werden Männer mit jedem Jahr sexuell attraktiver. Rollo war das Ziel manches bewundernden Teenagers.

»Ich würde Rollo nie etwas von dir sagen, was du mir anvertraut hast«, versicherte Fiona ihr. »Ich nehme an, daß dies eine sehr vertrauliche Angelegenheit ist.«

»O ja«, sagte Janine eifrig. »Ich kann es Ihnen nur deshalb sagen, weil Sie so freundlich zu mir sind. Aber ich würde zutiefst gedemütigt sein, wenn ein Mann davon erführe, besonders Mr. Cambridge.«

»Was ist es denn, Janine? Was kann so schlimm sein?« Fionas Stimme klang wie ein Streicheln, fast ein Schnurren. Rollo hielt sich zurück. Sie war davon überzeugt, daß er zuhörte. Janine hatte absichtlich in der hohen, leicht schrillen Stimme gesprochen, damit ihm nichts entgehen konnte.

»Sie müssen wissen«, begann Janine, »daß ich noch nie einen Freund hatte.«

»Noch nie? Wie alt bist du denn?«

»Sechzehn.«

»Nun ja, dann bist du noch jung. Die meisten Mädchen fangen viel zu früh damit an.«

»Ich glaube, ich bin nicht normal.«

»Das ist eine ganz normale Angst. Ich will dir nichts vormachen, Janine, aber insgeheim sind wir alle unsicher, was unser Verhalten und unser Aussehen angeht.«

»Ich meine, ich würde gern einen Freund haben. Ich hätte unwahrscheinlich gerne einen Freund, aber ...« Ihre Stimme brach ab.

»Ich verstehe dein Problem nicht. Du bist ein attraktives Mädchen. Du hast bestimmt genug Geld, um an deinen freien Tagen abends auszugehen. Warum gehst du nicht gemeinsam mit einer Freundin auf Jagd? So habe ich es damals gemacht.«

»Alle meine Freundinnen tun es schon seit Jahren. Ich schäme mich zuzugeben, daß ich noch Jungfrau bin.«

»Du bist noch Jungfrau?« wiederholte Fiona, um sicherzugehen, daß Rollo die Neuigkeit auch hörte.

»Ja.«

»Nun ja, das ist durchaus eine Tatsache, auf die man stolz sein kann.« Fiona mußte sich auf die Zunge beißen. Sie hörte sich so besserwisserisch, so gönnerhaft und so verstaubt an.

»Ich bin nicht stolz darauf«, sagte Janine trotzig. »Ich glaube, bei mir ist etwas nicht richtig. Ich meine, ich bekomme Gefühle und so ...«

»Ich weiß«, sagte Fiona, immer noch bemüht, ein Lachen zu unterdrücken.

»Richtig starke Gefühle. Aber wenn ich einen Jungen sehe, ich meine, einen Jungen in meinem Alter, dann wird mir ganz kalt.«

»Nun ja«, sagte Fiona, »ich kann mir vorstellen, daß die sechzehn- oder achtzehnjährigen Jungen nicht gerade die idealen Männer sind, um ein sexuelles Abenteuer zu erleben.« Sie traute sich nicht, Janine in die Augen zu blicken. Das Mädchen machte seine Sache großartig.

»Genau so einen Mann will ich haben«, rief Janine. »Einen Abenteurer! Einen erfahrenen Mann, am besten einen sehr lieben Mann, der gut aussieht und der mir die Kunst der Liebe beibringt.«

»Du hast einen guten Geschmack. Ich mag es, wenn ein Mädchen Ehrgeiz hat.«

»Aber wo kann ich einen solchen Mann treffen?« jammerte Janine. »Und selbst wenn ich ihn treffen würde, hätte er für mich nichts übrig, weil ich so jung und unerfahren bin. Ausgerechnet die Art von Mann, die ich will, will von mir nichts wissen. Eine Jungfrau macht einem Mann keinen Spaß, nicht wahr?« rief Janine mit leidenschaftlicher Stimme.

»Nun«, sagte Fiona, »das stimmt so nicht. Ich glaube, manche Männer würden gerne auf eine Jungfrau treffen. Eine Jungfrau ist so etwas wie ein Einhorn, selten und schwer vorstellbar, aber allzu lieblich, wenn man sie zu schätzen weiß … Nein, das mit dem Einhorn ist ein unzulänglicher Vergleich. Aber ich verstehe deine Schwierigkeiten.«

Janine nickte eifrig. »Ich kann doch nicht zu einem begehrenswerten, reifen Mann gehen, der alt genug ist, daß er mein Vater sein könnte, und sagen: ›He, ich bin noch Jungfrau, stehst du auf Jungfrauen?‹ Das kann ich doch nicht, oder?«

»Nein«, sagte Fiona, obwohl sie im Zweifel war.

»Sie kennen doch viele ältere Männer, Mrs. Cambridge. Ich meine, geht es nicht, daß Sie mir einen finden können?« fragte Janine lauernd.

»Du meinst, ich sollte als Kupplerin fungieren?«

»Das hört sich so schrecklich an. Ich bitte Sie doch nur um Hilfe. Sie würden mir einen Freundschaftsdienst erweisen und mich nicht ausbeuten.«

»Aber ich würde es nicht übers Herz bringen, dich an einen alten geilen Bock zu geben. Das wäre gegen mein Gewissen«, sagte Fiona entschieden.

»Ja, das sehe ich ein. Aber Sie kennen bestimmt einen Mann, der lieb und nett, erfahren, sexy und attraktiv ist, und Sie könnten ihm vielleicht einen Hinweis geben, daß Sie ein junges Mädchen kennen, das genau so einen Mann haben will ...«

»Janine, wir alle wollen so einen Mann. Du beschreibst den idealen Mann.«

»Es tut mir leid«, sagte Janine unterwürfig. »Sie müssen mich für entsetzlich halten.«

»Nein, überhaupt nicht. Ich bin froh, daß du dich getraut hast, mit mir darüber zu sprechen. Aber glaube mir, deine Gefühle sind ganz normal. Du hast nichts zu befürchten.«

»Ich meinte körperlich ...«

»Wie, bitte?«

»Ich meine, daß ich körperlich nicht ganz richtig bin.«

»Körperlich?« wiederholte Fiona laut und deutlich. »Ich bin sicher, daß du körperlich ganz normal bist.«

»Wie kann ich das denn herausfinden? Ich meine, wenn ich es wüßte, würde ich Männern gegenüber mehr Zutrauen haben. Aber ich kann ja schlecht eine andere Frau überprüfen. Und ich bin zu schüchtern, um zu einem Arzt zu gehen. Er würde mich vielleicht für verrückt halten. Vielleicht bin ich das auch«, fügte sie noch hinzu. Trauer in der Stimme.

»Nun«, sagte Fiona, »ich nehme an, ich könnte mal bei dir nachsehen, wenn du unbedingt willst. Glaubst du, daß du dann beruhigt bist?«

»Ob ich dann beruhigt bin? Oh, Mrs. Cambridge, wenn Sie mir sagen, daß ich normal bin, wäre ich der glücklichste Mensch auf der Welt!«

»Gut. Also leg dich aufs Bett und öffne die Schenkel.«

»Aber Mrs. Cambridge«, wandte Janine in ihrer Klein-Mädchen-Stimme ein, »würden Sie erlauben, daß ich auch bei Ihnen nachsehe?«

»Im Interesse deines Wohlbefindens würde ich das tun«, sagte Fiona und kam sich nobel vor. »Ich bin keine schüchterne Frau.«

»Ich habe mich oft gefragt, wie Sie sind«, sagte Janine. »Als reife Frau, meine ich.«

»Warum schaust du nicht nach?« Ihre Stimme klang so süß, als tropfte Honig von ihren Lippen.

»Jetzt?«

Fiona fuhr mit beiden Händen über ihr Negligé, zog es an den Seiten hoch. Die Seide raschelte sinnlich. Sie öffnete die Beine ein wenig. »Jetzt, da ich meine Beine leicht geöffnet habe, kannst du sehen, wie eine ganz normale Frau aussieht.«

Sie gingen hinüber zum Bett, damit Rollo die volle Schau genießen konnte, und weil sie an seinen Blickwinkel dachten, kniete sich Janine auf den Boden, den Rücken zum Badezimmer gewandt, während Fiona auf dem Bett lag, die Beine weit gespreizt, ein Knie geknickt, den Fuß auf dem Boden.

»Das sieht so wunderschön bei Ihnen aus, so ganz ohne Haare«, murmelte Janine.

Der schmale Lichtschlitz von der Badezimmertür weitete sich. Fiona jubelte. Ihr Mann wollte also doch sehen, wie seine Frau von einem jungen Mädchen betrachtet und befühlt wurde!

»Ihre Lippen sind so dunkel und feucht, und es duftet so gut«, beschrieb Janine.

»Du sagst einem die nettesten Dinge. Ich kann mich nicht erinnern, ob ein Mann je so poetische Dinge über mein Geschlecht gesagt hat. Sie neigen eher dazu, gleich zur Sache zu kommen. Aber ich verspreche dir, daß es bei dir genauso attraktiv ist!«

Janine schüttelte den Kopf. »Bei mir ist da alles ganz blaß, eng und trocken. Das weiß ich.«

»Laß mich mal sehen. Ich bin sicher, daß du Unsinn redest.«

Die Badezimmertür bewegte sich wieder, als Rollo sich zurückzog. Fiona setzte sich auf, und die beiden Frauen tauschten die Plätze. Fiona wollte sichergehen, daß Rollo wenigstens hören konnte, was jetzt geschah.

»So, Janine. Leg dich zurück, und entspann dich.

Zieh dein Nachthemd hoch, ja, bis über die Hüften, so ist es richtig. Sei nicht so schüchtern. Ja, jetzt kann ich alles sehen.«

»Ich bin so verlegen, Mrs. Cambridge.«

»Unsinn. Preß deine Augen ganz fest zu, dann wirst du gar nicht wissen, ob dies hier real ist oder nicht. Konzentriere dich auf das, was du fühlst.«

»Ja, Mrs. Cambridge.«

»Also, nicht mehr hinschauen. Ich will nicht, daß du es plötzlich mit der Angst zu tun bekommst und dich auch noch verkrampfst.«

»Ich verspreche es.«

»Du hast den entzückendsten kleinen Busch, meine Liebste, den ich je berührt habe. Einige Härchen schimmern in den Spitzen funkenrot. Jetzt streichele ich deine Schenkel. Du brauchst nicht zu zucken, du hast wunderschöne Schenkel, jung und fest und wohlgeformt. Sie haben eine herrliche Pfirsichfarbe.«

Jetzt müßte Rollo doch allmählich ins Schwitzen geraten, dachte sie.

»Öffne jetzt deine Beine ein bißchen mehr. Noch ein bißchen. So ist es gut. Nun schau mal diese hübsche kleine rosige Scheide an, eine schönere kann sich gar kein Mädchen wünschen. Und ein Mann auch nicht«, fügte sie mit einem Lächeln hinzu.

»Das sagen Sie nur so. Sie haben mich ja noch gar nicht berührt. Sie haben sie sich noch nicht genau angeschaut.«

»Liebling, bleib so liegen, halt deine Augen geschlossen. Ich hole nur eine Tube mit Kühlgel, bevor ich dich öffne. Das wird dir gefallen. Und es vermeidet, daß ich zu rauh mit deiner Jungerfernknopse umgehe.«

Fiona stand auf und ging zu Rollos Bad. Er schaute sie mit einem wilden Gesichtsausdruck an, und sie legte einen Finger über seine Lippen. Sie fand das Gel und krümmte einen Finger, damit er nahe an sie herantreten sollte.

»Komm mit«, wisperte Fee. »Schau es dir aus der Nähe an.«

Er hob eine Augenbraue, sie nahm ihn bei der Hand und zog ihn hinter sich her, als sie zurück ins Schlafzimmer ging.

»Preß weiter die Augen fest zu«, sagte sie zu Janine.

»Ich hab' sie die ganze Zeit zugedrückt. Das ist so, als wäre ich gar nicht da und sähe Ihnen von ganz weit oben zu. Oder als wenn ich das alles nur träumte.«

»Dieses Gefühl hat man auch, wenn man eine Maske trägt«, sagte Fiona. »Wenn du später mal was Großartiges erleben willst, wenn du dich so richtig vergessen willst, dann zieh ein Kostüm an – oder auch nur eine Maske. Du wirst sehen, daß alle Hemmungen von dir abfallen.«

»Ich werde es mir merken.«

»Jetzt tupfe ich nur etwas von dem Gel auf deine Haut. Es ist eigens dafür bestimmt, also hab keine Angst. Es fühlt sich herrlich kühl an, nicht wahr? Bist du bereit?«

»Bereit.«

Fionas Gesicht verriet keine Regung. Sie drehte sich nach Rollo um, der auf Janines Dreieck starrte. Ihr

Venusberg hob und senkte sich unter dem seidigen Busch. Fiona drückte Rollo auf die Knie, so daß er alles aus nächster Nähe sehen konnte.

Sie kniete sich neben ihn und berührte seinen Schwanz. Er war hart. »Jetzt verteile ich das Gel«, sagte sie. Sie gab Rollo ein Zeichen und hielt die Tube, drückte das Gel auf Rollos Finger. Rollo berührte mit dem Finger zart das straffe Gewebe.

»Ah«, seufzte Janine.

»Noch ein bißchen mehr«, kündigte Fiona an. Rollo ließ den Finger rotieren und berührte Janines Knospe.

»Das sind die Labien«, sagte Fiona, »die Schamlippen.« Rollo fuhr mit der Fingerkuppe an ihnen entlang. »Gefällt dir das, meine Liebe?«

»Ja, ja, ich meine, es fühlt sich so seltsam an. Aber ich liebe es. Es ist wunderbar. Würde ein Mann das auch mit mir tun, Mrs. Cambridge?«

»Oh, ja, Vielleicht viel besser als ich.« Fee nickte Rollo zu. »Und jetzt zu deiner Klitoris, dem Kitzler.«

Rollo fand die richtige Stelle. Sein Gesicht drückte Spannung aus. Er rieb leicht über den Kitzler, der unter der Berührung zu zittern begann.

»Du flatterst wie ein Kolibri«, sagte Fiona. »Offenbar funktioniert alles bei dir, wie es sein sollte. Du bist sehr empfindsam und reagierst wunderbar. Das wird einem Mann gefallen. Jedenfalls, wenn er ein Mann ist, der was von der Kunst der Liebe versteht.«

Janines Schenkel waren noch weit geöffnet, und Rollo setzte die Reizung des wachsenden Knotens fort und strich immer mal wieder über die Labien.

»Noch ein bißchen Gel«, kündigte Fiona an. Rollo

reagierte sofort und schmierte das kühle, durchsichtige Zeug über Janines Schamlippen.

»Du mußt in Zukunft aufpassen«, sagte Fiona. »Wenn ein Mann nur darauf aus ist, sich in dir zu entladen, solltest du in Zukunft auf ihn verzichten. Suche einen Mann, der sich um dich bemüht, der sich um deine Gefühle kümmert, dem dein Erleben am Herzen liegt.«

Sie spürte, wie Janine vor Aufregung zitterte.

»Und jetzt«, sagte sie zu ihr, »werde ich deine Lippen spreizen und sehen, wie du drinnen aussiehst. Du bist eine Jungfrau, hast du gesagt?«

»Ja, Mrs. Cambridge. Ist es nicht gut, daß Mr. Cambridge uns nicht sehen kann? Ich wage mir nicht vorzustellen, was er von mir halten würde.«

»Ich weiß es, mein Kind. Er würde mich beneiden. Kein Mann könnte deiner Süße widerstehen. So, jetzt gehen meine Finger hinein. Ich spüre, wie eng du bist. Ganz entzückend schmal. Ein Mann wird seine helle Freude daran haben, Liebling.«

Rollos Finger folgten ihren Worten und streichelten Janines Inneres, befühlten den Kanal, wo noch kein Mann je gewesen war.

»Du hast eine kleine Barrikade in deinem heimlichen Himmel. Wenn sie von dem ersten Mann, der in dich eindringt, durchbrochen wird, wird es ein wenig weh tun, Liebling, und du wirst ein bißchen bluten. Danach aber bist du entkrampft, und die seidige Struktur deines Gewebes wird sich von selbst befeuchten, du wirst nie wieder ein Gel brauchen. Und wenn dann ein Mann in dich hineinfährt, wirst du dich ausgefüllt fühlen und dir die größte Freude, die es gibt, selbst holen.«

Rollo hatte die Augen geschlossen, sein Atem klang gedämpft. Er hielt Janines Muschel geöffnet und ließ seinen Finger ganz sachte kreisen.

»Du bist wirklich eine Jungfrau«, sagte Fiona. »Sag mir ehrlich, Liebes, schmerzt es, wenn ich meinen Finger in dir bewege, oder erregt es dich?«

Rollo zitterte am ganzen Körper, Schweißperlen tropften von seiner Stirn. Sein Penis war so hart, daß Fiona meinte, er müsse schmerzen.

»Es ist absolut wunderbar«, sagte Janine. »Wenn jetzt ein Mann zwischen meinen Schenkeln läge, würde ich ihn anflehen, in mich einzudringen.«

»Du bist absolut normal, Liebling, das kann ich dir versichern. Wenn Rollo jetzt hier wäre, würde er dir das auch bestätigen. Aber wir müssen jetzt aufhören, sonst kommt Rollo vielleicht doch noch rein.«

Rollo ging wie in Trance zurück ins Bad.

»Mr. Cambridge ist der ideale Mann«, sagte Janine. »Er ist so attraktiv, so selbstsicher. Ich halte ihn für einen wunderschönen Mann, Mrs. Cambridge.«

»Rollo würde sich geschmeichelt fühlen, wenn er dich hören könnte. Es ist nicht jedem Mann in seinem Alter vergönnt, daß sich eine Jungfrau danach sehnt, von ihm entjungfert zu werden.«

Fiona wollte ganz sicher sein, daß Rollo die Botschaft nur ja verstand.

Janine setzte sich auf. »Puh, das war wunderbar, Mrs. Cambridge. Ich genieße es, wenn Sie mich an den intimen Stellen anfassen. Das löst bei mir ein ganz irres

Gefühl aus, und ich wünschte mir, es würde nie aufhören.«

»Lauf jetzt zu deinem Zimmer, und hör auf, dir Sorgen zu machen. Der Mann, der dich bekommt, ist glücklich.«

»Ich danke Ihnen so sehr.« Janine beugte sich zu Fiona und küßte sie auf die Lippen. Dann drehte sie verführerisch die Hüften, und ihr Nachthemd rutschte wieder über ihre Hüften. Mit einem verschwörerischen Winken lief sie aus dem Zimmer. Fiona saß auf dem Boden und wartete. Langsam kam Rollo aus dem Bad.

»Wir hätten das vielleicht nicht tun dürfen«, sagte er.

»Sie hat doch nichts davon gewußt, und sie hat nichts davon bemerkt, aber es hat ihr Spaß gemacht. Außerdem ist sie verrückt nach dir.«

Rollo schaute sie nachdenklich an. »Es war eine ganz neue Erfahrung für mich.«

»Was war das für ein Gefühl für dich, als sie dich berührt hat, Fee?«

»Willst du die Wahrheit hören?«

Er nickte.

»Es hat mir gefallen. Diese zitternde mädchenhafte Naivität. Ich glaube, sie ist ein Vulkan, aber das weiß sie noch nicht. Und wie war es für dich, in ihrer engen jungfräulichen Scheide?«

»Eigenartig. Sie ist ganz anders als du.«

»Wieso?«

»Es war so fremd, so anders. Ja, natürlich, es hat mich angemacht. Aber du bist eine vollblütige Frau, Fee. Janine ist wie eine Krabbe, und du bist ein Hummer.«

»Ist das ein Kompliment?«

»Du bist üppig und dunkel und ein Fest in dir selbst. Du bist wie eine verbotene Frucht, gefährlich und umgarnend. Sex mit dir hat immer einen Hauch des Verbotenen. Du lädst einen Mann ein, dich zu spalten, wenn er an deinen Honig kommen will. Du verzauberst mich, Fee. Du besitzt mich.«

Fiona küßte die Innenseiten von Rollos Schenkeln. Dann schmiegte sie sich an sein Gesicht, und Rollo fuhr mit beiden Händen durch ihre Haare und rieb über ihren Rücken.

Fiona neckte den noch schlafenden Schaft, indem sie ihn mit ihren seidigen Haaren umgab, spielerisch und kitzelnd. Bald zeigte der Schaft sein wiedererwachtes Interesse, und Fiona hielt ihn mit der Hand ganz fest.

Rollo stieß immer hastiger zu, und schon nach ein paar Minuten spürte Fiona das Sperma zwischen ihren Fingern.

Rollo beugte sich zu ihr, nahm sie in die Arme und küßte sie dankbar.

»Ich muß unter die Dusche«, sagte sie glücklich.

»Ich wasche dich, und dann wiege ich dich in den Schlaf.«

»Gut.« Sie war zufrieden.

VIERZEHNTES KAPITEL

In den Tagen danach war Fiona glücklich, zu glücklich, um durch einen Besuch in der Stadt alles zu riskieren. Rollo war aus seinem sexuellen Dösen erwacht. Selbst die Arbeit machte ihr wieder Spaß. Die Aktien von *TransFlow* verkauften sich gut. Wasser war eine zunehmend begehrte Ware in einer überbevölkerten Welt.

Sie traf sich mit Diana am Pool, wo sie zum Vergnügen und zur Gesundheit zusammen schwammen. Beim anschließenden Einkauf erwarb Fiona exquisite Unterwäsche für Janine. Das Mädchen hatte sie verdient.

Diana lud Fiona und Rollo zu einer Party ein. Die Zoo-Bewohner gaben von Zeit zu Zeit eine Party, ausgefallene Angelegenheiten, es kam mehr auf Originalität als auf Geld an, denn Geld hatten die Zoo-Bewohner alle selbst. Die Party stand unter dem Motto Altes Ägypten.

»Du weißt schon, Inzest und Kleopatra«, erklärte Diana.

»Ruderboote und Pyramiden«, fügte Fiona hinzu. »Ich könnte als Silo kommen.«

»Als was?«

»Als Silo. War Ägypten nicht die Kornkammer Roms?«

»Verrücktes Huhn. Aber bitte, Fee, sieh zu, daß du

kommen kannst. Man kriegt dich kaum noch zu sehen, und selbst die Fleißigsten müssen mal entspannen.«

»Ich verspreche es«, sagte Fee. »Aber bei Rollo kann ich nichts versprechen. Die unterschiedlichen Zeitzonen zwingen ihn zu verdammt wilden Arbeitszeiten. Aber ich versuche, daß ich ihn mitzerren kann. Er lebt, atmet und träumt *TransFlow.* Es wird ihm gut tun, mal ein paar Stunden was anderes zu sehen.«

»Wir haben einige Aktien gekauft, Fiona.«

»Ich selbst habe welche gekauft«, antwortete Fee. »Ich glaube an Rollos Erfolg. Wenn es jemanden gibt, der dieses verrückte Unternehmen durchsetzen kann, dann ist er es – er wird es mit Gewinn betreiben.«

»Ihr zwei habt eine seltsame Beziehung«, sagte Diana und lachte. »Haßliebe, was?«

Fiona nickte versonnen. »Vielleicht ist es das, was ich von einem Mann brauche«, sagte sie. »Beide Seiten der Medaille.«

»In einem anderen Zeitalter wärst du eine großartige Kurtisane geworden.«

»Ein Teil von mir will ein richtig guter Mensch sein. Leider ist es nur ein winzig kleiner Teil von mir.«

Wieder zu Hause, schenkte sie Janine die hübsche Unterwäsche, die sie gerade gekauft hatte.

Janine bewohnte im Haus ihr eigenes kleines Apartment. Sie hatte ein Schlafzimmer, ein Wohnzimmer und ein kleines Bad. Fiona dachte über das Schlafzimmer nach.

Es war ein typisches Teenagerzimmer. Über dem Bett hing ein gewaltiges Poster eines jungen Mannes mit blankem Oberkörper, und entweder war der Mann gut bestückt, oder die eng sitzende Lederhose war ausgestopft. Hinter ihm blitzte in einem schrägen Winkel ein metallicfarbener Connet. Der Typ stellte wohl einen Piraten dar.

An den anderen Wänden hingen Popstars mit surrealen Hintergründen aus Videoclips. Zwischen diesen Beweisen frühreifer Sexualität lagen Kinkerlitzchen aus ihrer Mädchenzeit herum, ein Teddybär und ein ganzes Regal von Plüschtieren, Pierrotpuppen und Talmi.

Fiona fand es schrecklich. Sie empfand sich als durch und durch weiblich, aber sie hatte nie derartige weibliche Requisiten gebraucht. Schon vor langer, langer Zeit hatte sie die Spielzeuge der Kindheit zurückgelassen, und nicht eine Minute hatte sie es bereut. Sie war eine Männerfrau, nicht ein erwachsenes kleines Mädchen, das sich nach pinkfarbenen Rüschen und pastelligen Kuscheltierchen sehnte. Sie trat der Welt als Gleichberechtigte entgegen, zum Geben und Nehmen bereit, und sie hatte nichts übrig für Wimpernklimpern und Schwächezeigen, um den Beschützerinstinkt im Mann zu wecken.

Sie wollte nicht beschützt werden, und sie wußte, daß es bessere Instinkte in einem Mann zu wecken gab.

Sie fragte sich, ob Rollo sich von diesem so garstig aussehenden Zimmer abschrecken ließ und Janine lieber in seinem eigenen Bett verführen würde. Oder würde er dieses Zimmer in Kauf nehmen, weil es eben zu Janine gehörte, und weil sie sich offenbar in dieser Umgebung wohl fühlte? Das Zimmer paßte zu ihrer Unschuld, zu ihrem unberührten Geschlecht. Vielleicht gab es Rollo auch äußerlich das Gefühl des Eindringlings.

Fiona nickte still. Ja, das war es. Es würde ihm gefallen, es in diesem Zimmer zu tun.

Sie ging hinauf auf den Speicher und bohrte drei kleine Löcher in den Boden; über jedem Bett. Sie wollte kein Risiko eingehen.

Sie lächelte. Sie war so verdammt unanständig, und sie konnte es Rollo kaum verdenken, daß auch er unanständige Gelüste hegte. Waren sie nicht aus einem Holz geschnitzt?

Rollo hatte am Abend der Party keine Zeit, und so ging Fiona allein zu Teddy und Diana. Sie mochte Teddy, ein liebenswürdiger Gorilla von einem Mann mit einem zerknautschten Gesicht, zerzausten Haaren und einem ständigen schiefen Grinsen. Er sah immer ungewaschen, seine Kleider sahen immer ungebügelt aus, obwohl Fiona wußte, daß es bei ihm nicht an einem Mangel an Reinlichkeit lag, und Diana kämpfte einen hoffnungslosen Kampf, ihren Mann besser anzuziehen.

Die beiden Frauen hatten beschlossen, sich gleich zu verkleiden. Sie hatten Kleopatra-Perücken geliehen, schwere Kopfbedeckungen mit hochgesteckten Haaren und lang baumelnden Locken. Janine war eigens mitgekommen, um die beiden Frauen ägyptisch herzurichten und ihnen beim Ankleiden zu helfen. Die Kleidung selbst war recht frivol, was bei der derzeitigen Mode nicht überraschen konnte. Sie trugen die Tracht von Dienstmädchen, aber natürlich königlichen Dienstmädchen; Aufwartefrauen der Pharaonin, die zu dieser Zeit in der ägyptischen Geschichte gewöhnlich die Schwester des Pharaos war.

Die königlichen Bediensteten trugen, wenn Fionas Erkundungen stimmten, lange Leinenkleider mit plissierten Röcken. Sie reichten von unterhalb der Brüste bis zum Boden, ließen die Brüste selbst frei. Damals wie heute zeigten die Frauen stolz ihre Nippel.

Janine verwandte viel Zeit auf das Make-up. Sie hatte sich Bilder von Fresken besorgt und beendete ihr Werk, indem sie den Frauen winzige quadratische Ziegenbärtchen anmalte.

»Jetzt macht aber mal einen Punkt!« wandte Teddy ein. »Ich bin ja für absolute historische Genauigkeit, wenn es um blanke Busen geht, aber diese Bärtchen! Ich kann nicht glauben, daß das damals in Mode war!«

»Doch, das weiß ich ganz genau«, widerprach Diana, die behauptete, alles genau überprüft zu haben. »Findest du unsere Bärtchen denn nicht chic?«

»Ich würde mich nackt ohne mein Bärtchen fühlen«, sagte Fiona lachend, dann gingen sie zur Party hinunter.

Es waren genug Leute da, die Fiona kannte und mit denen sie sich amüsieren konnte. Es gab gute Musik, viel zu essen und zu trinken.

Fiona mischte sich unter die Gäste, plauderte, gab sich höflich und gut erzogen. Sie lehnte zwei Angebote ab, weniger dicht besiedelte Räume innerhalb des Hauses aufzusuchen, und widerstand dem Grabschen eines Betrunkenen auf der Treppe.

Ihre Langeweile wuchs. Sie vermißte Rollo und beneidete ihn, weil er jetzt am Computer sitzen durfte und die Route ausprobierte, die die Wasserrohre nehmen würden. Das Projekt wurde jetzt in kleinere Abschnitte unterteilt, damit man die Übersicht behielt.

Sie war gelangweilt, ihre Perücke war schwer und heiß. Die Musik dröhnte, ihr fehlte die sexuell stimulierende Kraft des harten Rock, den sie in der Stadt gehört hatte und der es in ihrem Bauch kribbeln ließ. Die Leute um sie herum waren nett und freundlich, aber sie langweilte sich zu Tode. Sie hörte die neuesten Gerüchte und Skandale.

Gerade brachte Diva, eine andere Nachbarin, Leben in die Party, indem sie ihren gezähmten jungen Mann vorführte, offenbar ihr Liebhaber, ein schwül-erotischer Typ, höchstens achtzehn (sie mußte auf die sechzig zugehen), muskulös wie ein Bodybuilder, mit einem gespreizten Gang, als ob ihn etwas zwischen den Oberschenkeln hinderte, die Beine zu schließen.

Er trug enge glänzende Shorts, die so tief ansetzten, daß sie die Kerbe zwischen den Backen frei ließen. Der Stoff zeichnete seine Genitalien wie ein Relief ab. Sonst trug er nichts, abgesehen von einem aromatischen Öl, mit dem sein Körper eingerieben war, und einer Kette.

Eine Handfessel lag um sein Gelenk, und von dort führte ein Kettchen, das Diva in der Hand hielt. Es war natürlich ein goldenes Kettchen. Wo immer sie hinging, mußte der Junge ihr folgen. Fiona wußte nicht, was bei dieser Kostümierung ägyptisch war, aber Diva war rasch mit einer Erklärung bei der Hand.

»Er ist mein Sklavenjunge, liebe Fee. Ist er nicht entzückend?«

»Wunderbar«, sagte Fiona, und ihre Stimme triefte von Ironie.

»Ich sage dir, Fee, der Junge ist köstlich. Und diese Kraft. Diese Ausdauer! Der Mann steht immer unter Dampf.«

»Dampf?« Fiona bemühte sich, ihr Lachen zu verbeißen.

»Ich verrate dir ein kleines, süßes Geheimnis«, sagte Diva. Pflichtschuldigst neigte Fiona den Kopf. »Er mag es auch mit Jungs«, flüsterte Diva. »Bin ich nicht schrecklich pervers?«

»Liebste, ich wünschte, ich hätte deine Erfahrung!« Fiona lachte und lief davon.

Auf der Tanzfläche sah sie Diana und Teddy miteinander tanzen. Sie tippte Diana leicht auf die Schulter.

»Ich bin weg, wir sehen uns später.«

»Oh! jetzt schon?«

»Ich will an die frische Luft. Vielleicht gehe ich ein wenig spazieren.«

»Wie hat dir die Party gefallen?« fragte Diana.

»Gut. Sehr gut. Aber halte dich von Diva und ihrem Sklaven fern.«

Diana kicherte. »Ist sie nicht schrecklich? Ist dir aufgefallen, daß der Junge die meiste Zeit schmollt wie ein Junge in der Pubertät? Man sieht ihm an, daß er alles in der Hose hat und nichts im Kopf. Sie hat ihn wahrscheinlich in einem Bordell aufgelesen.« Sie tauschten Küßchen aus, dann verschwand Fiona. Draußen vor dem Haus mied sie die Transportbänder und ging statt dessen zur Rolltreppe, die zu den Glastunneln führte, die sich über den Zoo spannten, über diesen künstlich angelegenen Dschungel, der ihnen nur exklusives, abgeschiedenes Wohnen ermöglichte.

Hier oben in der Dunkelheit war es kälter. Die Tunnel wurden nicht fernbeheizt, und in bestimmten Abständen gab es Nischen, die die Außenluft hereinließen. Fiona schlenderte in Gedanken versunken und schaute hinunter in das dichte Laubwerk, während sie die Perücke in der Hand hielt.

Auf der Party war auch von den Piraten gesprochen worden. Jemand hatte erzählt, daß die Polizei verstärkte Anstrengungen unternahm, das Piratennest auszuheben, damit das Lauern auf die Beute der Reichen endlich aufhörte. Die Anzahl der erfolgreichen Hacker-Angriffe war beträchtlich gestiegen, und zuletzt war ein bedeutender Mann gefangengenommen worden. Er war verbittert über die sechsunddreißig Stunden, die er in der Gewalt der Piraten hatte verbringen müssen, und auch natürlich über das Lösegeld, das für seine Freilassung gezahlt worden war. Er hatte Alarm geschlagen und für einigen Wirbel in den Nachrichten gesorgt.

Die SkyPolice war überfallartig aus der Luft in die Stadt eingedrungen und hatte bei der Aktion automatische Waffen eingesetzt. Gerüchte sprachen von Toten und Verletzten bei den Piraten.

Andere Gerüchte bezogen sich auf eine Frau, die von den Piraten vergewaltigt worden war. Die Frau sei heute körperlich und geistig ein Krüppel, weil die Verbrecher sie bewußtlos im Auto hätten liegen lassen. Erst die SkyPolice hätte die Frau gefunden und ins Krankenhaus gebracht. Sie befände sich jetzt in einem

Nervensanatorium und würde nie wieder ein normales Leben führen können.

Fiona hörte mit Zorn im Bauch, wie die Medien ihren eigenen Fall aufbauschten und ausschlachteten. Sie hatte doch dem Captain der Polizei deutlich gemacht, daß sie den Piraten beinahe zu seinem Angriff eingeladen hatte und daß man kaum von Vergewaltigung sprechen konnte.

Die Tatsache, daß der ganze Zwischenfall ihrer eigenen Phantasie entsprungen war und nur ihrem ausgeklügelten Plan des Versicherungsbetrugs gedient hatte, streute natürlich Salz in ihre Wunde. Sie war verantwortlich für den größten Anschlag auf die Lebenswelt der Piraten. Es war zweifellos ihr kleiner Computer, der zu den vermehrten Hacker-Erfolgen geführt hatte. Jetzt wurden sie verstärkt angegriffen und gestellt, und unten in dieser Welt der Piraten würde das Leben noch gefährlicher werden.

Für einen Augenblick überlegte sie sich, ob sie alles gestehen sollte. Das wäre nur fair gewesen. Aber ihr Sinn für Fair play war nur schwach entwickelt. Trotzdem fühlte sie sich schuldig.

Es stand fest, daß sie nicht wieder in die Stadt gehen konnte. Captain Will, Chain und die anderen wußten von den Risiken, die sie eingingen und mit denen sie lebten, und sie würden sich auf die neue Situation einstellen.

Aber es würde ein verdammter Irrsinn sein, einen so animalischen Kerl wie Will hinter Gitter zu sperren, wo er nutzlos war.

Und was sollte ihr in der nächsten Zeit Ablenkung

bringen? Wie sollte sie zu Erlebnissen kommen, in denen Gefahr und Erregung so nahe beieinander lagen? Sie hatte keine Ahnung.

Fee vergrub sich in Arbeit. Sie gründete ihre Marketingfirma, damit die Infrastruktur vorhanden war, sollte sie die Firma je aktivieren wollen. Sie engagierte Jamie und arbeitete ihn ein. Er begriff rasch und fällte nach kurzer Zeit schon eigene Entscheidungen.

Rollo arbeitete, arbeitete, arbeitete – sonst nichts. Fiona rechnete nach, daß er in den vergangenen sechs oder sieben Monaten zwei sexuelle Begegnungen mit ihr hatte. Die erste hatte sie eingefädelt, nachdem sie ihm ihre kriminelle Energie gestanden hatte, und die zweite hatte sich ergeben, nachdem er sich bei Janine Appetit geholt hatte.

Die ersten Riesenbagger nahmen ihre Arbeit auf. Im ganzen Land wurden die Gräben gezogen, damit die Pipeline vom feuchten Norden in den ausgedörrten Süden gelegt werden konnte. Fiona sah sich auf dem Schirm, als sie bei der Eröffnungszeremonie das Band zerschnitt.

Sie langweilte sich.

FÜNFZEHNTES KAPITEL

Am folgenden Tag waren die Nachrichten voll mit Informationen, daß eine berüchtigte Bande der selbsternannten Piraten angegriffen und verhaftet worden war. Zwei waren bei dem Angriff getötet worden, ein Polizist wurde leicht verletzt. Die festgenommenen Piraten wurden wegen Highway-Piraterie und Entführung angeklagt.

Fiona hörte die Nachrichten und spürte, wie ihr flau im Magen wurde. Es war, als hätte sie einen Faustschlag in die Magengrube einstecken müssen. Für sie stand fest, daß sie unbedingt herausfinden mußte, ob Will Kid im Gefängnis saß. Ihr fiel ihre Vermutung ein, daß er vielleicht früher Polizist war, und wenn ein Körnchen Wahrheit darin steckte, dann würden sie mit ihm noch übler verfahren.

In der Stadt würden sie es wissen. Will war der König in seinem Revier, und dort unten würden sie um den freigewordenen Platz kämpfen. Wenn Will nicht mehr da war, würde ein Vakuum der Macht entstehen.

Sie mußte in die Stadt.

Aber dann durchkreuzte Rollo ihre Pläne. Die Direktoren von *TransFlow* hatten beschlossen, sich alle einmal kennenzulernen. Es gab Dinge zu besprechen, die sich seit der Firmengründung ergeben hatten und die sich bei den Schirmkonferenzen nicht hinreichend klären ließen. Außerdem brachten die Konferenzen via

Bildschirm einen gewaltigen Nachteil mit sich – es gab keine Sekretärin, die Protokoll führte. Jeder Konferenzteilnehmer erhielt ein Band von der Besprechung, aber kaum jemand machte sich die Mühe, wegen eines Halbsatzes, den man noch einmal hören wollte, das ganze Band einzulegen.

Ein weiterer Nachteil der Schirmkonferenzen bestand darin, daß der einzelne Teilnehmer kein Gefühl für die Ansichten des anderen erhielt. Es fehlte der Augenkontakt, man konnte die Körpersprache nicht erkennen.

Jeder der Direktoren sollte seinen Stellvertreter mitbringen, aber Fiona und Rollo verzichteten darauf, da sie beide Direktoren waren und sich gegenseitig vertraten. Sie waren nicht die einzigen verheirateten Direktionspaare, und deshalb hatte die Konferenz auch einen Hauch von Urlaub.

Fiona wußte, daß sie eine gute Woche zusammen sein würden, und unter normalen Umständen hätte sie sich auf diese Woche gefreut. Rollo zog auf solchen Konferenzen alle Register seines rhetorischen Könnens, und sie hörte und sah ihm bei seinen Manipulationskünsten gern zu, aber diesmal, gestand sie sich ein, waren ihre Gedanken mit Will Kid beschäftigt, und alles andere schien weniger wichtig zu sein.

Sie flogen nach Rio, wo in diesen Zeiten ständig Karneval zu sein schien. Fiona ließ Stunden voller *carambas* und *maraccas* über sich ergehen, mexikanische Hüte und ausgefallene Kostüme, bis sie das Wort *fiesta* nicht mehr hören konnte.

Sie nahm an den Fachgesprächen teil, wenn es um

die Computerprogramme ging, und sie ließ keinen Zweifel daran, was *TransFlow* gehörte und was sie als ihr gehörig betrachtete und deshalb von ihrer Firma erworben werden mußte. Sie hatte eine Menge in die Software investiert, und sie machte deutlich, daß ihre kleine Firma von *TransFlow* völlig unabhängig war.

Sie hatte Zeit, über ihre jüngsten sexuellen Eskapaden nachzudenken. Sie prüfte die Männer, mit denen sie in den Tagungen saß, und verglich sie mit Will und Chain und sogar mit Jamie, und dann kam sie zu dem Schluß, daß sie bedauerlicherweise wohl einen Hang für Männer der unteren sozialen Kategorie besaß.

Eine Direktorin unternahm einen Annäherungsversuch, aber Fiona gab ihr zu verstehen, daß sie mit Frauen nichts anzufangen wüßte. Für den Augenblick reichte ihr Janines mädchenhafter Charme, und ihr stand nicht der Sinn danach, tiefer hinein dem lesbischen Pfad zu folgen.

Rollo ging mit ihr essen und tanzen. Er tat alles, was eine verliebte Frau von ihrem Mann erwartet – mit der einen Ausnahme, daß er zu müde war, um mit ihr zu schlafen.

Als sie nach Hause flogen, waren sich alle Teilnehmer einig, daß die Konferenz nötig und erfolgreich gewesen war. Sie wußten jetzt alle, was sie von *TransFlow* in den nächsten Monaten zu erwarten hatten. Nachdem die technischen Arbeiten abgeschlossen waren und die Bagger mit der Arbeit begonnen hatten, galt es jetzt, die Kosten im vorgegebenen Rahmen zu halten. Rollo nahm sich vor, der Garant dafür zu sein, daß Kostensteigerungen nicht den erwarteten Profit auffraßen. Es kam die Nacht, in der Fiona nicht länger den Lockungen der Stadt widerstehen konnte. Sie mußte herausfinden, was mit Will geschehen war.

Sie zog sich mit Bedacht an. Sie mußte so aussehen wie eine von ihnen. Sie trug ein wild aussehendes Kleidungsstück aus Gummi, das von den Brüsten bis zu den Fesseln reichte und an den Außenseiten ovale Öffnungen freiließ, die mit Schlaufen und Ösen miteinander verbunden waren. Dazu zog sie halbhohe Lederstiefel mit spitzen Sporen an.

Ihr Haar versteckte sie unter einem breiten schwarzen Hut, den sie tief in ihr Gesicht zog. Sie nahm wieder den Weg über den Zoo, bis sie das Ödland zwischen dem Dschungelrand und den wenigen Lichtern der Stadt da unten erreicht hatte. Sie hatte im Gefühl, daß dies ihr letzter Besuch in der Stadt sein würde.

Diesmal war alles anders. Die Schatten lauerten schwärzer, die Stimmen im Dunkel klangen harscher, ungehaltener. Unter den Highways gab es keine Feuer, man sah nur die Zwillingsstrahlen der Scheinwerfer, die die Nacht zerschnitten. Die Scheinwerfer waren überflüssig. Die Computer setzten Ultrarot ein, um die Autos zu steuern, und die meisten Connets wurden nie von Menschenhand gefahren, und nur Menschenaugen brauchen Scheinwerfer; sie waren eine Konzession an die Angst des Menschen vor der Dunkelheit.

Fiona blickte sich um. Sie wollte herausfinden, wo die Piraten sich aufhielten. Sie ging zu den Kanaleinstiegen und mußte mit Entsetzen feststellen, daß sie mit Müll zugeschüttet waren. Das mußte die Arbeit der Polizeitruppe gewesen sein, als sie vor ein paar Wochen ihre Aktion gegen die Piraten durchführte.

Sie ging tiefer in die Stadt hinein. An einer Straßenecke hatte sich eine kleine Gruppe versammelt, die zwei Kampfhähne anfeuerte. Fiona schlug einen Bogen und ging weiter.

Und während sie spürte, wie die Panik in ihr wuchs, wie die wenigen Menschen, die ihr begegneten, einander mit Mißtrauen ansahen, wurde ihr klar, daß die Stimmung noch von der Razzia so gedrückt sein mußte. Es roch nach Angstneurosen.

Sie sah zwei junge Frauen und näherte sich ihnen. Sie blieben stehen, bewegten sich dann aber instinktiv aufeinander zu, so daß sie fest zusammenstanden, als wollten sie gemeinsam einen Feind abwehren. Feindselig war auch der Ausdruck in ihren Gesichtern.

»Wo sind denn alle?« fragte Fiona.

»Bei den Spielen.«

»Bei den Spielen?«

»Ja.«

Fee hörte die Verwunderung in ihren Stimmen. Natürlich, wenn sie zur Stadt gehörte, mußte sie auch wissen, wo die Spiele stattfanden.

»Sind die Piraten auch da?«

»Wenn noch welche da sind«, antworteten die Mädchen, und dann rannten sie davon.

Fiona ging weiter. Sie beschimpfte sich selbst, weil sie nicht den Mut gehabt hatte, direkt nach Will Kid zu fragen.

Es wurde ihr bewußt, daß gewisse Schatten sich mit ihr bewegten, Typen, die offenbar nicht gewillt waren, sich ihr zu zeigen. Immer mehr Schatten gingen in die Richtung, die sie eingeschlagen hatte. Sie mußte auf dem richtigen Weg sein. Bestimmt waren alle zu den Spielen unterwegs.

Die Dunkelheit vor ihr schien undurchdringlich zu sein. Fiona konnte den Highway nicht mehr sehen, und mit einem Schlag wurde ihr deutlich, daß sie ihn vermißte. Der Highway war etwas Vertrautes in dieser fremden Welt. Sie konnte an den Umrissen vor sich ein großes Rundgebäude ausmachen. Auch die anderen gingen darauf zu. Dicht über dem Boden, so schien es, flackerten seltsame Lichter. Als Fiona nahe genug heran war, identifizierte sie die Lichter als Fackeln, die mehr Rauch abgaben als Licht.

Die Leute passierten ein quietschendes Drehkreuz. Zum erstenmal dachte Fiona an Geld. Sie hatte nie Geld bei sich, alle Transaktionen wurden automatisch gebucht. Sie ging näher an das Drehkreuz heran und schaute neugierig zu. Ihr wurde die Ironie der Situation bewußt: Sie war die wohlhabendste Person von allen, war reicher als all die anderen im Stadion zusammen. Aber sie hatte kein Geld bei sich und konnte den Eintritt nicht bezahlen.

Sie lehnte sich gegen die Mauer und schaute dem Treiben mit halb geschlossenen Augen zu.

Es dauerte ein paar Sekunden, bis sie begriff, daß sie angesprochen wurde.

»Bist du allein, Schwester?« fragte eine Stimme nahe bei ihrer Schulter.

Sie beherrschte ihre Nervosität. »Und wenn das so wäre?«

»Ich bin auch allein«, sagte die Stimme.

Er war groß. In dem unbestimmten Licht konnte Fiona sein Gesicht nur wie durch einen Schleier erkennen, aber sie glaubte, in das Gesicht eines Frettchens zu sehen, schmal und verschlagen, dazu ein langer, hagerer Körper.

»Was habe ich damit zu tun?« fragte sie herausfordernd. Sie versuchte, den Ton der frechen Stadtmädchen zu treffen.

»Gehst du hinein?«

»Ich hab' keine Kohle, Bruder.«

»Wenn ich für dich bezahle, könnten wir anschließend selbst ein paar Spiele machen, was?«

»Vielleicht. Bist du gut?«

»Gut genug. Gehen wir.«

Drinnen herrschte ein wildes, lautes Durcheinander, über eintausend Menschen drängten sich in einer einzigen Konfusion aneinander vorbei. Fiona und ihr Gönner stiegen die breite Treppe hoch zu den einzelnen Reihen oberhalb einer Arena, die in gleißendem Flutlicht und im Augenblick ziemlich leer dalag.

Der Geruch von Essen verfing sich in Fionas Nase und stülpte ihren Magen um. Sie mußte den Brechreiz unterdrücken. Gebratenes öliges Zeug, üppig gewürzt, wurde um sie herum verschlungen. Die Leute warfen das, was sie nicht mehr wollten, einfach unter die Sitzreihen. Dies und der süß schwebende Geruch des synthetischen Alkohols war eine Kombination, die Fionas Sinne auf eine harte Probe stellten.

Der Mann blieb dicht hinter ihr, als sie ihren Platz suchten. Fiona hatte das Gefühl, daß er sie jeden Augenblick an sich reißen könnte, um sein Recht auf Bezahlung einzuholen. Sie entdeckte ein besonders dichtes Menschenknäuel und schlängelte sich geschickt auf die andere Seite der Traube, dann huschte sie vor eine Dreiergruppe und drängte sich zu ihnen, als gehörte sie dazu. Jetzt war sie sicher, daß sie den Kerl abgeschüttelt hatte.

Ihre Augen suchten Will Kid.

Sie hoffte, daß sie ein paar an ihrer eigenwilligen Kluft erkannte, denn bisher hatte sie noch niemanden in diesem Lederzeug gesehen.

Inzwischen hatte sich die Arena belebt, das Geschiebe und Gedränge auf den Rängen ebbte ab. Für Fiona wurde es Zeit, die Leute zu befragen.

Zwei Motorräder bretterten in die Arena, Sand spritzte hoch, und die Zuschauer klatschten lärmend. Die Biker drehten auf Vollgas, wenn auch nur für Wimpernschläge, denn dann mußten sie ihre Maschinen rasch herumreißen, wobei das Hinterrad wilde Drehungen beschrieb. Nachdem sie einige Runden nebeneinander gedreht hatten, fuhren sie nun gegeneinander, und obwohl es so aussah, als suchten sie den frontalen Zusammenstoß, wich einer im letzten Moment aus, begleitet vom hysterischen Kreischen der Zuschauer.

Jetzt begannen sie nebeneinander und später gegeneinander Achter zu fahren. Jede Beinahe-Kollision wurde frenetisch bejubelt; die Menge ließ keinen Zweifel daran, daß sie Blut sehen wollte.

Dann krachten die beiden Motorräder tatsächlich beinahe zusammen, eines kippte zur Seite und rutschte durch die halbe Arena, den Fahrer im Schlepptau. Die Menge buhte enttäuscht, und das Jaulen und Pfeifen nahm noch zu, als feststand, daß sich der Fahrer verletzt hatte und nicht wieder aufsteigen konnte. Er konnte sich nicht einmal mehr aus eigener Kraft bewegen und wurde von zwei Helfern aus der Arena getragen, während wütende Pfiffe die Stimmung anheizten und der andere Fahrer still hinausfuhr.

Fiona bewegte sich durch die Menge. Ein Mann stand da, einen Arm um ein Mädchen gelegt.

»Hallo«, sagte Fiona.

»Verpiß dich«, sagte das Mädchen, ohne sie anzuschauen.

»Kannst du mir sagen, wo ich Will Kid finden kann? Captain Will Kid? Ich habe gehört, daß er Pech gehabt hat, aber mehr habe ich nicht erfahren können.«

Der Mann hob die Schultern. »Das geht mich nichts an.«

»Verpiß dich«, wiederholte das Mädchen.

Fiona ging weiter, nachdem sie ihrem Drang widerstanden hatte, dem Mädchen eine Ohrfeige zu geben. Sie konnte keinen zusätzlichen Ärger gebrauchen.

Sie blieb bei einem Mann stehen und stellte erneut die Frage nach Will Kid.

»Wer will das wissen?« fragte der Mann.

»Eine Freundin.«

»Eine Freundin würde es wissen.«

»Ich war beschäftigt. Deshalb habe ich die Verbindung zu ihm verloren.«

»Ist auch besser so.«

Allmählich wurde sie wütend. Diesmal sprach sie

zwei junge Frauen an, die sich an den Händen gefaßt hielten. Sie stellte ihnen die Frage nach Will.

»Der arme Will«, sagte die eine leise.

Fiona war es, als griff eine kalte Hand nach ihrem Herzen. »Warum sagen Sie das?«

»Der arme Will, er ist arm, wir sind arm …« Die Stimme versickerte, die junge Frau begann zu kichern. Fiona schaute ihr in die Augen und sah den Wahnsinn. Sie hob die Schultern und ging weiter.

Sie hatte genug. Sie wollte weg und kämpfte sich zum Ausgang durch. Es war keine gute Idee gewesen, herzukommen, sie konnte weder sich noch Will helfen.

Unten in der Arena hatte der zweite Akt der Vorstellung begonnen. Flammen schossen hoch, als Feuerringe angezündet wurden. Der Rauch stieg steil zum Himmel.

Sie schaute hinunter. Jemand tauchte durch den Ring, und als er wieder auf den Füßen stand, stand sein ganzer Körper, ausgebreitet wie am Kreuz, in Flammen.

Diesmal war Fiona nicht beeindruckt. Sie wußte, daß der Körper mit einem synthetischen Harz eingerieben wird, damit die Flammen gar nicht an die Haut gelangen. Aber trotzdem sah es gut aus, und die meisten Zuschauer würden den Trick mit dem Harz nicht kennen.

Begleitet von dem anschwellenden Lärm des Publikums, suchte sie den Ausgang. Plötzlich spürte sie, wie jemand sie am Arm packte, heftig, schmerzhaft. Der Mann, der den Eintritt für sie gezahlt hatte, hatte sie wiedergefunden und schien verdammt böse auf sie zu sein.

Fiona wand sich in dem Griff, drehte sich mit der Schulter von ihm weg, und wegen der rutschigen Oberfläche ihrer Gummikleidung fand der Mann keinen Halt mehr und mußte sie loslassen. Fiona rannte auf den Ausgang zu. Sie nutzte jede Lücke zwischen den dicht gedrängt sitzenden und stehenden Menschen, und oft stieß sie jemanden an, so daß ihr eine Flut von Beschimpfungen und Verwünschungen folgte.

Dann schossen vor ihr Flammen hoch, und die Menschen in umittelbarer Nähe stießen schrille Entsetzensschreie aus. Irgendwas Brennbares auf den Reihen mußte Feuer gefangen haben, wahrscheinlich war es nur ein Funken vom Feuer unten in der Arena gewesen.

Sofort brach eine gewaltige Panik aus, weil die Menschen aus den betroffenen Reihen zurückwichen, und wie ein wildes, ungezähmtes Tier erhob sich die Menge und stürmte dem Ausgang entgegen. Die schrillen Schreie bohrten sich in die Nervenstränge der Menschen und verbreiteten die Panik schneller, als es die Flammen geschafft hätten.

Fiona begriff die Situation gleich in der ersten Sekunde. Sie erinnerte sich an die Treppe, die sie hochgekommen war, und der Gedanke an diese Treppe, vollgestopft mit fliehenden, panischen Menschen löste in ihr mehr Furcht aus als das Feuer. So lief sie gegen den Strom, hinunter zur sandigen Arena, weg von den Ausgängen.

Die nächste halbe Stunde würde wohl immer in ihrem Gedächtnis bleiben, sie gab Stoff für ein Leben voller Alpträume. Sie hatte natürlich die richtige Entscheidung getroffen, und als sie sich nach unten arbeitete, sah sie, daß andere auch diese Lösung bevorzugt hatten. Die Artisten mußten einen eigenen Ausgang haben, der viel näher und sicherer sein würde als die Öffnungen in der Mitte der Reihen. Die Luft war schlecht, überhitzt und beinahe ohne Sauerstoff. Die Hitze war unerträglich, obwohl Fiona jetzt froh war, den Gummianzug für diesen Ausflug gewählt zu haben, denn er hatte ein feuerabweisendes Gewebe. Ihre Lungen brannten, als sie sich mit den anderen nach unten durchkämpfte – in die Sicherheit, wie sie alle hofften.

Sie hetzten durch die Arena, dahinter lagen mehrere große Räume, und dann öffnete sich vor ihnen ein breiter Korridor, den alle entlangliefen. Die ersten stießen die Doppeltüren auf, und Fiona, von allen Seiten geschoben, sah dahinter die Schwärze der Nacht – sie waren draußen.

Sie begann zu rennen. Sie hörte die Sirenen und das Rauschen der Hubschrauber. Entsetzens- und Schmerzensschreie von den Aufgängen erfüllten die Luft.

Sie lief und lief, wollte so rasch und so schnell es ging eine große Distanz zwischen sich und den Schrecken des Stadions bringen. Sie rannte durch die Stadt, erreichte das Ödland und dann die Sicherheit. Und während sie lief, wußte sie mit einemmal, daß sie endgültig kuriert war – sie würde nicht wieder in die Stadt gehen.

Niemand hielt sie auf. Niemand störte sich an ihr.

Sie traf Leute, die in die andere Richtung liefen, Gaffer, die sich am Unglück der anderen weiden wollten.

Am Zaun legte sie eine kurze Rast ein. Sie legte das Gesicht gegen den vertrauten Draht und schluchzte. Als sie glaubte, genug Kraft getankt zu haben, kletterte sie über den Zaun, und voller Erleichterung sprang sie hinunter auf den Highway, ging rasch in Richtung Zoo.

Sie hatte es überstanden.

Eine Stunde später befand sie sich auf bekannten Terrain, dann fand sie ihre Rampe und rannte nach Hause.

SECHZEHNTES KAPITEL

Fee Cambridge wußte nun endgültig, wohin sie gehörte. Es mochte gelegentlich langweilig sein, aber wenn sie überleben wollte, dann in der sicheren Enge des Zoos. Für das Leben in der Stadt war sie nicht geboren.

Sie mußte ihre Kleider verbrennen, denn sie stanken von Rauch und Feuer, und der Gummianzug war an einigen Stellen versengt. Zum erstenmal sah sie ihre Streifzüge in die Stadt, wie Rollo sie wohl sehen würde. Sie schämte sich wegen dem, was auch hätte geschehen können.

Das Erlebnis verblaßte wie ein schlechter Traum. In den Nachrichten wurde von einem Schadensfeuer in der Stadt gesprochen, aber man beschäftigte sich selten ausführlich mit einem Ereignis außerhalb des Kokons des Zoos. Die Medien berichteten nicht gern über etwas, was sie sich zu recherchieren fürchteten.

Dann fiel Fiona eine andere Möglichkeit ein, über den Verbleib von Will Kid nachzuforschen.

Sie kleidete sich sehr verhalten und verschlossen und vidicomed den Captain der Polizei, der sie nach der Eskapade mit dem Connet so eindringlich vernommen hatte. Nach einiger Wartezeit wurde sie durchgestellt.

»Captain«, sagte sie, blaß und nonnengleich.

»Hallo. Mrs. Cambridge. Wie geht es Ihnen?«

»Den Umständen entsprechend. Ich möchte Sie etwas sehr Indiskretes fragen.«

»Hoffentlich nicht zu indiskret, Mrs. Cambridge«, sagte er mit erzwungener Jovialität, »dies ist eine offene Leitung.«

»Ich wollte etwas über diesen phantastischen Coup wissen, den Sie gegen diese schrecklichen Brigaden gelandet haben. Mein Psychiater hat mir geraten, ganz offen an diese Sache heranzugehen.«

»Welche Sache?«

»Werden Sie Anklage erheben in dieser Angelegenheit, die wir beide kennen, diese traumatische Erfahrung, die ich Ihnen beschrieben habe und bei der ich von Ihnen so viel Sympathie erleben durfte?«

»Nun, Mrs. Cambridge, ich fürchte, ich muß Ihnen gestehen, daß wir den Übeltäter dieser Sache leider nicht haben stellen können. Wir haben versucht, ihn über sein DNA zu überführen, aber dabei ist nichts herausgekommen. Es tut mir sehr leid – aber wir haben den Mann nicht.«

»Ich muß Ihnen sagen, daß ich erleichtert bin. Ich könnte den Gedanken nicht ertragen, daß diese Episode öffentlich bekannt wird, und ich hätte Angst, was er vor Gericht aussagen würde.«

»Nun, diese Situation wird nicht eintreten. Vielleicht ist er tot. Wir haben nicht alle Leichen herausholen können. Ihre Privatsphäre wird in dieser Sache gewahrt.«

»Captain, ich möchte Ihnen sagen, wie sehr ich Ihre umsichtige Behandlung dieser delikaten Angelegenheit zu schätzen weiß. Ich fühle mich in Ihrer Schuld, und wenn je die Gelegenheit eintrifft, daß ich etwas für Sie tun kann, sollen Sie wissen, daß ich mich erkenntlich zeigen werde.«

»Das ist gut zu wissen, Mrs. Cambridge. Aber ich tue nur meine Pflicht.«

»Haben Sie eigentlich den erwischt, von dem Sie neulich sprachen? Will Kid. Derjenige, der sich nach einem alten Piraten nennt?«

»Ja, natürlich. Mrs. Cambridge. Ich schätze, er wird wohl für immer hinter Gittern sitzen.«

»Was für ein Erfolg für Sie! Ich danke Ihnen, Captain.«

Der arme Will! Fiona meditierte über sein Eingesperrtsein. Es gab nichts, was sie für ihn tun konnte. Die beste Strafverteidigung würde ihm nicht helfen können. Was für ein Schicksal für einen so hoch talentierten und urwüchsigen Mann. Sie würde ihn einfach vergessen müssen.

Um das zu erreichen, wollte sie ihre Pläne mit Janine und Rollo vorantreiben.

Als eine Art Vorbereitung begann sie nachts, wenn Rollo in tiefem Schlaf lag, mit ihm zu spielen, damit er wieder sexuelle Lust entwickelte. Aber es war keine Übung, die ihr Spaß machte, mußte sie sich eingestehen. Sie empfand ihren Status als den einer Ehefrau, die auf ihren Mann keinen Reiz mehr ausübte. Ein erniedrigender Zustand. Rollo mochte äußerlich attraktiv sein, aber sexuell war er ein Versager. Es war zum Verzweifeln.

Fiona sprach lange mit Janine über die nächsten Schritte, aber sie merkte, daß Janine keine Anweisungen mehr benötigte. Sie war eine geborene Schauspielerin.

Fiona empfand kein Mitleid mit Rollo, als sie ihr Netz um ihn wob. Er bekam nur, was er verdiente. Nein, er erhielt viel mehr, als er verdiente. Zwei Frauen, sie und Janine, taten alles Erdenkliche, damit er wieder sexuelles Verlangen spürte. Es gab so viele Männer nicht, die in diesen Fällen soviel Zuwendung erfuhren. Aber es gab nur eine Alternative zu ihrem gemeinsamen Bemühen – den Mann zu verlassen.

Und dazu konnte sie sich nicht durchringen. Sie liebte ihn. Wenn ihre Gefühle für ihn erkaltet wären, hätte sie sich die Pläne mit Janine sparen können. Als sich die entscheidende Nacht näherte, zog sie die Fäden enger und schnürte den Knoten.

»Liebling«, sagte sie beim Abendessen.

»Ja?«

Du armes unschuldiges Lamm, dachte Fiona. Sie bemühte sich, ihre Stimme leicht und locker zu halten, ganz ungezwungen zu sprechen. »Hast du seit diesem Abend in unserem Schlafzimmer noch einmal an Janine gedacht?«

Rollo wurde nicht dunkelrot, und ihm fiel auch nicht das Essen aus dem Mund. Dafür war er viel zu cool. Aber Fiona, die adleräugig nach verräterischen Zeichen schaute, stellte eine gewisse Steife in seiner Haltung fest.

»Flüchtig ist sie mir mal durch den Kopf gegangen«, sagte er langsam, als müßte er sich jede Silbe überlegen. »Aber ich war natürlich sehr beschäftigt«, fügte er rasch hinzu. »Ich hoffe, daß sie sich jetzt besser fühlt.«

»Ich weiß nicht«, sagte Fiona seufzend. »Sie ist das beste Mädchen, das wir je gehabt haben, und sie ist mir wirklich ans Herz gewachsen. Ich wünschte, wir könnten ihr bei ihrem Problem helfen.«

»Du meinst, mit ihren Problemen mit Männern?«

»Ihr Problem ist, daß sie keinen Mann hat. Und weil sie keinen hat, hat sie auch nicht das Selbstvertrauen, einfach hinauszugehen und sich einen zu suchen. Sie hat so etwas wie den Jungfrauenkomplex.«

»Ja«, sagte Rollo.

»Sie hat Angst, einen Freund zu finden, denn sie befürchtet, daß er sie wegen ihres Jungfernhäutchens auslacht. Ich habe sie nicht davon abbringen können, weil sie einmal gehört hat, daß ein Mann eine Frau bevorzugt, die genau weiß, was sie zu tun hat.«

»Ja, natürlich«, stimmte Rollo ohne jedes Anzeichen von Interesse zu.

»Und sie will nicht, daß ein Mann sie für dumm hält, weil sie so unerfahren ist. Ich habe ihr zwar gesagt, daß ein Mann das ganz anders sehen würde, daß er sie sogar wegen ihrer bisherigen Enthaltsamkeit lieben würde. Sie glaubt mir nicht. So steht es vielleicht in den Büchern, sagt sie, aber im richtigen Leben liebt ein Mann eine Frau, die Männer liebt.«

»Ein Teufelskreis«, sagte Rollo.

»Genau. Wenn sie diesen Kreis doch nur durchbrechen könnte.«

»Und damit die Membran.«

Fiona lachte. »Sehr treffend. Aber du hast recht. Wenn sie erst einmal angefangen hat, wären alle ihre Probleme verflogen.«

»Ja.«

»Ist es nicht seltsam«, begann Fiona wieder. »Da gibt es ein liebes junges Mädchen, das wie eine reife Frucht darauf wartet, gepflückt zu werden. Es muß eine einmalige Erfahrung für einen Mann sein, der genug Mumm hat. Diese süße Unschuld, die auf Defloration wartet. Das muß ein verdammt glücklicher Mann sein, der mit ihr das erste Mal zusammen ist, findest du nicht auch, Rollo?«

»Ja«, sagte Rollo wieder und stand hastig vom Tisch auf.

Am folgenden Tag, als sie ihre Pläne miteinander abstimmten, teilte Fiona ihrem Mann mit, daß sie den Abend bei Diana verbringen würde und erst spät nach Hause käme.

Als Rollo an diesem Tag seine Arbeit beendet hatte und sich darauf vorbereitete, das Essen allein einzunehmen, fand er einen Zettel von ihr, auf dem sie ihm mitteilte, daß er nicht auf sie warten sollte. Sie wüßte ja, wie dringend er in letzter Zeit seinen Schlaf brauchte.

Sie und Diana besuchten ein Wohltätigkeitsballett, und danach wollten sie ein neu eröffnetes Restaurant testen, das sich auf eine Küche spezialisiert hatte, die auf Insekten basierte.

Er breitete ein paar Landkarten auf dem Tisch aus und setzte sich zum Essen hin.

Er war gerade damit fertig und hatte alles zur Seite geschoben, um Platz für seine Landkarten und Tabellen zu schaffen, als Janine das Zimmer betrat. Sie verharrte im Schritt, als sie ihn sah.

»Ja?« fragte er freundlich und schaute zu dem Mädchen hoch.

»Bitte, Mr. Cambridge«, flüsterte sie.

»Was ist denn, Janine?«

Sie brach in Tränen aus. »Ich will kündigen«, schluchzte sie.

Verdammt, dachte er. Er wünschte, Fee wäre da. Er wußte, daß Fiona das Mädchen sehr schätzte und unbedingt behalten wollte.

»Aber das darf doch nicht wahr sein«, sagte er. »Wir mögen dich beide sehr.«

»Ach, ich bin zu nichts nütze, ich bin eher ein Hindernis als sonst was, und außerdem bin ich so unglücklich …«

»Also, du bist nun wirklich kein Hindernis, Janine. Und es tut mir leid, daß du dich unglücklich fühlst. Kann ich irgend etwas tun, um dir zu helfen?«

»Sie … eh … Mrs. Cambridge … oh …« Sie brach wieder in Tränen aus und heulte zum Erbarmen.

Rollo warf einen wehmütigen Blick auf die Landkarten und Tabellen und stand auf, um sie zu trösten. Er ging hinüber zu dem verstörten Mädchen und legte väterlich einen Arm um Janine. Sie ließen sich gemeinsam auf der Stufe nieder, die in den Eßbereich führte.

»So ist es besser«, murmelte Rollo. »Ich bin sicher, daß du uns nicht verlassen mußt.«

»Mrs. Cambridge ist immer so lieb zu mir«, schluchzte Janine. Sie schluckte ein paarmal wie ein Frosch und kämpfte tapfer die Tränen nieder.

»Sie mag dich auch sehr.«

»Sie hat versucht, mir zu helfen, aber ich glaube, man kann mir nicht helfen.«

»Ich bin sicher, daß du das zu dramatisch siehst, Janine. So schlimm können die Dinge doch nicht sein. Geht es um Geld? Vielleicht können wir helfen.«

»Nein, es geht nicht um Geld, ich erhalte genug, Mrs. Cambridge ist sehr großzügig.«

Rollo fluchte innerlich. Geld wäre die einfachste Lösung gewesen.

»Es sind die Männer«, sagte Janine melodramatisch.

»Männer? Mehrzahl?«

»Nein. Keiner.«

»Wie bitte?«

»Keiner«, wiederholte Janine. »Oh, Mr. Cambridge«, rief sie und löste sich von ihm und lehnte sich zurück, schaute ihm ins Gesicht, »bin ich denn wirklich so schrecklich?«

Sie hatte leicht gerötete Pausbäckchen, Überbleibsel des Babyspecks. Ihr blasses Gesicht war tränenüberströmt. Ihr helles Haar schwang leicht und voller Leben. In ihren großen blauen Augen glitzerten die Tränen wie Diamanten. Sie war unbeschreiblich begehrenswert.

Rollo beugte sich vor und wischte behutsam die Tränen unter ihren Augen weg. Er lächelte sie an, und seine sonst so durchdringend blickenden Augen strahlten einen matten Glanz aus. Es waren seine Augen, die Janine fürchtete, und gleichzeitig betete sie jeden Blick aus diesen Augen an.

»Nein«, sagte Rollo mit schmeichelnder Stimme, »du bist ganz und gar nicht schrecklich.«

Unschuld hüllte sie ein. Rollo spürte das Gewicht seiner Jahre und seiner sexuellen Erfahrung. Sie rutschte näher an ihn heran. Er fühlte das Glühen ihrer Körperwärme und sog den schwachen Geruch ihres Parfums ein.

»Meinen Sie das ernst?«

»Der Mann, der dich besitzt«, sagte Rollo, »ist ein sehr glücklicher Mann.«

»Das haben Sie lieb gesagt«, flüsterte sie, und ein weiches Rot überflutete ihr begehrliches Gesicht. »Ich wünschte, das würde stimmen.«

Rollo nahm ihr Gesicht zwischen beide Hände. Er zog sie näher an sich heran und legte sein Gesicht ein wenig schief. Sein Blick wanderte von ihren Augen zu ihrem Mund.

Er berührte ihren Mund mit seinem. Sie unternahm nichts, aber sie wich auch nicht zurück. Sanft legte er seine Lippen auf ihre, hielt dabei den Atem an und spürte, wie ihre Lippen zitterten und flatterten. Ihre mangelnde Erfahrung rührte ihn. Er drückte die Lippen fester auf ihren Mund.

Sie reagierte sanft und zögernd wie ein ängstliches Vögelchen, als er mit der Zunge ihre Lippen öffnete. Rollo küßte sie so lieb er nur konnte, er schmeckte die junge Frische ihres Mundes und labte sich an ihrer Unschuld. Jetzt bewegte sich ihre Zunge langsam gegen seine, und er spürte, wie sich sein Penis verlangend aufrichtete. Er zog Janine an sich heran, umarmte sie fest und küßte sie tief und mit großer Ernsthaftigkeit.

Mit scheuer Anmut schmiegte sie sich an ihn. Er fuhr mit einer Hand um ihren Nacken, unter ihre

Haare, und sie begann zu zittern, als er ihren Nacken streichelte.

Dann schließlich ließ er sie los. Sie wirkte atemlos vor Verwunderung.

Er lächelte sie an. »Siehst du«, sagte er fröhlich, »du bist ein liebenswertes Mädchen.«

»Aber ich will kein Mädchen mehr sein«, brachte sie gepreßt hervor. »Jetzt nicht mehr.«

Rollos Hände zitterten leicht. Sein Schoß schmerzte. »Wie meinst du das?« fragt er vorsichtig.

»Ich will … ich will endlich erwachsen sein. Eine richtige Frau sein.« Wieder errötete sie.

Rollo gab ihr Gesicht frei und umarmte sie wieder. Sein Kinn ruhte auf ihrem Kopf, als er sagte: »Sag mir genau, was du meinst.«

»Sie wissen es doch«, murmelte sie in sein Hemd. »Sex.«

Rollo verharrte ganz still für einige Augenblicke. Janine hielt den Atem an. Dann bewegte sich Rollo so, daß er sie anschauen konnte. Janine sah die Veränderung in seinem Ausdruck, und ein Schauer der lustvollen Erwartung erfaßte sie. Er hatte den sanften Blick des Beschützers abgelegt, die Haut auf seinem Gesicht spannte sich. Es war das erste Mal, daß Janine so etwas wie das süße Gefühl der sexuellen Macht empfand.

»Du willst einen Mann, der Liebe mit dir macht?« vergewisserte sich Rollo.

»Ja.«

»Ist dir das schon einmal widerfahren?«

Janine senkte den Kopf, als schämte sie sich. »Nein«, sagte sie mit kaum wahrnehmbarer Stimme.

»Warum suchst du dir keinen Freund? Ich bin sicher, daß die Jungs in der Disco allzu gern bereit wären.«

»Ich will keinen Jungen«, flüsterte Janine. »Ich will einen Mann.«

»Irgendeinen Mann?«

»Nein.«

Rollo seufzte. »Wen denn?«

»Sie.«

Schweigen streckte sich zwischen ihnen aus. »Jetzt wissen Sie, warum ich kündigen muß«, murmelte Janine.

»Aber woher glaubst du zu wissen, daß ich der beste Mann für dich bin?«

Das Gesicht, das sie ihm zeigte, drückte Ungläubigkeit aus. »Für ein Mädchen wie mich? Sie sind der verwunschene Prinz für mich. Sie sind ... Sie sind vollkommen. Ich kann gar nicht erwarten, daß Sie mich wollen.«

Sein Kinn rutschte wieder auf ihren Kopf. Sie fühlte, wie seine Brust mit jedem Herzschlag erbebte. Sie schloß die Augen und genoß diese elektrisierenden Augenblicke.

Seine Hände ballten sich zu Fäusten, er packte ihre Haare und riß ihren Kopf nach hinten, daß es schmerzte. Seine Augen sprühten Feuer. »Komm«, zischte er zwischen zusammengebissenen Lippen, »ich will dich haben – und zwar jetzt!«

Wenn er geglaubt hatte, daß sie nach seinem Ausbruch zurückweichen würde, dann irrte er sich. Janine packte ihr Hemd und riß es auf. Ihre jungen Brüste drängten ins Freie.

Rollo beugte sich über sie und begann sie wild und unbändig zu küssen. Janine empfand die Veränderung in ihm angsteinflößend und aufregend zugleich.

»Dein Schlafzimmer«, raunte er. Sein Atem kam abgehackt.

Auf dem Dachboden bewegte sich Fiona vorsichtig, bis sie das Loch über Janines Schlafzimmer erreicht hatte. Sie machte es sich bequem und sah gerade noch, wie ihr Dienstmädchen und ihr Mann das Zimmer betraten.

Es schien, daß ihr Plan aufging.

Rollo schob das zerrissene Hemd von Janines Schultern und küßte die sanften Rundungen der Schultern, ging über in die Halsbeugen. Er ließ sich viel Zeit, die fremde Haut zu erforschen. Das Hemd hielt ihre Arme gefangen, und sie schloß die Augen und stöhnte genüßlich, schmiegte sich an ihn, bot sich ihm an.

Er betrachtete ihre Brüste. Sie waren fest und wohlgeformt, von der Größe, die gerade in die Hand eines Mannes paßt. Jetzt streifte er ihr Hemd ganz ab, so daß ihr Oberkörper nackt war. Sie ließ den Kopf sinken, als schämte sie sich, und ihre Haare bedeckten ihr Gesicht wie ein weizenblonder Vorhang. Rollo teilte es an ihrem Hinterkopf und küßte ihren Nacken.

Sie blieb passiv, hielt ihre Hände bei sich. Er nahm dies als Beweis ihrer Schüchternheit und Unerfahrenheit.

Er glitt mit den Händen über ihren Rücken, und sie streckte sich, so daß ihre Haare zurückfielen und ihre

Brüste sich reckten. Rollo legte eine Hand unter ihr Kinn und begann, sanft die Linie ihres Kinns zu küssen, dann nibbelte er liebevoll an den Ohrläppchen.

Von oben schaute Fiona schweigend zu.

Rollo küßte jetzt wilder. Janine hatte ihren Mund weit geöffnet, wie ein Vögelchen im Nest, das auf Nahrung wartet. Er löste sich plötzlich von ihr, und ganz dicht bei ihrem Mund raunte er: »Ich kann nicht mehr zurück. Bist du sicher, daß du es willst?«

»Ich will es«, flüsterte Janine. »Tun Sie alles mit meinem Körper, was uns Freude verschafft.«

»Und morgen, wenn du meiner Frau wieder beim Ankleiden hilfst, was ist dann?«

»Mrs. Cambridge ist sehr lieb zu mir«, sagte Janine arglos. »Schauen Sie mal, was sie mir gekauft hat.«

Sie langte nach etwas, was über einem Stuhl hing. Es war ein Seidenhemdchen, ein delikates süßes Nichts in warmer Cremefarbe mit elfenbeinfarbener Spitze am Saum. Zwei zarte Bändchen hielten es über den Schultern.

»Fiona hat einen ausgezeichneten Geschmack«, sagte Rollo. Seine Augen verzogen sich zu schmalen Schlitzen, als er zuschaute, wie Janine sich das Hemdchen überwarf. Er streckte eine Hand aus und rieb mit der Handfläche über die Brust, und er spürte, wie sich ihr Nippel verhärtete. Er beobachtete ihr Gesicht und sah, wie es sich veränderte.

»Zieh deine Hose aus«, sagte er. Sie schlängelte sich aus der engen Hose. Darunter trug sie ein winziges Höschen aus dem gleichen Material wie das Hemdchen. Rollo legte eine Hand auf ihren Oberschenkel und glitt mit den Fingern unter die Spitze. Ihre Haut war fest und samtig, und es fühlte sich so an, als wäre sie von den feinen goldenen Härchen bestäubt worden. Er streichelte über ihren Schenkel.

»Ich möchte, daß du mich ausziehst«, sagte er.

Er streckte sich auf dem Bett aus. Ihr Gesicht zeigte angestrengten Ernst, als sie sich über ihn beugte. Sie öffnete sein Hemd schüchtern und betrachtete die beharrte Brust. Mit zitternden Fingern öffnete sie den obersten Hosenknopf, dann fummelte sie herum, weil sie nicht sicher war, wie es weiter ging. Rollo unternahm nichts, ihr zu helfen.

»Soll ich auch den Reißverschluß öffnen?«

»Ja.«

Ihre Finger griffen verlegen in die Hose. Seit einiger Zeit war ihr schon die Wölbung dort aufgefallen. Jetzt spürte sie die Wärme und den Druck seines Körpers.

»Zieh mein Hemd aus«, sagte er. Er setzte sich auf und sah sie an, und sie mußte dicht an ihn heran, um das Hemd zu fassen und über den Kopf zu streifen. Nur das dünne Material ihres Hemdchens lag zwischen ihren nackten Brüsten.

Er schob seine Hände um ihre Hüften, unter das Hemdchen, strich über das Band des dünnen Höschens und über die nackte Haut darüber. Sie hatte nicht Fionas Geschmeidigkeit, dafür aber die Elastizität der Jugend.

Sie saß da, und ihr Haar fiel in weichen Kaskaden. Sie zitterte in seiner Umarmung, und er war beinahe unerträglich erregt. Er glitt vom Bett und stand auf. »Du hast mich noch nicht ganz ausgezogen«, sagte er.

Sie nahm einen tiefen Atemzug. Sie zog seinen Slip herunter, entblößte seine Lenden. Seine Männlichkeit sprang ihr federnd entgegen. Ihre Haare fuhren streichelnd darüber, als sie sich nach unten beugte, um die Füße von seiner Hose zu befreien.

Dann kam sie langsam hoch und setzte sich, sah zu ihm auf, wie er dastand, arrogant in seiner erigierten nackten Härte, ein schöner Mann in all seiner Sexualität.

»Das ist es, was du willst«, sagte er rauh.

»Ja. Er ist sehr groß«, sagte sie naiv.

Hoch über ihnen rieb sich Fiona die Augen. Dann richtete sie den Blick aber wieder auf das Geschehen in Janines Schlafzimmer.

Rollo setzte sich aufs Bett. Er nahm Janine in seine Arme und küßte sie wieder, dabei fuhr eine Hand unter das Hemdchen und hinauf zu ihren Brüsten. Er spielte mit dem einen Nippel, bis er lang und hart war. Sie hielt sich an ihm fest, indem sie beide Hände in seinem Nacken verschränkte. Lustschauer schüttelten sie, während Rollo sich immer noch ihren Brüsten widmete. Sie war zu scheu, um seinen Körper mit ihren Händen zu erforschen.

Er legte sie aufs Bett und schob das Hemdchen hoch, dann nahm er einen Nippel zwischen seine Lippen und saugte daran, küßte sie abwechselnd. Dann bewegte er sich nach unten, nahm einen Fuß, spreizte die Zehen und küßte und saugte jeden einzeln. Seine Hände kosten ihre Fesseln und massierten sanft die Waden.

Sie starrte ihn mit großen Augen an. Er beugte ihre

Knie, und gleich waren seine Hände viel näher an ihren heimlichen Stellen. Eine Hand streichelte über den Schenkel, und jedesmal, wenn sie oben waren, drangen die Fingerspitzen unter die Spitze des Höschens, und ein ums andere Mal drangen sie weiter vor, bis er ihren weichen Busch berührte. Er spürte, daß sie feucht war.

»Steh auf«, sagte er. »Komm zu mir.«

Sie stand vor ihm, während er wieder auf dem Bett saß. Er hob das Hemd und küßte ihre Rippen, schob die Daumen unter das Band des Höschens und fand die zierliche Schleife an der Seite. Er öffnete sie und löste das Bändchen, und das hübsche Wäschestück fiel auf den Boden.

Der junge flaumige Busch lag entblößt vor ihm. Mit den Fingerspitzen strich er leicht darüber. Ihr Bauch vibrierte. Er beugte sich vor und bedeckte die sanfte Rundung mit seinen Lippen.

Seine Hände griffen um sie herum und packten ihr Gesäß.

Sie zitterte immer noch wie ein Vögelchen und traute sich nicht, ihn zu berühren.

Er neigte den Kopf und begann, sanft in die herrliche Wölbung oberhalb ihres Geschlechts zu küssen. Dabei streckten sich seine Hände wieder zu ihren Brüsten, die er abwechselnd koste. Er zupfte an den Nippeln, und Janine preßte sich an ihn, ihre Beine schwankten ein wenig, und der Überschwall der Gefühle machte sie fast bewußtlos.

Es war zuviel für sie. Sie sackte zur Seite, aber er fing sie auf und legte sie zart aufs Bett.

Er legte sich zu ihr, streichelte über ihre Haare, schob sie aus dem Gesicht. Seine Augen waren nun von einem tiefen Blau, der Farbe seiner Lust, und seine Nasenflügel bebten, sie sah verängstigt drein, großäugig, denn sie wußte nicht, was jetzt geschehen würde.

Er küßte ihren Hals und legte sich auf sie.

Umständlich legte sie ihre Arme um ihn. Sie spürte die Last seines Gewichts, fühlte seinen kräftigen muskulösen Körper, fühlte seine pochende Männlichkeit. Sein Brustkorb lastete auf ihren Brüsten. Er bewegte sich und öffnete ihre Beine.

Janine preßte die Augen fest aufeinander und ballte ihre Hände.

Schweißtropfen perlten auf Rollos Oberlippe. Selbst ihre Furcht hatte etwas Rührendes.

»Ich möchte dich jetzt haben«, sagte er ruhig und mit Stahl in der Stimme.

»Ja«, flüsterte sie.

Er spürte, wie ihre Schenkel von den Nerven geschüttelt wurden. Er setzte sich auf und begann, sich über sie zu senken, bereit zum Akt der Defloration.

Ihre Hände lagen auf seinen Schultern. »Jetzt?« flüsterte sie.

Er war außer sich vor Erregung und konnte kaum sprechen. »Es wird ein wenig schmerzen«, brachte er rauh hervor.

Er spreizte ihre Beine weiter auseinander. Sein Glied war so steif vor Lust, daß es keine Hand zum Führen brauchte. Er bewegte die Hüften und begann, auf den Eingang zuzustoßen.

Fiona, die hoch über ihnen zuschaute, strömten die Tränen über die Wangen.

Janine schrie auf und verspannte sich, wurde steif und starr. Rollo hielt sofort inne, obwohl gerade mal die Spitze in ihr drinnen war. Janine zwang sich zu entspannen.

»Weiter, weiter«, wisperte sie.

Rollo drückte wieder. Sie zuckte unter ihm. Ihre Enge war unglaublich. Er verharrte einen Moment lang.

Nun drückte er kräftiger und spürte, wie ihr Widerstand riß. Sie stieß einen schluchzenden Seufzer aus, und er trieb seine volle Länge hinein. Er wurde umschlungen von dieser phantastischen Festigkeit, trocken und hart.

Er blickte hinunter auf ihr tränennasses Gesicht und empfand Mitleid mit ihr. »Ist es so schlimm, mein liebes Kind?«

»Es brennt, aber es ist gut so.«

Er begann, sich in ihr zu bewegen, sehr sanft, sehr langsam, denn sie fühlte sich immer noch so eng und trocken an. Sie klammerte sich derart fest an ihn, daß er selbst auch Schmerz spürte. Allmählich wurde sie feuchter, und er glitt tiefer in sie hinein.

Sie hatte die Augen geschlossen, die Brauen lagen dicht beieinander, ein Stirnrunzeln, das ihre Konzentration verriet. Rollo spürte, wie seine Temperatur anstieg. Der Orgasmus packte ihn, eine glühende Explosion, die von irgendwo tief in seinem Innern ausging. Janines ganzer Körper zitterte, und verlangend drückte sie die Arme um seinen Leib.

Als er fertig war, stützte er sich auf den Ellenbogen auf. Er hatte den Kopf gesenkt, und seine dunkelblonden Haare hingen naß vom Kopf. Sie lag still da, und er schlüpfte behutsam aus ihr hinaus.

»Janine«, sagte er leise.

Ihre Lider flatterten, dann öffneten sie sich.

»Janine«, sagte er wieder.

»Ja?«

»Schau mich an.«

»Ja.« Ihre Augen sahen ihn dunkel und geheimnisvoll an, ihr Gesicht blieb ernst.

»Hat es sehr weh getan?«

Sie überlegte. Sie lächelte, und es war, als ob die Sonne durch die Wolken bräche. »Es tut weh, aber es tut auch gut.«

»Willkommen in der Welt.«

Er richtete sich auf.

»Sie verlassen mich? Jetzt?« Ihre Stimme überschlug sich in Panik.

»Ich gehe ins Bad, um mich zu waschen. Okay? Wir sind doch noch nicht fertig, oder?«

Als sie allein war, zog Janine die Beine an, lächelte ein wenig und versuchte, sich selbst zu untersuchen.

Rollo kehrte ins Zimmer zurück. Die Spannung war aus seinem Körper gewichen, aber seine Augen strahlten das Glitzern eines Satyrs aus. »Ich möchte, daß du mit mir spielst«, sagte er. »Wenn du willst.«

Sie lächelte scheu. »Ja – aber wie?«

»Folge deinem Instinkt. Mach, was dir gerade einfällt. Nichts soll dich verlegen machen, es gibt nichts, dessen du dich schämen müßtest.«

Zunächst war sie zögernd und unsicher, aber während Rollo friedlich auf dem Bett lag und sie gewähren ließ, ohne etwas zu sagen, gewann sie bald mehr Zutrauen. Sie ließ ihre Hände über seinen ganzen Körper gleiten, sie betastete seinen Brustkorb und testete seine Muskeln. Sie war fasziniert von seiner Kraft und von den breiten Schultern, von den Adern, die stark hervortraten.

Sie befühlte seinen Bauch und die Hüften. Vor seinem Schoß scheute sie sich noch, aber sie fuhr mit den Händen sanft über seine Leisten mit den kräftigen Sehnen, streichelte zart, leicht wie eine Feder, über Knie und Waden und Füße.

Nun berührte ihre Hand doch sein Glied, so sanft wie einen Schmetterlingsflügel. Es versteifte sich ein wenig, dann immer mehr.

»Er ist zu neuen Taten bereit«, sagte Rollo. »Möchtest du es noch einmal?«

Sie nickte lächelnd, und Rollo legte sich über sie. Das Glied fand die Öffnung ohne Hilfe, es war immer noch ein bißchen eng in ihr, aber diesmal war es leichter.

Er glitt tief und fest in sie hinein. Jetzt endlich entspannten sich ihre Muskeln, ihre Weiblichkeit übernahm die Führung der Instinkte, das Gewebe legte sich klammernd um seinen Schaft und hieß ihn willkommen.

Er küßte ihren Mund, dann ihre Brüste und den Hals, und dann hörte er sie seufzen und stöhnen.

»Mir kommt's«, raunte er ihr ins Ohr.

Janine hob die Hüften, als wollte sie, daß er tiefer in

sie eindrang. Ihre Hände gruben sich in seinen Nacken, sie krümmte den Rücken und trieb sich ihm entgegen, wollte noch mehr eins sein mit ihm.

Er spürte, wie ihre Nägel seine Haut ritzten, und dann wälzte er sie in einem sanften Schwung herum und löste sich von ihr. »Es war wahnsinnig schön mit dir«, sagte er.

Janine lächelte versonnen in sich hinein. Sie war unendlich froh.

Über ihnen saß Fiona auf dem Boden und rieb sich die Augen. Ihr Körper war von der ungewohnten Lage steif geworden. Er schmerzte.

Aber ihr Plan hatte funktioniert. Und wie. Es war schwer zu sagen, wer wen verführt hatte.

SIEBZEHNTES KAPITEL

An Janines freiem Tag summte es an Fionas Tür.

»Wer ist da?«

»Laß mich rein, Skelton. Sie sind dicht hinter mir.«

Sie drückte auf den Türöffner, und Will Kid schlüpfte an ihr vorbei und drückte sich gegen die Wand, außer Atem und abgehetzt.

Es war so überraschend und zugleich so wohltuend, ihn wiederzusehen, daß ihr ganz flau im Magen wurde. Er stand so aufrecht und breitschultrig wie immer da, die wilde Mähne unterstrich noch das kantige Gesicht und die weit auseinander liegenden haselnußbraunen Augen. Aber er sah verändert aus. Seine Augenklappe fehlte. Fiona fand nichts Ungewöhnliches an seinem blinden Auge, bis auf einen winzigen durchsichtigen Fleck in der Pupille.

Er trug Gefängniskleidung, hartes, billiges Drillichzeug, schlecht sitzende Hosen und ein verwaschenes Hemd.

Sie hatte gestern in den Nachrichten gehört, daß einer der gefangenen Piraten ausgebrochen war, und Fionas Herz hatte einen Sprung gemacht, als sie das Bild des Ausbrechers zeigten – natürlich war es Will Kid.

Sie hatte es ihm gewünscht, daß er frei käme. Sie wußte, daß sie ihm nicht helfen konnte, und für sie stand fest, daß er versuchen würde, wieder in die Stadt zu gelangen, dort kannte er sich aus, dort hatte er seine Freunde. Es würde keinen anderen sicheren Ort für ihn geben.

»Wie dicht sind sie hinter dir her?« fragte sie.

»Höchstens ein paar Minuten«, sagte er. »Sie werden mich hier suchen. Ich kann natürlich so tun, als hätte ich dich gezwungen, mich hereinzulassen.«

Seine Stimme brach ab. Seine Haut war fahl, matt, schmutzig. Fee sah, wie erschöpft er war.

»Setzen sie DNA-Schnüffler ein?« fragte sie.

»Ja. Es tut mir leid, daß es so für uns enden muß, Fee.«

Ihr entging, daß er ihren richtigen Namen gesagt hatte. Ihr ging nur durch den Kopf, daß er fertig war, einem Zusammenbruch nahe. Sie mußte irgendwas für ihn tun.

»Folge mir. Schnell.«

»Es hat keinen Zweck.«

»Hinauf, schnell.«

Sie führte ihn unter die Bodenklappe und drückte auf die Vorrichtung, die oben die Treppe löste. Sie senkte sich langsam. Er stieg hinter ihr schwerfällig die Treppe hoch, zu müde, um auch nur ein einziges Wort zu sagen.

»Hier«, sagte sie. »Das ist ein Original eines Astronautenanzuges. Wir haben ihn aus einem Kurzurlaub von der Mondbasis mitgebracht. Schlüpf hinein, ich versiegele ihn dann. Dann haben die Schnüffler keine Chance.«

Sie lief wieder hinunter und holte den Multivac hinaus, den sie seit Jahren nicht angefaßt hatte. Mit dem

Gerät wurde jeder Raum völlig entstaubt und die Luft ionisiert, ein lebenswichtiges Gerät für Allergiker.

Zurück zu Will. Er hatte sich den Anzug schon übergestreift. Sie drückte die letzten Öffnungen zu und schaltete den Multivac ein, hielt das Rohr mit dem kräftigen Sauger auch an ihren Körper und achtete darauf, daß auch die Luft im Treppenhaus gereinigt wurde.

Sie ging nach unten und drückte den Knopf, damit die Treppe sich wieder nach oben einzog.

Es waren gerade fünf Minuten vergangen.

Sie rannte ins Bad und drehte die Hähne auf. Der Sensor würde den Wasserfluß automatisch anhalten, wenn eine bestimmte Höhe in der Wanne erreicht war. Fiona versteckte den Multivac an seinen Platz und war gerade dabei, ihre Kleider auszuziehen, als sie den Türsummer hörte.

Obwohl sie die Unterwäsche noch trug, ließ sie sich rasch in die Wanne fallen. Dann schlang sie ein Handtuch um sich und lief zur Tür.

»Wer ist da?« fragte sie.

»Polizei, Ma'am. Dürfen wir hereinkommen?«

»Verdammt, nein!« rief Fiona und lachte kehlig. »Officer, ich nehme gerade ein Bad. Machen Sie gefälligst einen Termin mit mir aus.«

»Ich fürchte, wir müssen darauf bestehen. In dieser Gegend läuft ein Krimineller herum.«

»He, das hört sich ja aufregend an. Glauben Sie, er steckt unter meinem Badetuch?«

»Wir werden gezwungen sein, Ihre Tür zu sprengen, wenn Sie uns nicht hereinlassen, Ma'am.«

Fiona wußte, daß die Polizei die Möglichkeit und die Vollmacht dazu hatte, obwohl sie noch nie gehört hatte, daß es im Zoo zu solchen Maßnahmen gekommen war. Sie öffnete die Tür.

Sie spielte hervorragend die stark verärgerte Frau und ließ auch das Badetuch immer wieder mal rutschen, um es dann im letzten Moment aufzufangen.

»Was ist los? Ich habe gedacht, mein Haus wäre gegen Eindringlinge geschützt.«

»In dieser Gegend läuft ein Krimineller herum, Ma'am. Unsere Schnüffelgeräte haben ergeben, daß er an Ihrer Tür gewesen ist.«

»Wie könnte er hereinkommen?«

»Das können wir nicht sagen.« Sie waren zu zweit, hagere Typen mit entschlossenen Gesichtern. Sie waren bewaffnet. »Da der Kerl aus dem Gefängnis ausgebrochen ist und vorher seinen Lebensunterhalt mit Hacken verdient hat, ist es ihm vielleicht gelungen, Ihren persönlichen Code zu knacken. Jedenfalls müssen wir überprüfen, ob er bei Ihnen eingebrochen ist.«

»Sie reden doch nicht von dem ausgebrochenen Piraten? Wie aufregend! Ich muß rasch meine Freunde informieren.«

»Im Augenblick bitte nicht. Warten Sie, bis wir gegangen sind.«

»Nun denn, dann werde ich zurück in mein Bad gehen.« Sie warf ihnen einen frivolen Blick zu und bewegte sich mit gekonnten Hüftschwüngen zum Schlafzimmer und von dort ins Bad.

Sie schaffte es, sich die nasse Wäsche vom Leib zu pellen, dann ließ sie sich ins dampfende Wasser nieder.

Der Schwamm kitzelte ihr Kinn. Sie legte sich hin und dachte an Will.

Sie wartete.

Sie hörte, wie sie sich durch die Wohnung arbeiteten und hoffte, daß ihr Plan gelang und daß sie gründlich genug gewesen war. Der Astronautenanzug mußte seine Dienste tun, davon war sie überzeugt.

Sie dachte darüber nach, was ihr wohl widerfahren würde, wenn sie herausfanden, daß sie Will geholfen hatte, aber dann verdrängte sie diesen Gedanken.

Jemand klopfte an die Tür.

»Kommen Sie herein«, sagte sie frostig. Ihr ganzer Körper wurde vom Schaum verhüllt.

Der Polizist steckte seinen Kopf durch den schmalen Türspalt. »Es tut uns leid, daß wir Sie gestört haben, Ma'am. Wir können Ihnen versichern, daß Sie allein im Haus sind. Der Kriminelle ist nicht bei Ihnen eingedrungen. Es hat keinen Ausschlag auf unserem DNA-Gerät gegeben.«

Unter dem Schaum streichelte Fiona ihren Bauch. »Das hätte ich ihnen vorher sagen können«, gab sie scharf zurück. »Er stand vor Ihrer Haustür«, verteidigte sich der Polizist. »Wir mußten uns davon überzeugen, daß er sich nicht Zugang verschafft hatte.«

»Ich bestimme, wer bei mir Zugang hat und wer nicht«, sagte Fee und hob die Brauen.

»Jedenfalls können Sie sich ganz sicher fühlen«, sagte der Polizist. »Wir gehen jetzt.«

Nach ein paar Minuten erhob sie sich aus der Wanne und suchte in der Wohnung. Sie wollte sicher sein, daß die Polizisten auch tatsächlich gegangen waren. Es konnte ja auch sein, daß sie ihr eine Falle hatten stellen wollen.

Dann rief sie Diana an und berichtete von dem Besuch der Polizisten. Noch während sie auf dem Schirm war, kamen die Polizisten zu Diana, und Fee fand, daß sie genau das Richtige gemacht hatte – sofort der Freundin von dem aufregendsten Ereignis des Morgens zu erzählen war der schlagendste Beweis dafür, daß sie nichts zu verbergen hatte.

Sie trocknete sich ab und schlüpfte in einen Hausmantel. Sie band ihre Haare hoch und öffnete die Treppe zum Speicher.

Er war halb erstickt, als sie zu ihm kam, denn es gab keine Luftzufuhr in dem Anzug. Sie half ihm heraus und stützte ihn auf dem Weg über die Treppe. Keine leichte Aufgabe, denn er war schwer und ließ sich mehr schleifen, als daß er gehen konnte. Sie schob ihn in die Küche und setzte ihn auf einen Stuhl am Tisch.

»Was zuerst?« fragte sie. »Etwas zu essen? Schlafen? Ein Bad? Neue Sachen zum Anziehen?«

Er schaute sie an. »Ja. Alles.«

Sie fand energetische Nahrungsmittel und stellte sie vor ihn. Dann holte sie eine Dose Bier aus dem Kühlschrank. Schließlich ging sie wieder ins Bad und stellte die Apparatur auf ›Leeren‹ und ›Selbstreinigen‹ ein. Danach wollte sie die Wanne wieder mit heißem Wasser füllen. Als sie hörte, daß das Programm abgeschlossen war, nahm sie ihn mit ins Bad, zog ihn ohne jeden Hintergedanken aus und half ihm in die Wanne. Sie zeigte ihm, wie er die Temperatur einstellen konnte.

Sie nahm seine Kleider und verbrannte sie. Sie fand

einen alten Hausmantel von Rollo und ging ins Badezimmer. Er lag da und schlief.

Rollo würde bald zurück sein; er war im Fitneßstudio, und vor seiner Rückkehr mußte sie Will versteckt haben.

Sie setzte sich auf den Wannenrand und weckte ihn. Seine Augen blinzelten.

»He, wie hast du mich eigentlich gefunden?«

»Ich habe dich auf dem Schirm gefunden. Fee Cambridge, Frau von Rollo Cambridge, Direktor der *TransFlow.*«

»Richtig.«

»Ich wußte, daß du im Zoo leben mußtest.«

»Wärst du auch hergekommen, wenn man dich nicht geschnappt hätte?«

»Das wirst du nie herausfinden.«

Sie lächelte, dann sagte sie: »Ich weiß nicht viel über unsere Polizei. Du mußt mir sagen, was ich als nächstes tun soll.«

»Ich brauche Schlaf. Und dann noch etwas zu essen.«

»Du mußt auf den Speicher. Mein Mann wird bald nach Hause kommen. Wir haben auch ein Dienstmädchen. Sie hat heute ihren freien Tag. Du hast verdammt Glück gehabt.«

»Der Teufel sorgt schon dafür, daß er sein Recht bekommt.«

»Muß ich dir aus der Wanne helfen?«

Er lachte abgehackt. »Du verrückte Hexe. Du hast all diesen Luxus und auch noch diesen glatt geleckten Millionär von Ehemann, du hast mehr Geld, als du überhaupt ausgeben kannst, und dann kommst du in die Stadt, um einen Piraten zu vögeln.«

»Das war ich, ja.«

»Hat es sich gelohnt?«

»Fragst du, ob dein Schwanz es wert war?«

»Darauf kenne ich die Antwort«, sagte er mit gespielter Selbstsicherheit.

Fiona lachte. »Steig aus der Wanne, Pirat. Ich mach' dir dein Bett fertig.«

Sie legte eine Matratze aus und brachte zusätzliches Bettzeug. Dann häufte sie ihm verschiedene Nahrungsmittel neben die Matratze und ein paar Flaschen gegen seinen Durst. Sie legte ihm Kleider ihres Mannes aufs Bett. Er war größer als Rollo, aber nicht sehr, nur über dem Brustkorb würden Rollos Sachen ein bißchen eng sein.

»Und versuch, kein Geräusch zu machen«, bat sie, als sie wieder unten bei ihm war. »Ich kann Rollos Reaktion nicht voraussagen.«

»Ich brauche Schlaf. Ich bleibe ruhig, wenn ich im Bett und allein bin.«

»Du hast Licht da oben. Komm nicht nach unten. Warte, bis ich zu dir komme.«

»Laß mir viel Zeit.«

»Hier hast du eine Uhr.« Sie gab ihm eine Armbanduhr, üppig mit Juwelen besetzt. »Soll ich dich den Tag und die Nacht durchschlafen lassen? Rollo geht früh zur Arbeit, aber Janine wird morgen hier sein.«

»Ich weiß, daß ich nicht bleiben kann.« Er blickte auf die Uhr. »Komm in zwölf Stunden. Um vier Uhr morgens. Hat dein Mann einen gesunden Schlaf?«

»Er nimmt Schlaftabletten. Janine wird vor neun Uhr morgen früh nicht zurück sein, aber sie hat einen Tür-Code, deshalb kommt sie herein, ohne sich vorher anzukündigen.«

»Okay, komm in der Nacht. Du bist immer in der Nacht gekommen.« Sie ging die Treppe mit ihm nach oben, um sicher zu sein, daß er alles hatte, auch einen Eimer. Sein großer, nackter Körper faszinierte sie. Er roch lieblich von den Badessenzen, und er hatte ihre Zahnpasta benutzt. Seine nassen Locken kringelten sich im Nacken.

Er schlüpfte auf die Matratze, und sie kniete sich neben ihn und streichelte über seine Stirn.

»Ich bin froh, daß sie dich nicht geschafft haben«, sagte sie. »Es war kein schöner Gedanke, dich im Gefängnis zu wissen.«

»Chain ist tot«, sagte er.

»Das tut mir leid. Aber er hat mich geschlagen und erniedrigt.«

»Er war mein Bruder.«

»Dann tut es mir noch mehr leid, Henson Carne.«

Er sah verdutzt zu ihr auf. »Das weißt du?«

»Ja. Komm schlaf jetzt. Später überlegen wir, was weiter geschieht.«

»Fee Cambridge«, sagte er und stieß ein knurrendes Lachen aus. Sie ging.

Der Rest des Tages verlief ohne Zwischenfall, und Fiona mußte sich gelegentlich in Erinnerung zurückrufen, daß sie einen Piraten auf dem Speicher versteckt hatte. Sie überlegte fieberhaft, wie sie ihm am besten helfen konnte. Er brauchte eine neue Identität, das stand fest. Er konnte sich nicht lange in ihrem Haus verstecken.

Dann wieder dachte sie, daß sie ihn nur auf jenen Weg bringen mußte, auf dem sie selbst in die Stadt gegangen war. Dann brauchte er nichts anderes, denn dort fragte niemand nach seiner Identität. Warum also zermarterte sie sich den Kopf?

Sie wußte warum. Sie wollte, daß er sich in ihrer Welt aufhalten konnte. Sie wollte, daß er erreichbar war, daß er ein ganz normales Leben führen konnte.

Erreichbar für sie, für ihre Eskapaden.

Sie ließ sich um vier Uhr von einem intra-auralen Wecker aufwecken, damit sie den schlafenden Rollo nicht störte. Sie ließ ihn in seiner friedlichen Vergessenheit. Sie drückte auf den Mechanismus, der die Treppe bewegte, und ließ die Treppe anschließend wieder hochfahren, damit Rollo ihr nicht folgen würde, falls er aufwachen sollte.

Leise schlich sie auf den Zehenspitzen an Wills Matratze heran.

Er war wach und schaute ihr entgegen. Die Augen glitzerten im dämmrigen Licht. Nach dem Schlaf und einer ausgiebigen Mahlzeit sah er deutlich erholter aus, die harten Kanten in seinem Gesicht waren verschwunden.

Sie spürte die Kraft seiner Persönlichkeit, als sie sich auf ihn zubewegte, und plötzlich wurde ihr mit einem Schlag bewußt, daß er kein sicherer Mann war, kein gezähmter, keiner, der sich an ihre Regeln halten würde. Die Erschöpfung hatte ihn vorübergehend gezähmt, als er durch die Tür torkelte. Jetzt war er wieder fit.

Als sie in Reichweite war, griff er sie, zog sie zu sich und küßte sie hart. Sein Mund war so wild, wie sie es in ihrer Erinnerung so oft nacherlebt hatte. Würziges, flüssiges Gold.

Sie schlüpfte zu ihm auf die Matratze. »Wir müssen reden«, sagte sie.

»Wir müssen ficken.«

»Will, dies ist nicht die richtige Zeit.«

»Morgen kann es zu spät sein.«

»Aber ich will jetzt nicht.«

»Aber ich«, sagte Will.

Er schob ihren Mantel von den Schultern und küßte ihre Brüste hart, zog an den Nippeln und spürte, wir ihr Körper von Lust geschüttelt wurde.

Ihr Verlangen nach Sex war trotz allem geweckt.

Es war keine Zeit für Feinheiten oder Vorspiel. Er zog ihren blassen Körper an seinen heran und rollte sich auf sie. Schnell und hart drang er in sie ein und begann zu stoßen.

Fee packte seine Haare und zerrte daran. Sie hielt den Mund fest zusammengepreßt.

Er stieß rauh zu. Sein Schwanz setzte ihr Inneres in Flammen. Sie bäumte sich unter seinen Stößen auf, und ihre Körper klatschten gegeneinander.

Ihre Höhepunkte ließen nicht lange auf sich warten. Fionas Blut pochte heiß, und durch einen roten Schleier spürte sie, als sein Sperma in sie hineinschoß.

Als ihr eigener Höhepunkt sie erfaßte, warf sie den Kopf von Seite zu Seite, wobei sie versuchte, immer noch den Mund fest zusammenzupressen. Sie rüttelte wild gegen ihn, starr vor explodierender Lust.

Er küßte und saugte ihr Ohrläppchen. »Phantastische Hexe«, raunte er. Sie hörte ihn lachen. Allmählich löste sich ihre Benommenheit.

»Gehst du zurück in die Stadt?« fragte sie. »Ich kann dir einen Weg zeigen, den ich gegangen bin, über das Drahtgeflecht oberhalb des Zoos.«

»Welche Möglichkeiten habe ich sonst?« Er koste ihren schweißnassen Körper und küßte jede Stelle, die er erreichen konnte.

Sie ließ sich Zeit mit der Antwort. Sie rollte sich auf den Rücken, die grünen Augen zu schmalen feurigen Schlitzen verengt. Ihre Gedanken spulten messerscharf ab.

»Will Kid war ein Pirat«, sagte sie.

»Ja.«

»Er wurde 1701 gehängt.«

»Was du alles weißt.«

»Aber sechs Jahre vorher hatte er die Erlaubnis des Königs, Piraten aufzuspüren und zu vernichten.«

»Schau mal einer an.«

»Was hat dich, Henson Carne, auf den Gedanken gebracht, diesen Namen des Piraten anzunehmen?«

»Mir fiel kein anderer ein.«

»Warst du Polizist?«

Ein langes Schweigen. Dann: »Nein.«

Fiona schwieg immer noch. Sie hatte das Gefühl, daß er noch nicht fertig war.

»Kluges Mädchen«, sagte Will nach einer Weile. »Mein Bruder war Polizist.«

»Chain.«

»Ja.«

»Was ist passiert?«

»Er war einer großangelegten Korruption auf der Spur. Sie haben gegen ihn intrigiert und falsche Beweise gegen ihn vorgebracht. Um ihn aus dem Verkehr zu ziehen, erhoben sie Anklage gegen ihn. Sie hätten ihn ein ganzes Leben lang eingekerkert. Ich habe ihn rausgeholt, und gemeinsam sind wir in die Stadt gegangen.«

»Und gegen dich lag nichts vor?«

»Doch. Ich habe Chain befreit.«

»Was hast du vorher gemacht?«

»Ich war Molekular-Biochemiker.« Er begann zu lachen. »So was wie ein Schlosser.«

Sie begriff den Vergleich. Die Genstruktur jedes einzelnen Menschen war aus Schlössern zusammengesetzt, und jede Zusammensetzung unterschied sich von der anderen, ausgenommen bei eineiigen Zwillingen.

Kein Wunder, daß Will ein erfahrener Computerhacker war, denn die Technik unterschied sich gar nicht so sehr von dem, was er in seinem Beruf gemacht hatte. Man mußte Muster miteinander vergleichen, und erst wenn sie übereinstimmten, konnte man den Code knacken – oder das Schloß, das einem den Schlüssel zum Individuum lieferte.

»Hättest du meinen Tür-Code brechen können?« fragte Fee. Der Hersteller hatte garantiert, daß er unbezwingbar war.

»Wie viele Menschen haben einen Code dafür?«

»Drei.«

»Nein.« Er lächelte sie an. »Ich kann nur gewinnen bei einer Tür, zu der viele Menschen einen Code haben. Je mehr Benutzer, desto weniger kompliziert ist der Code, und die Chancen erhöhen sich, daß du beim Hacken auf eine Kombination triffst, die genau hinhaut. Im Gefängnis hatten sie altmodische Schlösser, viel einfacher als dein Türschloß. Trotzdem habe ich acht Tage gebraucht. Ich bin ein wenig aus der Übung.«

»Willst du je in die andere Welt zurück? In diese Welt, meine ich.«

»Was für eine Frage.«

»William Kid wollte es.«

»Aber ich bin nicht William Kid, wie wir eben klargestellt haben.«

»Chain ist tot. Du kannst ihm jetzt nicht mehr helfen. Wäre es jetzt nicht an der Zeit, an dein eigenes Leben zu denken?«

»Der Preis ist zu hoch. Ich leugne nicht, daß es möglich ist, aber es ist eine komplizierte Prozedur, und ich müßte mich eine lange Zeit verstecken.«

»Es hängt davon ab, daß jemand stirbt, nicht wahr?«

»Ja. Du mußt auf jemanden stoßen, der dir wenigstens entfernt ähnlich sieht, und seine Papiere kaufen, bevor er als tot registriert wird. Die Papiere müssen kopiert und der Witwe oder wem immer zurückgebracht werden, nachdem sie mit einem Null-Code versehen worden sind, damit der Computer die Information zurückhält, daß die Person tot ist.«

»Und das fällt keinem auf?«

»Sie sparen Personal. Und ein Null-Code ist nicht leicht zu entdecken, selbst wenn man ihn sucht.«

»Und wie teuer ist das alles?«

Er nannte ihr einen Preis.

Sie nickte nachdenklich. »Es könnte zu schaffen sein, aber ich bräuchte Zeit. Ich müßte was am Konto drehen, um zu verschleiern, daß ich eine so hohe Summe abgehoben habe.«

Will hob die Schultern. »Ich werde in die Stadt zurückgehen.«

»Wenn du eine neue Identität hättest«, sagte Fiona, »könntest du dann überleben? Ich meine, kannst du einen Job finden, der dich über Wasser hält?«

»Ich glaube schon.«

Sie sah ihn forschend an. »Du brauchst etwas Gefährliches, Abenteuerliches, sonst wirst du dich wieder auf die andere Seite schlagen.«

»Ich habe immer eine Schwäche für die andere Seite gehabt«, sagte Will. »Das wird sich nicht ändern. Ich bin wie du.«

»Für mich verliert die andere Seite an Reiz«, sagte sie entschlossen. »Als ich in den Nachrichten von den Razzien gehört hatte, bin ich in die Stadt gegangen, um dich zu suchen. Ich wußte ja nicht, ob du erwischt worden bist.«

»Ach? Und ohne mich hat dir die Stadt nicht gefallen, richtig? Du hast keinen gefunden, der dich aufmunterte. Aber es gibt noch eine ganze Reihe wilder Kerle, die sich gern mit dir einlassen würden.«

»Das allein ist es nicht«, sagte sie leise. »Die Spiele

liefen gerade. Im Stadion brach Feuer aus, und ich geriet in entsetzliche Panik.«

»Du warst dabei? Ich habe davon gehört.«

Sie sah ihn mit ihren grünen Augen an. »Um die Wahrheit zu sagen, ich will nicht wieder hin.«

»Auch nicht, wenn ich da bin?«

»Vielleicht bin ich deshalb daran interessiert, daß du woanders bist.«

»Bei den Astros stellen sie nicht viele Fragen, wenn sich bei ihnen jemand bewirbt. In den Minen auf dem Mond ist die Todes- und Unfallrate so hoch, daß sie nicht wählerisch bei den Kandidaten sein können. Auch im Uranbergwerk nehmen sie jeden. Oder bei den Mangantauchern.«

»Die Taucher werden bald nicht mehr so gut bezahlt«, sagte Fee.

»Wieso nicht?«

»Sie haben eine neue Technik erfunden, alle Elemente aus dem Meereswasser zu ziehen und zu vermarkten. Was übrigbleibt, ist frisches Wasser, das man auch noch verkaufen kann.«

»In kommerziellen Größenordnungen?«

»Ja.«

»Wird das nicht der Ruin von *TransFlow* sein? Ich meine, von der technologischen Seite betrachtet, ist *TransFlow* eine Idee, die aus der Zeit kurz nach der Arche stammen könnte.«

Es freute sie, daß er die Zusammenhänge erkannte. »Das könnte es, wird es aber nicht.«

»Warum nicht?«

»Rollo selbst besitzt das Patent an dem Prozeß.«

Will stieß ein Lachen aus. »Dieser Bastard!« sagte er. »Dieser clevere, durchtriebene Bastard! Und du hast dir das alles ausgedacht, stimmt's?«

»Nein, nein. Außerdem gibt es immer noch ein paar unsichere Faktoren.«

Will ließ sich angesichts dieses Hochfinanzpokers zurück aufs Kissen fallen. »Vielleicht nehme ich dein Angebot an«, sagte er. »Ich glaube, du kannst es dir leisten, mich zu bezahlen.«

Es war sechs Uhr morgens, als sie wieder zu Rollo ins Bett schlüpfte, nachdem sie vorher geduscht hatte.

Rollo wurde wach, als sie ins Bett kam. Er langte blind mit einer Hand nach ihr und fuhr streichelnd über ihre Haut.

»Morgen, Liebling«, sagte Fiona. »Tut mir leid, daß ich dich gestört habe. Schlaf weiter.«

Aber Rollo hatte andere Ideen. Seine Hände streichelten ihre Brüste, und dann rutschte er näher an sie heran und küßte sie auf den Mund.

»Ich möchte dich jetzt lieben«, raunte Rollo. »Wild und heftig und bis zur Erschöpfung.«

Obwohl es ihr ungelegen kam, dachte Fiona triumphierend, daß dies wohl die erste Reaktion nach dieser Nacht mit Janine sein mußte. Es war gut zu wissen, daß das alles nicht ganz vergeblich gewesen war.

Wenn er sich doch nur eine bessere Zeit als gerade jetzt ausgesucht hätte.

Aber sie genoß jede Minute mit Rollo. Er war ihr Mann, und wenn er sich daran auf diese Weise erinnerte wie an diesem Morgen, dann brauchte sie keine Janine und keinen Will, dann hatte sie genug mit Rollo Cambridge.

Mit einem Lächeln um den Mund schlief sie ein.

Und doch – ihr letzter Gedanke galt Will. Sie würde ihn in ihrer kleinen Software-Firma arbeiten lassen, bis er sich eine neue Identität verdient hatte.

Das Lächeln um ihren Mund verstärkte sich noch.

Outlaw Lover

KAPITEL
EINS

Im Jahr 2080

Er sah sie zuerst als Schimmer im Auge eines anderen Mannes. Er war ein Gelegenheitskellner und half dem Caterer auf einer exklusiven Party im Zoo aus. Der Zoo, so hatte man das Gebiet getauft, das ausschließlich von den Super-Reichen bewohnt wurde – und von denen, die für sie arbeiteten.

Sein Name war Caz, und er servierte einem großen, wuchtigen Mann, der sich selbst für ungeheuer wichtig hielt, einen Drink, als er Zeuge wurde, wie sich das Gesicht des Mannes veränderte. Die Augen strahlten auf, der Körper straffte sich, und sein Blick setzte sich auf einen Punkt hinter Caz' Schulter fest.

Caz drehte sich gegen seinen Willen um, und dann sah er sie auch.

Er versah den Rest des Abends seinen Dienst, und als fast alle Gäste gegangen waren, näherte sie sich ihm.

Sie stand neben ihm, und er spürte, wie sein Kopf schwer wurde. Seltsam. Eigenartig. Er wurde umfangen von ihrer Ausstrahlung, und plötzlich nahm er nichts anderes im Zimmer mehr wahr. Sie war so sexy, daß er verlegen wurde, als ob er fürchten müßte, sie könnte seine Gedanken lesen.

»Ich habe einen meiner Ohrringe verloren«, sagte

sie. Er war benommen und konnte sie kaum verstehen. Ihre Stimme klang verhalten, als zögerte die Zunge, sich vom Gaumen zu lösen, und so hallten die einzelnen Worte noch eine Idee länger nach. Das Rauchige in der Stimme löste ein Ziehen in seinen Lenden aus.

»Wie sieht er aus?«

»So.«

Sie war nicht so groß wie er. Sie neigte den Kopf und schwang einen Schwall dichter rötlich-brauner Haare zur Seite, damit er ihr niedliches Ohr sehen konnte. Im Ohrläppchen prangte eine Diamantspange.

»Ich sage meinem Boss Bescheid«, murmelte er.

Sie hakte sich bei ihm unter und schritt mit ihm durch das Zimmer. Sie trug schwarze, ellbogenlange Spitzenhandschuhe, und für Caz war es der aufregendste kurze Spaziergang seines Lebens. Ihre Augen waren dunkle Ovale mit langen Wimpern, samten und voller Versprechen.

»Ist das dein richtiger Job?« fragte sie.

»Ich bin Student am Institut. Nachts mache ich diese Arbeit, damit ich über die Runden komme.«

Er war vielleicht halb so alt wie sie.

»Du arbeitest also Tag und Nacht. Nun ja, wenn man jung ist, kann man das noch.«

»Aber jetzt bin ich müde«, gestand er.

»Komm mit mir nach Hause, da kannst du dich ausruhen.«

Er traute seinen Ohren nicht. Er glaubte, er hätte sich das ausgedacht, weil er sich wünschte, daß sie das sagte. Um sich zu vergewissern, wiederholte er das letzte unvergängliche Wort, das zu hören er geglaubt hatte.

»Ausruhen?«

Das Wort geriet ihm in der Betonung verführerischer, als er gewollt hatte.

Sie lächelte ihn von der Seite an. »Wie auch immer, komm mit mir nach Hause.«

Er zog sein Kellnerjackett aus und ließ seinen Job im Stich. Draußen benutzten sie gemeinsam das Laufband, das an den Häusern vorbeiführte. Er nahm mit Erstaunen wahr, daß er alles andere als verlegen war – viel eher empfand er ein entspannendes Machtgefühl. Sie war gleichzeitig gebietend und voller Reife, sie zog ihn hinauf auf ihre Ebene und ignorierte seine achtzehn Jahre.

Sie pellte sich den Handschuh an der Hand ab, die seine Seite berührte, und so spürte er ihre bloße warme Haut. Vor ihrem beeindruckenden Haus mit dem Kuppeldach blieb sie stehen und drückte die Kombination, die die Haustür öffnete. Sobald sie drinnen waren, küßte er sie.

Sie ließ sich sanft in seine Arme gleiten, schmiegte sich an seinen Körper, preßte ihn an sich und forschte mit der Zunge in seinem Mund.

So hätte es sein können. Vielleicht war es auch so. Es hätte auf tausenderlei Arten beginnen können, aber jetzt zählte nur, daß es geschah, daß die Vereinigung stattfand, nachdem sie sich getroffen hatten. Nach der Begegnung folgte der Rest wie von selbst.

So war das Spiel.

Seine Jugend und Kraft waren ihrer Erfahrung und ihrer Reife heillos unterlegen, aber instinktiv wußten seine Hände, was sie zu tun hatten. Obwohl sie reich war und Klasse besaß und er arm und nicht im Zoo wohnte, hatte ihm die Natur eine dominante Ader mitgegeben, die den Unterschied zwischen ihnen verringerte, die Distanz beinahe überwand.

Sie war begierig, nahm sich aber Zeit. Sie wollte jeden Augenblick genießen. Es gab kein Grabschen, Klammern, Zerren. Sie wollte nicht gieren. Jede Bewegung war Teil des Ganzen, und um das Ganze ging es.

Er zog sie aus, enthüllte ihren vollen prallen Körper, als ihre Kleider hinunterfielen und in einem leisen Knistern der Lust zu ihren Füßen lagen. Als sie nackt war, ließ sie ihn los, wandte ihm den Rücken zu und schritt, immer noch in ihren hohen Stöckelschuhen, durch die Wohnung aufs Schlafzimmer zu.

Benommen folgte er ihr. Die Benommenheit rührte nicht von seiner Unerfahrenheit, sondern wurde genährt von der strahlenden Schönheit ihres weiblichen Körpers, der langen Schenkel, der üppigen Hüften, der schmalen Taille darüber und der festen runden Backen darunter.

Wo sich die Backen am Rückenansatz trafen, entdeckte er zwei Andeutungen von Grübchen. Er folgte ihr so dichtauf, daß er seine Daumen in die kleinen Vertiefungen drücken konnte. Dann streichelte er mit den Händen über die Rundungen, ließ sie über ihren ganzen Körper gleiten, über Täler und Hügel, und dann hörte er sie seufzen, und im nächsten Moment blieb sie stehen und ließ sich gegen ihn fallen. Ihr Kopf lehnte sich gegen seine Schulter. Ihr Duft stieg in seine Nase. Ihre Haare streichelten sein Gesicht. Er blickte an ihr hinunter und sah ihren Körper aus einer eigenartig verzerrten Perspektive, er sah kompakter aus. Seine Lenden brannten.

Er strich mit dem Kinn über ihre Schulter, die sich cremig weich anfühlte, darunter der Knochen sanft wie der eines Vogels. Er konnte nicht länger widerstehen und berührte die Spitze ihrer Brust.

Ja, von hier oben sahen ihre Brüste wie Zwillingsvulkane aus, zwei weiße, konisch zulaufende Berge mit feurigen Kuppen. Er spürte die Hitze, die aus den wildroten Nippeln strahlte. Er würde sich seinen Mund daran verbrennen, aber er würde es tun, und wenn er sterben müßte.

Unterhalb ihrer Brüste lag Schattenland, geheimnisvoll, verborgen von ihrer eigenen Reife. Aber er konnte weiter hinuntersehen, auf ihren weißen runden Bauch, so straff, als ob er von den Hüften gespannt würde. Ihr Nabel, ein dunkles, leeres Juwel, lenkte seinen Blick zu der Weiße darunter.

Eine Linie aus feinen Daunen fiel in verstohlener Unschuld in den seidigen Dschungel aus gelocktem Flaum, fuchsrot und so wild wie die Farbe ihrer Nippel.

Ihre Beine konnte er nicht sehen, er sah auch nicht den Boden, sondern nur das fuchsrote Gewirr oberhalb ihrer Schenkel.

Seine Hände glitten hinunter zu ihren Hüften, zogen den Körper noch enger an sich heran. Es war, als wenn sie schon eins wären, als wenn das *ihre* Hände wären, die über die samtene Haut glitten und jetzt sanft die Lendenkuhlen nachzeichneten.

Er spürte das warme, krause Haar, sie bewegte sich

leicht gegen ihn, und bei der Bewegung schoben sich ihre Schenkel kaum merklich auseinander.

Seine Finger tasteten zur Mitte. Er spürte die kühle Rundung der Schenkel und fühlte die Wärme dazwischen. Er legte den Kopf seitlich auf ihre Schulter und küßte ihren Hals, er spürte es unter seinen Lippen pochen. Er schloß die Augen und überließ es den Fingern, sie zu erkunden.

Es war, als ob ein Tier sich zwischen ihren Beinen krümmte. Feuchte Hitze bewegte sich unter seinen Fingern, lockte ihn, schien ihn aufzufordern, die ganze Umgebung zu erforschen.

Er drang in die Hitze ein, die ihn sofort gefangennahm und sich unter seinen Fingern bewegte, ein zitterndes Labyrinth, das seine Finger neckte und zum Narren hielt, das ihn tiefer hineinlockte, damit er das Geheimnis der Tiefe ergründete und das Herz des Labyrinths fände. Es schuf sich selbst für ihn, es war nur für ihn da, und so gelang es seinen Fingern gleich auf Anhieb, den Weg zu finden und tief vorzudringen. Sein Körper beugte sich über ihren, und er küßte den Puls an ihrem Hals, während seine Finger sie eroberten und mit Küssen willkommen geheißen wurden.

Er ließ sich auf die Knie nieder und küßte die beiden Andeutungen von Grübchen, dann preßte er sein Gesicht in die Kerbe der beiden Backen.

Das nasse Tier in ihr packte ihn und schien ihn tiefer zu zerren. Er spürte, wie ihr ganzer Körper geschüttelt wurde. Das Tier ließ die Muskeln spielen, verspielt und lebendig. In Vorfreude auf das, was danach kommen würde.

Und während er sein Gesicht tief in die Kerbe preßte und ihren Geruch aufsaugte, diesen einmaligen warmen Geruch, der sich an den heißen, feuchten Stellen konzentriert hatte, bewegte sie rhythmisch ihren Körper, als wollte sie auf ihm und seiner Zunge tanzen.

Sie beugte sich vor.

Ihre Öffnung weitete sich freudig. Voller Leidenschaft küßte er die klaffende Spalte, während die Härchen sein Gesicht kitzelten.

Er küßte ihr Fleisch, und es zog ihn in sie hinein, küßte ihn zurück, naß und heiß und leidenschaftlich, und es war, als kämen die Seufzer und die kleinen gehauchten Ermutigungen direkt aus der Tiefe.

Seine Hände hielten ihre Brüste umfaßt und streichelten sie liebevoll, zogen an den weichen, kissenartigen Membranen ihrer Haut, die ihre Brüste umspannten.

Sie richtete sich auf, trat einen Schritt zurück, löste sich von seinen Händen, gab seine Zunge frei, dann drehte sie sich um und schaute ihn an.

»Komm ins Schlafzimmer«, sagte sie, die Stimme leicht zögerlich.

Er sah ihr Schlafzimmer in einem verschwommenen Umfeld wie in einem unscharfen Film. Nur sie war scharf umrissen, sie und das Bett.

Das Zimmer war warm, und auf dem Bett lagen keine Decken. Sie legte sich hin. Die Unterlage des Bettes war gespannt wie ein Trampolin und wurde von unten angestrahlt. Als sie sich hinlegte, geriet das gesamte Bett ins Schwingen, und ihr Körper schwang mit, wodurch jeder Teil ihres Körpers besonders betont wurde.

Am meisten aber faszinierte ihn das Licht. Es war ein sanfter Schimmer, als sie sich zuerst hingelegt hatte, aber inzwischen war das Licht immer heller geworden, jetzt strahlte es gleißend, und ihr Körper lag im Dunkel wie auf einem Filmnegativ. Sie wurde von Licht umgeben und hob eine Hand, um ihn einzuladen.

Unerschrocken begann er, sich auszuziehen. Als er nackt war, blieb er einen Moment stehen, damit sie seinen blassen, hageren Körper mit den Blicken abtasten konnte. Er hatte einen Körper mit Kanten und Ecken, als wäre er noch nicht ganz fertig, als wartete er auf den letzten Schliff. Die Schultern waren nicht sehr breit, die Muskeln kaum betont, die Schamhaare drahtig und üppig, als wollten sie etwas beschützen.

Er war schön, ein Fast-Mann, und ein kleiner Teil in seinem Innern wußte davon und war stolz auf diesen knabenhaften, unfertigen Körper.

Sie zog ihn zu sich herunter, so daß auch er vom Licht umspült wurde. Sie lagen da wie Staub auf einer Ebene der Milchstraße.

Glücklich tastete sie seinen ganzen Körper ab. »Ich versuche nachzudenken, wie du bist«, sagte sie wie zur Erklärung und lächelte ihn an.

»Wie bin ich denn?«

»Du bist hart, kräftig. Du hast kein Gramm Fett an dir, das deine Konturen beeinträchtigen könnte. Du bist nicht so hart und harsch wie Metall, das spüre ich. Du hast eher die Härte von Holz, warm und nachgebend. Es lädt mich zum Berühren ein, zum Streicheln.«

Und so geschah es.

»Es ist noch mehr als das«, fuhr sie fort. »An der Oberfläche fühlt sich deine Haut ganz weich an, und doch spürt man die Härte. Du bist wie Holz, das man mit einem dünnen Samtstoff bedeckt hat.«

»Das ist ein schönes Bild.«

»Jetzt fällt es mir ein – du fühlst dich an wie das Geweih eines Hirsches. Samt auf dem Horn. Mein samtener Geliebter.«

»Wir haben uns noch nicht geliebt.«

»Stimmt«, sagte sie, »noch nicht.«

Sie ließ ihre Hände über seinen ganzen Körper gleiten und brachte seine Haut zum Glühen, dann griffen sie nach unten und hielten sein Geschlecht, streichelten es behutsam.

»Ah«, flüsterte sie weich, angenehm. Während sie seinen Schwanz koste, streichelte er die hängende Fülle ihrer Brüste, führte eine Spitze in seinen Mund und saugte daran.

Ihre empfindliche Brust fühlte sich wie Creme in seinem Mund an, und sein Glied zuckte in ihrer Hand.

»Was ist?« fragte sie.

»Ich will dich so sehr«, stieß er hervor.

»Dann komm«, sagte sie, und er legte sich auf sie und fand ihren Mund. Ihre Beine öffneten sich unter ihm, und er fuhr ein paarmal mit der Hand über ihre Spalte, bevor er sich leicht zur Seite neigte und seinen ungeduldig leidenden Schwanz rasch in sie versenkte.

Ihm stockte der Atem. Ihr Körper saugte sein Glied gleichzeitig von allen Seiten und durch die Spitze in sich hinein. Ihre Vagina war wie ein Kiesel, der sich im Sand festklammern will, wenn die zurückflutenden Wellen ihn mit ins Meer reißen wollen. Für einen Moment empfand er absolute Stille und absoluten Frieden. Er spürte, wie sie sich ihm entgegenhob.

In seinem Kopf wirbelte es. Ihm war nach Lachen zumute, nach ausgelassenem Lachen. Er stieß immer und immer wieder hinein, und jedesmal schien es tiefer und cremiger und wärmer zu sein. Seine Lenden begannen zu glühen. Ein Tornado setzte in ihm ein, ein Sturmwind, ein Wirbel, der sich immer schneller um die eigene Achse drehte und dabei immer kleinere Kreise beschrieb. Als das Zentrum des Wirbels ihn erreicht hatte und ihn umschloß, fing er Feuer und explodierte – und in diesem Augenblick kam es ihm. Als er sich verströmt hatte, lag er beinahe schluchzend vor Freude über ihrem leichten Körper.

Ihr Geschlecht umspannte sein Glied in endlosen Zuckungen. Dann entspannte sich ihr Körper, ihr gewölbter Rücken richtete sich wieder nach der Unterlage. Er sank mit ihr.

Er nahm ein Teil seines Gewichts von ihr, indem er sich ein wenig zur Seite legte.

Er küßte sie noch einmal, dann setzte er sich auf und begann, peinlich genau ihren herrlichen Körper zu erforschen. Er hatte mit ein paar Mädchen am Institut ein paar ungelenke Versuche des Liebemachens unternommen, Studenten wie er selbst, aber sie waren nur Haut und Knochen, und sie nahmen die Frucht seines Körpers mit einer Art schmollender Gier.

Diese Frau aber führte ihn in das Reich des grenzenlosen Einswerdens in der Lust.

Ihre Hände fuhren aufgeregt über seinen Rücken, streichelten an den Seiten entlang und fanden schließlich sein Glied, das sich wieder erhoben hatte. Ihre Hände umfaßten den Sack, wogen ihn wie etwas sehr Kostbares.

Als er diesmal in sie eindrang, spürte er bewußt jede Empfindung. Er bewegte sich viel langsamer als beim erstenmal, und er spürte die sanften Wellen der Lust, die ihre Körper erfaßten. Alle schlechten Gefühle, die er jemals gespeichert hatte, strömten aus ihm heraus, jede einmal erlebte Frustration verflog, hatte keine Chance gegen dieses Erlebnis. Es war, als wäre es Balsam für seine Seele. Er brach durch den Schmerz seines Lebens ins Licht, und jetzt spürte er Triumph, unendliche Freude erfüllte ihn, als ihm bewußt wurde, daß er eine Frau befriedigen konnte.

Ihr Körper wogte unter seinem, und sie stieß kleine unartikulierte Schreie aus, ihr Kopf ruckte von einer Seite zur anderen und wieder zurück, und das kastanienfarbene Haar mit den tausend Schattierungen von Rot legte sich wie ein Schleier vor ihr Gesicht, wie ein vom Wind hin und her bewegter Schleier.

Er spürte, wie ihr Orgasmus einsetzte, spürte, wie es heiß aus ihr strömte, und dann öffneten sich auch seine Schleusen, und ihre Säfte vermischten sich, und sie wiegten sich keuchend und lachend und weinend vor Glück.

Er fiel zurück aufs Bett und leuchtete so hell wie das Bett selbst. Er kostete das Entzücken aus, einer Frau, dieser Frau, soviel gegeben zu haben. Glück durchflutete ihn noch immer. Er fiel in einen kurzen Schlaf, und als er aufwachte, streichelte sie sanft sein Glied.

Er versuchte, ihr Gesicht zu sehen. Das grelle Licht vom Bett bleichte ihre Konturen, aber er sah sie lächeln, als sie sich über ihn beugte und küßte.

Er öffnete den Mund und nahm sie auf, ihre Lippen preßten sich aufeinander, die Zungen leckten sich gegenseitig.

Er löste sich von ihr. »Sag mir deinen Namen«, keuchte er und lachte. »Ich weiß doch nicht einmal, wie du heißt.«

»Wie ich heiße? Ich bin …«

Im rechten Feld seines Gesichtskreises piepste ein rotes Viereck mit stiller Beharrlichkeit. Die Wände des Zimmers begannen zu schwanken und zu schwinden. Jede Faser in ihm schrie auf, aber das rote Licht nahm stetig an Leuchtkraft ab. Ihr warmer Druck gegen seinen Körper wurde federleicht und schwand. Er schrie auf und stieß einen mitleiderregenden Schluchzer aus, als sich das Zimmer hinter einen grauen Schleier verzog und schließlich verschwand.

Er hob den Kopf und lehnte ihn gegen die Kopfstütze. Tränen rannen über sein Gesicht. In der Kabine war es dunkel, und auch der Schirm war dunkel, abgesehen von dem aufleuchtenden roten Viereck oben rechts.

Er erinnerte sich wieder, wie es begonnen hatte. Er hatte sich die VR Disc ausgeliehen, die Leihgebühr bezahlt, war in die kleine Kabine gegangen, hatte die Disc in das Gerät geschoben.

Es gab keine Frau. Es war eine Virtual Reality Disc, aber so eine hatte er noch nie gehabt. Er fühlte sich der Wirklichkeit beraubt, alleingelassen, schockiert.

Sie alle spielten mit VR Discs, er selbst hatte es auch schon öfter getan, aber man wußte doch immer, wie gebannt man auch dem Spiel folgte, daß man sich in einer künstlichen, wenn auch enorm unterhaltsamen Fantasy-Welt befand. Selbst während des Spiels verwechselte man es nicht mit dem wahren Leben, mit der wirklichen Welt. Das war ja ein Teil des Spaßes, den man mit den Discs erlebte. Es war ein Leben ohne Verantwortung, denn es war ja nicht real, und das war einem immer bewußt, auch wenn man alle Erregungen der Situationen durchlief, die einem die Disc vorgaukelte. Man konnte eine süße Romanze erleben, ein atemberaubendes Abenteuer, gänsehautproduzierender Horror oder auch wunderbaren Sex – aber immer war einem klar, daß es nicht wirklich geschah.

Caz fühlte sich komplett hereingelegt. Er drückte auf den Knopf, der die Disc ausspie, und merkte, daß er am ganzen Körper zitterte. Er hatte den Bruch zwischen den beiden Welten noch nicht überwunden, der wirklichen und der künstlichen. Das Erlebnis war Stoff für eine unglaubliche Phantasie, etwa der Art, die das Blut eines Achtzehnjährigen zum Kochen bringt: Die willige ältere, erfahrene Frau. Unwahrscheinlich, daß man es je erlebte, aber nicht unmöglich.

Und er hatte sich davon hereinlegen lassen. Er kam über das Gefühl des Verlusts nicht hinweg. Dabei hielt er die Disc in der Hand; er konnte das Erlebnis also nach Belieben wiederholen.

Er raffte sich auf, schlang den Mantel enger um sich und verkroch sich aus der Kabine in die nasse Kälte einer stürmischen Nacht. Er kannte nicht mal ihren Namen, bemitleidete er sich. Dann wurde ihm bewußt, daß sie ja gar keinen Namen haben konnte, sie war doch nur eine Kunstfigur aus der Phantasie des Programmierers, ein weibliches Phantom, erfunden, ihm Lust vorzugaukeln.

Wenn er sich jetzt zurückerinnerte, gab es Hinweise auf eine eigene Welt in der Virtual Reality. Die einzelnen Kulissen waren vage gewesen, ob er nun als Kellner auf der Party war oder danach in ihrem Haus. Die Erfahrung hatte die unnatürliche Glattheit einer VR Fantasy, wo alles geradlinig verläuft, ohne Abweichung, ohne Parallelhandlung.

Er konnte sich zum Beispiel nicht daran erinnern, ob sein Boss ihn gefeuert hatte, weil er ihn einfach im Stich gelassen hatte. Er hatte beschlossen, mit der Frau zu gehen, und so war er gegangen. Er konnte sich nicht erinnern, daß er auf dem Weg zu ihrem Haus anderen Menschen begegnet war. In einer VR Welt erlebte man nur diese Einbahnstraße, und alles andere, was es im richtigen Leben gab, blieb ausgespart.

Es war eine Frage der Intensität, eine Frage der Qualität des Gefühls. Die Disc war furchterregend real gewesen. Und es war eine Realität, die er jener vorzog, der er sich nun gegenübersah.

Er stapfte durch die glitschigen Straßen, der kalte Regen klatschte ihm ins Gesicht, vom Wind gepeitscht.

Er zog die Schultern hoch. Jetzt kam er am Handelsviertel vorbei. Weil er sich kein Taxi leisten konnte, mußte er auch noch das Wohnviertel durchkreuzen, ehe er den sich lang hinziehenden baumbewachsenen Hügel zum Institut hochgehen konnte.

Es war seltsam. Er war noch nie im Zoo gewesen. Die Reichen wohnten dort. Man sah Bilder vom Zoo auf dem Schirm, aber man kam nur hin, wenn man eingeladen wurde oder dort eine Arbeit hatte. Der Zoo war eine dünn besiedelte Wohnanlage mit einzelnen Kuppelhäusern, die tief in den Dschungel hineingebaut worden waren. Die einzelnen Häuser waren durch Laufbänder miteinander verbunden, die auch zu großen öffentlichen Parks führten und fast ausschließlich mit Kunstglasplatten überdacht waren.

Der Dschungel war künstlich angelegt worden und voller wilder Tiere. Es hieß, daß die meisten Kuppelhäuser breite Glaswände hatten und daß die Zoo-Bewohner Liebe machten, während draußen Tiger vorbeistreiften und schwarze Panther mit ihrem anmutigen Schleichgang auf Beute lauerten und Affen von Baum zu Baum hangelten und exotische Vögel aufscheuchten.

So hieß es. Es gab viele romantische Vorstellungen über das Leben im Zoo, aber natürlich kannte Caz diese Vorstellungen nur von denen, die draußen wohnten. Er fragte sich, wie genau das Kuppelhaus, das er auf der Disc gesehen hatte, den Standard eines Hauses im Zoo widerspiegelte.

Er stieg den langen Hügel hinan, sehr müde und hungrig. Er würde sich noch ein Essen aufwärmen, wenn er auf seinem Zimmer war. Und wenn er nichts fand, gab es immer noch Sludge. Das war eine Art zusammengepreßter Biomasse, angereichert mit Nährstoffen, die die Menschen ein Leben lang bei bester Gesundheit hielten, auch wenn sie nie etwas anderes essen würden – aber was für ein unerträglich langweiliges Leben würde das sein! Sludge gab es in Blöcken, und man konnte es kauen, wenn man sich sonst nichts anderes leisten konnte. Ein paar Kilo fast zum Nulltarif. Es gab keinen Grund, verhungern zu müssen. Sludge war die perfekt ausbalancierte Langeweile. Einigen Studenten am Institut war es gelungen, Sludge mit Halluzinogenen zu dopen – kein Wunder, denn in jeder Gesellschaft hat hohe Intelligenz, gepaart mit Armut, Kriminelle erzeugt.

Schließlich hatte Caz sein drei Meter mal zwei Meter großes Zimmer erreicht. Ein Schreibtisch, ein Bett. Es war sein einziges Zuhause. Er zog sich den Mantel aus, setzte sich hin und betrachtete die Disc.

Der Text war von Alter oder häufigem Anfassen nicht mehr zu lesen, Caz konnte nur ein paar Buchstaben entziffern. Er fand das seltsam, denn jetzt fiel ihm ein, daß es auch auf dem Bildschirm keine Hersteller- oder Rechtehinweise gegeben hatte. Er hatte das Ding an diesem Nachmittag in einem Secondhand-Laden gekauft. Weil es offenbar ein Ladenhüter gewesen war, hatte der Besitzer es ihm spottbillig überlassen. Caz hatte schon mehrere Standard-Text-Kassetten in diesem Laden gekauft, die er für seine Arbeit im Institut brauchte. Die VR Disc hatte er durch Zufall gesehen, und sie hatte ihn neugierig gemacht.

Caz schüttelte den Kopf. Er wußte nicht, wie er das, was ihm widerfahren war, verarbeiten sollte. Er begriff, daß er emotional und auch psychisch gestört war und daß er etwas dagegen tun sollte. Die Erfahrung war eine Nummer zu groß für ihn gewesen. Nicht wegen der Art des Abenteuers – nie und nimmer! Wenn er die Begegnung wirklich erlebt hätte, würde er aufjauchzen vor Lust und auch leicht damit fertig werden. Aber daß es nur in seinem Kopf geschehen war, als computergesteuerte Erfahrung, das war schlimm. Unanständig. Er hatte schon vorher Sex-Discs ausprobiert und seinen Spaß mit ihnen gehabt. Aber diese Erfahrung war so stark und so persönlich, hatte tiefe Schichten seiner Psyche aufgewühlt, daß er sich verletzt fühlte. Der Programmierer war zum Voyeur geworden.

Also, was sollte er tun? Er befand sich in der Ausbildung als Wissenschaftler, deshalb müßte er in der Lage sein, dem Problem rational zu begegnen. Der erste Schritt müßte sein, herauszufinden, wer das verdammte Ding hergestellt hatte. Gab es noch mehr von diesen Scheiben? Und wie kam es, daß Virtual Reality einen solchen enormen Sprung nach vorn getan hatte, ohne daß er etwas davon gehört hatte?

Er überlegte, mit einem der Kommilitonen zu reden, der einen Computer-Kurs belegte, oder besser noch, mit dem Lehrer des Computer-Kurses. Aber bei diesem Gedanken zögerte er. Um seine Nachfrage zu begründen, würde er erklären müssen, wie unglaublich real das Erlebnis gewesen war. Da es sich aber um eine Sex-Disc handelte, wäre ihm das äußerst peinlich gewesen. Es würde sich so anhören, als wäre er ein kompletter Narr, der vom richtigen Sex nichts verstand und deshalb nicht den Unterschied zwischen Phantasie und Wirklichkeit erkannte.

Er begann, seine Taschen zu leeren, und dabei fand er etwas Seltsames in der Manteltasche. Er zog es heraus. Es war ein schwarzes Ding, ganz weich fühlte es sich an, gleichzeitig rauh. Er zog es auseinander – es war ein Handschuh.

Ein ellbogenlanger, schwarzer Spitzenhandschuh.

Caz hielt den Handschuh gedankenverloren zwischen den Fingern, zog ihn langsam von einer Hand zur anderen und begann, ohne daß es ihm bewußt wurde, ihn zu streicheln. Durch die Wärme, hervorgerufen durch das leichte Reiben, gab der Stoff einen schwachen Parfumduft frei, der zusehends kräftiger und durchdringender wurde. Plötzlich kehrte die ganze Intensität des Erlebnisses zu Caz zurück. Er warf sich aufs Bett, voller Verlangen nach der Frau ohne Namen.

Nach einer Weile legten sich seine Emotionen wieder. Er mußte sich zu logischem Denken zwingen.

Der Handschuh.

Es war zweifelsfrei ihr Handschuh. Er mußte ihn in seine Manteltasche gesteckt haben – Halt. Stopp. Aufhören mit dem Unsinn! So leicht würde er sich nicht verrückt machen lassen. Es gab doch keine Frau. Es war eine Virtual Reality Disc, also gab es auch keinen Handschuh. Als logischer Gedankengang ließ sich nichts dagegen einwenden – wenn da nicht der Handschuh selbst gewesen wäre.

Caz wußte, wann er sich geschlagen geben mußte. Das Problem war zu groß für ihn. Er legte sich ins Bett.

Unter den gegebenen Umständen schlief er erstaunlich gut – vor allem, wenn man bedachte, welche nächtlich … nein, es hatte keine nächtlichen Aktivitäten gegeben. Die verdammte Frau existierte nicht. Obwohl, wenn er ganz ehrlich zu sich selbst war, mußte er zugeben, daß er sich leicht und entspannt fühlte, ganz locker, wie nach einer kräftigen, ausgiebigen Liebesnacht.

Das Problem mit dem Handschuh hatte er gelöst.

Es gab keine andere Erklärung: Er hatte den Handschuh zwischen dem letzten Taschenausräumen und gestern abend irgendwo gefunden. Er hatte diese Tatsache vergessen, was zwar seltsam war, aber immerhin möglich. In seinem Gehirn war die Tatsache gespeichert, und die Virtual Reality Disc hatte sich des Handschuhs bedient und ihn in die Fantasy-Welt einbezogen, die sie ihren Zuschauern bot. Es handelte sich schließlich um eine interaktive Disc und hatte irgendwie sein Gehirn angezapft, dort bestimmte Muster gestohlen und dann reproduziert.

So war das also. Es gab nichts Irrationales in dieser Begebenheit, und das beruhigte ihn. Die Disc war schrecklich real, und wenn er sich stark genug fühlte, würde er sich ihr noch einmal hingeben. Ohne Zweifel würde er dann die leere Illusion erkennen, denn beim zweiten Mal war er geistig darauf vorbereitet. Zweimal würde er sich nicht an der Nase herumführen lassen.

Felmar Arnquist war Putzfrau im Institut, und sie wußte sehr wohl Recht von Unrecht zu unterscheiden. Felmar wußte, daß es unrecht von ihrem Mann war, soviel Alkohol zu trinken, unrecht, Geld bei Pferdewetten zu verlieren, Unrecht, Sex von seiner Frau zu wollen. Aber wenigstens bei diesem Unrecht sorgte sie dafür, daß sich seine Lust in Grenzen hielt.

Felmar arbeitete im Institut, obwohl sie wußte, daß dort nur Unsinn unterrichtet wurde. Jeder wußte doch, daß die Welt vor viertausend Jahren geschaffen worden war und die Frauen zum Leiden geboren waren. Sie würde in ihrem nächsten Leben ihre Belohnung in einem schönen großen Haus erhalten. Und Sex würde es dort nicht geben. No, Sir! Aber bis dahin mußte sie arbeiten, um leben zu können. Felmar wußte alles über die unkeuschen, locker lebenden Studenten. Sie machte es sich zu eigen, alles über sie zu erfahren, und dabei war sie sogar so gründlich, daß sie nach verräterischen Spuren in ihren Laken schaute. Sie hielt sich in Caz' kleinem Zimmer auf, während er sich Vorlesungen anhörte, und beäugte die sündigen Dinge auf seinem Schreibtisch. Und dann entdeckte sie die VR Disc. In einer Ecke der Hülle befand sich ein grünes Dreieck, und dessen Bedeutung kannte sie. Es war eine Sex-Disc.

Sie versuchte, den Text auf der Hülle zu entziffern, um daraus vielleicht auf die Perversionen schließen zu können, die diese Disc enthielt. Im Laufe der Zeit hatte sie sich kundig gemacht, was Perversionen anging. Schließlich war es besser, etwas zu verabscheuen, wenn man wußte, worum es sich handelte, statt ignorant zu sterben.

Aber der Text war abgegriffen und nicht zu lesen. Felmar trug einen kurzen Kampf mit ihrem Gewissen aus, dann hob sie die Disc auf und ließ sie in ihre Overalltasche gleiten. Sie würde sich dazu zwingen, mit kritischer Distanz die Disc abzuspielen, damit sie die Verführungen des Teufels besser verstand, damit sie auf der Hut sein konnte gegen all die Anfechtungen, die an einen herantraten in dieser Welt.

Nach der Arbeitszeit mietete sie im Unterhaltungsbereich des Instituts eine Kabine und richtete sich bequem ein. Hier drinnen war der Lärm des Satans ausgeschaltet, der Lärm der jungen Menschen, die der Satan in seiner Hand hatte und die sich von ihm zu diesem ungebührlichen Benehmen verleiten ließen.

Sie fühlte sich angenehm entspannt. Sie würde eine Dosis Sünde aus erster Hand erhalten.

Und noch bevor sie sich ausmalen konnte, welcher Art die Sünde wäre, sah sie sich schon mit dem Notizblock an Tisch 34 stehen, um die Menü-Bestellungen der Gäste aufzuschreiben. Ihr fiel auf, daß der Mann dick und seine Haut pockennarbig war. Tiefe Falten waren in sein Gesicht eingegraben, und um die Körpermitte, wo seine Weste endete, sah sie dicke Fleischwülste. Die Oberschenkel schienen die Hosenbeine sprengen zu wollen.

Felmar fand den Anblick erregend, denn sie mochte dicke, kräftige Männer, und dieser hier strahlte Selbstvertrauen und Macht aus, als ob er gewöhnt wäre, stets zu bekommen, was er wollte. Eine solche Ausstrahlung hielt Felmar für das stärkste Aphrodisiakum der Welt.

»Was kannst du empfehlen, Baby?« fragte er.

Felmar lächelte und drückte die Brust raus. Sie trug ein Korsett, schwarz und mit glänzendem Satin auf hartem Fischbein, das ihre Brüste zu festen Halbkugeln aufplusterte, als ob sie jeden Augenblick den Ausschnitt platzenlassen würden. Sie bewegte kaum merklich ihren Oberkörper und ließ alles schwingen, was sie hatte. Sie bemerkte das wohlwollende Grinsen des Mannes, und dann bewegte sie ihre Hüften, um seine Aufmerksamkeit auf den kurzen Rock zu lenken, der so eng war, daß man deutlich den Schamberg sehen konnte. Sie fuhr sich mit der Zungenspitze über den vollen roten Mund.

»Die Schwertfischsteaks sind heute wirklich großartig, mein Lieber.«

»Ich sehe nirgendwo was von Schwertfisch.« Seine Hand berührte ihr nacktes Bein, und ein angenehmer Schauer lief über ihre Haut. Seine Handfläche fühlte sich verschwitzt an. Sie spürte seine Erregung und spürte auch, wie sie sich ihr mitzuteilen begann.

Sie beugte sich über ihn, und seine Augäpfel wurden groß und größer, als er in ihren Ausschnitt starrte. »Xifias«, sagte sie und zeigte auf die Speisekarte. Seine Hand rückte weiter vor.

»Und das ist gut?«

»Es ist sehr saftig«, sagte Felmar, leckte sich wieder über die Lippen und stellte einen Fuß vor den anderen. Ihre Beine kreuzten sich leicht. Sie hob das Kinn an und bedachte den Mann mit einem herausfordernden Blick. Sie wollte, daß er weitermachte.

»He«, sagte der Pockennarbige zu seiner Begleiterin,

einer geschmeidigen Blondine, die sehr gelangweilt aussah. »Sie sagt, es sei saftig.«

»Jaaa«, sagte die Blondine langgedehnt. Sie schaute Felmar an, die den Blick scheu erwiderte. Die Hand des Mannes glitt ihren Schenkel hoch, und jetzt spürte sie, wie er die ersten neugierigen Härchen berührte. Es war ein elektrisierendes Gefühl. Sie kannte ihn nicht, sie hatte ihn noch nie zuvor gesehen, aber sie wußte alles, was sie über ihn wissen wollte. Verlangen durchlief sie. Sie lechzte danach, daß er nicht aufhörte, daß er sie weiter ertastete, daß er sie innen und außen erregte.

Die blonde Begleiterin konnte sehen, wie seine Hand unter Felmars Rock verschwand, und es erregte Felmar noch mehr, daß die Blonde Bescheid wußte.

»Und wenn wir den Schwertfisch nicht mögen?«

»Der Granatapfelsalat mit gerösteten Heuschrecken wird gern genommen.« Seine Hand tastete sich jetzt durch die Fleischfalten, befühlte ihre feuchten Stellen, rieb die geschwollenen Lippen entlang. Felmar besaß ganz besondere Labien, sie waren außergewöhnlich lang und dünn und gaben rasch den Weg frei nach innen. Der Mann ertastete die ganze Länge, auf und ab, spielte mit ihnen, tauchte leicht hinein.

»Ist dir nach Heuschrecken?« fragte der dicke Mann seine Begleiterin.

»Ich hatte gestern erst Heuschrecken. Gibt es Venusmuscheln?«

Der Daumen des dicken Mannes drang in sie ein. Felmar gelang es, mitten in den tumultartigen Gefühlen, die der Daumen in ihr auslöste, ein ernstes Gesicht zu behalten. »Tut mir leid«, sagte sie, »der Chef sagt, sie wären heute nicht mehr frisch genug.«

»Was soll das denn?« fragte die Blondine. Der dicke Mann gab Felmars Geschlecht frei, und die Kellnerin ging zwei Schritte um den Tisch herum, bis sie zwischen dem Mann und der blonden Frau stand. Sie beugte sich über die Speisekarte, die die Blonde hielt, um zu sehen, auf welche Speise sie deutete. Sie hatte gerade diese Position eingenommen, als sie sofort wieder die Hand des dicken Mannes spürte. Diesmal fand sie sofort und ungehindert ihr Ziel.

Die Blondine grinste und fuhr mit ihrer kühlen Hand unter Felmars Rock. Sie stieß dort auf die Hand des Mannes, streichelte darüber und über Felmars Schamberg.

Die beiden wechselten sich ab, Felmar zu betasten, während Felmar darauf wartete, die Bestellung entgegenzunehmen. Die Kellnerin sah sich stolz im Restaurant um, schaute andere Gäste an, um ihnen zu zeigen, daß sie es mit zweien aufnehmen und ihnen Spaß bringen konnte.

Ja, sie arbeitete ganz offiziell in einer Tast-Bar, und eigentlich nur aus einem Grund – sie mußte Geld verdienen. Aber Felmar gestand sich ein, daß sie ihre Arbeit liebte. Sie wurde dafür bezahlt, die Gäste zu bedienen, und während sie sich ihr Essen aussuchten, durften sie die Kellnerinnen abtasten. Gewöhnlich dauerte das seine Zeit. Tatsächlich erfreute es Felmar, wenn es besonders lange dauerte, denn das bedeutete, daß sie ihrem Job gerecht wurde. Sie wußte, daß der Boss der Tast-Bar, Mr. Jackmann, sich davon überzeugt hatte, daß Felmar ihre Aufgabe mit Herz und Seele verrichtete. Der Job brachte nur einen Nachteil mit sich – Felmar fühlte sich ständig erregt, und es war niemand da, der die Erregung abkühlte.

Als ihre Gäste endlich die Bestellung aufgegeben hatten, war Felmars Arbeit zunächst beendet. Sie ging zu den Waschräumen, zog ihren Rock aus und hängte ihn in ihr Spind. Eine Weile trippelte sie herum, strich sich das Korsett, das an den Hüften endete, und genoß den Anblick der nackten unteren Hälfte. Dann geschah, worauf sie schon so lange gewartet hatte.

Mr. Jackmann steckte den Kopf durch die Tür und sah, daß Felmar allein war.

»Darf ich, Felmar?« fragte er.

»Aber sicher, Boss. Waren Sie zufrieden mit mir an diesem Abend?«

Er schritt langsam auf sie zu, ein großer, kräftiger Mann, wie sie die Männer mochte, auch noch gut aussehend mit einem kantigen Kinn und einem entzückenden Grübchen darin. Er hatte dichtes braunes Haar, das er sich aus der breiten Stirn strich. Felmar sah an sich hinunter und gab vor, jetzt erst zu bemerken, daß sie halbnackt war. Sie sah Mr. Jackmann schüchtern an.

»Soll ich etwas anziehen, Mr. Jackmann?«

»Aber nein, mein Kind! Wir sind doch alle erwachsene Menschen.«

Jetzt hob sie den Blick, scheu und langsam, bis sie in Mr. Jackmanns Augen schaute, und an der Richtung seiner Blicke erkannte sie, daß sie sich an ihren Brüsten festsaugten, tiefer glitten zur schmalen Taille, noch tiefer zu den betont gerundeten Hüften. Ihr blasser Bauch wölbte sich über dem dichten Vlies der Schamhaare, und die prallen Schenkel sprachen für sich.

Felmar stand da und weidete sich an seinen Blicken, und verlegen fuhr sie mit einer Hand über ihren Bauch, wobei sie nie den Blick von seinen Augen abließ, auch nicht, als ihre Hand noch ein wenig tiefer rutschte, hinein in das Haarbüschel. Eine Fingerspitze verschwand zwischen den Labien.

»Kann ich etwas für Sie tun, Mr. Jackmann?« fragte sie. »Wissen Sie, ich arbeite gerne hier. Sie sind ein guter Chef, und eine richtige Frau weiß das zu würdigen.«

»Felmar, Kind, warum kommen Sie nicht in mein Büro, da können wir über ein Arrangement reden, ja?«

»Sehr gern, Mr. Jackmann. Aber ich ziehe mir lieber wieder den Rock an, es sei denn, es ist Ihnen angenehmer, wenn ich meine eigenen Sachen anziehe, statt der Dienstkleidung.«

»Ich finde, Ihre Kleider spielen nicht die geringste Rolle, Felmar, wenn Sie mich verstehen …«

»Ja. Ich komme gleich …«

Bevor sie den Waschraum verließ, benutzte Felmar einige Sprays, um sich gründlich zu reinigen. Sie wollte, daß Mr. Jackmann schätzen lernte, was er bald bekommen würde, denn sie war ein ehrgeiziges Mädchen. Sie wollte Karriere machen. Intuitiv spürte sie, daß es ihrer Karriere helfen würde, wenn sie nett zu Mr. Jackmann war – wenn es ihr in diesem Augenblick auch nicht möglich war, genau zu definieren, wie sie sich ihren weiteren Berufsweg vorstellte.

In Mr. Jackmanns Büro fühlte sie sich plötzlich entsetzlich nervös. Sie hatte es schon seit längerer Zeit auf ihn abgesehen, und sie wollte sich nicht tolpatschig anstellen, und übereifrig wollte sie auch nicht sein.

»Nun, also«, sagte Mr. Jackmann, als sie sein Büro betrat und verlegen an der Tür stehenblieb. »Warum kommen Sie nicht her zu mir und setzen sich auf meinen Schoß, Felmar?«

Sie ging zu ihm und setzte sich unsicher auf seinen Schoß. Sie atmete seinen männlichen Geruch ein, und als er eine Hand auf ihren Oberschenkel legte, fürchtete sie, ohnmächtig zu werden. Die Hand glitt den Schenkel hoch, und sie rutschte hin und her, damit der Rock mehr Bein freigab. Dann legte sie ihre Arme um seinen Nacken und drückte seinen Kopf an ihren Busen.

Mit einer Hand nestelte er am Verschluß ihres Tops, und noch bevor sie bemerkte, daß ihre Brüste frei lagen, spürte sie seinen Atem auf der empfindlichen Haut. Die Nippel hatten sich steil aufgerichtet, sie schienen sogar ein wenig zu vibrieren. Felmar hob eine Brust mit der Hand an und schob den Nippel in Mr. Jackmanns Mund. Er sog daran, und gleichzeitig streichelten seine Hände ihren Schoß.

Was für ein Mann.

In ihrem Inneren pochte es vor Erregung. Sie fragte sich, ob er ihr sexuelles Pulsieren fühlen konnte.

»Ich muß den Rock ausziehen«, rief sie aufgeregt, denn es lagen viel zu viele Kleiderschichten zwischen ihren beiden Körpern. Sie sehnte sich, seinen nackten Brustkorb zu betasten, sie wollte ihre samtene Haut gegen die Haare reiben. Er mußte auch so empfunden haben, denn er stand ebenfalls auf und half ihr, das Korsett abzustreifen. Er hielt sie auf Armeslänge von sich und betrachtete sie genau. Man sah, daß ihm gefiel, was er da in Augenschein nahm.

Er lächelte. Sie öffnete die Schenkel, und er tauchte einen Finger hinein. Sie nagte und knabberte an seinem Hals, küßte ihn, stöhnte vor Verlangen und begann, die Knöpfe seines Hemdes zu öffnen.

Er öffnete seine Hose, während sie den Kopf gegen seine Brust legte und wie in Ekstase darüber rieb, über die harten Muskeln und die drahtigen Haare. Sie küßte seine Brust. Mit beiden Händen griff sie hinunter zu seinem Schoß, und voller Triumph schaute sie auf den Schatz, den sie mit den Händen umspannte.

Felmar ließ sich auf die Knie sinken und berührte sein Geschlecht mit ihren Lippen.

Sie versuchte, trotz des glühenden Gefühls ganz cool zu bleiben, den Sexrausch, der von ihr Besitz ergriffen hatte, zu bekämpfen. Sie mußte sich auf das konzentrieren, was sie zu tun hatte, sie mußte sich des Geschicks erinnern, das sie sich erworben hatte, um den Mann ganz zufriedenzustellen.

Sie hörte ihn wohlig stöhnen. Mit einer Hand umspielte sie seine Hoden, die schwer und schwingend schwindelnde Dinge versprachen; geschwollen mit der Lust, die er ihr noch bereiten würde.

Ihre andere Hand ruhte auf seinem Oberschenkel. Sie spürte, wie der Schenkel zu zittern begann. Da wußte sie, daß es ihm bald kommen würde. Sie verdoppelte ihre Anstrengungen. Er begann zu rucken und zu stoßen, gewaltig zu zittern. Seine Hoden hüpften in ihrer Hand. Dann schoß es aus ihm heraus, kräftig, mächtig, befriedigend.

Nackt sah er großartig aus, ein richtiger Kerl von einem Mann, bullige Schultern mit ausgeprägten Muskeln und oben mit Haaren bedeckt. Deutlich sah man den Einschnitt der Taille, nicht sehr tief, dafür war er am ganzen Körper zu muskulös.

»Komm hier durch«, sagte er und führte sie in ein Nebenzimmer. Ihr stockte der Atem vor Erregung, als sie das Zimmer betrat. Sie trug immer noch ihre hochhackigen Arbeitsschuhe, war ansonsten aber nackt.

Das Zimmer war für die Lust geschaffen. Ein großes, weiches Bett, dahinter ein Spiegel, der die ganze Wand einnahm.

Sie hätte sich eine solche Stätte der Lust nicht erregender vorstellen können, und jetzt war sie froh, daß sie die Schuhe mit den hohen Absätzen anbehalten hatte. Mr. Jackmann war offenkundig auch froh darüber, denn er musterte sie ausgiebig, als könnte er sich nicht sattsehen an ihr.

Am längsten blieb sein Blick an ihren Brüsten haften. Felmar war stolz auf ihre Brüste, und sie war stolz darauf, daß Mr. Jackmann sie so sehr mochte. Ohne den Blick von den Brüsten zu nehmen, ging er rückwärts auf das Bett zu und zog sie mit sich.

Oh, was für ein Erlebnis. Nein, beschreiben konnte sie es nicht, aber sie wußte, daß es nie wieder so sein würde, mit keinem anderen Mann. Nun, für sie würde es nach diesem Tag sowieso keinen anderen Mann mehr geben, das wußte sie, als sie ihn in sich spürte, als sie mit jeder Faser ihres Seins wahrnahm, was mit ihrem Körper geschah.

Lange lagen sie nebeneinander, zuerst hechelnd, dann immer noch rasch atmend, schließlich nur noch sanft glimmend, wie nach dem Abtauchen in eiskaltes Wasser nach der Sauna.

Er wandte sich ihr zu und drückte sein heißes Gesicht zwischen ihre kühlen Brüste.

»Felmar«, sagte er.

»Ich gehe jetzt, Mr. Jackmann«, hauchte sie.

»Ja«, sagte Mr. Jackmann. »Aber wir sollten da was arrangieren. Da unten in der Bar bist du eine Verschwendung, Liebling. Ich schätze, daß du das selbst weißt.«

»In Ihren Armen bin ich glücklich, Mr. Jackmann«, schnurrte Felmar.

»Ich schlage also vor …«

Das rote Licht flammte beharrlich auf, oben rechts in Felmars Gesichtskreis. Das Zimmer, der nackte Mann, die schwüle Luft, alles schwand, verschwand. Gepackt von einem seelischen Schock erkannte Felmar Arnquist, daß alles von der Virtual Reality-Scheibe gekommen war – nichts war in Wirklichkeit geschehen.

Sie saß in der dunklen Kabine, vor sich den dunklen Schirm, und zitterte am ganzen Körper. Zwischen den Beinen fühlte sie ein tiefes, intensives Glühen, und beim Atmen spürte sie, wie sich ihr üppiger Busen hob und senkte. Sie erinnerte sich an die Einzelheiten dessen, was sie erlebt hatte, an das Feuerwerk, das er in ihr gezündet hatte.

Felmar schüttelte sich. »So ein Teufel«, flüsterte sie schwach, und dann begann sie zu weinen. Der Mann hatte nach ihr gegiert, er hatte sie geliebt, hatte sich nicht sattsehen können an ihrem Körper.

Sie vergaß die Disc, ließ sie im Schlitz des Abspielgeräts zurück, als sie aus der Kabine stolperte und heim zu ihrem Mann eilte, der ihr vielleicht in ihrer seltsamen, furchterregenden Verwirrung helfen konnte.

Caz bemerkte, daß die Scheibe nicht mehr da war, und ein paar Minuten lang geriet er außer Kontrolle vor Wut. Als er sich allmählich wieder fing, saß er zitternd auf dem Bett und betastete den Handschuh, den er seither immer bei sich getragen hatte.

Er hatte vorgehabt, die Disc noch einmal zu benutzen, aber er hatte das immer wieder aufgeschoben. Jedes Mal, wenn er entschlossen war, sich erneut der Erfahrung auszusetzen, hielt ihn irgendwas zurück, irgendein zartes Gefühl, eine Art Verlegenheit – völlig irrational.

Die Frau existierte nicht wirklich. Sie war eine Gestalt in der Phantasie des Produzenten oder des Programmierers. Er konnte sie nicht in Verlegenheit bringen, er drang nicht unerwünscht in ihr Leben ein, er konnte seine Unreife nicht bloßlegen in dieser Beziehung, weil es eben keine Beziehung gab. Es gab nur diese Scheibe. Er konnte sich nicht falsch oder grob oder tolpatschig benehmen, denn er war genauso programmiert wie sie – programmiert, den perfekten Liebhaber, die perfekte Liebhaberin zu spielen.

Und doch – es war eine wirkliche Welt für ihn gewesen. Eine andere Existenz ja, aber doch eine wirkliche. Er wußte, daß ein Quantenphysiker diese Position durchaus vertreten würde: das auf die jeweilige Welt abgestimmte Verhalten. Aber in den anderen Welten lebte man nicht in der körperlichen Existenz – alles andere war Science-fiction, angenehmer Zeitvertreib auf dem Bildschirm.

Caz ging in seinem Viereck auf und ab. Er kam sich vor wie eine eingesperrte Bestie. Es war die eine Sache, daß er sich entschieden hatte, die Disc nicht noch einmal zu benutzen, und es war eine ganz andere, daß jemand sie gestohlen und damit in seine Entscheidung, ob er sich die Scheibe noch einmal reinziehen würde oder nicht, eingegriffen hatte.

Er war sicher, daß er nur durch Zufall an die Disc geraten war. Der Händler hatte sie wahrscheinlich gar nicht richtig eingeschätzt, jemand mochte sie ihm aus Versehen zusammen mit anderen Scheiben zurückgebracht haben. Die Scheibe mußte einen Besitzer haben. Und er würde sie zurückhaben wollen.

Konnte der Besitzer den Weg der Scheibe verfolgen? Konnte Caz den Dieb verfolgen? Natürlich konnte er bei der Verwaltung des Instituts Alarm schlagen und herumtönen, daß jemand etwas aus seinem Zimmer gestohlen hatte.

Caz legte sich aufs Bett, und vor seinem Auge sah er sie wieder, er sah ihre atemberaubende Gestalt, sah, wie sie nach ihm langte, wie sie sich vereinigten. Sie hatten aufgehört, als zwei verschiedene Wesen zu existieren. Sie hatten sich in ein herrliches animalisches Knäuel verwandelt, eine organische Maschine, die, einmal miteinander verbunden, sein Geschlecht mit ihrem, reine Energie in ihren Körper strahlte, Energie, die sich selbst regenerierte.

Caz beschloß, die Scheibe wiederzubeschaffen. Er hatte eine bestimmte Vorstellung, wo er anfangen sollte zu suchen.

Lexies Augen waren geschlossen. Ihre Lippen trafen sich. Das Mädchen teilte die Lippen und drückte härter gegen Lexies Mund. Die vollen Haare des Mädchens fielen wie ein seidiger Vorhang hinunter und kitzelten Lexies Gesicht.

Lexie stöhnte unterdrückt auf, als das Mädchen eine Hand auf Lexies Brust legte und sie durch die feine Latexhülle streichelte, die Lexies Körper umgab wie eine zweite Haut.

Lexie fühlte, wie sich ihre Brüste unter dem sanften Streicheln erwärmten. Das Mädchen war in Silberschuppen gekleidet, die sich bei Bewegungen aneinander rieben und einen leisen Klang von sich gaben.

Das Mädchen hörte auf zu streicheln, und Lexie öffnete die Augen. Sie lächelten einander an. Lexie war von üppiger Gestalt, die in dem gespenstischgrauen Latex wie modelliert wirkte. Ihr blondes Haar war streng nach hinten frisiert und rahmte den Schädel ein.

Das Mädchen war ein Gespenst in silbernen Fischschuppen, die glockenhell erklangen. Das schwarze Haar war ein dichter Vorhang vor dem Gesicht und fiel bis auf die Schultern. Jetzt bückte sie sich und küßte Lexie durch die Gummihaut, und wo sie küßte, hinterließ sie dunkle nasse Ringe.

Lexie fand den Verschluß des silbernen Fischkleides und öffnete ihn; das Mädchen stand auf, und das Kleid fiel zu Boden, begleitet von einem Glockenspiel leiser Musik. Sie hatte winzige spitze Brüste und magere Hüften, aber ihr Unterbauch war von einem wilden Büschel seidig schwarzer Haare bewachsen.

Lexies Brüste hoben und senkten sich. Sie packte an ihrer Latexhaut und riß sie weg. Sie bestand aus mehreren Teilen, und jetzt schwangen ihre Brüste frei.

Das Mädchen streckte eine Hand aus und betastete sie. Dann fiel sie auf die Knie nieder und küßte Lexies Schoß.

Lexie stöhnte. Sie fühlte sich wie verflüssigt, sie floß dahin in einem Strom des Verlangens, als sie die Küsse des Mädchens spürte. Vor ihren Augen tanzten bunte Lichter.

Das rote Licht flammte auf, flackerte dann unaufhörlich, und Lexie spürte, wie sich die ganze Szene zu verflüchtigen begann. Das schwarzhaarige Mädchen stand plötzlich auf, und gebieterisch wischte sie das Flackerlicht aus Lexies Gesichtsfeld. Sie lachte entzückt und nahm kleine Birnchen, die sie auf Lexies Körper verteilte. Dann begann sie zu pumpen.

Der Latexanzug füllte sich mehr und mehr mit Luft. Lexies Körper verlor seine Gestalt und blähte sich auf, bis sie sich leicht und abgehoben fühlte. Sie lag auf dem Rücken, eine riesige formlose Frau.

Das schwarzhaarige Mädchen hörte auf zu pumpen.

Lexie war ziemlich hilflos, Arme und Beine ausgestreckt wie eine aufgeblasene Puppe.

Das Mädchen fuhr mit einer Hand über den massigen Körper.

Jetzt leuchteten wieder Farben auf. Pink und Fuchsienrot vermischten sich, und das Mädchen setzte sich rasch auf Lexies Gesicht. Glänzendes Saphirblau brach sich durch, durchdrang die Rottöne und nebelte die beiden ein. Der Nebel verstärkte sich und waberte, ein visueller Beweis der Zuneigung zwischen den beiden Frauen, ein Hologramm der Lust, das nur verdorben wurde von dem unablässigen Flackern des roten Lichts oben rechts.

Das schwarzhaarige Mädchen begann entsetzlich zu fluchen, aber noch während sie fluchte, begann sie zu schwinden. Der Druck auf Lexies Körper nahm ab, wurde angenehmer und war plötzlich weg. Das Hologramm löste sich auf.

Als sich die Szene verflüchtigt hatte, nahm Lexie in der Ferne das helle Geklingel wahr, das vom Fischschuppenkleid des schwarzhaarigen Mädchens rührte.

KAPITEL ZWEI

Sie trafen sich wie Fremde, der stattliche Mann mit einer Mähne dunkler krauser Haare und die Frau mit der porzellanen Haut und den langen, schräg stehenden eisgrünen Augen. Auf einer Wange glänzte eine filigrane Narbe, so wunderschön und eigenartig, daß der Mann einen Stich in der Brust spürte. Sie betraten zusammen den Aufzug, sagten kein Wort zueinander, ignorierten sich.

Die Frau sah achtlos zu, als der Mann die oberste Etage als Ziel eingab. Die Canopy Bar. Ihrer beider Ziel. Sie wandte dem Mann den Rücken zu, als sich die Kabine schloß und zum höchsten Punkt des Gebäudes hochgesogen wurde.

Der Mann packte die Frau plötzlich an den Schultern und drehte sie herum, so daß sie sich gegenüberstanden. Ihre Gesichter leuchteten auf, und mit einer einzigen wilden Bewegung riß er sie an sich und küßte sie mit hemmungsloser Leidenschaft. Sie stieß einen gedämpften Schrei aus. Seine Kraft hielt sie gepackt, bis der Lift mit einem matten Plopp, wie bei einem Champagnerkorken, sie an ihrem Ziel ausspuckte.

Er zog sich schnell von ihr zurück und half der Frau höflich aus dem Aufzug. Er lächelte und schob mit einer Hand eine Haarsträhne aus ihrem Gesicht.

Sie waren da. Der Mann nahm ihren Arm, und

gemeinsam schritten sie in den Teil der Canopy Terrace und Bar, der für die Allgemeinheit geöffnet war.

»Du Bastard«, zischte Fee Cambridge.

»Manchmal zahlt es sich aus, schnell zu sein«, sagte der Mann mit lässiger Arroganz. Seine haselnußbraunen Augen versenkten sich für einen Moment in ihre. Er liebte ihren Blick. Ihre Haut hatte eine ganz eigenartig glänzende Ausstrahlung. Wie dünnes Porzellan, beinahe durchsichtig und weißblau, und ihr Glühen konnte sie auch dann nicht verhindern, wenn sie so überrascht worden war wie eben im Aufzug.

Er spürte, wie Bewegung in die Gäste des neuesten Bar-Restaurants des Zoos kam, das erst vor kurzem eröffnet hatte, knalliger Treffpunkt der reichsten Gesellschaft der Erde. Der runde Raum mit der anschließenden Terrasse befand sich auf dem höchsten Turm, der je in den Himmel ragte, er durchstieß den Baldachin aus Drahtgeflecht, der über dem Dschungel lag. Ganz unten erstreckte sich, soweit das Auge reichte, auf den wogenden Hügeln das satte Samtgrün des Regenwaldes. Und doch konnten auch die Gäste in diesem Raum nicht unbeteiligt wegschauen, wenn Fee Cambridge vorbeischritt, denn sie war nicht nur hinreißend schön – auch ihre geringste Bewegung, selbst die Art, wie sie stand oder blickte, war durchseelt von intensiver Sexualität.

»Ich hätte natürlich noch leidenschaftlicher sein können«, räumte er ein.

»Was?«

Ihre Augen verzogen sich zu schmalen Schlitzen. »Ich werde aufhören, mich mit dir zu treffen, Will«, sagte sie. »Ich kann nicht soviel von diesen Überraschungen vertragen.«

»Na, klar«, sagte er liebenswürdig. Sie wurden an einen Tisch geführt, und das Schweigen zwischen ihnen wuchs an. Fee hob eine Augenbraue, aber Will lächelte nur.

»Okay«, gab sie zu. »Es gefällt mir. Wenn du mir so begegnest. Aber von einem anderen würde ich es nicht dulden.«

»Gut. Nicht, daß ich dir auch nur eine Minute lang glaube. Ein Ehemann und ein Dieb – das reicht dir nicht, und das weißt du auch.«

Sie bestellten, und als der Kellner gegangen war, beugte sich Fee vor. Sie war nicht mehr jung, wurde bald vierzig, aber sie war die verlockendste Frau, die Will je kennengelernt hatte.

»Wir haben ein großes Problem«, sagte Fee.

»Oh, ja?«

Sie schaute ihm in die Augen »Die VR Disc ist verschwunden.«

Sie sah, wie seine Pupillen sich vor Schock weiteten. Er wippte auf dem Stuhl hin und her, versuchte zu erfassen, was sie gerade gesagt hatte, und dann sprühten seine Augen vor Aufgeregtheit.

»Verdammt«, sagte er leise, »das wird uns einigen Ärger einbringen.«

»Ich wage es mir nicht auszumalen«, gestand Fee. »Es würde mich nicht wundern, wenn die Einweisungen auf die Stationen für geistig Gestörte rapide in die Höhe schnellten. Diese Disc ist Dynamit, das weißt du.«

»Wie konnte sie verschwinden?«

»Sie lag in meinem Büro. Ich hatte sie aus dem Safe genommen, weil ich sie mit nach Hause nehmen wollte, damit Rollo sich mal damit versuchen konnte. Dann hatte ich einen Termin zum Mittagessen, und als ich zurückkam, war die Scheibe verschwunden. Wir haben eine Reinigungsfirma für die Säuberung der Büroräume. Ich nehme an, es muß einer von denen gewesen sein. Jedenfalls möchte ich die Angestellten im Büro nicht verdächtigen, solange es sich vermeiden läßt.«

»Seit wann ist sie verschwunden, Fee?«

»Seit ein paar Wochen.«

»So lange schon?«

»Ich habe selbst einige Untersuchungen auf eigene Faust unternommen. Aber es läßt sich schlecht etwas suchen, wenn man nicht mit der Sprache herausrücken will, was man eigentlich vermißt. Schließlich kann ich keine Publicity gebrauchen.« Sie senkte den Blick und zerrieb nervös ihre Serviette. »Nachdem Rollo sie ausprobiert hätte, wollte ich sie vernichten.«

»He, Lady, sie gehört auch mir. Wir haben sie gemeinsam gemacht, wenn du dich erinnerst.«

»Du hast sie probiert, ich habe sie probiert. Ich wollte, daß Rollo sie probiert. Wirklich, ich dachte, das müßte genügen.«

Will begann sich zu ärgern. »Kann es sein, daß du sie vernichtet hast und mir jetzt diese wilde Geschichte auftischst?«

»Nein. Will, schau mal, du willst mir nicht sagen, was die Disc bei dir ausgelöst hat, und ich werde nie jemandem erzählen, wie sie auf mich gewirkt hat. Wenn Menschen wie wir schon nicht darüber erzählen können, wir, die wir wissen, was es ist und wie es funktioniert, wie kann ich dann wollen, daß sie von irgend jemandem da draußen benutzt wird?«

»Mit so viel gesellschaftlicher Besorgnis hatte ich nicht gerechnet.« Seine Stimme troff jetzt vor Hohn. »Ich meine, du bist in deinem Geschäft, um Geld zu verdienen, Fee Cambridge. Du willst doch immer das Größtmögliche herausholen und deine Gewinne maximieren, oder? Es würde dir doch gut in den Kram passen, mir zu erzählen, daß sie verschwunden ist, sie heimlich patentieren lassen, um dann ganz allein das große Geld einzustreichen.«

»Sie würde sofort verboten«, warf Fee ein. »Mit der Scheibe ist kein Geld zu verdienen. Sie würde ein zu großer Erfolg sein. Die Wirkung wäre verheerend. Das weißt du selbst, Will.«

Er schwieg einen Moment lang, das Gesicht düster. »Hast du dir überlegt, was du jetzt tun willst?« fragte er schließlich.

»Ich will gern deine Vorschläge hören. Das einzige, was mir noch eingefallen ist, ist schwach genug. Wir müssen eine große Distanz zwischen uns und die Scheibe bringen – für den Fall künftigen Ärgers. Und trotzdem müssen wir alles versuchen, sie zurückzubekommen. Ich fürchte, wir müssen jemanden ins Vertrauen ziehen und ihn ausschließlich auf die Suche nach der Scheibe einsetzen. Er muß sie finden und sofort vernichten, wenn er sie gefunden hat. Wünschenswert wäre es, wenn ihm das gelingt, bevor sie zuviel

Unheil angerichtet. Ich muß noch beichten, daß ich die Situation mit Rollo besprochen habe.«

»Und was sagt dein Mann dazu?«

»Er sieht natürlich nicht die Dringlichkeit, weil er die Scheibe nicht ausprobiert hat. Er kann immer noch nicht begreifen, wie sehr sie sich qualitativ von der gewöhnlichen Virtual Reality Disc unterscheidet. Er fragt mich immer wieder, welchen Sex ich denn auf die Scheibe programmiert habe, und ich erkläre ihm jedesmal, daß es damit nichts zu tun hat.«

»Ich könnte die Scheibe suchen«, sagte Will.

Zum erstenmal entspannten sich Fees Gesichtszüge, und echte Zuneigung spiegelte sich auf ihnen. »Nein, das könntest du nicht«, sagte sie sanft und ein wenig belustigt. »Du würdest jedem, den du befragst, einen riesigen Schrecken einjagen und ihn ein wenig zu hart anpacken, und du würdest dich am Abend des ersten Tages bei der Polizei wiederfinden. Und dann steckten wir wirklich in Schwierigkeiten, stimmt's?«

Ihre gemeinsame Geschichte war ein Geheimnis, das sie teilten. Will war ein Pirat gewesen, ein Autodieb, der seinen Lebensunterhalt in der Vergangenheit damit verdiente, in die Computerkontrollnetze der berühmten Connet Autos hineinzuhacken, die Besitzer zu entführen und von den Angehörigen ein Lösegeld zu erpressen. Daß er nicht lebenslänglich hinter Gittern saß, war Fee zuzuschreiben, die ihm half, als er sich auf der Flucht befand. Sie besorgte ihm auch eine neue Identität.

Warum hatte sie einem Gesetzesbrecher geholfen, besonders, da sie selbst Besitzerin eines Connet und daher potentielles Opfer der Hacker war? Sie hatte ihm aus dem frivolen Grund geholfen, daß sie ihm verfallen war, und ihr Schoß lechzte nach seiner Kraft, seiner Stärke, seiner Ausdauer.

Fee mochte ihren Ehemann zwar lieben, was sie auf ihre tigerhaft wilde Art auch tat, aber Rollo reichte ihr nicht. Sie hatte Will, dem Piraten, zwar eine neue Identität beschafft, so daß er sich frei in ihrer Gesellschaft bewegen konnte, aber wenn er erneut auffiel und die Polizei sich intensiv um ihn kümmerte, würde sie herausfinden, wer er wirklich war. Und obwohl er sie manchmal wahnsinnig machte, sie beleidigte und verletzte, schätzte Fee seine unberechenbare Art, seine Wildheit, die sich so wohltuend von ihren gesitteten Bekannten unterschied. Er bewegte sich wie ein kräftiger einsamer Wolf, unerkannt mitten in der Herde angepaßter Schafe.

»Wer denn?« fragte er. »Wem können wir trauen?«

»Rollo hat einen Namen genannt. Er mag zwar nicht die Dringlichkeit des Problems erkennen, aber er akzeptiert meine Einschätzung der Situation. Sein Vorschlag ist großartig, finde ich. Sie ist jemand, die vor Jahren mal für mich gearbeitet hat. Wir haben sie wirklich gern und haben ihr zu einer besseren Ausbildung verholfen, als sie uns verließ.«

»Sie?«

»Sie ist gerade über zwanzig, aber sehr klug und sehr – wie soll ich es sagen? – emotional zuverlässig. Ich glaube, gerade diese Eigenschaft ist erforderlich, wenn wir die Scheibe zurückhaben wollen.«

»Was geschieht, wenn der gegenwärtige Besitzer sie nicht zurückgeben will?«

Fee lächelte boshaft. Ihre Narbe glänzte. »Dann wird sie mir berichten, und du wirst die Disc stehlen«, sagte sie süß.

»Kann ich sie treffen?«

Fee nickte. »Ich schätze ja«, sagte sie langgezogen. »Natürlich habe ich noch nicht mit ihr darüber gesprochen, aber ich habe das Gefühl, daß ich ihr voll und ganz vertrauen kann. Ich will ihr gegenüber vorbehaltlos offen sein.«

»Über uns?«

»Über die Scheibe.«

»Was ist, wenn sie die Disc findet und sie benutzt und dann nicht zurückgeben will?«

»Sie könnte eine schlimmere Heimat finden.«

»Willst du damit sagen, daß dieses junge Mädchen damit fertig werden würde?«

Fee schaute auf ihren Teller. Einen Augenblick lang schien sie nach der richtigen Formulierung zu suchen, um das auszudrücken, was sie bewegte.

»Rück raus damit«, sagte Will leise. Er kannte sie gut und wußte, daß sie mit etwas hinter dem Berg hielt.

Fee schaute ihn von der Seite an. »Ich schätze, man kann wohl sagen, daß sie die Scheibe verkraften würde«, meinte sie.

Will sagte nichts, wartete.

»Sie ist eine Sexualtherapeutin, Liebling. Und sie ist auch verdammt sexy.«

Über den Vidicom trat Fee mit Janine sofort in Verbindung, als sie zu Hause eintraf. Sie war froh, daß sich Janine gleich meldete. Janine war ihr Hausmädchen gewesen, und jetzt war sie eine gute Freundin. Die meisten Menschen, die Fee Cambridge näher kennengelernt hatten, nahmen eine Erfahrung fürs Leben daraus mit, und die meisten brauchten es nicht zu bereuen. Janine war keine Ausnahme. Rollo hatte sie in die körperliche Liebe eingeführt – ein wenig nachgeholfen von Fee, und seither empfand Fee immer noch eine gewisse Verantwortung für das frühere Hausmädchen. Dabei war sie längst anerkannte Größe auf ihrem Gebiet, und Fee war stolz auf sie.

»Fee!« rief Janine angenehm überrascht. »Wie geht es dir? Und wie geht es Rollo? Arbeitet er immer noch so viel?«

»Das wird sich auch nicht ändern. Wie geht's, meine Liebe?«

»Großartig. Alles entwickelt sich gut. Und allmählich habe ich auch mehr zu tun.«

»Es gibt einen bestimmten Grund für meinen Anruf. Ich stecke in der Klemme.«

»Kann ich helfen?«

»Ich glaube ja. Ich brauche deine Hilfe. Aber es wird nicht leicht sein.«

»Du machst mich neugierig.«

»Können wir uns treffen? Dann erkläre ich alles. Es ist eine etwas delikate Angelegenheit, und das ist noch untertrieben.«

»Gut, sag Zeit und Ort, ich bin da.«

An diesem Abend trafen sie sich in einer intimen Bar im Zoo. Janine lebte nicht im Zoo, aber weil sie von Fee eingeladen worden war, hatte sie Zugang.

Die gewöhnlichen Leute wurden aus dem Zoo ferngehalten, es sei denn, sie standen in Verbindung mit den Zoo-Bewohnern, einer auserlesenen Gesellschaft der Reichen und Mächtigen, die innerhalb dieser künstlichen Umgebung der Türme und Kuppeln und Einkaufsarkaden lebte. Jahrelang hatte man immer mehr Land an den Wald abgegeben, aus dem ein Dschungel geworden war, der bis an die Häuser heranwuchs. Der Zoo war von allen Seiten eingezäunt und durch das Baldachin-Stahlgeflecht auch von oben gesichert.

Fee kam sofort zur Sache. »Ich habe eine Disc hergestellt«, begann sie. Das war keine ungewöhnliche Feststellung, denn Fee besaß eine kleine Computerfirma, die sie ›Intelligent Software‹ nannte und in der Discs für Handel und Industrie gefertigt wurden. »Wir hatten die Absicht, ins Unterhaltungsgeschäft einzusteigen«, fuhr sie fort. Das war eine Lüge, aber sie wollte nicht erklären müssen, was sie und Will wirklich getrieben hatten. »Wir wollten was Neues auf dem Feld der Virtual Reality herstellen.«

»Liegt das nicht alles mit Patenten fest?« frage Janine.

»Bis heute gibt es zweihundertvierundsiebzig eingetragene Patente auf diesem Gebiet, aber das hat uns nicht geschreckt. Jeder, der etwas Innovatives bringt, kann auf patentierte Prozesse aufbauen, obwohl er es kommerziell nur nutzen darf, wenn er dem Prozeß etwas grundsätzlich Neues hinzufügt, etwas, das dann selbst patentierfähig ist. Das haben wir geschafft, aber wir werden nicht in Produktion gehen. Wir haben nämlich einen Frankenstein geschaffen, und jetzt ist er uns abhanden gekommen.«

»Ich verstehe dich nicht«, sagte Janine. »Du hast etwas Monströses, Ungeheuerliches geschaffen, und das ist entwendet worden? Und es geht um eine Virtual Reality Disc?«

»Es ist ein Ungeheuer, gewiß«, räumte Fee ein, »aber es ist ein entzückendes Monster. Und ja, es ist verschwunden.«

Janine starrte ihre frühere Arbeitgeberin an.

Fee senkte den Blick. »Ich habe die Scheibe ausprobiert«, sagte sie. »Ich würde es keiner lebenden Seele erzählen, was geschehen ist, als ich sie ausprobierte. Es hat sich zu tief in meine Psyche gebohrt, als daß ich jemandem enthüllen könnte, was geschehen ist.« Jetzt sah sie die junge Frau ihr gegenüber an. »Das Schlimme ist, daß man es glaubt. Man kann es nicht von der Wirklichkeit unterscheiden. Es hat nichts mit irgendeiner Virtual Reality Disc zu tun, die auf dem Markt ist. Sie zieht dich ganz in ihren Bann, sie unterwirft dich, sie ist absolut glaubwürdig, weil sie eine Wirklichkeit zeigt, wie sie sein kann, ohne daß es sie gibt.« Sie lehnte sich vor, sah Janine eindringlich an. »Sie ist einfach wunderbar. Wenn es zu Ende ist, könntest du sterben, weil du dann wieder mit der eigentlichen Wirklichkeit konfrontiert wirst.«

Janine begriff es nicht. »Was ist denn auf der Scheibe drauf, Fee? Welche Wirklichkeit gaukelt sie dem Benutzer vor?«

Janine wußte, daß Fee ausgefallene und üppige sexuelle Phantasien hatte. Wenn sie die Disc mit ihrem eigenen Stil von Sex und Liebe geladen hatte, mochte es sein, daß die Scheibe zu heiß zum Anfassen war. Trotzdem verstand Janine nicht, was eine solche Panik verursachte.

»Zuerst mußt du wissen, daß sie wie eine ganz normale VR Disc aussieht. Am Ende der Disc aber gibt es keine Hinweise auf den Hersteller und auf den Inhaber des Urheberrechts. Ich habe die Scheibe ausprobiert, mein Co-Produzent hat sie ausprobiert. Die Wirkung ist für beide Geschlechter gleich. Ich wollte sie auch Rollo zum Ausprobieren geben, und danach hätte ich sie wahrscheinlich vernichtet. Aber dann wurde sie aus meinem Büro gestohlen, so daß Rollo sie nie gesehen hat. Entscheidend bei der Disc ist, daß der Benutzer alle Aktivitäten selbst liefert, die sich dann in seinem oder ihrem Kopf abspielen. Die Disc liefert nur die Gefühle, das ist alles. Wir haben einen Weg gefunden, die Lustnerven im Gehirn direkt anzugehen. Die Disc löst die Lustempfindung aus. Das sexuelle Lustempfinden, um genau zu sein.« Fee lächelte verlegen und ein wenig reuevoll. »Der Benutzer empfindet Lust und baut darum herum eine Phantasie. Aber er oder sie nimmt nicht wahr, daß alles nur Phantasie ist, man hält es für wirklich. Das Gehirn macht diesen Unterschied nicht. Verstehst du jetzt, wie gefährlich das verdammte Ding ist, Janine? Der Schock, wenn die Disc beendet ist, kann entsetzlich sein. Deshalb müssen wir die Disc wieder in unseren Besitz bringen.«

Janine nickte. Allmählich begriff sie, warum Fee diese für sie so untypische Angst zeigte. »Du sagtest, du wolltest mich um einen Gefallen bitten. Ich soll helfen. Ich verstehe jetzt das Problem und auch, daß es dringend ist, aber ich sehe noch nicht, was ich tun kann.«

»Ich möchte, daß du Detektiv spielst, Janine. Ich möchte dich engagieren, die Disc zu finden.«

»Mich? Warum gehst du nicht zur Polizei? Du hast doch nicht das Gesetz gebrochen.«

»Nein, aber sie werden es nicht schaffen, die Disc zu beschaffen, dafür sind sie nicht clever genug. Außerdem will ich keine Publicity. Mein Partner ist ein sehr zurückhaltender Typ. Ich glaube, es bedarf deiner bestimmten Talente, Janine. Wenn die Disc benutzt wurde, hinterläßt sie Spuren – Spuren, die du erkennen wirst. Du mußt jemanden finden, der Zutritt zu meinem Büro hat und sich in einem Stadium des sexuellen Schocks befindet. Und darin bist du doch Experte, oder etwa nicht, Liebling?«

Janine traf sich mit Will. Das war ihre Bedingung, bevor sie zusagte, den Job zu übernehmen. Selbst jetzt noch blieb sie bei der Überzeugung, daß sie für den Auftrag wenig geeignet war. Als sie Will gegenüberstand, war sie geschockt und empfand eine spontane Abneigung. Sie fand ihn häßlich mit seinem breiten, dunkelhäutigen Gesicht und den schräg stehenden Mongolenaugen. Sie spürte auch gleich die Brutalität und das Wölfische des Mannes, seine stete Bereitschaft zu Gewalt. Genau die Eigenschaften, die Fee so sehr mochte, Wills Unberechenbarkeit und sein stürmisches Anrennen gegen Konventionen, stießen Janine ab. Sie sah in ihm nur einen Mann, der jegliche Selbstkontrolle vermissen ließ.

Wills Reaktion auf Janine war komplizierter. Sie war eine schlanke, liebe junge Frau mit pfirsichfarbener Haut, deren lange weizenblonde Haare kunstvoll geflochten um den Kopf lagen, was ihr eine Aura der Gelassenheit verlieh, ungewöhnlich bei einem so jungen Menschen. Sie schien eine angeborene Würde zu besitzen und strahlte Selbstbeherrschung aus, in der Will allerdings eher Überheblichkeit und Selbstzufriedenheit zu erkennen glaubte. Es war schwer, sich vorzustellen, daß sie sich so gut mit Fee Cambridge verstand.

Die Situation war ein bißchen heikel, besonders, als ihm bewußt wurde, daß sie ihn spontan ablehnte. Es gab noch einen anderen Punkt, der Will Sorge bereitete, aber über den wollte er im Moment nichts sagen. Aber es war ein Punkt, der ihn ängstigte, und Will zeigte nicht schnell Angst. Nun, er würde sehen, wie sich die Dinge entwickelten.

Nach dem Gespräch erklärte sich Janine dann aber bereit, die Disc aufzutreiben.

Whippet lebte in einer Röhre. Es war eine große Röhre, und er teilte sie sich mit mehreren anderen. Decken hingen an den beiden Enden, um den Eindruck von Privatsphäre und Wetterschutz zu erwecken, aber es war und blieb eine Röhre.

Whippet und die Jungs hatten sich synthetischen Alkohol organisiert, und jetzt waren sie happy und feierten mit ein paar Mädchen. Die Mädchen waren auch happy und sehr entgegenkommend, und seit einiger Zeit hatte niemand mehr einen Fetzen an. Trotzdem hielt sich hartnäckig eine Enttäuschung in Whippet fest.

Dabei war es alles andere als langweilig. Ein Mädchen war bei ihm in den Keller gestiegen, und er hatte sich natürlich revanchiert. Selbst jetzt noch, als er müde und abgeschlafft in einer Ecke lag, lohnte es sich, die Augen offenzuhalten. Hinten tanzten zwei Mädchen zusammen, hielten sich eng umschlungen und schienen ihre Zuschauer vergessen zu haben.

Der kleine Fruity, der sexuell mehr drauf hatte als sie alle, berührte sie, wenn sie tanzend in seine Reichweite kamen. Sie kicherten und spielten mit ihm, wichen aus und neckten ihn. Schließlich hatte er sie so aufgebracht, daß sie sich willig zu ihm aufs Lager sinken ließen.

Aber Whippet war enttäuscht. Es war zum Verrücktwerden. Da hatten sie eine Orgie gefeiert, und das war für die Gang ein seltenes Erlebnis, und er hätte bis unter die Haarspitzen befriedigt sein sollen.

Aber Whippet war enttäuscht. Whippet arbeitete gelegentlich als Botengänger für einen Kurierdienst. Eines Tages hatte er in einem eleganten Büro im Zoo eine VR Disc mitgehen lassen. Er wußte nicht, um welche Disc es sich handelte, aber er sagte sich, daß der Wert für diese stinkreiche Zoo-Hexe, der er eine Lieferung zugestellt hatte, belanglos war. Er hatte sie gesehen, eine Alte mit schwarzen Haaren und grünen Augen. Man wußte sofort, daß sie der Boss war, sie hatte diese Haltung, an der man alles erkennen konnte.

Es war seltsam, aber obwohl sie alt genug war, daß sie seine Mutter hätte sein können, wußte Whippet, daß er seinen linken Arm dafür geben würde, sie näher kennenzulernen. Aber die Hexe nahm ihn nicht einmal zur Kenntnis, als er die Lieferung abgab.

Die Disc hatte seinen Kopf durcheinandergewirbelt. Er zitterte noch jetzt in der Erinnerung. Er hatte gar nicht gewußt, was man heute schon alles mit diesen Scheiben erreichen konnte. Er war ganz tief in die Welt der Disc hineingezogen worden, und es hätte ihn fast gebrochen, als er in die Wirklichkeit zurückgeschleudert worden war.

Als er die Disc das zweite Mal benutzt hatte, war die Wirkung noch taumelnder gewesen. Nicht nur, daß sie ihn erneut zum Narren hielt und er das, was geschah, für die Wirklichkeit ansah. Das eigentlich Sensationelle bestand darin, daß er diesmal eine andere Phantasie erlebte.

Er hatte das verdammte Ding genau untersucht, aber er konnte nicht herausfinden, wie zwei separate Programme auf der Disc untergebracht werden konnten. Man schob sie wie eine ganz normale Disc in den Schlitz, und dann begann das Erlebnis ohne Verzögerung.

Als er aus dem zweiten Erlebnis herauskam, war er verwirrter als vorher, aber er erinnerte sich auch noch an das erste Mal und labte sich an dem, was ihm bei beiden Gelegenheiten widerfahren war.

Whippet versuchte es ein drittes Mal. Und erneut

wurde er wie von selbst in diese andere Welt hineingeführt, und wieder war es eine andere Welt als bei den vorangegangenen Erlebnissen. Als er diesmal in die Wirklichkeit zurückgeworfen wurde, ließ ihn der Gedanke an die Scheibe nicht mehr los.

Er hatte keine Ahnung, wie viele Welten die Disc enthielt, oder wie es gelang, in diese Welten hineinzukommen. Er wußte, daß seine geistige Verfassung Schaden nehmen würde, wenn er immer wieder hinübergehen würde in jene andere Welt, zu groß war der Schock, wenn man sich in der Wirklichkeit wiederfand. Die eine Welt war so paradiesisch, die andere so erbärmlich. Und jetzt, da er die Welten der Disc kennengelernt hatte, war die Wirklichkeit noch erbärmlicher geworden.

Selbst diese Orgie, die so phantastisch hätte sein können, war blaß im Vergleich zu den Welten der Scheibe.

Whippet wußte, daß es unmöglich war, im wahren Leben diese Voraussetzungen zu finden, die ihm in der Discworld begegnet waren. (Die Phantasie des Programmierers! Fast so verdorben und ausgeflippt wie seine eigene!) Er wußte es, nicht weil es unmöglich war, diese herrlichen Dinge hier auszuleben, sondern, weil es *ihm* unmöglich war. Whippet war der geborene Verlierer. Aber er war ein Realist und akzeptierte diese Tatsache. Schließlich setzte er doch seine Gehirnwindungen in Bewegung, um vielleicht einen Dreh zu finden. Die Scheibe selbst konnte der Dreh sein. Wenn er sie anderen zugänglich machte – gegen Bezahlung natürlich –, würden sie genau so süchtig werden wie er und immer wieder in die andere Welt abtauchen wollen. Das Leben mochte zwar grau und häßlich sein, aber er könnte die Scheibe nutzen, um das Leben wie mit einer Droge völlig neu erlebbar werden zu lassen.

Dann war Whippet der Boden unter den Füßen weggerutscht. Er war in der Röhre aufgewacht und fand Sand. Seltsam. Der Ozean war meilenweit weg, irgendwo jenseits des endlosen Gerümpels, das einmal die Stadt gewesen war. Alle Städte der fortgeschrittenen Welt wurden nacheinander umgepflügt und zu Savannen oder Prärien kultiviert, wo das verdammte Vieh grasen konnte. Es gab längst nicht mehr so viele Menschen wie früher, und sie gaben ihren Planeten zurück, sagten sie. Idioten, dachte Whippet. In den Städten früher, da mußte das Leben Spaß gemacht haben. Whippet haßte Wiesen.

Der Sand war silberweiß, und er roch nach Salz und Gewürzen und Kokosnuß. Whippet schnüffelte. Voller Pein erinnerte er sich an die Koralleninsel, auf die ihn die Disc befördert hatte – er als einziger Mann unter einem kriegerischen Amazonenstamm. Sie hatten ihn am Strand gefunden und aufgepäppelt und angebetet, und dann hatten sie ihre geheimnisvollen erotischen Künste an ihm praktiziert. Die ganze Sache war köstlich vielschichtig gewesen, denn die kriegerischen Amazonen waren eifrige Starlets, und er war der Held eines Films. Die Mädchen verfolgten ihn nicht nur vor der Kamera mit ihren erotischen Reizen, sondern drängten ihn auch nach Drehschluß in die Rolle des umschwärmten Casanova. Und weil er ein Superstar war und dazu noch einflußreich, lasen sie ihm jeden Gedanken von den Augen ab. Whippet wurde bewußt, daß er sich im Kopf nur etwas ausdenken mußte, und schon führten die Mädchen, bestrebt, ihm zu gefallen, alles aus. So schraubte sich die Sexspirale immer höher.

Während Whippet den Sand untersuchte, der vorher nicht in der Röhre gewesen war – und das hätte er schwören können – hatte er nach der Scheibe in seiner Tasche getastet. Er machte das hundertmal am Tag, wie andere Leute ein Amulett immer wieder anfassen. Die Disc war ein Talisman, sein Glücksbringer, der Garant zukünftigen Wohlstands.

Die Scheibe war weg. Whippet war auf der Stelle wahnsinnig geworden. Sein Wahnsinn hatte die ganze Gang verunsichert, und so waren sie alle ausgezogen, um die Scheibe zu suchen. Er mußte sie gestern abend verloren haben, nachdem er sie in einer öffentlichen Kabine benutzt hatte.

Sie suchten, bis ihre Augen brannten, aber die Scheibe fanden sie nicht.

Die Orgie war vorläufiger Höhepunkt ihrer Zukunftsplanung, denn Whippet war felsenfest davon überzeugt, daß ihre Einkünfte in schwindelerregende Höhen steigen würden, wenn sie mit der Disc ein Leihgeschäft gründeten. Sie hatten den Alkohol besorgt und die Mädchen organisiert, bevor Whippet bewußt wurde, daß er die Scheibe nicht mehr hatte. Nur Whippet empfand die ganze Verzweiflung des Lebens ohne die Scheibe, weil nur er sie benutzt hatte. Den anderen war sie bislang vorenthalten.

Er und die Gang mußten herausfinden, wer gestern abend die Kabinen gemietet hatte. Einer von denen hatte seine Disc gestohlen.

Die Person, die jetzt im Besitz der Scheibe war, würde sie vielleicht freiwillig nicht wieder herausrücken, aber dieser Gedanke brachte nur ein Lächeln auf Whippets Lippen. Er langte in seinen Boot (im Moment trug er nichts als seine Boots) und holte das Messer heraus, ließ die silbrige Klinge springen.

Man konnte Menschen überreden, Dinge herauszurücken, die ihnen nicht gehörten. Whippet und die Gang hatten hinlängliche Erfahrung in solchen Überredungen. Whippet kicherte. Er würde die Scheibe finden und sie zurückholen, ganz egal, wie stark der Widerstand sein würde. Er wurde damit fertig.

»Ich hasse Menschen, die sich auf einen Kreuzzug begeben«, sagte Will.

»Wovon redest du?«

»Von deiner kleinen Freundin. Sie gibt sich wie eine Heilige. Als ob Butter in ihrem Mund nicht schmelzen würde. Ihre Einstellung zum Sex erinnert mich an einen Missionar, der alles niederbrennt, um die Welt zu verändern.«

»Woher willst du das wissen?« fragte Fee.

»Ich kann es in ihren großen unschuldigen Augen sehen, blau wie Stiefmütterchen.«

»So unschuldig ist sie nicht.«

»Doch, ist sie. Sie hat keine Ahnung, was Sex wirklich ist.«

Fee schaute zu ihm hoch. »Du aufgeblasener Bastard«, sagte sie. »Janine hat das Fach studiert. Du und ich, wir sind nur Amateure gegen sie.«

»Nicht, was du weißt, macht dich zu einem Profi«, sagte er mit Nachsicht in der Stimme. »Es kommt darauf an, wie du das Wissen, das du hast, einsetzen kannst.«

Fees eisgrüne Augen verzogen sich zu schmalen Schlitzen. »Hast du mit dem Mädchen geschlafen, da du so genau Bescheid weißt?«

»Ich schlafe nicht mit Mädchen«, sagte Will. »Ich liebe Frauen, und zwar nur solche wie dich.«

Fee lächelte. »Dafür hast du eine Belohnung verdient«, murmelte sie, und im nächsten Augenblick küßte sie ihn hemmungslos.

Am folgenden Tag nahm Fee Cambridge an einem Seminar im Institut of Science teil. Sie sollte vor der Computer-Fakultät einen Vortrag halten. Sie luden jedes Jahr eine Kapazität auf dem jeweiligen Gebiet ein, wodurch das Seminar zahlreiche Zuhörer auch von außerhalb der Fakultät anlockte. Es wurde auch aufgezeichnet und würde später gesendet werden. Fee war für die Fakultät ein gelungener Coup, denn sie war nicht nur eine bekannte Größe in der Computerwelt, sie war auch eine Persönlichkeit, eine bedeutende Nummer in der Gesellschaft. Ihre Schönheit war ebenso bekannt wie ihre Schlagfertigkeit. Dazu war sie auch noch mit Rollo Cambridge verheiratet, einem der führenden Finanziers.

Fee Cambridge war ein heißer Tip, und ihr Vortrag wurde mit Spannung erwartet.

Caz gehörte nicht zur Computer-Fakultät. Er saß

ziemlich weit hinten, vor sich der dichte Block der Computer-Fakultät und die Häuptlinge, die fast alle erschienen waren. Fees Charisma war legendär. Caz war neugierig, ob es so umfassend war, daß sie ein halbes Tausend Menschen auf einmal in den Bann ziehen konnte. Außerdem wollte er wissen, was sie zu sagen hatte.

Fee war gut, sehr gut sogar. Um sich herum hatte sie einige Dinge aufgebaut, damit sie ihren Vortrag mit faszinierender Computerkunst würzen konnte, mit Graphiken und Statistiken. Sie führte die jüngsten Entwicklungen vor, für die ihre Firma die Software lieferte. Höhepunkt des Vortrags war ein computerisierter Spaziergang durch das Sonnensystem, ein Programm, das die beste Virtual Reality Simulation mit den jüngsten Daten verband, die von den verschiedensten Satelliten und Proben zur Erde geschickt worden waren.

Dann begann die Fragestunde, die fast ausschließlich von den Studenten der Computer-Fakultät ausgefüllt wurde, was nur natürlich war, denn schließlich handelte es sich um einen Vortrag, den ihre Fakultät veranstaltet hatte. Aber Caz bewies Geduld, und schließlich erhielt er seine Chance.

Weit unter ihm wandten sich die Köpfe seiner Kommilitonen, als er aufgefordert wurde, seine Frage zu stellen.

»Welche Ebene haben Sie auf dem Gebiet der interaktiven Beschäftigung mit Ihren Virtual Reality Discs erreicht?« fragte er. Er wußte, daß die Frage ziemlich allgemein war.

Zischen machte sich unter den Zuhörern in der Aula breit, deutliche Kritik an der dummen Frage, die auch ein fünfjähriges Kind hätte stellen können. Es war eine Verschwendung von Fragezeit.

Es war Fee, als wäre sie kalt erwischt worden. Sie starrte in die Dunkelheit und strengte ihre Augen an, um den Mann genauer sehen zu können, der diese Frage gestellt hatte. Das Schweigen schuf weitere Unruhe im Auditorium. Offenbar glaubte man, daß sie nicht antworten wollte, weil die Frage einfach zu kindisch war. Sie benetzte sich die Lippen.

»Es gibt darauf eine kurze Antwort, die den Atem nicht wert ist, und eine lange, die sehr ins Detail geht«, sagte sie mit ihrer vibrierenden Stimme. »Warum kommen Sie nachher nicht zu mir, dann können wir ausführlicher darüber reden, wenn Sie interessiert sind.«

»Danke«, krächzte Caz und setzte sich wieder. Gesichter schauten ihn verdutzt oder auch ein wenig neidisch und ablehnend an. Dann wurde die nächste Frage gestellt, und Caz war vergessen.

Es war nicht leicht, später zu Fee vorzudringen. Sie war von einem Pulk salbungsvoller Männer und schroffer Frauen umgeben, die ihr gratulierten und versuchten, sie zu dem kleinen Empfang zu lotsen, den man ihr zu Ehren geben würde. Aber sie entdeckte Caz im Hintergrund und winkte ihn heran.

Sie beäugte ihn mit geschlitzten Augen, als er näherkam. Er war nicht sehr groß, ein hagerer, blonder Junge mit hungrigen dunklen Augen. Sie lächelte ihn an, und er strauchelte fast unter der Wirkung ihrer Persönlichkeit.

Sie hatte nicht viel Zeit. »Wie heißen Sie?« fragte sie höflich.

»Caz Luckett. Hören Sie, meine Frage ...«

»Ich fand Ihre Frage sehr interessant, Caz. Ich glaube, die anderen haben sie nicht verstanden.« Es war ihr bewußt, daß die Umstehenden jedes Wort hörten.

»Es ist nur ...«, begann Caz wieder.

»Interaktive Beschäftigung«, unterbrach sie ihn lächelnd. »Damit meinen Sie etwas, was bewirkt, als hätte man die Welt in der Virtual Reality selbst geschaffen. Als ob es eine Phantasie wäre, die dein Verstand als Wirklichkeit identifiziert.«

Er war sprachlos. Sie hatte es genau formuliert. »Ja«, brachte er schließlich hervor. »Ja. Genauso ist es.«

Sie beugte sich weit vor und griff seinen Arm. Er fühlte sich in ihren außergewöhnlichen eisgrünen Augen wie gesplittert. Eiskalt. Todeskalt. Im krassen Widerspruch zu den sinnlich betonten Wangenknochen, dem sexuellen Schwung ihrer Lippen und der prallen Fülle ihres Körpers, schmal in der Taille, aber reif und voll in Oberweite und Hüften. Ihre Ausstrahlung nahm ihn gefangen. In seinem Kopf schwirrte es wild durcheinander.

»Wie oft hast du sie benutzt?« raunte sie.

Die Aula, die langweiligen, bedeutenden Männer und Frauen, die ganze Welt, alles fiel von Caz ab, als er Fees Reich betrat und das Gefühl hatte, mit ihr ganz allein zu sein.

»Einmal«, sagte er leise.

Ihre Augen tanzten, schauten spöttisch. »Sehr empfehlenswert«, murmelte sie. Sie war sicher, daß es das aufregendste sexuelle Abenteuer war, das Caz je erlebt hatte.

»Ich habe sie verloren«, sagte er niedergeschlagen.

»Scheiße.«

Seine Lider plinkerten. Ihre Derbheit überraschte ihn. Bei dieser Eleganz so wenig damenhaft. Dann grinste er.

Leute zerrten an ihr von allen Seiten, wollten sie wegziehen. »Wir müssen uns sprechen«, sagte sie hastig. »Gib mir dein Notizbuch.«

Caz gab ihr das kleine elektronische Gerät, und sie tippte ihre Vidicom-Nummer ein. »Ruf mich heute abend an.« Sie sah auf ihre Uhr. »Ich werde gegen sieben zu Hause sein. Vergißt du es nicht?«

Caz grinste und schüttelte den Kopf. Hinter ihrer Vidicom-Nummer hatte sie auch ihren Namen eingegeben. Als ob Caz jemanden von ihrer Ausstrahlung vergessen könnte!

Er ließ sich zurückdrängen. Fee wurde mit der Menge nach vorn getrieben, lachend, redend, flirtend. Ein Hauptgewinn für die Akademiker.

Es war vier Minuten nach sieben, als er sie anrief. Fee war alles andere als überrascht. Männer setzten sie nicht drauf.

»Danke für deinen Anruf«, sagte sie, als hätte sie gezweifelt. »Könntest du vielleicht hierherkommen und mich in einer Bar treffen? Ich könnte dir einen Drink spendieren, und du würdest mir von meiner Scheibe erzählen.«

»Von Ihrer Scheibe?«

»Ja, sie ist mir abhanden gekommen. Es scheint, daß du sie gefunden hast.«

»Ich habe sie gekauft, wenn wir über dieselbe Scheibe reden.«

»Ich schätze ja, aber wir können unmöglich über Vidi die Einzelheiten besprechen. Hast du heute abend Zeit?«

»Ja. Sie meinen, ich soll Sie im Zoo treffen?«

»Ja. Ich schicke dir ein Taxi. Wird das die Sache vereinfachen für dich? Man wird dich hereinlassen.«

»Danke, Mrs. Cambridge.«

»Oh, bitte, nenn mich Fee.«

Spontan entschied sie, weder Janine noch Will zu informieren. Dieses kleine Spiel würde sie für den Augenblick allein spielen. Rollo war ein paar Tage verreist, und ihr Haus kam ihr leer vor ohne ihn. Sie freute sich auf das Treffen mit dem jungen Caz.

Für Caz war die Reise in den Zoo wie der Eintritt in eine Traumwelt. Er hatte Berichte darüber auf dem Schirm gesehen. Er hatte den Zoo auch schon mit der Mystery Disc im Cyberspace betreten. Aber jetzt befand er sich tatsächlich hier, und auch noch auf den Wunsch einer der schönsten Frauen dieser Tage hin. Sie war die Cleopatra ihrer Zeit, unangefochten, legendär, berühmt. Fee Cambridge hatte ihn eingeladen. Er war der einzige Student unter den Tausenden am Institut, der sie persönlich kennenlernen würde, in ihrer Umgebung noch dazu.

Caz schüttelte den Kopf. Er konnte kaum glauben, was ihm widerfuhr.

Ja, sie war die Besitzerin einer erfolgreichen Computerfirma und eine reiche, verwöhnte Frau. Ja, sie war mit Rollo Cambridge verheiratet, Financier und Wasserbaron, einer der Männer, die Kontrolle über den immer knapper werdenden Rohstoff Wasser ausübten. Aber es war mehr als das. Wie reich, wie intelligent, wie kommerziell erfolgreich sie auch immer sein mochte, zuallererst fiel einem bei Fee Cambridge diese unvergleichliche Schönheit auf. Zuerst und zuletzt. Ihre Schönheit und ihre Sinnlichkeit. Es gab keinen echten Mann auf dem Planeten, der auf ihre Ausstrahlung nicht ansprechen würde.

Caz war kein Tölpel, und er mahnte sich, ihr gegenüber wie jemand aufzutreten, der sich vom Fachwissen her mit ihr messen konnte, und nicht wie ein liebeskrankes Mondkalb. Und doch, als er aus dem Taxi stieg und die Elektronikstimme ihm sagte, in welcher Richtung er gehen mußte, um zu der Bar zu gelangen, deren Name Fee ihm genannt hatte, blubberte sein Herz, er hatte feuchte Hände und wacklige Knie.

Sie war schon da. Er ging zu ihr in die nur schwach beleuchtete Nische und setzte sich ihr gegenüber. Ein Kellner tauchte auf, und er bestellte einen Drink. Dann waren sie allein. Er konnte ihr Parfum riechen, sehr schwach, sehr subtil, wenig mehr als eine helle Farbe in der Luft zwischen ihnen. Sie beugte sich vor, und von irgendwoher fing sich ein grünes Licht in ihren Haaren und verwandelte das Schwarz in das schillernde Spektrum einer Starenbrust.

Plötzlich entspannte sich Caz. Er spürte, wie sich die Enge seines Brustkorbes weitete. Sie war schließlich auch nur ein Mensch wie er. Vielleicht war sie früher auch eine arme Studentin gewesen. Vielleicht würde er in ihrem Alter auch erfolgreich und wohlhabend sein. Sie hatte eine überwältigende Persönlichkeit, aber sie hatten etwas Gemeinsames: ihr Fachgebiet.

»Danke, daß du gekommen bist.« Ihre rauchige Stimme schien ihn zu streicheln. »Du wirst dich fragen, was das alles soll.« Sie lächelte ihn an.

»Ist es wirklich Ihre Scheibe?«

»Ich habe sie hergestellt. Zusammen mit einem Partner. Sie wurde uns gestohlen, und wir müssen sie zurückhaben.«

Caz lehnte sich zurück, damit sie nicht sehen konnte, wie er errötete. »Sie hat eine verblüffende Qualität«, sagte er umschreibend. Schließlich sprachen sie von einer Sex-Scheibe. Sie wußte, was er erlebt hatte, und das machte ihn verlegen. Vielleicht lachte sie ihn aus hinter dieser freundlichen Maske. Sie sei verdammt, dachte er, als er wieder zu schwitzen begann.

»Du hast sie einmal benutzt?«

»Ja.«

»Und was dann?«

»Jemand hat sie aus meinem Zimmer gestohlen.«

»Hast du einen Verdacht?«

»Einen schwachen. Aber hören Sie, ich sagte Ihnen schon, daß ich die Disc gekauft habe.«

»Erzähl mir davon.«

»Ich stand in einem Secondhand-Shop für Disketten und Kassetten, weil ich preiswertes Material suchte, das ich für meinen Kurs gebrauchen konnte. Die Disc lag zwischen all dem billigen Zeug. Der Besitzer schien keine Ahnung zu haben, was es war. Er gab sie mir spottbillig. Die Beschriftung war schon abgerieben.«

»Das haben wir zur Tarnung gemacht.«

Er war verwirrt. »Was ist das Besondere an der Scheibe?« Er schüttelte den Kopf. »Das hört sich dumm an, denn ich weiß ja, was das Besondere ist. Aber Sie sind versessen darauf, sie zurückzubekommen, nicht wahr?«

Sie ließ sich Zeit mit der Antwort. »Es ist eine einzigartige Disc, Caz, es ist die einzige ihrer Art, und sie unterscheidet sich von allem anderen, was es je gegeben hat.« Sie brach ab und nippte an ihrem Drink.

»Ich habe den Einstieg gar nicht wahrgenommen«, sagte Caz. »Es begann wie eine Erfahrung im normalen Leben, und als die Disc zu Ende war …«

»Ich weiß. Deshalb müssen wir sie zurückbekommen. Es tut weh, nicht wahr?«

»Sie haben sie benutzt?« Er konnte den gierigen Unterton in seiner Frage nicht zurückhalten.

Ihre Augen blinzelten, sahen ihn an, klug, unerschrocken. Sie konnte seine Gedanken lesen. »Die Disc ist nicht geschlechtsspezifisch, Caz. Ich weiß nicht, welches Erlebnis du gehabt hast. Es wird sich von meinem grundlegend unterschieden haben. Wenn du die Scheibe noch einmal benutzt hättest, wäre das Erlebnis wieder anders gewesen.«

Er konnte es nicht glauben. »Mir war bewußt, daß sie ein interaktives Element hat«, sagte er stockend.

»Wodurch ist dir das bewußt geworden?«

»Wegen des Handschuhs.«

»Wegen des Handschuhs?«

Er errötete. »In meinem Erlebnis spielte ein Handschuh mit«, sagte er steif. »Später fand ich den Handschuh in meiner Tasche. Ich kann mich nicht daran erinnern, wann und wo ich den Handschuh aufgehoben und weggesteckt habe, aber als ich das tat, muß ich ihn irgendwo in meinem Unterbewußtsein vergraben haben, und dann tauchte er in der Discoworld wieder auf. Das hat mich für einige Zeit fast umgehauen.« Er stieß ein unsicheres Lachen aus.

Fees Augen waren wie grüne Diamanten in der Dunkelheit der Nische, hart und strahlend. »Habe ich das richtig verstanden? Du hast, nachdem du die Disc benutzt hast, einen Handschuh in deiner Tasche, an den du dich nicht erinnern kannst, der aber in deinem Erlebnis mit der Disc eine Rolle spielte. War es so, Caz?«

»So war es«, murmelte Caz. Er glaubte nicht, daß sie nicht wußte, was er erlebt hatte. Hier saß er einer wunderschönen Frau gegenüber, die alt genug war, seine Mutter zu sein, und die wußte, daß die Frau aus dem Programm ihn geliebt hatte. Er fühlte sich gleichzeitig gedemütigt und erregt. Unter ihrem forschenden Blick rutschte er unruhig auf seinem Sitz herum.

Fee dachte über das nach, was er gesagt hatte, konnte aber zunächst nichts damit anfangen. Sie würde sich später intensiv mit dem Phänomen befassen.

»Es ist eine Sex-Disc«, sagte sie plötzlich. »Du brauchst nicht verlegen zu sein. Ich weiß nicht, welche Phantasie du mit ihr ausgelebt hast, wie du nicht weißt, wie mein Erlebnis mit der Scheibe war.«

»Meine Phantasie? Es war nicht meine Phantasie. Sie haben die Disc gemacht.«

»Ich habe keinen Cybersynch hineinprogrammiert«, sagte sie leise.

Ihre Derbheit schockierte ihn erneut. »Doch«, sagte er heiser.

»Ich habe dein Vergnügen programmiert, alles andere kam von dir, Caz. Die Einzelheiten hast du mitgeliefert.«

Er wurde still, dachte über seine Liebhaberin auf der Disc nach, sah in ihr jetzt sein persönliches Eigentum, wenn das, was Fee sagte, der Wahrheit entsprach. Aber dann siegte sein analytischer Verstand.

»Wie haben Sie Vergnügen programmiert?« fragte er. »Meinen Sie damit so etwas wie eine Injektion? Irgendwas Chemisches? Eine Droge?«

»Das meine ich«, sagte sie lächelnd und winkte dem Kellner, der Nachschub brachte. Als sie wieder allein waren, beugte sie sich vor. Caz spürte, wie ihre Körperwärme auf ihn übersprang.

»Ich kann es dir erklären. Kennst du dich mit Agonisten aus?«

»Nicht gut. Bisher habe ich mich noch wenig mit der Molekularbiologie beschäftigt.«

»Also gut. Der Opiat-Rezeptor im Gehirn hat eine bestimmte Form. Wenn sie sich mit einer deckungsgleichen Form verbindet, empfinden wir Lust. Du hast von lustbewirkenden Drogen gesprochen. Heroin und Methadon haben fast die gleiche molekulare Form, deshalb kann man Methadon einsetzen, um die Heroinsucht zu blockieren. Das Methadon legt sich über den Rezeptor, und das Verlangen nach Heroin ist gestillt, ohne daß der Organismus geschädigt wird wie beim Heroin. Nun findet nicht nur eine körperliche Verbindung zwischen den Molekülen der Opiate und dem Rezeptor statt, sondern dadurch wird auch ein elektrisches Bewegungsmuster im Gehirn ausgelöst, das eine ganz bestimmte Charakteristik besitzt.

Was wir, mein Partner und ich, nun versucht haben, ist, eine VR Disc zu schaffen, die sich nicht damit aufhält, dem Benutzer eine angenehme Phantasie vorzugaukeln. Unsere VR Disc soll sich ins Gehirn einschalten und das elektrische Muster simulieren, das so charakteristisch für die Lust ist. Wir haben Discworld überhaupt nicht programmiert. Wir haben die Disc nur programmiert, einen bestimmten Ablauf im Gehirn in Gang zu setzen. Vergnügen und Lust ist für alle Menschen gleich, jedenfalls, was die chemikalische und elektrische Aktivität im Gehirn angeht.«

»Sie meinen, wenn jemand die Scheibe benutzt, wird er lediglich in den Zustand allgemeiner sexueller Lust versetzt?« Caz bemühte sich zu begreifen.

»Es ist ein bißchen komplizierter als das. Die Disc teilt dem Gehirn mit, daß du herrliche sexuelle Gefühle empfindest. Dein Gehirn aktiviert sein Wissen und seine Erfahrungen, die Hoffnungen und Phantasien und liefert ein Szenario wie aus dem richtigen Leben. Es rechtfertigt die Gefühle, die du gerade erlebst.«

»Ich habe mir die Begegnung mit der Frau also nur ausgedacht?«

»Du hast sie dir ausgedacht. War sie schön?«

»Ja.«

»Und nett?«

»Ja.«

»Sie hat dich glücklich gemacht?«

»Ja.«

»Du mußt sie vermissen.«

»Ja.«

Caz sagte dieses letzte Wort so traurig, daß Fee irritiert war. Sie griff Caz' Hand und hielt sie in ihrer. Er starrte sie an, die Augen groß und dunkel und hungrig.

»Wir müssen sie zurückholen«, sagte sie. »Die Disc bringt die Leute um den Verstand.«

Caz senkte den Blick. Ihre Hand hatte eine außerordentliche Wirkung auf ihn.

»Du siehst müde aus«, sagte Fee sanft. »Warum gehst du nicht mit mir nach Hause? Ich kann dir was zu essen anbieten, während wir überlegen, wo die Disc jetzt sein könnte.«

Sie wohnte nicht weit entfernt von der Bar. Das Laufband brachte sie zu ihrem Kuppelhaus, das sie nach zehn oder fünfzehn Minuten erreicht hatten. Caz war benommen. Er wußte nicht, ob er träumte, ob er sich wieder in der Discworld befand oder ob dies hier wirklich stattfand.

Der dunkle Dschungel hinter den Plastikglaswänden drückte sich klaustrophobisch nahe heran, und die grünen Bilder produzierten wilde Mosaike in seinem Kopf.

Er wußte nur, daß sie nicht die Frau von der Disc war. Nicht die Frau mit dem Handschuh. Das durfte er nicht vergessen. Sie war Fee Cambridge, und sie konnte ihn zerquetschen, wenn er etwas Dummes tat oder sie sein Verhalten störte.

Sie öffnete die Haustür, und als sie drinnen standen, floß sie in einer einzigen schwebenden Bewegung in seine Arme. Er stieß einen lauten Seufzer aus, mit dem all die Sehnsucht freigesetzt wurde, die sich in ihm aufgestaut hatte, seit er so brutal aus der Discworld hinausgeschleudert worden war. Er drückte seinen Mund auf ihren, und ihm war, als ob er von ihr tränke. Große, zu Kopf steigende Schlucke befreiender Lust zersprengten den Panzer, den er um sich herum aufgebaut hatte. Jetzt fühlte er sich frei, im Frieden mit der Welt und seiner Natur.

Er hielt sie fest gegen sich gedrückt, spürte ihre Weichheit an seinem hageren Brustkorb, und dann küßte er sie wieder mit trunkener Leidenschaft. Sie gab sich ihm ganz hin, ließ sich aufsaugen von seinem wilden Verlangen. Er legte die Hände in ihren Nacken und drückte einen Finger hoch in ihre Haare, schob ihren Kopf zur Seite, damit er ihren Hals, ihre Kehle küssen konnte. Dann verbissen sich die Lippen wieder ineinander, bis er glaubte, ertrinken zu müssen.

Er hielt ihr Gesicht mit beiden Händen, sah forschend in ihre Augen. Sie hatte den Mund leicht geöffnet, und er spürte die sanften Bewegungen ihres Leibes. Die Augen glänzten, die Lider waren halb geschlossen. Er küßte ihre Lider und begann dann, an ihren Kleidern zu fummeln. Sie half ihm, und im nächsten Augenblick rutschte das Kleidungsstück hinunter. Sie trat einen Schritt zurück, damit er sie betrachten konnte.

Er war nicht vollkommen berauscht von Lust, ein winziger Teil seines Gehirns ließ ihn ermessen, wie glücklich er sein mußte, diesen Anblick ästhetischer Schönheit zu genießen. Der stolze Kopf auf dem langen, blassen Hals, die makellose Linie ihrer Schultern, die sanfte Einbuchtung bis zur Taille, dann die üppigen Rundungen ihrer Hüften. Sie hatte lange Beine, und sie war auch kaum kleiner als er. Aber seine Augen hatten im zweiten Moment ihr Ziel im flachen Bauch und darunter im schwarzen Haarflaum gefunden. Ihre Beine waren nicht ganz geschlossen, da war gut eine Handbreit Platz dazwischen.

Es war nicht nur ihre Körpermitte, die seine Blicke stahl und ihn berauschte. Sie hatte große feste Brüste mit dunklen Nippeln, und nackt luden sie ihn zum Forschen und Verweilen ein.

Doch es war ihm bewußt, daß eine solche Frau eigentlich unerreichbar war für einen Jungen wie ihn, der so unerfahren war, und doch hatte sie sich ihm in die Arme geworfen. Sie war nicht furchtsam, nur großzügig, und dieses Wissen vermittelte ihm Kraft und Selbstsicherheit. Sie gab ihm das Gefühl, ebenbürtig zu sein.

Als sie sich jetzt weiter von ihm entfernte, wußte er, daß sie ihn ins Schlafzimmer führte. Er folgte ihr.

Sie ließ ihn auf dem Bett Platz nehmen, dann beugte sie sich über ihn, öffnete seine Kleider und zog sie ihm aus. Ihre grünen Augen waren weicher geworden und blickten freundlich. Sie begann, sein Gesicht zu küssen, dann hob sie ihre Brüste, damit er sie küssen konnte. Er tauchte mit dem Gesicht hinein und rieb sich daran, verehrte sie mit Augen und Nase und Lippen und Zunge. Er hatte solche Brüste noch nie gesehen, reif, wohlgeformt, schwer. Die Haut war wunderbar, samten weich und einmalig glatt. Dicht unter der Haut konnte er schwach ein Netz blauer Linien sehen, wodurch er an kostbaren alten, warmen Marmor erinnert wurde.

Während er sich an ihren Brüsten labte, hob sie sich über ihn und blickte auf ihn hinab, auf ihren sanften Liebhaber, sog seine Jugend in sich auf und die Straffheit seiner Haut.

Sie küßte seine Brust, bloß und hager und hart. Er spürte, wie ihr Verlangen wuchs, wie ihre Gier größer wurde, und diese Wahrnehmung half ihm, seine eigene Gier zu beherrschen. Sie kniete auf dem Bett, und ihre Haare streiften seine Haut. Sie begann mit ihren Küssen im Gesicht und wanderte allmählich hinunter. Als sie seinen Bauch erreichte, schloß er die Augen. Er spürte, wie sein Glied erigierte. Ihre Haare fuhren darüber. Dann ihre Wange. Das Verlangen schoß durch ihn wie ein schmerzender Pfeil, und es hätte nicht viel gefehlt, und er hätte schon jetzt einen Orgasmus gehabt. Mit einer flüssigen Bewegung schwang sie ihren Körper herum, dann war sie über ihm. Sie hob die Oberschenkel an.

Er öffnete die Augen, und sie weiteten sich im Schock, als sie die Leidenschaft in ihrem Gesicht sahen. Sie war außer sich. Sie gewährte ihm nichts, was sie sich nicht auch selbst zuteil werden ließ. Er packte ihre Hüften und konzentrierte sich ganz auf das Gefühl, als das Glied in die heiße samtweiche Höhle vordrang.

Die dicke dunkle Nässe packte ihn fest. Sie begann sich zu heben und zu senken, so tief und hart, daß er die Bewegung ihrer Muskeln fühlen konnte.

Er bewegte sich jetzt im Gleichklang mit ihr, zog sich zurück in die Weichheit ihres Bettes, wenn sie sich anhob, und stieß von unten kräftig zu, wenn sie sich ganz über ihn warf. Er verging vor Hitze, es war ihm, als stünde ihrer beider Körper in Flammen.

Er kam wieder zu sich, als er auf der Seite lag, Gesicht an Gesicht. Ihr Haar kitzelte ihn an der Braue, ihr Atem warm im Gesicht, seine Brust gegen ihre gedrückt, ihre Beine umeinander geflochten. Er legte seine Arme um sie und spürte, wie verletzlich sie war, wie sanft trotz all ihrer weiblichen Kraft, und er zog sie an sich und küßte sie sanft. Sie stöhnte leise. Er stützte sich auf den Ellenbogen ab und schaute in ihr Gesicht. Schläfrig öffnete sie die Augen und schaute zu ihm hoch.

»Ich möchte dich anschauen«, sagte er. »Ich möchte deinen Rücken sehen.« Dabei hob er die Augenbrauen, als wüßte er, wie unmäßig seine Bitte war.

Sie lachte, und als er sein Gewicht von ihr nahm, wälzte sie sich auf den Bauch.

Ihr Rücken war grazil und ebenmäßig. Er griff ihre Haare zusammen und küßte ihren Nacken, und dann massierte er sie dort, bis sie sich unter ihm zu winden begann. Sie hatte liebliche sanfte Schultern, und die Kurve ihres Rückens verlief in einem ganz entzückenden Bogen bis zu den Hüften, von dort schwangen sie weit aus zu den Backen. Er beugte sich hinunter und tauchte sein Gesicht hinein, und ihm wurde bewußt, daß er das noch nie getan hatte – jedenfalls nicht im wirklichen Leben, nur während die Disc lief.

Sie wurde geschüttelt und bebte.

Im nächsten Augenblick hob er seinen Kopf und ging hinter ihr auf die Knie, eingerahmt von ihren Beinen. Das Glied war voll erigiert. Die Eichel stieß behutsam gegen sie. Er setzte sie zwischen die Labien, und im nächsten Moment, den Mund geöffnet, als ob er schreien wollte, versenkte er sich tief in sie hinein.

Allmählich verstärkte er die Stöße, erhöhte das Tempo, und sie schien es so zu wollen, denn sie hielt jedesmal dagegen.

Ihm wurde immer heißer. Er wußte, daß es ihr kam – und ihm natürlich auch! Er stieß einen Freudenschrei aus und ließ seiner Lust freien Raum.

Dann hielt er inne. Er ließ sich zurück auf die Unterschenkel fallen und schaute sie an. Zart streckte er eine Hand aus und drückte Fee seitlich aufs Bett, und sie blieb weit geöffnet liegen, gelebte Hingabe.

Er legte sich neben sie und schaute sie staunend an. Auf ihrer Haut lag ein blau-weißer Schimmer, fast durchsichtig.

Er umfing sie mit den Armen und tauchte das Gesicht zwischen ihre Brüste. Sie hielt ihn fest.

Es gab kein rotes flackerndes Licht im oberen rechten Gesichtsfeld. Er fiel in einen tiefen Schlaf mit dem Wissen, daß Fee eine Frau aus Fleisch und Blut war, kein Produkt seines erhitzten Gehirns, und er hoffte auch, daß sie noch da sein würde, wenn er aufwachte.

KAPITEL DREI

Janine brauchte nicht lange, um herauszufinden, daß ein Kurierdienst an dem Tag, an dem die Scheibe verschwunden war, eine Lieferung im Büro von Fee Cambridge abgegeben hatte. Der Kurier hätte also Zugang zur Scheibe haben können. Das Personal der Reinigungsfirma war erfahren und ausnahmslos seit langem dort beschäftigt. Es schien unwahrscheinlich, daß jemand seinen Job wegen einer simplen Scheibe aufs Spiel setzte. Niemand konnte ja ahnen, daß es eine besondere Scheibe war. Das wußte man erst, wenn man sie benutzt hatte.

Bei dem Kurierdienst lag die Sache nicht so einfach. Nach einiger aufreibender Ermittlungsarbeit fand Janine heraus, daß der Bote an diesem Tag nur ein Gelegenheitsarbeiter war, der sich zwei Tage nach dem Verschwinden der Scheibe nicht mehr gemeldet hatte. Er galt als vermißt – wie die Scheibe.

Der Manager sagte, er hätte den schlaksigen hageren Mann nie gemocht, aber er hätte auch keinen Grund zur Klage gehabt – abgesehen davon, daß er seinen Job im Stich gelassen hatte.

Janine fand die Adresse des jungen Mannes heraus, traf aber nur seine Mutter an, die abstritt, etwas über den Aufenthaltsort ihres Sohnes zu wissen. Janine hielt sich noch eine Weile in der Nachbarschaft auf, um herauszufinden, wo Sigmund Wheredale, der Bote, wohl sein könnte, aber bei ihren Nachfragen wurde ihr klar, daß niemand wußte, von wem sie sprach. Bis sie erfuhr, daß er überall nur als Whippet bekannt war.

Ein hoch aufgeschossener Jugendlicher, der sie mit unangenehmem Interesse beäugte, gab ihr schließlich den entscheidenden Hinweis. Whippet kleidete sich in Leder. Das war die Kluft, die man bis vor ein paar Jahren den Piraten zugeschrieben hatte, jener Gruppe von Ausgestoßenen der Gesellschaft, die vom Auto-Hacken lebte, bis sie von der Heli-Polizei zerschlagen wurde. Heute waren die Piraten nur noch eine romantische Erinnerung in manchen Köpfen. Besonders ihre Kleidung bot die Vorlage für das, was die Kids der Unterschicht für *in* hielten.

Janine war es gar nicht wohl bei dem Gedanken, allein in die Gosse der Gesellschaft einzudringen. Sie empfand Angst. Sie redete sich ein, daß ihr nichts passieren könnte, aber sie glaubte selbst nicht daran.

Sie meldete sich bei Fee, ohne ihre Gefühle anklingen zu lassen. Aber Fee schien auch keine Bedenken zu haben, daß sich Janine allein auf die Suche nach Whippet begab. Sie diskutierten die Höhe der Entschädigung, die Janine würde zahlen müssen, um die Scheibe zurückzubekommen. Janine spürte, daß Fee nicht ganz bei der Sache war. Sie verstand das aber, als Fee ihr erklärte, daß sie morgen im Institute of Science einen Vortrag halten würde, auf den sie sich vorzubereiten hatte.

Whippet wohnte, wenn man diesen Begriff dafür anwenden konnte, am Rand der alten City, die heute zur Prärie geworden war. Auf der einen Seite wurde das Grasland von den dicht bewaldeten Hügeln begrenzt, hinter dem der Dschungel begann, der den Zoo einschloß. Auf der anderen Seite, in weiter Entfernung, lag das Meer. Noch wurde das flache Grasland immer wieder von Ruinen und Abfallbergen unterbrochen, aber bald würde alles weggeräumt sein, was an die frühere City erinnerte.

Whippet, so schien es, lebte mitten in dieser Abfallwelt, und dorthin mußte Janine gehen, um die Scheibe wiederzuholen.

Janine fuhr mit dem Bus bis Townsend. Die Town war auf dem Reißbrett angelegt worden, weder häßlich noch schön. Die Menschen hatten allmählich gelernt, ihre Fortpflanzung unter Kontrolle zu bringen. Sie hatten auch gelernt, daß es sich friedlicher leben ließ, wenn man dem Nachbarn nicht zu nahe rückte.

In der Town gab es viele offene Plätze, Grünanlagen und Märkte. Und überall Bäume. Wenn der Mensch wieder sein eigenes Territorium hatte, ließ der Drang nach, seinen Nachbarn zu töten. Die Aufklärungsquote der Verbrechen in der Town lag bei einhundert Prozent, während es im Zoo überhaupt keine Kriminalität gab. Die Psychologie war den Kinderschuhen entwachsen, deshalb gab es sehr wirksame Hilfe für Kriminelle.

Janine hatte wissentlich noch keinen Kriminellen kennengelernt, deshalb glaubte sie auch nicht daran, daß es überhaupt Verbrechen gab. Sie hatte Gerüchte über die City gehört, daß es dort für diejenigen, die echtes Vergnügen und Nervenkitzel, sogar mit Lebensgefahr verbunden, suchten, zahlreiche Möglichkeiten gab. Janine konnte das nicht glauben, sie begriff es auch nicht. Fast alle Städte von früher waren verschwunden, hinweggefegt vom Wandel der Zeit. Es gab nur noch ein paar Trümmer, die darauf warteten, weggeräumt zu werden. Es mochte sein, daß ein paar Typen, die sich nicht einordnen konnten oder wollten, dort herumlungerten. Janine konnte keinen Sinn darin sehen, aber wenn es so war, dann war es eben so.

Sie war nie zuvor in Townsend gewesen, und der Anblick war so etwas wie ein Schock für sie, wie auch die Umgebung, in der Whippets Mutter lebte, sie schockiert hatte. Trotzdem konnte sich Janine nicht vorstellen, daß sie hier in Gefahr sein könnte. In früheren Zeiten war es hier gefährlich gewesen, als dies die Heimat der Piraten war, die Geiseln aus den Autos nahmen, deren Computer sie gehackt hatten. Es gab Gerüchte, was die Piraten mit den weiblichen Geiseln anstellten, aber Janine hielt diese Gerüchte eher für Phantasien der überhitzten Gemüter der Zoo-Bewohner.

Hinter Janine breiteten sich die dumpfen grauen Klötze der Town auf den niedrigen Hügeln aus, wobei der triste Eindruck von den Farbtupfern der Bäume und Blumen gemildert wurde. Vor ihr streckte sich eine Wüste aus, eine wilde, windgepeitschte Ebene, die nur durch zerbröckelnde Türme und massive Betonblöcke durchbrochen wurde. Früher hatten dort einmal Menschen gewohnt und gearbeitet.

Die ganze Szenerie erinnerte Janine an einen riesigen verwesenden Schädel, augenlose Höhlen, die blind starrten, verrottende Zähne, die in einem klaffenden Höllenschlund grinsten, lange zerrissene Fleischfetzen, die im ewigen Heulen des Windes flappten.

Nur die Highways, die den Himmel oberhalb der Town durchschnitten, hatten Anmut und Schönheit, Klarheit der Linien. Gelegentlich schnurrte ein Connet vorbei. Die Sonnenstrahlen brachen sich im farbenprächtigen Metall der Fahrzeuge.

Janine lächelte versonnen. Sie war noch nie in einem Connet gefahren, diesem Spielgerät der Superreichen. Selbst auf die Entfernung hin fand sie den Anblick der computerisierten Autos als Beruhigung, denn die City ängstigte und schockierte sie, machte sie zornig. Sie hatte immer geglaubt, daß es sie kaum noch gäbe, daß fast alles dem Erdboden gleichgemacht sei. Und nun entdeckte sie, daß sich hier vielfältiges Leben tummelte, daß sie heimlich beäugt wurde.

Einen Moment lang dachte sie, es wäre gut, wenn sie einen starken, freundlichen Mann an ihrer Seite hätte. Noch während sich dieser Gedanke in ihrem Kopf formte, verwarf sie ihn wieder, weil er der irrigen Vorstellung entsprungen war, daß die Kraft eines Mannes heutzutage noch irgendwas bewirken könnte.

Plötzlich mußte sie an Will Maffick denken, Fees schrecklichen Freund und Co-Autor der Disc. Der Mann war primitiv. Aber ein interessantes Studienobjekt wäre er schon, dachte Janine, während sie sich auf den Weg machte. So gefährlich würde es nicht sein. Die Polizei hatte die öffentliche Aufgabe, Bürger vor Gefahren zu schützen.

Janine zwang sich, einen Fuß vor den anderen zu setzen. Sie ging an traurigen, verkommenen Schuppen vorbei, unkrautüberwuchert, und schließlich hatte sie die Stadt ganz hinter sich gelassen. Die asphaltierte Straße war kaum noch als solche zu erkennen, überall waren Asphaltstücke herausgebrochen. Überall Trümmer und Abfallhaufen, und überall Menschen. Menschen, die pfiffen und kicherten und sie beäugten. Janine überwand sich und blieb vor einem Mädchen stehen, das an einer Plankenwand stand.

»Hi«, sagte sie unsicher. »Ich suche jemanden, der Whippet heißt. Man hat mir gesagt, daß er irgendwo hier wohnt. Whippet ist nicht sein richtiger Name«, fügte sie hastig hinzu. »Es ist sein Spitzname, glaube ich.«

Sie brach ab. Das Mädchen betrachtete sie, und Janine hielt ihrem Blick stand. Als das Mädchen zu reden begann, hörte sie eine sehr tiefe Stimme, fast so, als hätte die Kehle Schaden genommen.

»Whippet«, krächzte sie.

»Ja.«

»Hier, in Half-Way.«

»Half-Way?«

»Hier.« Das Mädchen wurde ungeduldig.

»Ja«, sagte Janine. Jetzt war sie neugierig geworden, die Neugier überwand die Angst. Was hatte Half-Way zu bedeuten?

»Versuch's bei den Röhren«, krächzte das Mädchen.

»Wo sind die Röhren?«

»Da lang.« Das Mädchen verschwand hinter der Plankenwand. Janine blieb einen Moment stehen, bevor sie sich in die Richtung in Bewegung setzte, die das Mädchen gezeigt hatte. Sie entfernte sich jetzt noch weiter von der Town, tiefer hinein in das fremde Gebiet.

Sie fand Whippet in seiner Röhre. Nur Fruity war bei ihm. Fruity blieb die ganze Zeit neben ihr hocken, während sie mit Whippet sprach. Sie spürte, wie sich eine Gänsehaut auf ihren Armen bildete. Schweiß perlte auf ihrer Stirn, und ihre Nase krauste sich ob der vielfältigen sauren Gerüche, die sie umgaben.

Fruitys Arme schienen länger zu sein als seine Beine.

Whippet war dünn, er blickte aus hungrigen Augen, die nur selten ihrem Blick standhielten, und wenn er zur Seite schaute, folgten nicht immer beide Augen gleichzeitig. Er hatte Janine zu Beginn einmal kurz mit gierigen Blicken abgetastet, und sie fühlte sich davon irgendwie beschmutzt. Sie war froh, daß sie sich unauffällig gekleidet hatte – Bodysuit aus feiner Wolle, halbhohe Stiefel mit hohen Absätzen und ein schwarzer Hut, den sie bis zu den Brauen gezogen hatte –, aber niemand, den sie hier unten gesehen hatte, war auch nur annähernd so gekleidet gewesen.

»Man nennt Sie Whippet?« fragte sie zu Beginn.

»Na und?«

»Wenn ich den Mann finde, der sich Whippet nennt, habe ich vielleicht eine gute Nachricht für ihn.« Sie lächelte mit kaum überspielter Mühe.

»Und die wäre?«

»Ich muß zuerst wissen, ob Sie Whippet sind.«

»Bin ich.«

»Wie lautet Ihr richtiger Name?«

»Whippet.«

»Ihr Geburtsname.«

Er leckte sich die Lippen. »Sigmund Wheredale«, murmelte er.

»Es geht um eine VR Disc«, sagte Janine.

Die beiden in der Röhre wurden so still, daß man meinen konnte, sie wären zu Stein geworden. Leise Geräusche krochen in Janines Ohren und knabberten an ihren Nerven. Die Stille in der Röhre machte sie taub. Dann sah sie Whippets Augen zum erstenmal richtig. Sofort wußte sie, daß er die Disc hatte. Einen Moment lang empfand sie Mitleid mit ihm, und dann dachte sie über die Gewalt der Scheibe nach.

»Disc?« fragte Whippet. Seine Stimme kam wie ein Ächzen. Er mußte Zeit gewinnen. Klar denken.

»Sie wissen, was ich meine«, sagte Janine leise, freundlich. »Wir brauchen die Disc wieder.«

»Wer sagt, daß ihr sie braucht?« fragte Fruity. Janine empfand einen leichten Schock, als sie feststellen mußte, daß er gebildet genug war, um vernünftig sprechen zu können.

»Ich vertrete die Eigentümer. Die Scheibe sollte nicht in die Öffentlichkeit gelangen. Wir sind bereit, eine Entschädigung zu zahlen.«

»Ich brauche Zeit, um nachzudenken«, sagte Whippet. Es war einer seiner seltenen ehrlichen Momente. Sollte er zugeben, daß er die Disc gehabt hatte, oder sollte er leugnen? Er konnte sich nicht entschließen, was besser für ihn war.

Janine versuchte, ihm in die Augen zu sehen. »Sie haben sie gestohlen. Das werden wir nicht weiter verfolgen. Die Scheibe hat Sie geschädigt. Geben Sie sie jetzt zurück.«

»Entschädigung?« sagte Fruity.

»Ja, weil wir uns vorstellen können, daß es Ihnen schwer fällt, sich von ihr zu trennen, obwohl Sie keinen Anspruch darauf haben.« Verdammt, Fee, das ist Polizeiarbeit, dachte Janine.

Whippet raffte sich auf, nachdem sein Denkprozeß abgeschlossen war. »Komm morgen zurück. Gleiche Zeit«, sagte er.

»Warum nicht jetzt?« fragte Janine. Sie wollte diesen Weg nicht noch einmal gehen.

»Ich habe sie nicht hier.«

»Morgen«, sagte Janine kühl. »Geben Sie sie mir, und Sie werden großzügig entschädigt. Andernfalls informiere ich die Polizei.«

Whippet schniefte. Das Geräusch hallte noch in Janines Ohren wider, als sie sich wieder Townsend näherte und froh war, daß sie bald den Staub von Half-Way von ihren Stiefeln streifen konnte.

Zur gleichen Zeit hatte Whippet eine zündende Idee.

Sobald die geile Town-Schwester in ihrer schwarzen Kluft verschwunden war, hatte er sein Gehirn gemartert, um eine Lösung für sein Problem zu finden. Sie hatte die Scheibe nicht, und er hatte sie auch nicht. Aber er konnte sich nicht erlauben, den Kontakt mit der Frau zu verlieren, denn sie wußte, woher die Disc stammte. Sie war seine einzige Hoffnung, daß er die Scheibe vielleicht zurückbekommen würde.

Er hätte ihr gestehen können, daß die Disc verschwunden war. Dann hätte er ihr folgen können, bis sie sie wiedergefunden hatte, um sie ihr dann wegzunehmen. War es nicht eigenartig, daß sie ausgeschickt worden war, die Disc wiederzubesorgen? Sie mußte verdammt teuer sein, sonst hätten sich die Eigentümer den Aufwand erspart und einfach eine neue produziert. Wenn sie das nicht erwogen, mußte diese eine Scheibe etwas ganz Besonderes sein. In der Tat, sie *war* was Besonderes! Er hatte sie benutzt. Aber war sie so einzigartig? Warum trieben die Eigentümer einen solchen Aufwand?

Wenn sie eine Disc hergestellt hatten, konnten sie doch Kopien davon produzieren. Der Gedanke, diese Scheibe zu produzieren, ließ ihm das Wasser im Mund zusammenlaufen: Er hatte die Master-Disc gestohlen! Das war die Lösung! Er hatte sie wahrscheinlich gestohlen, bevor sie eine Kopie davon anfertigen konnten. Deswegen würden sie Himmel und Hölle in Bewegung setzen, um sie zurückzubekommen, sie würden nicht auf die Kosten schauen.

Whippet brach in Schweiß aus. Bei dem Gedanken ›Sie würden nicht auf die Kosten schauen‹ sah er sich als den großen Abkassierer. Wenn er die Scheibe wieder in seinen Besitz brachte, konnte er das Geschäft machen. Immer und immer wieder kassieren. Er war ganz benommen von diesem Gedanken. Er mußte Kontakt zu der Frau halten!

Sie würde morgen wiederkommen, aber was konnte er ihr dann sagen, was er ihr heute nicht bereits gesagt hatte? Außer, daß er ihr dann doch gestand, daß die Scheibe nicht mehr in seinem Besitz war.

Ja. Die Frau. Es war schon eigenartig, daß diese attraktive Frau mit dem Zoo-Geruch hier unten nach

Half-Way gekommen war. Warum war sie selbst gekommen? Warum hatte sie keine Hilfstruppe, die die schmutzige Arbeit für sie erledigte? Schließlich hatte er die Disc gestohlen, und sie hätte zur Polizei gehen können.

Jetzt überschlugen sich die Gedanken in Whippets Kopf. Mit der Scheibe stimmte was nicht, mit ihr war was Illegales verbunden. Sie versuchten sie wiederzufinden, weil sie sonst in verdammte Schwierigkeiten geraten konnten.

Whippet grinste breit. Er würde wetten, daß sie sie selbst auch gestohlen hatten. Vielleicht von der Konkurrenz. Und jetzt hatten sie den Nerv, ihn unter Druck zu setzen. Kein Wunder, daß sie eine Entschädigung anboten, diese Betrüger. Sie versuchten, ihn zu kaufen.

Nun, er, Whippet, war zu gerissen für sie. Er hatte sie jetzt durchschaut. Er war sich auch sicher, daß die Polizei keine Bedrohung für ihn darstellte. Nur ein Bluff. Die Scheibe war kostbar. Ideal für eine kleine Erpressung.

Allmählich dämmerte ihm, daß er zwar kluge Gedanken ausbrütete, daß sie ihm aber nicht über das nächstliegende Problem hinweghalfen: Was sollte er tun, wenn die Schwester morgen nachmittag zurückkehrte, um die Scheibe abzuholen, die er gar nicht besaß?

Was er tun würde, wenn er die Scheibe hätte, war einfach. Er würde vorgeben, sie teuer verkaufen zu wollen, um herauszufinden, wie hoch ihr Wert tatsächlich sein mochte. Dann würde er sie behalten und die angeblichen Eigentümer erpressen. So hätte er die Scheibe *und* das Geld.

Aber er hatte die Scheibe nicht. Und er konnte sich nicht mehr an den Namen der Firma erinnern, bei der er die Disc gestohlen hatte. In letzter Zeit hatte er seine Probleme mit dem Erinnerungsvermögen.

An diesem Punkt kam Whippet die zündende Idee.

Janine war erst seit einer Viertelstunde gegangen. Sie würde der Straße zurück nach Townsend folgen. Er und Fruity würden die Abkürzungen nehmen, dann hatten sie sie bald eingeholt. Whippet stieß Fruity an, dann liefen sie los. Unterwegs erzählte Whippet seine Idee.

Fee konnte Will nach ihren Informationen, die Caz ihr geliefert hatte, den wahrscheinlichen Dieb der Scheibe benennen – es handelte sich um eine Felmar Arnquist, Reinigungsfrau am Institut. Caz hatte gesagt, daß er nicht sicher sein konnte. Er hatte Felmar auch nicht darauf angesprochen, aber es war bekannt, daß sie neugierig war und halb verrückt, daß sie Sex in allen Ecken vermutete und eine religiöse Fanatikerin zu sein schien.

»Vielleicht sollte deine Freundin zu ihr gehen«, meinte Will über Vidi. »Es hört sich nicht so an, als wäre die Putzfrau mein Typ.«

Fee lächelte. »Ich weiß. Aber ich habe schon einen Tag lang nichts von Janine gehört, und in ihrem Büro scheint sie auch nicht zu sein. Ich wollte ihr sagen, daß es keinen Sinn macht, den Boten zu suchen, der die Scheibe zuerst gestohlen hat. Der Student, den ich kennengelernt habe, hat sie nach ihm benutzt, also muß der Botenjunge sie verloren haben.«

»Seltsam, wie das Ding immer wieder verschwindet«, sagte Will. »Der Bote hat's verloren, und jetzt auch noch dein Student. Ich bin gespannt, ob die Reinigungsfrau die Scheibe noch hat.«

»Schlichte Schlampigkeit«, sagte Fee.

»Und du, Honey?«

»Wie meinst du das?«

»Du hast sie auch verloren.«

Fee schwieg einen Moment. Wills Bemerkung war schon berechtigt – die Scheibe war schon oft verschwunden. Dann gab es da noch den seltsamen Vorgang, den Caz ihr erzählt hatte, die Sache mit dem Handschuh, den er gefunden hatte. Sie hatte ihn gesehen und auch das schwache Parfum gerochen. Einen Augenblick lang war sie versucht, Will davon zu erzählen, aber sie entschied sich dagegen. Er würde sie für verrückt halten.

»Du solltest zu ihr gehen«, sagte sie. »Bevor auch sie noch die Scheibe verliert. Faß sie nicht zu grob an, starker Mann. Wir wollen nichts mit dem Gesetz zu tun haben.«

Und so machte sich Will auf, um Felmar Arnquist zu besuchen. Er wollte sie allein sprechen, weil ihr Thema empfindsamer Art sein würde. Nachdem er ihre Adresse ermittelt hatte, beobachtete er das Haus, bis er den Mann aus dem Haus gehen sah. Er hatte vor, die Frau des Diebstahls zu beschuldigen, und das tat man besser nicht in Anwesenheit eines jähzornigen Ehemanns.

Er fragte sich, ob sie die Scheibe benutzt und wenn ja, welche Wirkung sie auf die Frau gehabt hatte. Auch darüber konnte er kaum im Beisein des Ehemanns sprechen.

Er drückte auf den Türsummer, und nach einer Minute öffnete sich die Tür.

Ihr Anblick überraschte ihn. Irgendwie hatte er sich eine alte, kleine, geschrumpfte Frau vorgestellt. Als er jetzt eine korpulente Frau vor sich sah, nicht alt, die ihn fragend ansah, da änderte er seine Vorstellung sofort. Die Frau hatte Appeal, das sah er auf den ersten Blick. Und er schloß daraus, daß sie die Disc benutzt hatte.

Will verfügte über beträchtlichen Charme, auch wenn er selten Gebrauch davon machte. Zielstrebig setzte er ihn ein.

»Mrs. Arnquist?«

»Ja?«

»Ich möchte mit Ihnen etwas besprechen. Nichts, worüber Sie sich Sorgen machen müßten. Könnte ich ein paar Minuten hereinkommen?«

»Um was geht's denn?«

»Meine Firma hat etwas verloren, was sie dringend zurückhaben möchte. Es ist möglich, daß es Ihnen begegnet ist. Es ist eine sehr delikate Angelegenheit«, fügte Will hinzu. »Bitte, lassen Sie mich hinein.«

Felmar mochte kräftige Männer, und sie mochte den, der da vor ihr stand, besonders. Sein Hemd stand offen. Sie konnte seine gebräunte Haut mit der drahtigen Haarmatte sehen. Er sah muskulös und fit aus.

Sein Gesicht war wettergegerbt und ein bißchen wild, und dazu zeigte er ein freundliches Lächeln. Seine Augen waren dunkel, es schienen Pupillen mit unterschiedlichen Farben zu sein. Ein freundliches Lächeln und wissende Augen, fand Felmar, waren eine aufregende Kombination. Sie öffnete die Tür weiter und ließ den Fremden ein.

Sie saßen sich am Küchentisch gegenüber. »Vor einiger Zeit hat meine Firma eine Software Disc hergestellt, Mrs. Arnquist«, begann Will behutsam. Er konnte die Frau noch nicht genau einschätzen. »Es handelt sich um eine Experimentier-Scheibe, ein einmaliges Exemplar. Aus verschiedenen Gründen halten wir es nicht geeignet für eine Massenproduktion, deshalb wird es auch keine kommerzielle Ausnutzung geben. Aber die Scheibe, die ganz gewöhnlich aussieht, ist uns abhanden gekommen.«

Jetzt zeigte sie eine Reaktion. Ihre Augen flackerten. Er spürte, wie sie sich verkrampfte.

Er lehnte sich vor, das Gesicht ernst. »Wir werfen uns den Leichtsinn vor, nicht ausreichend auf die Scheibe geachtet zu haben. Ich muß Ihnen sagen, daß wir uns sorgen, jemand könnte sie benutzen und uns dann verklagen.«

»Warum kommen Sie damit zu mir?«

»Sie arbeiten am Institut?«

»Ja und?«

»Wir wissen, daß jemand am Institut die Scheibe gehabt hat. Wir meinen, Sie könnten ihr irgendwo begegnet sein und uns sagen, wo wir die Scheibe finden werden.«

Wenn sie auf die weiche Tour nicht ansprach, würde er es auf die harte versuchen, entschied Will. Er würde sie des Diebstahls beschuldigen. Damit drohen, die Polizei zu rufen. Mit Entlassung drohen.

»Woher sollte ich wissen, was aus dieser Disc geworden ist?« fragte sie hölzern. Sie beobachtete ihn wie eine Katze das Mauseloch. Will war es nicht gewöhnt, die Maus zu spielen, fand die Situation aber amüsant.

»Ich halte Sie für eine intelligente Frau«, sagte er und lächelte sie dabei an.

Felmar setzte sich bequemer auf den Stuhl.

»Falls Mr. Arnquist hier wäre, hätte er Sie längst rausgeworfen«, sagte Felmar. Dann lächelte sie ihn listig an.

»Ich schätze, ich bin ziemlich froh, daß er nicht hier ist«, sagte Will gedehnt.

»Wenn ich die Information hätte, die Sie haben wollen«, fragte Felmar, »was wäre sie Ihnen denn wert?«

Will stand auf und ging um den Tisch herum. Er setzte sich mit einer Backe auf den Tisch, dicht an Felmar heran, und legte einen Finger unter ihr Kinn, hob damit leicht den Kopf an.

»Die Scheibe«, sagte er leise, »wirkt auf jeden Benutzer anders, das ist ihre große Fähigkeit, Felmar. Wie hat sie denn auf Sie gewirkt, Honey?«

»Himmel, das kann ich doch keinem Fremden erzählen, und dazu noch einem Mann.«

Will beugte sich zu ihr und berührte ihre Lippen mit seinen. »Ich verstehe deine Zurückhaltung«, flüsterte er. »Warum zeigst du's mir nicht wenigstens?«

Er küßte sie, während sie über seine Anregung nachdachte. Sie war das genaue Gegenteil von dem, was Fees Student über sie erzählt hatte. Da sah man mal wieder, wie ignorant junge Leute waren, dachte Will.

»Sie sind dem Mann von der Scheibe sehr ähnlich«, sagte Felmar mit heiserer Stimme.

»Bin ich? Das schmeichelt mir aber.«

»Das sollte es auch, denn er war ein Kerl von einem Mann. Wissen Sie, was ich meine?«

»Vielleicht bin ich das auch«, sagte Will. Seine gefleckten Haselnußaugen blitzten jetzt wie heiße Steine, körnig und hart.

Sie kicherte. Ihre Blicke wurden ein wenig unstet, und sie war sehr erregt. »Kommen Sie mit ins Schlafzimmer«, lud sie ihn ein.

»Ich dachte schon, du würdest das nie sagen.« Will streichelte ihre Brust durch die Kleider, und sie schaute gierig zu ihm hoch. Dann stand sie auf und ging durch die große Wohnung voraus ins Schlafzimmer.

Sie setzte sich aufs Bett. Ein rotes Licht schien aus ihren Augen, und Will wartete gespannt auf das, was ihn erwartete.

»Ich habe in so einer Bar gearbeitet«, sagte sie. Will besaß genug Einfühlungsvermögen, um still zu sein. Ihre Augen waren auf keinen bestimmten Punkt gerichtet, als sie erzählte, was sie durch die Scheibe erlebt hatte. »Ich trug einen dieser engen, kurzen Röcke. Wirklich kurz.« Sie stand träumerisch auf und hielt sich die Hüften, raffte den Rock hoch und bewegte sich sinnlich. »Männer traten in die Bar und berührten mich unter dem Rock.«

Sie zögerte. Will erkannte sein Stichwort, trat einen Schritt vor und legte eine Hand auf ihren Schenkel.

»Sie ließen ihre Hände immer höher gleiten, bis sie meine Schamgegend berührten.« Sie schaute ihn an. Er führte seine Hand unter den Rock und entdeckte, daß sie keine Unterwäsche trug.

»Mein Boss war ein Mr. Jackmann. Er sah, daß ich meine Arbeit gern verrichtete. Er wollte mich privat kennenlernen. Er war ein großer, kräftiger Mann wie Sie.«

Will hielt sich still, besorgt, die Stimmung nicht zu stören.

»Ich betrat sein Büro und setzte mich auf seinen Schoß.« Felmar trat zur Seite und deutete aufs Bett. Will begriff und setzte sich. Felmar arrangierte sich auf seinem Schoß. Sie streichelte Wills Nacken und rutschte unruhig hin und her. Dann begann sie, ihr Top zu öffnen.

»Ich trug so ein Korsett, wirklich hübsch. Ich platzte fast aus dem Ding, und Mr. Jackmann, er schien zu mögen, was er sah.«

Will fuhr mit einer Hand in ihre Kleider und hob eine große, schwere Brust heraus. Er beugte den Kopf und küßte sie.

»Er hat mich herrlich gestreichelt«, sagte sie heiser.

»Dann habe ich meine Kleider ausgezogen.« Sie sprang von seinem Schoß und begann, sich auszuziehen. Sie keuchte, die Brüste hoben sich, und Will spürte, wie die derbe Erotik ihre Wirkung auf ihn nicht verfehlte.

»Er berührte mein Geschlecht«, flüsterte Felmar

atemlos und schmiegte sich dicht an Will heran. Er schob eine Hand zwischen ihre Schenkel und spürte, wie sie vibrierend reagierte.

»Dann fand ich seinen Schatz und nahm ihn heraus. Oh, welche Schönheit!« rief sie stöhnend, als sie Wills Penis hielt.

Eine Lustwelle schoß durch ihn, als sie zu reiben begann, während sie mit der anderen Hand seine Hoden streichelte. Will spürte, wie die Muskeln in den Oberschenkeln zu vibrieren begannen. Dann verlor er die Kontrolle und ergoß sich. Sie riß die Augen weit auf und schaute ihn an.

Sie berichtete dann weiter, was sie und Mr. Jackmann miteinander angestellt hatten, und Will durchlief alle Phasen ihrer Erinnerung an die VR Disc.

Nachdem sie beide erschöpft nebeneinander lagen und eine Weile brauchten, bis sie wieder zu Atem gekommen waren, sagte Will voller Bewunderung: »Du bist eine ganz besondere Frau, Felmar.« Er meinte es ehrlich.

»War ich gut?«

»Du warst wunderschön, Honey. Dynamit.«

»Ich mag kräftige Männer«, sagte sie wieder. Sie ließ sich auf die Knie nieder und streichelte Wills Brustkorb.

»Wohin hast du die Scheibe gelegt, Felmar?«

»Ich habe sie in der Maschine gelassen. Als ich zurückging, um sie herauszuholen, war sie nicht mehr da.« Ihr Gesicht verzog sich, und sie begann zu weinen.

Will war hilflos. Er hatte nie großes Mitgefühl mit

anderen Menschen gehabt. Die meiste Zeit war das Leben nicht gut zu ihm gewesen. Er stand auf dem Standpunkt, daß jeder für sein eigenes Schicksal verantwortlich war. Mitgefühl war ihm ein verschleierndes Wort für Verachtung. Aber diese arme Frau war von der Scheibe verwirrt worden, und nun wußte sie nicht mehr, wo sie stand. Ihre Welt war ver-rückt. Er nahm sie in die Arme und streichelte sie.

»Du bist die Beste, Felmar«, sagte er. »Ich schätze, Mr. Jackmann ist ein glücklicher Mann, und das weiß er auch.«

»Glauben Sie?« Ihre verweinten Augen blickten ihn strahlend an.

»Ganz sicher.« Will zog sich rasch an.

Auf der Suche nach der Scheibe war er nicht weiter gekommen, aber er hatte eine neue Erfahrung gewonnen. Und was für eine.

Fee hatte ein paarmal versucht, Will zu erreichen. Als er zurückkam, rief er sie in ihrem Büro an.

»Was ist denn los?« fragte er.

»Wo bist du gewesen?«

»Aus.« Will war verärgert und zeigte das auch. Fee war nicht seine Besitzerin. Er gehörte niemandem, und er nahm es nicht hin, so strikt vernommen zu werden.

Fee sagte ungläubig: »Du warst doch wohl nicht die ganze Zeit bei dieser Putzfrau?«

»Und wenn doch?«

»Hast du sie?«

»Nein«, sagte er mißgelaunt. »Sie hat die Scheibe in

der Maschine gelassen, nachdem sie sie benutzt hat. Als sie sie holen wollte, war sie verschwunden.«

»Verdammt!« rief Fee wütend. »Das verdammte Ding hat offensichtlich Beine!«

»Lady, willst du mir nicht endlich sagen, was los ist? Du hast praktisch meinen Vidi lahmgelegt mit deinen ständigen Anrufen.«

»Es geht um Janine«, sagte Fee, plötzlich ganz ernst. »Sie wird vermißt, Will.«

»Wie die Scheibe?«

»Himmel, das ist kein Scherz. Sie war hinter dem Botenjungen her, von dem wir annehmen, daß er die Scheibe in meinem Büro gestohlen hat. Seither hat sich Janine nicht mehr gemeldet. Sie hat einige wichtige Verabredungen versäumt. Sie ist nicht zu Hause, und ihre Sekretärin dreht fast durch. Ich mache mir ernsthaft Sorgen, Will.«

»Warum hast du zugelassen, daß sie sich dem Jungen auf die Fersen setzt? Wir werden ihn doch nicht wegen Diebstahls anzeigen, oder? Du wußtest, daß der Student die Scheibe hatte – also mußte der Botenjunge sie abgeben oder verloren haben.«

»Ich habe Janine nichts davon gesagt, daß ich an dem Tag, an dem ich meinen Vortrag gehalten habe, den Studenten kennenlernte. Zuerst hatte ich zuviel zu tun, und dann … eh, habe ich es vergessen. Und einen Tag später, das habe ich dir schon gesagt, konnte ich sie nicht mehr erreichen.«

»Hat sie dir die Adresse des Jungen gegeben?«

»Er hat keine richtige Adresse, Will. Er lebt in der City.«

»Was?«

Obwohl sie nur elektronisch miteinander verbunden waren, konnte Fee spüren, daß in Will echte Angst mitschwang. Sein Gesicht wurde fahl und glänzend vom Schweiß.

»Es ist nur Townsend«, fügte sie hastig hinzu. »Nicht direkt in der alten City. Himmel, Will, die Dinge haben sich geändert seit den alten Tagen. Ich sehe nicht, was da passieren könnte.«

Wills Gesicht wirkte immer noch hart und angespannt. »Dieses kleine Mädchen«, sagte er, »weiß weniger als ein frisch geborenes Lamm darüber, wie schlecht Menschen sein können. Sie ist zimperlich und arrogant und ignorant wie ein Waschbär. Du hast sie in die City gehen lassen, Fee – warum? Ist Rollo immer noch an ihr interessiert? Willst du sie deshalb ausgeschaltet wissen? Oder ist ein anderer deiner Liebhaber hinter ihr her und willst du deshalb die Konkurrenz los sein?«

Fee brach die Verbindung ab. Sie war entsetzt. Sie wußte nicht, was sexuelle Eifersucht war. Sie hatte so viele Männer gehabt, daß ihr nicht die Zeit blieb, eine Bedrohung von anderen Frauen zu fürchten. Ihre wilde Schönheit ermöglichte es ihr, solche Ängste gar nicht zu kennen.

Und jetzt beschuldigte Will sie dieser Infamie. Wie David den Uriah in die Gefahr geschickt hatte, so sollte sie es mit Janine getan haben? Verdammter Will. Weil er so gering von ihr dachte. Weil er glaubte, sie könnte so rachsüchtig sein. Sie hätte nie gewollt, daß Janine etwas zustieß.

Fee ballte die Fäuste und überlegte, was zu tun war. Ihr wurde bewußt, daß sie gehofft hatte, Will würde sich einschalten. Sollte sie selbst nach Janine suchen? Oder sollte sie die Polizei einschalten und alles erklären?

Widerwillig entschied sie sich für die Polizei. Zuerst würde sie aber mit Rollo reden. In gut einer Stunde würde er nach Hause kommen, bis dahin mußten die Dinge ruhen.

Will kam ihr zuvor. Er wartete draußen vor ihrem Büro und stellte sich zu ihr aufs Laufband, als sie zurück zu ihrem Kuppelhaus gehen wollte. Will hatte ein Büro im Zoo und konnte sich deshalb frei bewegen, obwohl er nicht hier wohnte.

»Ich will nicht mit dir reden«, zischte Fee ihm zu. Ihr Gesicht war fahl, und die Narbe leuchtete grell auf der Wange.

Will legte einen Arm um ihre Schultern und griff mit den Fingern hart an ihren Oberarm. Sie zitterte. Er hatte sie noch nie so böse gesehen. Sie ist noch schöner, als sie weiß, dachte er. Ihre Schönheit übermannte ihn immer wieder. Sie war sinnlich, hart und mit einem messerscharfen Verstand ausgestattet. Jetzt versuchte er absichtlich, sie zu dominieren.

»Ich gehe ihr nach«, sagte er. »Erzähl mir, was du von ihrer Mission weißt.«

»Ich werde mit Rollo sprechen. Ich will die Polizei einschalten.«

Will packte sie an der Schulter und zwang sie, ihn anzusehen. »Ich weiß unendlich viel mehr über die Stadt, als die Polizei je wissen wird. Wenn sie sich in

Schwierigkeiten befindet und noch lebt, bringe ich sie heraus.«

»Die City ist nicht mehr, wie sie mal war«, sagte Fee.

»Sei – nicht – so – dumm.« Will betonte jedes Wort einzeln. Und jedes Wort unterstrich er, indem er ihren Oberkörper schüttelte. Er hielt sie mit seinem Blick gefangen.

Sie kapitulierte. »Sein richtiger Name ist Sigmund Wheredale, aber man nennt ihn Whippet. Zwei Tag nachdem er in meinem Büro war, hat er den Job als Bote hingeschmissen. Seine Mutter wohnt in Valley Suburb. Von ihr hat Janine erfahren, daß er sich am Stadtrand herumtreibt. Mit seinen Kameraden. Janine wollte mit dem Bus bis Townsend fahren und dann gehen. Will, ich hänge an ihr.«

»Ich weiß.« Sein Gesicht entspannte sich für den Augenblick. »Und unsere Lieben benötigen unseren besonderen Schutz.«

»Sag das nicht.«

»Doch. Und keine Polizei, Fiona Cambridge, verstehst du mich?«

»Ich verstehe.«

»Gut.«

Fatzke sagte: »Ich werd' mal mit ihr quatschen. Laßt uns mal 'ne Zeit allein.« Er hatte ein hübsches Lächeln, das sein ganzes hübsches Gesicht ausfüllte.

»Halt 'n Mund«, sagte Whippet heiser. Die Gang befand sich in Schwierigkeiten, und sie machten ihn dafür verantwortlich. So unfair das auch war, er mußte sie aus dieser Scheiße herausreiten.

Er fühlte sich nicht wohl. Sie hatten Half-Way verlassen und befanden sich jetzt mitten in der City. Whippet fühlte sich unsicher, gefährdet und ängstlich. Er hatte nur ein bißchen spielen wollen, aber plötzlich steckten sie mitten in einem Kapitalverbrechen, und der eitle Fatzke machte alles nur noch schlimmer.

Whippet konnte sich vorstellen, was Fatzke mit der Town-Schwester anstellen würde, wenn er mit ihr allein war; diese Idee hatte er auch schon gehabt. Aber bisher war es dazu noch nicht gekommen – und wenn es dazu kam, mußte er sich damit abfinden, für den Rest seines Lebens in der City zu leben. Whippet war nicht sicher, ob er zu einem solchen Schritt jetzt schon bereit war.

Verdammte Schwester, dachte er. Warum war sie so dumm? Er wollte doch nur wissen, wer sie geschickt hatte, wer ihre Auftraggeber waren und woher die Scheibe kam. Von wem hatten ihre Auftraggeber die Scheibe gestohlen?

Es war großer Mist, daß er sich nicht mehr daran erinnern konnte, bei wem er die Scheibe gestohlen hatte. Aber seit er die Disc benutzt hatte, stimmte etwas nicht mehr mit seiner Erinnerung. Er konnte sich auch nicht mehr so gut konzentrieren. Seine Gedanken schwanden wie die Discworld, und dann dauerte es eine Weile, bis er sein Gehirn wieder im Griff hatte.

Aber all das wäre kaum von Bedeutung, wenn die Town-Schwester ausspuckte, was sie wußte. Dann könnte er mit ihren Auftraggebern Verbindung aufnehmen und sie ein bißchen ausnehmen – für das Mädchen, für die Scheibe – ganz egal, für was. Das Mädchen würde er gegen Lösegeld freilassen. Oder für eine neue Disc, wenn die sich zu Geld machen ließ.

Aber wenn Fatzke über sie herfiel, könnten sie sie nicht zurückschicken, und weil sie nicht ewig ihre Gefangene sein konnte, bedeutete das, sie würden die Schwester eliminieren müssen. Und soweit war Whippet noch nicht. Nicht wegen der Tat selbst, sondern wegen der Folgen. Wenn sie eine Town-Schwester auslöschten, würde die Strafe verheerend sein. Die Polizei würde in die City eindringen und alles auf den Kopf stellen. Die City-Bewohner würden wütend sein und sie allein deshalb der Polizei ausliefern, damit sie wieder ihre Ruhe hatten.

Seit Jahren hatte Whippet nicht mehr gehört, daß jemand aus der Town hier unten in der City eliminiert worden war. Es gab keine Helden mehr, seit die Piraten ausgemerzt waren. In der City herrschte das Wolfsgesetz, das Gesetz der Herde. Wer das Gesetz brach, wurde von der Herde zerfleischt.

Wenn sie gleich gesungen hätte, wäre er jetzt um einiges reicher und die Schwester längst frei. Whippet war klar, daß die Auftraggeber die Polizei ebenso fürchteten wie er, sonst hätten sie nicht das Mädchen geschickt. Aber wenn sie die Schwester vergewaltigten oder umbrachten, würden sie die Polizei einschalten. Also mußte er das Mädchen beschützen. Aber er begann, müde zu werden.

Fruity kam herein, er hatte Essen und ein Mädchen bei sich. Das Mädchen kicherte unentwegt, offenbar erregt. Zuerst war Whippet wütend, aber dann sah er, daß Dinko und Fatzke aus ihrer Lethargie erwachten und das Mädchen anmachten.

Während der Szene, die dann folgte, nahm Whippet verwundert zur Kenntnis, daß es ihm genügte, der Außenstehende zu bleiben. Ihm war nicht danach mitzumachen. Das liegt an der anstrengenden Aufgabe, die Gang zusammenzuhalten, dachte er. Es war gut zu sehen, daß die Jungs sich amüsierten, aber ihm gab das nichts.

Vielleicht lag es aber auch daran, daß er die Disc so oft benutzt hatte und die Wirklichkeit jetzt so viel blasser aussah. Man mußte sich viel bewegen, die ganze Arbeit tun, und meist endete es in einer Enttäuschung. Die Disc war besser als die Wirklichkeit. Zum hundertsten Mal bejammerte Whippet den Umstand, daß er sie verloren hatte. Jetzt ging es ihm nicht mehr darum, sie zu verleihen und Geld zu verdienen – er wollte sie selbst wieder benutzen, er wollte sich in dieser Welt verlieren, er wollte der Whippet der Cyberwelt sein, Whippet, der König.

Das Mädchen kicherte weiter, mitten unter den drei Jungs, die eifrig bemüht waren, dem Mädchen aus den Kleidern zu helfen. Fruity streichelte es überall, er liebte es, weibliche Haut zu fühlen. Das Streicheln ließ sie noch heftiger kichern. Fatzke erhob sich und legte sorgfältig seine Kleider ab. Er faltete sie, wie er es gewohnt war. Die anderen lachten über ihn, aber das scherte ihn nicht.

Fatzke drängte zwischen die Beine des Mädchens. Sie aber ignorierte die Bemühungen und beschäftigte sich mit Dinko, fummelte an dessen Hose.

Endlich hatte sie Dinkos Glied in der Hand und spielte versonnen damit.

Dinko suchte den Mund des Mädchens, aber sie wollte plötzlich nicht mehr. Während die beiden zankten, versuchte Fruity, nach ihren Brüsten zu fassen. Schließlich stand Dinko knurrend auf, schob Fruity weg und ging wütend raus.

Whippet hatte sich in seine private Phantasie zurückgezogen und versuchte, die Discworld heraufzubeschwören, so daß er gar nicht wahrnahm, was sich um ihn herum abspielte.

Das Mädchen öffnete eine Tür und ging in den nebenan liegenden Raum.

Janine lag auf einer Decke. Ihre Hände waren auf dem Rücken zusammengebunden. Ihre Haare hingen lose um das schmutzige Gesicht. Die großen blauen Augen lagen in tiefen Höhlen, umgeben von dunklen Ringen.

Sie starrte das Mädchen an. Bis auf einen Slip war sie nackt. Janine schätzte, daß sie etwa so alt war wie sie, vielleicht ein Jahr jünger. Magerer Körperbau, hageres Gesicht. Kleine Brüste. Durch eine Brustwarze hatte sie einen kleinen goldenen Ring gesteckt, auf dem sich das Licht fing. Ihr Kopf war kahl geschoren und kunstvoll mit einem grünen und roten Muster bemalt, wodurch das weiße Gesicht wie eine Maske aussah. Zwei verwegene Ringe aus tiefem Schwarz und Knallrot umgaben die Augen. Das Mädchen roch nach synthetischer Nahrung und nach Sex.

Unter der Haut zeichneten sich die Rippen deutlich ab, und die Haut selbst wirkte bleich und papiernen.

Janine hatte nie mit der Möglichkeit gerechnet, jemals im Leben in Gefahr zu geraten, und sie hatte jetzt Mühe, sich bewußt zu werden, daß es um ihr Leben ging. Sie wußte nicht, warum die Gang sie bisher in Ruhe gelassen hatte. Am meisten fürchtete sie sich vor dem Hübschen, der sie mit einem hungrigen Grinsen anstarrte, als ob er sie am liebsten auf der Stelle verzehren wollte. Er kam ihr wie eine Frucht mit einem unsichtbaren Wurm vor, innen verdorben, außen hübsch.

Sie wußte, daß Whippet der eigentliche Anführer war. Er schien auch der einzige zu sein, der über die Konsequenzen ihres Tuns nachdachte. Janine wußte nicht, wie lange seine Zurückhaltung dauern würde.

Das Mädchen kam näher, stieß sie mit einem Fuß an.

»Wer bist du, Schwester? Du hast die Jungs verärgert, was?«

»Ich komme aus der Town«, sagte Janine mit rauher Stimme. Sie war sehr durstig, denn niemand hatte daran gedacht, ihr etwas zu trinken zu bringen. Ihre Kehle fühlte sich geschwollen an und halb geschlossen. Nie vorher hatte sie solche Schmerzen gehabt. »Die Jungs sind verrückt«, flüsterte sie. »Laß mich frei. Ich mache euch doch nur Schwierigkeiten.«

»Wieso?«

»Sie werden mich suchen. Die Polizei, meine ich.«

»Warum bist du hier?« Das Mädchen kauerte sich neben Janine. Der durchdringende Geruch ließ Übelkeit in Janine hochsteigen.

»Ich will etwas, was sie haben. Sie wollen es mir nicht geben.« Janine schloß die Augen und versuchte, die Tränen zurückzuhalten. Sie wußte nicht, warum sie hier war. Alles das ergab keinen Sinn, aber sie würde diese verrückten Jungs niemals zu Fee schicken.

»Komm jetzt raus«, sagte eine sanfte Stimme.

Das Mädchen drehte sich um und fiel dabei zu Boden, ein Bein hoch in der Luft.

Whippet stand in der Tür und sah traurig aus. Ein Auge war auf Janine gerichtet, mit dem anderen betrachtete er die Nacktheit des Mädchens. Jetzt begehrte er sie. Er drückte die Tür hinter sich zu und ließ seine Hose fallen. Das Mädchen hörte auf zu kichern und schluckte ein paarmal. Doch Whippet war der Boss.

Whippet kniete sich zwischen die Beine des Mädchens und stieß sein Glied behutsam hinein. Sie fühlte sich gut an, warm und heimelig. Sie stützte sich mit den Schultern auf dem Boden ab und hob die Hüften an. Während Whippet kräftig zustieß, beobachtete er Janine. Er glaubte nicht, daß sie schockiert war von dem, was sie sah. Jeder konnte auf einem der Spezialkanäle Live Sex sehen.

Nein, dachte Whippet, sie wird nicht schockiert sein, eher wird sie befürchten, daß ich hier mit diesem Akt sagen will: Lady, dir wird das auch nicht erspart bleiben, wenn du nicht endlich den Mund aufmachst.

Janine verstand die Botschaft. Es war nicht, daß sie ihren Körper für ein Heiligtum hielt, sie hatte auch nichts gegen Sex einzuwenden, aber sie wollte die Entscheidung treffen, wann und mit wem. Und die Vorstellung, daß diese Bande von Jugendlichen mit ihrem Körper machen konnte, was sie wollte, steigerte sich zu einem Alptraum.

Janine war klar, selbst wenn sie lebend aus diesem Schlamassel herauskommen sollte, würde sie nie wieder dieselbe Person sein. Ihre stabile sichere Existenz war für immer erschüttert worden. Die Angst dieser Tage würde sie für immer begleiten.

Whippet war fertig und zog seine Hose hoch, dann half er der City-Schwester auf die Füße. Sie gingen beide hinaus in den anderen Raum, ohne noch einmal einen Blick auf Janine zu werfen.

Rollo Cambrigde lag im breiten Bett und lauschte den regelmäßigen Atemzügen seiner Frau. Es war schon sehr spät, aber sie schlief noch nicht. Sie hatte es aufgegeben, sich mit einer Pille den Schlaf zu holen. Und so lag sie da, wach, und hing ihren Gedanken nach.

»Fee«, sagte er leise.

Sie seufzte. »Tut mir leid, Rollo«, sagte sie, die Stimme tief und traurig. »Ich wollte dich nicht stören, Liebling.«

»Wirst du mir sagen, was dich bedrückt?«

Trotz aller Probleme hatten sie immer eine gute Ehe geführt. Fee lag im Dunkeln und suchte nach der passenden Formulierung.

»Ist es was Geschäftliches?« fragte Rollo.

»Nein.«

»Was ist es denn?«

»Es geht um die Disc, Rollo.«

»Hast du sie schon zurück?«

»Nein. Sie hat ein Eigenleben. Jeder, der sie besitzt,

verliert sie wieder. Wir stoßen auf Leute, die sie gehabt haben, aber immer erst, wenn sie ihnen schon abhanden gekommen ist. Wir sind immer zu spät.«

»Ich bin sicher, daß du sie am Ende zurückbekommst, Liebling.«

»Das hoffe ich auch. Aber Janine ist hinter ihr her, und nun ist sie auch verschwunden?«

»Sie ist in die alte City gegangen, um die Disc zu suchen. Wir glauben, daß ein Bote die Disc aus meinem Büro gestohlen hat. Janine hat erfahren, daß der Bote da unten wohnt.«

»Wann war das?«

»Vor drei Tagen.«

»Und sie ist nicht zurückgekommen?«

»Weder nach Hause noch in ihr Büro. Ich habe alle Leute befragt, die sie kennen. Sie hat schon einige wichtige Termine versäumt.«

»Hast du das der Polizei gesagt?«

»Das will ich noch. Ich wollte zuerst heute abend mit dir sprechen, um zu hören, wie du darüber denkst. Die ersten zwei Tage habe ich noch nicht geglaubt, daß etwas schiefgelaufen sein könnte. Ich dachte, ich könnte sie nur telefonisch nicht erreichen. Aber dann hat Adele, ihre Sekretärin mir gesagt, daß Janine zu bestimmten Terminen nicht aufgetaucht ist, daß sie ihre Patienten einfach sitzenläßt, und seither mache ich mir große Sorgen, Rollo.«

»Was hat dich bisher davon abgehalten, zur Polizei zu gehen oder mit mir zu sprechen?«

»Ich habe mit Will Maffick darüber geredet. Er hat gesagt, er würde runter in die City gehen und wir sollten die Polizei nicht bemühen. Er würde sie zurückbringen.«

Rollo dachte darüber nach. Er war alles andere als dumm. »Kennt Will sich denn in der City aus? Hat er irgendwelche Informationen, daß er glaubt, er könnte da unten mehr erreichen als die Polizei?«

»Er war ein Krimineller, Rollo«, sagte Fee müde. Sie wollte nicht länger etwas verheimlichen, weil ihre Sorge um Janine zu groß war – ebenso groß wie ihre Verantwortung für die junge Frau.

»Hast du das gewußt, als er für dich zu arbeiten begann?«

»Ja. Es war mir egal. Ich habe preiswert einen Molekular-Biochemiker einstellen können.«

Rollo nickte in der Dunkelheit. Das konnte er verstehen. Er war daran gewöhnt, Dinge eher von einem finanziellen als von einem moralischen Standpunkt zu betrachten.

»Und früher hat er die City gut gekannt?«

»Ja.«

»Dann hat er vielleicht recht. Die Polizei könnte sich ungeschickt verhalten, falls Janine wirklich in Gefahr sein sollte.«

Fee fühlte eine Welle aus Liebe und Dankbarkeit in sich aufsteigen. All die Fragen, die Rollo mit Rücksicht auf sie nicht stellte!

»Ich wußte, daß sie in die City ging«, gab sie schuldbewußt zu. »Ich habe das Vorhaben nicht mit Gefahr in Verbindung gebracht. Ich verstehe es immer noch nicht. Sie will eine Disc auftreiben und ist bereit, dem Dieb eine stattliche Belohnung auszuhändigen.

Warum sollte er ihr Schaden zufügen? Es sei denn, sie ist irgendwelchen düsteren Typen da unten begegnet. Ich dachte, die gäbe es da gar nicht mehr. Oh, Rollo.«

Er streichelte ihr Gesicht, fuhr mit einem Finger die dünne Narbe auf der Wange entlang. Er hatte schon vor langer Zeit gelernt, daß es nicht gut war, Fee zu viele Fragen zu stellen, und das beherzigte er auch jetzt. Seine Hand glitt tiefer, den Hals entlang, zum Ansatz ihrer vollen Brüste. Er streichelte sie eine Weile, bis sie sich wohlig an ihn kuschelte, was ihm verriet, daß seine Methode des Tröstens anzuschlagen begann.

Nun folgten seine Lippen dem Weg, den die Hand gegangen war. Er küßte die delikate Linie ihres Kinns, ihrer Kehle, der beiden Brüste, während die Hand weiter hinunter wanderte, bis sie leicht auf ihrem Bauch lag. Die Fingerspitzen berührten die seidigen Haare. Er erinnerte sich an die Zeit, als sie ihren Venusberg enthaart hatte und ein glänzender, glatter Hügel zu sehen war.

Rollo zupfte leicht und spielerisch an den Haaren, und er spürte, wie sie als Reaktion darauf sachte die Hüften anhob. Er ließ eine Hand zwischen die Schenkel gleiten. Sie seufzte und spreizte die Beine ein wenig mehr.

Er spielte mit ihr, tastete sanft. Zart umkreiste er ihren Kitzler. Er wollte sie trösten und ging mit unendlicher Behutsamkeit vor.

Ihr Atem beschleunigte sich und wurde auch lauter, da sie die Lippen geöffnet hatte. Ihre Brüste hoben und senkten sich. Er drückte die Schenkel weiter auseinander und rutschte an ihrem Körper entlang. Sie hob die

Knie an. Rollo küßte die Innenseiten ihrer Schenkel, ehe er sich in sie hineinsenkte und die Zunge ausstreckte.

Sein heißer Atem umspielte das ganze erregte Geschlecht.

Himmel, verströmte sie ein erregendes Aroma! Er küßte ihre Labien und spürte, wie sie im Orgasmus geschüttelt wurde.

Nach einer langen Zeit in zarter liebevoller Umarmung zog er sich zurück, setzte sich und schaute auf seine Frau hinunter.

Die Dunkelheit war beinahe allumfassend, aber trotzdem konnte er das Glitzern in ihren Augen sehen.

»Fee«, sagte er.

»Ja, Darling?«

Rollo lächelte. Nur kurz nach dem Orgasmus hörte er von Fee diese merkwürdige Stimme.

»Wir sollten uns ein Lichtbett holen.«

»Ein Lichtbett?«

»Ja. Weißt du, die von unten angestrahlt werden.«

Sie dachte nach. »Eine hübsche Idee.«

»Oder siehst du Probleme?« fragte er.

»Es ist ein Gag. Wir könnten bald die Lust daran verlieren. Wir müssen dieses behalten und irgendwo verstauen, damit wir es wieder aufbauen können, wenn wir von dem anderen genug haben.«

»Ich kümmere mich morgen drum«, sagte er. Er seufzte und streckte sich wieder neben ihr aus. Fee wandte sich ihm zu und küßte ihn zart auf die Schultern.

»Ich liebe es, in deinen Armen zu liegen, Rollo.«

Er spürte ihre weiche Hand, die sein Glied umschmiegte. »Rollo Cambridge«, sagte sie. »Ich werde dich immer lieben.«

Endlich fand sie Schlaf.

KAPITEL VIER

Janine kroch auf den Knien bis in die äußerste Ecke des Raumes. Man konnte das Weiße in ihren Augen leuchten sehen. Sie hatte entsetzliche Angst.

Alle vier Mitglieder der Gang standen im Raum. Whippet erklärte ihr, was vor ihr lag.

»Wir alle werden dich nehmen«, sagte er.

»Ich zuerst«, sagte Fatzke.

Janine schauderte.

»Ich will zuerst!« kreischte Dinko. Er fühlte sich benachteiligt, schließlich war er derjenige, den das City-Mädchen abgewiesen hatte. Er fand, daß er jetzt an der Reihe war.

»Jeder kann sie haben, so oft er will und kann«, sagte Whippet, direkt an Janine gewandt. »Oder wir lassen dich gehen. Du hast die Wahl.«

»Vielleicht gefällt ihr die Idee«, sagte Fatzke.

»Vielleicht«, sagte Fruity gierig, »glaubt sie uns nicht.« Er begann, an seiner Hose zu zupfen.

»Sie glaubt uns«, beschwichtigte Whippet. Er wartete mit all der Geduld, die er aufbringen konnte. Er ging ein Risiko ein, die Jungs so in Erregung zu versetzen. Aber er hoffte, daß es nicht zum Äußersten kommen würde. Aber wenn die Town-Schwester immer noch nicht mitspielte, würde er bald zu einer Entscheidung kommen müssen, die er bisher hinausgezögert hatte. Entweder ließ er sie trotzdem gehen und riskierte damit seine Glaubwürdigkeit in der Gang, oder er würde sich selbst zu einem Leben in der City verdammen.

»Ich kann euch nicht zu meinen Freunden gehen lassen«, sagte Janine.

»Aber sie haben dich zu uns gehen lassen«, wandte Whippet ein.

»Ich verstehe das alles nicht«, brachte Janine mühsam hervor. »Wenn ihr mir die Scheibe nicht geben wollt, warum laßt ihr mich dann nicht gehen? Warum habt ihr mich hergebracht?«

Whippet fand, daß nichts mehr verloren war, wenn er zugab, daß er die Scheibe nicht mehr hatte. »Wir wollen nur wissen, wer sie sind«, sagte er. »Wir haben die Scheibe verloren. Wir wollen eine andere. Wir lassen dich gehen, wenn sie uns eine andere Scheibe geben.«

Janine starrte ihn an. Ihr Gehirn arbeitete nur noch mit halber Kraft. »Es gibt nur eine Scheibe«, sagte sie.

»Was 'n Pech«, feixte Fatzke und kicherte erwartungsvoll.

»Ich glaube dir nicht«, sagte Whippet. »Wenn es eine gibt, gibt es viele. Das ist doch normal. Es sei denn, deine Freunde haben sie selbst gestohlen. Das mußt du uns sagen.«

»Nein«, flüsterte Janine.

»Ich gebe dir eine Stunde Zeit«, sagte Whippet mit gnädiger Stimme. »Wenn du es uns dann immer noch nicht sagst, machen wir ein paar Spiele miteinander.«

Fruity ging in die Hocke und stützte sich mit den Knöcheln auf dem Boden ab. Dinko äffte ihn nach, und sie begannen herumzuhüpfen und tierische Laute auszustoßen. Fatzke klatschte dazu, sein hübsches Gesicht vergnügt ob der Unterhaltung, die ihm geboten wurde. Whippet betrachtete sie mit Nachsicht. Sie waren gute Jungs. Dann schaute er auf Janine, und er empfand ein Gefühl der Zufriedenheit. Es würde funktionieren. Nacktes Entsetzen stand auf ihrem Gesicht. Sie hatte den Mund weit aufgerissen, während sie auf die sich wie Tiere gebärenden Jungs starrte.

Aber dann irritierte ihn etwas an der starren Pose, und er drehte sich um. Sein Kinn klappte nach unten.

Ein Mann stand breitbeinig im Türrahmen, die Arme über der breiten Brust verschränkt. Er sah groß und furchteinflößend aus. Er war maskiert. Eine rote Bandanna um die Stirn drängte die Haare zurück. Der Brustkorb war nackt, abgesehen von einem breiten Lederstreifen, der quer verlief, und seine Schultern glänzten in lebendigen Farben. Er hatte sich flüssige Kristallmuster unter die Haut gespritzt, und die Bilder bewegten sich und änderten die Farben unter dem Einfluß der Körperwärme.

Er trug Lederhosen und sah genau wie einer der Piraten von früher aus.

Die Gang verstummte und rückte zusammen. Sie wußten alle, daß in der City ein paar wüste Typen lebten, aber sie hatten sie noch nie aus dieser Nähe gesehen. Obwohl sie zu viert waren und er nur allein da stand, fühlten sie sich instinktiv im Nachteil.

»Ich nehme sie mit«, sagte der Mann.

Die Verachtung in seiner Stimme wurmte Whippet. »Sie gehört uns«, sagte er. »Verschwinde.«

Der Mann trat in das Zimmer und schlug Whippet mit einem einzigen Schlag nieder. Janine schrie auf. Er ängstigte sie mehr als die vier Jungs zusammen. Er hatte diese pure häßliche Gewalt in sich, die sie selbst auf diese Entfernung spüren konnte. Wenn sie bei der Gang mitspielte, würde sie vielleicht irgendwann wieder in ihr normales Leben zurückfinden. Wenn dieser Mann sie aber mitnahm, würde das ihr Ende bedeuten. Er würde sie tiefer in die City verschleppen, und sie wäre für immer verloren.

Fatzke zog sein Messer und sprang den Mann an. Er wurde zur Seite geschleudert, und gleichzeitig erhielt Dinko einen heftigen Schlag mit dem Handrücken. Blut tropfte aus einem Schnitt auf dem Arm des Mannes.

Janine sah nur noch Hände und Fäuste fliegen, und als es zu Ende war, lagen alle vier Mitglieder der Gang wie zerbrochene Puppen auf dem Boden.

Der Mann zog ein Messer aus dem Gürtel und stellte sich vor Janine. Er zerschnitt ihre Fesseln und half ihr auf die Beine.

»Haben Sie dir was angetan, Schwester?« fragte er kalt.

»Nein!« krächzte Whippet rasch. Das Sprechen bereitete ihm Schmerzen, und seine Lippen fühlten sich stark geschwollen an. Aber er wußte, daß er sich rasch erklären mußte, wenn nicht alles noch viel schlimmer kommen sollte.

Der Mann schüttelte Janine behutsam. Die Angst machte sie willenlos. »Stimmt das?«

»Ja«, brachte sie heraus. »Sie wollten es bald tun ...«

Der Mann grinste unangenehm. »Dazu werden sie nicht mehr kommen.«

»Ich bin aus der Town«, sagte sie flehend. »Bitte, lassen Sie mich gehen, bevor die Polizei eintrifft.«

»Die Polizei kommt nicht her«, sagte der Mann. »Dafür ist sie zu schlau.« Er verließ das Zimmer und nahm Janine mit. Sie machte sich schwer und ließ sich schleifen und rief hilflos nach Whippet. Der Mann hob sie hoch und warf sie mühelos über eine Schulter. Er wandte sich in der Tür noch einmal zu Whippet um, als wollte er ihn herausfordern, ihn anzugreifen.

Whippet senkte den Blick. Er wußte, wann er besiegt war. Der Mann gehörte einer anderen Klasse an, er war das, was Whippet gerne sein mochte.

Draußen war es dunkel. Es regnete leicht. Janine kämpfte gegen ihre Angst an. Der Mann hatte eine bestimmte Intelligenz. Vielleicht sollte sie an seine Vernunft appellieren.

Er stellte sie auf die Beine. »Kannst du gehen?« fragte er.

»Lassen Sie mich frei.«

»Ich bin Will Maffick, Janine. Tut mir leid, daß es so lange gedauert hat.« Er zerrte die Maske vom Gesicht. »Ich habe erst heute erfahren, daß Sie vermißt werden. Können Sie gehen? Wir müssen uns beeilen. Die Nächte können schlimm sein in der City.«

»Will Maffick? Fees Freund?«

»Ja, wir haben uns mal getroffen.«

»Aber Sie … Sie sind ein Tier. Was haben Sie mit den Jungs angestellt?« Sie war ernsthaft zornig. Es war unvorstellbar, daß ein Mann aus ihrer eigenen

Welt so gewalttätig sein konnte, wie sie eben erlebt hatte. Gewalt war das typische Merkmal der Primitiven, der Unterentwickelten, der geistig Zurückgebliebenen. Maffick war ein reifer und intelligenter Mann, und doch hatte er unter den Jungs gewütet wie ein Hai mit rohem Fleisch. Am liebsten hätte sie sich übergeben.

»Nun mal halblang, Schwester. Die Jungs haben Sie gefangengehalten. Fallen Sie jetzt nicht über mich her.«

»Warum haben Sie nicht die Polizei alarmiert? Die Jungs wären dann ins Gefängnis gekommen. Sie hätten sie nicht zusammenschlagen müssen.« Es hat ihm Spaß gemacht, fügte sie in Gedanken hinzu.

»Können wir später streiten?« Will fiel es schwer, höflich zu bleiben. »Wir haben es eilig. Wir sind hier nicht sicher.«

»Sie sind so schlimm wie die Jungs«, sagte Janine und stolperte neben ihm her. »Schlimmer noch, denn Sie wissen es besser.«

Er erwiderte nichts, sondern holte statt dessen mit langen Schritten aus, so daß sie in ihrem geschwächten Zustand kaum mithalten konnte. Er war ein brutaler Typ, dachte Janine. Er war ein Angeber, man sah es schon an seiner Aufmachung. Hatte sich zurechtgeputzt wie ein Held aus alten Tagen. Sie hätte anständig befreit werden können, am liebsten von der Polizei, dann säße sie jetzt in einem Helikopter, man würde sie ins Krankenhaus bringen und sie untersuchen. So aber mußte sie neben diesem gewalttätigen Tier durch Dunkelheit und Regen rennen.

Sie stolperte und schrie auf, dann setzte sie sich hin

und fuhr mit beiden Händen über ihren schmerzenden Knöchel. Er war sofort neben ihr.

»Können Sie noch gehen?«

»Wovor haben Sie Angst?« fragte sie wütend, der Hysterie nahe. »Glauben Sie, daß die Gang sich auf Ihre Spur setzt?«

»Ich trage Sie.«

»Nein!« Sie wollte seine Hände nicht an ihrem Körper spüren.

Sie spürte, wie er sich versteifte. Er blieb neben ihr in der Hocke und hob den Kopf wie ein Hund, der die Luft schnuppert. Langsam kam er hoch, stand wieder aufrecht. »Bleiben Sie unten«, murmelte er.

Wie sie ihn dastehen sah, wurde Janine plötzlich seine Männlichkeit bewußt, seine Größe, seine Kraft, seine Ausstrahlung. Er schien jeden Unterschied zu unterstreichen, den es zwischen den Geschlechtern gab. Sie war nicht an rohe, ungehobelte Männer gewöhnt. Die Männer in ihrem Leben verschleierten ihre körperliche Kraft, dämpften ihre Männlichkeit unter dem Schein guter Manieren.

Sie sah, daß sie nicht allein waren.

Sie befanden sich auf einer offenen Fläche. Will stand breitbeinig da, eine Hand in Gürtelhöhe. Um ihn herum duckten sich Gestalten, die sich im Schutz von Dunkelheit und Dunst genähert hatten. Es schienen viele zu sein.

Will streckte sich auf volle Größe. »Ich verlange das Recht zu passieren«, sagte er mit kalter Stimme, laut und kräftig.

»Hier verlangt keiner was«, lautete die sanfte, amüsierte Antwort. Es war eine Frauenstimme, hell und selbstsicher. Die Frau drang behende aus dem Hintergrund und baute sich vor Will auf.

»Ich gehe vorbei und komme nicht wieder. Ich habe dringende Geschäfte zu erledigen«, sagte Will.

»Die können nicht so dringend sein, daß du unser Territorium überqueren mußt.«

»Das geschah aus Unwissenheit.«

»Unwissenheit kann manchmal gefährlich sein«, sagte sie. »Wie heißt du?«

»Wolf.«

»Ein guter Name. Schade, daß du unser Gesetz gebrochen hast.«

»Ich kann zurückgehen«, bot er an. »Oder kämpfen, wenn dir das lieber ist.«

»Wir sind viele.«

»Ja, das sehe ich. Aber ich kann kämpfen, und viele von euch werden Schaden nehmen.«

»Du kannst nicht gewinnen.«

»Nein. Aber euer Sieg wird blutig.« Will zog sein Messer.

»Sie können doch nicht gegen Frauen kämpfen«, meldete sich Janine entsetzt von ihrem Platz auf dem Boden.

Will gab ihr einen Tritt.

»Laß die Schwester reden«, sagte die Anführerin, und jetzt schwang kein Amüsement mehr in ihrer Stimme mit.

Janine wollte aufstehen, aber Will packte sie an der Schulter und grub seine Finger schmerzhaft in ihr Fleisch.

»Ich bin aus der Town entführt worden«, sagte sie deutlich. »Dieser Mann …«

Will schlug sie mit einem gezielten Schlag nieder.

Sofort fielen die Frauen über ihn her. Er tänzelte von Janine weg und hielt sein Messer abwehrbereit, aber es waren über zwanzig Frauen, und alle schrien und tobten und kreischten, während sie einen immer engeren Kreis um ihn zogen.

Für ein paar schreckliche Momente glaubte Janine, daß sie ihn töten würden. Ihre Wildheit schien ihrem Wesen zu entsprechen, aber sie waren diszipliniert dabei.

Zum erstenmal kam ihr der Gedanke, daß Will die City vielleicht doch besser kannte als sie. Dann sah sie, wie er stolperte, und im nächsten Augenblick hatten sie ihn umringt. Ketten rasselten, und dann war er gefesselt und ihnen ausgeliefert.

Die Anführerin näherte sich Janine. Jetzt erst sah Janine die bizarre Erscheinung der Frau; sie trug eine Art Uniform, und alle anderen waren auch so gekleidet.

Der Kopf der Frau war kahl geschoren, das Gesicht kunstvoll mit dick aufgetragenen dunklen Farben bemalt, die Augen, Wangenknochen und Mund betonten. Sie trug ein kurzes Cape um die eine Schulter, die andere Schulter war nackt. Unter dem Cape trug sie etwas Enges, Schwarzes, aber eine Brust war entblößt. Im fahlen Licht schimmerte die Haut blaß. Vom Nippel der Brust gingen schwarze Muster aus.

»Geh«, sagte die Frau kalt.

»Ich …«

»Geh und dir passiert nichts. Wir haben keinen Streit mit Frauen.«

»Was geschieht mit ihm?«

»Das geht dich nichts an. Geh jetzt.«

Sie wandte sich von Janine ab, die langsam auf die Füße kam – das heißt, auf einen Fuß, denn der Knöchel des anderen pochte heftig. Sie wußte nicht, was sie tun sollte. Will selbst schwieg. Die Frauen bildeten ein Knäuel um ihn. Zusammen mit ihm verschwanden sie in der Dunkelheit. Janine hörte das Rasseln der Ketten immer dünner werden, dann stand sie allein im Regen.

Will schritt weit aus, umgeben von seinen Wärterinnen, und dabei fluchte er die ganze Zeit. Schweigend. Er hatte erst im letzten Augenblick verhindern können, daß Janine den Frauen sagte, daß er nicht zur City gehörte, sondern aus der Town stammte, denn das wäre sein sicheres Todesurteil gewesen. Vielleicht war es sowieso schon unterschrieben. Er kannte diese Frauen nur dem Vernehmen nach, nicht aus eigener Erfahrung. Sie nannten sich die Amazenen, ein weiblicher Haufen, der hier unten lebte und sich scharf von allen Männern trennte. Ausgenommen, wenn sie für eine Weile ein Spielzeug brauchten. Es war gegen ihren Code, einen Mann gehen zu lassen, wenn sie seiner überdrüssig geworden waren. Er wußte nicht, ob er auf der Straf- oder auf der Vergnügungsliste stand. Er hoffte, auf der ersteren, obwohl ihr Ruf, was Blutdurst und Brutalität anging, nur noch von ihrem Ruf, besonders schön zu sein, erreicht wurde.

Er war kein Mann, der mit einem besonderen Sinn für das Kavalierhafte ausgestattet war, aber als sie sich gegenüberstanden und er einzeln gegen sie hätte kämpfen müssen, hielt er sich entschiedener zurück, als er es bei einem Haufen Männer getan hätte. Ihm war klar, er hätte sie nicht besiegen können. Es waren zu viele, und sie waren mutige, geschickte Kämpferinnen. Aber er hätte mehr verletzen können, und jetzt verfluchte er sich wegen seiner Schwäche. Ihm gegenüber würden sie sich keine Schwäche erlauben. Er war ein Narr, daß er auf ihr Geschlecht Rücksicht genommen hatte.

Nach einiger Zeit erreichten sie ein Gebäude. Sie gingen hinein und hindurch, bis sie einen Innenhof betraten, der auf allen Seiten von Mauern umgeben war. Das Gebäude schien intakt zu sein, wenn es auch die bekannten Anzeichen des Verkommenen aufwies – scheibenlose Fenster, bröckelnde Fassaden. Nur die ersten beiden Etagen wurden offenbar instandgehalten. Einige dieser Gebäude wurden immer noch mit Energie versorgt, denn Energie war so billig, daß sich das Abschalten nicht lohnte. Ein paar Fenster im unteren Stockwerk waren beleuchtet.

Sie legten Will in neue Ketten. Die beiden Handfesseln waren an ein langes Metallstück angeschlossen, das sie ihm quer über die Schultern legten. Das Metall lag kalt auf seiner nackten Haut. Sie schoben ihn gegen eine Wand und ließen ihn dort stehen, während sie sich bequem um ein Feuer scharten, das in der Hofmitte brannte.

Sie aßen. Sie kamen und gingen. Offenbar hatten sie

rund um ihr Territorium Wachen aufgestellt. Die Nacht schritt fort, und Will stand da, die Arme ausgestreckt, und hielt aus, so gut er konnte.

Schließlich kam die Frau, die offenbar die Anführerin des Haufens war, der ihn gefangen genommen hatte, zu ihm. Sie wurde von zwei Lieutenants flankiert. Sie verharrte eine Weile vor Will, betrachtete ihn und sagte schließlich: »Laßt ihn reinigen und führt ihn mir dann vor. Mal sehen, was wir in unserem Netz gefangen haben und wie sehr er für unsere Zwecke nützlich ist.«

»Ich bin nicht euer Spielzeug!« fauchte Will.

»He, der Fleischklumpen spricht!« Sie lachte und wandte sich ab, verschwand im Gebäude

Dann begann Wills Erniedrigung.

Er wurde in das Gebäude geführt, einen Korridor entlang und dann in ein Bad. Sie nahmen ihm die Ketten ab. Einige Frauen standen herum, sie trugen weiße fließende Umhänge, hatten schöne lange Haare und kicherten viel. Hinter ihnen standen die kahlen Frauen in Schwarz, die Wärterinnen, Messer und Krummdolche gezückt für den Fall, daß Will den idiotischen Gedanken an Flucht hegen sollte.

Die Frauen in den Umhängen zogen Will aus. Er sah, daß sie ein Bad für ihn vorbereitet hatten. Ihre Hände waren sanft, spielerisch wuschen sie ihn, immer wieder vom ausgelassenen Kichern unterbrochen. Unter anderen Umständen hätte er die Behandlung von so schönen, jungen Frauen genossen, aber die Wärterinnen bildeten eine Kulisse, die er nicht verdrängen konnte.

Er stieg in das warme, duftende Wasser und legte sich zurück, die Augen geschlossen. Hände mit Schwämmen fuhren behutsam über seinen Körper. Es gab schlimmere Arten, die letzten Stunden zu verbringen, dachte er. Es war ihm nicht möglich zu verheimlichen, welche Reaktion die Hände der jungen Frauen bei ihm auslöste. Jetzt lachten die Frauen noch ungezügelter, sie stritten darum, wer ihn gerade an dieser Stelle waschen durfte.

Schließlich sagten sie ihm, er sollte aufstehen, dann wickelten sie ihn in Tücher, aber selbst der dicke Stoff konnte den Effekt nicht verbergen, den die Frauen auf ihn gehabt hatten.

Er wurde jetzt in einen anderen Raum geführt, prächtig eingerichtet, vieles mit Seide oder Samt bedeckt. Die Luft duftete edel, und es gab langsame Hintergrundmusik mit einem einschmeichelnden Rhythmus. Will wurde trockengerubbelt und gepudert, duftender Balsam wurde in seine Haut eingerieben, seine Haare wurden getrocknet. Dann ließen sie ihn allein.

Er sah sich in dem Zimmer um. Er schaute hinter den Wandbehängen nach, ob es ein Fenster gab, aber er konnte keins entdecken. Als er die Tür probierte, mußte er feststellen, daß sie verschlossen war. Er war sicher, daß sie auf der anderen Seite bewacht wurde.

Er betrachtete kurz sein bisheriges Leben, weil er ziemlich sicher war, daß seine Freiheit, nach der eigenen Vorstellung zu leben, in höchstem Maße gefährdet war.

Sein Leben war seltsam genug verlaufen.

Der Beginn hatte sich recht konventionell angelassen, auch der Eintritt in die Berufswelt. Aber dann war der Bruch gekommen, danach die Zeit als Pirat, ein Computer-Hacker, der in der City lebte. Dann, mit Fee Cambridges Hilfe, hatte er eine neue Identität angenommen und wurde wieder zum respektierten Mitglied der Gesellschaft, arbeitete in der Town und im Zoo.

Er hatte Fee nie gestanden, daß er sein Leben als ziemlich öde empfand, ein bißchen leer. Abgesehen von Fee, fand er die Frauen in seinem Leben langweilig, austauschbar und fad. Wenn er seine wahre Natur zu abrupt zeigte, hatten sie Angst vor ihm. Seit fünf Jahren schon lief er mit angezogener Handbremse durchs Leben, und jetzt hatte er genug davon. Es gab keine Leidenschaft in der Welt, in die er gezogen war, keine Aufregung, keine Erregung. Janines Reaktion auf ihn war typisch.

Vielleicht war dies das passende Ende für ihn, das Spielzeug von Kriegerfrauen, eine letzte Unterwerfung an die Erniedrigungen, die das Leben für ihn offenbar vorgesehen hatte. Er war sicher, daß die Anführerin dieses Haufens beim Sex ebenso vital und hemmungslos sein würde wie er. Später würden sie ihn vernichten, wenn er sich ihnen verweigerte.

Schade um Janine. Sie würde wahrscheinlich überleben und in die Town zurückkehren, ein wenig aufgemischt durch ihr Abenteuer, aber nicht auf ewig davon gezeichnet. Sie sah gut aus. Hinter diesen feinen blauen Augen lauerte eine gewisse Gerissenheit, auch wenn sie noch keinen Gebrauch davon machte. Aber

Tatsache war es dennoch, denn er hatte es mit eigenen Augen gesehen.

Will war sicher, daß Janine auf Rollo scharf war. Es würde ihn nicht wundern, wenn die beiden es schon seit Jahren miteinander trieben.

Will empfand Rollo Cambridge gegenüber nur Gleichmut. Er hielt es nicht für angebracht, Eifersucht zu empfinden, wie er auch keine Besitzergefühle hegte, was Frauen anging. Frauen waren etwas anderes als ein Personal Computer. Ein Mann konnte keine Frau besitzen.

Er mußte wieder an Janine denken, diese hochnäsige ignorante, arrogante Hexe. Sie mochte ihn nicht, weil er nicht so war wie Rollo Cambridge. Nun ja, sie war sowieso zu jung für ihn. Und doch spürte Will so etwas wie eine Herausforderung. Es reizte ihn, an diese anziehend-abstoßende Frau zu denken.

Will lachte über sich selbst. Auf seine alten Tage wurde er nachdenklich. Er blickte an seinem geschundenen Körper hinab. Er war voller Narben. Seine Haut war von Natur aus dunkel und im Laufe der Jahre, geprägt von seinem bisherigen Leben, spröde geworden, weil er nie Wert darauf gelegt hatte, sich so zu pflegen wie beispielsweise Rollo Cambridge.

Die Tür öffnete sich, und er war nicht mehr allein.

Sie trug nicht mehr das Cape, aber sonst war sie unverändert. Sie hatte lange, eng anliegende schwarze Lederstiefel an. Um die ebenholzschwarzen Oberschenkel trug sie schmale Lederstreifen. Beim näheren Hinsehen entdeckte Will, daß sie auch um die Hüften lediglich Lederstreifen trug, wenn sie auch etwas breiter waren. Und Will entdeckte auch, daß zwischen zwei Lederstreifen ihr blau angemaltes Geschlecht zu sehen war. Er spürte ein Ziehen in den Lenden.

Ihr Oberkörper war mit einem dünnen, seidenen T-Shirt bekleidet, dessen Schnitt vorsah, daß eine Schulter und eine Brust frei blieben. Der Nippel war ebenfalls blau angemalt, und dunkelblaue Muster liefen vom Nippel über die ganze Brust. Sie trug dünne schwarze Lederhandschuhe, die bis zu den Ellenbogen reichten.

»Du weißt, was ich von dir erwarte?« fragte sie.

Will machte es sich zwischen Kissen bequem. »Ich weiß, was du erwartest«, sagte er spöttisch.

»Die Bademädchen sagen, daß du ein wirklicher Mann bist.«

»Richte ihnen meinen Dank aus.«

»Du sagst, daß man dich Wolf nennt.« Sie schaute ihn prüfend an, kleine Falten auf der Stirn. »Ich meine, ich hätte von dir schon mal hören sollen.«

»Ich bin ein paar Jahre in einer anderen Stadt gewesen. Deshalb kenne ich auch eure Gesetze nicht. Ich habe der kleinen Town- Schwester geholfen, sonst wäre ich wohl vorsichtiger gewesen.«

»Ihr schien deine Hilfe aber nicht zu gefallen, das war jedenfalls unser Eindruck.«

»Town-Schwestern sind dumm«, sagte Will kalt. »Trotzdem ist es besser, daß sie wieder dahin zurückgeht, wo sie hingehört. Es gibt Ärger, wenn sie Schaden nimmt. Der Ärger mag zwar auf sich warten lassen, aber er kommt.«

»Woher weißt du soviel über sie?«

»Das ist meine Sache.«

Die Frau kniete sich vor ihn, und die Lederstreifen begannen zu knistern. »Deine Sache ist jetzt auch meine Sache.«

»Nein.«

»Es wird dir nicht gut bekommen, wenn du dich mit mir anlegst, Wolf.«

»Es wird mir so oder so nicht gut bekommen«, sagte er und lächelte.

Sie legte den Kopf ein wenig schief und klatschte in die Hände. »Ich mag dich, Wolf. Du hättest eine Frau sein sollen, so wie du lachst, wenn ich dir drohe.«

Will beugte sich vor und fuhr mit beiden Händen in ihren Nacken. Ihre Augen waren übertrieben bemalt, es erinnerte entfernt an altägyptische Mode. Er schaute in ihre Augen und verstärkte den Druck seiner Hände. »Wie reagierst du denn, Schwester, wenn du dem Tod begegnest?«

Sie lachte vergnügt und streichelte über seinen Körper. Sie drückte gegen seine Hände an, bis sie mit den Lippen seinen Mund berühren konnte.

Zuerst war es nur ein flüchtiges Berühren, eine Frage, dann, als sie spürte, daß sich seine Lippen öffneten, drang sie tief in seinen Mund.

Sie küßte gut, fand Will. Stark, wild, wissend. Sein Körper reagierte sofort. Das Gefühl der Gefahr regte seine Libido an. Er spürte ihre Macht, ihr Selbstvertrauen, ihre Dominanz. Sie war wie er selbst – nur Frau. Sein Verlangen nach ihr hatte etwas Narzißtisches. Die Erregung packte ihn. Zurückhaltung war nicht angesagt, Vortäuschen nicht angebracht, Rücksicht auf den vermeintlich Schwachen nicht erforderlich. Sein Atem kam stoßweise, als sie sich gegen ihn rieb, seine nackte Haut koste, drückte, rieb. Er bog sich über sie, drückte sie nieder, imponierte ihr mit seiner Kraft. Sein Mund war fordernd, wild, brutal. Die Finger gruben sich in ihre Schultern und zwangen sie härter gegen ihn. Er spürte, wie ihre nackte Brust zwischen ihnen fast zerdrückt wurde. Plötzlich zog er sich zurück, fing die Brust mit dem Mund auf und küßte die dunkel bemalte Warze.

Sie stieß laut den angehaltenen Atem aus. Eine Hand glitt hinab und tastete sich zwischen die Teile ihrer seltsamen Kleidung. Sie fand den nackten Hügel und die weichen Falten darunter. Als er ihre Klitoris berührte, durchfuhr es sie wie ein elektrischer Schlag. Seine Hand drang tiefer. Sie fühlte sich willkommen und eng und warm und feucht umschlossen.

Er zog sich zurück, heftig atmend, und schaute ihr ins Gesicht. »Zieh das verdammte Zeug aus«, sagte er.

»Nein.« Ihre Augen schauten verschwommen vor Lust, aber ihr Nein blieb. »Wir haben einen Eid geleistet. Wir ziehen die *caffada* nie aus, wenn wir sie einmal angelegt haben.« Sie ließ zwei Finger unter einen Lederstreifen gleiten und lupfte ihn. »In unserer Sekte gilt es als unehrenhaft, ihn auszuziehen.«

Er kannte das Wort nicht, das sie benutzt hatte, aber die Bedeutung war klar. Er drückte sie rauh nach unten. Er hatte keine Bedenken, den Körper einer Frau zu genießen, die vielleicht seinen Tod befehlen würde, wenn er sich weigerte, weiter mit ihr zu spielen. Irgendwie paßte eine solche Situation in sein Leben.

Dann, als er sah, wie sie sich zurücklegte, die Beine gespreizt, wurde ihm auch klar, daß die Lederstreifen kein Hindernis für ihr Vorhaben waren. Sie rutschten weiter auseinander, und er konnte ihr Geschlecht sehen.

Dann legte er sich zwischen ihre Schenkel. Sein Penis stand erigiert. Sie zog die Beine an, und er drang in sie ein. Er war jenseits der Sorge um Leben und Tod. Er war jenseits aller Gedanken, konzentrierte sich nur auf das Geschlecht dieser Frau. Sie schloß sich fest um ihn, während er rhythmisch in sie hineinstieß. Ihre Enge überraschte ihn nicht, sie würde nicht viele Männer gehabt haben. Ihm wurde plötzlich bewußt, daß alles in seinem Leben eine Enttäuschung war – nur dieses nicht.

Er spürte, wie sie sich unter ihm bäumte, wie sie sich streckte und reckte, und dann explodierte plötzlich die Welt um ihn herum, als er sich in den Fängen eines gewaltigen Orgasmus befand.

Nach einer Weile kam er zu sich und beugte sich über sie. Er fühlte sich klar und hell, gelassen, ruhig. Als ob der Kampf vorbei wäre. Nicht der Kampf mit ihr, sondern der Kampf, ein lebenswertes Leben zu leben.

Er war überrascht, als sie ihn neben sich zog und ihre Hände in seinen Haaren wuschelten, sie sich eng an ihn schmiegte. Sie konnte fühlen, wie er sich in sich selbst zurückzog, als ob er ihre Ungleichheit akzeptierte, ihre totale Macht über ihn und seine Zukunft, in der nur noch seine Gedanken frei sein würden.

Ihr Gesicht glühte an seiner Schulter. Die flüssigen

Kristalle, die er unter die Haut injiziert hatte, veränderten ihre Farbe und leuchteten durch seine Haut. Er hatte sie sich implantieren lassen, um seine Piraten-Tätowierungen zu überdecken, als er zurück in die Town gegangen war. Jetzt küßte sie seine Schultern, rieb ihr Gesicht dagegen. Sie beugte sich über ihn.

»Es ist nicht oft, daß ich die Harschheit unserer Gesetze bedaure«, sagte sie. »Sie haben ihren Sinn, und deshalb sind sie gut.«

»Hör auf mit diesem Gerede, Schwester«, sagte er dösend, beleidigend, weit weg von ihr, obwohl ihre Körper heiß aufeinanderlagen.

Sie wartete einen Moment. Dann sagte sie: »Ich muß dir jetzt das Zeichen geben.«

»Was für ein Zeichen?« Er hörte sich gelangweilt an.

»Normalerweise erlauben wir ein Schmerzmittel.«

Er schlug die dunklen Augen auf und sah sie ohne Interesse an. Sie nahm die kleinen harten goldenen Flecken in der haselnußbraunen Iris wahr. Sie leuchteten wie Splitter. Aus dieser Nähe erkannte sie, daß mit einem Auge irgendwas nicht stimmte, als ob es früher mal verletzt gewesen sei.

»Wir geben das Zeichen auf diese Art«, sagte sie und zog die Lippen zurück, daß ihre Zähne entblößt waren.

Er schaute hin und sah, wie sich die oberen Eckzähne ausstreckten und ums Doppelte verlängerten. Die dünne Verlängerung kam aus dem normalen Zahn. Sie konnte jetzt den Mund nicht mehr richtig schließen. Die langen Zähne hingen über die Lippe hinweg und drückten sich in die Haut des Kinns.

»Sie enthalten die Markierung«, sagte sie mit einiger

Mühe. »Ich muß es dir jetzt unter die Haut injizieren, um zu demonstrieren, daß du uns gehörst und daß kein anderer dich anfassen darf.«

»Du wirst den Teufel tun.«

»Ich werde, Wolfs-Mann. Es ist unser Gesetz.«

»Nur über meine Leiche.«

»Noch stirbst du nicht, mein Freund. Du hast großen Wert für eine Frau, Wolf. Du kannst ein nützliches Leben bei uns führen, und als Gegenleistung machen wir es dir schön und bequem. Nun, willst du ein Schmerzmittel? Wir tun dies nicht, um dir weh zu tun. Dies nicht.«

Er sah sie lange an, dann ließ er den Kopf zurückfallen. Er schloß wieder die Augen. »Mach, was du willst«, sagte er mit dumpfer Stimme. »Aber ich glaube, daß dir das Ergebnis nicht gefallen wird.«

Sie setzte sich auf ihn. Ihre Lederstreifen rieben gegen seine Haut. Das Leder ihrer Stiefel spürte er kalt in seinen Seiten. Sie nahm seine Hand in ihre und hielt sie eine Weile.

Als sie ihn dann biß, sprang er unter ihr auf vor Schmerz. Sie versenkte ihre Fänge in das weiche Fleisch des Daumenballens. Sie versenkte sie tief und hielt sie dort, während sich sein Körper unter ihr spannte wie ein Stahlseil, um den Schmerz zu absorbieren. Dann zog sie endlich ihre schrecklichen Zähne zurück.

Will öffnete die Augen. Er war wie benebelt vor Schmerz. Sie schaute ihn mit einem merkwürdigen Blick an, in dem auch eine gehörige Portion Bewunderung lag. Sie hielt immer noch seine gefolterte Hand, schob sie dann vor sein Gesicht, damit er sich davon überzeugen konnte, was sie getan hatte.

Saphirblau strahlte der ganze Daumenballen, darüber floß das Blut, das aus den beiden Öffnungen rann, die ihre Fänge gerissen hatten. Will starrte verbittert auf die blaue Verfärbung, die sich immer weiter ausdehnte, und hob dann den Blick zu ihr.

»Wenn du dich nicht dazu überwinden kannst, deinen Aufenthalt bei uns zu genießen«, sagte sie mit samtener Stimme, »und wenn du uns keine Lust in deinen Armen bereitest, dann werden wir dich eliminieren wie einen nutzlosen Hund.«

»Und wenn die Lust gestillt ist?«

Sie schob die Schultern. »Alles hat ein Ende.«

Abrupt stand sie auf und ging hinüber zur Wand, drückte auf einen Knopf. Nach einem Augenblick öffnete sich die Tür, und eine Gruppe Wächterinnen kam herein. Will machte sich die Mühe nicht, seine Blöße zu bedecken. Er blieb auf den Kissen liegen. Seine Hand pochte, und er fragte sich, wie sauber ihre verdammten Zähne waren.

Die Wächterinnen knieten ausdruckslos neben ihm und legten einen Kragen um seinen Hals, einen kalten Metallkragen. Sie achteten darauf, daß seine Haare frei lagen. Dann hießen sie ihn aufzustehen. Er schaute sie spöttisch an. Eine der Frauen zurrte an einer Kette. Er wurde nach vorn gerissen. Das Innere des Kragens war rauh und mit Eisendornen versehen. Die Dornen bohrten sich in seine Haut, wenn sie an der Kette zurrten.

Sie gaben ihm seine Hose, in die er schlüpfte. Die Amazone, die mit ihm auf den Kissen getobt hatte, hielt sich im Hintergrund, lehnte an der Wand, hatte die Hände über der Brust verschränkt und lächelte versonnen.

»Wäre es denn so schlecht, bei uns zu bleiben?« fragte sie.

»Wie würdest du denn darüber denken, wenn die Situation umgekehrt wäre?« hielt Will dagegen.

Sie warf den Kopf zurück und lachte. »Das wäre eine Umkehrung der Naturgesetze!« sagte sie. »Es gibt so viele von uns, denen du einen Gefallen tun könntest, Wolf-aus-der-anderen-Stadt. Ich garantiere dir, es würde dir nicht langweilig werden. Komm schon, gib zu, daß dir der Gedanke gefällt.«

»Du wirst irgendwo ein paar arme, gebrochene Männer haben, die nach deiner Pfeife tanzen, aber du glaubst doch selbst nicht, daß ich mich ihnen anschließen werde«, sagte Will und verzog das Gesicht.

Janine war froh, daß sie ihre schwarze Kleidung angelegt hatte, und verfluchte ihre langen blonden Haare. Sie hatte sie schon in den Kragen gesteckt, so gut es ging. Ihr Gesicht hatte sie mit dem Schlamm vom Boden geschwärzt. Jetzt stand sie mit schlagendem Herzen da, dicht an das Gebäude gepreßt, wo sie wahrscheinlich Will Maffick festhielten.

Ihr gesunder Menschenverstand sagte ihr, sie sollte sich zurückziehen, ein paar Leute, denen sie begegnete, nach dem Weg nach Half-Way fragen und so schnell wie möglich wieder in die Town zu gelangen. Aber sie konnte es nicht. Sie verabscheute ihn. Er machte ihr Angst. Aber sie konnte nicht gehen und ihn seinem Schicksal überlassen. Schließlich war er gekommen, um sie zu befreien.

Sie war sicher, daß er sie auch verabscheute. Sie hatte ihn sofort gehaßt, als sie ihn das erste Mal gesehen hatte. Er hatte sie erschreckt, als er so brutal mit den albernen Jungs umgesprungen war. Aber er hatte recht behalten, die City war gefährlich, gefährlicher, als sie angenommen hatte. Sie fühlte sich verunsichert und blind in dieser fremden Umgebung.

Sie hatte den Eingang zum Innenhof gemieden, denn immer wieder kamen Wächter heraus oder gingen hinein. Zu ihrer Überraschung wurde das Gebäude selbst von außen so gut wie nicht bewacht, sie schienen weiter draußen Wache zu stehen, wohl um das abzusichern, was sie ihr Territorium nannten.

Janine übte sich in Geduld und hatte bald gefunden, was sie suchte, eine Möglichkeit, von außen an dem Gebäude hochzuklettern.

Je länger sie weg war von den schrecklichen Jungs, die sie gefangengehalten hatten, desto mehr Willenskraft floß in sie zurück. Ihre Hilflosigkeit war vorbei, es gab nicht mehr die Benommenheit, die ihren Verstand gelähmt hatte. Allmählich begann sie sich der Situation anzupassen, sie akzeptierte die Wirklichkeit der City und versuchte, sie zu ihrem eigenen Vorteil zu nutzen.

Sie begann, an der Außenwand hochzuklettern und nutzte Fenstersimse, Balkone, Mauervorsprünge – alles, was sich ihr bot. Als sie sich in Höhe des dritten Stockwerks befand und vor Angst schwitzte – wenn sie gefallen wäre, hätte sie den Sturz nicht mit heilen Knochen überlebt –, glitt sie in ein zerbrochenes Fenster hinein und betrat das Gebäude.

Leise und vorsichtig durchquerte sie den dunklen Raum und schlich hinaus in den Korridor. Bei jedem Schritt achtete sie darauf, daß sie nicht auf etwas trat, das ein Geräusch verursachen konnte. Ihr Knöchel hatte wieder stärker zu pochen begonnen, seit sie ihn beim Klettern zu stark belastet hatte.

Es dauerte drei Stunden, ehe sie Will gefunden hatte. Aber sie mußte sich immer öfter verstecken, das Tageslicht drang jetzt durch die Fenster.

Sie hatte gesehen, daß er in einem kleinen Raum angekettet lag. Zwei Frauen hielten vor dem Raum Wache. Andere brachten ihm Mahlzeiten und fütterten ihn. Mehr wußte Janine zu diesem Zeitpunkt nicht. Die meiste Zeit des Tages verbrachte sie mit Schlafen. Dazwischen gelang es ihr, sich Essen und Trinken zu besorgen. Ausgeruht und gesättigt begab sie sich auf mehrere Erkundungstouren. Sie fand eine Art Waffenkammer völlig unbewacht – die Frauen fühlten sich in dem Gebäude offenbar sehr sicher.

Janine beschaffte sich zwei kleine Macheten. Es gab auch Schußwaffen, aber sie fand keine Munition, deshalb ließ sie sie liegen. Sie mußte Wills Ketten durchtrennen, deshalb nahm sie noch einen schweren Schneider mit, obwohl sie Mühe hatte, ihn zu tragen. Während sie in einer Ecke nach anderem brauchbaren Material suchte und dabei immer wieder zur Tür schaute, um vor Überraschungen sicher zu sein, entdeckte sie den größten Fund.

Sie fand Uniformen der Amazenen.

Als die Dunkelheit einbrach, war sie bereit. Selbst ihre Haare wurden jetzt von einem Helm bedeckt, mit wilden Mustern bemalt. Der Helm ließ ihr Gesicht frei, und so versuchte sie sich mit der Amazenen-Bemalung. Aus der Entfernung, glaubte sie, konnte sie als eine der ihren durchgehen. Der Laserschneider lag über ihrer Schulter, von dem Cape verdeckt. Die Macheten hingen sichtbar an der Hüfte. Sie hatte auch noch ein Messer versteckt. Ihre nackte Brust fühlte sich kalt an, aber sie ignorierte das. Und dies war auch nicht die Zeit, verlegen zu sein. Weil sie aber keine Lederstreifen gefunden hatte, die sie um sich schlingen konnte, ließ sie den unteren Teil des Bodysuits an.

Sie sah, wie sie Will aus seiner Zelle holten und an der Kette wegführten. Janine folgte so dichtauf, wie sie sich traute, und konnte den Raum sehen, in den er gebracht wurde. Die Wächterinnen kamen mit seiner Hose und dem Kragen heraus. Janines Lippen waren nur noch ein dünner Strich, als sie dann Zeugin wurde, wie die Anführerin des Haufens den Raum betrat. Die Frauen, die vor der Tür Wache hielten, machten ein paar obszöne Gesten und kicherten dabei.

Es dauerte etwa eine Stunde, bevor die Anführerin die Wache rief. Ein paar Minuten später wurde Will wieder hinausgeführt. Janine kauerte sich schnell ins Dunkel. Sie hörte, daß sie Will wieder in seine Zelle brachten.

Janine erkannte, daß sie nur jetzt eine Chance hatte. Sie würde die Tür nicht aufbrechen können und mußte deshalb hinein, noch bevor sie zugeschlagen war.

Sie sprang auf, rannte durch den Korridor, die Stiefel laut auf dem harten Boden, so daß die Wächter sich umdrehten, überrascht, aber nicht besorgt, weil sie annahmen, daß eine der ihren einen eiligen Auftrag auszuführen hatte.

Auch als Janine die Machete zog, kurz vor den beiden Frauen, war das für sie noch kein Alarmzeichen. Ihre eigenen Hände hoben sich nur wie in Zeitlupe zu den Gürteln. Janine warf Will die Machete zu. Die Wächterinnen hatten die Kette fallen lassen, und er sprang auf Janine zu.

Will zischte die Wächterinnen an: »Hinein!« Die Frauen zögerten, als ob sie immer noch nicht bereit wären, den Verrat eine der ihren zu akzeptieren. Will stieß die eine Frau mit der Machete an und ratschte ihre Lederstreifen auf. Mit einem Aufschrei stolperte sie rückwärts in die Zelle.

Die andere Wächterin stürzte sich auf Will, aber Janine hob die zweite Machete und hielt sie ihr entgegen. Will zielte auf die *caffada* der zweiten Frau, und erschreckt wich sie zurück: Der Angriff auf eine Vorschrift ihrer Sekte war bedrohlicher für sie als der Angriff auf ihr Leben.

Will folgte ihnen in die Zelle.

»Bring sie nicht um«, flehte Janine. Will nahm ihnen ihre Waffen ab und gab sie an Janine weiter. Dann packte er die *caffada* der ersten Frau und riffelte sie auf. Die Frau drehte sich, stürzte und blieb liegen, laut ihr Schicksal beweinend. Janine sah tiefe Striemen im Fleisch, verursacht von den schmalen Lederstreifen. Will fesselte die beiden Frauen und steckte ihnen einen

Knebel in den Mund. Dann huschte er aus der Zelle. Janine schlug die Tür zu.

»Wohin?« raunte er. Sie zeigte den Weg, und dann rannten sie den Korridor entlang.

Zwei Etagen höher sagte sie ihm, daß sie den Laser-Schneider dabei hatte. Er kniete sich vor sie, und sie genoß für eine Sekunde dieses seltene, seltsame Bild, ehe sie den Schneider an seiner Halskrause ansetzte. Sie mußte zweimal nachhelfen, ehe sie ihn befreit hatte, und sie konnte verbrannte Haut riechen.

Will legte kurz die Arme um Janine, während er noch kniete. »Gut gemacht, Baby«, sagte er gegen ihren Bauch. Er hob den Blick zu ihr und schaute sie an. »Ich schätze, jetzt sind wir quitt.«

Es war das erste Mal in ihrer kurzen Bekanntschaft, daß er sie wie seinesgleichen behandelte, ohne sie zu bevormunden und ohne die Verachtung in der Stimme.

Janines Hände fuhren über seinen Kopf, und sie war erstaunt über das seidige Gefühl und wie sauber und gut seine Haare rochen. Sie hockte sich neben ihn und fuhr mit einer Hand über seine Wange. »Gott sei Dank sind Sie in Sicherheit«, sagte sie. »Ich dachte, sie würden Sie umbringen.«

»Das hätten sie auch getan«, sagte er ruhig. »Zuerst hatten sie noch Verwendung für mich, aber ich habe ihnen schon angekündigt, daß ich zu ihren Demütigungen nicht länger bereit sein würde.«

»Das ist ja entsetzlich!« Janines Stimme klang tief und voller Emotion. »Ich weiß nicht, wie Sie das konnten! Ich sah ein Zimmer, das wie ein Haremsgemach aussah. Ich konnte es kaum glauben. Haben Sie Ihnen Drogen gegeben?«

»Eigentlich war es sehr nett. Ich brauche keine Drogen, Baby. Nie. Ich habe mich nur geweigert, ihr Dauerspielzeug zu werden.« Abrupt stand sie auf.

»Wir müssen hier raus.«

»Ja, bevor sie merken, was geschehen ist«, stimmte er zu.

Sie kamen an der Waffenkammer vorbei und hangelten sich mit Stricken an der Hauswand hinunter. Seit Janines Angriff auf die Wächterinnen waren kaum zehn Minuten vergangen.

Sie liefen gebückt und suchten hinter allem Deckung, was im Weg stand. Janine stellte fest, daß die Lederstiefel ihrem Knöchel Halt gaben. Er zwickte zwar noch, aber sie hinkte nicht mehr. Sie wußte jetzt, wie wichtig es war, möglichst rasch aus dieser ungastlichen Gegend zu verschwinden.

Ein paarmal sahen sie in einigem Abstand Gruppen von Amazenen, aber sie entdeckten sie stets früh genug, um einen anderen Weg einschlagen zu können. Sie schafften es schließlich, ein beträchtliches Gebiet zu durchschreiten, ohne auf Amazenen zu stoßen. Will entspannte sich, und Janine atmete auf. Sie war erschöpft.

Drüben sahen sie einige Pärchen herumschlendern. Nun wußten sie endgültig, daß sie das Territorium der kriegerischen Frauen hinter sich gelassen hatten. Will ging jetzt langsamer und legte einen Arm um Janines Schultern. Sie sahen wie eines der anderen Pärchen aus. Ihre Kleidung war sogar für City-Maßstäbe bizarr, aber sie paßte ins Umfeld.

Janine spürte wieder ihre alte Abneigung gegen Will, nachdem er ihr frei gestanden hatte, wie gut ihm der erzwungene Sex mit der Anführerin gefallen hatte. Aber sie war froh, daß der starke Arm des Mannes um ihre Schultern lag. Irgendwo in der Nähe brannte Licht. Vor Müdigkeit konnte sie sich kaum noch konzentrieren. Sie hörte Geräusche, seltsame Musik. Dann wurde es wieder dunkel und still.

Sie hob den verhangenen Blick und sah, wie ein Band den Himmel zerschnitt. Es dauerte eine Weile, bis sie begriff, daß es sich um einen der Highways handelte, auf denen die Connets dahinschnurrten. Sie sehnte sich danach, jetzt in einem Connet zu sitzen, gebadet in Luxus, weit weg vom Schmutz und von den Gefahren der City.

Der Mann neben ihr führte sie, aber sie stolperte immer häufiger.

»Wie weit ist es noch?« fragte sie leise. »Wann sind wir zu Hause?«

»Zu Hause? Ich weiß nicht.«

Sie schüttelte sich wach. »Was soll das heißen: ›Ich weiß nicht?‹«

»Genau, was ich sage. Wir müssen uns irgendwo ausruhen, und ich besorge uns was zu essen. Morgen werde ich herausfinden, wo wir sind, damit ich weiß, in welche Richtung wir gehen müssen.«

Sie verharrte im Schritt. »Wenn Sie damit sagen, wir sind den ganzen Weg gegangen, und es könnte die falsche Richtung sein?«

»Ja, könnte. Nein, ich glaube sogar, es ist die falsche Richtung.«

»Ist das Absicht?« schrie sie hysterisch. »Ich will, daß Sie mich nach Hause bringen!«

Will ließ sie los und sah sie kalt an. »Ich bin hergekommen, um dich von den kleinen Jungs wegzuholen«, fauchte er. »Ich dachte, ich könnte das schneller erledigen als die Heli-Police und mit weniger Risiko für dich, und das hat sich als richtig herausgestellt. Du und deine Albernheit haben dann dafür gesorgt, daß wir beinahe getötet worden wären, weil du mir auf den Geist gegangen bist mit deinem Gekeife und ich nicht bemerkt habe, daß wir in eine Falle getappt sind. Okay, du hast mich herausgeholt, und ich gebe zu, damit hast du mich überrascht. Jetzt müssen wir aus der City raus, und wenn du das nicht begreifst, dann tust du mir leid. Verdammt, ich kenne mich hier nicht mehr aus, weil sich alles verändert hat. Ich will vermeiden, daß wir wieder einen Fehler machen wie beim erstenmal. Also, Schwester, halt den Mund und laß mich nachdenken.«

Verwundert sagte Janine: »Sie sind schon mal hiergewesen.«

»Fee hat mich hier gefunden«, sagte Will und lachte.

»Vielleicht wollen Sie bleiben«, sagte Janine. »Man meint, Sie gehören hierhin.«

»Kann schon sein«, sagte Will wütend. »Aber ich habe Fee versprochen, dich hier rauszubringen, und das werde ich auch tun.«

Sie hatte nichts mehr zu sagen. Sie konnte nicht verstehen, warum das, was er gesagt hatte, ihr so weh tat.

Er zwang sie in ein dunkles Gebäude, und dort fand er einen leeren Raum abseits der Hauptkorridore. Sie müßten schon verdammtes Pech haben, wenn jemand sie dort zufällig aufstöbern sollte.

Will ließ Janine zurück und durchkämmte die anderen Räume, bis er sicher war, daß sich sonst niemand im Gebäude aufhielt. Etwa so mußte es in Urzeiten gewesen sein, wenn ein Mann eine Höhle gefunden hatte und sie zuerst einmal absuchte, um sich zu vergewissern, daß er sie nicht mit einem Bär teilte.

Dann ging Will nach draußen. Er sagte Janine, daß er in einer Weile mit etwas Eßbarem zurück sein werde. Er sagte ihr nicht, daß er vorhatte, einen Einheimischen mit seiner Machete zu überfallen, um an Geld heranzukommen. In der City benutzte man noch Geld. In der Town und im Zoo wurde nur noch mit *credits* abgerechnet. Besonders Janine brauchte etwas zu essen. Er hoffte, daß ihre schlechte Laune schwinden würde, wenn sie geschlafen und gegessen hatte. Er fürchtete, daß sie noch einen langen Weg vor sich hatten, vielleicht länger, als sie in einer Nacht zurücklegen konnten. Tagsüber durften sie sich nicht sehen lassen, das stand fest.

Er hoffte, daß Fee die Polizei nicht alarmierte, sondern ihm vertraute. Er hatte nicht vor, ihr zu sagen, was für ein Narr er gewesen und wie nahe er daran gewesen war, alles aufs Spiel zu setzen.

Janine schlief, als er zurückkehrte. Er schüttelte sie sanft. Als sie aufwachte, sah er, daß ihre Hysterie wiederkam, sobald ihr bewußt wurde, wo sie war. Er setzte sich neben sie und sagte, sie müßten sich wieder auf den Weg machen.

»Nein«, stöhnte sie. Sie glaubte immer noch, daß er

ihr dies absichtlich antat, daß er sie folterte, weil er eben ein brutaler Mensch war.

»Ich habe einen Ort gefunden, wo wir bleiben können«, sagte er ruhig. »Dort hast du ein Bett, und du kannst dich gründlich ausruhen, bevor wir uns auf den Weg in die Town begeben. Ich glaube nicht, daß es einfach sein wird. Wir haben einige Wellen geschlagen, Baby. Sie werden auf der Lauer liegen und nach Rache dürsten.«

Janine saß steif neben ihm und versuchte zu begreifen, was er ihr mitgeteilt hatte. Ihr Kopf war noch dunstverhangen. Bevor sie noch etwas sagen konnte, hatte er sie gewaltsam auf die Füße gestellt. Sie verließen das Gebäude und traten hinaus in die Nacht.

Fee war in Sorge, und die Sorge machte sie ruhelos. Wenn sie ruhelos war, konnte sie nicht arbeiten, und wenn sie nicht arbeitete, begann sie sich zu langweilen.

Will und Janine waren unten in der City. Vielleicht befanden sie sich in großer Gefahr. Sie bereute längst, die schöne Disc hergestellt zu haben. Und wenn sie sie je noch einmal in die Finger bekommen würde, würde sie sie zerstören. Aber sie bereute nicht die wundervolle Erfahrung, die sie mit der Scheibe erlebt hatte.

Sie setzte ihre Intelligenz mannigfaltig ein. Auf ihrem Gebiet war sie eine Kapazität, ein Genie. Aber auf anderen Gebieten ihres Lebens, vor allem im privaten Bereich, ließ sie sich fast ausschließlich von ihren Instinkten leiten.

Fee liebte Männer, verehrte sie, betete sie an. Sie gaben ihr Macht. Sie lebte und atmete Sex, und sie war dankbar, daß Rollo, der früher sehr besitzergreifend gewesen war, ihr heute freien Lauf ließ.

Fee glaubte nicht, daß sie ohne Rollo leben könnte. Er war ihr Lebensblut. Rollo war immer da. Er kannte sie, wie kein anderer Mensch sie kannte, nicht einmal Will. Fee wurde nachdenklich, als sie an Will Kid dachte, der sich jetzt Will Maffick nannte. Ein wilder Mann. Sie war überrascht, daß er sich mit den Ketten der Gesellschaft abgefunden hatte. Sie hatte begonnen, sich von ihm zurückzuziehen, weil sie wußte, daß er nicht viel länger in ihrem Leben verweilen würde. Sie konnte eine gewisse Veränderung spüren. Ihre Intuition ließ sie nicht im Stich, wenn es um Männer ging.

Mit zunehmendem Alter hatte sich Fees Geist geschärft, aber ihre Gefühle waren weicher geworden. Sie reagierte sanft, wo sie früher hart durchgegriffen hätte. Sie zeigte Sympathie, wo sie früher nichts als Verachtung empfunden hätte. Heute hatte sie sich mehr unter Kontrolle als früher. Das galt auch für ihren Hunger nach Liebe.

Sie begehrte den Jungen. Caz. Der Junge mit den hellbraunen Augen. Seine erfrischende Art und sein absoluter Mangel an Tricks und Finessen rührten ihr Herz und würzten die Liebe mit einem neuen Duft. Er war spontan, bewundernd, jung.

Caz. Er war so jung. Vielleicht halb so alt wie sie.

Sie würde mit ihm im Connet fahren. Oder? Er würde benommen sein von dem Erlebnis, und Fee wollte nicht, daß er benommen war. Er sollte in bester Verfassung sein, wenn sie einander liebten.

Sie konnte ihn nicht erreichen und schickte eine

Nachricht ins Institut mit der Bitte, sie über Vidicom zu kontaktieren.

Als er sich meldete, empfand sie fast so etwas wie Dankbarkeit.

»Könnten wir uns noch einmal sehen?« fragte sie. Ihr Herz klopfte wie bei einem Teenager.

»Mrs. Cambridge«, sagte er. Seine Stimme klang erstickt. Die Unterlippe zitterte leicht. Sie sah verdutzt, wie gerührt er war. Er sah blaß und ein bißchen abgespannt aus. Er arbeitet zuviel, dachte sie.

Sie verzichtete auf jedes weitere Drumherumsprechen. »Ich habe unser Treffen sehr in Erinnerung behalten«, sagte sie ernst. Viel deutlicher konnte sie in diesem Gespräch nicht werden.

Er stand in einer öffentlichen Zelle. Er wischte sich mit einem Ärmel über die Stirn, und sie sah, daß er die Hand zur Faust geballt hatte. »Ich möchte wieder mit Ihnen ins Bett gehen«, flüsterte er.

Sie war leicht schockiert. Aber sie glaubte ihm, daß er nicht grob sein wollte. Er wollte ihr nur mitteilen, daß er sie so heftig begehrte. Sie faßte es als Kompliment auf. Nein, es war ein Kompliment. Es war der Beweis, daß er soviel für sie empfand wie sie für ihn. Er war ehrlich.

»Gut«, sagte sie mit einer Gelassenheit, die sie nicht fühlte, »dann werden wir das tun.«

Sie verabredeten, daß sie am folgenden Tag ein Taxi schickte. Rollo nahm an der Jahrestagung des Wasserkartells teil, auf der die Preise für das kommende Jahr festgelegt werden sollten. Einmal im Jahr gab es die Pflicht der persönlichen Anwesenheit bei der OWAC, der Organisation of Water Carriers, während alle anderen Konferenzen via Computer abgehalten wurden. Doch bei der Preisfestsetzung ging es um strikte Geheimhaltung. Rollo stand einer Gesellschaft vor, die zu den größten Wasserbelieferern der Welt gehörte. Ihre Preisentscheidung würde den Finanzmarkt beeinflussen. Deshalb würde es keine Spekulationen geben.

Rollo ließ sie nicht gern allein, aber es gab keinen bedeutenderen Termin in seinem Kalender. Er würde wenigstens ein paar Tage unterwegs sein, vielleicht auch noch ein paar Tage länger, wenn sie sich nicht gleich einigen konnten.

Sie hatte sich vorgenommen, sich zurückzuhalten, wenn Caz eintraf. Sie wollte sich um den Jungen bemühen und ihm die Verlegenheit nehmen. Aber wie es sich dann wirklich abspielte: Sie öffnete ihm die Tür, drückte sie hinter ihm zu und fiel ihm sofort in die Arme, als ob ein Magnet sie angezogen hätte. Ihre Münder trafen sich, und er küßte intensiv, süß und lebendig. Er küßte ihren Mund, den Hals, die Schultern, ihre Haare und dann wieder den Mund.

»Ich möchte Liebe mit dir machen«, murmelte er gegen ihre Haut.

Sie zerrte an seinen Kleidern, voller Begehren, seine Haut an ihrer zu spüren.

Sie hatte es sich so nicht vorgestellt, aber Fee konnte nicht an sich halten. Sie hatte endlich seine Kleider geöffnet und betrachtete seinen schönen Körper. Sie stöhnte und streichelte ihn mit ihren weichen Händen vom Kopf bis zum Schoß.

Caz schloß die Augen und ballte die Fäuste, preßte

die Schultern fest gegen die Tür und fühlte, wie seine Oberschenkel zu zittern begannen. Fees Mund umschloß seine Lippen, ihre Hände berührten jetzt Penis und Hoden. Sie drückten sie sanft, wiegten sie liebevoll, als wollten sie sie beschützen.

Schweißperlen rannen seine Stirn hinunter. Seine Erektion pochte in ihren Händen.

Er schrie auf und kam. Es war die reinste Ekstase.

Schließlich verharrte er eine Weile und hoffte, seinen Körper wieder beherrschen zu können. Er blickte Fee an. Sie hatte den Kopf zurückgeworfen, so daß die Haare hinunterfielen. Die Augen waren geschlossen; sie sah aus, als wäre sie in Trance.

Caz umfaßte sie mit einem Arm. Sie wandte den Kopf, öffnete langsam die Augen und schaute ihn an.

»Das hatte ich gar nicht vor«, gestand sie, die Stimme noch etwas außer Atem. Er küßte ihre Augenlider und dann die Brauen.

»Komm mit ins Schlafzimmer«, sagte sie mit ihrer dunklen, rauchigen Stimme. Fast willenlos folgte er ihr. Bevor sie die Tür erreicht hatte, stand er dicht hinter ihr und machte sich an ihren Kleidern zu schaffen. Was sie trug, fiel auf den Boden. Er trat einen Schritt zurück, um sie besser betrachten zu können.

Er sah die große, blasse Frau an, musterte sie von allen Seiten, berührte sie, zeichnete mit den Händen die Silhouette der Figur nach, die schlanke Taille, die ausladenden Hüften, die schweren Brüste, zuletzt die rauchdunklen Nippel, die ihn anzuschauen schienen – eine unwiderstehliche Einladung.

Fee blieb geduldig stehen und fühlte ihren Körper

neu und in intensiver Sexualität unter seiner ausgiebigen Musterung. Jetzt trat er dicht an sie heran und küßte ihre Schultern. Er legte den Kopf seitlich auf eine Schulter und küßte ihren Hals. Dann blickte er an ihr hinab und sog den Anblick auf, als wollte er ihn sich für die Ewigkeit einprägen.

Wenn er an sie dachte, war es in Poesie. Er wünschte über die Kunst zu verfügen, seine Gefühle für sie in Gedichtform zu Papier bringen zu können. Nach der ersten Begegnung mit ihr hatte er gedacht, er würde sie nie wiedersehen. Aber jetzt, da er wieder bei ihr war, spielte es keine Rolle mehr, ob das Talent eines Shakespeare in ihm war oder nicht. Und jenseits aller Poesie sehnte er sich nach nichts anderem mehr, als endlich mit ihr eins zu sein. Er wollte, daß sie sich nicht mehr rühren konnte, weil seine Kraft sie überwältigte. Er mochte zwar jung sein im Vergleich zu ihr, aber er war ein Mann, und er würde ihren Körper meistern oder bei diesem Versuch sterben.

Sie betraten ihr Schlafzimmer, und er stieß einen Schrei der Furcht aus.

»Was ist denn?«

Er schluckte. »Du hast ein Lichtbett.«

Fee sah ihn verdutzt an. »Und?« In ihrer Stimme schwang leichte Ungeduld mit. Das Begehren in ihr wurde immer stärker, und es fiel ihr schwer, sich zu beherrschen, sich bei diesem Jungen zurückzuhalten.

Er sah sie eigenartig an. Sein Gesicht glühte wie von einem inneren Feuer. Langsam kroch ein Lächeln über sein Gesicht, wölbte die Lippen, und für einen Wimpernschlag war es jetzt Fee, die einen Hauch von Angst spürte. Irgend etwas aus einer anderen Welt befand sich in diesem Zimmer.

»Leg dich aufs Bett, und knips es an«, sagte Caz. Seine Stimme klang tief und selbstsicher.

Sie gehorchte. Ihr Gewicht setzte das Bett in leichte Bewegungen, so daß die Oberfläche zu schwingen begann wie ein öliger Ozean.

Er streifte die Kleider ab, die sie aufgerissen hatte, warf sie weg, zusammen mit seiner Unschuld. Sie sah in seinem hageren Körper jetzt eine drahtige Spannkraft, keine Schwäche mehr. Er hatte sich entwickelt, verfeinert. In seinem Körper steckte jetzt der ganze Mann.

Das Bett glomm um ihren Körper herum, das gleißende Weiß umschmiegte ihre Dunkelheit. Sie war die Einladung, mit ihr die Dunkelheit zu erforschen und dem Geheimnis auf die Spur zu kommen. Er setzte sich auf den Bettrand und legte eine Hand auf ihren Bauch. Licht schien in sein Gesicht und stahl die einzelnen Merkmale, bis nur noch ein seidiger Glanz übrigblieb. Seine Augen waren tiefe Schatten. Fee konnte beinahe die kleinen Hörner sehen, die sich unter den wuscheligen Locken krümmten. Ihr Blick nahm die Schatten auf seinen Beinen wahr, auf denen sie dichtes Ziegenhaar zu sehen glaubte. Sie wäre nicht überrascht gewesen, wenn er Hufe statt Füße gehabt hätte.

Sie fühlte seine Hand auf dem Bauch wie ein Brandeisen. Ihre Beine gingen kaum merklich auseinander, um seine Hand einzuladen, tiefer zu wandern. Er spreizte die Finger, und dann beugte er sich über ihren Leib. Seine Lippen berührten leicht ihre Brüste, als seine Finger über die Klitoris glitten.

Er ließ von ihr ab. »Du bringst mich um den Verstand«, sagte er.

Sie spürte, daß er sich jetzt ganz aufs Bett geschwungen hatte. Im nächsten Moment drang sein Glied tief in sie ein.

Fee barg ihr Gesicht ins Lichtbett und hielt an sich, damit es ihr nicht zu früh kam. Sie schwelgte in ekstatischen Gefühlen, in der Unendlichkeit von Liebe und Einssein mit Cal.

Seine Stöße schüttelten sie. Sie spürte, wie ihre Brüste glühten. Sie konnte ihre Muskeln nicht mehr beherrschen.

Sie schrie auf, als ihr Orgasmus einsetzte. Dann kam auch er. Und die Wellen der Lust durchliefen sie beide erneut, kreisend, bebend, unsagbar befriedigend.

Scheinbar unendlich lange Zeit lagen sie regungslos aufeinander. Absolute Stille des Glücks umhüllte ihre Körper und Seelen. Schließlich streckte er sich vorsichtig neben ihr aus.

Jetzt war er ganz dunkel, umgeben von Licht, und sie erhob sich in eine sitzende Position und blickte auf ihn hinab. Sie beugte sich über ihn und küßte ihn zärtlich.

Sie ließ sich Zeit, und er schloß die Augen und gab sich dem Gefühl ihrer Lippen auf seiner Haut hin. Sie küßte ihn überall, und er regte sich nicht.

Wie um das Glück auf Ewigkeit zu bauen, hielt sie seinen Leib umklammert und drückte die Wange auf seinen Bauch. Langsam zog sie seinen Kopf an ihre Brüste und streichelte ihn versonnen, bis er eingeschlafen war.

KAPITEL FÜNF

Er war ein großer, schwerer, eingebildeter Mann, und obwohl er reich war und im Zoo wohnte, liebte er ab und zu etwas Frivoles. Wenn der Drang über ihn kam, verließ er den Zoo und ging hinunter in die Town, das heißt, er fuhr mit dem Taxi. Er ließ sich bis Half-Way bringen, dem Amüsierviertel hinter Townsend. Dort ging er zu Fuß an den krummen, windschiefen, baufälligen Hütten vorbei, in denen jene wohnten, die sich der Gesellschaft nicht anpassen konnten oder wollten.

Sein Name war Jace, und er liebte Fummel-Bars. Es war nicht so, daß sie in der Town verboten wären. Aber offenbar gab es in der spießbürgerlichen Welt der Town keinen Bedarf. So mußte Jace nach Half-Way gehen, wenn er eine Fummel-Bar besuchen wollte. Ihm machte das nichts aus. Er mochte die Frauen hier unten lieber als die Frauen aus der Town oder aus dem Zoo. Sie waren sehr selbstbewußt. Jace aber liebte das Gefühl, umworben zu sein.

Die Fummel-Bar, die er ansteuerte, hatte noch einen zusätzlichen Vorteil: Es gab dort Fleischgerichte. Jace konnte mit Gemüse nicht viel anfangen. Synthetische Proteine und die Insekten-Cuisine behagten ihm auch nicht. Jace liebte Fleisch, und er liebte es heiß und fett und am Knochen.

Weil Jace großzügig sein konnte, war er in Half-Way ein beliebter Mann. Breitbeinig schwenkte er in die Bar.

Der Maître hastete ihm entgegen, wischte sich die Hände an seiner weißen Schürze ab und fragte, von welcher Kellnerin er bedient werden wollte. Jace bestellte ein Bier und zeigte auf eine dralle Blondine.

Sie kam auf ihn zu, und er sah, daß sie nicht mehr jung war. Im Gegenteil, sie machte einen reifen und wissenden Eindruck, als wäre ihr nichts mehr fremd, was zwischen Mann und Frau ablaufen konnte. Sie trug üppiges Make-up, was Jace gefiel. Jace haßte babynackte gesunde Haut. Ebenso fand er einen bekleideten Körper mehr sexy als einen nackten. Die Gesellschaft heute war viel zu fortschrittlich, um einem Mann mit seinem Geschmack noch etwas bieten zu können.

»Wie heißt du, Schatz?« fragte er.

»Theo, das ist eine Abkürzung von Theodora«, sagte sie mit einer tiefen, sinnlichen Stimme.

»Mir gefällt, was du anhast, Theo«, sagte er. »Mich kannst du Jace nennen.«

Sie trug einen kurzen grauen Elastikrock, der sich so fest anschmiegte, daß er die kleine Einbuchtung ihres Nabels sehen konnte. Dazu trug sie altmodische Strümpfe. Jace konnte an den kleinen Erhöhungen an den Seiten sehen, daß sie Strumpfhalter trug. Das fand er sehr erregend. Ihre Brüste wurden von einem Seidentop umspannt.

»Nun, Jace, Liebling, was kann ich Ihnen bringen?« Sie stellte sich provozierend dicht an ihn heran. Jace konnte ihre Wärme spüren. Er legte eine Hand auf ihren Oberschenkel und genoß das seidige Strumpfgewebe. Er bewegte die Hand genüßlich und lauschte dem knisternden Geräusch, das sie auf dem Nylon verursachte. Jeder Nerv in ihm war wach und angespannt.

»Ich weiß es noch nicht«, gab er zur Antwort. Seine Hand glitt weiter am Bein hoch, betastete den Strumpfrand, dann erreichten die Fingerspitzen schon ihre nackte Haut, kälter als das bestrumpfte Bein.

»Ich zeige Ihnen die Karte«, sagte sie und beugte sich über ihn, hielt ihm die Karte vor die Augen, darüber die prallen Brüste, die aus dem Seidentop zu kullern drohten.

Er bewegte seine Hand höher und spürte ihre Wärme.

»Rindfleisch«, sagte er. Er drückte seine Hand höher. »Gut durchgebraten.« Sie trat unruhig von einem Fuß auf den anderen, hielt die Luft an und stieß sie zischend wieder aus.

»Wenn Sie so weiter machen, kann ich die Bestellung nicht weiterreichen«, sagte sie und bemühte sich, das Gleichgewicht zu halten.

»Du bist großartig, Honey«, raunte er und schob ihr etwas Hartes in das aufgenähte Rocktäschchen.

»He, was ist das?« fragte sie überrascht.

»Das ist mein Geschenk für dich«, antwortete Jace und grinste. »Das ist für dich, weil du so ein braves Mädchen bist.«

Sie griff verstohlen hin und riß den Mund und die Augen weit auf, als sie sah, was er ihr geschenkt hatte.

Einen Rubin.

Jace fühlte sich gut, als er den Weg zurück durch Half-Way ging. Sein Bauch war gefüllt mit einem soliden Essen, und seine Hand spürte noch immer die Wärme von Theos Oberschenkeln. Sein Gesicht war gerötet, und sein Herz schlug kräftig. Es war ein schöner Tag, die Sonne schien, aber die Luft schwirrte, ein fast sicheres Anzeichen dafür, daß es noch vor dem Abend regnen würde. Die Nachbarschaft des Zoos mit den ungezählten Quadratmeilen dichten Dschungels schuf ein Mikro- Klima, das beinahe vollkommen war – eine gleichbleibende Wärme mit häufigen tropischen Regengüssen.

Jace beschloß, bis in die Town hineinzugehen. Links auf dem Hügel strahlten die Gebäude des Instituts quarzweiß. Jace gefiel die Stadt, die wenigen öffentlichen Gebäude waren über die ganze Fläche verstreut und hinter Parkanlagen halb verborgen. Am besten gefielen ihm die Einkaufsstraßen mit den Schnickschnackläden.

Die Leute, die ihm begegneten, würden ihn wohl für einen gemütlichen Großvater halten, für einen freundlichen alten Herrn. Jace fragte sich, wann er das nächste Mal seine Bar besuchen würde. Der Gedanke allein brachte ein erwartungsvolles Lächeln in sein Gesicht. Er war unverheiratet und fand immer Wege, diesen Zustand zu kompensieren.

Sein Fuß blieb an etwas hängen. Irritiert schaute er zu Boden. Saubere Straßen waren ein Muß in der Stadt. Er sah eine VR Disc auf der Seite liegen und bückte sich, sie aufzuheben.

Sie war beschmutzt, die Hülle vergilbt, der Text verlaufen. Was konnte man auch anderes erwarten, wenn man etwas auf der Straße fand. Die Schrift war nicht mehr zu lesen. Er hatte schon beschlossen, das Ding in den nächsten Abfallkorb zu werfen, als er das kleine grüne Dreieck oben rechts entdeckte. Es war also eine Sex-Scheibe. Das sah schon interessanter aus.

Ohne weiter darüber nachzudenken, steckte er sie in seine Tasche. He, er war ein Glückspilz! Und weil er von Natur aus ein Spieler war, nahm er den Fund als gutes Omen.

Am Horizont zeichnete sich der Dschungel ab. Er würde bald ein Taxi brauchen, das ihn durch das Niemandsland zwischen Town und Zoo fuhr. Er freute sich schon auf sein Zuhause. Er würde ein Bad nehmen, ein paar Wetten plazieren und vielleicht die Disc einlegen. Ja, das würde er tun. Er wollte sich die Disc reinziehen.

Jace war ein tief abergläubischer Mann, obwohl er sich das nie eingestanden hätte. Wenn ihn jemand gefragt hätte, hätte er sich als ausgesprochen sensibel bezeichnet. Jace glaubte, Dinge zu durchschauen. Aber im Augenblick beschäftigten sich seine Gedanken mit anderen, weniger tiefschürfenden Dingen. Zum Beispiel, worauf er wetten sollte. Zur Zeit liefen keine großen Pferderennen. Er dachte an andere Tierwettbewerbe, aber keiner davon reizte ihn. Noch während er sich alle Möglichkeiten durch den Kopf gehen ließ, sah er die aufgedunsene weiße Wolke, die sich über die Hügel geschoben hatte und jetzt schon den Dschungel tränkte.

Ihm fiel ein, daß er die Disc an den Wassergärten

gefunden hatte. Er dachte an sein Vorhaben, ein Bad zu nehmen. Er dachte an den bevorstehenden Regen. Wollte das Schicksal ihm etwas mitteilen? Das Geheimnis eines erfolgreichen Spielers bestand darin, wie fein sein Gehör war, was diese leisen Anstöße des Schicksals anging.

Wasser war ein auffälliges Symbol, besonders zu diesem Zeitpunkt, denn in den nächsten Tagen würde der neue Wasserpreis bekanntgegeben. Jace kannte Rollo Cambridge flüchtig; der Zoo war eben eine kleine Gesellschaft. Jace wußte auch, daß sich die Wasserbarone der Welt in dieser Stunde trafen und ihr Konklave hielten.

Jace besaß eine Menge Wasser-Aktien. Plötzlich brach seine Spielernatur wieder durch. Er grinste, und im nächsten Moment brach ihm ob der Verwegenheit seines Gedankens der Schweiß aus. Er würde seinen Connet beleihen und Wasseraktien kaufen. Er würde wie verrückt kaufen! Wenn der neue Preis bekanntgegeben wurde und der Aktienpreis stieg, konnte er verkaufen und den Erlös als Gewinn verbuchen – und den Connet konnte er auch behalten. Es war ein schlichtes Spiel. Der Wasserpreis mußte steigen, denn alle Preise stiegen. Außerdem wußte man seit der Veröffentlichung des letzten Quartalsberichts, daß TransFlow, Rollo Cambridges Wassergesellschaft, auf dünnem Eis lebte. Die Aktie war leicht gefallen, da ein oder zwei wichtige Investoren nervös geworden waren und sich vom Markt zurückgezogen hatten.

Die Firma hatte mit einer ganzen Reihe von Problemen zu kämpfen, aber keines war groß genug, um die

Aktien drastisch in den Keller zu treiben. Aber gerade zu diesem Zeitpunkt war es von Bedeutung, die Investoren zu beruhigen.

Vielleicht würde es sogar eine kräftige Erhöhung des Wasserpreises geben, dachte Jace. Klar, er vertraute darauf, daß Rollo Cambridge sich durchsetzen würde. Daran zweifelte er überhaupt nicht. Rollo war ein Mann, dem der Erfolg anhaftete. Jace erinnerte sich an Rollos Frau Fee. Seine Körpertemperatur stieg augenblicklich. Himmel, was für eine Frau! Diese verhexenden Augen, die vollen Brüste. Wenn sie wollte, konnte sie verdammt hochnäsig sein, aber Jace mochte Frauen wie sie.

Wohl kaum zufällig fiel ihm wieder die Scheibe ein, die er gefunden hatte. Ja, er würde sie einlegen, sobald er zu Hause war. Er war genau in der richtigen Stimmung dafür. Er hoffte, daß es eine heiße Scheibe war.

Fee Cambridge tat, was sie schon längst hätte tun sollen. Dann hätte Janine nicht verschwinden müssen und auch nicht Will auf der Suche nach ihr. Nun, das Bedauern brachte sie jetzt nicht mehr weiter. Also schritt Fee zur Tat.

Sie kaufte eine Chiffre-Nummer und schaltete eine Anzeige in den Bildschirm-Magazinen. In diesen Magazinen ging es meistens um Gerüchte und Klatsch, heftige Dramen und romantische Liebe, dazwischen die Anzeigen.

Fee ließ ihre Anzeige zweimal täglich eine Woche lang laufen, ein sehr kostspieliger Spaß. Ihr Anzeigentext lautete: *Du hast sie benutzt, und Du weißt, daß sie anders ist. VR ohne Grenzen. Wir haben sie verloren und zahlen gut für die Rückgabe.*

Jetzt mußte sie auf Reaktionen warten. Whippet hatte die Scheibe aus ihrem Büro mitgehen lassen. Er hatte sie wohl verloren. Caz hatte sie in einem Geschäft gefunden. Er hatte sie verloren. Die Reinigungsfrau im Institut hatte sie gefunden und mitgehen lassen, und auch sie hatte sie verloren.

Was war mit der Scheibe geschehen, nachdem die Reinigungsfrau sie im Schlitz des Abspielgerätes hatte stecken lassen? Wer hatte das Ding jetzt? Hatte es jemand geschafft, die Disc zu behalten? Warum wechselte sie immer wieder den Besitzer?

Manchmal sah Lexie das Mädchen von der Disc in den Winkeln ihres Gesichtsfeldes, aber wenn sie den Kopf zu abrupt drehte, verschwand das Mädchen. Sie war wie Sternenlicht. Je intensiver man starrte, desto mehr zitterte sie ins Nichts.

In diesen Tagen saß Lexie dauernd vor dem Schirm, es gab ja sonst nichts zu tun. Lexie sah die Anzeige, die Fee geschaltet hatte, und sie verstand den Text sofort.

Lexie wollte aber nicht das Geld, sie wollte die Scheibe wieder haben. Sie wollte das Mädchen in dem Fischschuppenkleid wiedersehen. Das Mädchen hatte sie fühlen lassen, daß sie, Lexie, etwas ganz Besonderes war. Das Mädchen aus dem Märchenland hatte sie zum Leben erweckt, wie Lexie es seit Joes Tod nicht mehr für möglich gehalten hatte.

Joe war Polizist gewesen und bei der großen Säuberungsaktion gegen die Piratennester vor fünf Jahren ums Leben gekommen. Lexie hatte alle Piraten mit einem Fluch belegt, weil sie ihren Joe getötet hatten, und es tröstete sie auch nicht, daß es kaum noch Piraten gab.

Sie war keine arme Frau. Joe hatte als Polizist gut verdient, und seine Witwe erhielt eine großzügige Rente. Aber was half das Geld, wenn Lexie eine Frau war, die leidenschaftlich gern lebte und niemanden mehr hatte, für den sie leben mochte?

Ihre Wohnung war sehr groß und hell. Vom Balkon konnte sie auf den Dschungel sehen, der den Blick auf den Zoo versperrte.

Sie fragte sich, ob ihre Gefühle gegenüber der Fischschuppenfrau nicht eine Erklärung dafür wären, warum sie nach Joes Tod keine Freude mehr gehabt hatte. Sie war eine warmherzige Frau. Sie war eine gesellige Frau. Sie liebte es, jemanden zu haben, für den sie sorgen konnte. Aber sie hatte seit Joes Tod nie wieder für jemanden sorgen können. Und jetzt, mit dem Fischschuppen-Mädchen hatte sie Harmonie in den schönen, bunten, gemeinsamen Träumen zum ersten Mal wieder so tief empfunden.

Aber ohne die Disc war sie wieder allein. Sie war verzweifelt und wußte nicht, was sie tun sollte.

Dann sah sie die Anzeige, und sie brauchte nicht lange zu überlegen, bevor sie sich entschloß, darauf zu antworten. Sie hatte zwar die Scheibe nicht mehr, aber sich unter der Chiffre- Nummer zu melden, konnte nicht schaden.

Vielleicht würde das Fischschuppen-Mädchen auch die Anzeige sehen und aus einem geheimnisvollen Versteck kommen. Also kontaktierte sie die Nummer und gab ihre Vidicom-Nummer an. Dann setzte sich Lexie zurück und wartete auf eine Reaktion.

Jace hatte eine hinterhältige Idee. Er wußte, daß er im klassischen Sinn kein schöner Mann war, aber er wußte auch, daß sich bestimmte Frauen von seinem ungehobelten Äußeren angezogen fühlten. Die modernen Männer, besonders die Zoo-Männer, waren weich und unmännlich, eher weibisch, dachte Jace.

Die Frage war, zu welchem Frauentyp Fee Cambridge gehörte. Ihr ging der Ruf einer selbstbewußten Frau voraus. Aber ihr Ruf basierte wahrscheinlich auf ihrem Aussehen und auf der Art, wie sie ging, wie sie sich bewegte, welche Kleider sie trug. Jace hatte sie noch nie in Verbindung mit einem anderen Mann gesehen. Immer nur mit Rollo Cambridge, und Rollo war ein Weichling.

Wie würde die schöne Fee Cambridge auf ihn, Jace, reagieren?

Je länger er darüber nachdachte, desto wahrscheinlicher fand Jace es, daß Fee Cambridge ihn wohl attraktiv finden würde. Er war ein richtiger Mann. Das würde eine Frau sofort herausfinden, wenn er Gelegenheit erhielt, sich von der besten Seite zu zeigen. Vielleicht würde Fee seinen Mangel an Schönheit übersehen, wenn sie erst seine Aura wahrnahm. Und Jace fand, daß seine Aura nicht zu verachten war.

Er kontaktierte sie über Vidicom, und als er sie mit den schräg gestellten Augen auf dem Schirm sah, stellte er sich vor.

»Ich heiße Jace Harvon, Mrs. Cambridge, und ich wohne auch im Zoo.«

Sie runzelte die Stirn. »Ich glaube, ich kenne Sie. Ja, Sie kommen mir schwach bekannt vor.« Ihre Stimme klang abweisend kühl.

»Wir haben gemeinsame Freunde, glaube ich. Monroe und Diva Jackson.«

»Ja.« Fee nickte. Aber ihre Stimme klang nicht freundlicher.

»Es geht um ... Nun ja, ich möchte Sie gern kennenlernen, Mrs. Cambridge. Sie irgendwo zum Essen einladen. Es gibt einige Dinge, die ich mit Ihnen bereden möchte, die sich aber nicht eignen, auf diese Weise erörtert zu werden.«

»Um welche Dinge handelt es sich denn, Mr. Harvon? Ich habe viel zu tun, und ich muß mehr wissen, bevor ich einen Termin machen kann.«

Einen Termin machen! So beschrieb sie es, wenn er sie zum Essen einladen wollte. Für diese Beleidigung würde sie über kurz oder lang büßen.

»Wasser«, sagte er.

Es entstand ein längeres Schweigen. Fee beobachtete ihn ausgiebig. Dann sagte sie: »Ich melde mich wieder bei Ihnen.« Im nächsten Augenblick war die Verbindung unterbrochen.

Jace kochte vor Wut. Diese verdammte Frau.

Aber auf Fee war Verlaß. Fünf Minuten später rief sie bei ihm zurück.

»Wo und wann, Mr. Harvon?«

Er schlug die Company Bar für diesen Abend vor. Fee fand, es war nichts damit gewonnen, auf die lange Bank geschoben zu werden. Er war pünktlich da und war überrascht, daß auch sie pünktlich war. Er hatte nichts gegen ein wenig Unpünktlichkeit bei Frauen. Er fand es sogar stimulierend, wenn sie es nicht damit übertrieben. Aber dann verdrängte er solche Gedanken. – Er befand sich schließlich das erste Mal in der Gesellschaft von Fee Cambridge!

Er mochte zwar eine Menge von seiner eigenen Aura halten, aber sie verblaßte gegen ihre. Ihre Persönlichkeit wirbelte ihn herum, und von der ersten Sekunde an spürte er die ganze strahlende Kraft dieser Frau, und diese Kraft schien in einen eisigen Strom geleitet zu werden, den sie gegen ihn einsetzte. Ihre Schönheit war noch größer, als er angenommen hatte, die eisgrünen Augen noch kälter, das scharf geschnittene Gesicht mit der berühmten Narbe, die wie Diamantenstaub auf der sonst makellosen Haut schimmerte, noch unnahbarer. Er spürte die Kraft ihres starken, schlanken Körpers mit den Brüsten, die wie riesige Juwelen auf ihrem Körper wirkten. Sie trug sehr hohe Absätze und einen sehr knappen Rock, und ihr schwarzes Haar war unter einem breitrandigen Hut gebändigt. Er erkannte kein Nachgeben in ihrem Ausdruck, keine Nachsicht, keine Schwäche.

Jace lächelte. Er war schon wilderen Frauen begegnet.

»Ich habe Sie überprüft, Mr. Harvon. Ihnen gehört eine Biochemische Firma, die sich auf Flüssigkeitsanalysen spezialisiert hat. Am Vidicom haben Sie das Stichwort ›Wasser‹ gegeben. Also, um was geht es?«

Er lehnte sich vor, das Gesicht ernst, der Ausdruck gutmütig. »Die Sache ist die, Mrs. Cambridge. Wir haben einen neuen Bazillus gefunden. Wir haben ihn schon vor einiger Zeit entdeckt, und jetzt wissen wir, daß wir nichts gegen ihn unternehmen können, er hat eine Giftigkeit von 8.7, plus minus zehn Prozent, und die Giftigkeit steigt. Steigt langsam, aber stetig. Wir sind ziemlich sicher, daß er die Vorratssysteme bereits erreicht hat.«

Fee blieb ruhig. »Ich nehme an, Sie gehen davon aus, daß dies die Firma meines Mannes angeht. Aber ich weiß, daß Trans-Flow mit sehr empfindlichen Sicherungssystemen ausgerüstet ist. Ich selbst bin einer der Direktoren von TransFlow, und ich habe noch nichts davon gehört, Mr. Harvon.«

»Dann ist die Schwelle Ihrer Meßgeräte noch nicht überschritten«, gab Jace zurück. »In unseren Laboratorien haben wir den Bazillus festgestellt. Sobald die Verseuchung die Marke 0.2 pro Million erreicht hat, werden Sie ihn auch entdecken. Vorher ist die Giftigkeit nicht nachzuweisen.«

Sie brauchte wieder einige Zeit, bevor sie antwortete. »Ich finde die Methode, mit der Sie Ihre Entdeckung bekanntgeben, sehr eigenartig«, sagte sie schließlich. »Ich nehme an, Sie haben die Behörden unterrichtet?«

»Noch nicht.«

»Andere Wassergesellschaften?«

»Noch nicht.«

»Die Medien?«

»Noch nicht.«

»Ihre Berufskollegen?

»Noch nicht.«

»Warum dann mich, Mr. Harvon? Warum Trans-Flow?«

»Die anderen haben nicht Ihr Aussehen.« Er wußte sofort, daß er zu überstürzt vorgegangen war. »Sie haben nicht gemeinsame Freunde wie wir. Sie leben nicht im Zoo. Ich finde, Zoo-Bewohner müssen zusammenhalten.«

»Und der neue Bazillus reagiert nicht auf die normalen antibakteriellen Mittel?«

»Es sind keine Bakterien. Nun, der Wirt ist bakteriell, aber der Wirt ist nicht das Problem.«

Zum erstenmal sah Jace ein schwaches Erröten auf ihren Wangen. Sie war leicht verstört. »Ein Virus?«

»Ein Virus.«

»Ich habe vor nichts mehr Angst als vor Viren. Ich bin sicher, daß sie uns eines Tages zerfressen. Sie werden den Kampf gegen uns gewinnen.«

»Vielleicht ist der Tag schon gekommen.«

Sie straffte sich. »Also, was ist Ihre Absicht?«

»Ich bin bereit, Ihnen alle Unterlagen zu übergeben, die wir erarbeitet haben, einschließlich einer Ausarbeitung über die Proteinmäntel, mit denen sie sich umgeben. Das bringt Ihnen gegenüber den anderen Gesellschaften einen Riesenvorsprung, um das Biest zu bekämpfen. Oder Sie räumen ein, daß Sie geschlagen sind. Der Virus kann innerhalb von dreißig Minuten fünf Prozent seines DNA verändern. Sie könnten Ihre

Anteile in aller Stille verkaufen, bevor alles bekanntgeworden ist.« Jace grinste.

»Ich glaube nicht, daß wir verkaufen können, ohne ein kleines Erdbeben heraufzubeschwören.«

»Unsinn. Sie bringen die Akten in ein größeres Umfeld ein, und danach verkaufen Sie die Firma mit allem, was sie hat. Das wird erst bemerkt, wenn es zu spät ist.«

»Und was ist Ihr Preis, Mr. Harvon?«

»Nennen Sie mich Jace, Fee. Und kommen Sie mit in mein Haus.«

Jace lag auf der Couch und schaute ihr zu. »Meine Jungs werden Sie entkleiden«, sagte er. Das Glimmen ihrer Augen entzückte ihn. Seine beiden Hausboys traten heran und knieten sich vor der großartigen Frau auf den Boden und begannen, sie zu entkleiden. Sie ließen sich Zeit. Sie wandte ihren Blick nicht von Jace, der vor ihr lag und sie beobachtete.

Ihr Rock rutschte die Beine hinunter. Im Zimmer hörte man nur Jaces schweres Atmen. Fee trug ein knappes rotes Top, das ihre Silhouette kaum verhüllte. Auch ihr Slip war knapp, aus elastischem Stretchmaterial. Die Strumpfhalter wirkten auf der weißen Haut wie rote Striemen.

Die Boys hatten ihr den Hut vom Kopf genommen. Ihre Haare fielen kaskadenförmig auf die Schultern. Jetzt hoben sie das Hemdchen an und zogen es über den Kopf. Sie trug nichts darunter.

Von der demütigenden Situation war ihr Gesicht

leicht gerötet. Sie behielt ihre aufrechte Haltung bei und stand auf den hohen Absätzen ihrer Schuhe. Bis auf Strümpfe und Slip war sie nackt.

»Komm her«, sagte Jace leise.

»Ja«, sagte sie. Ihr feiner, stolzer Kopf senkte sich. Ihre Augen konnten den Anblick des Erpressers nicht länger ertragen.

»Zieh mich aus.«

Sie nickte und hielt den Blick weiter gesenkt, aber es schien Jace, daß sie ihre Feindseligkeit ablegte, als sie seinen starken, breiten Körper entblößte.

»Streichle mich«, flüsterte er. Sie hatte lange weiße Hände, und es verblüffte ihn, daß sie warm waren, während ihr ganzes Verhalten doch so kalt erschien. »Küß mich«, sagte er barscher, als die Erregung ihn zu packen begann.

Er spürte den kühlen Druck ihrer Lippen. Ihre Hände fuhren über seine Brust.

Er legte sich auf der Couch zurück. »Leg dich zu mir, Schwester«, sagte er. »Massiere meinen Körper.«

Sie erfüllte seine Forderung mit großem Geschick. Sie hatte ihn, den großen Jace, akzeptiert und würde ihm jeden Wunsch von den Augen ablesen.

»Ich stehe zu unserem Handel«, sagte er mit belegter Stimme. »Ich gebe dir, was ich versprochen habe.«

»Versprich mir mehr davon«, flüsterte sie, ihre Haare zerzaust, ihre eisgrünen Augen sanft und bewundernd.

Er überlegte noch eine Antwort, aber dann begann das rote Licht zu flackern. Er wandte sich an die Jungs, die die ganze Zeit im Zimmer geblieben waren, und sagte ihnen, sie sollten sich um das flackernde Licht kümmern. Dann aber sah er, wie die Boys im Nebel verschwanden. Die warmen Hände der Frau zogen sich zurück. Schließlich war auch Fee Cambridge verschwunden.

Jace drehte sich in seiner privaten VR Kabine, legte den Kopf auf die Arme und hätte am liebsten über diesen Verlust geheult. Sein Körper wurde wie von Schluchzern geschüttelt. Es dauerte eine Weile, bis er Fakt von Fiktion unterscheiden konnte, so real war die Disc gewesen.

Es gab keinen Virus. Er hatte keinen Kontakt mit Fee Cambridge aufgenommen. Sie hatte nicht zugestimmt, ihren Körper zu verkaufen, um im Gegenzug dafür Informationen zu erhalten.

Es stimmte, daß er eine biochemische Firma besaß, aber mehr Wahrheit hatte die VR Disc nicht enthalten. Seine Firma arbeitete in erster Linie für Krankenhäuser und war nicht mit den öffentlichen Wasserleitungen beschäftigt.

Nachdem er sich von seinem Schock erholt hatte, begann er über die Scheibe nachzudenken. Fee Cambridge hatte damit zu tun. Die Scheibe bediente sich in der VR-Welt einer wirklichen Person. Das war illegal. Programmierer durften keine wirklichen Personen in ihre Phantasiewelt einbauen. Das war ein sehr ernstes Verbrechen.

Und die Disc hatte auch persönliche Daten aus seinem Leben aufgenommen. Okay, er war nicht der einzige, der eine biochemische Firma besaß, aber warum gerade einen solchen Personenkreis benutzen? Es gab davon weniger als von Feuerwehrmännern, zum Beispiel.

Die Scheibe suggerierte auch, daß die Wasser-Aktien bald in den Keller stürzen würden. Wegen dieses geheimnisvollen Virus. Das an sich war schon merkwürdig. Jace konnte nur eine Botschaft darin erkennen.

Der Preis für die Wasser-Aktien würde hoch durchs Dach schießen. Er mußte eine Hypothek auf sein Haus aufnehmen, dann seinen Connet beleihen und alles kaufen, was er bekommen konnte. Er torkelte zum Vidicom.

Sein Makler war entsetzt. Nach einer ernsthaften Diskussion mit ihm saß Jace da und überlegte, ob er nicht wirklich Kontakt mit Fee Cambridge aufnehmen sollte. Natürlich würde sie nicht antworten, aber er konnte eine Nachricht hinterlassen. Wegen einer illegalen VR Disc sollte sie ihn zurückrufen.

Er spielte mit diesem Gedanken, grinste sich selber zu und sagte sich, daß er ja auch zur Polizei gehen könnte. Aber das wäre gegen seine Interessen. Jetzt hatte er einen wirklichen guten Vorwand, um die legendäre Cambridge-Frau kennenzulernen.

Ja, das würde er tun. Aber zuerst galt es noch ein wenig warten. Da er nun im Besitz der Scheibe war, konnte er sie noch eine Weile nutzen. Niemand würde je herausfinden, ob er sie benutzt hatte und wie oft.

Er ging noch einmal die Details seines jüngsten Disc-Erlebnisses durch. Die Vorstellung, Fee als Liebespartnerin zu haben, war das beste, was es geben konnte. Es mochte zwar Unsinn sein, aber es war höchst befriedigender Unsinn, und Fee würde es so oder so egal sein, wie oft er ihre simulierten Fähigkeiten genoß. Und dann, später, würde er das einzig Richtige tun, das für einen anständigen Bürger in Betracht kam: Er würde die Disc abgeben.

Jace gluckste vor sich hin. Eine Disc zu finden, in der die Frau des Wasserbarons eine bedeutende Rolle spielte, und zwar auf der Straße vor den Wassergärten zu finden, genau in dem Augenblick, in dem es zu regnen begann, und etwa um die Zeit, da er beschloß, als erstes ein Bad zu nehmen, wenn er nach Hause kam, und all das zu dem Zeitpunkt, an dem die OWAC die Wasserpreise fürs neue Jahr festlegen würde – nun, all das konnte nichts anderes bedeuten.

Kaufen!

Janine wußte später nicht mehr viel von ihrem Weg zu Wills neuem Versteck, aber als sie es endlich erreicht hatten, gab es ein Bett dort, und sie durfte sich hinlegen und ausruhen. Sie wußte noch, daß sie jemandem gefolgt waren, der ab und zu etwas in Wills Ohr geflüstert hatte. Der Mann führte sie an gefährlichen Plätzen vorbei, durch zerstörte Gebäude und dann in das Innere eines Hauses, wo es total dunkel war.

Eine Mädchenstimme bot ihr eine Waschgelegenheit an und etwas zu essen, aber Janine war zu müde, sie warf sich aufs Bett und lag da wie ein Stück Treibholz am Strand.

Sie schlief und träumte Verrücktes. Manchmal befand sie sich in einem Zimmer, in dem unentwegt eine starke Glühlampe brannte, manchmal hörte sie Stimmen, eine sanft, die andere brummig. Einmal hörte sie im Traum einen Schrei und sah eine kindlich wirkende Frau. Der Kopf des Mädchens hing über dem Bettrand und berührte den Boden, so daß Janine den Kopf verkehrt herum sah, der Mund des Mädchens in Panik weit geöffnet, die Augen geschlossen, die Haare wie ein schwarzer Vorhang hinter ihrem Kopf. Die Arme hatte sie weit von sich gestreckt, wie in völliger Selbstaufgabe.

Sie wachte auf, als es taghell war, und fühlte sich übel und benommen. Sie wußte wenig von dem, was in der vergangenen Nacht geschehen war, aber sie empfand Erleichterung, als sie feststellte, daß sie vollständig angezogen auf einer Couch lag. Ihre Kleider stanken, und sie selbst fühlte sich auch schmutzig. Ihre Kehle verlangte nach Flüssigkeit. Sie überwand ihr Schwindelgefühl und setzte sich auf. In zähen Strähnen fielen ihre Haare vors Gesicht und auf die Schultern. Sie sah sich im Zimmer um.

Ihr gegenüber schlief Will in den Armen eines Mädchens mit schwarzen Haaren. Szenen aus ihrem Traum kamen zurück. Sie errötete vor Scham. Sie zog sich von der Couch hoch und versuchte, leise zu sein, als sie nach etwas Trinkbarem und nach einer Waschgelegenheit schaute.

Sie hatten ihre Stiefel weggenommen. Ihr Knöchel schmerzte. Janine fand eine Apfelsine, und mit zitternden Fingern riß sie die Schale vom Fleisch und grub ihre Zähne tief in die Frucht. Sie saugte den Saft heraus.

Sie blieb eine Zeit reglos stehen, zitternd, und versuchte, ihre Kraft zu konzentrieren. Sie mußte klar denken. Sie durchschritt das Zimmer mit den beiden Schlafenden und hörte Fliegen summen im dünnen Sonnenlicht, das durch die nur unvollständig geschlossenen Jalousien fiel. Sie schlich sich durch die Tür und sah sich um. Gegenüber fand sie eine andere Tür. Wenn sie Glück hatte, gab es dort ein Bad.

Sie hatte Glück. Janine zog ihre Amazonenkluft aus und ließ Wasser in ein Becken mit einem Riß ein. Sie hatte es mit der Dusche versucht, aber sie schien nicht zu funktionieren. Es gab auch kein heißes Wasser. Solche kleinen Mißstände konnten sie nicht mehr stören. Sie hätte sich auch in einer Pfütze gewaschen, wenn nichts anderes dagewesen wäre. Sie begann, ihren Körper zu waschen, tauchte das Amazonenhemd in Wasser und rubbelte ihre Haut damit.

Sie hörte ein Geräusch an der Tür, und ihr wurde bewußt, daß sie gar nicht erst mit der Möglichkeit gerechnet hatte, daß auch andere Menschen im Gebäude das Bad nutzen könnten. Steif drehte sie sich um und sah Will.

Erleichtert atmete sie auf, als sie sah, daß er wenigstens die Hose angezogen hatte. Sie stand halb gebückt über dem Becken, und sie schämte sich ihrer Nacktheit wegen.

»Ich mußte mich waschen«, sagte sie durch ihre aufgebrochenen Lippen.

Sie konnte seinen Ausdruck nicht deuten. Er kam auf sie zu, und sie versteifte sich ungläubig, aber dann wandte er sich ab und versuchte es ebenfalls mit der Dusche.

Sie wollte ihm schon sagen, daß sie nicht funktionierte, aber dann trat er dagegen, und plötzlich knatterte es in den Rohren, und mit einem dampfenden Schwall begann das Wasser zu fließen.

Janine drehte sich um, wobei sie versucht war, ihr Geschlecht zu bedecken. Dankbar trat sie unter das Wasser, ein Stück Seife in der Hand. Das Wasser war warm, beileibe nicht heiß. Sie fiel gegen die hintere Wand der Duschkabine und begann sich einzuseifen. Sie hatte die Augen geschlossen, deshalb zuckte sie zusammen, als sie nach vorn gezogen wurde. Sie öffnete die Augen und sah, daß Will an der Duschkabine stand.

Ihr Blut begann zu singen. Er tut es, dachte sie, er wird mich zwingen.

Aber er tat nichts. Er nahm ihr nur die Seife ab, wartete, bis sie die Kabine verließ, und duschte dann ebenfalls.

Sie trockneten sich schweigend und gingen dann zurück in ihr Zimmer. Das Mädchen schlief noch. Will fand für Janine etwas zu essen, dann machte er Kaffee für sie beide.

»Gehen wir jetzt?« fragte sie.

»Heute abend«, sagte Will mit vollem Mund.

»Warum nicht jetzt?«

»Tagsüber kann man nicht durch die City gehen.«

»Warum nicht?«

Er schwieg eine Weile, dann grinste er überlegen. »Wegen der HeliPolice, Schätzchen.«

»Wegen der Polizei? Aber sie ist doch auf unserer Seite. Meinen Sie denn, daß die Polizei in die City kommt? Will, das ist doch großartig!«

Er kaute nachdenklich. Seine Irritation brach allmählich durch. »Nicht wirklich«, sagte er langgezogen. »Weißt du, sie kommen aus Spaß in die City. Sie machen Spritztouren. Sie landen hier nicht. Und nenn mich Wolf, solange wir hier sind. Will ist ein anderer Mensch. Hier will ich nichts mit ihm zu tun haben.«

»Könnten wir ihnen nicht winken? Ich meine, sie irgendwie auf uns aufmerksam machen?«

»Klar doch. Wenn du willst, daß sie auf dich schießen.«

»Was?«

»Sie kommen hierhin, um Schießübungen zu machen. Die Gewehre verschießen Cryogen-Spray. Das tötet zwar nicht, aber ein paar Wochen lang fühlt man nicht sehr viel. Die meisten Leute in der City sehen davon ab, tagsüber ins Freie zu treten.«

Janine starrte ihn an, entsetzt über das, was er gerade gesagt hatte. Sie glaubte ihm auch nicht ganz. Er war so ein Zyniker. »Was ist, wenn wir in dicken Lettern eine Nachricht aufs Dach schreiben? Mit Farbe oder so. Dann würden sie doch bestimmt landen, oder?«

»Das glaube ich nicht.« Will blieb fröhlich. »Sie würden es für eine Falle halten. Die City-Leute haben diesen Trick ein paarmal erfolgreich angewandt.«

»Wird Fee ihnen nicht sagen, daß wir hier sind?« fragte sie mit schwacher Hoffnung.

»Ich habe ihr gesagt, sie soll mir vertrauen und mir etwas Zeit lassen.«

»Sie arroganter Bastard«, schleuderte Janine ihm verbittert an den Kopf.

»Und im Gegensatz zu dir versteht Fee ein bißchen mehr von der City. Wenn wir den Amazenen nicht begegnet wären, hätten wir es wahrscheinlich längst geschafft. Aber wir sind ihnen begegnet und haben in ein Hornissennest gestochen. Dadurch sind die Dinge komplizierter geworden. Aber wir werden es schaffen.«

Er gähnte und streckte sich, in seinen Gelenken knackte es dumpf. Janine spürte seine Anwesenheit mit allen Fasern ihres Körpers und ihres Bewußtseins. Er war aggressiv, wirkte arrogant, wie er da saß, mit blankem Oberkörper und der langen Lederhose, die Janine nun nicht mehr für affektiert hielt. Im Gegenteil. Sie paßte zu ihm. Sie paßte zu seiner Rohheit, zur Rohheit seiner Persönlichkeit.

»Ich gehe wieder zu Bett«, verkündete er, »und ich schlage vor, daß du das auch tust. Wir haben eine harte Nacht vor uns, denn vor Morgengrauen müssen wir in der Nähe der Town sein.«

Die Nacht würde noch härter werden, als er ahnen konnte.

Janine wachte am späten Nachmittag auf, und zu ihrem Entsetzen lagen Will und das schwarzhaarige Mädchen schon wieder zusammen.

Sie wälzte sich auf die Seite, starrte gegen die Wand und versuchte, an ihr Leben in der Town zu denken.

»He«, rief Will.

Sie zeigte keine Reaktion.

»He, du da drüben! Bist du taub? Es ist an der Zeit, daß du unsere Gastgeberin kennenlernst.«

Janine hörte das Mädchen kichern. Sie wandte ihnen ihr wütend rotes Gesicht zu und setzte sich auf, zog dabei die Decke um ihren Körper.

»Das ist Wing«, sagte Will. Er lehnte mit dem Rücken gegen die Wand und hatte einen Arm wie beschützend um die Schulter des Mädchens gelegt. Er rauchte, und sein Körper glänzte vom Schweiß.

Sie war Chinesin. Sie hatte einen kleinen rosigen Mund, die Lippen glänzten rot über den ebenmäßigen weißen Zähnen. Die Wangen waren flach, die Augen unergründlich tief, schwarz wie ihre Haare, schmal und schräg unter den dichten Brauen. Sie war ein zierliches Mädchen, eine Schönheit, und sie saß da und lachte.

Wills dunkle Haarmatte auf der Brust sah obszön aus gegen die sanfte delikate Zerbrechlichkeit des Mädchens, sein Körper wirkte ungeschlacht neben ihrer Sanftheit.

»Hallo, Wing«, sagte sie. »Danke, daß du uns aufgenommen hast.«

»Kein Problem«, antwortete Wing und schaute zu Will hoch. Sie grinsten einander an, und sie brach in ein wildes Lachen aus. »Ihr seid hier gut aufgehoben.«

»Wing möchte mit uns kommen«, sagte Will.

»Mit uns kommen? In die Town?«

»Ja, bitte«, sagte Wing.

»Hat W …«

»Wolf«, half Will.

»Hat Wolf dir darüber erzählt?«

»Ich weiß schon eine Menge. Wir sehen viele Dinge auf dem Schirm, weißt du.«

»Und warum bist du noch nicht hingegangen?«

»Es ist nicht so leicht«, sagte Wing mit ernstem Gesicht. »Ich kenne niemanden da. Ich weiß nicht, wie ich einen Job bekommen kann, wie ich einen Platz zum Wohnen finde, wie ich an Papiere gerate. Ich weiß nicht, ob ich von der HeliPolice verhaftet werde. Aber jetzt habe ich euch.« Sie lächelte triumphierend. »Ich helfe euch hier. Ihr helft mir da.«

»So ist es«, sagte Will. Seine Hand strich über Wings Oberarm.

»Du kannst bei mir wohnen, bis du was eigenes hast«, bot Janine spontan an. Sie wollte das Mädchen wissen lassen, daß es seinen Körper nicht an Will verkaufen mußte, um Hilfe zu erhalten.

»Ihr seid beide sehr freundlich«, sagte Wing. Sie kniete sich hin und küßte Will. Janine schaute weg.

Sie borgte von Wing eine Tunika und eine Hose, und als es dunkel wurde, begaben sie sich auf den Weg. Wing ging voran, sie nutzte überwucherte Wege und schmale Gassen, sie mied jede Beleuchtung. Trotzdem fühlte sie sich sicher, denn hinter ihr schritt Will, ein Messer in der Hand. Janine folgte Will.

Wings Füße waren flink und leise, aber flinker und leiser sprach sich die Nachricht herum, und langsam zog sich in der Dunkelheit das Netz um sie herum zusammen. Die Amazenen schäumten vor Wut über die Flucht ihres Gefangenen, über die Entwürdigung der Kleidung eine der ihren, und sie wollten Vergeltung. Sie hatten ihre Leute aufgestellt und ausgeschickt.

Sie hatten Belohnungen versprochen und Drohungen ausgestoßen, und das trug jetzt Früchte. Hinter einer Straßenecke tappten die Flüchtenden in eine Falle.

Wing wurde zuerst gepackt, einfach vom Boden aufgehoben. Sie wehrte sich zwar, aber sie konnte keinen Warnschrei ausstoßen, weil man ihr den Mund zuhielt.

Will schritt weiter aus, doch Stöcke wurden ihm zwischen die Beine geworfen. Er stolperte, und dann flog eine Decke, und er stand im Dunkeln. Obwohl er mit der Kraft von zehn Männern kämpfte, waren sie zwanzig oder mehr.

Janine nahmen sie zum Schluß, aber sie war eine leichte Beute.

Die Amazenen hatten ihren Gefangenen wieder und noch zwei weitere dazu. Verräterinnen ihres Geschlechts. Abtrünnige. Die City bebte und kochte, denn jeder wußte, daß es spannende Abwechslung versprach, wenn die Amazenen ihre Vergeltung übten.

Will wurde in Ketten gelegt, während die beiden jungen Frauen nur aneinander gebunden wurden, bevor man sie zurück zum Hauptquartier schleppen wollte.

Zu genau diesem Zeitpunkt waren der arme, dumme Whippet und seine Bandenmitglieder endlich wieder auf Janines Spur gestoßen, die sie verfolgten, seit Will sie vor zwei Nächten weggeholt hatte. Sie waren auf Wachtposten der Amazenen gestoßen und waren von ihnen gewarnt worden, sich von ihrem Territorium fernzuhalten. Aber Whippet und seine Bande ignorierten die Warnung in Unkenntnis der Macht der schwarz gekleideten Frauen mit den heraushängenden nackten Brüsten.

Whippet war wild entschlossen, Janine wieder einzufangen, um den Kontakt mit der Disc nicht zu verlieren. Fruity dagegen wollte mit den Wachtposten der Amazenen flirten. Er erkannte nicht, daß sie sich als Sexspielzeuge so gut eigneten wie Skorpione. Dinko und Fatzke glaubten auch, daß die Frauen nur Schau machten und nicht zu fürchten wären.

Bevor sie wußten, was geschah, hatten die Wachen der Amazenen sie umstellt. Die vier jungen Männer nahmen den Frauen gegenüber Drohgebärden ein.

Whippet trat vor. »Die Frau mit den hellen Haaren gehört mir«, sagte er mit soviel Schneid in der Stimme, wie er hervorbringen konnte.

»Geh, Bruder«, sagte eine tiefe Frauenstimme. »Geh, und dir wird wegen deiner Unverschämtheit vielleicht nichts passieren.«

»Was ihr mit der kleinen Schwarzen macht, ist mir egal, aber die Blonde gehört mir«, beharrte Whippet. In seiner Hand blitzte das Messer auf.

Es waren drei Frauen, die Wing und Janine bewachten. Ohne ein weiteres Wort blieb eine bei den Gefangenen zurück, während die beiden anderen sich trennten und ihre Macheten packten, bevor sie sich die Jungs vorknöpften.

Wing und Janine sahen sich verdutzt an. Plötzlich holte Wing mit beiden Füßen aus und attackierte im Sprung die Amazene, die als ihre Wache zurückgeblieben war. Sie stürzte zu Boden. Janine setzte sich auf den Kopf der Wache, Wing zog das Messer und schnitt Janines Fesseln durch, bevor es der Wache gelang, sich von Janine zu befreien.

»Lauf!« rief Wing.

Die Amazene suchte auf dem Boden nach ihrer verlorenen Machete. Janine schlug ihr kräftig ins Gesicht. Dann packte sie Wings Arm, und gemeinsam flüchteten sie.

In der ersten freien Sekunde schlitzte sie Wings Fesseln auf, und dann hatten sie beide ihre Freiheit wieder. Wing führte sie sofort in ein Gebäude, sie liefen so geräuschlos es ging durch die Korridore. Wenn sie ein Licht sahen, hielten sie an und nahmen einen anderen Weg. Sie stiegen Treppen hinauf, bis sie plötzlich unter freiem Himmel standen. Die müden Sterne waren hinter einem feinen Dunstschleier und schwach zu sehen. Unter ihnen erstreckte sich die City im schmierigen Dunkel, hier und da ein trübes Licht.

»Wir müssen uns verstecken«, flüsterte Wing. »Sie werden glauben, daß wir auf dem Weg zu mir nach Hause sind. Sie wissen doch nicht, daß wir in die Town wollen?«

»Ich weiß nicht, was sie wissen«, murmelte Janine. Das Blut pochte in ihren Adern. »Ich habe ihnen das erste Mal, als sie W … Wolf mitnahmen, gesagt, daß ich aus der Town bin.«

»Das ist schlecht. Aber ich glaube, es geht ihnen nicht so sehr um Frauen. Sie haben uns gefangengenommen, weil wir bei ihm waren. Auf ihn sind sie sehr böse. Kann sein, daß sie nicht intensiv nach uns suchen.«

»Wir können ihn nicht allein lassen«, sagte Janine entsetzt.

»Natürlich nicht. Aber ich weiß nicht, ob dir bewußt ist, wie schlecht unsere Sache steht.«

»Ich habe ihn schon einmal da rausgeholt«, sagte Janine grimmig.

Wing schwieg einen Augenblick. Dann sagte sie ernst, und ihre dünne Stimme klang kaum lauter als ein Säuseln in der Nacht: »Es mag die Zeit kommen, da wir ihn allein lassen müssen. Aber zuerst werden wir versuchen, ihm zu helfen.«

»Ja«, sagte Janine entschlossen. Es würde nur einen Umstand geben, in dem sie Will in der City zurücklassen und sie in die Town gehen würde.

Aber tot war er noch nicht.

Sie schwiegen eine Weile. Dann bemerkte Janine, daß Wing zitterte. Sie schaute die zierliche Gestalt neben sich an und sah die glitzernden Spuren auf ihrem Gesicht.

»Weine nicht«, sagte sie hilflos.

»Sie werden ihn töten«, schluchzte Wing. »Er war tapfer und stark wie die Helden aus alten Tagen. Er hätte uns beide gerettet, auch wenn er dabei sein Leben verloren hätte. Wegen uns haben sie ihn geschnappt, allein hätte er sich schneller bewegen können. Er muß geahnt haben, daß das geschehen würde.«

Janine blieb zunächst still, verarbeitete das, was Wing gesagt hatte. Schließlich fragte sie leise: »Was werden sie mit ihm tun, Wing? Weißt du das?«

»Als wir uns trafen, hat er mir erzählt, daß er vor den Amazenen flüchtet. Du mußt wissen, daß sie uns nicht so sehr behelligen mit den seltsamen Riten ihrer

Religion. Sie verhindern auch, daß Männer uns überfallen, weil die Männer Angst vor der Vergeltung der Amazenen haben. Viele von uns sind froh, daß es diese Frauen gibt. Es gibt deshalb nicht viele Überfälle auf Frauen. Wie wird das in der Stadt geregelt? Gibt es da auch Amazenen?«

»Nein. Die Polizei beschützt uns, Mann oder Frau, vor Überfällen. Aber auch bei uns gibt es kaum Überfälle.«

»Die Polizei«, sagte Wing nachdenklich. »Das wird für mich aber schwer werden, die Polizei als Beschützer zu sehen und nicht als Angreifer.«

»Was wird mit Wolf geschehen?« fragte Janine wieder. Eine tiefe Trauer nahm von ihr Besitz.

»Sie werden ihn der Göttin opfern, die sie anbeten«, sagte Wing leise.

»Opfern?«

»Öffentlich hinrichten und dann in einen heiligen Schlangenpfuhl werfen. Mambas. Die giftigsten.« Wing schauderte. »Die Amazenen züchten sie eigens für solche Zwecke und zapfen ihnen das Gift ab. Ich glaube, sie mixen einen Trank daraus, den sie bei ihren Riten zu sich nehmen, weil sie glauben, dann näher bei ihrer Göttin zu sein. Aber genau weiß ich das nicht. Die Amazenen bewahren ihre Geheimnisse. Nur wenn eine der ihren entwürdigt worden ist, dann erniedrigen sie den Unhold und opfern ihn.«

»Nein«, hauchte Janine.

»Man sagt«, fuhr Wing fort, »daß sie manchmal verdünntes Schlangengift in die Adern ihrer Opfer spritzen. Das macht den Mann wahnsinnig.«

»Wir müssen das verhindern«, brachte Janine keuchend hervor.

»Mit Wolf werden sie das nicht tun«, meinte Wing. »Sie werden ihn öffentlich hinrichten und dann den Schlangen vorwerfen. So verfahren sie.«

»Und es kommen Leute, die sich das ansehen?« fragte Janine voller Entsetzen.

»Natürlich. Ein solches Schauspiel wird den Leuten nicht oft geboten. Nicht viele führen die Amazenen so an der Nase herum, wie Wolf es getan hat. Und sie hatten Hilfe. Sie hätten ihn nie geschnappt, wenn nicht die halbe City auf den Beinen gewesen wäre, um nach ihm zu suchen. Ich konnte nicht ahnen, wie wütend sie waren, sonst hätte ich vorgeschlagen, noch einige Tage im Versteck zu bleiben. Aber er sagte, daß er unbedingt nach Hause wollte. Er war ungeduldig. Jetzt muß er wegen seiner Ungeduld leiden.«

»Und sie lassen ein Opfer nie frei? Gibt es keine Möglichkeit, ihm zu vergeben? Oder kann sich ihnen ein anderer statt seiner anbieten?« fragte Janine hastig. Es wurde ihr klar, daß Wing zu den ganzen Verhältnissen eine eher fatalistische Einstellung hatte und daß sie, Janine, wohl allein versuchen mußte, Will zu retten.

»Die Göttin kann eine Begnadigung anordnen, aber das geschieht nie. Sie fragen sie immer.«

»Die Göttin spricht?«

»Nicht in Stimmen, die du und ich hören würden.«

»Wie würden sie denn sprechen, wenn wir sie verstehen könnten?«

»Sie könnte einen Herausforderer schicken.«

»Einen Herausforderer?«

»Einen, der für ihn kämpft. Wenn die Göttin möchte, daß er begnadigt wird, sorgt sie auch dafür, daß der Herausforderer gewinnt.«

»Hat es denn schon jemals einen Herausforderer gegeben?«

»Wer würde schon für einen Mann kämpfen wollen, der nur den Tod vor Augen hat?«

»Ich verstehe dich nicht. Du mußt mir das genauer erklären, Wing. Du sagst, wir könnten jemanden finden, der sie herausfordert, um sein Leben zu kämpfen. Er würde gegen die Frauen kämpfen müssen, ja? Gibt es einen solchen Mann? Kennst du einen? Was könnten wir ihm bieten?«

»Nein, nein. Die Göttin würde keinen Mann schicken, sondern eine Frau. Die Herausforderer-Frau würde gegen die Priesterin kämpfen müssen. Die Priesterin ist immer die stärkste Frau, die tapferste Kämpferin. Seit ich hier bin, hat es eine solche Situation nicht gegeben.«

»Warum hast du eben gesagt, der Mann hätte nichts als den Tod vor Augen?«

»Wenn der Herausforderer – die Herausforderin – gewinnt, muß Wolf aus einer Tasse trinken, die ihm gereicht wird. Erst dann haben die Amazenen den Beweis, daß die Göttin ihm wirklich vergeben hat.«

»Was ist in der Tasse?«

»Das Gift. Er muß das Gift trinken. Und das kann niemand überleben, ganz egal, welche Kräfte sie ihrer Göttin zusprechen. Wir können Wolf nicht retten, Janine, Schwester. Er ist ein toter Mann.«

Sie stellten Will auf einem großen leeren Platz aus, auf dem sie Feuer entzündet hatten, die die einzelnen Mondphasen symbolisieren sollten. Die Trommeln begannen zu schlagen, sie lockten die Menschen in der City herbei, damit sie Zeugen von der Vergeltung der Göttin wurden. Große Fässer wurden herbeigerollt, und der dicke Rotwein floß in Strömen, erhitzte das Blut und die Gemüter. Die Leute lachten und feierten ausgelassen und vergaßen beinahe die gefesselte Gestalt über ihnen, hilflos an einen Pfahl gekettet.

Bis auf einen Tuchfetzen um die Lenden war Will nackt. Sie hatten seinen Körper eingeölt, so daß er im Flackerschein der Feuer rötlich glänzte. Er war ein gefangener Stier, und manche fanden es seltsam, daß ein so kräftig gebauter Mann von Frauenhand ein solches Ende finden sollte.

»Heute abend werden sie tanzen«, sagte Wing. »Morgen abend wird er sterben.«

Janine blickte über den Platz hinweg auf Will. Obwohl sie in einiger Entfernung von ihm stand, mit Wing zusammen hinter einer dunklen Ecke des Platzes geduckt, konnte sie auf der gegenüberliegenden Seite die Ruine eines pseudo-klassischen Gebäudes sehen, das einer früheren Zeit angehörte, vielleicht mal der Sitz einer Verwaltung gewesen war.

Wills Pfahl stand zwischen zwei schlanken Säulen, und Janine wurde an den blinden Samson erinnert. Aber Will konnte nicht das Gebäude einreißen, wie Samson die Pfeiler des Hauses von Gaza niedergerissen hatte. Will konnte nichts tun, nur das ausgelassene

Treiben vor sich betrachten, das anläßlich seines bevorstehenden Todes stattfand.

»Ich werde die Herausforderin sein«, sagte Janine.

»Ah. Du empfindest also sehr viel für ihn. Ich hatte eher den Eindruck, daß du nur Haß für ihn fühltest, als er bei uns war.«

»Er ist in die City gekommen, um mich zu retten. Jetzt muß ich ihm helfen.«

»Starke Worte«, sagte Wing. »Aber auch sehr dumme Worte. Du kannst nicht gegen die Amazenen siegen, Janine.«

Janine wandte langsam den Kopf und sah Wing streng an. »Ich habe sie schon einmal übertölpelt«, sagte sie. »Ich kann es wieder schaffen. Sag mir, wie die Herausforderin vorgehen muß.«

»Wir brauchen Geld«, sagte Wing kleinlaut. »Viel mehr Geld, als ich besitze.«

Janines Augen blitzten, und kleine rote Punkte von den entfernten Feuern tanzten in den Pupillen. »Wie kann man hier denn zu Geld kommen? Wie kommt eine Frau in der City an Bargeld, Wing? Wir haben nur noch heute und morgen Zeit. Morgen abend muß ich bereit sein.«

Wing erklärte es ihr.

KAPITEL SECHS

Es war alles ein wenig leichter, weil Wing eine so schöne junge Frau war. Janine hatte ihre Haare schulterlang abgeschnitten und schwarz gefärbt. Sie hatte die Lippen korallenrot geschminkt, und obwohl sie größer war und längst nicht so zierlich wie die Chinesin, war sie für europäischen Standard eine schlanke Frau.

Sie war fest davon überzeugt, daß ihr ein Plan einfallen würde. Irgend jemand würde ihr zu Hilfe kommen, um den Kampf zu gewinnen und Will zu befreien. Und dann würden sie bis an ihr Lebensende glücklich sein ... wie im Märchen.

Sie wußte, daß sie nicht an Märchen glaubte, aber das spielte keine Rolle. Ausschlaggebend war nur, daß Will sterben würde, wenn ihm niemand half. Dann würde sie an seiner Seite sterben. Von Wing konnte sie ein solches Opfer nicht erwarten. Wing hatte sich ihnen nur angeschlossen, weil sie hoffte, durch sie in eine bessere Welt zu gelangen. So riet ihr Janine, sich im Notfall bei Fee Cambridge zu melden, falls sie allein in die Town geraten sollte. Wenn sie Fee ausrichtete, daß sie Janine und Wolf getroffen hätte, würde Fee ihr helfen, sich in ihrem neuen Leben zurechtzufinden.

»In der Town lautet sein Name nicht Wolf, sondern Will«, murmelte Janine. »Aber benutze diesen Namen hier in der City nicht.« Sie wußte nicht, was Will veranlaßte, den Namen zu wechseln, aber das war jetzt ja auch unwichtig.

Die beiden jungen Frauen hatten sich von einem Schausteller anheuern lassen, der jetzt noch dabei war, eine Bude auf dem Platz aufzubauen, auf dem Will erhöht am Pfahl stand. Viele dieser Buden wurden aufgestellt. Diese und die folgende Nacht würden viele Menschen auf den Platz kommen. Sie würden nach einer Weile nach Abwechslung suchen, bevor das große Spektakel der Hinrichtung stattfand und dann das Hauptereignis, Wills Tod in der Schlangengrube, das Opfer für die Göttin der Amazenen.

Die Bude wurde mit einer Zeltplane überdacht, es gab einige Sitzreihen sowie in der Mitte eine Bühne, die von hinten und von vorn angestrahlt wurde. Sie würden sich frivol auf der Bühne zeigen, damit die Neugierigen einen Vorgeschmack auf das erhielten, für was sie Eintritt bezahlen sollten, nämlich einen möglichst perfekten Striptease. Die beiden Darstellerinnen würden fünfzig Prozent der Einnahmen kassieren. Sie hofften, daß genug zusammenkommen würde, denn sie hatten nur diese Nacht. Deshalb mußten sie besonders gut sein.

Ein fremdartiges Gefühl überfiel Janine, daß sie so etwas tun sollte, aber gerade diese Fremdartigkeit machte es einfacher für sie. Es war eine extreme Situation. Es galt einen Menschen vor dem Tod zu retten.

»Ich kann nicht als Janine die Herausforderin sein. Die Amazenen könnten mich gefangennehmen. Außerdem kann es sein, daß Wolf etwas dagegen hat.«

»Das glaube ich bestimmt«, sagte Wing.

Janine schaute sie an. »Er empfindet nichts für mich«, flüsterte sie.

»Warum riskiert er dann sein Leben?«

»Wir haben eine gemeinsame Freundin, die er sehr mag, und ihr hat er versprochen, mich sicher nach Hause zu bringen.«

»Ist Wolf ihr Freund?«

»Ja.«

»Vielleicht ist das Leben in der Town doch nicht so verschieden von dem in der City«, sagte Wing.

»Die Menschen sind überall gleich«, sagte Janine.

»Wenn du nicht erkannt werden willst, wenn du dich als Herausforderin meldest«, sagte Wing, »dann müssen wir dich verkleiden.

»Wie?«

Wing erklärte es, und als Janine begriff, spürte sie, wie tief in ihrem Blut ein heimlicher Puls pochte.

Aber zunächst brauchten sie Geld und mußten ihren Job in der Stripbude erledigen. Ihre Schau würde zwanzig Minuten dauern und den ganzen Abend wiederholt werden, jeweils zehn Minuten Pause dazwischen, damit die Zuschauer ausgetauscht werden konnten. Der Schausteller fungierte als Marktschreier und Aufreißer.

Ihr Erfolg war unerwartet groß. Schnell hatte sich herumgesprochen, welche sexy Frauen sich da in der Bude auszogen und mit welchem erotischen Flair sie ihre Show gestalteten. Niemand ahnte, daß Janine und Wing vorher nie dergleichen betrieben hatten. Sie traten immer wieder hinaus auf die Bühne, um die Leute zu animieren. So reihten sie eine Wiederholung an die nächste. Bis sich der Platz zu leeren begann und der Schausteller meinte, jetzt könnten sie aufhören. Es lohnte sich nicht mehr für die wenigen Unentwegten.

»Das habt ihr wirklich großartig gemacht, Mädchen«, sagte er. Er saß auf der Bühne und zählte mit ihnen das Geld, das er eingenommen hatte.

»Ja«, stimmte Wing zu.

»Wollt ihr morgen nochmal ran? Wir könnten ein paar Stunden früher anfangen, dann verdienen wir richtig. Wir könnten absahnen, wißt ihr?«

»Morgen ruhen wir uns aus«, sagte Wing. Sie spürte, wie Janine neben ihr zitterte.

»Natürlich. Ihr wollt dabei sein, wenn sie es diesem Wolf zeigen, was? Aber irgendwann sollten wir das mal wiederholen. Ihr wart wirklich Klasse.«

Er stand auf.

»Ist es genug?« flüsterte Janine schwach.

»Ich glaube, es ist mehr als genug«, sagte Wing. »Wir können alles wie geplant veranlassen.« Sie schaute Janine aufmunternd an.

Janine stöhnte. »Ich brauche ein paar Stunden Schlaf.«

Wing wurde ernst. »Es gibt noch eine Menge zu tun. Das heißt, wenn du die Sache immer noch durchziehen willst. Oder wirst du es dir noch anders überlegen? Ich will dich jetzt nicht verlieren.«

»Will«, sagte Janine nur.

»Er ist ein richtiger Mann«, stimmte Wing zu. »Ich würde ihn auch retten, wenn ich könnte. Unter seinem harten Äußeren steckt nämlich ein weicher Kern. Aber was nutzt es ihm, wenn du für ihn stirbst, schöne Janine?«

»Was nutzt es mir, wenn ich ohne ihn nach Hause gehe?« gab Janine zurück.

»Wie war deine Reise?« fragte Fee.

»Alles bestens.« Rollo sah müde aus. Tiefe Falten hatten sich in die Winkel seiner strahlenden blauen Augen geschnitten. Je älter er wird, dachte Fee, desto attraktiver wird er. Alter und Erfahrung sowie die Entwicklung seines Charakters gruben eine Resonanz in seine Gesichtszüge, die einen neugierig auf die Gedanken des Mannes machten. »Wir haben, was wir wollen, was wir für Trans Flow für nötig erachtet haben. Wir haben immer gewußt, daß es in diesem Stadium schwierig sein würde. Die Investitionen sind noch höher als die Einkünfte.«

»Erst in einem Jahr werden wir die volle Kapazität erreicht haben, danach wird es besser aussehen.«

»Kann sein, daß es noch eineinhalb Jahre dauern wird, Fee. Aber das Ende der Durststrecke ist abzusehen. Und wenn wir volle Kapazität fahren, ist es ein Mordsgeschäft.«

Nach einer Weile fragte er, was sich inzwischen zu Hause ereignet hatte.

»Ich habe eine Anzeige wegen der verlorengegangenen Disc aufgegeben«, sagte sie. »Zweimal täglich wird sie ausgestrahlt, die ganze Woche lang.«

»Hast du schon eine Reaktion?«

»Etwa fünfzig«, sagte Fee und grinste. »Ich überprüfe sie alle sorgfältig. Bisher, glaube ich, ist nur eine darunter, die interessant sein könnte.«

»Interessant? Heißt das, du hast eine Spur von der Scheibe?« fragte Rollo.

»Dieselbe alte Geschichte. Sie hatte die Disc, aber sie hat sie verloren.«

»Ist es jemand, den wir kennen?«

»Eine Polizistenwitwe aus Green Vistas, also auf der Westseite der Town. Es ist seltsam. Sie behauptet, sie hätte das Mädchen von der Disc schon ein paarmal in ihrer Gegend gesehen.«

»Was?«

»Sie sagte, dieses Mädchen wäre auf der Disc gewesen. Sie begegnet ihr gelegentlich, aber sie hat noch kein Wort mit ihr gewechselt. Sie hat sie auf der anderen Seite des Parks gesehen und einmal in einem Laden. Manchmal lächelt das Mädchen oder nickt ihr zu, aber bevor sie sie ansprechen kann, ist sie verschwunden.«

»Eigenartig«, murmelte Rollo.

Fee sann einen Augenblick nach, bevor sie fortfuhr: »Rollo, erinnerst du dich an den Studenten, der die Disc gehabt hat?«

»Ja.«

»Er hatte einen Handschuh. Ich meine, die Frau, die er auf der Scheibe gesehen hat, trug Handschuhe, und später fand er einen ihrer Handschuhe in seiner Tasche.«

»Was willst du damit sagen, Fee?«

»Ich weiß nicht, was ich dir damit sagen will. Ich weiß nur, daß es eine sehr eigenartige Scheibe ist.«

»Ich wünschte, ich hätte sie ausprobieren können.«

Fee schüttelte sich. »Ich bin froh, daß du es nicht getan hast.«

Rollo schwieg, schaute seine Frau an. Dann fragte er: »Und was drückt dich sonst noch?«

»Ich hatte einen verrückten Vidi-Anruf.«

»Wie verrückt?«

»Hast du schon mal von Jace Harvon gehört? Das ist der Name, den er angegeben hat. Er behauptet, eine Piraten-Disc zu besitzen, auf der er mich gesehen hat. Ich habe das alles in die Rubrik ›obszöner Anruf‹ abgelegt.«

»Sag's der Polizei. Sie soll sich darum kümmern. Ich mag es nicht, wenn Männer meine Frau mit solchen Dingen belästigen. Er sollte sich die Finger daran verbrennen.«

»Richtig.«

»Dann sag mir jetzt, was dich wirklich bedrückt«, forderte Rollo sie auf.

»Will und Janine haben sich noch nicht zurückgemeldet.«

»Verdammt«, sagte Rollo leise. »Verdammt, verdammt, verdammt.«

Janine schlief bis mittags mit Wing zusammengekauert in einer Ecke in einem der baufälligen Häuser der City. Nachdem sie aufgewacht waren, gingen die beiden Frauen zu einem öffentlichen Badehaus und leisteten sich ein heißes Bad und eine Massage, um ihre müden Glieder zu wecken. Sie nahmen eine Mahlzeit zu sich und kauften sich Klamotten.

Janine bestand darauf, daß sie eine Tunika und eine Hose für Will kauften, auch Eßbares, das sich eine Weile halten würde. Dazu kamen noch ein paar stabile Messer, die sie heimlich unter Steinen auf dem Weg versteckten, den sie als Fluchtroute gewählt hatten.

Janine nahm eine kräftige Mahlzeit zu sich, sie hatte Hunger. Sie wußte, daß sie Kraft brauchen würde, und sie war es Will schuldig, nicht zuzulassen, daß ihre Nerven versagten. Tatsächlich fühlte sie sich ganz entspannt, erfüllt von einem leichten, lockeren Zustand, der ihr eine nervöse Kraft zu verleihen schien. Ein Teil von ihr wußte, daß dies nur eine Illusion sein konnte, aber der andere Teil von ihr wollte davon nichts wissen.

Es war ein warmer, sonniger Tag. Es waren nicht viele Leute unterwegs. Wing und Janine hielten sich bevorzugt in den Schatten der Gebäude auf, allzu gegenwärtig waren die Berichte von den Hubschraubern der HeliPolice und ihren Spielchen. Die meisten Geschäfte waren geschlossen und würden erst öffnen, wenn es dunkel wurde. Janine mußte dringend in eine Drogerie. Es wurmte sie, daß sie bis zum Einbruch der Dunkelheit warten mußte, denn sie wußte nicht einmal, ob das, was sie brauchte, in der verwahrlosten City überhaupt gehandelt wurde.

Dann wurde es Zeit, daß ihr Körper vorbereitet wurde. Dafür brauchten sie das Geld, das sie gestern nacht verdient hatten, in erster Linie, denn das, was sie verlangten, war sehr teuer. Die treue Wing begleitete sie zum Farb-Salon. Wing steckte Janines Haare hoch – so schwarz, so fremd –, und Janine zog sich aus. Sie legte sich auf die Couch und schloß die Augen. Der Künstler war da.

Er begann mit ihrem rechten Fuß und arbeitete sich langsam das Bein hoch. Wing stand daneben und achtete darauf, daß er alles so ausführte, wie sie es besprochen hatten. Janine hielt die Augen geschlossen, sie wollte sich erst sehen, wenn sie fertig war. Die Fremdheit, die sie gestern abend empfunden hatte, kehrte zurück. Ihr war, als schwebte sie hoch über ihrem Körper, während der Pinsel über ihre Haut strich. Morgen würde sie vielleicht aufwachen, und dann würde dieser schreckliche Traum vorüber sein. Sie würde sich in ihrem großen, luftigen Apartment wiederfinden, umgeben mit den Fresken und Bildern, mit den Türmen und Minaretten, mit dem Glaszimmer, auf das die Sonne prallte, was die Pflanzen üppig gedeihen ließ.

Sie hatte Heimweh.

Sie würde nie wieder zurück zu ihrer Arbeit gehen, dachte sie. Nicht, weil sie sich jetzt aufs Sterben vorbereitete, sondern weil sie ihr jetzt leer und unwichtig vorkam. Sie hatte sehr viel über sich gelernt und erfahren, über ihre Gefühle, und was das alles bedeutete, daß sie nicht wieder damit anfangen konnte, den Menschen zu erzählen, wie sie ihre Psyche erfahren sollten. Sie wußte es ja selbst kaum. Sie hatte ja sogar Angst davor.

Der Künstler war jetzt am Oberschenkel angelangt. Das rechte Bein mußte bald abgeschlossen sein. Wenig später nahm er sich das andere Bein vor. Später würde sie sich auf den Bauch legen müssen, denn die Bemalung sollte ihre Haut lückenlos bedecken, die Illusion mußte vollkommen sein.

Der Pinsel fühlte sich kühl auf ihrer Haut an, kühl und angenehm. Wenn die Farbe trocknete, zog sich die Haut ein wenig zusammen, aber danach erhielt sie eine gewisse Elastizität zurück und machte das Spiel ihrer Muskeln mit. Als er auch das zweite Bein abgeschlossen hatte, besprühte er es, um die Farben zu fixieren. Bestimmte Stellen innerhalb des Musters waren mit ausgestanzten Vignetten versehen, die der Künstler anschließend wegziehen würde, damit die Haut atmen konnte. Am Ende würde es so aussehen, als wäre ihr ganzer Körper mit einer dicken Farbschicht versehen, die aber in Wirklichkeit stärker war als eine zweite Haut und mehrere Tage halten würde. Deshalb hoffte Janine auch, daß sie rauhes Anfassen überdauerte.

Sie legte sich auf den Bauch, und nun begann der Künstler mit der rückwärtigen Partie ihrer Beine. Er setzte seine Bemalung auf den Pobacken fort, dann nahm er sich den Rücken vor, den Hals. Nachdem er die Rückseite fixiert hatte, mußte sich Janine wieder umdrehen. Der Künstler begann mit ihrem Bauch.

Janine schlief ein. Sie befand sich wie in Trance und wurde erst wieder ein wenig wacher, als ihre Brüste bemalt wurden. Ein angenehmes Gefühl.

Wing sah sie lächeln. »Willst du wissen, wie du aussiehst?« fragte sie.

»Nein, nein«, flüsterte Janine. Sie konnte warten, und sie spürte, daß der Künstler das auch wollte.

Er bemalte Nacken, Schultern und Arme, variierte sehr schön mit den Farben und sicherte sie dann mit der Fixierung. Immer wieder setzte er die Vignetten ein, die er später abriß, um die Haut atmen zu lassen.

Er bemalte ihr Gesicht, sogar die Ohren. Dann trat er einen Schritt zurück.

Sehr behutsam erhob sie sich. Wing trat aus dem Weg, gespannt und ängstlich zugleich. Der Künstler legte den Kopf ein wenig schief, stützte sein Kinn mit einer Hand. Er betrachtete sie von oben bis unten.

Dann brach er in Tränen aus.

»Ich möchte allein sein«, sagte Janine.

Wing führte den in Tränen aufgelösten Mann hinaus und zählte den Betrag ab, auf den sie sich vorher geeinigt hatten.

Janine trat vor die Spiegel und betrachtete sich ausgiebig von allen Seiten. Ganz allmählich bildete sich ein Lächeln auf ihrem Gesicht.

Ja, sie war sehr zufrieden. Das Netz spannte sich über ihrem Körper. Sie spürte, wie es ihr Kraft verlieh. Sie war bereit, bereit zu allem. Sie griff nach dem Bodysuit, den sie mitgebracht hatte, und schlüpfte hinein. Dann schwang sie sich einen Umhang um die Schultern und befestigte ihn mit einem vergoldeten Haken. Sie setzte sich die Seidenmaske auf, die sie gekauft hatte, und stülpte sich die Kapuze des Umhangs über den Kopf.

Man sah nichts von dem, was der Künstler mit ihr angestellt hatte. Sie war eine dunkle Gestalt vom Kopf bis zu den Füßen. Nur die Augen blitzten hell. Sonst war sie wie ein schwebender Geist, ohne Gesicht, ohne Körper. Und so würde sie bleiben, bis sie die Amazenen herausforderte.

Will empfand das, was ihm widerfuhr, eher als amüsant. Er hatte die Fähigkeit, große Schmerzen auszuhalten, und diese Fähigkeit wandte er schon seit achtzehn Stunden an. So lange stand er schon an diesem Pfahl, gefesselt und in Ketten gelegt, ein Eisenstück auf den Schultern, woran seine Handgelenke gefesselt waren.

Während der Hitze des Tages hatten sie ihm erlaubt, sich eine Weile hinzusetzen, und er war sofort eingeschlafen. Nun, da es Abend geworden war, mußte er wieder aufstehen. Seine Muskeln schmerzten höllisch, aber die meiste Zeit schwebte er mit seinen Gedanken und Empfindungen irgendwo im All, so daß er die Qualen seines Fleisches nicht spürte.

Das Leben der Amazenen hatte etwas Eigenartiges, dachte er. Eine bestimmte Logik, die er sogar bewunderte, auch wenn er jetzt ihr Opfer wurde. Jeder, der dem Leben in diesen Tagen einen Sinn geben konnte, verdiente Bewunderung. Er fand auch nicht, daß sie besonders blutrünstig waren. Er hatte ihre Gesetze gebrochen und mußte dafür büßen.

Ihm gefiel der Mut der Amazenen. Ihre Organisation und Disziplin. Er war ehemals Anführer einer Piratenbande gewesen und wußte, daß man sich Loyalität verdienen mußte.

Er wünschte, der Durst würde nachlassen. Er bekämpfte das Verlangen nach Flüssigkeit. Die Lider beinahe geschlossen, lenkte er seine Gedanken zu den besseren Zeiten seiner Vergangenheit. Er war noch nicht so alt, aber er hatte das Gefühl, seine Zeit überlebt zu haben. Es war gar nicht so schlecht, sich auf diese extravagante Art zu verabschieden. Der Platz würde überfüllt sein. Er würde in dieser Nacht vielen Menschen ein Schauspiel bieten.

Seine Wächterinnen kauerten müde auf den Stufen unter ihm, die Waffen lasch in den Händen. Er konnte nicht fliehen, und sie befürchteten auch keinen erneuten Rettungsversuch. Sie würden rasch genug aufwachen, wenn sich jemand näherte. Aber damit war nicht zu rechen. Die Leute in der City freuten sich auf ihre Abend-Unterhaltung. Niemand würde es wagen, ihnen den Spaß zu verderben.

Er sah nicht die verhüllte Gestalt mit der Kapuze über dem Kopf, die sich jetzt näherte, einen Korb im Arm. Er sah auch nicht, wie sie sich niederkniete und etwas mit einer Wächterin besprach. Die Wächterin winkte die Fremde ungeduldig weiter. Die verhüllte Gestalt richtete sich auf und blickte hinauf zu Wills zusammengesunkener Gestalt. Sie ging die Stufen hoch, und nun nahm er sie wahr. Er glaubte, sie an ihrer Körpergröße zu erkennen.

Sie beugte sich über den Korb und goß aus einer Kürbisflasche Wasser in eine Schüssel. Sie tauchte einen Schwamm in die Schüssel und langte hoch und benetzte seine Lippen.

Es war der edelste Nektar, den Will je geschmeckt hatte. Die kühle Frische in seinem Mund sagte ihm, wie ausgetrocknet er war. Er lutschte den Schwamm aus. Sie tauchte den Schwamm erneut in die Flüssigkeit und reichte ihn hoch. Das wiederholte sie so oft, bis sein Durst gelöscht war.

Jetzt begann sie sein verklebtes Gesicht mit dem

Schwamm abzutupfen. Sie reinigte den Hals und die Brust, und es fühlte sich gut an. Er versuchte, das Gesicht seiner Wohltäterin zu erkennen, aber der Umhang formte vor seinen Augen nur eine schwarze Masse, die er nicht durchdringen konnte. Ein- oder zweimal sah er das Blitzen ihrer Augen, und er fragte sich, ob es sie wirklich gab, oder ob er träumte.

Die Sonne war eine blutrote Scheibe, die seinen Körper mit einem matten Glanz anstrahlte. Seine Haut nahm das Wasser auf und wurde wieder lebendig. Schultern und Arme begannen zu vibrieren und zu schmerzen, die Beinmuskeln zuckten in Krämpfen. Aber dennoch wollte er nicht, daß sie aufhörte, nicht für alles in der Welt.

Sie kühlte seinen Brustkorb und ging ihrer Aufgabe selbstvergessen nach. Sie fuhr mit dem Schwamm über seinen Bauch. Um die Hüften trug er nur einen Stoffetzen. Sie bückte sich und wusch seine Beine, die schwankten und zitterten.

Die Schmerzen, seine unmittelbare Zukunft, die blutrote Sonne, die stumme Gestalt zu seinen Füßen, das alles hatte einen höchst grotesken Effekt auf Will.

Sein Körper machte sich lustig über ihn. Er hatte sich eingebildet, seinen Körper zu beherrschen, aber jetzt bewies er ihm das Gegenteil. Er begann, die geheimnisvolle Gestalt zu begehren.

Sie beugte sich jetzt tief hinab und begann, seine Füße zu waschen. Will spürte sein Herz schmelzen vor Liebe zu ihr. Daß es so etwas in dieser Welt gab!

Sie richtete sich auf.

»Meine Liebe«, sagte er, seine Stimme krächzend,

weil er sie lange nicht mehr benutzt hatte. Sie legte einen Finger über seine Lippen, daß er schweigen sollte, und dann fuhr sie rasch mit dem Finger liebevoll über die Lippen, eine Geste der Zärtlichkeit. Sie reichte ihm eine Tasse, und er trank das Wasser in kleinen Schlucken. Trotzdem lief es ihm noch aus beiden Mundwinkeln heraus.

»Danke«, sagte er, Augen und Mund und Stimme sanft.

Jetzt endlich sagte sie auch etwas. »Bereite dich vor«, wisperte sie. Dann hob sie ihren Korb auf und verschwand.

Schatten füllten den Platz, glitten aus zerbrochenen Mauern, aus den Rohren der alten Kanalisation und den heimlichen Orten der sterbenden City. Schatten, die bei Tage schrumpften und sich unter Steine und Gemäuer verkrochen, die des Abends aber zu Leben erwachten und den Tag verdrängten und alles schluckten, was Licht verlangte. Mit den Schatten kamen die Menschen, die was erleben wollten. Die Amazenen traten auf den Platz, in voller Stärke und gewohnter Disziplin. Wills Wächterinnen streckten sich und flankierten ihn mit gezückten Waffen.

Sie schlugen Gerüste auf und zündeten Feuer an. Über den Feuern wurden Tiere geröstet. Allmählich breitete sich der Geruch saftig bratenden Fleisches in der Luft aus. Fässer wurden herangerollt; es gab Bier und Wein für jeden. Noch mehr Buden und Zelte wurden aufgebaut, Bänkelsänger boten ihre Lieder dar, und die Menschen strömten herbei. Der Platz füllte sich immer mehr. Will beobachtete alles und dachte daran, wie sehr er die Feier unter anderen Umständen genossen hätte.

Er war jetzt im Zweifel, ob er der geheimnisvollen, verhüllten Frau nun dankbar sein sollte oder nicht. Wenn er diese Frau eher getroffen hätte, als er noch über sein Schicksal hatte selbst bestimmen können, hätte er sie nicht so einfach gehen lassen.

Ein schweres Poltern erfüllte den Platz und übertönte das aufgeregte Grölen der Fröhlichen und der zunehmend Betrunkenen, die jetzt erschrocken zurückwichen.

Will schaute auf, um herauszufinden, was das Poltern verursachte. Mit schreckgeweiteten Augen sah er, daß ein gewaltiger Tank auf den Platz gerollt wurde. Zahlreiche Amazenen zogen an Stricken, um ihn in die richtige Position zu bringen. Schließlich hatten sie ihr Ziel erreicht.

Von seinem erhöhten Standpunkt aus konnte Will die Mambas sehen, wie sie in diesem riesigen Tank schlängelten und sich wanden, ungeduldig auf ihr Geschenk wartend. Einen Augenblick lang spürte Will, wie sein Lebensmut zu sacken begann. Erst jetzt schien ihm die Endgültigkeit seines Schicksals deutlich zu werden. Seine Knie zitterten, und sein Mund öffnete sich, um die Ungerechtigkeit zu beklagen, die ihm hier widerfuhr.

Es war die Erinnerung an die verhüllte Frau, die ihn wiederherstellte und ihm seinen Mut zurückgab.

Ein lauter, beharrlicher Rhythmus überlagerte jetzt das Singen und Musizieren der kleineren Gruppen. Der Rhythmus wurde von Trommeln erzeugt. Der

Klang schwoll an, und man sah, wie die Menschenmenge zurückwich. Das laute Dröhnen weckte Angst. Den Vorgeschmack des Todes.

Die Amazenen strahlten so etwas wie einen überirdischen Glanz aus. Sie würden bald ihrer Göttin begegnen, und deren Aura würde auf sie übergehen, was sie über die Masse der anderen heraushob. Die Trommeln schlugen in ihrem Blut.

Jetzt trat die Priesterin hervor, die Anführerin der Bande, in einen kostbaren Umhang gehüllt, unter dem sie nackt war, vom rituellen *caffada* abgesehen. Sie setzte sich auf einen vorbereiteten Platz, verharrte unbeweglich dort und betrachtete das Treiben um sie herum. Es war gut, daß die Menschen ihren Spaß hatten. Sie mochten dumm und ungläubig sein, aber in dieser Nacht erlebten sie einen Höhepunkt im Leben der Amazenen. Sie würden von nun an wissen, daß eine Königin in ihrer Mitte weilte.

Und nun würde auch der Zeitpunkt erreicht sein, daß der Gefangene herangebracht wurde, damit alle von seiner Schuld erfuhren und erlebten, wie er seiner gerechten Strafe zugeführt wurde.

Sie hob die Hand und gab das Zeichen. Die Wächterinnen nahmen Will vom Pfahl und marschierten mit ihm über den Platz. Die Menge wogte. Sie konnte Blut riechen.

Jace starrte auf den Schirm und konnte es nicht glauben. Er war wie zur Salzsäule erstarrt. Schließlich war er in der Lage, das Bild anzuhalten und zurückzuspulen, dann spielte er die wichtigste Phase noch einmal ab.

Ja, es bestätigte das, was er zu sehen geglaubt hatte, obwohl es eigentlich unglaublich war. Er hatte den Connet beliehen, er hatte sein Kuppelhaus beliehen, er hatte sein Geschäft beliehen. Er hatte alles aufgetrieben, was er flüssig machen konnte und wie verrückt Wasser-Aktien gekauft, und jetzt fiel der Wasserpreis! Sie senkten den Preis! Das konnten sie doch nicht tun. Sie mußten verrückt sein. Niemand hatte je den Preis für irgendwas gesenkt, außer bei technischen Neuerungen, wenn die Produktionskosten erheblich gefallen waren. Aber das traf in diesem Fall nicht zu.

Er schaltete seinen Personal Computer ein. Er mußte einige überschlägige Kalkulationen anstellen. Wenn der Aktienpreis gleich blieb, würde es eine Zeitlang finanziell knapp für ihn sein, aber diese Zeit würde er überbrücken können. Aber wenn der Preis fiel, und so hörte es sich jetzt an, würde er seinen Verpflichtungen nicht nachkommen können. Er konnte das Geld nicht zurückzahlen, das er sich geliehen hatte, erst recht nicht die Zinsen, er würde Auto und Haus oder sein Geschäft verlieren, wenn es ganz dick kam, würde er alles verlieren. Er würde aus dem Zoo wegziehen und irgendwo Arbeit finden müssen.

Mit zitternden Fingern rechnete Jace aus, wie tief er bei welchem Aktienpreis sank. In etwa einer Stunde würde er es genau wissen, dann würde die Nachricht um die Welt fliegen. Der Kurs würde zunächst in den Keller gehen, sich dann ein wenig erholen und dann für eine überschaubare Zeit stabil bleiben.

Aber verlieren würde er in jedem Fall. Jace wußte nicht, ob er das ertragen wollte.

Fee und Rollo Cambridge schauten sich den Fall ihrer Aktien deutlich gelassener an. Sie hatten sich nicht verschuldet und konnten den gefallenen Kurs besser verkraften. In ein paar Wochen würden sie vielleicht noch hinzukaufen.

Fee lachte. »Ich weiß nicht, wie du das geschafft hast«, sagte sie. »Für Trans Flow ist diese Entwicklung willkommen, aber ich sehe nicht den Vorteil für die anderen Mitglieder des Kartells.«

»Im Prinzip ergeht es ihnen nicht anders«, meinte Rollo, »es ist nur, daß Trans Flow den niedrigeren Wasserpreis dringender braucht als die anderen. Der Markt wird sich beruhigen, und das ist es, was wir alle wollen. Wenn Wasser billiger wird, steigt der Verbrauch. Die Konsumenten werden verschwenderischer damit umgehen. Wenn wir den Preis in fünf Jahren anheben, wird sich jeder so an die üppige Verwendung von Wasser gewöhnt haben, daß eine Einschränkung so gut wie unmöglich sein wird. Und dann, meine liebe Fee, haben wir bald genug, daß wir kürzer treten können. Ich warne dich schon jetzt – ich denke dann an so eine Art Ruhestand.«

»Du bist verrückt«, sagte sie schmunzelnd. »Wenn ich das richtig sehe, hast du in den letzten Tagen unser Vermögen halbiert.«

»Nur auf dem Papier, Liebling. Ich glaube nicht, daß du irgendeinen Mangel spüren wirst.«

Fee sah ihn mit ihren strahlenden Augen an. »Nicht, solange du gesund und kräftig bist«, murmelte sie. Sie fragte lächelnd: »Wie wär's mit unserem schönsten Zeitvertreib?«

Rollo nickte, schaute aber mit einem Auge auf den Schirm, um zu erfahren, wie tief der Kurs fallen würde.

Der Türsummer meldete sich, und Jaces Hausdiener öffnete. Kurz darauf trat er ins Zimmer zu Jace, in seiner Begleitung ein Captain der Polizei. Jace hatte Mühe, sich auf den Captain zu konzentrieren. Was wollte er von ihm? Warum hatte der Hausdiener ihn einfach hereingeführt, ohne seinen Herrn erst zu fragen, ob es ihm genehm sei? Hatte er nicht begriffen, daß Jaces Welt in Scherben lag?

»Jace Harvon?«

»Ja. Um was geht's denn? Hat es nicht Zeit? Ich habe viel zu tun.« Jace hörte seine eigene Stimme, wie sie fremd und hölzern klang, rauh und verzweifelt. Aber er konnte sie nicht beeinflussen.

»Ich bin Captain Pheek MacAvoy, Mr. Harvon. Ich fürchte, ich melde mich in einer sehr ernsten Angelegenheit bei Ihnen.«

»Wovon reden Sie?«

»Wir gehen einer Beschwerde nach, Mr. Harvon. Eine Lady behauptet, Sie hätten sich etwas zuschulden kommen lassen, was man einen unzüchtigen Anruf nennen könnte, ein Vergehen sexueller Art. Haben Sie etwas dazu zu sagen?«

Jace brachte ein Geräusch hervor, das sich wie »Gaa« anhörte, und dann klaffte sein Mund nur auf, die Augäpfel wölbten sich und starrten den Captain an wie ein Fisch.

»Die Lady hat den Anruf auf Band vorgefunden, sie hat also nicht gesagt, daß Sie direkt mit ihr gesprochen haben. Sie hat Sie auch nicht zurückgerufen. Ist das eine Angewohnheit von Ihnen, Mr. Harvon?«

»Ich weiß nicht, wovon Sie reden«, explodierte Jace, der endlich seine Sprache wiedergefunden hatte. Er war so wütend, daß er für den Augenblick sogar seine finanzielle Misere vergaß.

»Sie haben Ihren Namen genannt und Ihre Nummer, Mr. Harvon. Ich weiß nicht, was Sie erwartet haben. Was sollte die Lady denn anderes tun, als die Polizei einzuschalten?«

»Wer? Wer ist dieses verrückte Weib? Irgendeine alte häßliche Ziege, die in der Wahnvorstellung lebt, daß Männer sie begehren?«

»Nein«, antwortete der Captain und lächelte säuerlich. »Das ist sie mit Sicherheit nicht. Ich muß Ihnen sagen, daß es Ihnen untersagt ist, mit Mrs. Fiona Cambridge in irgendeiner Form in Verbindung zu treten, sei es durch Brief, Fax oder Vidicom, persönlich oder durch eine dritte Person. Wenn Sie diesem Verbot zuwiderhandeln, brechen Sie den Gerichtsbeschluß Nr. 543/81903a, den ich Ihnen jetzt und hier überreiche. Haben Sie verstanden?«

»Fee Cambridge?«

»Und Sie haben sich morgen früh um zehn Uhr im Hauptquartier der Zoo Central Police einzufinden, wobei ich Ihnen empfehle, Ihren Anwalt mitzubringen, weil es möglich ist, daß Sie eines Verstoßes gegen das Gesetz des Mißbrauchs der Kommunikationswege angeklagt werden. Haben Sie das verstanden, Mr. Harvon?« Er berührte seine Brusttasche. »Dieses Gespräch wird aufgezeichnet.«

»Das ist alles Quatsch!« brüllte Jace Harvon. »Sie sehen das alles falsch. Klar habe ich Kontakt zu Fee Cambridge aufgenommen. Ich habe eine illegale Disc gefunden, und darauf ist sie zu sehen. Ich habe kein Gesetz gebrochen.«

»Dann ist es wohl besser, wenn Sie mir die Disc aushändigen. Ich bin sicher, je schneller wir diesen Fall aufklären, desto besser für Sie, Mr. Harvon.«

Jace starrte ihn an und stürmte aus dem Zimmer. Sein Hausdiener war die ganze Zeit stehengeblieben und grinste dümmlich.

Es war ungeheuerlich, daß dieser Vorgang ausgerechnet zusammenfiel mit seinem finanziellen Ruin. Jace konnte sich nicht mit der Umsicht auf das neue Thema konzentrieren, die es verdient hätte, denn der Vorwurf war durchaus ernster Natur. Wenn die Hexe ihn wirklich verklagte, würde es verdammt hart für ihn. Klar, daß sie die Polizei in ihrer Tasche hatte. Sie und ihr stinkreicher Mann würden sie schon geschmiert haben. Jace betrat sein Schlafzimmer, ging hinüber zu seinem Bett.

Die Disc war nicht da.

Ungeduldig suchte er das ganze Zimmer ab. Sein Blutdruck mußte in schwindelnde Höhen getrieben sein, er wurde immer wütender, und jetzt kam auch noch der Captain ins Zimmer und sah der fruchtlosen Suche zu.

»Ich muß sie im Wohnzimmer gelassen haben«, knurrte Jace. Er schob sich am Captain vorbei, der ihm wie ein Schatten folgte. Er suchte überall. Er hatte ein großes Wohnzimmer, es erstreckte sich auf unterschiedlichen Ebenen und enthielt mehrere polyplastische Alkoven.

Er konnte die Scheibe nicht finden.

»Vielleicht weiß Ihr Hausdiener, wo sie ist«, meinte der Captain.

Jace drehte sich wie ein zerzauster Truthahn um und starrte seinen Angestellten an. Der Mann hob die Schultern, eine Geste hilfloser Befriedigung. »Ich habe keine spezielle VR Disc gesehen, Sir. Ihre Sammlung befindet sich an ihrem Platz.«

Jace hatte den Disc-Turm bereits abgesucht, aber die eine war nicht dabei. Er spürte, wie ihm plötzlich kalt wurde.

Es erforderte seine ganze Anstrengung, ruhig zu bleiben. »Ich kann sie im Augenblick nicht finden«, sagte er mit deutlich reduzierter Stimme. »Sie muß irgendwo sein. Ich bin jetzt völlig durcheinander und kann mich nicht mehr erinnern, wo ich sie hingelegt habe.«

»Sie haben die ganze Nacht Zeit, sie zu suchen«, sagte der Captain. Der Hausdiener grinste. »Aber sehen Sie zu, daß Sie sie morgen früh dabei haben, Mr. Harvon. Ich gehe davon aus, daß sie für Ihren Fall von entscheidender Bedeutung ist.«

Er warf einen letzten Blick, in dem all seine Verachtung lag, auf Jace und ließ sich dann vom Diener zur Tür bringen.

Jace setzte sich in seinen Lieblingssessel. In seinem Kopf ging es tumultartig zu, und er mußte jedes Wort einzeln formulieren, um einen einzigen Gedanken fassen zu können. Nun, er würde nicht angeklagt werden. Er hatte die Disc irgendwo und konnte damit beweisen, daß er ein Verbrechen anzuzeigen hatte, statt eins begangen zu haben.

Okay, kann sein, daß er am Vidicom ein bißchen ungezogen zu Fee war, und dieser Ziege hatte das nicht gefallen. Aber sie konnten doch nicht behaupten, daß er unzüchtig gewesen war!

Jace schüttelte den Kopf. Er schmerzte. In seinen Ohren dröhnte es. Wenn er einen Anwalt rief, würde er ihn nicht bezahlen können. Er kicherte laut heraus. Ein Blick auf den Schirm sagte ihm, daß die Kurse um ein paar weitere Punkte gefallen waren. Er stand auf und begann erneut mit der Suche nach der Disc.

Die Suche dauerte eine Stunde. Das verdammte Ding war nicht da, wo er es hingelegt hatte, dessen war er sicher. Er suchte wie ein Wahnsinniger, immerhin würde der Besitz der Scheibe eine Unschuld beweisen.

Gefunden hatte er sie dann endlich in der Tasche seines Jacketts.

Eine Weile saß Jace da und hielt die Scheibe mit beiden Händen umklammert. Sie fühlte sich angenehm an, aber sie hatte ihn in Schwierigkeiten gebracht. Er war froh, daß er sie morgen der Polizei aushändigen konnte. Er konnte sich nicht vorstellen, wie sie in seine Tasche geraten war.

Er schaute wieder auf den Schirm. Nach etwa zehn Minuten brachten sie wieder die letzten Entwicklungen an der Börse. Die Kurse waren noch ein paar Punkte gesackt.

Vor einer Dreiviertelstunde hatte er seinen Connet verloren. Kurz vor dem Besuch des Captains war ihm klar geworden, daß er sein Kuppelhaus verkaufen mußte. Abschied aus dem Zoo. Jetzt stand fest, daß er auch sein Geschäft veräußern mußte, damit er die Verpflichtungen erfüllen konnte.

Er war nichts mehr, ein Niemand. Er war arm. Und nun hielt ihn die Polizei auch noch für einen Mann, der Unzucht über Vidicom betrieb.

Jace kam steif auf seine Füße und mixte sich einen kräftigen Drink, den er in einem Schluck die Kehle hinunterjagte. Er spürte nicht die geringste Wirkung. Er versuchte es mit einem zweiten. Dann fiel ihm ein, daß er sich an diesem Luder von einer Frau rächen konnte, indem er sich noch einmal die Scheibe reindröhnte, auf der er sich dieses Biest gefügig machen konnte.

Morgen würde er die Disc zurückgeben. Dann würde er auf einer Entschuldigung bestehen und daß der Schmutz von seinem guten Namen getilgt würde. Er ging in seine VR Kabine und schob seine Hand unter den Rock der Frau, spürte den seidenstrumpfbedeckten Schenkel. Dieses Gefühl zog er fast allen anderen vor, kühles Nylon, warmes Fleisch.

»Mr. Harvon?« fragte sie.

»Ja.«

»Ich habe da eine Freundin, die Sie unbedingt kennenlernen möchte.«

»Tatsächlich, Schätzchen?« Seine Finger berührten ihre Haare. Sie befanden sich bei einem Wohltätigkeitsessen und hatten eine Menge für ihren Platz bezahlt. Eigentlich hätte er ihr nicht unter den Rock fassen dürfen, aber sie war so hübsch und saß so einladend neben ihm, daß er nicht widerstehen konnte.

Gegenüber saß eine häßliche, vertrocknete Frau und neigte sich über den Tisch. »Mr. Harvon, Sie sind ein respektiertes Mitglied der Gesellschaft, Sie sind ein bedeutender Mann.«

»Wie kann ich Ihnen helfen, Ma'am?« fragte Jace höflich. Er streichelte über den Schoß seiner neu gewonnenen Freundin, die unruhig hin- und herrutschte.

»Finden Sie nicht auch, daß es an der Zeit ist, daß wir Älteren in der Verantwortung stehen, der Gesellschaft die Grenzen aufzuzeigen? Daß wir etwas gegen das amoralische Verhalten und die aufreizende Kleidung unternehmen? Sind die Dinge nicht weit genug gegangen, Mr. Harvon? Was meinen Sie?«

Mit der unbeschäftigten Hand griff Jace zum Champagnerglas und nahm einen Schluck. Verdammt weibisches Gesöff, bestenfalls geeignet für Frauen und Kinder. Er brauchte Bier.

»Ich glaube, Sie haben recht«, sagte er mit ernster Miene. »Frauen entblößen sich zu sehr. Erst vor ein paar Jahren zeigten sie in aller Öffentlichkeit ihre Brüste. Das geht doch nicht, ganz egal, was die Mode vorschreibt.«

Die alte Dame stieß einen Entzückensschrei aus. »Es ist ja so nett, einen Mann mit einem Sinn für Anständigkeit zu finden«, sagte sie.

Jaces Tischnachbarin schob ihre Hand auf Jaces Schoß. Dort machten sich ihre Finger an seinem Reißverschluß zu schaffen. Er rückte näher an den Tisch, damit der Mann neben ihm nicht bemerkte, was geschah.

»Ich habe daran gedacht, einen Verein zu gründen«, sagte die Nervensäge auf der anderen Tischseite. »Ein Moralisches Forum, das anständige Manieren wieder in das Bewußtsein der Öffentlichkeit bringt.«

»Das ist eine sehr gute Idee«, sagte Jace begeistert. Seine Tischnachbarin hatte seine Hose geöffnet, und er spürte, wie ihre Finger über seinen Penis glitten.

»Könnte ich wohl mit Ihnen als Gründungsmitglied rechnen, Mr. Harvon? Oh, das würde man mir nie vergessen, wenn ich Sie gewonnen hätte.« Sie versuchte es mit einem gewinnenden Lächeln. Ihre Diamanten glänzten.

Jace spürte, wie seine Vorhaut zurückgezogen wurde. Er ließ die Serviette in seinen Schoß fallen, damit er neben dem Tischtuch einen zusätzlichen Schutz hatte. Er nahm die Hand unter dem Rock seiner Freundin hervor, denn es fiel ihm schwer, sich auf das Gespräch zu konzentrieren.

»Wer hat denn bisher schon Interesse gezeigt, Mrs. van Mosterly?« fragte er. Er merkte, daß er zu schwitzen begann.

Mrs. van Mosterly zählte eine Litanei prominenter Namen auf. Der Präsident hatte sich gerade zu einer Tischrede erhoben. Die Gäste klatschten höflich Beifall. Jace stand kurz vor dem Orgasmus und war froh, daß alle zum Präsidenten schauten. Er durfte es auf keinen Fall zum Äußersten kommen lassen.

Der Präsident beendete seine Rede, und alle applaudierten. »Was ist mit deiner Freundin?« raunte Jace.

»Sie ist wie ich, hat dieselben Vorlieben. Ich habe ihr von dir erzählt, und sie möchte dich unbedingt kennenlernen.«

»Aber wie konntest du ihr von mir erzählen, wo du doch von mir nichts gewußt hast?«

»Ich kenne dich. Bis zu meiner Heirat habe ich in einer Fummel-Bar gearbeitet. Ich halte das jetzt natürlich geheim, du weißt ja, wie arrogant die meisten Leute sind. Dich, Jace Harvon, habe ich damals kennengelernt, und mit dir hat es immer Spaß gemacht. Ich wollte dich so gern noch einmal sehen. Aber jetzt bin ich natürlich eine anständige Ehefrau.«

»Ich habe auch ein Geschenk für dich«, flüsterte sie stockend und schob unauffällig etwas in seine rechte Hand. Unter dem Tisch schaute er sich das Präsent an.

»Eine Perle?« fragte er verwundert.

»Mein Mann ist sehr reich, und ich mag dich, Jace Harvon. Du warst gut zu mir, als ich ein armes Mädchen in einer Fummel-Bar war. Jetzt möchte ich mich dafür revanchieren. Und meine Freundin möchte das auch. Auch sie ist großzügig. Sie langweilt sich.«

Jace lächelte seine Tischnachbarin an. Ha, es war eine Lust zu leben. Er fühlte sich leicht und großartig, sexy und bedeutend.

»Ich kann also damit rechnen, daß Sie als Gründungsmitglied mitmachen«, sagte die alte Dame, die ihm gegenübersaß.

»Natürlich können Sie das«, antwortete Jace. »Ich bin entschieden für eine Reform der Moral. Wir müssen die Zustände im Zoo verändern. Wir müssen eine Säuberung durchführen. Niemand scheint sich noch an Grenzen zu halten.«

»Ich stimme voll zu«, behauptete seine Tischnachbarin. »Können Sie mich auch einschreiben, Mrs. van Mosterly? Für Anständigkeit müssen wir alle kämpfen.«

Das rote Viereck flackerte auf, und Jace erkannte mit grauenhafter Gewißheit, daß er sich wieder in der schrecklichen Wirklichkeit befand. Ein paar Augenblicke schwankte er zwischen den beiden Welten, dann kamen die Tatsachen wieder in den Blick.

Er war finanziell ruiniert. Innerhalb weniger Wochen würde er alles verkaufen müssen. Morgen mußte er den bitteren Gang zum Polizei-Hauptquartier antreten und die Disc abgeben, um zu beweisen, daß Fee Cambridge darauf zu sehen war und er keinen unzüchtigen Anruf unternommen hatte. Das war schade. Die Scheibe war heiß, besser als alle anderen, die er je ausprobiert hatte, obwohl es verdammt schmerzte, wenn er zurück in diese Welt kam. Selbst jetzt konnte er kaum atmen.

Wie Eis fühlte sich der Schweiß an, der seinen Nacken hinunterlief. Zum erstenmal in seinem Leben erfuhr Jace Harvon, was richtige Angst war.

Die Scheibe. Fee Cambridge. Diesmal war die Disc World ganz anders gewesen.

Er holte sie aus dem Gerät heraus und betrachtete sie. Nein, er hatte nicht die falsche Scheibe hineingelegt. Seine Hände begannen zu zittern. Er hatte sich Fee Cambridge doch nicht ausgedacht. Sie war auf der Scheibe gewesen. Und wo war sie dieses Mal?

Tränen rannen über Jaces Wangen. Er fluchte, schimpfte und tobte. Er schickte Verwünschungen über Fee und über die Macher der Scheibe. Gab es mehr als ein Programm auf der Scheibe? Sie sah nicht so aus, und er hatte auch keine Ahnung, wie man Zugang zum zweiten Programm finden konnte. Was war, wenn die Polizei die Scheibe nicht gründlich untersuchte? Dann würde er doch einen Anwalt brauchen.

Er riß sich zusammen, und allmählich hatte er sich wieder unter Kontrolle. Ihm war kalt. Er steckte die Scheibe in seine Tasche und schenkte sich noch einen Drink ein, den er in einem Zug gierig trank.

Seine Gedanken wurden jetzt kristallklar. Die Sache mit der Scheibe würde sich irgendwie aufklären, aber seine finanzielle Situation würde so katastrophal bleiben, wie sie sich im Augenblick darstellte. Vieles von dem, was er in seinem Leben für selbstverständlich hingenommen hatte, würde es ab morgen nicht mehr geben. Er würde es sich nicht mehr erlauben können, die exquisiten Bars aufzusuchen. Er würde seine bekannte Großzügigkeit gegenüber den Frauen nicht aufrechterhalten können. Nein, diese Vorstellung war zum Verzweifeln.

Er würde lernen müssen, ohne Frauen in seinem Connet auszufahren. Dabei war es eine wunderschöne Art, alles das zu genießen, was zwei Erwachsene mit sich anfangen konnten, während der Wagen mit mehr als dreihundert Meilen dahinrauschte.

Jace bereitete sich einen weiteren Drink zu und fuhr fort mit dem Katalog der Dinge, die er in Zukunft nicht mehr würde genießen können.

Vielleicht sollte er die Zeit nutzen, solange er den Connet noch in seinem Besitz hatte. Ein letztes Mal das Gefühl genießen, den Himmel zu durchschneiden. Vielleicht würde er über den Ozean fliegen, um die Brandung eine Weile zu beobachten. Jace genehmigte sich noch einen Drink und fand es angenehm, wie die Flüssigkeit seine Kehle ölte und die Eingeweide wärmte.

He, das war keine schlechte Idee. Wäre ein glorioses Ende nicht besser als die langen Jahre in Bescheidenheit zu darben?

Noch einen Drink. Er legte die Scheibe auf den Tisch und ging zur Tür. Dort blieb er noch einmal stehen. Irritiert ging er zurück und hob die Disc auf. Eine lange Zeit hielt er sie fest und regungslos in beiden Händen. Dann legte er sie behutsam ab, zögerte, gab sich einen Ruck und nahm den direkten Weg in die Garage. Der silberne Glanz seiner Kraftröhre wirkte freundlich und besänftigend auf ihn. Connets waren wunderschöne Geräte.

Jace stieg ein und seufzte, als er an den Luxus im Inneren des Connets dachte. Er startete die Turbinen und programmierte den Computer. Seine Finger zögerten. Der Gedanke, der sich in seinem Gehirn entwickelt hatte, drang allmählich mit seiner ganzen nackten Bedeutung in sein Bewußtsein.

Bedächtig programmierte er neu. Der Computer blitzte auf und hinterfragte das neue Programm, wie es von ihm erwartet wurde, wenn er einen ungewöhnlichen Auftrag erhielt. Jace bestätigte das Programm.

Er drückte auf den Knopf »Enter.« Das gewaltige

Fahrzeug hob sich auf seinen Luftkissen und schwebte die Rampe hinunter, bis es die Auffahrt zum Highway erreicht hatte. Jace hatte maximale Geschwindigkeit programmiert, und der Schock beim Start warf ihn in seinen Sitz zurück. Das Auto schoß in die Nacht davon, ein Silberblitz am Himmel.

KAPITEL SIEBEN

Ich protestiere!« rief eine klare Stimme, deutlich über dem dröhnenden Lärm zu hören, dem Knistern der Freudenfeuer, dem Spritzen des Fetts auf den großen Grills, dem trunkenen Rülpsen und dem aufgeregten Geschnatter der Leute, die auf den Höhepunkt des Spektakels warteten, auf den Tod.

Es entstand eine Stille, die sich blitzschnell auf dem ganzen Platz ausbreitete.

Die Priesterin stand verunsichert da, nicht gewiß, ob sie richtig gehört hatte. Sie hielt eine Mamba dicht an ihrem Hals, und die ihr am nächsten standen, konnten die Zunge schnellen sehen. Die Priesterin wollte die Schlange gerade um die Brust des Mannes legen, den sie Wolf nannten. Er stand regungslos auf seinem Platz, die Arme hilflos ausgestreckt. Schweiß rann in fettigen Spuren seine Brust hinunter.

»Ich protestiere«, rief die verhüllte Gestalt. »Im Namen der Göttin sage ich, daß dieser Mann begnadigt werden soll, denn sein Verbrechen ist nur ein Vergehen und steht in keinem Verhältnis zu dieser Strafe.«

Die Priesterin ließ zweifelnd die Schlange sinken. Sie rollte sich in liebevollen Kringeln um den Arm.

»Tritt vor«, rief sie. Ihre Anhängerschar begann laut zu zischen. Viele spuckten in den Staub, um ihr Mißfallen kundzutun.

Die verhüllte Gestalt mit der Kapuze trat vor, ganz

in Schwarz gekleidet, nicht sehr groß. Will hob den dröhnenden Kopf und versuchte, seinen Blick auf die Gestalt zu konzentrieren.

Die Priesterin erlaubte sich ein Lächeln. »Wer protestiert, muß kämpfen«, sagte sie. »Er muß mich herausfordern.«

Janine öffnete ihren Umhang und ließ ihn auf den Boden fallen. Die Menge stieß ein Zischen aus, es tönten einige scharfe Überraschungslaute.

Sie war nackt, das Haar zusammengebunden. Ihr ganzer Körper lebte in prächtigen Farben, leuchtete türkis und smaragden, karmesin, golden und silbern. Die ganze Haut bestand aus Schlangen, kleinen und großen, lebensecht, um die Glieder geringelt, und jede einzelne in einem so strahlenden Glanz, daß es die Augen der Betrachter blendete.

Sie war eine Schlange, eine Schlange in Menschengestalt, und als der Feuerschein flackerte, bewegten sich auch die Schlangen auf ihrem Körper, als wollten sie demonstrieren, wie bereit sie zum Kampf waren.

»Ich protestiere und fordere heraus«, sagte Janine leise, aber alle hörten es. »Ich spreche im Namen der Göttin, die mich zu dieser Aufgabe entsandt hat. Sie ist verärgert über ihre Anhänger und wird Feuer vom Himmel regnen lassen, wenn sie fortfahren, ihr nicht zu gehorchen.«

Aus dem Pulk der Amazenen war ein mißmutiges Rascheln zu hören. Die Priesterin vernahm es, und die Anführerin in ihr wußte sofort, daß ihr Führungsanspruch in Gefahr geriet. Sie ließ die Mamba wieder in den Schlangentank fallen.

»Also gut«, sagte sie entschlossen. Sie ließ ihren kunstvoll gefertigten Umhang von den Schultern gleiten. Darunter war sie, abgesehen von der *caffada*, nackt. Sie schritt auf Janine zu.

Seit sie bemalt worden war, empfand Janine das erste Mal wieder Angst. Die Herausforderung war eine absurde Idee gewesen. Sie konnte die Frau nicht vor all ihren Anhängerinnen besiegen. Sie konnte nicht mehr sagen, was sie sich dabei gedacht hatte.

Na und, dachte Janine. Jetzt ließ sich nichts mehr rückgängig machen. Sie würde bis zum bitteren Ende kämpfen, und sie hoffte, daß Will wissen würde, warum sie es getan hatte. Es mochte ihm in seinen letzten Minuten helfen. Sie hoffte auch, daß Wing sich allein durchschlagen würde.

Die Amazene schlug zu. Janine wurde zurückgeworfen, die Amazene folgte und versetzte ihr einen harten Schlag auf die Brust. Janine versuchte auszuweichen und dann zurückzuschlagen, aber der Schlag verpuffte wirkungslos. Jetzt war die Amazene heran und rang Janine zu Boden.

Aggressionen blitzten hilflos in Janines Gedanken auf. Sie wollte eine bessere Figur abgeben, sich nicht so schwach zeigen. Sie war auf sich selbst wütend, und diese Wut half. Sie befreite sich von ihrer Gegnerin und stellte sich geduckt auf. Sie erinnerte sich an ihre Ballettstunden und schwang ihr Bein hoch, beschrieb einen Kreis, während sie sich auf dem anderen Fuß drehte. Es war reine Glückssache, daß sie die Amazene im Gesicht traf. Die Frau stürzte zu Boden, ungläubiges Staunen im Gesicht.

Janine mußte plötzlich an die Scheibe denken. All dies geschah nur wegen der verdammten VR Disc. Sie würden dafür sterben, sie und Will. Die Scheibe hatte sie in diese Lage gebracht, und nun sollte sie sie auch wieder herausholen.

Die Amazene hob eine Hand und benutzte sie wie eine Klinge. Sie zielte auf Janines Gurgel, verpaßte sie aber. Janine spürte, wie ihre Schulter lahm zu werden begann. Langsam wich sie zurück. Die Amazene setzte nach und wollte wieder ausholen. Janine hob schwach einen Arm zur Abwehr. Das würde der entscheidende Schlag sein, spürte sie.

Ein Aufschrei ging durch die Menge. Ein Schrei voller Angst. Die Kriegerfrau zögerte, die Hand erhoben. Aber der Schlag kam nie an. Sie wandte den Kopf, und durch den nächtlichen Himmel schoß ein gewaltiger Meteor, der in einem glühenden Funkenregen explodierte. Er flog unglaublich tief. Die Menschen warfen sich auf den Boden. Sie spürten eine Hitzewelle über sich hinweggehen. Dann entstand ein ohrenbetäubendes Dröhnen, als Einzelteile niederprasselten und der Boden zu zittern begann.

Der Meteor zischte über sie hinweg. Hinter einem Gebäude, nur ein paar hundert Meter von ihnen entfernt, schlug er in den Boden. Flammen schossen hoch und zerteilten die Nacht. Der Lärm zerfetzte jedes Wort, jeden Schluchzer, jeden Angstschrei. Eine gewaltige Staubwolke stieg hoch, Teilchen flogen durch die Luft und regneten auf sie herab.

Janine hieb auf die Amazene ein. Sie stolperte, die Augen weit aufgerissen vor Entsetzen. Janine hieb noch einmal, und jetzt verlor ihre Gegnerin endgültig das Gleichgewicht und stürzte zu Boden. Ein Trümmerbrocken fiel vom Himmel und erwischte sie. Die Frau blieb regungslos liegen. Ihre Brüste hoben und senkten sich, das einzige Zeichen, daß sie noch lebte.

Über ihnen kurvten Helikopter, FireCopter und Air Ambulances. Zehn Minuten lang gab es einen Höllenlärm, dann begann es sich wieder zu beruhigen.

Janine trat vor Wills Wächterinnen und wandte sich ihnen zu von Angesicht zu Angesicht. »Ich verlange den Gefangenen«, sagte sie. »Er gehört mir.«

Die Wächterinnen sahen sich unsicher an.

»Bindet ihn los«, befahl Janine, »nehmt ihm die Ketten ab.« Jetzt bewegten sie sich, um ihr zu gehorchen. Wills Handgelenke wurden befreit. Trotzdem standen die Arme ab wie bei einer Gliederpuppe.

»Die Göttin ist sehr wütend, wie ihr seht«, sagte Janine kalt. »Ich werde ihn jetzt mitnehmen.«

Hinter Janine raffte sich die Priesterin mühevoll auf die Beine. Sie rieb sich den Kopf, wo das Mauerstück sie wohl erwischt hatte. »Der Becher«, krächzte sie. »Zuerst der Becher.«

»So sei es«, sagte Janine. »Aber ich werde ihm den Becher reichen.«

Sie schoben Will vor, bis er mitten auf dem Platz stand, wo ihn alle sehen konnten. Stille hatte sich unter den Menschen ausgebreitet, zu groß war das Erschrecken über den Zorn der Göttin.

Ein großer Silberbecher wurde herangebracht, und Janine nahm ihn entgegen. Will mußte sich hinknien.

Seine Augen blickten dumpf und blind. Er schien nicht zu begreifen, was um ihn herum vorging.

Janine hockte sich hin, so daß ihr Gesicht auf einer Höhe mit Wills Gesicht war. Vorsichtig hielt sie den Becher hoch. Sie wußte, daß nichts gewonnen war, wenn sie den Inhalt verschüttete. Sie würden mehr Gift holen.

»Es ist Gift«, murmelte sie. »Nicht trinken.«

Sie erhob sich wieder. Mit ihrer freien Hand fuhr sie über Wills Mund. Er hatte die Lippen leicht geöffnet. Sie hielt den Becher mit dem Gift in der anderen Hand und begann zu reden. Sie brauchte noch ein wenig Zeit.

»Jetzt möge die Göttin ihr Wunder vollkommen machen«, intonierte sie. »Alle haben gesehen, daß die Himmel Feuer geregnet haben. Alle haben gesehen, daß die Herausforderung gelungen ist. Jetzt nähern wir uns dem letzten Schritt. Die Göttin soll wieder ihren Frieden finden, jetzt, da sie ihren Willen durchgesetzt hat. Möge ihr Wohlgefallen noch einmal auf uns ruhen.«

Sie beugte sich über Will und mußte ihre Tränen zurückhalten. Sanft legte sie den Becher an seine Lippen. Die Priesterin stand ganz nahe und beobachtete jede Bewegung. Janine hob den Becher an, und das Gift rann in Wills offenen Mund. Janines Hand lag über seiner Nase, ganz leicht nur, damit sie ihn nicht beim Atmen behinderte.

Triumphierend hielt sie den Becher hoch, dann stellte sie ihn auf den Kopf, damit alle sehen konnten, daß er leer war. Ihre andere Hand machte sich immer noch über Wills Mund zu schaffen, aber jetzt zog sie sie weg.

Sein Adamsapfel hüpfte. Die Priesterin seufzte.

»Die Trommel soll schlagen«, sagte Janine leise. Die Priesterin gab ein Zeichen, und das Trommeln begann, gedämpft, langsam, wie das Künden einer Glocke, für jedes Jahr einen Schlag. Totengeläut. Aber Will war nicht tot. Er kniete noch da, die Arme hingen schlaff herab, und er schwankte leicht.

»Steh auf, Wolf«, sagte Janine. »Zeig uns, daß du lebst. Du bist jetzt ein freier Mann. Die Göttin hat dir dein Vergehen verziehen, sie weiß, daß es nicht beabsichtigt war und daß du gestraft genug bist. Erhebe dich und verlasse diesen Ort.«

Er schaffte es. Janine spürte die Tränen in ihren Augen, da sie die Mühe, die Will aufwandte, selbst aufzubringen schien. Trotz seines verwirrten Verstandes hatte er doch begriffen, daß er jetzt frei war.

Janine wandte sich an die Priesterin. »Ich habe die Herausforderung mit fairen Mitteln gewonnen. Wolf hat den Becher geleert. Ich verlange die Freiheit des Gefangenen.«

»So sei es«, sagte die Amazene verbittert. »Möge die Göttin dich auch weiterhin beschützen.«

Janine wußte nicht, ob sie das als Segen oder als Drohung auffassen sollte. Sie nahm Wills Arm, und als das nicht genügte, ihn zum Gehen zu veranlassen, schob sie eine Hand in seinen Rücken. Jetzt setzte er einen Fuß vor den anderen, und so verließen sie den Platz.

Die Leute wichen zurück wie das Rote Meer vor Moses, als Janine und Will durch die Lücke gingen. Janine betete stumm, daß Will nicht vor Schwäche umfiel.

Dann waren sie aus der City heraus. Sie waren frei.

Die Nacht war schon alt, der Himmel sternenübersät. Unterwegs war plötzlich Wing dazugestoßen, und zu dritt erreichten sie das offene Land. Sie kannten sich hier nicht aus, denn weder die Town- noch die Zoo-Leute kamen je hierher.

Es gab viele Geräusche. In der Ferne brüllte ein Löwe. Insekten sirrten und summten und schwirrten. Ein paar Vögel schlugen aufgeregt mit den Flügeln, als wollten sie darauf bestehen, daß dieses Land ihnen gehörte, ihnen und nur ihnen allein.

Sie hielten an, während Wing versuchte, sich zu orientieren. Sie hielt nach dem Versteck Ausschau, das sie für sie vorgesehen hatte. Janine gab Will Wein zu trinken und etwas Wasser. Sie wollte auch, daß er etwas zu sich nahm, aber das konnte er nicht bei sich behalten. Sie wünschte, sie könnte ihn besser versorgen. Er mußte eigentlich in ein Krankenhaus. Sie hatte ihn nicht gerettet, um ihn jetzt noch zu verlieren. Er sprach nicht mehr und saß schweigend da, mit flachem Atem, während die beiden Frauen aufgeregt diskutierten, was zu tun war.

Hinter ihnen, im Westen, war der Himmel von einem geheimnisvollen Dunkelblau, welches das Licht an sich zog, es verschluckte und nichts mehr davon abgab. Über ihnen die unendliche Weite des Firmaments, ein reiner Goldbogen aus schillernden Farben, der nur von einem einzigen Raben unterbrochen wurde. Vor sich sahen sie die sanfteren Farben, eine Mischung aus Grün und Blau, die sie willkommen zu heißen schien. Sie standen auf und machten sich wieder auf den Weg.

»Da!« rief Wing plötzlich. »Wir sind da!«

Die Ebene endete an einer alten Erdverwerfung, aus der sich eine meilenweite Klippe ergab. An mehreren Stellen rieselte Wasser durch die Klippe und hinunter auf das Land in der Tiefe. Vor langer, langer Zeit hatte man an einer dieser Stellen ein Erlebnisbad gebaut, das aus diesem Naturwasser gespeist wurde. Der Platz war ideal gewesen, denn durch die Verwerfung hatte sich eine Mineralquelle gebildet, die hier aus dem Boden sprudelte. Wing hatte diesen Ort vor Jahren mal besucht, und jetzt führte sie ihre Begleiter hin.

Will bekam nichts von dem mit, was sie taten. Sie geleiteten den kranken Mann in eine Gebäuderuine. Janine blieb bei ihm sitzen, während Wing mit ihrer Machete draußen Gras schnitt, aus dem sie eine dicke Matratze fertigten. Sie legten ihre Umhänge darüber, dann war das Lager für Will bereitet. Sie wuschen sich notdürftig und aßen ein wenig, dann legten sie sich neben Will und wärmten seinen Körper mit ihren.

Sie schliefen alle bald ein. Die Sonne stieg hoch, senkte sich wieder, und sie schliefen immer noch.

Will öffnete die Augen und sah, daß er sich am Wasser befand. Er beschloß, daß es wohl besser war, wenn er seinen Körper zunächst nicht bewegte.

Seine Augen wanderten langsam umher. Alles um ihn herum war grün. An den Wänden tanzten helle Lichter. Von irgendwo über ihm hingen Pflanzen herunter. Er hörte Wasser tropfen.

Er lebte. Er konnte sehen. Er konnte hören. Will bewegte überaus behutsam seinen Körper. Der Schmerz durchfuhr ihn wie ein Messerstich. Das bestätigte ihm, daß er lebte.

Später beugte sich jemand über ihn. Er wurde leicht angehoben, und auch das schmerzte. Sie gaben ihm etwas zu trinken, dann löffelten sie etwas in seinen Mund. Sie wuschen sein Gesicht. Dann schlief er wieder ein.

Er wachte auf und bemerkte wieder, daß er sich in einem Gebäude mit viel Wasser befand. Er konnte es hören, und außerdem lag ein seltsamer Geruch in der Luft. Das Dach des Gebäudes mußte schon bessere Tage gesehen haben, denn das Sonnenlicht schien ungehindert hereinzustrahlen. Bald würde er herausfinden, was mit ihm geschehen war, warum er sich hier befand. Noch aber konnte sich seine Erinnerung ausruhen. Er wußte, daß er in Sicherheit war, daß man sich um ihn kümmerte. Das reichte.

Es waren zwei, und eine von ihnen war zum Davonlaufen, ihr Körper ein einziger Farbentanz, der ihm nicht menschlich schien. Er wußte nicht, ob es lauter Tätowierungen oder flüssige Kristalle waren, oder ob sie eine Alien war, ein Fremdling aus einer anderen Welt. Aber beide umsorgten ihn mit Umsicht und Sanftheit, und er wußte, bald würde die Kraft in ihn zurückfließen, würde seinen erschöpften Körper stärken.

Sie fütterten ihn. Sie wuschen ihn. Sie legten sich nachts zu ihm und hielten ihn warm.

»Wing«, sagte Will.

»Du bist wach! Du erkennst mich!« Wing klatschte

in die Hände. »Du bist schlimm dran gewesen, aber jetzt wissen wir, daß es dir wieder besser geht.«

»Wo bin ich?«

»Wir sind nirgendwo. Es ist eine Badehausruine, aber das Wasser ist gut. Wenn du dich wieder stark genug fühlst, mußt du die heiße Quelle nutzen. Sie wird dir helfen.«

»Was ist geschehen?«

»Ash hat dich gerettet. Sie hat gegen die Amazene gekämpft. Sie hat sie mit dem Gift ausgetrickst. Wir haben dich hergebracht. Wir sind in Sicherheit, Wolf. Niemand kommt hierher. Niemand weiß, wo wir sind.«

»Ash?«

»Das ist nicht ihr richtiger Name, aber jetzt nennt sie sich so.«

»Die Schlangenfrau?«

»Ja.« Wing sah traurig aus. »Sie hat dich gerettet.«

»Gut. Ich werde ihr danken. Ist Janine davongekommen? Die Town- Schwester?«

»Ja.« Wing schaute ihm ins Gesicht.

»Gut. Ich hoffe, sie ist in Sicherheit. Sie hat mir nur Schwierigkeiten gemacht.«

»Bist du hungrig?«

»Ja, ich glaube ja.«

Wing lachte. »Ich werde dich füttern. Und ich werde Ash sagen, daß du wieder bei uns bist. Sie wird glücklich sein.«

Sie erneuerten sein Lager. Sie halfen ihm, im heißen Wasser der Quelle zu liegen und gaben ihm die kraftspendenden Mineralien zu trinken, damit seine geschundenen Muskeln sich erholen konnten. Sie fütterten ihn, und immer wieder legten sie sich zu ihm, um ihn zu wärmen. Ganz eng schmiegten sie ihre Körper an ihn. In ihrem warmen, verlassenen Paradies trugen sie keine Kleider. Die Szene hatte etwas ursprünglich Unschuldiges an sich.

Schließlich langweilte es ihn, den ganzen Tag auf dem Rücken zu liegen, umschwirrt von Insekten, beschienen von der Sonne. Er hievte sich mit eigener Kraft von seinem Lager hoch und trat hinaus in die Umgebung des verfallenen Erlebnisbades, vor dem noch einige pseudo-klassische Pfeiler standen. Schon nach ein paar Schritten mußte er anhalten, seine Lungen keuchten unter der Anstrengung. Er mußte mit bestimmten Übungen beginnen, damit seine Muskeln lockerer wurden. Aber er wurde rasch müde, und dann war es eine unermeßliche Freude, sich von zwei Frauen bedienen zu lassen, auch wenn die eine von ihnen kaum ein Wort sprach. Er fragte sich, wer die Schlangenfrau war und ob sie auch in die Town gehen wollte. Er selbst hätte nichts dagegen, wenn sie ewig an diesem Ort blieben.

Sein gebräunter Körper hatte die Farbe der Pfeiler angenommen. Er saß still neben einem der Pfeiler, und als die beiden Frauen von ihrem Ausflug zurückkamen – er hatte keine Ahnung, wo sie gewesen waren –, sahen sie ihn nicht. Ihre Köpfe steckten dicht beisammen, sie unterhielten sich angeregt, tuschelten und lachten. Will verhielt sich still und schaute ihnen zu.

Sie hatten Pflanzen gesammelt. Sie legten sie auf den Boden, streckten sich aus und sonnten sich. Über ihnen erstreckte sich die Klippe, die Vegetation am Rand warf gezackte Schatten auf die Frauen. Die Schlangenfrau wälzte sich plötzlich herum, und ihr Leib schillerte in seinen glänzenden Farben, kaum menschlich. Wing kroch zu ihr und kniete sich an ihre Seite, beugte sich über die Schlangenfrau und gab ihr einen Kuß.

Die beiden Frauen umarmten sich, lagen dann nebeneinander auf der Seite, die Gesichter voller Glück und Freude.

Will spürte, wie seine Brust zu eng wurde. Er schwitzte, als hätte er Fieber. Er erhob sich leise und ging hinein ins Badehaus. Er stieg in die riesige Zisterne, in der das kalte Gebirgswasser aufgefangen wurde und schwamm ein paar Sekunden in seiner eisigen Umarmung.

In dieser Nacht lag Will wach, und seine Gedanken kehrten immer wieder zu dem zurück, was er gesehen hatte. Sein Körper, der auf dem Weg war, seine alte Kraft zurückzugewinnen, brannte. Zu beiden Seiten von ihm lagen die wärmenden Körper der beiden Frauen.

Er lag still da, glühend in der undurchdringlich schwarzen Nacht. Er spürte, wie sich eine der Frauen regte. Er verhielt sich still. Er spürte, wie sie lauschte, wie sie dachte. Eine Hand legte sich auf seinen Brustkorb. Sein Atem setzte für einen Zug aus, dann glitt eine Hand seinen Körper entlang, warm wie Seide, ging tiefer, tauchte ein in das krause Haar und berührte seine Genitalien.

Die Hand liebkoste ihn mit Geschick und Erfahrung. Er spürte die Lippen an seiner Schulter, auf seiner Brust. Die Gestalt kniete sich hin und beugte sich über ihn. Haare streichelten sein Gesicht. Warme süße Lippen berührten seine Wangen, die Nase, fanden den Mund. Will wandte den Kopf und küßte sie fest und drängend, und während die Hand sich auf und ab bewegte, spürte er den Höhepunkt aufsteigen wie eine heiße Flut. Dann empfand er den Orgasmus wie eine unendliche Befreiung. Er legte einen Arm unter ihre Schultern und legte sich auf die Seite, die Frau fest an sich gepreßt. Er hatte die andere Frau vergessen, aber als sie jetzt wieder ihre Plätze einnahmen, rührte sie sich im Schlaf.

Müdigkeit überkam ihn. Sein Körper ruhte im Frieden mit sich selbst. Das plätschernde Wasser im Hintergrund erleichterte ihm das Einschlafen.

Er wußte nicht, welches Mädchen er im Arm gehalten hatte, aber er nahm an, daß es Wing gewesen war. Ash, die Schlangenfrau, hielt sich in der Dunkelheit eher von ihm zurück.

Ihre Nahrungsvorräte neigten sich dem Ende zu. Will war dankbar, daß die beiden Frauen ihn mit allem versorgten, was er verlangte. Er bemerkte aber auch, daß sie selbst nur wenig aßen.

Er saß in der Sonne, als die Schlangenfrau plötzlich aus dem Gebüsch in seiner Nähe auftauchte. Er erschrak, und der Schreck vertiefte sich noch, als er sie mit einer Machete sah. Der farbenprächtige Schlangenkörper war mit Blut bespritzt.

Will sprang auf, die wildesten Gedanken schwirrten ihm im Kopf herum. Was, wenn dieses kleine Monster die zierliche chinesische Frau getötet hatte? Er konnte das Blut auf ihrem Körper riechen.

»Wo ist Wing?« fragte er rauh. Er würde sie umbringen, wenn sie Wing etwas zuleide getan hatte.

Die Schlangenfrau wandte sich um. Wing trat aus dem Gebüsch und hielt ein paar Hasen in den Händen. Sie waren auf der Jagd gewesen.

Er starrte Wing an, die Schlangenfrau trat an ihm vorbei und ging ins Badehaus.

»Was ist denn?« fragte Wing, verdutzt von Wills versteinertem Gesicht. »Wir brauchen Fleisch, Wolf. Ich glaube, wir müssen bald aufbrechen, denn wir haben nicht mehr viel zu essen.«

»Es ist nichts«, murmelte Will. Er schämte sich. Wing folgte der Schlangenfrau ins Badehaus.

Nach einer Weile ging er auch hinein. Die Schlangenfrau hatte ihm das Leben gerettet, und er hatte ihr noch nicht dafür gedankt. Wieso hatte er sie in einem solchen Verdacht haben können? Sie hatte ihm keinen Anlaß gegeben. Wie kam er dazu, sie des Mordes für fähig zu erachten?

Die beiden Frauen schwammen in der Zisterne. Er wollte sie nicht erschrecken, deshalb ging er wieder hinaus und begann ein Lauftraining. Er mußte herausfinden, wie weit seine Kraft schon reichte. Er zwang seinen Körper zu einem Rhythmus, den er so lange es ging beibehalten wollte. Ihre Zeit in diesem Paradies war vorbei.

An diesem Abend aßen sie die Hasen, und sie

beschlossen, am anderen Morgen in die Town aufzubrechen. Niemand von ihnen wußte, wie weit sie entfernt war. Sie mußten nach Norden und dann irgendwann westlich gehen. Wichtig war, daß sie keinen zu großen Kreis beschrieben, sonst würden sie sich in der City wiederfinden.

Immer noch sprach die Schlangenfrau kein Wort.

Als Will am frühen Morgen aufwachte, hörte er die Wesen der Nacht rufen, kreischen und zirpen. Es war noch dunkel. Nur schwach konnte er die hängenden Pflanzen über sich erkennen und hoch über ihm das erste Grau des neuen Tages. Er schlüpfte vom Lager und ging ins Becken mit dem heißen Wasser, glitt hinein wie ein Aal und ließ sich umfangen von den Kräften der Natur, die sich in diesem Wasser bündelten. Anschließend sprang er in die kalte Zisterne, um den schwach säuerlichen Geruch abzuwaschen.

Er zitterte, als er hinausging. Er atmete tief die frische Luft ein. Der Himmel begann zu glühen, wenn auch im Westen noch die letzten Sterne funkelten.

Im Osten wurden Land und Himmel von sanftem Licht überflutet, und in den hellen Strahlen saß die Schlangenfrau im taufeuchten Gras. Sie zitterte am ganzen Körper. Will verhielt sich still und beobachtete sie.

Als der Himmel aufbrach, erhob sich ein zarter Dunst aus dem gewaltigen Grasland um sie herum, und für eine Zeit wirkte das Licht gedämpft und perlig. Will sah, wie die Schlangenfrau sich bewegte und ein langes, schillerndes Stück von ihrem Körper abnahm und es auf den Boden neben sich legte. Dann riß sie an einem weiteren Streifen und legte ihn neben den ersten.

Sie häutete sich.

Als sie ihre Schultern pellte, ging er hinüber zu ihr. Sie zuckte erschrocken zusammen, als sie ihn bemerkte. Er sah, wie fremd sie ihm war.

In der Nacht hatte sie ihr Haar geschnitten. Die häßliche strähnige Schwärze war verschwunden, er sah statt dessen kurzes weizenblondes Haar, das wie Samt auf ihrem Kopf schimmerte. Während er sie anschaute, schälte sie einen weiteren Streifen Schlangenhaut ab, und darunter kam die kalte, nackte, pinkfarbene Haut zum Vorschein. Sie zitterte unkontrolliert.

Er setzte sich neben sie und sah ihr zu. Nach ein paar Minuten begann er ihr zu helfen, zupfte die Kunsthautreste von ihr ab. Um sie herum hob sich der spiralenförmige Dunstschleier zum Himmel hoch. Im Osten brach sich Pfirsichfarbe durch.

Will pellte ihren Rücken und sah zu seiner Verwunderung gewöhnliche kalte menschliche Haut. Sie zuckte jedesmal zusammen, wenn sie seine Finger auf ihrer Haut spürte. Er beugte sich vor und betrachtete ihr Gesicht, und seine goldgefleckten Augen blickten sanft und grünlichbraun. Jetzt pellte er auf ihrer Vorderseite. Sie blieb passiv, überließ sich seinen Händen. Er berührte ihre Brüste, die Innenseiten ihrer Schenkel. Schließlich war sie nackt, vollkommen nackt, frisch gehäutet und unendlich verletzlich.

Der Dunstschleier hatte sich fast völlig aufgelöst, und rote Streifen zogen im Osten hoch. Will ließ seine

Hände über ihren Körper gleiten. Seine Handflächen hatten nie Sanfteres gefühlt.

Sie legte sich zurück und breitete die Arme aus. Will betrachtete sie, er schien unsicher, was sie wollte, was sie von ihm erwartete.

Sie hatte die Augen geöffnet, und die erste Veränderung an ihr nahm er in ihren Augen wahr. Das strahlende Blau verschwamm, wurde feucht und diesig. Ihre Haut begann sich zu wärmen, nicht nur von der aufsteigenden Sonne, sondern auch von dem Feuer, das der Anblick von Wills Körper in ihr entfachte. Er schob sich über sie, zog sie eng an sich heran, drang in sie ein. Ihr Körper bäumte sich auf. Dann sackte ihr Kopf zurück, die Augen geschlossen, die Lippen leicht geöffnet. Ekstase verzückte ihr Gesicht.

Seine Lenden brannten, und während ihr Körper wie von einer anderen Macht geschüttelt wurde, spürte er, wie auch sein Höhepunkt kam.

Als sie nebeneinander lagen, beugte sie sich über ihn. Ihr Gesicht zeigte eine Sanftheit, die ihn rührte. Sie küßte seine Brust.

»Janine«, sagte er. »Du hast mein Leben gerettet. Ich danke dir.«

»Ich habe meinen Namen geändert.«

»Aber nicht deine Natur.«

»Glaubst du nicht?«

»Ich glaube, du warst immer so, du hast es nur verborgen.«

Sie lächelte ihm zu. »Ich muß schrecklich aussehen«, sagte sie plötzlich. »Ich konnte es nicht mehr ertragen, meine schwarzen Haare zu sehen.«

»Du bist wunderschön«, sagte Will ernst. »Darling, du bist wunderschön.«

»Ich habe dich immer begehrt«, erwiderte sie leise, als wäre es ihr größtes Geheimnis. »Oh, wie ich dich die ganze Zeit begehrt habe!«

Nach einer Weile des Schweigens legte er seine Hände auf ihre Brüste.

»Ich dachte, du hättest mich gehaßt.«

»Ich hatte Angst vor dir.«

»Jetzt aber nicht mehr«, murmelte er. »Himmel, du bist so lieb.«

Janine drängte sich ganz eng an Will, und er küßte ihren Körper, küßte jeden einzelnen Teil, als wollte er einen Claim abstecken.

»Du hast so sehr gelitten«, klagte sie.

»Es hätte schlimmer sein können«, gab er zurück.

»Der Meteor hat dich gerettet, was auch immer dieses Geschoß war. Vielleicht hatte es etwas mit der Heli-Police zu tun. Ich glaube aber nicht, daß es so einfach zu erklären ist.«

Will lehnte sich auf einen Ellenbogen und betrachtete ihr sanftes Gesicht. »Du hast mich gerettet, Heldin. Die Spezialeffekte waren eine Dreingabe.«

»War das eben Dankbarkeit?«

Er küßte sie. »Nein, Liebe. Und lange überfällig.«

Es war das erste Mal, daß Will, dieser rauhe, unsensibel triebhafte Mann, das Wort *Liebe* aussprach. Und es klang verdammt ehrlich.

Wing weckte sie eine Stunde später. Es war Zeit, daß sie das aßen, was ihnen noch zur Verfügung stand. Wing sah den Frieden, der sich über die beiden gelegt hatte, wie ihre Körper glühten und entspannt waren, wie ihre Augen von innen zu strahlen schienen, und sie ahnte, daß ihre Zeit mit ihnen abgelaufen war.

Nun ja. Sie hatte noch nicht gefunden, was sie suchte. Aber nun, nach dieser Zeit mit Will, wußte sie genauer, was sie suchte. Sie wollte die Kraft und Energie des Mannes, gepaart mit der Sanftheit und Intimität einer Frau. Sie war sicher, daß sie in der Town genau das finden würde, was ihr vorschwebte.

Whippet hatte das Paradies in der City gefunden. Er hatte die Disc längst vergessen. Sie war ohne Bedeutung, eine leere Einbildung.

Aber jetzt hatte ihn die Wirklichkeit. Seine Freunde waren da, alle wohlauf und in Sicherheit. Jeder Tag brachte neues Vergnügen. Whippet hätte das nie zu träumen gewagt.

Die Räume, in denen Whippet und seine Freunde und einige andere Männer gehalten wurden, waren alle warm und gut eingerichtet. Es gab Vidi-Bücher, einen Bildschirm, Virtual Reality Discs, einen Swimming-Pool und sogar einen Dachgarten – und das alles stand ihnen zur Verfügung, damit sie sich entspannen konnten und bei guter Laune blieben.

Täglich kamen die Bademädchen mit den langen Haaren herein und brachten ihnen das Frühstück. Sie hatten eine unvorstellbare Auswahl, Kaffee, Säfte oder

Bier; die Amazenen besorgten alles, wonach es sie gelüstete. Dann wurden die Jungs gebadet, jeweils zwei Mädchen kümmerten sich um einen von ihnen.

Whippet fand, daß dies zu den schönsten Dingen des ganzen Tages gehörte. Er lag im warmen, duftenden Wasser, während die weichen, kosenden Hände der Mädchen über seinen Körper glitten. Meist wurde er dabei so erregt, daß es sichtbar wurde, und die Mädchen begannen zu kichern und zu lachen.

Danach lagen die Jungs dann wieder auf den Kissen, nur mit knappen Lederschurzen bedeckt, und warteten auf die Ereignisse des Tages.

Whippet hatte sich so sehr daran gewöhnt, mit einer Frau zu *synchen*, die ihre *caffada* trug, daß ihm völlige Nacktheit inzwischen obszön vorkam.

Jeder Tag brachte neue Überraschungen, neue wunderbare Erlebnisse. Manchmal mochte er den Tag auch mit einem VR Thriller verbringen, oder er trainierte seine Muskeln im Fitness Center.

Es gab auch hektische Zeiten, wenn zum Beispiel eine Gruppe von Kriegerinnen ins Zimmer stürmte und eine Party verlangte. Das führte zu anstrengenden Verrenkungen, und es störte Whippet, daß er sich nicht auf eine konzentrieren konnte.

Nein, Whippet sah die verschlossenen Türen nicht, die nach draußen führten. Er wurde stärker und kräftiger, als er je gewesen war. Er lebte auf, und in der Gefangenschaft fühlte er sich frei. Für ihn gab es nur eine Freiheit, und die bestand darin, das zu tun, was er tun wollte. Und das boten ihm die Amazenen. Ihm fehlte es an nichts.

Die Qual seines früheren Lebens, die Qual der Disc, das war nichts als eine alberne Phantasie! Aber all das war vergessen. Seine Vergangenheit wurde immer blasser in seiner Erinnerung, grau wie die Ecken seines Gehirns, wenn er die Disc benutzt hatte. Warum sollte er sich auch an seine Vergangenheit erinnern, wenn die Gegenwart so gut war?

Janine, Wing und Will kehrten in die Town zurück. Die drei sahen seltsam aus. Die Leute, denen sie begegneten, betrachteten sie mißtrauisch. Janine würde nicht wieder in ihren Beruf zurückgehen. Er kam ihr jetzt albern und überflüssig vor, und sie fühlte sich auch in der Umgebung nicht mehr wohl, in der sie aufgewachsen und die längste Zeit ihres Lebens zu Hause gewesen war. Gemein, wie die City war, hatte sie eben doch ihren Einfluß auf sie gehabt, hatte ihren Charakter und ihre Erfahrungen vielfach erweitert.

Sie dachte über Will nach. Sie wußte nichts über ihn. Aber nun war ihr klar, warum er sich so sehr von ihren früheren Bekannten unterschied. Er war einer, der sich nicht anpaßte. Und so eine würde sie jetzt auch sein. Die Town war eine hübsche, aber leidenschaftslos verschwommene Masse. Oben am Hügel das weiß strahlende Institut, ganz hübsch, aber so entsetzlich langweilig.

Sie fragte sich, was mit der Disc geschehen war. Es schien, als wäre sie schon vor einer Ewigkeit aus ihrem Leben verschwunden. Damals, als Whippet sie verloren hatte. Sie dachte an Whippet und fragte sich, was aus ihm geworden war.

Aber nur für ein paar Sekunden, dann galten ihre Gedanken wieder dem starken, wettergegerbten Will an ihrer Seite. Auch wenn seine Augen sie nun sanfter anschauten als früher, spürte sie doch immer wieder die elementare Kraft des Mannes.

Sie wußte nichts von ihm, von den Fähigkeiten seines Geistes, von der Tiefe seiner Erfahrungen, aber sie wollte alles wissen. Sie war erst einundzwanzig Jahre alt. Er war fünfundvierzig. Sie kam sich wie ein Baby neben ihm vor, und doch fühlte sie sich alt, wenn sie die glatten, ausdruckslosen Gesichter der Menschen in der Town sah.

KAPITEL ACHT

Die Nachricht verbreitete sich im Zoo wie ein Buschfeuer. Jace Harvon hatte mit seinem Connet Selbstmord verübt. Der Zoo war stolz auf sein ungeliebtes Mitglied. Wenn schon einer von ihnen gehen mußte oder wollte, dann sollte es in einem furiosen Finale geschehen. Jace Harvon mochte in seinem Leben ein Stinkstiefel gewesen sein, aber mit seiner letzten Tat hatte er Haltung bewiesen, jedenfalls nach Ansicht der bornierten Zoobewohner.

Fee erfuhr es von der juwelenbehangenen Diva Jackson, dann erzählte sie es gleich ihrer guten Freundin Diana, jener blonden Skandinavierin, mit der sie wöchentlich ein- oder zweimal zum Fitness Center ging.

Sie erzählte es auch Rollo, der nur lachte. Er hatte kein Mitleid mit einem Mann, der sich in Geldsachen zum Narren machte. Wer mit Geld umging, mußte einen kühlen Kopf behalten. Geld brauchte man zum Manipulieren, nicht zum Spekulieren. Nur die Dummen warfen es aus dem Fenster.

Fee litt unter dem Verlust ihrer Freunde. Sie war nur froh, daß sie den jungen Caz hatte. Sein Einfluß auf sie wuchs noch; er konnte sie durchschauen, als hätte er hellseherische Kräfte. Er wußte ihre Gefühle und Stimmungen im voraus und stellte sich darauf ein.

Der Vidi-Ruf von Janine hatte die Wirkung eines

Blitzschlags. Fee war trunken vor Freude, entzückt, außer sich. Janine war zurück. Unbeschadet. In Sicherheit. Will war zurück. Und sie hatten jemanden mitgebracht, eine zierliche, attraktive Chinesin.

Janine fühlte sich einsam. Sie verabredete sich mit Rollo. Will war zu seiner Wohnung gegangen, in die auch Wing eingezogen war. Will selbst hielt sich die meiste Zeit in seinem Büro auf, um seine unterbrochenen Geschäftsbeziehungen neu aufzunehmen.

Rollo stand vor Janines Wohnung. Als sie ihn einließ, spürte sie ihr Herz klopfen. Er sah so gut aus, elegant, ein Panther von einem Mann. Ein Mann mit seiner Selbstsicherheit konnte der Aufmerksamkeit von Frauen gewiß sein.

Er war Janines erster Mann gewesen. Fünf Jahre lang hatte sie geglaubt, in ihn verliebt zu sein. Aber das hatte sie ihm nie gesagt, das würde sie auch nie gestehen.

Sie bot ihm einen Drink an. Wie jedes heimliche Liebespaar genossen sie ihre kleinen Intimitäten. Sie saßen auf ihrem Balkon, von hohen Topfpflanzen geschützt.

»Was hast du mit deinen Haaren angestellt?« fragte Rollo.

»Ich mußte es schwarz färben, und das habe ich gehaßt. Ich habe es mir dann mit einem Messer ganz kurz geschnitten. Nun wächst es langsam wieder.«

»Es ist wunderschön.«

»Ich fühle mich entsetzlich damit.«

»Nein.« Das klang endgültig, als erwartete er, daß Janine sich seinem Urteil unterwarf. Er stellte sein Glas hin und trat hinter Janine. Seine blauen Augen strahlten.

»Liebe mich«, sagte er. Er lächelte, den Kopf ein wenig schräg, und schaute sie an.

Janine erhob sich, war wie gebannt von diesem Blick, und ging voraus in ihr Schlafzimmer.

Rollo schälte sich aus seinen Kleidern und legte sich aufs Bett. Er hatte einen glatten, sanften Körper, golden gebräunt. Janine zitterte bei dem Gedanken, daß sie diesen Körper bald berühren würde.

Sie zog sich aus. Der weiche rotgoldene Flaum ihres Körpers wurde von den Sonnenstrahlen beleuchtet.

»Du bist schlanker geworden,«, stellte Rollo fest. »War es schlimm?«

»Ja.«

»Maffick hat dich sicher zurückgebracht.«

»Ja.«

»Aber er hat sich Zeit damit gelassen. Warum?«

Seine Stimme klang gelangweilt, aber seine Blicke durchdrangen sie.

Janine lächelte. »Er war krank«, sagte sie. »Wing und ich haben ihn gepflegt.«

»Ich dachte, du wärst tot.«

»Weißt du, was uns gerettet hat? Ich habe es erst jetzt nach unserer Rückkehr erfahren. Es war der explodierende Connet, in dem sich der Verrückte umgebracht hat.«

Rollo lachte und packte sie, zog ihren Körper hinunter auf seinen und preßte seine Lippen auf ihren Mund.

Seine Hände streichelten Janines Haut und kamen immer wieder zu dem dichten kurzen Haar zurück.

Er legte sich auf sie. Behutsam drang er in sie ein. Dann hörten seine Bewegungen auf.

»Was ist los?« fragte er.

»Nichts.«

Er sah nachdenklich auf sie hinab und streichelte ihr Gesicht. »Du hast mir sehr gefehlt, Janine. Es war einsam ohne dich.« Dann liebten sie sich mit einer Leidenschaft, daß sie alles vergaßen, was sie sonst trennte – trennen mußte in der unerbittlichen Zoo-Gesellschaft.

Als er matt neben ihr auf dem Bett lag, die Lider schwer auf seinen Augen von der augenblicklichen Sättigung, stand sie auf, säuberte sich im Bad und kehrte dann zu ihm zurück, setzte sich neben ihn und fuhr mit den Fingern durch seine Haare.

Der Türsummer schlug an. Sie warf sich ein Hemd über, das fast bis zu den Knien reichte. Dann ging sie zur Tür und öffnete.

Will stand da.

Er trat an ihr vorbei und war in der Wohnung, bevor sie Zeit zum Überlegen gehabt hatte. Er drückte Janine an sich und küßte sie eng umschlungen. Ein paar unkontrollierte Laute drangen aus ihrer Kehle. Sie sah aus wie ein in die Enge getriebenes Kaninchen.

»Was ist denn los?« fragte Will. Er streichelte sie. »Baby, du fühlst dich gut an«, flüsterte er und küßte sie.

»Bitte, nicht.«

Will lachte rauh. »Warum denn nicht?«

»Bitte«, hauchte sie, dann brach sie in Tränen aus.

»Hallo«, sagte Rollo vom Bett aus.

Will drehte sich langsam um. Er wich von Janine zurück.

»Soll ich gehen?« fragte Rollo spöttisch.

»Nein«, sagte Will. Das Sprechen bereitete ihm Mühe, seine Stimme klang barsch und krächzend. Er wandte den Kopf und sah Janine an, die sich eng an die Wand gedrückt hatte. »Es war mein Fehler«, sagte er verbittert.

Janine stürmte auf ihn zu und holte mit der Hand aus, schlug Will mit aller Kraft ins Gesicht. Er schüttelte verdutzt den Kopf, seine Arme hingen kraftlos an den Seiten herab. Janine schlug wieder zu, und weil ein Ring seine Wange leicht ritzte, bildete sich ein dicker Blutstropfen, der langsam sein Gesicht hinunterlief. Sie schlug immer wieder zu, und er stand da und hinderte sie nicht.

»Du Narr!« heulte sie. »Du elender Narr!«

Sie begleitete jedes Wort mit einem weiteren Schlag.

Rollo lachte im Hintergrund, wälzte sich vor Lachen durchs Bett. Er gab sich nicht die Mühe, seinen nackten Körper zu bedecken.

Will griff mit einer leicht zitternden Hand zu und packte Janines Handgelenk. Wütend blickte er hinüber zu dem lachenden Mann.

Rollos Lachen endete abrupt. Die beiden Männer starrten sich an. In die Stille hinein brach Janines ängstliches, unheilvolles Schluchzen.

»Nein«, flüsterte sie.

Rollo streckte sich auf dem Bett. Sein Körper zeigte

die Muskeln. Er verschränkte die Arme hinter dem Kopf.

Will machte eine Bewegung, als wollte er sich auf den Rivalen stürzen. Janine schlang ihre Arme um seinen Leib und versuchte, ihn zurückzuhalten. Sie preßte sich an Will, drückte ihr Gesicht gegen seinen Brustkorb. »Nein«, flüsterte sie gedämpft.

Der Türsummer meldete sich. Janine spürte, wie Will sich entkrampfte. Er schaute auf sie hinab und gab sie mit sanftem Druck frei. Er grinste Rollo an und begann, seine Ärmel hochzukrempeln. Der Türsummer tönte wieder, und Rollo stand auf, wich Wills Blick nicht aus.

»Das wird mir Spaß machen«, sagte Will. Er leckte sich die Lippen, wie ein Raubtier in Erwartung der zu erlegenden Beute.

Janine sagte laut: »Wenn ihr beide hier zu kämpfen anfangt, gehe ich in die Küche und schneide mir die Pulsadern auf.«

»Mir wird es auch Spaß machen«, sagte Rollo.

Draußen erklang ein Lautsprecher. »Hier ist die Polizei. Lassen Sie uns hinein, sonst brechen wir die Tür auf.«

»Rollo, hör auf«, flehte Janine. »Denk an Fee.«

»Du solltest an Fee denken«, antwortete Rollo, ohne den Blick von seinem Gegner zu nehmen. »Dein Liebhaber würde dich zu jeder Stunde liegen lassen, wenn er meine Frau haben könnte. Er ist ein Insekt, ein Honigsauger.«

»Hier spricht die Polizei«, drang es wieder aus dem Lautsprecher. »Öffnen Sie sofort die Tür!«

»Ich werde dich umbringen«, sagte Will. Seine Augen funkelten wie bei einem Verrückten. Er trat einen Schritt vor, Janine stellte sich ihm entgegen.

Rollo warf sich einen Bademantel über und ging zur Tür.

Will schaute hinunter auf Janine, als sie allein waren. »Geh«, sagte er mit einer Stimme, die sich plötzlich müde anhörte. »Laß uns das allein austragen.« Das Blut auf seiner Wange war verschmiert. Janine vergrub ihre Hände in seinen dichten Haaren. Sie streichelte über seine Wangen. Dann schob sie seinen Kopf zurück und küßte ihn auf den Mund.

Rollo führte die beiden Polizisten in die Küche. Nur eine Pflanzenwand trennte sie von Janine und Will.

»Um was geht es?« fragte Rollo. Er wirkte entspannt. Die Polizisten sahen, daß er unter dem Bademantel nackt war.

»Miss Janine Conroy. Wohnt sie hier?«

»Ja. Sie ist ... eh ... im Schlafzimmer.« Rollo grinste verschwörerisch.

»Und Sie sind ...?«

»Rollo Cambridge. Ich wohne im Zoo. Ich bin nur ... eh, ich statte Miss Conroy einen Besuch ab. Sie ist eine alte Freundin von mir.«

Er sah den beiden Polizisten an, daß sie überlegten, wer er war. Man konnte sehen, wie sie ihre aggressive Haltung Stück um Stück ablegten und langsam unterwürfig wurden. Es war ein Prozeß, den er schon häufig hatte beobachten können.

»Ah, Mr. Cambridge«, sagte der eine. »Wenn Sie

nichts dagegen haben, können Sie uns sagen, ob Sie einen Will Maffick kennen?«

»Sicher kenne ich ihn. Aber meine Frau kennt ihn besser als ich. Sie arbeiten gelegentlich zusammen.«

»Wissen Sie etwas über seine Vergangenheit?«

»Das kann ich nicht sagen. Meine Frau sagt, daß er ein guter Biochemiker ist. Ich nehme an, daß er irgendwo ein wissenschaftliches Institut besucht hat.«

»Wissen Sie, wie gut Miss Conroy ihn kennt?«

Rollo schüttelte bedächtig den Kopf. »Das sollten Sie sie lieber selber fragen.«

»Könnten wir sie … eh … sehen, Sir?« fragte der ältere der beiden Polizisten. Diese verdammten Zoo-Bewohner synchen schamlos herum, wo immer sie sich aufhalten, dachte er säuerlich. Dieser Mann blieb sogar jetzt ganz cool, während er in Hörweite seiner Geliebten über seine Frau sprach.

Rollo grinste wieder. »Es ist wohl besser, wenn ich sie hole«, sagte er. Er ließ die Polizisten stehen.

Janine stand dicht an Will gedrängt, die Arme um ihn geschlungen.

»Janine …«

»Geh, Rollo«, flehte Janine. »Geh einfach weg.«

Will hob den Kopf und starrte Rollo wütend an.

»Die Polizei ist da«, sagte Rollo laut. »Sie will wissen, ob du jemanden kennst, der Will Maffick heißt. Ich schätze, sie suchen den Kerl.«

Janine spürte, wie ein Schock durch Wills Körper fuhr.

»Du ziehst dir besser was über und kommst mal raus, Liebling. Es scheint eine ernste Sache zu sein.«

Rollo hielt seinen Blick auf Will gerichtet. Die Spannung zwischen den Männern schien unerträglich zu sein.

Janine löste sich von Will und sah sich erschrocken um.

»Komm«, sagte Rollo und faßte sie am Arm. »Kein Wort über die City«, raunte er ihr zu. »Sonst bleib so nah wie möglich an der Wahrheit.«

Janine sah die beiden Polizisten an. Es war ihr nicht bewußt, daß die Angst ihre Poren zusammengezogen hatte. Sie sah großartig aus, wie eine Schönheit aus einer anderen Welt. Die Rötung im Gesicht und das beinahe überirdische Strahlen führten die beiden Gesetzeshüter darauf zurück, daß die Frau eben mit ihrem Liebhaber geschlafen hatte.

Dieser Liebhaber stand hinter ihr und legte seine Hand auf ihre Schulter, als wollte er einen Besitz für sich beanspruchen. Sanft strich er über ihren Nacken.

Die Polizisten waren so verlegen, wie Rollo beabsichtigt hatte. Aber sie gaben nicht auf und bohrten beharrlich weiter.

»Wir hören, daß Sie einen Mann namens Will Maffick kennen«, sagte der eine zu Janine.

Sie sah ihn verwirrt an. »Ja, das stimmt.« Ihre Stimme klang cool, entspannt. Die uniformierten Männer empfanden Neid, wenn sie daran dachten, daß der Kerl, der hinter Janine stand, diese Frau eben erst geliebt hatte. Die ätherische Unschuld, die Janine ausstrahlte, die weiche pfirsichfarbene Haut und die großen blauen Augen ließen sie ungeheuer begehrenswert erscheinen. Doch die Unschuld stand im krassen

Widerspruch zu dem, was die Polizisten hier vorgefunden hatten – diese Frau mußte verdorben sein.

»Wie lange kennen Sie ihn?«

»Etwas weniger als einen Monat, schätze ich. Warum fragen Sie?«

»Kennen Sie ihn gut?«

In das Schweigen hinein antwortete Rollo: »Ich schätze, daß meine Frau ihn besser kennt. Wollen Sie mit ihr reden? Ich könnte sie über Vidicom erreichen. Sie ist entweder im Büro oder zu Hause. Sie ist immer bereit, der Polizei zu helfen.«

»Wissen Sie, wo sich Mr. Maffick jetzt aufhält?« fragte der ältere Polizist.

Janine spürte den Druck von Rollos Fingern im Nacken. »Nein«, sagte sie. »Sollte ich?« Sie legte den Kopf zur Seite und rieb mit der Wange über Rollos Arm. Sie schaute zu ihm hoch und lächelte ihn verliebt an. Sie schien die Gegenwart der Polizisten vergessen zu haben.

»Ich melde mich bei Fee«, sagte Rollo.

»Das ist nicht nötig«, beschwichtigte ein Polizist.

»Es macht keine Umstände.« Rollo konnte sehr charmant sein. Er gab den Code ein für Fees Nummer im Büro. Janine verhielt sich still. Die Polizisten warteten.

Fees Sekretärin stellte die Leitung durch.

»Liebling«, sagte Rollo. »Ich bin bei Janine.«

Die Polizisten erröteten. Das würde eine Geschichte, die sie herumerzählen mußten. Alles Bastarde, diese Zoo-Bewohner, das stand fest.

»Ja?« sagte Fee.

»Zwei Polizisten sind hier und fragen nach Will Maffick. Ich habe ihnen gesagt, daß du ihn am besten kennst und daß sie mit dir sprechen sollen.«

»Warum wollen sie was von Will Maffick?« fragte Fee.

»Warum wollen Sie was von Will Maffick?« wiederholte Rollo die Frage seiner Frau.

»Das wollen wir zu diesem Zeitpunkt noch nicht sagen.« Die Polizisten hatten das bestimmte Gefühl, daß sie dieses Gespräch nicht im Griff hatten.

»Hast du gehört?« fragte Rollo seine Frau.

»Ja. Wollen sie mich jetzt befragen? Ich bin jetzt noch eine Stunde im Büro, aber ich erwarte einen wichtigen internationalen Ruf.«

»Paßt Ihnen das?« fragte Rollo die Polizisten höflich.

»Ja, Sir. Vielen Dank. Wir gehen jetzt gleich vorbei.«

Rollo und Janine brachten die Polizisten zur Tür. Rollo ging zurück ins Schlafzimmer, Janine folgte ihm.

»Du hast sie Fee auf den Hals gehetzt«, klagte sie.

»Sie kann die Typen um ihren kleinen Finger wickeln«, sagte Rollo. Er schaute zu Will. »Wir haben eine neue Situation«, murmelte er.

»Ja.«

»Um was geht es hier eigentlich?« fragte Janine.

»Schlecht oder sehr schlecht?« fragte Rollo. »Du mußt wissen, daß ich von Einzelheiten nichts weiß.«

»Um deine Frage zu beantworten: Sehr schlecht. Und das von eben tut mir leid.«

»Okay. Gib mir eine Vollmacht«, schlug Rollo vor. »Dann kann ich hier manches für dich erledigen. Hier, ich schreibe dir meine Geschäftsnummer auf, damit du dich mit mir in Verbindung setzen kannst.«

Er schrieb die Nummer auf und reichte sie Will. Sie gehörte zu einer codierten, abhörsicheren Leitung. Wenn Will sie benutzte, würde man den Anruf nicht verfolgen können.

»Du mußt die Nummer auswendig lernen und dann vernichten«, sagte er zu Will.

Will prägte sie sich ein, dann gab er Rollo den Zettel zurück.

Janine begriff nicht, was den großen Umschwung bewirkt hatte. Vor wenigen Minuten waren diese Männer bereit gewesen, sich gegenseitig umzubringen. Jetzt sprachen sie sachlich darüber, daß Rollo sich um Wills Geschäfte kümmern würde.

»Was geht hier vor?« fragte sie.

Rollo zog sich an. »Kannst du irgendwo bleiben?« fragte er Will. »Es ist besser, wenn du nicht nach Hause gehst. Ich weiß nicht, wie sicher du dort sein wirst.«

Will hob die Schultern. Er sah Janine an. »Wing ist in meiner Wohnung.«

»Wing? Ach, dieses Mädchen, das ihr aus der City mitgebracht habt. Sollte ich nicht besser zu ihr gehen und sie warnen? Ich bin sicher, daß sie das Vidi-Com angezapft haben. Ich könnte dir auch ein paar Sachen aus deiner Wohnung holen.«

»Danke, ja.« Will schaute Janine immer noch nachdenklich an, die nichts von den Zusammenhängen wußte.

Rollo lachte. »Du bist ein Narr, Will Maffick, wie Janine gesagt hat. Sie wollte nur den Traum gegen die

Wirklichkeit abwägen. Der Traum kam aber an die Realität nicht heran.«

»Hm«, machte Will. Er folgte Rollo zur Tür und unterrichtete ihn noch rasch über einige wichtige Dinge aus seinem Geschäft. Dann ging Rollo.

Will setzte sich zu Janine aufs Bett. Er fuhr mit den Händen durch ihr Haar.

»Ich bin ein gesuchter Verbrecher, Baby. Du weißt, daß ich früher in der City gelebt habe, nachdem ich aus dem Gefängnis geflohen bin. Dann habe ich mir mit Fees Hilfe eine neue Identität beschafft. Jetzt hört es sich so an, als ob die Polizei meinen Code geknackt hätte. Ich glaube, ich muß wieder fliehen.« Er ließ sie nicht aus den Augen, während er ihr das erzählte.

»Warum warst du im Gefängnis?« fragte sie leise.

»Ich war ein Pirat. Fee hat mich unten in der City kennengelernt. Sie wollte mal für eine Nacht die Abenteuer der Slums erleben. Dann hätte die Polizei mich beinahe geschnappt. Ich bin zu Fee geschlichen, und sie hat mich in ihrem Haus versteckt. Das war vor fünf Jahren.«

Janine hatte Mühe, all das zu verarbeiten, was in den letzten Stunden geschehen war. Zum erstenmal begriff sie die ganze Bandbreite von Wills Charakter, seiner Persönlichkeit, die ihr bisher verborgen geblieben war.

»Du brauchst jetzt ein Versteck?«

»Nur für eine kurze Zeit. Ich werde endgültig verschwinden müssen.«

»Ich habe noch für achtzehn Tage die Miete für mein Büro bezahlt.«

»Warum arbeitest du nicht mehr in deinem Büro?«

Sie versuchte ein Lächeln. »Das weißt du. Wir sollten hinübergehen und uns mit Essen und Trinken versorgen.«

Sie kamen unbehelligt durch. Die Büroräume waren leer und wirkten kahl. Janine zeigte Will das Wartezimmer, das äußere und innere Büro. Dann führte sie ihn zu dem, was ihr ganzer Stolz gewesen war.

Es war ein Mikro-Schwerkraft-Raum. Wenn er eingeschaltet war, wurde die Wirkung der Schwerkraft aufgehoben, und man schwebte durch den Raum.

Will schaltete ihn ein. »Wie fühlt man sich?«

Sie errötete. »Ich weiß es nicht.«

Er sah sie ungläubig an. »Du weißt es nicht? Du hast es noch nicht ausprobiert?«

»Nein.«

Er sah sie nachdenklich an. »Mit wie vielen Männern hast du gesyncht, außer mit Rollo?«

»Einigen«, sagte sie abwehrend.

»Zwei.«

»Bin ich einer von den beiden?«

»Nein. Zwei und du.«

»Waren das ausgewachsene Verhältnisse oder nur Affären?«

»Will!«

»Antworte mir.«

»Es war nichts von Dauer.«

»Hast du nur so wenige Männer gehabt, weil Frauen dir lieber sind?«

»Nein!«

Will legte einen Arm um sie und küßte die moosige Dichte ihrer Haare. »Zeig mir, daß du mich liebhast«, raunte er. »Hier drinnen.«

Sie legten ihre Kleider ab und betraten den Raum, dessen Wände und Boden dick gepolstert waren. Janine schaltete die Anti-Schwerkraft-Automatik ein. Allmählich wurden ihre Körper leicht und begannen zu schweben. Will ließ sich treiben, um sich zuerst an das außerordentliche Gefühl zu gewöhnen. Dann sah er hinüber zu Janine.

Sie schwebte ihm entgegen und schmiegte ihren Körper an seinen, dann beschrieb sie einen Salto und tauchte abwärts, bis sie zu einem kleinen Schaltpult gelangte, wo sie an einigen Knöpfen spielte. Nacheinander begannen die Wände zu glühen. Sie wurden von einem tiefen Blau angestrahlt, und überall glitzerte es hell.

»Sternenlicht«, sagte Will.

Sie nickte. »Jetzt sind wir im Weltall, Will. Nur du und ich und eine Million Meilen zum Pluto. Die Zeit ist aufgehoben.«

Sie bewegte sich auf die Milchstraße zu, so daß ihr Körper vom Sternenlicht glühte. Will driftete ihr nach und betrachtete sie lange. Langsam ging sie in die Knie, beugte sich ganz hinunter zu seinen Füßen. Sie küßte sie und dann seine Schenkel. Sein Glied wurde steif, und sie seufzte befriedigt und strich mit einer Hand darüber.

Dann rieb sie es sehr, sehr langsam, sehr sanft, quälend bedächtig. Es war, als bräuchte sie die Zeit, um es besser kennenzulernen. Dann gab sie es frei. Sie stieß sich vom Boden ab und schwebte an ihm vorbei, dann krümmte sie den Rücken, setzte zu einem weiteren Salto an und umfing Will mit gespreizten Beinen.

Er hielt sie ganz fest, und sie drückte sich fest gegen ihn. Jupiter strahlte hinter ihnen an der Wand, und der Raum wurde in ein pink- und zimtfarbenes Licht getaucht. Will und Janine wirbelten herum, still miteinander verbunden.

»Ich erinnere mich«, sagte sie leise. »Will Kid haben sie dich früher genannt. Als du Pirat warst.«

»Deshalb wollte ich in der City auch nicht Will genannt werden. Da hätte sich vielleicht auch einer an mich erinnert.«

»Dieb«, sagte sie und küßte seine Augen.

»Plünderer«, sagte sie und küßte seinen Mund.

»Verführer«, sagte sie und küßte seine Brust. Ihr ganzer Körper verlangte nach Erfüllung, sie wollte den Mann in sich spüren, seine Kraft.

Sie beugte die Beine um seinen Körper, um sich auf ihm halten zu können. Die Jupiterringe glitzerten im Hintergrund. Der Mond Io war jetzt zu sehen, und mit einem kleinen stummen schwefeligen Knall eruptierte ein Vulkan. Janine umschloß Wills Körper und wurde erfüllt von der Gier ihres Verlangens.

Der Raum um sie herum war dunkel, dunkel wie das Innere ihres Körpers. Die vier gepolsterten Wände schienen verschwunden zu sein. Es gab nur noch die beiden Liebenden in der unendlichen Blauschwärze des Alls, unterbrochen nur von winzigen Sternen, Milliarden von Sternen, den brennenden

Feuern des Universums. Sie spürte, wie er in ihr versank, fühlte, wie sie dahinschmolz, von seinem Körper besessen.

Sie weinte vor Freude. Er zog sich zurück, stieß langsam wieder hinein. Langsam zurück, diesmal härter hinein. Janine schrie auf, und hilflos schwebten sie im Raum, umgeben von den Sternen und den Monden des Jupiter.

Jeder Stoß klang in ihrem Körper nach wie der Anschlag eines gewaltigen Glockenklöppels. Die Musik erfüllte ihren Körper, die Vibrationen intensivierten sich. Sie hatte sich vergessen, ihn vergessen.

Sie fühlte nasse Tropfen auf der Brust. Im Drehen hatte sie ihre eigenen Tränen aufgefangen, die wie Tropfen in der Luft hingen, winzige Juwelen in der matten Dunkelheit des Raums.

Wills Finger schmerzten an den Hüften, wo er sie fest gepackt hielt. Sie spürte, als ihn der Höhepunkt mit überraschender Intensität einholte. Ihr eigener Körper wurde wild durchgeschüttelt, ihre Haut zitterte. Sie hielt sich krampfhaft an Will fest, preßte sich gegen ihn, schreiend, tobend, bebend.

Sie trieben dahin, schlaff, Janine benommen von den Schockwellen in ihrem Körper. Wärme durchwühlte sie, ein wohliges Gefühl breitete sich in ihr aus, und allmählich spürte sie auch wieder ihren Körper.

Will löste sich von ihr. Er streichelte ihre Haare, und sie spürte das Pochen seines Herzens. Er küßte ihr Gesicht, die Kehle, die Brüste.

Sie schaute ihn an.

»Nimmst du mich mit?«

»Wenn du mitkommen willst ... Aber es wird nicht so ein Leben sein.«

»Ich weiß. Es ist schon in Ordnung.«

»Auf dem ganzen Planeten gibt es keinen Ort mehr wie diesen. Es gibt Gegenden in dieser Welt, in denen sich seit fünfzig, hundert Jahren nichts verändert hat, wo die Städte noch funktionieren.«

»Ich weiß. So dumm bin ich auch nicht.«

»Und da gibt es die Wildnis, von der sie uns sagen, daß es verboten ist, hinzugehen. In der City gab es Gerüchte, daß Menschen wieder da draußen wohnen und wie Höhlenmenschen leben. Ich würde gern herausfinden, ob das stimmt.«

»Ja.«

»Das könnte ein gefährliches Abenteuer werden.«

»Es gibt größere Gefahren«, sagte Janine. Sie schüttelte sich. »Die Town ist zu bequem. Zu langweilig. Man braucht sich nicht anzustrengen. Bequemlichkeit ist wie eine Heizung. Man sieht sie nicht, man fühlt sie nicht. Sie ist einfach immer da. Aber ich spüre, wie ich in dieser Atmosphäre langsam in den Tod hinüberdämmere.«

»Zuerst war ich froh, als ich hier lebte«, sagte Will leise. »Aber es hat mir nie genügt. Es tut mir nicht leid, daß ich jetzt gezwungen bin, wieder zu gehen.«

»Will?«

»Ja?«

»Die Disc, die all diesen Ärger verursacht hat ... Erzähle mir davon.«

»Es war eine Symbiose, Liebling. Die Scheibe ist biochemisch direkt mit dem Gehirn verbunden. Wir müssen verrückt gewesen sein. Es hat nichts mit Virtual Reality zu tun. Eher mit Halluzinationen, mit einem Trancezustand. Die Scheibe erzeugt eine völlig andere Welt, die aber in sich real ist. Sie bezieht ihre Bilder aus der Psyche des Benutzers, deshalb kann sie auch Bilder aus der Wirklichkeit produzieren. Kein Zweifel, die Disc ist gefährlich, und es ist schlimm, daß wir sie nicht gefunden haben.«

»Was ist passiert, als du sie benutzt hast?«

Will schwieg. Eine Gesichtshälfte wurde von einem Kometenschweif angestrahlt, die andere lag im Dunkel. Dann sagte er leise: »Ich habe dich gesehen.«

»Mich? Auf der Disc?«

»Ja.« Er nahm sie in die Arme. »Und es war unendlich schön.«

»Mrs. Cambridge«, sagte der ältere der Polizisten. Himmel, was für eine Frau! Welch eine Schönheit! Wie konnte ihr Mann zu einer anderen Frau gehen, auch wenn diese Geliebte in der hübschen Wohnung in der Town bestimmt nicht zu verachten war, dachte Streifenpolizist Allison Jones.

Fee saß hinter ihrem Schreibtisch, der mit ihren Computern und den Verbindungsgeräten bestückt war.

»Es geht um Will Maffick, nicht wahr?« fragte Fee. Sie hätte gern gewußt, was die anderen schon gesagt hatten. Es war gut, daß Rollo sie auf den Besuch der beiden vorbereitet hatte.

»Wie gut kennen Sie ihn?«

»Er ist ein enger Geschäftspartner. Wir haben an einigen experimentellen Projekten zusammengearbeitet.«

»Wie haben Sie ihn kennengelernt?«

»Oh, das ist schwierig. Es war vor etwa vier Jahren, glaube ich. Auf einer Biotech-Konferenz, wenn ich mich richtig erinnere.«

»Können Sie das genauer fassen?«

»War es bei Neural Web International? Verdammt, ich besuche so viele dieser Tagungen und Konferenzen. Vielleicht war es das Biosynthetics Symposium in Los Angeles. Wenn es wirklich wichtig für Sie sein sollte, könnten Sie bei den jeweiligen Veranstaltern die Gästelisten einsehen.«

»Könnten Sie uns die wahrscheinlichsten auflisten?«

»Aber sicher«, sagte Fee bereitwillig.

Sie hatte Will das erste Mal unten in der City getroffen. Er hatte ihr ein Messer an die Kehle gehalten. Und dann war sie trotz allem auf ihn abgefahren. Die Erinnerung daran verursachte ihr jetzt noch eine leichte Gänsehaut.

»Darf ich die Herren fragen, warum sie das wissen wollen? Ich habe eng mit diesem Mann gearbeitet, und wenn Sie Informationen haben, die nachteiliger Art sind, sollte ich sie schon zu meinem Schutz kennen, finden Sie nicht auch?«

»Er ist nicht der, für den er sich ausgibt«, sagte Polizist Jones. »Wir möchten wissen, wer er wirklich ist.«

»Sie meinen, er benutzt eine falsche Identität?« fragte Fee, und ihre Augen weiteten sich. »Großer Gott!«

»Nein, nicht genau. Wir können ihn nur nicht auf Unterlagen ausfindig machen, die mehr als fünf Jahre zurückdatieren. Und urplötzlich taucht er in der Zentralstatistik auf.«

»Ich dachte, das wäre unmöglich.«

»Für einen Computer-Experten nicht.«

Fee schwieg eine Weile, dann murmelte sie: »Ich verstehe. Nun, ich kann bestätigen, daß er ein Experte im Umgang mit Computern ist.«

»An welchen Projekten haben Sie zusammengearbeitet, Mrs. Cambridge?«

»Meist auf dem Gebiet der Biosynthese. Ich verhalte mich jetzt nicht ganz diskret, müssen Sie wissen, aber der erste Mensch, dem es gelingt, einen Neural-Computer direkt mit dem Gehirn zu verbinden, so daß eine Person Zugang zu den computerisierten logischen Prozessen und den Datenbanken erhält, indem er seine Gedankenmuster manipuliert, wird in die Geschichte eingehen. Bildschirme und Konsolen werden überflüssig. Nur noch die Hardware, mit der die Natur uns ausstattet. Das Gehirn. Und die Software ist nicht schwerer zugänglich als unsere Umgebung, die wir mit den Sinnen aufnehmen. Man denkt sich einfach in das hinein, was man wissen will. Wir wissen schließlich schon seit Generationen, daß in unserem Gehirn noch eine Menge Platz ist.« Fee lächelte. »Es ist eine Herausforderung für jeden Wissenschaftler. Will und ich haben daran gearbeitet. Ich weiß mehr über Computer, er weiß mehr über die Molekularstrukturen des Gehirns.«

Bis dahin stimmte fast alles. Fee meinte, daß eine gekonnte Lüge immer in einem Meer undurchdringlicher Wahrheit gebettet sein mußte.

Die Polizisten waren so beeindruckt, wie Fee beabsichtigt hatte. Je mehr sie sie ablenken konnte, desto besser.

»Sind Sie dieser Erfindung nahe?« fragte Jones gespannt.

»Wir haben so etwas wie eine VR Disc hergestellt, aber sie war eine Katastrophe«, erzählte Fee. »Man konnte sie nicht beherrschen. Man wußte nicht, daß man selbst in ihr vorkam, und wenn man in die Wirklichkeit zurückgespuckt wurde, fand man sich nicht mehr zurecht. Aber wir werden sie verbessern. Ich hoffe, Sie werden diesen Mann nicht verhaften. Er ist außerordentlich intelligent.«

»Wir müssen den Fall aufklären.«

»Ja, das verstehe ich. Die Zentralstatistik ist wichtiger als mein Neural-Computer.« Fee grinste. Will hatte die Ausrüstung in diesem Büro genutzt, um sich selbst in die Zentralstatistik einzubauen.

»Hat er Ihnen je etwas über seinen Hintergrund erzählt? Wo er aufgewachsen ist? Wo er ausgebildet wurde? Ob noch jemand von seiner Familie lebt?«

Fees Augen verengten sich.

»Sie werden mich für dumm halten«, sagte sie nach einer Weile. Sie sah die beiden Polizisten an. Sie hatten gerötete Gesichter. »Ich rede nie über die Vergangenheit. Geschichte interessiert mich nicht.« Sie strahlte die Männer an, drehte voll auf. »Ich benutze einen Mann«, sagte sie und beugte ihren Oberkörper ein wenig vor, daß ihre Brüste unter dem Stoff leicht zu schwingen begannen,

»nach seinen Fähigkeiten, nach seinem Wissen. Will weiß eine Menge über Molekularverbindungen und über biosynthetische Systeme. Ich habe ihn leergesaugt, Gentlemen. Jedenfalls auf diesem Gebiet«, fügte sie lächelnd hinzu. »Aber ich habe nie daran gedacht, ihn nach seiner Schule zu fragen. Das ist mir ziemlich egal. Ich könnte Ihnen nicht einmal sagen, welche Schule mein Mann besucht hat. Für unsere Beziehung ist das nicht von Bedeutung. Es gibt nicht genug Zeit auf der Welt, um alles zu erfragen, was ich von einem Mann wissen will. Oder besser, von einem Mitarbeiter.«

Sie setzte sich zurück, und als sie die Beine übereinanderschlug, knisterte es seiden. Heimlich drückte sie unter ihrem Schreibtisch auf einen Knopf. Die Polizisten überlegten noch, was sie als nächstes fragen sollten, als der Summer auf dem Schreibtisch anschlug.

Fee öffnete die Leitung zu ihrer Sekretärin. »Ja?«

»Professor Lapetev aus Brasilien ist auf Satellit, Mrs. Cambridge.«

»Stellen Sie ihn durch, bitte.« Sie schaute die Polizisten entschuldigend an. »Es ist ein gebuchter Anruf, ich muß ihn annehmen. Haben Sie sonst noch etwas zu fragen?«

Einer der Monitore auf dem Schreibtisch begann zu glühen, und man sah das Gesicht eines gut aussehenden Russen. »Fee!« rief er freudig. »Ich küsse dich! Bist du für den Datenstrom bereit?«

Fee bediente ein paar Tasten, die Augen verrieten höchste Konzentration. »Ich erwarte, voll informiert zu werden«, sagte sie knapp. »Serge, du Bastard, was sind die Resultate der harmonischen Gleichungen?«

Ihre Finger huschten über die Tastatur. Die Polizisten standen verlegen herum. »Halten Sie Verbindung mit mir«, sagte Fee zu ihnen, ohne vom Monitor aufzusehen. »Ich habe das Recht, mich zu schützen.« Zwei andere Monitore füllten sich mit mathematischen Gleichungen. »Hast du die chaotischen Integrationen überprüft, Serge?« fragte sie.

Während die Polizisten hinausgingen, bat Serge, daß Fee sich Notizen machte über bestimmte Transformationen. Sobald sich die Tür hinter den Polizisten geschlossen hatte, schaltete Fee die Monitore ab. Das Gespräch stammte von letzter Woche. Sie hatte eine Aufzeichnung eingespielt, um die Polizisten loszuwerden. Es war ein abgemachtes Spiel mit ihrer Sekretärin, daß sie ein aufgezeichnetes Gespräch durchstellte, sobald Fee ihr das heimliche Zeichen gab. Die Sekretärin würde vermuten, daß Fee ihre Zeit nicht mit den Uniformierten verschwenden wollte. Daß es um etwas wirklich Kriminelles ging und ihre Chefin die Hand dabei im Spiel hatte, würde die Sekretärin nicht ahnen.

»Oh, Will«, murmelte sie traurig. Sie war so froh gewesen, daß er zurückgekommen war, daß sie ihn wieder hatte. Nun aber würde er aus ihrem Leben verschwinden, und ihr würde die Verruchtheit fehlen, die er in ihr Leben gebracht hatte, die unvorhersehbare Wildheit seiner Liebe. Will konnte sie ausfüllen, sie bis zur Erschöpfung lieben, sie überraschen, er konnte sie nach seinem Willen biegen. Will war der einzige Mann in ihrem bisherigen Leben gewesen, der Rollo fast hätte gefährlich werden können. Fast. Sie wollte Rollo nicht verlieren.

Ganz einfältig war die Polizei nicht. Rollo, Fee und Janine fühlten sich beobachtet. Will mußte bald verschwinden, sonst würden sie alle in Gefahr geraten.

Es gab das Problem, was sie mit Wing anfangen sollten. Sie konnte nicht in Wills Wohnung bleiben, denn die wurde überwacht.

Janine war dabei, ihre Wohnung zu verkaufen, weil sie entschlossen war, mit Will davonzugehen.

Die Polizei durfte Wing nicht mit Will in Verbindung bringen. Wenn die Polizei auf Wing stieß, würde sie keine Schwierigkeiten erfahren, man hatte nichts dagegen, daß sich Personen aus der City wieder in das Leben in der Town eingliederten. Wichtig war nur, daß die Zentral-Statistik darüber Bescheid wußte. Aber wenn die Polizei erfuhr, wie Wing in die Town gekommen war und wer sie aus der City geholt hatte, würde sie zur Un-Person.

Wenn sie Zeit hatten, würden sich Fee und Rollo eine Geschichte über Wings Ankunft in der Town ausdenken, in der Will nicht vorkommen würde. Fee las Anzeigen auf dem Monitor, um eine Wohnung für Wing zu finden.

Janine war mit Wing zum Einkaufen gegangen. Wing hatte nicht genug sehen und anprobieren können. Sie hatte sich nicht träumen lassen, daß es diese Dinge überhaupt gab. Janine mußte erfahren, daß Wing einen wilden Geschmack hatte, was Kleider anging. Es amüsierte sie.

Für Wing erfüllte sich ein langer Traum, als Rollo sie einlud, in seinem Connet zu fahren. Alle, die unten in der City wie Ratten lebten, sahen die kraftvollen

Autos, wie sie hoch über ihnen himmelwärts stürmten, die Reichen transportierten. Als Wing erfuhr, daß Janines Freunde einen Connet besaßen, wartete sie nicht lange, ehe sie um eine Fahrt bat.

Rollo und Fees Connet war tabakfarben, dunkles Rauchglas über dem Raketenchassis aus Titan. Das Innere mutete Wing an wie ein Luxuspalast *en miniature*, die Couches, die Computer-Konsolen, das ganze sinnliche Ambiente.

Rollo holte das Auto aus dem Hangar und fuhr es zur ersten Rampe. Er programmierte eine weite Entfernung ein, dazu die Höchstgeschwindigkeit. Die Maschine röhrte mit unterdrückter Kraft. Der Wagen hob sich auf den Luftpolstern, und dann schoß er hinaus auf den Highway, der Motor ging von einem hohen Sirren in ein schrilles Schreien über, bevor er in Bereiche tauchte, die für das menschliche Ohr nicht mehr wahrnehmbar sind.

Rollo hatte seinen Spaß, Wing zuzuschauen, die das erste Mal in diesem Wunderwerk der modernen Technologie saß. Sie starrte, den Mund weit geöffnet, auf den Monitor, der alles zeigte, was draußen an ihnen vorbeirauschte, denn der Connet war so schnell, daß man nur Schemen sah, wenn man hinausschaute.

Nach einer Weile schüttelte sie verständnislos den Kopf und schaute Rollo an. Ihr Gesicht war gerötet und zeigte unbändiges, freudiges Erstaunen.

»Möchtest du etwas trinken?« fragte Rollo. Sie nickte, und er mixte ihr einen Martini, sehr trocken, und beobachtete, wie sie nach dem ersten Nippen das Gesicht verzog. Synthetischer Alkohol hatte einen süßlichen Nachgeschmack, den Rollo nicht ausstehen konnte, deshalb hatte er Wing den echten angeboten.

Mit großen, glänzenden Augen schaute sie sich im Inneren des Wagens um, zwischendurch nippte sie immer wieder mal an ihrem Drink. Rollo sagte nichts, er ließ sie aber auch nicht aus den Augen. Endlich trafen sich ihre Blicke, und er sah die Spekulation in ihren Mandelaugen.

Sie wandte den Blick ab, stand auf und zog ihr Kleid aus.

Sie trug nichts darunter, nichts außer Körperschmuck. Drei Silberkettchen rahmten ihren Körper ein, eine um den Hals, die auf ihren feinen Schultern ruhte, eine unterhalb der spitzen Brüste, und eine um die Hüfte. Sie waren mit einer einzigen vertikalen Kette verbunden, die vom Hals zwischen den Brüsten und über den Nabel reichte. Darunter trug sie einen breiten Gürtel, in den ein Mosaik aus buntem Glas eingelassen war, das bei jeder Bewegung schimmerte und funkelte.

Ihre Lippen leuchteten zinnoberrot in einem jasminfarbenen Gesicht, und auch die Brustspitzen waren mit der Farbe der Lippen bemalt.

Sie begann zu tanzen, sanfte, langsame Bewegungen, darauf ausgerichtet, die Schönheit ihres zierlichen Körpers zu zeigen. Rollo hatte sich auf der Couch langgelegt und schaute ihrer Vorführung zu. Er bewunderte die gerade Linie des Rückens, die festen Rundungen des Hinterns, die jungenhafte Schlankheit der Hüften, die kleinen Spitzen ihrer bemalten Brüste. Die schwarzen Haare schwangen bei jeder Bewegung mit. Sie hob einen Fuß und stellte ihn dicht vor Rollo auf die Couch.

Er streichelte mit einer Hand über den Fuß, bis hinauf zu den Waden, küßte die Stellen, die er gestreichelt hatte, und folgte dann der Linie des Beins auf der Unterseite, fuhr über die Kniekehle, den Oberschenkel hinauf.

Ihr gefiel, wie er sich beherrschen konnte. Er war wie das Auto, unterdrückte Kraft, die darauf wartete, sich endlich entfalten zu können.

Rollo schaute sie mit seinen klaren Augen an.

Behutsam, ohne den Kontakt zu unterbrechen, bewegte sie sich auf die Couch zu, hockte mit offenen Beinen über ihm.

»Himmel, nun mach's doch«, stöhnte er. Schweiß brach auf seiner Stirn aus. »Mach es, Wing.«

Sie entkleidete ihn mit flinken Händen.

Er packte sie von hinten, hielt sie an den Hüften fest und drang in sie ein. Sie stieß einen Schrei aus, der bald in ein rhythmisches Seufzen überging.

Die Schönheit des sinnlos-teuren Autos, die Schönheit des reichen, bedeutenden Mannes aus dem Zoo, der Donner in der Tiefe ihres Seins, als beide zusammen den Orgasmus erlebten, all das riß Wing auseinander, vernichtete das ärmliche, verdreckte kleine Ding, das sie in der City gewesen war. Dieser Liebesakt war so etwas wie eine Neugeburt für sie, der Auftakt zu einem neuen Leben.

Fee und Will trafen sich heimlich in der Stadt, um sich voneinander zu verabschieden. Sie hatten sich für eine billige Bar entschieden und saßen in einer dunklen Nische.

»Wir haben beide heiße Zeiten erlebt, Liebling«, sagte Fee mit einem vielsagenden Lächeln.

»Vielleicht komme ich eines Tages zurück, dann fangen wir noch einmal von vorn an«, meinte Will. Er fuhr mit dem Zeigefinger über die Stelle, wo er das winzige polarisierende Gerät eingepflanzt hatte, das ihm ermöglichte, seinen genetischen Code einzusetzen, um Türen zu öffnen, finanzielle Transaktionen vorzunehmen und all die anderen banalen Dinge, ohne die man sich ein Leben im Zoo und in der Town nicht vorstellen konnte. Sein ungepolter genetischer Code war in seiner Polizeiakte gespeichert. Das winzige Gerät hatte ihm fünf Jahre lang Sicherheit vor dem Zugriff der Polizei beschert, aber jetzt hatte es seine Nützlichkeit überlebt. »Wenn ich zurückkommen will, brauche ich aber etwas, das noch überzeugender wirkt als dieses Ding hier.«

»Du hast einmal schon den Zentral-Computer gehackt, Pirat. Vielleicht solltest du es ein zweites Mal tun.«

»Ich nicht«, antwortete Will. »Aber eigentlich ist das eine Aufgabe für dich, Fee. Du wischst der Gesellschaft eins aus, die dir ein so gutes Leben ermöglicht.«

»Das gute Leben, das dir nicht genug ist«, gab Fee zurück. »Henson Carne. Will Kid. Will Maffick. Wolf. Wie viele Namen hast du schon gehabt, Will? Wie oft wirst du noch deinen Namen ändern wollen?«

»Bis ich umfalle. Ich bin ein ruheloser Typ, das weißt du.«

»Janine geht mit dir?«

»Ja. Eifersüchtig?«

»Warum sollte ich?«

Will lachte. Fee würde nie zugeben, daß sie Eifersucht empfand. »Ich werde mich bei euch melden. Rollo wird aus meinem Geschäft mehr herausschlagen, als es mir je gelungen wäre. Er wird mir zuschicken, was auch immer ich brauche, ganz egal, wo ich bin.«

Er sah Fees Augen funkeln. Eisgrün in der Dunkelheit. »Das tut er gern«, sagte sie.

»Weil er froh ist, daß ich weg bin.«

»Ja.« Fee wußte, daß er das als Kompliment begriff. Will hatte die Stabilität ihrer Beziehung zu Rollo erschüttert. Kein anderer Mann hatte das je geschafft.

»Ich schätze, ich bin es ihm schuldig, eine längere Zeit wegzubleiben. Es macht mir nichts aus. Da draußen gibt es eine große Welt. Wir leben hier in einem engen Zoo, Fee. Er ist mir immer enger geworden.«

»Ich lasse dich wissen, wann du zurückkommen kannst, sobald ich die Dinge hier eingefädelt habe. Du kannst dann selbst entscheiden, ob du sofort kommst oder dir Zeit läßt. Es kann sein, daß Janine unser Leben hier mehr vermißt als du. Sie wurde in dieser Enge groß, sie ist daran gewöhnt. Ihre Flügel sind nicht so stark wie deine.«

»Ich bin hier auch groß geworden«, erinnerte er sie. Henson Carne hat da oben im Institut sein Diplom erworben.«

»Ich weiß. Ich habe ein paar diskrete Fragen gestellt und die entsprechenden Antworten erhalten. Von einem jungen Studenten, mit dem ich befreundet bin. Aber du hast die Schranken unseres Lebens hier früher gebrochen, Will. Für dich ist die Umstellung nicht so groß.«

Er fuhr mit einem Finger die Narbe in ihrem Gesicht nach. »Sie stammt von meinem Bruder«, sagte er leise.

»Er ist tot«, antwortete Fee ebenso leise. »Ich glaube, auch wenn du nicht seinetwegen in die City gegangen wärst, irgendwann wärst du Pirat geworden. Es saß zu stark in dir drin.«

»Und in dir«, ergänzte er. »Fee, du wärst eine großartige Piratin geworden.«

Sie lachte.

»Wenn du die Scheibe zurück hast, mußt du sie vernichten, Fee«, sagte er. »Wir haben da an einer schlechten Sache gearbeitet. Die Reinigungsfrau aus dem Institut hatte eine Reitpeitsche, die sie aus ihrem Erlebnis mit der Disc mitgebracht hat.«

Fee nickte. »Mein Student hat einen Handschuh mitgebracht«, sagte sie. »Er sah mein Lichtbett auf der Disc, bevor ich es überhaupt hatte. Ich selbst war nicht auf der Scheibe, er hatte eine ältere Frau. Aber einer hat mich auf der Scheibe gehabt.«

Will hatte Janine auf der Scheibe erlebt, und die Erfahrung ließ ihn heute noch erschauern. »Woher weißt du, daß einer dich auf der Scheibe hatte?«

»Dieser verrückte Kerl, der sich mit seinem Connet in die Luft gesprengt hat. Er hat ein paar obszöne Bemerkungen über Vidi-Com gemacht und angedeutet, daß ich auf einer Piraten-Disc zu sehen sei. Er hätte mit mir in der Virtual Reality *gesyncht*. Ich habe Rollo davon erzählt, dann haben wir es der Polizei gesagt. Fast gleichzeitig hat der Narr sein ganzes Vermögen in

Wasser-Aktien angelegt, kurz bevor sie im Kurs gefallen sind, dank Rollos Verhandlungsgeschick. Danach setzt sich der Verrückte in seinen Connet und macht eine Rakete aus ihm.«

Wills Hände zitterten. »Was ist, wenn er von unserer Disc verrückt wurde?«

»Was?!«

Will hatte noch nicht erlebt, daß Fee so schwer von Begriff war. Oder wollte sie die Gefahren nur nicht einsehen, um vor sich selbst bestehen zu können? Beruhigte sie damit ihr Gewissen?

Er sparte sich eine Antwort und sagte: »Sein Tod hat mir das Leben gerettet. Janine kämpfte um mein Leben, aber sie hatte gegen die Anführerin der Amazonen keine Chance. Dann raste der Connet wie ein Meteor aus dem Himmel. Janine hat sofort die Chance wahrgenommen und diese Erscheinung zu ihren Gunsten ausgelegt.«

Fee starrte ihn sprachlos an. Jetzt drehten sich auch ihre Gedanken wieder um die verhängnisvolle Scheibe. »Was ist eigentlich mit dem Kurier geschehen, der die Disc aus meinem Büro gestohlen und Janine entführt hat?«

»Ich gehe davon aus, daß die Amazonen ihn haben. Wenn das so ist, wird er jetzt ihren Harem verstärken.«

»Ich habe mich nie wieder bei dieser Witwe gemeldet, von der ich dir erzählt habe. Erinnerst du dich? Sie behauptete, überall das schwarzhaarige Mädchen zu sehen.«

»Nimm Verbindung mit ihr auf. Du kannst Wing mitnehmen. Die Witwe ist eine Polizistenwitwe. Es wäre nicht gut, wenn sie mit Kollegen ihres Mannes über ihre Erlebnisse mit der Disc spricht.«

»Was haben wir da nur hergestellt, Will? Was ist es?«

Er hob die Schultern. »Jedenfalls ist es des Teufels. Vielleicht befand es sich in dem Connet, in Jace Harvons Connet. Dann wären wir von der verdammten Scheibe erlöst.«

»Was ist, wenn nicht?«

»Halte dich für eine Weile bedeckt, Fee. Und halte deine Augen offen. Versprich mir, daß du sie vernichtest, wenn du sie finden solltest.«

»Ja«, sagte Fee gehorsam.

»Was hast du mit der Disc erlebt?« flüsterte Will. »Sag's mir.«

»Will, ich ...«

»Sag's mir.«

»Das kann ich nicht.«

Die Stille, die dann eintrat, hielt eine Weile an. Sie wußten, daß sie sich nicht mehr viel zu sagen hatten. Schließlich legte Will seine Hand auf ihre.

»Du bist mehr Frau als jede andere, die ich kenne, Fee. Du bist eine wunderschöne Hexe. Bleib dabei, Baby. Bleib auf der Gewinnerstraße.«

Fee sah traurig aus. Will stand auf und beugte sich über den Tisch, hinunter zu ihr.

»Denk an mich«, raunte er. Er tauchte mit dem Kopf hinab, und ihre Lippen trafen sich zu einem langen, fordernden Kuß.

»Ich werde dich nicht vergessen«, versprach sie.

KAPITEL
NEUN

Sie hatten sich zu viert getroffen, Fee und Rollo Cambridge, Wing und die Polizistenwitwe Lexie. Es war ein großartiger Abend gewesen, obwohl sich Fee eingestehen mußte, daß nicht nur Will ihr fehlte, sondern auch Janine. Nun, vielleicht würden sie es in der Welt da draußen nicht lange aushalten.

Lexie und Wing, nun, das war eine ganze andere Geschichte.

Es war, als hätten sie ein halbes Leben einander gesucht und endlich gefunden. Vor einer halben Stunde waren die beiden wie ein Herz und eine Seele nach Hause gegangen.

Fee stand unter der Dusche, während Rollo in seinem Arbeitszimmer nachschaute, ob wichtige Nachrichten eingegangen waren.

Der Türsummer meldete sich.

Rollo sah auf die Uhr, ärgerlich. Dann öffnete er die Tür, um zu sehen, wer zu so später Stunde noch störte.

Es war ein Kurier, der eine Sendung abgeben wollte. »Cambridge?« fragte er.

»Ja.«

»Unterschreiben Sie hier, Sir.«

Rollo unterschrieb, nahm das dünne Päckchen in Empfang und schloß hinter dem Kurier die Tür. Er sah, daß das Päckchen an ihn adressiert war.

Er hörte das Wasser in der Dusche prasseln; Fee

mußte alle Türen offengelassen haben. Er öffnete das Päckchen und nahm eine Scheibe heraus.

Eine Virtual Reality Disc.

Rollo betrachtete sie neugierig. Die Hülle war verschmiert, schmutzig, und wenn es mal einen Text gegeben hatte, konnte er ihn nicht mehr entziffern. Es gab nur ein kleines grünes Dreieck oben rechts.

Eine Sex-Scheibe?

Der Scheibe war ein Brief beigelegt. Rollo öffnete ihn.

> Lieber Her Cambridge.
>
> Das ist, was mir mein Her, der verstorbene Mr. Jace Harvon, hinterlassen hat. Und was in in Schwierigkeiten brachte. Ich war sein Diener. Er hat keine Familie, und so mus ich seine Sachen in Ortnung bringen. Also es war diese Piratenscheibe die ihm den Erger brachte. Auf der ist ihre gattin, hat mein Her gesagt. Die Polizei soll die Scheibe nicht in die Finger kriegen, glaube ich. Also gebe ich sie ihnen zurück. Ich habe sie selbs nie benutzt, ich bin nicht so einer. Ich habe Reschpekt für Zoo und ihre gattin ist eine Zoo-Lady durch und durch.
>
> Alles gute, Her Cambridge, machen sie sich keine sorge. Ich habe gut auf ihre scheibe aufgepaßt. Jetzt haben sie sie wieder, und alles ist in Ortnung.
>
> Sam Mason

Rollo drehte die Scheibe in seiner Hand. Sie fühlte sich angenehm warm an. Das also war die Disc, die für all das Aufsehen gesorgt hatte. Die Disc, die Fee und Will hergestellt hatten.

Er wußte, er sollte sie auf den Boden werfen und mit den Füßen zertreten. Fee hatte sie benutzt. Will hatte sie benutzt. Nur er nicht.

Im Schlafzimmer war es still. Fee würde sich wundern, warum er nicht kam.

Fee hatte es nicht geschadet, und Maffick schien auch nicht gelitten zu haben, nachdem er die Disc benutzt hatte. Sie hatte niemandem geschadet, außer Jace Harvon, und der war ein verrückter Spieler gewesen.

Es war die Disc, die Will Maffick das Leben gerettet hatte. Jaces Tod hatte Will gerettet, und Janine hatte in der City für Will gekämpft.

Würde sie auch für mich gekämpft haben? fragte sich Rollo. Seine Gedanken gingen plötzlich seltsame Wege.

Er griff die Disc fester. Sie fühlte sich leicht und warm an. Er würde sie benutzen und dann vernichten.